RACHAEL ENGLISH
Das geheime Band

Buch

Nach dem Tod ihres Mannes sieht die irische Krankenschwester Katie die Zeit gekommen, sich endlich ihrer Vergangenheit zu stellen. Seit fast fünfzig Jahren bewahrt sie ein Geheimnis auf, gut versteckt im hintersten Winkel ihres Kleiderschranks: eine Kiste mit Armbändern von Babys, die in den Siebzigerjahren gegen den Willen ihrer Mütter zur Adoption freigegeben wurden. Unterstützt von ihrer Nichte Beth, will Katie möglichst viele Mütter und Kinder wieder vereinen. Die ersten Erfolge lassen nicht lange auf sich warten, und Geschichten voller Herzschmerz und Hoffnung kommen ans Licht. Doch noch ist Katie nicht bereit, ihr dunkelstes Geheimnis zu lüften …

Autorin

Rachael English ist eine irische Bestsellerautorin, Journalistin und Radiomoderatorin. Tausende Zuhörer kennen sie aus Irlands beliebtester Radiosendung »Morning Ireland«. Sie hat fünf Romane veröffentlicht und ist jetzt erstmals auch auf Deutsch zu lesen.

Rachael English
Das geheime Band

Roman

Aus dem Englischen von
Ann-Catherine Geuder

GOLDMANN

Die irische Originalausgabe erschien 2020 unter dem Titel
»The Paper Bracelet« bei Hachette Books Ireland.

Sollte diese Publikation Links auf Webseiten Dritter enthalten,
so übernehmen wir für deren Inhalte keine Haftung,
da wir uns diese nicht zu eigen machen, sondern lediglich auf
deren Stand zum Zeitpunkt der Erstveröffentlichung verweisen.

Penguin Random House Verlagsgruppe FSC® N001967

1. Auflage
Deutsche Erstveröffentlichung November 2021
Copyright © der Originalausgabe 2020 by Rachael English
Copyright © der deutschsprachigen Ausgabe
by Wilhelm Goldmann Verlag, München,
in der Penguin Random House Verlagsgruppe GmbH,
Neumarkter Str. 28, 81673 München
Umschlaggestaltung: UNO Werbeagentur GmbH
Umschlagmotiv: 1/3 U1 (Himmel): FinePic®, München;
2/3 U1 (Mädchen): Arcangel/JELENA SIMIC PETROVIC
Redaktion: Susanne Bartel
LS · Herstellung: ik
Satz: KompetenzCenter, Mönchengladbach
Druck und Bindung: GGP Media GmbH, Pößneck
Printed in Germany
ISBN: 978-3-442-49171-1
www.goldmann-verlag.de

Besuchen Sie den Goldmann Verlag im Netz

Für Eamon

Kapitel 1

Damals – Patricia

Sie schlichen durch die Dunkelheit wie Tiere, das Oberlicht über der Eingangstür die einzige Beleuchtung. Es sei sicherer so, sagte ihr Vater. Man könne nie wissen, wer sich draußen herumtrieb. Er drückte die Tür auf und spähte nach links und rechts. Die Sterne funkelten am Firmament, und der Mond hing wie eine Schiffsschaukel über der Straße. Es war kalt für April.

»Ich hoffe, es hat keinen Unfall gegeben«, sagte er.

»Er wird gleich da sein«, erwiderte ihre Mutter. »Um zehn, hat er gesagt. Es ist erst fünf nach.« Sie wandte sich gereizt um, ihr schmales Gesicht vor Unmut verzogen. »Bleib im Haus, Patricia. Nicht dass dich noch jemand sieht.«

Sie benutzten schon ihren neuen Namen, nannten sie so, wie sie in Carrigbrack heißen würde. Es sei nur zu ihrem Besten, betonten sie. So würde sie nicht zu viel von sich verraten. Und das war in dieser Situation entscheidend. Nur ein falsches Wort, und der Ruf einer jungen Frau wäre für immer ruiniert. Dann würde sie niemals einen respektablen Ehemann finden oder ein normales Familienleben führen. Sie wäre gebrandmarkt, wohin sie auch gehen würde, und kein guter Mann würde sein Ansehen durch eine Verbindung mit ihr beflecken.

Sie vermutete, dass es die Situation für ihre Eltern einfacher machte, wenn sie einen anderen Namen verwendeten. Es war nicht ihre Tochter, die Schande über sich gebracht hatte, sondern Patricia. Ihre Tochter war anständig. Sie sang im Chor und bestand jede Prüfung. Sie hielt sich an Regeln. Patricia hingegen war ein Flittchen.

Damit auch garantiert niemand etwas merkte, hatten sie sogar eine Perücke besorgt und sie angewiesen, sie aufzusetzen. Die langen schwarzen Haare stanken nach Plastik und Zigarettenrauch.

»Falls dich jemand mit Pater Cusack im Wagen sieht«, hatte ihre Mutter erklärt. »Wir wollen nicht, dass die Leute Fragen stellen.«

»Früher oder später wird sich schon jemand nach mir erkundigen. Was dann?«

»Wir werden ihnen sagen, dass du in England bist.«

»Was ist mit den Leuten von der Arbeit?«

»Denen sagen wir das Gleiche.«

Eine Zeit lang hatte sie die Wahrheit geleugnet. Sie hatte nichts gesagt, weil sie es sich selbst nicht eingestehen konnte. Dann hatte sie versucht, einen Handel mit Gott abzuschließen oder mit dem Universum oder mit was auch immer da draußen war. Lass es verschwinden, und ich werde mich ändern. Versprochen. Als sie es schließlich ihren Eltern erzählt hatte, war alles Schlag auf Schlag gegangen. Die Fragen, die Blicke, die zwischen ihnen hin und her flogen, das

Weinen ihrer Mutter, die kontrollierte Wut ihres Vaters – sie hatte alles nur noch wie durch einen Nebel wahrgenommen. Inzwischen bedauerte sie, dass sie nicht weggerannt war. Sie hatte überlegt, mit dem Bus nach London zu fahren, aber dort kannte sie niemanden, und das wenige Geld, das sie gespart hatte, wäre schon bald aufgebraucht gewesen.

»Was haben wir falsch gemacht?«, fragte ihre Mutter immer wieder.

»Nichts«, sagte ihr Vater. »Manche Mädchen werden wegen ihrer schlechten Erziehung zu Flittchen, aber das haben wir uns nicht vorzuwerfen. Sie hat sich ihr Fehlverhalten selbst zuzuschreiben.«

Auch wenn ihre Eltern noch nie besonders gut darin gewesen waren, Zuneigung zu zeigen, war Patricia immer davon ausgegangen, dass sie sie liebten. Ihre Liebe hatte sich in Form von blank polierten Schuhen und einem neuen Mantel für die Schule gezeigt, von Abendessen, das auf dem Tisch stand, und von Ausflügen ans Meer. Im Vergleich zu anderen Eltern hatten ihre den Holzlöffel nur selten eingesetzt. Ab und zu redeten sie davon, welche Opfer sie für ihre Kinder brachten. Andere Mädchen mussten mit fünfzehn die Schule verlassen und ihr eigenes Geld verdienen. Patricias Eltern hingegen hatten es ihr ermöglicht, ihren Schulabschluss zu machen. Ab und zu sprachen sie darüber, dass Mädchen einem ständig Sorgen bereiteten. Patricia hatte noch Teile eines Gesprächs im Ohr, das ihre Mutter mit einer Nachbarin geführt hatte. »Bei Mädchen ist man immer ein wenig nervös. Mit Jungs hat man es leichter. Jungs sind unkomplizierter.«

Nach ein paar Stunden war die Wut ihres Vaters verraucht gewesen. Er verließ das Haus, nur um dreißig Minuten später mit dem Gemeindepfarrer zurückzukehren. Pater Cusacks weißes Haar war ordentlich frisiert, aber zu dünn, um seine rosafarbene Glatze zu verdecken. Tiefe Falten zerfurchten sein Gesicht, ähnelten Rissen in getrocknetem Schlamm. Ihre Eltern führten ihn in die gute Stube, wo er sich auf das braune Sofa setzte und sich eine Zigarette anzündete. Er nahm einen Zug, stieß langsam einen Rauchkringel aus und tadelte sie dafür, dass sie ihrer allseits angesehenen Familie eine solche Schande bereitete. Ansonsten schien er nicht sonderlich verärgert zu sein. Eher wirkte er wie jemand, der wusste, was zu tun war, weil er es schon unzählige Male getan hatte.

Patricia konzentrierte sich auf die Tapetenbahn in Grün und Orange, die sich hinter dem Pater von der Wand löste. Auf der Straße sprangen ein paar Mädchen Seil. Fröhlich sangen sie: »Henriette, gold'ne Kette, gold'ner Schuh, wie alt bist du?«

»Du bist jetzt neunzehn, oder?«, sagte Pater Cusack.

»Zwanzig, Pater.«

»Und in welchem Monat, denkst du?«

»Im fünften«, sagte sie und klang dabei gefasster, als sie sich fühlte. »Vielleicht auch im sechsten.«

»Also kommt das Baby wahrscheinlich im August. Sag, meinst du, der Vater könnte bereit sein, dich zu heiraten?«

»O Gott, nein. Ganz bestimmt nicht.«

»Still«, fuhr ihre Mutter sie an. »Du hast kein Recht, so zu sprechen.«

»Aber ich sage doch nur die Wahrheit.«

»Also schön«, ergriff der Pater wieder das Wort. »Ich denke, es wäre das Beste, wenn du in die Küche gehst und uns einen Tee machst.«

Sie lauschte vom Flur aus. Ihre Eltern waren leicht zu verstehen. Sie erzählten dem Geistlichen von Mike. Er hingegen sprach mit leiser, sanfter Stimme, sodass sie nur bruchstückhaft aufschnappen konnte, was er sagte.

»Eine zuverlässige Einrichtung«, hörte sie. Und dann: »die Moral«, gefolgt von »überraschend häufig« und »morgen«.

Die Mädchen draußen sangen inzwischen einen anderen Reim. »Wie viele Pferde steh'n im Stall ...«

Später begleitete Patricias Mutter Pater Cusack zum Gemeindehaus, in dem es ein Telefon gab. Der Geistliche rief das Heim in Carrigbrack an und sprach mit einer Frau namens Schwester Agnes. Ihre Mutter kam zurück und wies sie an, was sie zu tun hatte.

»Pack einen kleinen Koffer«, sagte sie. »Du brauchst zwei Nachthemden, einen Waschlappen, eine Zahnbürste. Unterwäsche. Und robustes Schuhwerk. Pack keinen Firlefanz ein, keine Bücher oder Make-up.« Da die Mädchen eine Art Uniform trügen, brauche sie keine Wechselkleidung. »Deine eigenen Kleider werden dir eh nicht mehr lange passen«, hatte sie hinzugefügt.

Vierundzwanzig Stunden später standen sie nun im Flur und taten, als ergebe das alles einen Sinn. Die Atmosphäre war verpestet, Verbitterung und Enttäuschung hingen in der Luft.

Patricia presste sich die Finger auf die Stirn. »Was, wenn ich das Kind behalten will?«

Die Wut ihres Vaters flackerte erneut auf. »Bitte«, sagte er. »Wir können jetzt wirklich kein dummes Geschwätz gebrauchen.«

»Aber ich habe von Mädchen gehört, die ihre Babys behalten haben. In Dublin. Niemand hier muss davon wissen.«

»Es ist mir egal, was in Dublin passiert. Was falsch ist, ist falsch. Willst du etwa deine Mutter umbringen? Willst du das?«

Sie hätte ihm so vieles antworten können, aber wozu? Es hatte ja doch keinen Sinn. Sie war so schrecklich erschöpft. Um ihre Augen herum pochte ein dumpfer Schmerz, und etwas Schweres hatte sich auf ihre Brust gelegt. Außerdem fürchtete sie, dass sie wieder zu weinen beginnen würde, wenn sie weiterstritten. Und das wäre ein Fehler.

In diesem Augenblick hörten sie das Tuckern eines alten Hillman Minx. Ihr Vater öffnete die Tür gerade weit genug, um sich der Ankunft des Geistlichen zu vergewissern.

Er nickte Patricia zu. »Besser, du lässt ihn nicht warten.«

Sie zögerte, fragte sich, ob ihre Eltern sie zum Abschied küssen oder vielleicht sogar umarmen würden. Sie hoffte auf ein Zeichen, egal, wie klein, dass sie ihr vergeben würden. Als keiner der beiden Anstalten in der Richtung machte, griff sie nach ihrem Koffer.

»Dann geh ich jetzt«, sagte sie.

Ihre Mutter wandte sich ab. »So Gott will, sehen wir dich später im Jahr wieder.«

Kapitel 2

Heute – Katie

Katie Carroll saß auf der Bettkante. Jeden Tag saß sie an derselben Stelle und sagte dieselben Sätze, jeden Tag stand sie wieder auf und tat es nicht. Gab es vielleicht ein besonderes Wort, fragte sie sich, für diese eine Aufgabe, die man nicht erledigen konnte? Das beschrieb, wie der Verstand mit einem Mal zu Brei wurde und Arme und Beine sich weigerten zu funktionieren? Falls nicht, sollte sie eins erfinden.

Milchiges Sonnenlicht hing im Schlafzimmer. Dublin hatte einen ungewöhnlich heißen Sommer hinter sich. Mittlerweile waren die Temperaturen gesunken, aber tagsüber strahlte die Sonne noch immer vom Himmel. Irgendwo in der Nähe brummte ein Rasenmäher. In der Griffin Road kannte man keine ungepflegten Gärten.

Und es gab nicht nur eine Aufgabe, der Katie sich nicht stellen konnte, sondern dazu noch Hunderte von unbeantworteten Fragen. Seit zwei Monaten gingen sie ihr unaufhörlich durch den Kopf. Was wirst du jetzt tun? Ist das Haus zu groß für dich? Könntest du dir vorstellen, es zu verkaufen? Wie wäre es umzuziehen?

Margo hatte sich als Erste nach ihren Plänen erkundigt.

Andere hatten es ihr gleichgetan. Es war schon merkwürdig: Während Katie die Nachfragen ihrer Freunde und Bekannten einfach ignorieren konnte, funktionierte das mit denen von Margo nicht. Es musste am Tonfall ihrer Schwester liegen, an dieser Mischung aus Mitgefühl und Herablassung, dass Katie ihr am liebsten eine dreiste Antwort entgegengeschleudert hätte. Zum Beispiel, dass sie mit dem Gedanken spielte, nach Thailand auszuwandern oder sich einen jungen Liebhaber zuzulegen. Natürlich hatte sie nichts dergleichen gesagt, sondern nur etwas gemurmelt von wegen: »Bin mir nicht sicher«, und: »Ich brauche noch Zeit.«

Es gab Momente, in denen sie es vergaß. Wenn sie sich über das knarrende Dielenbrett auf dem oberen Treppenabsatz ärgerte und dachte: Ich muss Johnny bitten, etwas deswegen zu unternehmen. Wenn sie sich im Bett umdrehte und erwartete, seinen warmen, seifigen Geruch einzuatmen. Wenn sie aufwachte und für einen Augenblick in ihrem Kopf alles leer war.

Das waren die kurzen Momente des Glücks, bevor die Wahrheit sich wieder ihren Weg in ihr Bewusstsein bahnte.

Die Leute – gut meinende Leute – behaupteten, ihr Verhalten sei normal. »Sei nicht so hart zu dir«, sagten sie. »Ehrlich, du hältst dich wacker. In Anbetracht der Situation.«

Letzteres bezog sich darauf, wie plötzlich Johnny verstorben war. Nach der Diagnose hatte er nur noch vier Monate gelebt. Als Krankenschwester wusste Katie, dass keine Krankheit so ungerecht war wie Krebs. Mit einer Diagnose konnte man ein Jahr später noch auf Lanzarote Urlaub machen und anderen von seiner Zeit im Krankenhaus erzählen. Mit einer anderen hatte man kaum noch Zeit, sich zu verabschieden. Sie sagte sich, dass das Sterben ihres Mannes nichts Außergewöhnliches gewesen war. Er war vierundsiebzig gewesen, nicht extrem alt, aber auch nicht mehr jung. Alt genug, dass sein Tod nicht als Tragödie galt.

Auf der Beerdigung hatte sie sich beherrscht. Sie war dazu erzogen worden, öffentlichen Trauerbekundungen zu misstrauen. Damals war das so üblich gewesen. War es nicht verrückt, dass eine neunundsechzigjährige Frau noch immer davon beeinflusst wurde, was man ihr als Kind beigebracht hatte? Aber so war es. Ehrlich gesagt wollte sie nichts lieber als allein sein. Oh, sie wusste, dass sie nicht undankbar sein durfte. Es war wunderbar, dass sich so viele Menschen die Mühe gemacht hatten zu kommen, dass sie ihr ihr Beileid aussprachen und nette Erinnerungen austauschten. Einige von denen, die extra aus ihrem Heimatort Danganstown angereist waren, hatte sie seit Jahren nicht gesehen. Andere kamen sogar aus dem Ausland. Einer von Johnnys Neffen aus Madrid, Margos Tochter Beth aus London.

Im ersten Monat danach war Katie gut beschäftigt gewesen. Freunde hatten vorbeigeschaut, ihr Essen gebracht, sich mit ihr unterhalten und ihr Tee gekocht. Sie hatte Dankeskarten geschrieben und begonnen, sich mit dem vielen Papierkram auseinanderzusetzen. Aber die Leben der anderen gingen weiter. Selbst die engsten Freunde hatten irgendwann andere Prioritäten, andere Sorgen und Aufgaben.

Außerdem hatte sich Katie noch nie gerne auf andere verlassen. Schon früh hatte sie gelernt, dass dies in der Regel nur zu Enttäuschungen führte. Die meiste Zeit im Leben war ihr Johnny genug gewesen. Er hatte dasselbe über sie gesagt. Halb zufällig, halb absichtlich hatten sie sich einen überschaubaren Freundeskreis aufgebaut. Schon immer hatte sie ein Treffen in kleiner Runde dem Tamtam und Lärm größerer Veranstaltungen vorgezogen.

Jetzt war sie hier, wieder im Schlafzimmer, und die Säcke standen bereit. Sie musste nur noch Johnnys beste Kleidung zusammensuchen und dann zum Sozialkaufhaus bringen. Sie stand vom Bett auf, öffnete den Kleiderschrank aus Mahagoni und nahm ein hellblaues Hemd heraus. Doch anstatt es in einen Plastiksack zu tun, schmiegte sie ihr Gesicht in den Stoff. Für ein paar Minuten stand sie da, wippte auf den Fußballen auf und ab und spürte das vertraute Brennen hinter den Augen. Wie dumm von ihr! Die Kleidung war in gutem Zustand. Andere Männer hätten dafür Verwendung. Aber das Leben hatte Katie gelehrt, dass es einen großen Unterschied machte, ob man einfach nur begriff, wie dumm das eigene Verhalten war, oder auch etwas dagegen unternahm.

Sie legte das Hemd wieder in den Schrank zurück. »Ein andermal«, flüsterte sie. »Ein andermal, nicht jetzt.«

Die Trauer war unberechenbar. Meistens war Katie wie gelähmt vor Müdigkeit. Dann hätte sie sich am liebsten in ihrem Verlust verkrochen und in Ruhe getrauert. Doch manchmal verspürte sie auch eine pochende Wut. Sie war wütend auf die Nachbarn, weil sie Plattitüden sagten wie:

»Die Zeit heilt alle Wunden.« Sie war wütend auf Johnny, weil er sie verlassen hatte. Schließlich war sie glücklich mit ihrem gemeinsamen Leben gewesen – es hatte keine Notwendigkeit gegeben, irgendetwas daran zu ändern. Meistens jedoch war sie wütend auf sich selbst. Warum nur hatte sie nicht mitbekommen, dass etwas mit ihm nicht stimmte? Was war sie bloß für eine Krankenschwester! Warum hatte sie jahrelang ihre Energie darauf verschwendet, sich über unwichtiges Zeug Gedanken zu machen? Warum hatte sie nicht einfach das genossen, was ihr geschenkt worden war? Wenn diese Gedanken sie quälten, rannte sie durchs Haus wie eine Irre und hätte am liebsten laut herumgeschrien und auf irgendetwas eingeschlagen. Und dann wurde ihr mit einem Mal klar: Vielleicht verspürte sie ja gar keine Wut. Sondern Schuld.

Eine Weile grübelte sie darüber nach, bis ihr einer von Beths Lieblingssprüchen einfiel: Lass locker!

Anstatt den Kleiderschrank zu schließen, griff sie jetzt mit dem Arm tief hinein und holte einen Karton heraus. Früher mal war ein Paar Sandalen mit Korkabsatz darin gewesen. Wenn sie sich richtig erinnerte, hatte Johnny sie nie besonders gemocht. Und auch bezüglich des gegenwärtigen Inhalts hatte er gemischte Gefühle gehabt. »Im Ernst, Kateser«, hatte er gesagt, »du würdest dich doch nur jedes Mal aufregen. Und überhaupt, die meisten dieser Frauen sind vermutlich längst gestorben.«

Sie glaubte nicht, dass das stimmte. Ja, die Frauen wären inzwischen alt, aber was bedeutete das schon? Schließlich war das Alter eine komplexe Angelegenheit. Wenn in den

Nachrichten von einer Frau Ende sechzig die Rede war, stellte Katie sich immer eine verhutzelte Frau mit schlohweißem Haar, schlecht sitzendem Gebiss und beigen Kleidern aus knitterfreiem Stoff oder Tweed vor. Dieses Bild stammte noch aus ihrer Kindheit, als Menschen im Rentenalter mit einer Decke auf dem Schoß in einer Ecke saßen und vor sich hin welkten. Wobei Katie selbst nicht bereit war, diesem Bild zu entsprechen. Sie wollte nicht schrumpeln und verblassen. Selbst an ihren schlechtesten Tagen verzichtete sie nie auf Lippenstift und Mascara. Zwei Wochen nach Johnnys Tod hatte sie sich ihre blondierten Haarsträhnen auffrischen lassen. Vermutlich hätte ihm das gefallen.

Sie setzte sich wieder aufs Bett, nahm den Deckel vom Karton und betrachtete den Inhalt. Das Notizbuch und die zarten Armbänder aus einfachen Papierstreifen versetzten sie beinahe fünfzig Jahre zurück in die Vergangenheit. Sie war zweiundzwanzig gewesen, als sie angefangen hatte, in Carrigbrack zu arbeiten. Damals redeten die Leute kaum darüber, was dort geschah. Wenn, dann nur in Euphemismen. Carrigbrack war ein Heim für Mädchen, die »sich selbst in Schwierigkeiten« gebracht hatten, ein Ort, an dem sie »über ihr Fehlverhalten nachdenken« und »ihre Selbstachtung zurückgewinnen« konnten.

Das Notizbuch hatte einen fleckigen braunen Umschlag, und seine Seiten waren mit der Zeit spröde geworden. Katie öffnete es aufs Geratewohl. Die Schrift, mit Tinte, war klein und akkurat.

19. Oktober 1971. Junge, 2767 Gramm. Mutter, 19 J.,

aus Co. Limerick. Name: Goretti. Sagt, ihr Baby soll Declan heißen. Ihr Freund ist in Birmingham, sie will mit ihrem Baby zu ihm ziehen.

Die Jahre hatten Katies Erinnerungen sicherlich verzerrt, und doch sah sie die jungen Frauen und ihre Babys noch immer vor sich. Die »gefallenen Frauen«, wie manche sie zu nennen pflegten, als wären sie Figuren aus der Bibel oder einer Schmonzette. Womit auch immer Katie gerade beschäftigt war, ein Geräusch oder ein Geruch konnte sie urplötzlich in diese Zeit zurückkatapultieren. In die Zeit von Schlaghosen und Plateaustiefeln, Schwarz-Weiß-Fernsehen und Vietnam. Von kalkulierter Grausamkeit und unerwarteter Freundlichkeit. Noch immer hörte sie das einsame Schluchzen, das durch das Gebäude hallte. Roch Desinfektionsmittel und Corned Beef. Sah die feuchten Flecken an der Wand. Spürte die Einsamkeit und Hoffnungslosigkeit.

Auch an ihr eigenes Versagen erinnerte sie sich.

Ein Außenstehender könnte vermuten, dass Johnny ihr verboten hatte, etwas wegen der Papierarmbänder zu unternehmen. Doch so war es nicht. Johnny hatte sie beschützt, aber nicht kontrolliert. Ihre eigenen Ängste hatten sie gehindert. Und doch – sosehr sie auch versuchte, ihre Erinnerungen beiseitezudrängen, kamen sie doch immer wieder zurück. Wie ihre Kindheit in Danganstown und ihre Ehe mit Johnny war auch Carrigbrack Teil ihrer Geschichte. Und wenn die Geschichte jetzt enden würde, hätte sie nicht den Schluss, den sie sich wünschte.

»Carrigbrack?«, sagte Beth und kräuselte die Nase. »Ja, natürlich hab ich davon schon gehört. Das ist im Norden von Clare, in der Nähe vom Burren-Nationalpark. War da nicht ein großes Mutter-Kind-Heim?«

»Mmm. Nicht so riesig wie ein paar andere, aber für seine Zeit schon ziemlich groß.«

»Und was hast du da gemacht?«

»Ich war Krankenschwester«, sagte Katie und fuhr mit der Hand über den Rand des Schuhkartons.

Sie saßen in der Küche und tranken den Milchkaffee, den Beth in einem Café in der Nähe vom College in Drumcondra gekauft hatte.

Einen Monat nach Johnnys Beerdigung war Katies Nichte dauerhaft nach Irland zurückgekehrt. »Ich hatte ganz vergessen, wie sehr ich Dublin mag«, hatte sie erklärt. Einen Job bei einer Internetfirma hatte sie schon gefunden, eine bezahlbare Wohnung zu finden gestaltete sich wesentlich schwieriger. Erst einmal war sie bei alten College-Freunden in Stoneybatter untergekommen. Trotz des Altersunterschiedes hatten Beth und Katie einen guten Draht zueinander. Auch weil Beth, anders als ihre Mutter, kein Interesse daran zu haben schien, Katies Leben neu zu gestalten.

Ihr Kontakt war in den letzten Jahren eher sporadisch gewesen. Katie besuchte ihren Heimatort nur selten, aber ihre Nichte hatte sie immer gemocht. Beth war ein aufgewecktes und nicht gerade schüchternes Mädchen gewesen und voller Fragen zu Katies Leben in Dublin. Margo schien ausgelaugt von ihr gewesen zu sein. Aber welche

Mutter einer Sechsjährigen war nicht fortwährend erschöpft?

»Musste man nicht Nonne sein, um in so einer Einrichtung wie Carrigbrack zu arbeiten?«, fragte Beth jetzt.

»Die meisten von uns waren es«, sagte Katie. »Nur zwei oder drei nicht. Wir waren einfach ... nun, ich schätze, man könnte sagen, wir waren so etwas wie Aushilfen. Ich hatte damals gerade erst meine Ausbildung abgeschlossen.«

»Gab es denn keine anderen Jobs?«

»Kaum. Es war nicht leicht, Arbeit zu finden. Und außerdem war Carrigbrack ganz in der Nähe von zu Hause, nur dreißig oder vierzig Meilen von Danganstown entfernt.«

»Schon verstanden. Aber war es nicht seltsam, dort zu arbeiten?«

Katie begann, sich zu fragen, ob es wirklich eine so gute Idee gewesen war, sich Beth anzuvertrauen. Für die Generation ihrer Nichte war alles schwarz oder weiß, unfassbar toll oder unentschuldbar. Die jungen Leute waren sich der Welt – und ihres Platzes in ihr – in einem Ausmaß sicher, wie Katie es nie vergönnt gewesen war. Dazu kam noch ihre direkte Art – ganz anders als die der älteren Generation, die immer versucht hatte, alles Unangenehme unter den Teppich zu kehren, den Schein zu wahren. Vermutlich war das sehr viel besser, dachte Katie. Trotzdem fiel es ihr manchmal schwer, mit Beths Freimütigkeit umzugehen.

»Ich hatte keine große Wahl«, erwiderte sie. »Mam und Dad haben von dem Job erfahren, und damit war es entschieden. Was ich wollte, spielte keine Rolle.«

»War es schlimm?«

»Wenn du wissen willst, ob es körperliche Züchtigung gab, dann lautet die Antwort Nein. Jedenfalls nicht offiziell. Trotzdem war es brutal. Von den jungen Frauen wurde erwartet, dass sie bis kurz vor der Geburt arbeiteten. Als Ort, an dem man glücklich war, würde ich das Heim nicht bezeichnen.«

Beth schüttelte den Kopf. »Was ich nicht kapiere, ist, warum alle diesen Mist so lange akzeptiert haben. Haben die Leute wirklich gedacht, dass es eine gute Idee ist, die eigene Tochter in eine solche Einrichtung abzuschieben?«

Katie versuchte, ihre Gedanken zu ordnen. Sie wollte Beth nicht ausweichen, war aber auch nicht in der Lage, eine Antwort zu geben, die allen Aspekten ihrer Frage gerecht wurde. Sie holte tief Luft. »Ich habe viel darüber nachgedacht. Im Nachhinein ist es schwer zu sagen, wo fehlerhaftes Verhalten in Grausamkeit übergegangen ist. Die Leute damals hatten Angst. Angst vor der Kirche. Angst vor ihren Nachbarn. Angst davor, nicht mehr als anständig zu gelten.«

»Aber …«

»Ich glaube, du musst dir bewusst machen, dass die meisten Menschen damals ein ganz anderes Leben geführt haben als heute. Zu meiner Zeit war von Verhütung noch keine Rede. Du wurdest gewarnt, keinen Sex vor der Ehe zu haben. Hattest du ihn doch und wurdest schwanger, musstest du heiraten. Wenn das nicht ging, wurdest du weggeschickt, und das Baby wurde zur Adoption freigegeben. So war das damals, und auch wenn es verrückt klingen mag, haben die meisten Leute es doch akzeptiert.«

22

»Es klingt verrückt, weil es verrückt *war*. Total schwachsinnig.«

Katie zuckte bei Beths scharfem Tonfall zusammen und blickte in ihre Tasse. Einen Moment lang schwiegen beide. Auf der Straße genoss eine Gruppe Kinder einen der letzten Sommertage. Ihr Kreischen und Rufen durchbrach die Stille.

»Bitte entschuldige, Katie«, sagte Beth schließlich. »Es war falsch, dich so anzufahren. Ich finde es wirklich gut, dass du mir davon erzählst. Es kommt mir nur so schrecklich makaber vor, verstehst du?«

Katie lehnte sich zu ihrer Nichte hinüber und tätschelte ihr das Handgelenk. »Schon okay, Liebes. Ich will ganz sicher nichts schönreden. Makaber ist genau der richtige Ausdruck.«

»Also, was hat es mit dem Schuhkarton auf sich?«

»Nun, als ich in Carrigbrack gearbeitet habe, entschloss ich mich, die Geburten zu protokollieren.« Sie hielt inne, um den Deckel der Box abzunehmen und das Notizbuch hervorzuholen. »Wenn ein Baby auf die Welt kam, wurde darüber nicht weiter gesprochen. Es durfte nicht gefeiert werden, und auch sonst war es niemandem erlaubt, großes Gewese darum zu machen. Den Müttern wurde gesagt, sie sollten besser über die Sünde nachdenken, die sie begangen hatten und die sie nach Carrigbrack gebracht hatte. ›Je mehr ihr leidet, desto besser‹, sagte eine der Nonnen, Schwester Sabina, für gewöhnlich zu ihnen. Jedenfalls wusste ich inzwischen, dass den Müttern in den meisten Fällen nur eine begrenzte Zeit mit ihren Kindern vergönnt war, ein paar Wochen, vielleicht ein paar Monate. Dann wurde ihnen ihr Baby weggenommen. Einfach so.«

»Und die Mutter erfuhr nicht, wohin ihr Kind gegeben wurde?«

»Genau. In gewisser Weise war die Trennung für die Mutter umso schlimmer, je länger sie ihr Baby hatte behalten können. Denn auch wenn den jungen Frauen gesagt wurde, dass sie keine Bindung zu ihrem Kind aufbauen sollten, taten es die meisten doch.«

Katie stockte. Ein Bild tauchte vor ihrem inneren Auge auf. Das Bild einer verängstigten jungen Frau, deren Sohn fünf Monate bei ihr in Carrigbrack geblieben war. Sie hatte ihn nicht hergeben wollen, war überzeugt davon gewesen, dass sie es schaffen würde, ihm eine gute Mutter zu sein. Doch dann, an einem regnerischen Freitagnachmittag, wurde er ihr weggenommen. Als sie begriff, dass sie ihn niemals zurückbekommen würde, legte sie sich auf den Boden und schluchzte laut vor Kummer.

Es war nur ein Bild. Eine Geschichte von vielen. Aber es war immer noch da.

Verwundert stellte Katie fest, dass ihre Augen feucht waren. »Bitte entschuldige. Kein Grund für mich, so rührselig zu werden. Darum geht es hier nicht.«

»Schon in Ordnung«, erwiderte Beth. »Ich kann mir gar nicht vorstellen, wie es gewesen sein muss. Also …«

»Du willst wissen, was es mit dem Notizbuch auf sich hat? Nun, damals habe ich beschlossen, jede Geburt aufzuschreiben – ein paar Informationen über die Mütter und ihre Babys. Und die hier habe ich auch aufgehoben.« Sie nahm zwei Papierarmbänder aus dem Karton. »Die Babys trugen sie zur Identifizierung. Wie du siehst, sind es bei Weitem nicht solche Hightech-Dinger, wie es sie heutzutage in den Krankenhäusern gibt. Nur ein Stück Papier mit dem Namen der Mutter, dem des Babys und den Daten.« Sie reichte ihrer Nichte eins der Armbänder.

»*Junge. Eugene*«, las Beth. »*5. Januar 1972. 3231 Gramm. Mutter: Loretta.*«

»Loretta war natürlich nicht ihr richtiger Name«, sagte Katie. »Im Heim hießen sie alle anders. Und eins kann ich dir sagen: Es wurde streng darauf geachtet, dass ausschließlich die falschen Namen benutzt wurden.«

»Eugenes Name wurde nach seiner Adoption bestimmt auch geändert«, meinte Beth und strich über die Schrift.

»Wahrscheinlich. Gott allein weiß, wo der kleine Kerl letztlich gelandet ist.«

»Aber wo auch immer er jetzt ist – er würde das Armband und deine Notizen sicher gerne haben wollen. Beides könnte ihm helfen, seine biologische Mutter zu finden.«

»Falls er das möchte. Aber vielleicht hat er das auch längst schon getan. Immerhin ist er jetzt sechsundvierzig, und Loretta dürfte an die siebzig sein.«

Beths runde blaue Augen glänzten. Nicht nur ihren kleinen Mund und die schmale Nase, auch die Augen hatte sie von ihrer Familie mütterlicherseits geerbt. Aber während Katie und Margo unter ihren eher flachen Gesichtern gelitten hatten, war Beth mit den markanten Wangenknochen ihres Vaters gesegnet. Jetzt, mit achtundzwanzig, sah sie aus wie eine verbesserte Ausgabe ihrer Mutter.

»Wie viele Armbänder hast du?«, fragte sie.

»Siebenundvierzig. Ich habe etwas mehr als ein Jahr in Carrigbrack gearbeitet, lange genug, um die Geburt von über fünfzig Kindern mitzuerleben. Es gab drei Totgeburten, und drei weitere Babys starben schon nach wenigen Tagen. Oh, und ein paar Armbänder sind mir aus verschiedenen Gründen durch die Lappen gegangen. Natürlich sollten wir sie nicht aufheben, und wenn meine Sammlung entdeckt worden wäre, hätte das ziemlichen Ärger für mich bedeutet.«

Als sie die toten Babys erwähnte, bemerkte Katie, dass Beth die Lippen aufeinanderpresste. Auch wenn die Sterberate höher gewesen war, als sie hätte sein sollen, so versuchte Katie sich doch mit dem Wissen zu trösten, dass es in anderen Heimen noch schlimmer zugegangen war. Und dennoch: In Carrigbrack war sie den Ansprüchen ihrer Ausbildung nicht gerecht geworden. Die jungen Frauen hatten unnötig gelitten, und sie hatte ihren Teil dazu beigetragen.

»Und du hast die Armbänder die ganze Zeit über aufbewahrt?«, fragte Beth.

»Na ja, ich habe sie mir zwar nicht tagtäglich angesehen, aber wegwerfen konnte ich sie auch nicht.«

Schon zu Schulzeiten war Katie geradezu peinlich organisiert gewesen. Ihre Hausaufgaben hatte sie immer pünktlich fertig gehabt, sodass ihre Mitschüler von ihr abschreiben konnten. Auch wenn es anderen merkwürdig erscheinen mochte, sie hätte diesen Karton voller Namen niemals entsorgen können.

Beth gab ihr das Armband zurück und nahm ein anderes aus der Box. »*Mädchen. Jaqueline. 10. November 1971. 2834 Gramm. Mutter: Hanora Culligan*«, las sie laut.

»Ich erinnere mich an sie. Du lieber Himmel, sie war erst vierzehn, und auch das nur knapp! Ihr richtiger Name war Christine. Chrissie. Sie war von einem Nachbarn vergewaltigt worden.«

»O Gott.« Beth wischte sich eine Träne weg. »Die Arme. Ich hoffe, sie hat danach trotzdem noch ein gutes Leben gehabt. Auch wenn sie einfach nur fertig gewesen sein muss, als sie Carrigbrack verlassen hat.«

»Man weiß es nicht. Ich bin immer wieder erstaunt, was Menschen überleben können. Vielleicht hat sie nach Carrigbrack auch nie wieder zurückgeschaut.«

»Glaubst du das im Ernst?«

»Ich bin mir nicht sicher. Aber zumindest würde ich es gern glauben.«

»Es wäre toll, das herauszufinden.«

»Das wäre es«, sagte Katie leise. Je länger sie darüber sprachen, desto mehr war sie von ihrem Plan überzeugt. Ja, es würde bestimmt nicht immer einfach sein. Manche der Geschichten wären sicherlich ziemlich aufwühlend. Vielleicht würde sie auch Menschen kontaktieren müssen, an die sie sich lieber nicht mehr erinnert hätte. Bisher hatte sie nur eine ungenaue Vorstellung davon, wie sie vorgehen würde, aber eins wusste sie ganz sicher: Wenn sie jemandem dabei helfen konnte, eine Tür zu öffnen, dann würde sie es tun. Sie lächelte Beth an. »Wie du schon gesagt hast, die Männer und Frauen, die in Carrigbrack geboren wurden, könnten dankbar für die paar Informationen darüber sein, wie ihr Leben begonnen hat.«

»Außer …« Beth zögerte.

»Sag schon.«

»Versteh mich bitte nicht falsch. Ich finde, das ist eine hervorragende Idee. Aber ich frage mich, ob jetzt der richtige Zeitpunkt dafür ist. Schau uns doch an. Schon wegen der paar Papierstreifen sind uns die Tränen gekommen. Ich kann mir gut vorstellen, wie Mam reagiert, wenn sie davon erfährt. ›Seid ihr verrückt?‹, wird sie sagen. ›Was müsst ihr euch solche Probleme aufhalsen, und das, wo Johnny gerade erst unter der Erde ist.‹«

»Dann sollten wir ihr nichts davon erzählen.«

»Damit hätte ich kein Problem, aber …«

»Es muss keine Probleme geben. Und was das Timing angeht … auch wenn ich diese Phrasen über den Tod immer gehasst habe, scheinen sie doch ein Fünkchen Wahrheit zu enthalten. Wenn jemand, der dir nahesteht, stirbt, fragst du dich ganz automatisch, wie viel Zeit dir selbst noch bleibt. Wenn ich es *jetzt* nicht tue, dann besteht die Gefahr, dass ich es später bereue. Einige der Beteiligten werden vielleicht nicht mehr viele Jahre leben. Und außerdem ist es ja nicht so, dass ich mich den Frauen aufdrängen will. Ich möchte einfach nur eine Anzeige in die Zeitung setzen und, wenn sich jemand daraufhin meldet, mit ihm oder ihr reden.«

»Mein neuer Job fängt erst in ein paar Wochen an«, sagte Beth. »So lange kann ich dir dabei helfen, wenn du willst.«

»Danke, Liebes. Das wäre schön.«

»Und wenn dich wirklich Leute kontaktieren, was dann?«

»Bekommen sie von mir alle Informationen, die ich zu ihrem Fall besitze, und das war's dann. Glaub mir«, sagte Katie, »ich habe nicht vor, mich in das Leben anderer einzumischen.«

Kapitel 3

Katie

Beth war der Meinung, dass sie einen Beitrag über die Armbänder in einem Onlineforum zum Thema Adoption posten und eine extra dafür eingerichtete E-Mail-Adresse angeben sollten. Wenn jemand mehr Informationen wünschte, könnte er ihnen so eine Nachricht schicken.

Katie überzeugte die Idee nicht besonders. »Schau mich nicht so an, als würde ich hinterm Mond leben«, sagte sie. »Aber mein Gefühl sagt mir, dass die Leute, die wir erreichen wollen, eher Zeitung lesen.«

»Mag sein. Aber eine Anzeige ist am Tag nach ihrem Erscheinen schon wieder aus der Öffentlichkeit verschwunden. Ein Eintrag in einem Forum für Adoptionen wäre dagegen für unbegrenzte Zeit sichtbar. Ich verspreche dir, dass so mehr Leute davon erfahren. Zudem die richtigen. Denn mit einer Anzeige in die Zeitung läufst du Gefahr, dass zum Beispiel auch unsere Familie Wind davon bekommt. Und nach allem, was du gestern erzählt hast, denke ich, es wäre besser, den Ball flach zu halten. Oder nicht?«

»Meinen Namen hätte ich ja auch nicht in die Zeitung

gesetzt. Ich hatte vor, mich als ehemalige Krankenschwester in Carrigbrack oder so zu bezeichnen.«

»Das spielt keine Rolle. Wenn zum Beispiel Mam die entsprechende Zeitspanne sieht, wird sie sich schon denken können, dass du dahintersteckst. Bei einem Beitrag in dem Forum ist die Gefahr, dass sie von unserem Projekt erfährt, viel geringer.«

»Na gut. Dann zeig mir mal das Forum, an das du gedacht hast, und ich überlege es mir.«

Beth lachte. »Du stellst dich vielleicht an.«

Sie saßen wieder in Katies Küche in Drumcondra. Vom Studentenheim abgesehen, reihten sich in der Griffin Road rote Backsteinhäusern aneinander. Ihre schmiedeeisernen Zäune glänzten, die Rosenstöcke waren akkurat gestutzt, und die Mülltonnen wurden an den richtigen Tagen raus- und wieder reingestellt. Katie und Johnny hatten Mitte der Siebzigerjahre die Nummer 89 gekauft. Mit einem Kredit über eine Summe, die jungen Leuten heute lächerlich niedrig vorkommen musste, die damals aber Katie dazu gebracht hatte, durch die noch leeren Räume zu stapfen und in einem Tonfall »dreißigtausend Pfund« zu murmeln, in dem heute jemand »eine Million Euro« sagen würde. Sie war hin- und hergerissen gewesen zwischen dem guten Gefühl der Sicherheit, ein solides Haus zu besitzen, und der Angst, vom Schuldenberg erdrückt zu werden.

Johnny war, wie es seine Art war, vollkommen locker damit umgegangen. Stück für Stück hatte er das Reihenhaus mit seinem handwerklichen Geschick in ein wahres Schmuckstück verwandelt. Die Möblierung war hingegen

Katies Aufgabe gewesen. Sie hatte nicht gerade wenige Einrichtungsläden durchstöbert und Tapetengeschäfte, Auktionen und Lagerverkäufe besucht. Ansonsten hatte sie so lange jede freie Minute mit Streichen und Nähen verbracht, bis Nummer 89 genau ihren Vorstellungen entsprach. Sie erinnerte sich noch, wie ihr Mann ihr dabei manchmal eine Hand auf den Rücken gelegt und sie aufs Haar geküsst hatte. Sie hatten damals große Pläne gehabt.

Wenn sie sich jetzt umschaute, war ihr durchaus bewusst, wie veraltet die Küche inzwischen wirkte. Im Badezimmer war ein Fleck an der Wand, die Diele auf dem Treppenabsatz knarrte immer noch enervierend, und zwei Lichtschalter mussten repariert werden. Und ja, mit drei Schlafzimmern war das Haus zu groß für eine alleinstehende Frau. Dennoch war sich Katie einer Sache sicher: Sie würde nicht umziehen.

Sie rückte auf ihrem Stuhl näher an Beth heran und sah auf den Computerbildschirm. *Geboren im Mai 1967 in Cork – hoffe, meine biologische Mutter zu finden*, lautete die Überschrift eines Posts. Eine andere: *Soll ich einen DNA-Test machen?* Und eine dritte: *Eine Nachricht an meine Tochter, geboren im Januar 1982 in Mayo.*

Beth klickte den nächsten Beitrag an, in dem ein Mann namens Richie um Rat bat. Auf der Beerdigung seiner Mutter sei eine ältere fremde Frau aufgetaucht und habe sich weinend in die hinterste Kirchenbank gesetzt. Später habe sie die Familie angesprochen. Seine Mutter sei auch ihre biologische Mutter gewesen. Sie hätten einander wiedergefunden, aber die Frau hätte Angst davor gehabt, es ihrer eigenen Familie zu sagen. Als Beweis habe die Fremde Richie und seiner Familie eine Geburtsurkunde gezeigt. Mit dem Namen seiner Mutter. *Allerdings hatte Mam einen Allerweltsnamen*, schrieb Richie. *Wie können wir sicher sein, dass diese Frau tatsächlich unsere Schwester ist?*

»Mensch, Richie«, sagte Beth, »warum zweifelst du noch! Glaubst du vielleicht, die arme Frau heult aus Spaß auf der Beerdigung von einer Fremden rum?«

»Vielleicht solltest du ihm das schreiben«, meinte Katie. »Wenn auch ein bisschen diplomatischer.«

»Keine Sorge. Das haben schon ein Dutzend anderer Forumsmitglieder getan.«

»Du warst schon öfter auf der Website unterwegs, oder?«

»Und auf ähnlichen. Und mal ehrlich, ich bin stinkwütend. Ich hatte ja keine Ahnung, dass es dermaßen schwierig ist herauszufinden, wer deine biologischen Eltern sind! Nicht nur schwierig – in manchen Fällen sogar schier unmöglich. Die Hälfte der Akten scheint merkwürdigerweise Bränden oder Überschwemmungen zum Opfer gefallen zu sein. Und wenn man den öffentlichen Weg geht, dauert alles eine halbe Ewigkeit. Monatelang steht dein Name auf einer Warteliste, und selbst dann besteht noch die Gefahr, dass nichts passiert. Kein Wunder, dass viele Leute die Sache selbst in die Hand nehmen.«

Katie sah, wie die Schultern ihrer Nichte sich verhärteten. Zum ersten Mal bekam Beth eine Ahnung davon, welche Auswirkungen die Sünden der Vergangenheit auf die Gegenwart hatten. Sie begriff, dass die Geschichte sich nicht auf Schwarz-Weiß-Filme und verblichene Polaroids reduzieren ließ. Diese Frauen, diese Mütter, sie waren keine Ausstellungsstücke in einem Museum.

»Seltsam, dass so viele Unterlagen fehlen«, sagte Katie. »Wenn ich mich richtig erinnere, wurde damals alles protokolliert und katalogisiert. Egal, ob es eine Babywindel oder ein Stück Seife war – alles wurde irgendwo aufgelistet.«

»Dann wirst du diesem Forum eine Chance geben?«, fragte Beth. »Bitte, bitte?«

»Na schön, du hast mich überredet. Aber wenn wir absehen können, dass es nicht funktioniert, machen wir es auf meine Weise.«

Beth grinste. »Ich verspreche dir, Katie, es wird funktionieren.«

Und so begannen sie. Während der Regen gegen die Fenster prasselte, feilten sie so lange an den Sätzen, bis beide mit dem Wortlaut des Posts zufrieden waren.

Sie wurden im Mutter-Kind-Heim Carrigbrack im County Clare zwischen Juli 1971 und Dezember 1972 geboren und anschließend zur Adoption freigegeben? Sie würden gerne mehr über die Umstände Ihrer Geburt erfahren? Falls ja, könnte ich Ihnen vielleicht behilflich sein.
Ich habe damals als Krankenschwester in Carrigbrack gearbeitet und die Armbänder aufgehoben, auf denen die Namen der dort zur Welt gekommenen Babys vermerkt waren. Ich besitze sie noch immer und außerdem einige Informationen über die damals jungen Mütter.
Selbst wenn Sie nicht Ihre biologische Familie finden

*wollen, freuen Sie sich vielleicht über ein Andenken an
Ihre ersten Lebenstage.
Wenn Sie glauben, dass Ihnen dies helfen könnte, nehmen
Sie bitte Kontakt zu mir auf. Meine E-Mail-Adresse lautet: CarrigbrackNurse@gmail.com.
Ich verspreche, Ihre Anfrage mit äußerster Diskretion zu
behandeln.
Zu Geburten vor Juli 1971 und nach Dezember 1972
habe ich leider keine Informationen. Auch bin ich nicht
in der Lage, weitergehende Fragen zur Organisation des
Heims zu beantworten. Ich war nur eine Angestellte,
keine der Nonnen, die Carrigbrack geleitet haben.
Viel Erfolg bei Ihrer Suche. Ich bin mit meinen Gedanken
bei Ihnen.*

»Das hätten wir geschafft«, sagte Beth ein paar Minuten später, während die Website neu lud und ihr Beitrag ganz oben erschien. »Bald werden die ersten Antworten und E-Mails eintrudeln, und dann können wir mit unserer Detektivarbeit beginnen. Wie Miss Marple und ihr Assistent. Aber natürlich ohne Leichen.«

»Ich habe es dir doch gestern schon gesagt«, Katie unterdrückte ein Lächeln, »dass es keine Detektivarbeit geben wird. Wenn mich jemand kontaktiert und ich helfen kann, werde ich das tun. Wenn ich mir sicher bin, dass dieser Jemand die richtige Person ist, dann stecke ich ihm sein Armband in die Post. Oh, und ich möchte dich doch darauf hinweisen, dass ich wesentlich jünger bin als Miss Marple.«

»Kritik angekommen.« Beth klemmte sich eine Strähne ihres langen blonden Haars hinter ein Ohr. »Kann ich dich etwas fragen?«

»Natürlich.«

»Was hat Mam eigentlich damals von deinem Job in Carrigbrack gehalten?«

»Ich bin mir nicht sicher. Margo ist ja neun Jahre jünger als ich, sie war damals also erst dreizehn. Und unsere Eltern waren streng. Ich glaube nicht, dass sie eine eigene Meinung haben durfte.«

»Heutzutage würde sie das nicht davon abhalten, doch eine zu haben.«

Katie schwieg. Margo hatte tatsächlich zu allem eine Meinung. Als ihre Schwester noch ein kleines Mädchen gewesen war, hatte Katie sich liebend gern um sie gekümmert, wie um ein Püppchen. Doch mit der Zeit hatte ihr Interesse an Margo nachgelassen, und ihre Bindung war nie mehr so stark wie damals gewesen. Vielleicht hätte sich Katie mehr anstrengen sollen, um Margo zu verstehen, aber sie fürchtete, dass es dafür inzwischen zu spät war.

Mit zweiundzwanzig hatte ihre Schwester Con Linnane geheiratet, den ältesten Sohn des wichtigsten Landbesitzers in Danganstown. Sein Land war noch dazu gutes Land, keine sumpfigen Felder wie das von ihren Nachbarn, wo nur Kreuzkraut wuchs. Die Schnepfen, die man dort jagen konnte, waren das Einzige, mit dem das Land etwas zu einer ordentlichen Mahlzeit beisteuerte. Die Linnanes hatten sich ein kleines Herrenhaus hübsch hergerichtet und es mit Kindern gefüllt. In Anbetracht dessen, dass Beth das einzige Mädchen war, hatte Katie gedacht, Margo wäre über ihre Rückkehr nach Irland begeistert. Aber zwischen Mutter und Tochter schien es Schwierigkeiten zu geben. Am liebsten hätte Katie gefragt, was genau das Problem war, entschied sich aber dagegen. Auch, weil sie Beth über Margo und Carrigbrack nicht die ganze Wahrheit erzählt hatte. Katies Erfahrung nach konnte zu viel Ehrlichkeit genauso gefährlich sein wie zu wenig.

Drei Tage lang geschah gar nichts. Wieder und wieder öffnete Katie ihren neu eingerichteten E-Mail-Account in der Hoffnung, dass jemand ihr geschrieben hatte. Einige der Forumsmitglieder hatten geradezu feindselig auf ihren Beitrag reagiert. Jemand wollte wissen, warum sie so lange gebraucht hatte, um ihre Hilfe anzubieten. Ein anderer hinterfragte die Gründe, aus denen sie in Carrigbrack gearbeitet hatte. In Großbuchstaben beschimpfte er sie als Kollaborateurin und Gehilfin der Grausamkeit. Hass tropfte aus dem Bildschirm.

Sie wollte sich erklären, doch Beth hielt sie zurück. »Damit fütterst du nur Trolle«, sagte sie.

Nicht zum ersten Mal musste Katie sie bitten, ihr zu erklären, was sie meinte.

Da ihr Posteingang leer blieb, verbrachte sie Zeit damit, im Forum Geschichten von Betroffenen zu lesen. Eine war trauriger als die nächste. Dann sah sie sich in anderen Foren um. Und begriff, dass man solche Seiten unbedingt meiden sollte, wenn es einem nicht gut ging. Zwar gab es im Adoptionsforum auch viel Mitgefühl, aber auf anderen

Seiten war der Tonfall geradezu brutal. Politiker waren erbärmlich, Schauspieler talentfrei und die meisten Gegenden gefährlich. Das Land war kaputt und korrupt, und wenn man irgendetwas davon infrage stellte, war man ein Ignorant oder dumm.

In der darauffolgenden Nacht träumte sie von Carrigbrack. Es war einer dieser plastischen Träume, in denen jedes kleinste Detail vergrößert wurde und jede Szene echt wirkte, egal, wie unrealistisch sie eigentlich war. Schweißgebadet wachte Katie auf, das Nachthemd klebte ihr an der Haut.

Am Morgen war sie todmüde, ihr Kopf bleischwer. Jeder Schritt kostete sie Überwindung. Vielleicht war es ja falsch gewesen, dachte sie. Vielleicht hatte sie falsch gehandelt, nur um sich der Frage »Was wirst du jetzt tun?« nicht stellen zu müssen. Ja, sie brauchte eine Aufgabe, um ihre Tage auszufüllen – doch diese war nicht die richtige. Ob Beth ihren Beitrag wieder aus dem Forum löschen konnte?

Und dann traf sie ein.

Der Betreff der ersten E-Mail lautete: *Über jegliche Hilfe dankbar.*

Hi,
ich bin im Internet gerade auf Ihren Post gestoßen und hoffe, dass Sie mir weiterhelfen können.
Ich bin siebenundvierzig Jahre alt, und aus Gründen, die zu kompliziert sind, um sie hier zu erläutern, habe ich erst vor Kurzem erfahren, dass ich adoptiert wurde.

Wie sich herausgestellt hat, ist meine Geburtsurkunde
gefälscht. Sie ist auf »Gary Winters« ausgestellt, aber das
ist nicht mein ursprünglicher Name. Meine Adoptiveltern
werden dort als meine biologischen Eltern aufgeführt.
Meine Adoptivmutter sagt, ich wurde in Carrigbrack
geboren. Mehr wisse sie nicht.
Mein Geburtstag ist der 12. August 1971. Besitzen Sie
ein Armband für einen Jungen, der an diesem Tag geboren
wurde? Und erinnern Sie sich an irgendetwas von meiner
Mutter?
Hoffnungsvoll, Ihr
Gary Winters
Co. Wicklow

Katie war so aufgeregt wie ein Kind beim Anblick eines
Geschenks, mit dem es nicht gerechnet hat. Selbst wenn
sie Beth bitten würde, den Beitrag zu löschen – Gary
würde sie noch antworten. Kaum hatte sie ihm eine Mail
geschrieben, meldete er sich bereits zurück.

Er schrieb, er sei es gewöhnt, dass es immer zu Komplikationen komme, aber diesmal sei er zuversichtlich, dass
ihre Informationen von Bedeutung für ihn sein könnten.
Wenn ich mich jetzt gleich in den Wagen setze, schrieb er,
kann ich in weniger als einer Stunde bei Ihnen sein.

Katie rief Beth an, um sie um Rat zu fragen. Niemand
ging ran. Sie schrieb ihr eine SMS, ließ es ein weiteres Mal
bei ihr klingeln. Immer noch keine Antwort.

Zwanzig Minuten später rief Beth zurück. »Ich vermute
mal, es gibt Neuigkeiten?«, sagte sie zur Begrüßung.

Während Katie ihr die E-Mail vorlas, murmelte ihre Nichte leise etwas vor sich hin. Als sie geendet hatte, sagte Beth: »Gary Winters? *Der* Gary Winters?«

»Sollte ich ihn kennen?«

»Nicht unbedingt, aber wenn er wirklich *der* Gary Winters ist, dann kennen ihn eine Menge Leute.«

Da Katie immer noch vor ihrem Laptop saß, gab sie »Gary Winters« bei Google in die Suchmaske ein. Ein Wikipedia-Eintrag und mehrere Fotos von einem tätowierten dunkelhaarigen Mann erschienen als Ergebnis. Auf den meisten Bildern war sein Oberkörper nackt.

»Oh«, sagte sie.

»Ist das der Richtige?«, fragte Beth.

»Er ist definitiv im gleichen Alter wie unser Gary. Außerdem«, sie öffnete den Wikipedia-Artikel, »steht hier dasselbe Geburtsdatum.«

»Wow.«

»Hast du morgen früh zufällig Zeit? Ich habe mich mit ihm verabredet.«

»Das ist jetzt nicht dein Ernst!«

»Doch, ich fürchte schon«, erwiderte Katie, die bereits bereute, aus einer Mischung aus Neugier und Höflichkeit auf Garys Bitte eingegangen zu sein. Sie hatte sich darauf eingestellt, dass in manchen Fällen ein Treffen notwendig sein würde, aber in diesem ganz speziellen befürchtete sie, dass es umsonst war. »Der Haken ist leider«, sagte sie, »dass ich meine Notizen und alle Armbänder bereits durchgegangen bin. Am 12. August 1971 hat es in Carrigbrack keine Geburt gegeben.«

»Okay«, sagte Beth. »Und das bedeutet …?«

»Dass ich entweder etwas übersehen habe oder irgendjemand hier nicht die Wahrheit sagt.«

Kapitel 4

Gary

Gary konnte sich nicht daran erinnern, wann er das letzte Mal so nervös gewesen war. Als Black Iris in der Hollywood Bowl gespielt hatten und es sich angefühlt hatte, als ob sämtliche Weltstars backstage waren? Oder als sie am dritten Abend von Rock in Rio die Hauptband gewesen waren und sich zweihunderttausend Leute dicht an dicht vor ihnen drängten? Oder war es noch viel früher gewesen, als er seinen Eltern gesagt hatte, dass er das College verlassen würde, um stattdessen mit seiner Rockband auf Tour zu gehen?

Er griff nach einem Teelöffel, ließ ihn von einer Hand in die andere wandern. »Wissen Sie«, sagte er zu Katie, »ich muss ständig an diese Bilder denken, die ich im Fernsehen gesehen habe – Jungs und Mädchen in Erziehungsanstalten und dann dieser Ort in Galway, wo Babys in einer Klärgrube begraben wurden. Ich hatte damals ja keine Ahnung, dass ich Teil von alledem bin. Aber jetzt, wo ich das weiß, muss ich herausfinden, wer meine Leute sind.«

»Ihre Leute«, sagte Katie mit sanfter Stimme, als würde sie sich über seine Wortwahl wundern.

Gary war bewusst, dass er sich in ihren Ohren wie ein Amerikaner anhören musste. Er hatte so viele Jahre in den Staaten verbracht, dass er die Art und Weise, wie man in seiner Wahlheimat sprach, verinnerlicht hatte.

Katie war ganz anders, als er sie sich vorgestellt hatte. Sie war alt, das ja. Aber nicht alt-alt. Er hatte sich eine beleibtere Matrone mit dicken Beinen und stahlgrauen Haaren vorgestellt. Jemanden, der einem Furcht einflößen konnte. Doch stattdessen hatte ihn eine kleine blonde Frau in beigefarbenen Hosen und mit einer marineblauen Jacke begrüßt. Es hatte ihn berührt, als sie sich selbst als Witwe vorstellte – als müsste sie sich noch vorsichtig an das Wort herantasten. Er vermutete, dass ihr Verlust noch frisch war. Auch hatte er nicht damit gerechnet, dass eine Art Assistentin bei dem Treffen dabei sein würde. Die Art, wie Beth und Katie gegenseitig ihre Sätze beendeten, ließ vermuten, dass sie einander besser kannten.

»Wir wissen, wer Sie sind«, hatte Katie gesagt, als sie sich von dem schwarzen Lesersessel erhob, um ihn zu begrüßen. »Ehrlich gesagt hat Beth mich erst aufklären müssen. Grunge als Musikrichtung ist an mir vorbeigegangen, aber wie es scheint, sind Sie damit ziemlich erfolgreich.«

Er war geschmeichelt, dass sie nicht in der Vergangenheit sprach. Black Iris hatten ihre Hochzeit in den Neunzigern gehabt – drei Billboard-Nummer-eins-Alben, neun Grammys, viermal auf dem Cover des *Rolling Stone*. Seit drei Jahren hatten sie nicht mehr zusammen auf der Bühne gestanden oder waren im Studio gewesen. Als er das Gresham Hotel betreten hatte und zur Bar gegangen war, hatten sich ein oder zwei Leute nach ihm umgedreht, aber selbst auf dem Höhepunkt des Ruhms hatte er selten für große Aufregung gesorgt. Schließlich war Anton der charismatische Frontmann, Ray der berühmte Gitarrist und Liamo der durchgeknallte Schlagzeuger. Gary spielte Bass, und wer erinnerte sich schon an den Bassisten – wenn es sich bei dem nicht gerade um Paul McCartney oder Phil Lynott handelte?

Obwohl Katie ihn vorgewarnt hatte, dass sie kein Armband von dem Tag seiner Geburt besaß, hatte ihn dies nicht allzu sehr entmutigt. Schließlich tauchten seine biologischen Eltern nicht mal auf der Geburtsurkunde auf – da überraschte es ihn nicht, dass auch das Geburtsdatum falsch war. Aber wenn er von Katie ihre gesamten Aufzeichnungen für Juli, August und September 1971 bekommen würde, wäre er mit Sicherheit in der Lage, seine Mutter zu finden.

Katie nippte an ihrem Tee. »Sie haben in Ihrer E-Mail geschrieben, dass Sie erst vor Kurzem erfahren haben, dass Sie adoptiert wurden. Das war bestimmt nicht einfach für Sie.«

»Am Anfang konnte ich es nicht glauben. Zumal ich wie der Rest meiner Familie aussehe. Ich habe zwei Schwestern – die biologischen Kinder meiner Eltern –, und wir alle haben dunkles Haar und braune Augen. Tja, wenn einem wieder und wieder eine Lüge aufgetischt wird, fällt es schwer, plötzlich etwas anderes zu glauben. Eine Zeit lang war ich wütend, doch irgendwann war keine Wut mehr in mir übrig. Jedenfalls kann ich mich über meine

Kindheit nicht beklagen. Wir drei wurden alle gleich behandelt – gleich gut.«

Der Gedanke daran, dass seine Adoptiveltern freundliche, großzügige Menschen waren, hatte Gary geholfen, seine Situation zu akzeptieren. Er würde es niemals gutheißen, was sie getan hatten, aber er hatte genügend über schreckliche Kindheiten gehört, um dankbar für die Winters-Familie zu sein. Sein Bandkollege Ray hatte es nicht so gut gehabt, Prügel waren an der Tagesordnung gewesen. Dazu eine Mutter, die ihren Mann verteidigte, egal, wie er sich verhielt. Sich bei Ray über sein Schicksal zu beschweren wäre gewesen, als würde man über einen Papierschnitt im Finger jammern, während dem Typ neben einem eine Kugel in der Brust steckte.

»Ich hoffe, Sie verübeln mir die Frage nicht«, sagte Katie, »aber warum haben Ihre Eltern so lange gewartet, es Ihnen zu erzählen?«

Garys erster Impuls war, ihr etwas vorzulügen. Aber er hatte den Eindruck, Katie würde ihn durchschauen. »Das ist ein bisschen kompliziert. Mit Mitte dreißig war ich mit Posy Fuente zusammen. Vielleicht haben Sie …?«

»Sie ist Schauspielerin«, sagte Beth zu Katie.

Katie nickte heftig. »Ich weiß. Sie hat einen Preis beim Sundance Festival gewonnen.«

Gary bezweifelte, dass Katie Posys Name wirklich etwas sagte. Wahrscheinlich hatte sie nur gründlich recherchiert.

»Also«, sagte er, »Posy und ich haben eine Tochter. Allegra. Sie ist zehn. Ich sehe sie nicht so häufig, wie ich es gerne würde, aber … wir haben regelmäßig Kontakt. Und

45

unseren Frieden miteinander gefunden, ihre Mutter und ich. Vor ungefähr einem Jahr bekam Allegra zum ersten Mal diese Krampfanfälle. Sie waren ziemlich schlimm, und die Ärzte konnten die Ursache dafür nicht finden. Also begannen sie zu recherchieren, ob es in Allegras Familie vielleicht einen Hinweis auf eine genetische Störung gab, die vererbbar war. Als sie in Posys Familie nichts finden konnten, wandten sie sich an mich. Ich wusste nichts von irgendwelchen Erkrankungen, fragte aber bei meinen Eltern nach. Anfangs waren ihre Antworten nur sehr vage. Sie wichen meinen Fragen aus und starrten auf den Boden. Ein oder zwei Wochen später hatte sich Allegras Zustand noch immer nicht gebessert, und die Ärzte waren genauso ratlos wie am Anfang. Damals war ich gerade in L.A. Also rief ich zu Hause an und sagte: ›Wenn ihr etwas wisst, irgendetwas, dann müsst ihr es jetzt sagen.‹ Daraufhin packten sie aus. Ich habe die Stimme meines Vaters noch im Ohr. ›Wir können es dir nicht sagen‹, erklärte er, ›weil wir es nicht wissen.‹«

»Wie geht es Allegra jetzt?«, fragte Beth.

»Inzwischen sehr viel besser, danke. Sie muss Medikamente nehmen und so, und Posy lässt sie nicht aus den Augen. Aber die Kleine macht das einfach toll.«

»Das ist gut zu hören«, sagte Katie. »Ich vermute, Sie haben noch immer nicht herausgefunden, ob die Krankheit vererbt wurde?«

Gary veränderte seine Sitzposition. Es kam ihm vor, als wären seine Beine zu lang für den Sessel. »Nein, aber jetzt ist etwas anderes fast noch wichtiger geworden. Ich will meine biologische Mutter finden, weil ich ihre Geschichte erfahren möchte. Ich muss wissen, warum sie mich nicht behalten hat. Ob es ihr gut geht. Ob sie jemals geheiratet hat und ich noch Brüder und Schwestern habe. Und ob sie irgendetwas braucht. Ich bin nicht gerade arm, ich könnte ihr helfen.«

»Verstehe«, sagte Katie und hielt das Teesieb über ihre Tasse. Es war schon eine Weile her, seit Gary für einen Tee lose Blätter statt Beutel verwendet hatte. »Und ich weiß auch, dass es sich für Sie wahrscheinlich so anfühlt, als hätte Ihre Mutter Sie nicht gewollt. Aber glauben Sie mir, damit liegen Sie falsch. Ich bin mir sicher, sie hat Sie sehr geliebt. Es waren die Umständen damals ... Die jungen Frauen hatten keine Wahl. Es hört sich schrecklich an, aber ziemlich viele Mütter dachten tatsächlich, ihren Babys ginge es woanders besser. Man hat ihnen eingeredet, sie wären nicht in der Lage, ein Kind großzuziehen.« Katie stockte. Es fiel ihr sichtbar schwer, darüber zu reden.

Gary vermutete, dass es ihm ähnlich gehen würde, hätte er an einem so fürchterlichen Ort gearbeitet. Trotzdem tat ihr Trost ihm gut.

»Das ist noch nicht alles«, sagte Beth. »Ich habe ein bisschen recherchiert. Anscheinend gab es damals keine Unterstützung für alleinstehende Mütter. Keinen Penny. Wenn die Familie Ihrer Mutter nicht bereit war, sie zu unterstützen, besaß sie vermutlich kein Geld, mit dem sie Sie hätte durchbringen können.«

»Was für ein System«, warf Gary ein.

»Haben Ihre Eltern gesagt, warum sie Ihre Adoption so lange geheim gehalten haben?«, fragte Katie.

»Und ist es nicht ungewöhnlich«, fügte Beth hinzu, »eine Geburtsurkunde *fälschen* zu lassen?«

Gary gab der Kellnerin ein Zeichen, ihm einen Kaffee zu bringen. Sie würden noch eine Weile hier sitzen. »Nicht so ungewöhnlich, wie Sie vielleicht denken.« Er wandte sich Katie zu. »Als Sie in dem Heim gearbeitet haben, haben Sie da je mitbekommen, dass Geburtsurkunden ohne den Namen der biologischen Mutter ausgestellt wurden?«

Sie dachte eine Weile nach. »Nein, aber das muss nichts heißen. In Carrigbrack wurde viel verheimlicht. Die Mütter wurden gezwungen, ein Dokument zu unterschreiben, mit dem sie sich verpflichteten, nie nach ihrem Kind zu suchen. ›Abtretungserklärung‹, so hieß das. Sie hatten keine Rechte, geschweige denn eine Lobby. Der nächste logische Schritt könnte gewesen sein, dass ihr Name auf der Geburtsurkunde nicht auftauchte.«

»Damit es so aussah, als hätte es nie eine Adoption gegeben«, sagte Beth.

Garys Caffè Americano wurde gebracht. Er nahm einen gierigen Schluck. »Und das ist mein Problem. Es gibt keine Aufzeichnungen. Anscheinend wurde die ganze Angelegenheit über eine Cousine meines Dads abgewickelt, eine Nonne. Meinen Eltern wurde so gut wie nichts erzählt, nur dass ich in Carrigbrack zur Welt gekommen war, bester Gesundheit war und meine biologische Mutter aus einer ›anständigen‹ Familie stammte. Was immer das heißen sollte.«

»Und …«, begann Katie.

»Entschuldigung. Sie wollten wissen, warum sie mir

nicht die Wahrheit gesagt haben, als ich noch ein Kind war?«

»Ja.«

»Zuerst einmal waren sie gerade erst in eine neue Gegend gezogen, sodass sie niemandem etwas erklären mussten. Niemand stellte ihnen unangenehme Fragen, warum sie plötzlich ein Baby hatten. Außerdem waren sie davon überzeugt, das Richtige zu tun. Und sie hatten Angst, dass ich später von den anderen Jungs in der Schule gehänselt werden würde, wenn die wüssten, dass ich adoptiert worden bin.«

»Ich verstehe«, sagte Katie. »Und wenn diese Nonne mit Ihrem Vater verwandt war, ist vorstellbar, dass sie einen ganz besonderen Handel für Ihre Familie herausschlagen konnte.« Sie unterbrach sich und hob eine Hand an den Mund. »Bitte entschuldigen Sie, Gary. So, wie ich das gesagt habe, hört sich das an, als hätten Ihre Eltern ein gebrauchtes Auto gekauft oder eine Fuhre Heu.«

Gary musste lächeln. »Schon okay.«

»Hat Ihnen die Nonne denn irgendwelche Informationen geben können?«, fragte Beth.

»Sie ist vor zwanzig Jahren gestorben.«

»Oh.« Katie ließ ihre Finger an ihrer Teetasse entlangfahren. »Wissen Sie, ich helfe Ihnen wirklich gern, sofern ich kann. Aber ich frage mich: Sie sind doch ein bekannter Mann. Wäre es da nicht einfacher, mit der ganzen Sache an die Öffentlichkeit zu gehen? Erzählen Sie Ihre Geschichte in einer Talkshow, oder wenden Sie sich an eine Zeitung. Jeder würde sich doch über ein Interview mit Ihnen freuen.«

Katie war ganz schön schlau, ging es Gary durch den Kopf. Einen Augenblick lang dachte er nach. Im Hintergrund klimperte jemand auf dem Klavier. Kaufhausmusik. Das störte ihn nicht; jeder Musiker musste irgendwie Geld verdienen. Um Katie und Beth zu erklären, warum er nicht an die Öffentlichkeit gehen wollte, müsste er seine Lebensgeschichte erzählen. Er müsste ihnen deutlich machen, dass er sich in Kreisen bewegt hatte, in denen das Leben eine einzige Party war. Seit er mit neunzehn das erste Mal mit Black Iris nach Amerika gereist war, hatte er alle Klischees eines Rockstars ausleben können – und es in den meisten Fällen auch getan. Wie hieß es so schön in dem Warnhinweis zu Beginn seines Lieblingspodcasts über wahre Verbrechen? »Diese Story beinhaltet anstößige Sprache und erotischen Inhalt.« Zwei Jahrzehnte lang war er von einer Stadt zur nächsten gereist. Er war auf den besten Partys gewesen – und auch auf einigen der schlechtesten. Er hatte sämtliche Formen von Exzess kennengelernt, auf jedem Kontinent.

Er redete sich gerne ein, dass es ihm wesentlich besser ergangen war als den meisten anderen. Er war weder alkohol- noch drogensüchtig geworden. Sein Hirn hatte sich nicht verflüssigt. Und er litt auch unter keinen ansteckenden Krankheiten. Worunter er allerdings litt, war ein ziemlich verkorkstes Privatleben.

Aus seiner ersten Ehe mit einer Sängerin namens Lorena Sands waren zwei Söhne hervorgegangen. Sie waren inzwischen erwachsen, und er traf sie ab und zu. Zum Glück hatte seine zweite Ehe – mit dem Model Carly McCall – nicht lange genug gehalten, als dass sie Kinder bekommen hätten. Trotzdem hatte er noch einen Sohn, das Ergebnis einer Affäre mit einer Journalistin. Und dann war da noch Allegra. Auch wenn sie sechstausend Meilen entfernt lebte, hoffte er, dass er eine gute Beziehung zu ihr hatte. Mehr als zwanzig Jahre nach der Geburt seines ersten Kindes war er endlich dabei zu lernen, was es hieß, Vater zu sein.

Zwar hatte er Frauen nie zum Sex gezwungen, gut behandelt hatte er sie trotzdem oft nicht. Zu viele hatte er verlassen und zu selten ihre Gefühle berücksichtigt. Für die Männer seiner Generation nichts Ungewöhnliches, aber trotzdem: Die Zeiten hatten sich geändert. Wenn er Journalisten von seiner Vergangenheit erzählte, würden sie und auch andere ihrer Zunft das nur als Anlass nehmen, um noch ein wenig mehr darin herumzustochern. Dann würde in der Ära von #MeToo und #TimesUp sein damaliges Verhalten neu bewertet werden, und das Ergebnis wäre bestimmt nicht nett. Er würde als sexsüchtiger Macho dargestellt werden, der sich immer genommen hatte, was er wollte, ohne Rücksicht auf Konsequenzen. Und schon würde sein Porträt in der Galerie der widerlichsten Männer der Welt hängen.

Außerdem könnten bei einer genaueren Betrachtung seines Lebens auch die Fragen auftauchen, warum Black Iris bereits seit drei Jahren nicht mehr auftraten und warum der Bassist und der Sänger, die seit Kindesbeinen an miteinander befreundet waren, nur noch über ihre Manager und Anwälte miteinander kommunizierten.

Er vermutete, dass Katie bereits einen Teil seiner Vergangenheit kannte. Vieles davon war online nachzulesen.

51

Dennoch wollte er ihr begreiflich machen, warum es ein Fehler wäre, mit der Presse zu sprechen. Also haspelte er sich durch eine Erklärung, wobei er vorgab, sich Sorgen um seine Eltern zu machen. Sie würden es nicht mögen, wäre von ihnen in der Öffentlichkeit die Rede, sagte er.

Katie wirkte nicht vollends überzeugt, widersprach aber nicht. Sie hob ihre rote Handtasche auf und zog ein abgegriffenes Notizbuch mit braunem Umschlag hervor. »Erinnere mich bitte daran«, sagte sie zu Beth, »dass ich demnächst eine neue Hülle besorge. Sonst fällt es noch gänzlich auseinander.«

»Mache ich.«

Als Nächstes setzte Katie ihre Lesebrille mit dem goldenen Gestell auf. »Nun, Gary«, sagte sie, »wie ich Ihnen in meiner E-Mail schon geschrieben habe, gab es am zwölften August 1971 in Carrigbrack keine Geburt. Auch auf den Namen Gary bin ich nicht gestoßen, also müssen Ihre Adoptiveltern ihn Ihnen gegeben haben. Allerdings wurden drei Jungen im Juli geboren und zwei weitere im August. Davor und danach kamen eine ganze Weile keine Babys zur Welt. Wenn man dies in Betracht zieht, könnten Sie einer dieser fünf Jungen sein. Haben Sie etwas zum Schreiben dabei?«

»Ich kann mir alles im Handy notieren.« Gary zog es aus der Innentasche seiner Lederjacke. »So geht es uns allen irgendwann«, sagte er in einem, wie er hoffte, lockeren Tonfall zu Beth, als er sich ebenfalls seine Brille aufsetzte.

»Also schön«, fuhr Katie fort. »Es wäre also denkbar, dass Sie einer dieser fünf Jungen sind.«

Sie diktierte ihm langsam und deutlich die Namen der Frauen. Die echten, nicht die, die sie im Heim hatten verwenden müssen. Gary hatte Schwierigkeiten mitzuschreiben. Seine Hände zitterten. So nah war er der Wahrheit noch nie gewesen.

Die Namen flatterten wie Schmetterlinge durch seinen Kopf. Seine Mutter könnte Gráinne gewesen sein. Oder Tina. Oder Edel, Noreen, Olivia. Möglicherweise hatte seine Mutter ihn Paul genannt. Oder Séamus, Kevin, Martin oder John.

»Danke«, sagte er zu Katie. »Danke. Danke. Danke.«

Sie lächelte. »Das allein bringt Sie noch nicht sonderlich weiter.«

»Aber es ist ein Anfang«, meinte Beth.

»Können Sie …«, begann er und stockte kurz. »Können Sie sich an irgendeine der Frauen erinnern?« Dann hielt er inne. »Verzeihen Sie, das war eine dumme Frage. Das Ganze ist beinahe fünfzig Jahre her, und ich kann mich kaum noch erinnern, wen ich letzte Woche getroffen habe.«

»Zufällig«, sagte Katie, »erinnere ich mich tatsächlich an zwei von ihnen. An Olivia, weil sie versucht hat zu fliehen. Die Polizei hat sie zurückgebracht, auch wenn ich nicht weiß, warum die Beamten involviert waren. Sie war eine echte Schönheit, eine wunderbare junge Frau.«

Gary nickte ermutigend.

»Und an Edel erinnere ich mich, weil sie älter war als die meisten. Schon Mitte dreißig.«

»Was bedeutet, dass sie jetzt etwa achtzig sein müsste«, warf Beth ein.

»Falls sie noch lebt«, fügte Gary hinzu. »Ich denke, ich sollte mit ihr beginnen. Mit Edel Sheehan.« Allein ihren Namen auszusprechen veränderte etwas in ihm. Und wenn Edel nicht seine Mutter sein sollte, dann war es eben Olivia Farnham. Oder Tina McNulty. Oder Noreen Nestor. Oder Gráinne Holland. Er musste die Liste nur abarbeiten, dann würde er seine biologische Mutter schon finden.

»Viel Glück«, sagte Katie. »Es wird keine leichte Aufgabe. Und ... ich weiß nicht, wie ich es ausdrücken soll, aber gehen Sie behutsam vor. Wenn Sie Ihre biologische Mutter wirklich finden sollten, kann es gut sein, dass sie eine Weile braucht, um mit der neuen Situation klarzukommen.«

Garys Kopf schwirrte von den Neuigkeiten, die er erfahren hatte. »Danke«, sagte er. »Und ... also, ich hatte gehofft, Sie könnten mir noch bei einer anderen Sache helfen.«

Kapitel 5

Damals – Patricia

»Hier in Carrigbrack wirst du lernen, dass jedes Handeln Konsequenzen hat«, sagte Schwester Agnes. »Ich bin mir bewusst, dass einigen jungen Frauen heutzutage die Vorstellung altmodisch vorkommt. ›Schwester‹, sagen sie zu mir, ›die Welt hat sich geändert. Wir können tun und lassen, was wir wollen.‹ Vielleicht hast du so etwas Ähnliches auch bereits gedacht. Aber«, die Nonne sah Patricia scharf an, »zweifellos beginnst du zu begreifen, wie falsch solche Ideen sind. Wir können unsere Moral nicht einfach so über Bord werfen und uneheliche Kinder in die Welt setzen.«

Patricia befand sich bereits zehn Minuten in dem holzvertäfelten Büro, und der größte Teil von Agnes' Vortrag war unerwartet harmlos gewesen. Die Schwester thronte hinter einem massiven Schreibtisch und rasselte mechanisch eine Reihe von belanglosen Regeln herunter. Wie jemand, der das schon Tausende Male zuvor getan hatte, was vermutlich der Realität entsprach. Abgesehen von einem Ewiglicht waren die Wände nackt. In einem großen Bücherschrank standen überwiegend Schriften über weibliche Heilige. Patricia musste innerlich schmunzeln bei

dem Gedanken, die Nonne könnte hinter ihnen die ein-
geschmuggelte *Country-Girls*-Trilogie oder *Das Tal der
Puppen* verstecken.

Es war ihre erste Begegnung mit der Frau, die den Alltag
im Heim überwachte. Patricia war am Abend zuvor erst
spät in Carrigbrack angekommen. Während Pater Cusack
zu Tee und Gebäck gebeten worden war, hatte eine hagere
Nonne in schwarzer Tracht und mit einem Gesichtsschleier
Patricia ihren Schlafsaal gezeigt und sie angewiesen, sich so
leise wie möglich bettfertig zu machen. »Die anderen Mädchen wären mit Sicherheit nicht sehr erfreut darüber, wenn
du ihren Schlaf störst«, hatte sie gesagt. Patricias Bitte um
ein Glas Wasser wurde nur mit hochgezogener Augenbraue
und langsamem Kopfschütteln beantwortet. Am anderen
Ende des Saals hatte eine junge Frau geweint; ihr unter-
drücktes Schluchzen hatte in der Stille ringsum noch lauter
gewirkt.

Agnes sah sehr viel netter aus, als es Patricia für eine
Schwester in ihrer Position angemessen schien. Mit ihrem
rundlichen Gesicht, den kleinen Brillengläsern und den
rosigen Wangen wirkte sie freundlich, regelrecht sanft.
Doch Patricia hatte bereits genug von Carrigbrack gesehen, um zu ahnen, dass hier nichts sanft oder freundlich
war.

Sie hatte früher schon von den Heimen gehört. Wer
nicht? Sobald ein Mädchen zehn oder elf Jahre alt war,
wurde es beim kleinsten Anzeichen von Ungehorsam gewarnt: Wenn du nicht aufpasst, endest du in Carrigbrack.
Die Realität schien noch schlimmer zu sein als die Gerüchte.

Von einer riesigen Eingangshalle mit glänzendem Fußboden gingen mehrere Flure ab. Die zukünftigen Mütter schliefen in Sälen, die Babys in einer spartanisch eingerichteten Kinderstation. Es gab keine Fotos, keine persönlichen Gegenstände und kaum Spielzeug. Jeder Raum war mit Heiligenfiguren und -bildern dekoriert. Die Büßerinnen, wie Schwester Agnes die Heimbewohnerinnen nannte, trugen dunkelblaue Uniformen aus steifem Stoff, der scheuerte und kratzte. Sie aßen in einem zugigen Speisesaal. Die Nonnen und die Krankenschwestern, die ihnen bei der Geburt und der Pflege der Babys halfen, hatten einen separaten Essensraum. Die Messe wurde jeden Morgen um sieben gefeiert, das Abendgebet fand um sechs Uhr statt, und um neun gingen die Lichter aus.

Neue Mütter durften ihre Babys nur im Arm halten, solange sie sie stillten oder fütterten. Die meiste Zeit des Tages war es verboten zu reden. An Flucht zu denken machte keinen Sinn. Das nächstgelegene Dorf war mehr als eine Meile entfernt, und die meisten Leute in der Gegend waren Befürworter des Heims. Wer weglief, wurde schnell entdeckt und zurückgebracht. Mädchen, die gegen die Regeln verstießen, mussten mit einer Bestrafung rechnen, die von Mehrarbeit über zusätzliche Gebete bis hin zum Abschneiden der Haare reichte. Wer glücklich wirkte, wurde misstrauisch gemustert.

Patricia hatte manches davon durch geflüsterte Gespräche mit dem Mädchen im Nachbarbett erfahren, manches auch von Schwester Agnes. Die anderen jungen Frauen, die sie bisher gesehen hatte, machten auf sie einen unterwürfigen und verängstigten Eindruck. Vermutlich würden, selbst wenn die Türen innerhalb der Anstalt nicht verschlossen wären und die Tore weit offen stünden, nur die wenigsten gehen. Wohin sollten sie auch?

Agnes redete immer noch. Ihre Stimme klang jetzt strenger.

»Deine Aufgabe ist es, über die Sünde nachzudenken, die dich hierhergebracht hat. Und darüber, wie du Buße tun kannst. Du hast deiner Familie großen Kummer bereitet. Als ich Anfang dieser Woche mit deiner Mutter gesprochen habe, war sie sehr unglücklich. Denke immer daran, dass, egal, was andere auch behaupten, nichts an Respekt und Bescheidenheit falsch ist. Männer können nun mal nicht anders. Deshalb haben wir Frauen die Aufgabe, dafür zu sorgen, dass unsere Gesellschaft auf dem richtigen, gottesfürchtigen Pfad bleibt. Verstehst du?«

So gerne Patricia auch widersprochen hätte, ihre Fügsamkeit gewann die Oberhand. »Ja, Schwester.«

»Wir erhalten zwar nicht viel Dank, aber die zukünftigen Generationen werden es zu schätzen wissen, dass wir standhaft geblieben sind und unsere Kinder vor einem Leben in Verderbtheit und Sünde bewahrt haben.«

Als Patricia schließlich eine Frage stellen durfte, klangen ihre Worte hölzern. »Ich würde gerne wissen, ob ich auf der Kinderstation arbeiten darf. Ich glaube …«

»Auf keinen Fall. Dort setzen wir nur die vertrauenswürdigsten Frauen ein, und nach allem, was ich über die Umstände deiner Verfehlung gehört habe, glaube ich nicht, dass du in diese Kategorie fällst. Ein wenig Arbeit an der

frischen Luft wird dir guttun. Wir bauen unser eigenes
Obst und Gemüse an, es gibt immer viel zu tun.«

»Aber …«

»Ich sagte Nein.«

Sehr zu ihrem Ärger spürte Patricia Tränen aufsteigen.
Nicht weinen, dachte sie. Du darfst jetzt nicht weinen.

»Einige, darunter auch ein paar meiner Schwestern«,
fuhr Schwester Agnes fort, »glauben, dass deine Schande
ewig währen wird. Nun, ich teile ihre Meinung nicht. Du
bist gefallen, kannst aber wieder aufstehen. Der Tag wird
kommen, an dem du von hier fortgehen und neu anfangen
wirst. Aber ich warne dich, Patricia: Wenn du dich be-
nimmst, als gehörtest du in die Gosse, dann wirst du auch
in der Gosse enden.« Sie schob ein paar Papiere zurecht
und lächelte schwach. »Aber bevor wir noch mehr Zeit ver-
geuden, bringe ich dich jetzt raus in den Garten. Schwester
Sabina ist dort zuständig. Sie wird dir sagen, was du zu tun
hast.«

In dieser Nacht konnte Patricia nicht schlafen. Sie hatte
noch immer nicht akzeptiert, dass sie schwanger war. Und
jetzt konnte sie kaum fassen, dass sie hier war, an einem
Ort voller fremder Frauen, einen Namen trug, der nicht
ihrer war, und sich an Regeln halten musste, die keinen
Sinn ergaben. Ein Ort ohne Farbe, ohne Geborgenheit, wo
sie keinerlei Mitbestimmungsrecht hatte. Selbst ihr Körper
gehörte ihr nicht.

Sie dachte an Mike und wie wunderbar am Anfang alles
gewesen war. Wie sie sich stundenlang geküsst hatten. Wie
sie ihm geglaubt hatte, was er sagte. Würde er erfahren, was

59

mit ihr geschehen war? Und falls ja, was würde er denken? Würde er wie alle anderen meinen, dass es so am besten war?

In der Dunkelheit, allein mit ihren Gedanken, erlaubte sie sich zu weinen.

Am Anfang weinte Patricia jede Nacht ihr Bettlaken nass. Sämtliche ihrer Gedanken begannen mit »was, wenn« oder »wenn ich nur«. Sie war voller Bedauern und Wut und noch Hunderter anderer Gefühle. Das Chaos in ihrem Kopf passte zu ihrem Körper, der sich seltsam anfühlte und langsam eine Form annahm, die sie nicht schlafen ließ. Tagsüber war ihr zu heiß, nachts wurden ihre Glieder steif vor Kälte. Und falls sie irgendetwas lernte, dann, dass es sich nicht lohnte, sich zu beklagen. Wenn überhaupt, führte es nur zu Bestrafungen.

Erst mit der Zeit gewöhnte sie sich an ihre Lage. Es war nicht unbedingt ihr Wunsch gewesen, aber jetzt wuchs in ihr ein kleiner Mensch heran. Er trat und bewegte sich. Wer wusste, was er oder sie alles für großartige Sachen im Leben vollbringen würde. Fußball spielen, in einer Band singen, Krebs heilen. Vielleicht würde er oder sie aber auch ein ganz normales Leben mit einem ganz gewöhnlichen Job und einer Durchschnittsfamilie führen. Zum ersten Mal wurde ihr klar, wie angenehm ein normales, geradliniges Leben mit einem liebenden Partner sein musste. Keine Heimlichtuereien, keine Spielchen, einfach nur Ehrlichkeit und tiefe Verbundenheit. So oder so, das Baby war real, und es war ihres. Es gehörte weder Mike noch ihren

Eltern. Es gehörte weder Schwester Agnes noch Mutter Majella noch Schwester Sabina. Sabina war gefürchtet, hatte eine unendliche Reihe an Beleidigungen auf Lager und eine Stimme, mit der man vermutlich Möbel abbeizen könnte. Unter ihrer Aufsicht mussten selbst Hochschwangere bis zur letzten Minute vor der Geburt arbeiten. Patricia hatte entsetzt zugesehen, wie eine junge Frau, der während der Kohlernte schlecht geworden war, von der Nonne beschimpft wurde.

»Es ist mir egal, ob du bis Mitternacht hier bist«, hatte sie gesagt. »Hauptsache, du wirst mit deiner Arbeit fertig.«

Als Patricia ihre Eltern gefragt hatte, ob sie das Kind behalten durfte, hatte sie die Frage nicht ganz ernst gemeint. Sie hatte sie nur schockieren wollen. Doch während die Tage und Wochen vergingen, begann sie zu überlegen, ob das nicht tatsächlich möglich wäre.

Je mehr sie von den anderen Frauen erfuhr, desto interessanter erschienen sie ihr. Wie schnell stempelte man sie doch als gleich ab, obwohl in Wahrheit keine der anderen glich! Manche wirkten besorgt und waren in sich gekehrt, andere schienen kaum zu wissen, wie sie schwanger geworden waren. Die meisten jedoch waren witzig und gescheit. Manchmal vergaßen sie ihre derzeitige Situation. Dann erzählten sie Geschichten von daheim, ahmten die Nonnen nach oder ließen ihrer Fantasie freien Lauf und schmiedeten Pläne für ihre Zukunft.

Ein paar der Frauen waren in wirklich schlechtem Zustand. Die eine war abgemagert und hatte überall blaue Flecken, die andere eine Ringelflechte im Gesicht, während die dritte unter chronischem Husten litt. Ihnen wurde so gut wie nicht geholfen. Warum tun die Krankenschwestern nicht mehr für sie?, dachte Patricia. Sie hatte eine regelrechte Abneigung gegen die Krankenschwestern entwickelt, die herumstolzierten, als wären sie etwas Besseres.

Die Nonnen, insbesondere Agnes und Sabina, hielten den Müttern regelmäßig Standpauken über ihr eigenes Versagen und das von anderen. Miniröcke, Maxiröcke, langes Haar, kurzes Haar, englisches Fernsehen, amerikanische Musik, Schundromane, die weltlicheren Messen, die sich immer stärker verbreiteten: Alles sei schuld daran, dass die Gottlosigkeit zunahm und die Moral der Nation erschreckend war. Mehr als einmal fing Patricia während einer solchen Rede den Blick einer der anderen jungen Frauen auf, und dann mussten sie beide ein Kichern unterdrücken.

Nach ein paar Wochen hatte sie sich an den neuen Rhythmus gewöhnt. Jeder Tag war gleich: beten, arbeiten, beten und noch mehr arbeiten. Die Nachmittage wurden zunehmend länger. Patricia und die anderen verbrachten endlose Stunden auf den Feldern, ernteten Kohl und Brokkoli, Salat und Schalotten. Sie säten, dünnten Reihen aus und stutzten Pflanzen, bis ihre angeschwollenen Körper nach einer Ruhepause schrien.

»Am Anfang dachte ich, du wärst arrogant«, sagte Winnie irgendwann, »aber eigentlich bist du ganz in Ordnung.«

»Danke«, erwiderte Patricia, die gerade Gurkensamen so in kleine Erdrillen säte, wie Sabina es ihr gezeigt hatte. Die

Schwester hatte kurz etwas anderes zu tun, daher konnten sie sich unterhalten.

»Ich will dich nicht beleidigen, aber du wirkst wirklich ein bisschen hochnäsig. Als wärst du gebildeter als wir oder so. Trotzdem glaube ich, dass du hinter dieser Fassade genauso bist wie wir.«

»Jedenfalls sind wir alle in derselben Situation.«

»Weil wir mit 'nem Braten in der Röhre sitzen gelassen wurden, meinst du?«, sagte Winnie, und beide lachten. Schwarzer Humor war in Carrigbrack an der Tagesordnung.

Winnie kam aus dem County Sligo. Sie hatte schwarzes Haar, das beim Gehen mitschwang, vereinzelte Sommersprossen und ein breites Lächeln. Im Vergleich zu ihr kam sich Patricia farblos und trist vor.

»Gott, ist das unbequem«, meinte Winnie. »So im Beet zu hocken ist ganz sicher nicht gut für Schwangere. Setz dich mal für einen Moment hin.«

Patricia zögerte.

»Keine Sorge. Wir sehen schon, wenn Sabina zurückkommt.«

»Und wenn nicht, dann hören wir sie mit Sicherheit. Ich habe eher Angst davor, dass ich nicht wieder hochkomme, wenn ich mich erst einmal hingesetzt habe.«

Winnie drehte ihr Gesicht zur Sonne. »Also, was ist deine Geschichte?«

»Wahrscheinlich ist sie ähnlich wie deine. Ich habe den falschen Mann kennengelernt, und dann … na, du kannst es dir denken.«

»Ist er abgehauen?«

»Ja und nein.« *Ach, warum nicht die Wahrheit sagen?* »Er ist verheiratet.«

»Aha. Und sicher hat er immer behauptet, dass er sie verlassen würde, oder?«

»Ich habe ihn nie danach gefragt.«

»Also warst du ein ziemlich schamloses Frauenzimmer.«

Winnie klang eher amüsiert als verurteilend, und Patricia lächelte. »Was ist mit dir?«

»Reine Dummheit, wenn ich ehrlich bin. Als wir uns kennengelernt haben, war ich verrückt nach ihm. Er wollte unbedingt Sex mit mir, und ich hab nachgegeben. Ich hoffe, er hat's genossen, denn für mich war es nur viel Gestoße und Gestöhne. Ich weiß noch, wie Sabina mal gesagt hat: ›Und all das für zehn Minuten der Lust.‹ Und ich dachte, zehn Minuten? Schön wär's. Jedenfalls, bevor ich so richtig wusste, was geschehen war, blieb meine Periode aus. Ich hab mich in der Schule übergeben, sie haben mich nach Hause geschickt, meine Eltern haben eins und eins zusammengezählt ... und hier bin ich.«

»Was hat dein Freund gesagt?«

»Nicht viel. Nachdem ich es ihm erzählt habe, ist er nach Manchester gezogen.«

Patricia versuchte, mit einem Fingernagel den Dreck unter einem anderen hervorzukratzen. »Wie erbärmlich.«

»Ich weiß. Der miese Wichser. Wenn ich erst mal von hier weg bin, will ich ihn besuchen und ihm gehörig Angst einjagen. Manchmal stelle ich mir vor, wie er gerade einem Mädchen die Zunge in den Mund steckt und ich plötzlich hinter ihm auftauche und brülle: ›Überraschung! Na, erinnerst du dich noch an mich?‹« Winnies Locken wippten im Takt ihrer Worte.

Patricia spürte ein Lachen wie das Schnurren einer Katze in sich aufsteigen, und dann lachten sie beide urplötzlich laut los. »Ich sehe es geradezu vor mir. Der arme Kerl, er tut mir fast leid.«

»So weit würde ich nicht gehen. Aber fairerweise muss man hinzufügen, dass er eine Scheißangst hatte, mein Vater könnte ihm die Polizei auf den Hals hetzen. Jetzt bin ich sechzehn, aber zu der Zeit war ich erst fünfzehn.«

»Wirklich? Ich habe dich für älter gehalten. Na dann: Du hast noch dein gesamtes Leben vor dir, wie Schwester Agnes sagen würde.«

Winnie ließ etwas Erde durch ihre Finger rieseln. »Hat sie das zu dir gesagt? Mir hat sie gesagt, ich allein sei schuld an alldem und dass es gut sein könne, dass aus mir nichts mehr wird. ›Du hast dir dein ganzes Leben zerstört‹, hat sie gesagt. ›Aber wir werden dir nicht erlauben, dass du auch das Leben deines Kindes kaputtmachst.‹«

Patricia beschloss, das Thema zu wechseln. »Wann ist dein Stichtag?«

»Nächsten Monat. Und deiner?«

»Im August.«

»Dann ist dein Baby aber ziemlich groß. Oder sind es Zwillinge?«

»Großer Gott, was für ein schrecklicher Gedanke!« Patricia spürte, wie ein Schweißtropfen ihren Rücken hinunterlief.

»Keine Sorge, ich mache nur Spaß.«

»Weißt du schon, wie es weitergeht? Würdest du das Kind gerne behalten, wenn es möglich wäre?«

»Ich ändere jeden Tag meine Meinung. Ich bin mir nicht sicher, ob ich eine gute Mutter wäre. Aber gleichzeitig hätte ich gerne die Wahl. Ergibt das für dich einen Sinn?«

»Das tut es, ja. Wirst du die Schule fertig machen?«

»Du spinnst wohl«, sagte Winnie. »Jemanden wie mich lassen sie doch nicht mehr zurück in ihre heiligen Hallen. Ich könnte die anderen schließlich mit meiner verderbten Art anstecken! Glaub mir, es ist wahrscheinlicher, dass ich Miss Irland werde, als dass ich meinen Schulabschluss mache.«

»Wenn wir hier rauskommen, bist du auf jeden Fall eine gute Gärtnerin.«

»Nur wenn ich bleibe.«

»Wie meinst du das?«

Winnie beugte sich zu Patricia. »Ich hab ein Loch in der Hecke hinterm Gebäude entdeckt. Selbst in diesem Zustand«, sie tätschelte ihren Bauch, »sollte es möglich sein, sich da durchzuzwängen.«

Patricia wollte sie gerade fragen, wohin sie dann gehen würde, als ein paar der anderen Mädchen, die sich ebenfalls hingesetzt hatten, sich wieder aufrappelten. »Verdammt, Sabina kommt zurück.«

Von da an hatte sie immer ein Auge auf Winnie.

Alle zwei Wochen erhielt Patricia einen Brief von zu Hause. Jeder einzelne war sterbenslangweilig – Patricia vermutete, dass ihre Mutter alles Interessante bewusst außen vor ließ. Meistens legte sie Artikel aus dem *Sacred Heart Messenger* oder dem *Saint Martin Magazine* bei. Patricia war froh, dass sie nicht zurückschreiben durfte.

Doch der Brief, der Mitte Juni eintraf, war anders als die vorangegangenen. Ihre Mutter schrieb von Mike – oder Mr Langan, wie sie ihn weiterhin nannte. Ihr Vater hatte ein Treffen mit ihm arrangiert, und sie hatten sich ausführlich unterhalten. Allein die Vorstellung verursachte Patricia einen bitteren Geschmack im Mund.

Sie erinnerte sich nicht mehr daran, wann sie Mike zum ersten Mal gesehen hatte. Er war schon immer da gewesen, ein Fixpunkt im Dorfleben. Als junger Teenager war sie in ihn verknallt gewesen. Er hatte dieses offensichtliche gute Aussehen, das Vierzehnjährigen gefiel: glänzendes schwarzes Haar, haselnussbraune Augen und leicht gebräunte Haut. Die Leute im Dorf sagten, er habe etwas Südländisches an sich. Mike war sieben Jahre älter als Patricia, ein Erwachsener mit einem Job als Handelsvertreter. Als er sie zum ersten Mal richtig wahrnahm, war sie neunzehn. Und er verheiratet.

Daran, wie es begonnen hatte, erinnerte sie sich hingegen gut. Sie begegneten sich auf der Straße, und sie war überrascht, wie freundlich er zu ihr war. Nein, er war mehr als nur freundlich. Er flirtete regelrecht mit ihr: ein Spiel von Nähe und Distanz, glitzernd und funkelnd. Sie ging weiter, sonnte sich aber im Schein seiner Komplimente. Ein paar Wochen später sahen sie sich wieder. Diesmal in Sheehy's Bar. Patricias Vater hieß es nicht gut, dass sie in Pubs ging;

67

die waren nichts für anständige Mädchen. Wäre es nach ihm gegangen, hätte sie ihr Firmungsversprechen noch mit fünfzig einhalten sollen. Mike schlug vor, die Bar zu verlassen. »Draußen können wir in Ruhe reden«, sagte er.

Sie wusste noch, wie sie in der Dämmerung gestanden hatte, den Rücken an der Wand. Der Abend war mild, nur ein ganz leichtes Lüftchen ging. Er umfasste ihr Kinn und küsste sie. Erst ungestüm, doch dann hielt er inne und liebkoste sanft ihr Gesicht und ihren Hals. Er roch nach Zigaretten, Bier und einem würzigen Aftershave. Vor Lust war ihr ganz schwindlig geworden war. Das also, hatte sie gedacht, ist ein richtiger Kuss.

Ja, ihr war bewusst gewesen, dass es falsch war, was sie tat. Mike war verheiratet. Auch nur an ihn zu denken kam bereits einer Todsünde gleich. Aber mal ehrlich, war das nicht Teil seiner Anziehungskraft gewesen? Ihr Leben war so reich an Pflichten und so arm an Freuden gewesen. In ihrer streng regulierten Welt hatte es keinen Platz für etwas wirklich Aufregendes gegeben. Dennoch konnte sie in Momenten der Stille das Schuldgefühl nicht verdrängen, das ihr sagte, dass sie ihre Strafe verdient hatte.

Nach dem Abend in Sheehy's Bar trafen sie sich so oft wie möglich. Das erste Mal Sex hatten sie in einer leer stehenden Scheune. Danach teilten sie sich eine Zigarette. Anfangs gefiel es Patricia nicht, es wie ein Tier fast im Freien zu machen. Sie träumte von mehr Stil, von einem breiten Bett, von Musik und sanftem Licht. Aber mit der Zeit fand sie sich damit ab, dass es nie so sein würde. Da war sie bereits verliebt. Oder dachte zumindest, dass sie es wäre. Eigentlich fühlte es sich mehr wie eine Krankheit an. Sie sehnte sich nach Mikes Gegenwart, nach seinen Berührungen, wollte ununterbrochen mit ihm zusammen sein. Und wenn sie getrennt voneinander waren, dann träumte sie von ihm. Nein, sie hatte sich nie von ihm gedrängt gefühlt, sondern ihn so begehrt wie er sie. Gedanken an die Zukunft versuchte sie zu verdrängen. Am besten dachte sie überhaupt nichts. Für eine kurze, wunderbare Zeit kam sie sich besonders vor. Glaubte ihm, wenn er sie so bezeichnete. Als etwas Besonderes.

Er beklagte sich nie über seine Frau oder behauptete, Vera würde ihn nicht verstehen. Wenn er von ihr sprach, dann so beiläufig wie von einem Freund oder Verwandten.

Patricia war sich bewusst, dass sich das alles naiv anhören musste. Wobei das vielleicht noch zu freundlich formuliert war. Ihre Mutter hatte gesagt: »Wie dumm muss man eigentlich sein, um sich auf einen verheirateten Mann einzulassen? Niemand wird dich jetzt mehr wollen.«

Bevor sie ihren Eltern von dem Baby erzählte, hatte sie mit Mike gesprochen. Er fragte sie, was sie jetzt vorhabe, als könnte sie aus einer Vielzahl an Möglichkeiten eine auswählen. Dann sagte er: »Es ist vermutlich das Beste, wenn wir einander erst mal aus dem Weg gehen. Es wird Gerede geben.« Sie war zusammengezuckt, als ihr klar geworden war, was er damit meinte: Sie würde keine Hilfe von ihm oder sonst wem erwarten können. Das Baby war ihre Bürde – allein.

Jetzt stand sie in der Nähe der Tür zur Kinderstation und konzentrierte sich wieder auf den Brief. Ihrer Mutter zufolge war das Treffen nicht umsonst gewesen. *Mr Langan hat zugegeben, dass er einen Fehler begangen hat, und er hat sich entschuldigt. Er sagte, er habe sich den Kopf verdrehen lassen, werde aber in Zukunft jeder Versuchung widerstehen.*

Patricias Stirn war feucht von Schweiß. Auf der Kinderstation weinte ein Baby, sein dünner Schrei durchschnitt die Stille.

In dem Brief hieß es weiter: *Er hat deinem Vater erzählt, dass seine Frau schwanger ist. Ihr Baby soll kurz vor deinem auf die Welt kommen, aber das weißt du vermutlich.*

Patricia hielt erneut inne. Eine Krankenschwester warf ihr einen besorgten Blick zu, eilte aber an ihr vorbei.

Mr Langan hat deinen Vater angefleht, die Angelegenheit ruhen zu lassen, und er hat eingewilligt. Wie dein Vater richtig gesagt hat, gehören immer zwei dazu, ihr teilt euch also die Schuld. Wir haben alles gründlich besprochen und beschlossen, dass es besser ist, wenn Mrs Langan nichts von der Untreue ihres Mannes erfährt. Sie führen ansonsten eine gute Ehe. Gott sei Dank hat er seine Lektion gelernt. Zu deinem und ihrem Besten sollten wir kein Wort mehr über die Angelegenheit verlieren.

Patricia hörte auf zu lesen. Die erste Reaktion ihrer Eltern war leichter zu akzeptieren gewesen. Tränen und überschäumende Wut konnte sie verstehen. Vermutlich hätte sie an ihrer Stelle genauso reagiert. Sie konnte ihnen auch verzeihen, dass sie in der Nacht ihrer Abreise so distanziert gewesen waren. Eine Nachwirkung des Schocks. Aber das hier ging tiefer. Es war kälter, kalkulierter. Ein kräftiger Schlag in den Bauch, gefolgt von einem Tritt in die Kniekehlen. Am liebsten hätte sie sich zu Boden sinken lassen, sich zusammengerollt und vor der Welt versteckt.

Jetzt verstand sie, warum viele der jungen Frauen nach England oder Amerika gingen, sobald sie Heime wie Carrigbrack verließen. Nicht, weil sie sich schämten. Sondern, weil man sie im Stich gelassen hatte.

Auf der Kinderstation begann ein weiteres Baby zu weinen. Schwester Eunice lief vorbei, hielt bei Patricias Anblick aber inne und kam zurück.

»Hast du schlechte Nachrichten von zu Hause erhalten?«

»Nein, alles bestens, Schwester.«

Eunice, die nicht viel älter war als die meisten der jungen Frauen, tätschelte ihr den Arm. »Wenn du jemanden zum Reden brauchst, sag mir Bescheid. Du siehst sehr blass aus.«

»Danke, Schwester.«

Patricia faltete den Briefbogen zusammen und ging in ihren Schlafsaal. Zum Glück war er leer. Dort zerriss sie das Papier in kleine Stücke, die sie in den Müll warf.

Kapitel 6

Katie

»Hattest du nicht gesagt, du wolltest dich nicht hineinziehen lassen?«, meinte Beth, als sie von der North Frederick Street in die Dorset Street einbogen. Es war ein schöner Tag mit nur ein paar kleineren Wölkchen am strahlend blauen Himmel, und sie hatten beschlossen, zu Fuß nach Drumcondra zurückzugehen.

»Im Grunde genommen bin ich davon auch nicht abgewichen«, erwiderte Katie. »Ich hämmere ja bei niemandem gegen die Tür und falle ihm auf die Nerven. Und es wäre doch schrecklich für Gary, diese Reise alleine machen zu müssen.«

Garys Vorschlag, ihn nach Carrigbrack zu begleiten, hatte sie vollkommen überrumpelt. Ohne nachzudenken, hatte sie zugesagt.

»Wahrscheinlich willst du nur mal in einem Ferrari sitzen – oder was auch immer er fährt«, meinte Beth.

Katie kicherte. »Ich hoffe, er fährt etwas Vernünftigeres. Ein Sportwagen würde die Fahrt nicht überleben, das kann ich dir sagen. Als ich damals dort gearbeitet habe, war die nächstgelegene Straße nicht mehr als ein Feldweg, und ich wüsste nicht, warum sich das seitdem geändert haben sollte. Das Heim steht schon seit Jahren leer.«

Was Katie nicht sagte, war, wie faszinierend sie das Treffen am Morgen gefunden hatte. Und jetzt, wo sie schon mit im Boot saß, wollte sie nur allzu gern sehen, wohin Garys Suche ihn führen würde. Natürlich trug auch der Glamour, der ihn als berühmten Musiker umgab, seinen Teil dazu bei. Als sie bemerkt hatte, wie ihn zwei Frauen anstarrten, hatte sie schon sagen wollen: »Ja, Ladys, er ist es!« Aber das war es nicht allein. Das Vorhaben, mehr über Garys Herkunft herauszufinden, glich einem besonders komplizierten Sudoku.

Außerdem: Je mehr sie sich auf diese Sache einließ, desto weniger Zeit hatte sie, um über sich selbst nachzudenken. Die Recherchearbeit am Abend zuvor hatte ihr gefallen. Es war spannend gewesen, mehr über Garys Leben als Star mit all seinen Aufs und Abs zu erfahren. Sie hatte in ihrem weichen Hausmantel und mit Pantoffeln an den Füßen dagesessen, ein Glas Weißwein neben sich, und so lange im Netz gestöbert, bis sie die wichtigsten Details kannte. Vermutlich würde sie nie eine Internetexpertin wie ihre Nichte werden, aber sie hatte das Gefühl, zumindest Fortschritte gemacht zu haben.

Trotzdem war sie auf einige von Garys Fragen nicht vorbereitet gewesen. Das musste sich in Zukunft ändern.

»Wann wurde Carrigbrack eigentlich geschlossen?«, fragte Beth.

»Irgendwann in den frühen Achtzigern, aber die Zahl seiner Bewohner ging schon Mitte der Siebziger zurück.

Nachdem die Nonnen Carrigbrack verlassen hatten, wurde es ein Zentrum für Menschen mit Behinderungen. Und ein paar Jahre später wieder geschlossen. Wenn du den Ort erst einmal gesehen hast, wirst du wissen, warum. Er ist sehr einsam. Liegt weit entfernt vom Schuss – und noch ein Stückchen weiter, wie Johnny immer gesagt hat.«

»Bist du seither jemals wieder dort gewesen?«

»O Gott, nein. Ich war so glücklich wegzukommen, ich wollte nie wieder zurück.«

Katie war im Winter 1972 aus Carrigbrack geflohen – zumindest war es ihr wie eine Flucht vorgekommen. Im Sommer zuvor hatte sie bei einem Tagesausflug nach Lahinch auf der niedrigen Mauer am Strand gesessen, als sich ein schlanker Mann mit gewelltem Haar neben sie setzte.

»Was für ein schöner Tag«, sagte er und stellte sich dann als Johnny Carroll vor. Er verbringe zusammen mit ein paar Freunden eine Woche in Clare. Katie war mit einer anderen Krankenschwester aus Carrigbrack dort, einer strengen Frau aus Galway namens Rita Farragher. Sie waren zwar nicht beste Freundinnen, aber Rita besaß einen Wagen, und Katie hatte nie Nein zu ein paar Stunden Freiheit gesagt.

Sechsundvierzig Jahre später konnte sie sich immer noch erinnern, wie salzig die Luft auf ihren Lippen geschmeckt hatte und mit welcher Kraft die Wellen sich aufgetürmt und an den Strand getost waren. Sie hatte gesalzene Strandschnecken aus einer Papiertüte gegessen und noch immer das Klimpern der Pennys der nahe stehenden Spiel-

automaten und das Rumpeln und Quietschen der Auto-
scooter im Ohr. Vor allem aber erinnerte sie sich an Johnnys Sinn für Humor und wie er darauf bestanden hatte,
dass sie ihn zum Tanz im Festsaal an der Strandpromenade
begleitete.

»Ich muss zurück zur Arbeit«, sagte sie. »Ich habe morgen Frühschicht.«

»Ich bleibe nüchtern und fahre dich nach Hause«, gab er
ihr sein Wort.

Und hielt es.

Damals fiel es ihr schwer zu erklären, was sie an Johnny
so anziehend fand. Er war ein durchschnittlich gut aus-
sehender Mann von durchschnittlicher Größe mit einem
sicheren, aber unspektakulären Job bei der Dubliner Kom-
munalverwaltung. Und doch hatte er etwas, das es Katie
erlaubte, ihre Schüchternheit ihm gegenüber abzulegen. Im
Nachhinein wusste sie, dass sie sich in seinen Enthusiasmus verliebt hatte. Johnny sah in allem das Positive. Keinen Tag fand er zu regnerisch, kein Abendessen zu fade. In
seinen Augen war kein Nachbar zu zänkisch, kein Kollege
zu langweilig. Jedes Ding hatte seinen Sinn, jeder Mensch
seine guten Seiten. Bei manchen Leuten wäre Katie dieser
ständige Optimismus auf die Nerven gegangen, doch bei
Johnny erschien er ihr charmant. Es war, als gäbe er jedem,
auch Katie, die Erlaubnis, es sich gut gehen zu lassen. Er
brachte ihr bei, dass es in Ordnung war, andere Leute zu
umarmen, ihnen Komplimente zu machen und ihnen zu
sagen, dass einem ihre Freundschaft viel bedeutete. Einfache, aber wichtige Dinge. Beths Generation, so kam es

Katie vor, fiel es von Natur aus leicht, innig und vertraut miteinander umzugehen, und darum beneidete sie sie.

Die Arbeit in Carrigbrack hatte sie hart gemacht. Nach einem Jahr hatte sie sich an die Regeln und Abläufe im Heim gewöhnt, sodass sie nur noch die schlimmsten Fälle von Grausamkeit als solche wahrnahm. Mehr als einmal hatte sie eine junge Frau wegen einer Kleinigkeit angeschnauzt, anstatt sie zu trösten. Ja, sie sammelte noch immer die Armbänder der Babys; ja, sie notierte weiterhin ein paar Details zu jeder Mutter; aber sie tat es eher, weil es zur Routine geworden war, nicht, weil sie so etwas wie Mitgefühl oder Solidarität empfand. Rückblickend wusste sie, dass sie sich einen Schutzpanzer zugelegt hatte. Damals befürchtete sie, dass man sie einer Gehirnwäsche unterzogen hatte, und bis zum heutigen Tag hatte sie an ihrem Verhalten in einigen Situationen damals zu knabbern.

Bei ihrem zweiten Treffen mit Johnny hatte sie ihm erzählt, wie unglücklich sie in Carrigbrack war. Eigentlich wollte sie nur einmal alles loswerden, doch er sagte entschieden: »Dann müssen wir dich da rausholen, Kateser.«

Bei ihrem dritten Treffen, im Imperial Hotel in Lisdoonvarna, machte er ihr einen Heiratsantrag.

Weder ihr Vater Oliver O'Dea noch ihre Mutter Mary Ann waren angetan davon, dass ihre älteste Tochter einen Fremden heiratete, noch dazu aus Dublin. Olivers Ansicht nach war die Hauptstadt eine Brutstätte für Diebe und Scharlatane jeglicher Couleur, in der die Sünde ungezügelt wütete und Frauen die Kontrolle über sich verloren. »Nicht mehr lange, und wir sind kein Stück besser als die Engländer«, sagte er zu jedem, der bereit war, ihm zuzuhören. Er meinte auch, Katie sei zu weich und Johnny nur auf ihr Geld aus. Und selbst wenn seine erste Behauptung gestimmt hätte – die zweite war kompletter Unfug. Die O'Deas waren eine respektable Familie, aber Reichtümer besaßen sie nicht. Ihr Haus war alt und runtergewohnt mit einer Außentoilette und Schimmel an den Schlafzimmerwänden.

Aber diesmal war Katie entschlossen, ihre eigene Entscheidung zu treffen. Ihre Eltern boykottierten ihre Hochzeit und beschränkten die Kommunikation auf sporadische Briefe, doch das war ihr egal. Sie schwebte durch diese Monate, so leicht wie die Schirmchen einer Pusteblume. Es kam ihr vor, als würde ihr Leben gerade erst beginnen. Für sie war Dublin eine Art Befreiung. Und natürlich war es hilfreich, dass Johnny aus einer dieser glücklichen Familien stammte, in der man sich höchstens darüber stritt, wer die Haut vom Milchreis bekam.

Während ihre Mutter mit den Jahren etwas sanftmütiger wurde, weigerte sich ihr Vater standhaft, Johnny voll und ganz zu akzeptieren. Katie war erstaunt darüber, wie altmodisch sich das anhörte, aber sie hatte tatsächlich auf einen Mann gewartet, der sie rettete. Und dann hatte ihr Vater ihr die kalte Schulter gezeigt. Würde Beth das hören, wäre sie entsetzt. Doch im Jahr 1972 war ihr das alles vollkommen normal vorgekommen.

»Also, was hältst du von Mr Rock 'n' Roll?«, fragte ihre Nichte, während sie auf der Dorset Street an mehreren Geschäften entlangschlenderten: einer Pizzeria, einem Wett-

77

büro, einem polnischen Supermarkt und einem »Geschäft für Erwachsene« mit schwarzen Schaufenstern.

»Eigentlich fand ich ihn ganz nett«, erwiderte Katie. »Interessant. Er scheint mir jemand zu sein, der in seinem Leben viel Glück gehabt hat, aber nie richtig wusste, wie er damit umgehen soll.«

»Du hast wirklich ein großes Herz.«

»Wieso?«

»Als er von seinen Kindern erzählt hat, hätte ich am liebsten gesagt: ›Hör mal, Freundchen, wenn dir die eine Familie, die du bereits hast, so unwichtig ist, dann bin ich mir nicht sicher, ob du es verdienst, deine Herkunftsfamilie zu finden.‹ Wie er dahergeredet hat – hier ein Sohn, da eine Tochter. Einmal hatte ich sogar den Eindruck, er hätte den Überblick über seine Kinder verloren.«

»Aber er hat doch gesagt, dass er sich jetzt mehr Mühe gibt.«

»Bestimmt nur, weil in seinem Leben gerade nichts passiert und ihm die hübschen Frauen nicht mehr zu Füßen liegen.«

Katie lächelte. Aus ihrer Sicht war Gary noch ein richtiger Jungspund. Ihr hatten seine tiefe, raue Stimme und sein etwas schaukelnder Gang gefallen. Außerdem sah er recht vorzeigbar aus, wenn sein Hemd und das Jackett seine Tattoos verbargen. Nach allem, was sie online gelesen hatte, war sein bisheriges Leben wie das einer Biene im Klee gewesen.

Sie erreichten den Royal Canal. Auf der einen Seite erhob sich Croke Park, das mehr wie ein UFO aussah als wie ein Stadion. Auf der anderen Seite begann Kildare. Noch immer bereitete es Katie Vergnügen, durch Dublin zu schlendern.

»Es tut mir leid«, sagte sie. »Ich habe dich nie gefragt, ob du mit nach Carrigbrack kommen willst. Ich bin einfach davon ausgegangen.«

»Oh, du kannst auf mich zählen«, erwiderte Beth. »Jetzt, wo ich mehr darüber weiß, würde ich mich gerne mal dort umsehen.«

»Fantastisch. Eine Sache nur: Selbst wenn wir in der Nähe von Danganstown sind, ist es vermutlich das Beste, wenn du deinen Eltern nichts von unserem Ausflug erzählst. Wie ich schon sagte, ich bezweifle, dass deine Mutter verstehen würde, was wir hier tun.«

»Entspann dich. Ich werde ihnen ganz sicher nichts erzählen.«

»Verstehe«, erwiderte Katie. Sie hatte das Gefühl, dass jetzt vielleicht der Moment gekommen war, ein wenig vorzufühlen. »Gibt es irgendwelche Probleme mit deinen Eltern?«

»Nein. Jedenfalls nicht mit Dad.«

»Und was ist mit meiner Schwester?«

»Wäre es okay, wenn wir ein andermal darüber reden?«

»Natürlich, Liebes. Ich möchte nicht, dass du denkst, ich würde meine Nase in etwas reinstecken wollen, was mich nichts angeht.« Auch wenn das genau das war, was sie tat. Aber in Katies Kopf begann eine Idee Gestalt anzunehmen, und sie wollte es sich nicht mit Beth verderben.

Als sie die Brücke erreichten, zog Beth ihr Handy aus

der Tasche ihrer Jeansjacke. »Ich habe mehrere Benachrichtigungen bekommen«, sagte sie, während sie auf den Bildschirm starrte. Dann tippte sie mehrmals darauf herum und grinste. »Tja, wer hätte das gedacht? Zwei weitere Anfragen, und beide wirken echt.«

»Wirklich? Darf ich mal sehen?«

Sie suchten sich ein ruhiges Plätzchen am Kanal, damit Katie die E-Mails lesen konnte. Das dunkle Wasser floss gemächlich an ihnen vorbei.

»Die erste ist wichtig«, sagte sie. »Wir müssen Gary sagen, dass er seine Zeit nicht mit der Suche nach Edel Sheehan verschwenden soll. Sie war nicht seine biologische Mutter – und sie ist tot. Die E-Mail ist von ihrem Sohn.«

Edels Sohn schrieb, es sei ihr gelungen, ihn ausfindig zu machen. Sie hätten sich in den letzten Jahren nahe gestanden, und er würde das Armband gern als Erinnerung an sie haben. *Sie war eine wunderbare Frau*, schrieb er, *die mehr verdient gehabt hätte, als das Leben ihr gegeben hat. Ich bin glücklich, dass wir noch ein wenig Zeit miteinander verbringen konnten.*

»Was ist mit der anderen E-Mail?«, fragte Beth. »Die von dieser Ailish?«

Katie massierte sich mit der freien Hand die Stirn. »Erinnerst du dich, dass ich dir letztens von einem jungen Mädchen in Carrigbrack erzählt habe, das vergewaltigt wurde?«

»Hmh.«

»Ich glaube, Ailish Dwan ist ihre Tochter.«

»Oh«, sagte Beth. »Oh.« Erneut zögerte sie. »Gott, wie

schrecklich. Und gleichzeitig ist es toll, wenn du weißt, was ich meine. Was sollen wir jetzt tun?«

»Wie es aussieht, ist Ailish nicht weit weg gezogen. Sie lebt immer noch in Clare. In Kilmitten. Ich denke, wir sollten uns mit ihr unterhalten.«

Kapitel 7

Ailish

Sie taten das absichtlich, davon war Ailish überzeugt. Es gab Menschen, denen es Spaß machte, ein Hotelzimmer innerhalb einer Nacht so stark wie möglich zu verwüsten. Fünf-Sterne-Hotel – Ein-Stern-Benehmen.

»Wie die Tiere«, sagte sie, als sie das Zimmer mit der Nummer 15 betrat.

Als Erstes sah sie den roten Weinfleck auf dem Teppich. Dann bemerkte sie, dass eines der Bilder von der Wand gerissen worden war. Und den widerlichen Geruch. Als würde irgendjemand oder -etwas unter dem Bett verrotten. Sie öffnete die Fenster und füllte ihre Lungen mit kühler Morgenluft.

Ein kurzer Blick ins Badezimmer bestätigte ihre schlimmsten Befürchtungen. Die Wanne hatte einen Dreckrand, am weißen Badetuch klebte eine Schicht Make-up, und die Toilette … Nun, je weniger man über die Toilette sagte, desto besser.

Das Paar, das die letzte Nacht in Zimmer 15 verbracht hatte, verdiente einen besonders heißen Platz in der Putzfrauen-Hölle. Ailish hatte sie sich vor ein paar Jahren für die allerschlimmsten Gäste ausgedacht. Für die, die Bettlaken zerrissen und Nagellack auf dem Schminktisch auskippten. Für die, die mit dreckverkrusteten Stiefeln durchs Zimmer liefen und den Mülleimer als Aschenbecher benutzten. Oh, und für Leute, die mit den Fingern schnipsten und »Zimmermädchen!« in ihre Richtung riefen.

Manchmal wollte sie sie fragen: »Machen Sie das zu Hause auch?« Doch sie wusste nur zur Genüge, dass die Antwort Ja lauten würde. Viele der Gäste in Rathtuskert Manor konnten sich zu Hause verhalten, wie sie wollten, weil sie dort ebenfalls Angestellte hatten, die ihren Dreck beseitigten. Ailish teilte die Welt auf in die, die sauber machten, und die, die andere das erledigen ließen.

Und trotzdem mochte sie ihren Job.

Sie arbeitete jetzt bereits seit zwanzig Jahren in dem Hotel. Abgesehen von ein paar Wochen Mutterschutz, als ihr jüngster Sohn Stevie auf die Welt gekommen war, hatte sie sich kaum je eine Auszeit genommen. Wahrscheinlich hatte sie alle fünfundfünfzig Räume schon millionenfach geputzt. Sie kannte jede knarrende Holzdiele, jeden tropfenden Wasserhahn, jede störanfällige Steckdose. Es gab nichts, was sie nicht wusste über das Polieren verschmierter Spiegel, das Befreien verstopfter Toiletten und das Beseitigen von Gestank, nachdem jemand sich erbrochen hatte. Einmal war ihr eine Beförderung angeboten worden. Die leitende Position im Housekeeping war frei geworden, und der Geschäftsführer fragte Ailish, ob nicht sie die Stelle haben wolle. Sie entschied sich dagegen. Der Grund dafür war schwer zu erklären. Welcher geistig gesunde Mensch würde schon verstehen, warum sie lieber einen Rollwagen über die unebenen Böden der Manor-Flure schob und den Dreck fremder Leute wegmachte? Warum sie sich für Rückenschmerzen und nach Reinigungsmitteln stinkende Hände entschied? Warum sie nicht lieber ihre Tage damit verbringen wollte, alles zu organisieren und zu überprüfen?

Die Wahrheit war, dass sie aus ihrer Arbeit Befriedigung zog. Wenn sie einen Raum gereinigt hatte, war sie stolz. Sie genoss die Ruhe, während sie arbeitete. Und, so albern das auch klang, sie mochte das, was die wohlhabenderen Gäste zurückließen: teure Duschgels und Cremes, amerikanische Zeitschriften und eine ganze Bibliothek an Büchern. Sie selbst konnte es sich nicht leisten, Luxusartikel wie diese zu kaufen, und wenn sie darauf wartete, dass jemand anders sie damit beglückte, würde sie lange warten.

Tief in ihrem Inneren wusste sie jedoch, dass das nicht alles war. Sie konnte sich einfach nicht vorstellen, irgendjemandes Boss zu sein. Das lag ihr nicht.

Sie war eine ungewöhnliche Putzfrau. Ein Sonderfall. Sie hatte schon viele kommen und gehen sehen. Die meisten ihrer Kolleginnen waren unter dreißig oder aus Osteuropa, und das war für sie okay. Sie mochte das Geplänkel im Personalraum, wenn die Jungen von langen wilden Nächten und die Frauen aus Polen oder Litauen von ihrer Heimat erzählten.

Ihre Tochter Jodie behauptete, dass Putzen inzwischen cool geworden sei.

»Ehrlich, Mam«, hatte sie gesagt, »auf Instagram und YouTube gibt es Frauen, die ein Vermögen mit ihren Putztipps verdienen. Da geht es ständig darum, wie man am besten die Fenster sauber kriegt oder wie du verhindern kannst, dass dein Mülleimer stinkt.«

Anfangs hatte Ailish ihr nicht geglaubt – bis sie es selbst im Internet gesehen hatte. Kein Zweifel, die Welt da draußen war verrückt geworden.

Keith hatte sie nichts von der abgelehnten Beförderung erzählt. Er hätte es nicht verstanden. Wo er sich eh schon ständig darüber aufregte, wie wenig sie verdiente. Erst letztens hatte sie gesagt, dass sie etwas Geld für Weihnachten zurücklegen wolle, und er hatte spöttisch erwidert, es mache keinen Sinn, Geschenke für undankbare Kinder oder Enkelkinder zu kaufen, die eh schon zu viel besaßen. Dann hob er zu einer Predigt bezüglich ihres geringen Gehalts an. Nicht dass er selbst viel verdiente. Ailish hatte das Bedürfnis unterdrückt, ihm das zu sagen. Es hätte nur wieder Streit gegeben.

Auch würde sie ihrem Mann nichts von dem Post erzählen, den sie am Morgen in dem Online-Adoptionsforum entdeckt hatte. Noch bevor die Vorsicht Überhand gewinnen konnte, hatte sie rasch eine Antwort getippt.

Zwanzig Jahre zuvor, noch bevor die Nonnen begannen, ihre Unterlagen den Behörden zu überlassen, hatte Ailish versucht, ihre leibliche Mutter zu finden. Sie hatte ihnen alles gesagt, was sie wusste, auch ihre Vermutung geäußert, dass sie in dem Mutter-Kind-Heim in Carrigbrack zur Welt gekommen war. »Das ist unwahrscheinlich«, hatten die Verantwortlichen gesagt. »Wir haben keine Aufzeichnungen über Sie, und selbst wenn es anders wäre, würden sie Ihnen vermutlich nicht gefallen.« Sie hatten ihr den Rat gegeben, es auf sich beruhen zu lassen. Das sei das Beste, sagten sie.

Ein paar Jahre später hatte sie es noch einmal versucht. Wieder erfolglos. Keith meinte missbilligend, sie mache sich nur etwas vor. »Die Babys wurden aus gutem Grund weggegeben«, sagte er. »Würdest du jetzt plötzlich bei deiner leiblichen Mutter auf der Matte stehen, wäre ihr das mit Sicherheit unangenehm.«

Schließlich hatte Ailish die Suche aufgegeben.

Sie wusste, dass nicht jeder seine leibliche Mutter finden wollte. Und das war okay. Jeder sollte für sich selbst entscheiden. Aber *sie* wollte es. Je älter sie wurde, desto mehr Fragen hatte sie an die Frau, die sie weggegeben hatte.

Wer bist du?, dachte sie.

Was ist dir damals passiert?

Wie ist dein Leben verlaufen?

Denkst du noch manchmal an mich?

Vermutlich würden diese Fragen sie nicht derart verfolgen, wenn ihre neue Familie anders gewesen wäre. Ihre Adoptiveltern waren anständige Leute, das ja, aber es fehlte ihnen an Wärme. »Du kannst von Glück sagen, dass wir dich gerettet haben«, sagte ihre Mutter gern. »Stell dir vor, in welchem Elend du aufgewachsen wärst, wenn wir dich nicht aufgenommen hätten.« Als Kind hatte Ailish sich in alle Richtungen verbogen, um von ihren Eltern Anerkennung zu bekommen. Wenn ihr Verhalten trotzdem mal nicht deren Erwartungen entsprach, sagte ihre Mutter: »Das hast du nicht von uns.« Später rebellierte Ailish. Bei der erstbesten Gelegenheit hatte sie die Schule verlassen und mit neunzehn geheiratet.

Nachdem das Bett gemacht und der Teppich geschrubbt war, begann Ailish, das Waschbecken zu putzen. Die Frau im Spiegel war nicht die, die sie sehen wollte. Irgendwo hatte sie mal gelesen, dass man mit vierzig das Gesicht hatte, das man verdiente. Wenn das stimmte, musste sie in ihrem bisherigen Leben eine richtige Kuh gewesen sein. Zwischen ihrer Nase und ihrem Mund gruben sich tiefe Furchen in die Haut, und die Ringe unter ihren grauen Augen waren so schwarz wie frische Hämatome. Außerdem war ihr Haar zu dünn, und ihre Augenbrauen standen zu weit auseinander.

Gelegentlich schlüpfte sie, während sie einen Tisch polierte oder Haare aus einem Abfluss zog, in andere Rollen. Dann stellte sie sich vor, das Hotel würde ihr gehören und sie die Zimmer nur zum Spaß putzen, denn eigentlich wäre sie Besitzerin eines Cafés am Meer. Oder sie lebte auf einer Farm im australischen Outback, wo sie jeden Tag ausritt. Sie wäre Melanie Griffith in *Die Waffen der Frau* oder Madonna in *Susan ... verzweifelt gesucht*. Die beiden Filme hatte sie schon als Teenager geliebt. Auch ihr Musikgeschmack war seitdem unverändert: Alles, was sie als junge Frau gemocht hatte, mochte sie auch heute noch. Vor nicht allzu langer Zeit hatten sie im Radio »Into the Groove« gespielt, und Ailish war wie eine Sechzehnjährige durch den Raum getanzt. Erst als das Lied zu Ende war, bemerkte sie, dass die Zimmertür aufgegangen war und ihr ein Gast zugesehen hatte. Sie hatte sich in Grund und Boden geschämt.

Um ehrlich zu sein, war einer der Gründe, warum sie sich so lange davor gescheut hatte, ihre leibliche Mutter zu finden, ihre Angst, nicht gut genug zu sein. Was war sie schon? Eine sechsundvierzigjährige Mutter von vier Kindern und Großmutter von zweien, die in einem kleinen Haus mit einem streitsüchtigen Ehemann lebte. Sie hatte eine mittelmäßige Schulbildung, besaß einen fünfzehnjährigen Nissan Micra und arbeitete in einem schlecht bezahlten Job. Nicht dass sie sich beschwerte. Ihr Leben gefiel ihr so, wie es war. Aber sie vermutete, dass ihre biologische Mutter mehr von ihr erwartete.

Sie bereitete sich gerade innerlich darauf vor, sich der schmierigen Badewanne anzunehmen, als ihr Handy ein dumpfes Dingdong-Geräusch machte. Stevie hatte ihr den Benachrichtigungston eingestellt – er musste sich überall einmischen –, und Ailish wusste nicht, wie man ihn ändern konnte.

Sie war schon spät dran und ermahnte sich, die eingegangene Nachricht zu ignorieren. Sie würde erst das Bad fertig machen. Aber was, wenn das *Dingdong* zu der Antwort von der Frau gehörte, die den Post in dem Adoptionsforum geschrieben hatte?

Ailish musste es herausfinden.

Bitte, dachte sie. Bitte lass es eine gute Nachricht sein.

Sie begann zu lesen und verspürte ein Flattern in ihrer Brust, als würden dort Vögel nisten.

Die Frau hieß Katie und schrieb, sie habe Informationen bezüglich Ailishs leiblicher Mutter. Sie sei morgen zufällig in Clare. Ob es möglich sei, sich zu treffen?

Ailish ließ sich mit der Antwort einen Moment Zeit. Keith würde es nicht gut finden, aber Keith wäre bei der Arbeit. Er musste nichts davon erfahren.

Ja, antwortete sie. *Das wäre schön. Wo und wann?*

Kapitel 8

Katie

Sie brachen schon früh am Morgen nach Carrigbrack auf. Viel früher vermutlich, dachte Katie, als es Gary lieb gewesen war. Lange Zeit sagte er nur etwas, wenn er sich über andere Autofahrer aufregte.

Beth hingegen war ein Morgenmensch. Sie saß hinten im Wagen – einem enttäuschend langweiligen Volvo – und plauderte über ihre Freunde in Stoneybatter und die Erwartungen, die sie an ihren neuen Job hatte. Ab und zu stellte sie Gary eine Frage, bekam aber nur einsilbige Antworten.

»Sie wohnen in der Nähe von Enniskerry? Da muss es wunderschön sein.«

»Das ist es.«

»Und wohnt Ihre Familie in der Nähe?«

»Stepaside«, antwortete er kurz angebunden.

Katie fühlte sich gezwungen, das daraufhin entstandene Gesprächsvakuum zu füllen. Nachdem sie die Abfahrt für Naas passiert hatten, brachte sie die beiden auf den neuesten Stand bezüglich der Reaktionen auf ihren Post im Onlineforum. In der letzten Nacht hatte sie eine weitere E-Mail bekommen, diesmal von einer Frau, die ihre leibliche Mutter bereits gefunden hatte. Auch wenn das Wiedersehen nicht besonders gut verlaufen war, bat sie Katie um das Papierarmband. *Kümmern Sie sich nicht um die paar Leute, die sich im Forum aufregen*, hatte sie geschrieben. *Sie tun ETWAS GUTES!* Katie hatte ihr versprochen, das Armband so bald wie möglich loszuschicken. Was ihre Kritiker betraf, so las sie deren bissige Kommentare immer wieder. Nicht dass sie Beth davon erzählen würde. Ihre Nichte hatte wenig Nachsicht mit diesen Leuten.

»Einige Menschen sollten weder Papier noch Stift besitzen, geschweige denn Zugang zum Internet«, hatte sie gesagt.

Katie wusste selbst, wie merkwürdig ihr Zwang war, die Urteile wildfremder Menschen über sich zu lesen.

Sie haben Ihren Teil zu der Grausamkeit damals beigetragen und hoffen nun auf Absolution?, hatte einer geschrieben.

Wo ist Ihre Reue?, fragte ein anderer.

Sie haben ein abscheuliches System unterstützt. Was haben Sie getan, um es zu verhindern?, hatte ein Dritter hinzugefügt.

Und obwohl sich ihr Herzschlag beschleunigte, hatte sie einfach weiterlesen müssen.

Gary schien die Nachricht, dass Edel Sheehan nicht seine leibliche Mutter gewesen sein konnte, nicht weiter zu erschüttern. »Gut, dass ich das jetzt erfahre und nicht erst in ein paar Monaten«, sagte er. »Dann kann ich mir einfach den nächsten Namen auf der Liste vornehmen.«

»Und Sie werden selbst recherchieren?«, fragte Katie.

»Ich wüsste nicht, warum nicht.«

»Nun, vermutlich haben Sie doch ein paar Euro auf der Bank. Wäre es da nicht einfacher, einen Ahnenforscher damit zu beauftragen ... oder einen Privatdetektiv?«

»Vielleicht, aber vorläufig werde ich mich selbst darum kümmern. Ich habe Zeit.«

»Und die Band? Ich meine, ich weiß, dass Sie eine kleine Pause eingelegt haben, aber ...« Katie verstummte. Sie hatte sich zu weit aus dem Fenster gelehnt.

»Nein«, erwiderte Gary.

Mehr sagte er nicht dazu, und für eine Weile fuhren sie schweigend weiter. Katie sah die Ortsschilder vorbeifliegen. Monasterevin. Portlaoise. Mountrath. Sie erinnerte sich, wie sie mit Johnny einmal zur Westküste gefahren war. Damals hatten sie eine Reihe von Städten und Dörfern durchqueren müssen. Inzwischen fuhr man nur noch an ihnen vorbei; fast so, als ob sie nicht mehr existierten. Es war ein strahlender Morgen, das Wetter wundervoll, doch es hatte etwas Trügerisches an sich. Als wollte es sagen: Lass dich nicht täuschen, ich kann mich jederzeit ändern. Der Herbst war im Anmarsch.

Auf Katies Vorschlag hin verließen sie die Autobahn bei Birdhill und fuhren auf einen Kaffee nach Killaloe. Danach vertraten sie sich am Shannon die Beine. Das Wasser war glasklar, die Bäume neben dem Fluss leuchteten tiefgrün.

»County Clare«, sagte Gary wie jemand, der Urlaub in einem fremden Land macht.

»Waren Sie länger nicht mehr hier?«, fragte Katie.

»Noch nie.«

»Wirklich?«

»Ja. Mit vierzehn fing ich in der Band an, und die meisten unserer Auftritte fanden in Dublin und Cork statt. Als wir nach Amerika gingen, war ich gerade mal neunzehn. Es gab nie einen Grund, für längere Zeit nach Irland zurückzukommen. Obwohl, das stimmt nicht ganz. Ich war schon mal in Connemara. Und in Kerry ... mit meiner ersten Frau. Aber abgesehen von einer Notlandung auf dem Shannon Airport bin ich wirklich zum ersten Mal in Clare.«

»Stimmt nicht«, sagte Beth. »Sie sind hier zur Welt gekommen.«

Gary blieb abrupt stehen. Er fuhr sich mit der Hand durchs Haar und lächelte zögernd. »Da haben Sie recht. Anscheinend bin ich hier geboren.«

Beth lachte. »Im Namen der Bewohner von Clare darf ich Sie als einen der Unsrigen herzlich willkommen heißen. Übrigens, Katie und ich kommen von dahinten.« Sie zeigte am Jachthafen vorbei, flussaufwärts.

Katie fühlte einen lächerlichen Stolz auf die einfache Schönheit der Landschaft in sich aufsteigen. Was für einen Unterschied machte es schon, dass sie vor beinahe fünfzig Jahren von hier fortgegangen war? Sie wollte, dass ihre Heimat bewundert wurde. Erneut dachte sie daran, wie sehr Garys Welt sich gerade veränderte. »Leider gibt es in Danganstown nicht viel zu sehen«, sagte sie. »Wir ersparen Ihnen also die Touristenführung.«

»Die Mädchen ... Die jungen Frauen, meine ich ... in Carrigbrack. Stammten die meisten von hier?«

»Während meiner Zeit dort kamen einige von ihnen sogar aus Cork und Dublin. Dann gab es noch ein paar aus Limerick und Galway, ach, und auch aus Sligo und Tipperary. Aber ja, die meisten waren Einheimische. Wenn ich mich recht erinnere, stammen zwei der Frauen auf Ihrer Liste ebenfalls aus Clare.«

Gary starrte in den Fluss. »Dann ist es durchaus möglich, dass meine leibliche Mutter in der Gegend hier aufgewachsen ist?«

»Ja, ich denke, das ist es.«

»Und sie könnte jetzt noch immer hier leben?«

»Ja.«

Nach diesem Gespräch wurde Gary ihnen gegenüber offener. Auf der Weiterfahrt erzählte er ein wenig von sich. Vor der Pensionierung hatte sein Vater als Lehrer gearbeitet. Die Mutter war Schulsekretärin gewesen. Von der heutigen Reise hatte er ihnen nichts gesagt, weil er unsicher war, wie sie reagieren würden. Auch mit seinen Schwestern hatte er bisher nicht darüber gesprochen.

Beth wiederum erzählte ihm von ihrer Kindheit – sie war als einziges Mädchen in einer großen Familie aufgewachsen – und von ihrer schwierigen Beziehung zu ihrem Heimatort. »Ich mag Danganstown«, sagte sie, »aber ich glaube nicht, dass ich dort leben könnte. Verstehen Sie, was ich meine?«

»Natürlich«, sagte er im Tonfall eines Mannes, der mit neunzehn von zu Hause weggelaufen war und seither immer weiterlief.

Katie konnte das nachvollziehen. Was sie nicht verstand, war, warum er zurückgekehrt war. Wenn Gary sich tatsächlich eine engere Beziehung zu Allegra wünschte, warum lebte er dann nicht in ihrer Nähe in Los Angeles?

»In einem Dorf oder einer Kleinstadt wie Danganstown«, sagte Beth, »erwartet jeder von dir, dass du eine Meinung über jeden hast. Und darauf habe ich einfach keinen Bock.«

»Was ist mit Ihren Kindern?«, wandte Gary sich an Katie. »Leben die in Dublin?«

»Johnny und ich hatten keine Kinder.«

»Oh, das tut mir leid. Ich dachte nur … Nein, vergessen Sie's, das geht mich nichts an.«

Katie war nicht sonderlich überrascht, dass Gary ihr diese Frage gestellt hatte, und sie konnte gut mit seiner Entschuldigung leben. Ihrer Erfahrung nach stellten Fremde oft genau die Fragen, die Freunde nicht zu stellen wagten. Mehr denn je wünschte sie sich, sie und Johnny hätten einen Sohn oder eine Tochter gehabt – schon allein deshalb, weil dann ein Teil ihres Mannes noch bei ihr wäre.

»Wir sind bald da«, sagte sie. »Haltet schon mal nach dem Ortsschild Ausschau.«

Allmählich veränderte sich die Gegend, die Felder machten einer Landschaft aus Fels Platz. Das ehemalige Mutter-Kind-Heim war etwa eine Meile vom Dorf Carrigbrack entfernt und lag am Rande des Burren-Nationalparks. Beth hielt ihnen einen kleinen Vortrag über die Gegend: über den Kalkstein, die seltenen Pflanzen, die Dolmen, die Hochkreuze und die Ringwälle.

»Tut mir leid, dass ich mich anhöre, als würde ich aus dem Geografiebuch der sechsten Klasse vorlesen«, sagte sie schließlich zu Gary. »Aber ich kann nicht anders. Als wir Kinder waren, ist Dad öfter mit uns hierhergekommen. Jedes Mal hat er von den Wundern dieses Ortes erzählt. Immer ein und derselbe Vortrag, während wir alle auf dem Rücksitz rumzappelten und quengelten, wann wir endlich ein Eis bekämen. Er hat nie erwähnt, dass man hier auch prima eine schwangere Tochter verstecken konnte.«

Inzwischen befanden sie sich auf einer schmalen Straße, wie sie typisch für Westirland war: mit einem Grasstreifen in der Mitte und Hecken mit Brombeeren und Hagebutten zu beiden Seiten. Straße konnte man das eigentlich nicht mehr nennen.

An einer Linkskurve ließen sie den Wagen stehen und gingen das letzte Stück zu Fuß. Gary marschierte vorneweg, Beth ein, zwei Schritte hinter ihm, Katie bildete das Schlusslicht. Sie konnte kaum glauben, dass sie zurück war.

Am meisten beeindruckte sie die Stille ringsum. Es wehte nur ein schwacher Wind, und die Vögel schienen sich rarzumachen. Das einzige Lebenszeichen war ein großer Hase, der plötzlich auf dem Weg saß, sie kurz ansah und dann rasch weiterhoppelte.

Das hohe Eisentor, einst so abweisend, stand offen. Das Vorhängeschloss und die Kette waren zertrümmert worden und voller Rost.

»Das ist es also«, sagte Gary. »Das berüchtigte Carrigbrack.«

Katie nickte.

Das ehemalige Heim bestand aus mehreren grauen Gebäuden, einige lang und schmal, andere klein und gedrungen. Sie alle waren nur noch Ruinen. Das Haupthaus war in sich zusammengefallen, Äste und Unkraut wuchsen durch das Dach. Die Fenster waren mit Brettern vernagelt, und von den verzogenen Haustüren blätterte die weiße Farbe ab. Vor dem Haus mit der ehemaligen Kinderstation stand ein verlassenes Auto, das allmählich in seine Einzelteile zerfiel. Vor den Fenstern des größten Schlafsaals stapelten sich schwarze Müllsäcke. Überall wucherten Brennnesseln. Der Geruch von Verfall war unverkennbar.

Beth berührte Katies Schulter. »Wie ist es, wieder hier zu sein?«

»Seltsam«, war alles, was sie antworten konnte. »Einfach nur seltsam.«

Selbst wenn sie versucht hätte, mehr zu sagen – sie war sich sicher, es wäre nur unzusammenhängendes Zeug herausgekommen. Sie fühlte sich in eine andere Zeit zurückversetzt. In ein anderes Jahrhundert. Sie war wie eingefroren, zu Eis erstarrt. Überall waren emsig junge Frauen am Werk. Einige putzten, andere arbeiteten in der Küche, die meisten jedoch im ummauerten Garten. Wer Glück hatte, war in der Gärtnerei beschäftigt, wer Pech hatte, in der Wäscherei. Alle trugen die gleichen blauen Kleider, deren Stoff scheuerte. Es gab entschlossene Gesichter, stoische, boshafte, doch die meisten Frauen wirkten argwöhnisch und niedergeschlagen. Als hätte jemand das Licht in ihren Augen ausgeknipst. Sie alle schwiegen, wie immer. Reden war verboten.

Schwester Agnes patrouillierte durch die Räume, ihr rundes Gesicht rotwangig, ihre Stimme so dünn und scharf wie ein Rasiermesser. Und da, da war Schwester Sabina, auf der Suche nach Regelverstößen. Sabina mit den tieftraurigen Augen und dem abgehärmten Gesicht einer Figur aus einem El-Greco-Gemälde. Sie teilte die Mädchen in zwei Gruppen ein: die, die sie der Läuterung für fähig hielt, und die, die ihrer Meinung nach nicht mehr zu retten waren. Gleichwohl ermahnte sie alle, dass ihre Schande ihnen für immer anhängen würde. Neben ihr stand Schwester Faustina, die immer so aussah, als wäre sie lieber irgendwo anders – egal, wo. Auch Faustina war wie besessen davon, dass die Regeln eingehalten wurden. Ein paar der anderen Nonnen waren freundlicher, nicht so hart. Katie überlegte, genau wie damals, ob man mit Freundlichkeit bei Menschen nicht mehr erreichte als mit Grausamkeit.

Ihre Gedanken wanderten weiter. Heute gab es nur noch wenige Nonnen. Die meisten von ihnen verrichteten wohltätige Arbeit. Die anderen, die früher Macht besessen hatten, versteckten sich.

Garys Stimme unterbrach ihre Gedanken. »Ich habe gerade gefragt, ob es hier einen Arzt gegeben hat.«

»Nein. Aber eine Hebamme, eine ältere Frau, die schon seit Jahren im Heim arbeitete. Und dann waren da noch ich und eine andere Krankenschwester.«

»Und was passierte, wenn ein Kind krank wurde?«

»Nun, wir haben unser Bestes gegeben. Entweder es wurde wieder gesund oder ...«, sie zögerte, »eben nicht.«

Gary wandte den Blick ab.

»Haben Sie es sich so vorgestellt?«, fragte sie.

»Ja und nein. Es ist seltsam, dass dieser Ort früher einmal voller Leben gewesen sein soll.«

Der Wind wurde stärker, und der Himmel zog sich zu.

»Kommt«, sagte Beth. »Wir sollten uns rasch noch weiter hinten umschauen, bevor es anfängt zu regnen.«

Auf den ersten Blick sah das Gelände hinter dem Gebäudekomplex wie eine Brachfläche aus. Doch Katie wusste, dass dem nicht so war. Dies war der Teil ihrer Reise in die Vergangenheit, den sie am meisten gefürchtet hatte.

In einer halb verfallenen Mauer steckten in unregelmäßigen Abständen rostige Nägel. Einige waren deutlich sichtbar, andere durch Brombeergestrüpp verdeckt. In der Nähe stand ein einzelner Grabstein. *In Gedenken an die kleinen Engel.*

»Ich habe davon gelesen«, sagte Beth. »Hier wurden die Babys begraben. Die Nägel geben einen groben Hinweis darauf, wo die Gräber liegen.«

»Aber woher sollte man wissen, welches Grab welches war?«, fragte Gary.

»Das sollte man gar nicht«, sagte Katie. »Das war ja gerade der Punkt.« Eine Schwere überkam sie, als würde sie unter dem Gewicht gleich wie die Gebäude des Heims zu bröckeln beginnen. »Die Nonnen wollten nicht, dass Aufhebens darum gemacht wurde.«

»Was ich nie begreifen werde«, sagte Beth, und ihr Gesicht leuchtete mit dem Eifer einer kürzlich Bekehrten, »ist, wie Frauen so hart zu anderen Frauen sein konnten.«

Katie verspürte einen stechenden Schmerz, als hätte jemand sie auf die Stirn geschlagen. »Ich weiß, ich hätte etwas sagen sollen. Zumindest hätte ich dafür sorgen sollen, dass die Babys ein ordentliches Begräbnis bekommen. Wenn ich daran denke ...«

»Ich wollte dich nicht verletzen.«

Sie schwiegen für einen Moment, und Katie blinzelte die Tränen fort. Beth legte einen Arm um sie. Gary starrte zu Boden.

»Ich glaube, das ist der traurigste Ort, an dem ich je gewesen bin«, sagte Beth schließlich. »Ich vermag mir nicht einmal ansatzweise vorzustellen, wie schwer es für dich sein muss. Bitte verzeih mir, dass ich so blöd ins Fettnäpfchen getreten bin. Du hast nur deinen Job gemacht, und das bestimmt gut.«

»Schon okay, Liebes«, sagte Katie. »Da gibt es nichts zu verzeihen. Es muss für alle, die nicht Teil davon gewesen sind, sehr schwer zu verstehen sein, wie es damals war – und warum sich jeder so verhalten hat, wie er es tat. Aber ich will versuchen, deine Frage zu beantworten: In einigen Fällen waren die Nonnen durch ihren Glauben geblendet. In anderen Fällen, nun ... Wir alle schauen gern auf jemanden herab, nicht wahr?« Sie drehte sich zu Gary. »Denken Sie, es wird Ihnen helfen, das hier gesehen zu haben? Ich meine, weil der Ort Sie Ihrer leiblichen Mutter nicht wirklich näher bringt, oder?«

»Das nicht, trotzdem bin ich froh, dass wir den Ausflug gemacht haben. Dadurch fühlt sie sich realer für mich an, wer auch immer sie ist.« Er hielt kurz inne. »Und danke, dass Sie mich begleitet haben. Es ist sicher nicht leicht für Sie, das alles wiederzusehen.«

Sie saßen gerade wieder im Wagen, da klatschten die ersten Regentropfen gegen die Fenster. Gary griff ins Handschuhfach, holte eine Tüte heraus und reichte sie Katie. »Ich wollte Ihnen das schon früher geben. Ich hoffe, es ist die richtige Größe.«

Die Tüte enthielt eine wunderschöne smaragdgrüne Lederhülle.

»Schließlich soll Ihr Notizbuch nicht auseinanderfallen«, sagte er. »Zumindest nicht, solange Sie es noch brauchen.«

»Danke«, erwiderte Katie. »Das ist ... wirklich sehr nett.«

»Ach, schon gut«, sagte Gary, dem seine Geste plötzlich peinlich zu sein schien.

Als sie Carrigbrack verließen, legte Katie ihre Stirn gegen das Fenster auf der Beifahrerseite und schloss die Augen.

Die Tür wurde von einer hageren kleinen Frau in kastanienbraunem Oberteil und Hosen in der gleichen Farbe geöffnet; so klein und hager, dass Katie, die bestenfalls normalgroß war, sich wie eine Riesin vorkam.

»Katie?«, sagte die Frau.

»Hallo. Sie müssen Ailish sein.«

»So ist es. Kommen Sie rein, Sie werden ja noch klatschnass. Ach, und bitte entschuldigen Sie mein Outfit. Ich bin gerade erst von der Arbeit gekommen und hatte noch keine Gelegenheit, mich umzuziehen.«

Der Regen, der auf ihrer Fahrt nach Kilmitten mal

mehr, mal weniger stark gewesen war, war jetzt wieder ziemlich heftig. Bevor sie das Haus betrat, drehte Katie sich noch rasch um und winkte Gary und Beth zu, die in einem Café ein Stück die Straße hinunter warten wollten. Die Regentropfen trafen sie im Gesicht wie eine Handvoll Kies. Gary, der kurz stehen geblieben war, um sich eine schwarze Wollmütze aufzusetzen, winkte zurück.

»Ist das etwa …?«, setzte Ailish an. »Aber nein, natürlich nicht.«

Katie zog ihren Anorak aus. Selbst in Lederjacke und Jeans, mit zerzaustem Haar und Dreitagebart fiel Gary auf. Er sah einfach aus wie jemand, der berühmt sein sollte.

»Was wollten Sie fragen?« Sie hatte Mühe, ihre Antwort zurückzuhalten.

»Ach, nichts. Ich dachte nur, ich hätte den Mann erkannt, dem Sie gerade zugewunken haben. Kommen Sie, ich mache uns Tee.«

»Wahrscheinlich haben Sie das auch.«

Auf Ailishs zartem Gesicht breitete sich ein Lächeln aus, das eine Lücke zwischen ihren Vorderzähnen entblößte. »Sie meinen, das war wirklich Gary Winters?«

»Genau.«

»Nein!« Sie klatschte vor Freude in die Hände. »Nicht zu fassen, dass Sie ihn tatsächlich kennen! Als ich jung war, war ich ein großer Fan von Black Iris. Ein riesiger! Ich weiß noch, wie Keith – das ist mein Mann – auf die Kinder aufpassen musste, damit ich zusammen mit einer Freundin ein Konzert von ihnen in Slane besuchen konnte. Der nächste Bus zurück ging erst am nächsten Morgen um sie-

ben Uhr. Ich dachte, Keith würde durchdrehen vor Wut.«
Wieder klatschte sie in die Hände. »Aber das war es wert.
Das war es absolut wert.«

»Hätte ich gewusst, dass Sie ein Fan sind, hätte ich ihn
gebeten, Hallo zu sagen.« Katie war sich nicht sicher, ob
das stimmte. Sie war sich auch nicht sicher, ob Gary es
getan hätte. Alles, was sie bisher über ihn wusste, war, dass
er in der einen Minute herzlich und gesprächig und in der
nächsten wieder distanziert und mürrisch sein konnte.
Vielleicht wäre Ailish ja von ihrem ehemaligen Idol enttäuscht gewesen.

Inzwischen standen sie in der Küche, die klein und
funktionell war. Die Schränke waren nicht mehr cremefar-
ben, sondern leicht gelblich, das braune Resopal der Tisch-
platte war an manchen Stellen abgeplatzt, und der Kühlschrank brummte, als hätte er seine besten Tage bereits
hinter sich. Doch überall im Raum waren fröhliche Details
zu entdecken: ein Foto von mehreren Frauen, die sich für
einen Abend in der Stadt hübsch gemacht hatten, ein bun-
tes Bild, offensichtlich von einem Kind gemalt, und, an
den Kühlschrank geklebt, ein Zeitungsausschnitt über eine
siegreiche Fußballmannschaft.

Katie setzte sich, während Ailish den Kessel mit Wasser
füllte. Sie lächelte noch immer. »Verzeihen Sie meine Neugierde, aber was macht Gary Winters in Kilmitten? Sind
Sie miteinander verwandt? Und wer ist die junge Frau? Ist
sie seine Frau oder seine Freundin oder so was?«

»Nein, das ist Beth. Meine Nichte. Gary ...« Katie
zögerte. Eigentlich war das ja vertraulich, aber Ailish ver-

103

diente es, dass sie eine Ausnahme von der Regel machte. »Wir waren gerade in Carrigbrack. Gary versucht wie Sie, mehr über seine Herkunft zu erfahren.« In kurzen Sätzen erzählte sie ihr von seiner Vergangenheit.

Ailish stellte die Becher, die sie aus dem Schrank genommen hatte, auf die Arbeitsplatte und drehte sich um. »Wollen Sie damit sagen, dass ich am selben Ort geboren wurde wie *Gary Winters*?«

»Ja.«

»Und dass ich vielleicht sogar zur selben Zeit wie er dort war?«

»Vermutlich schon, schließlich liegen nur drei Monate zwischen Ihren Geburtstagen. Wobei ich mich an Sie erinnere. An ihn leider nicht.«

»Das heißt also, dass Gary und mich ... etwas verbindet?«

»Ja, ich schätze, so ist es.«

»Das ist ja unglaublich! Mein Gott, selbst wenn ich sonst nichts herausfinde – was für eine tolle Nachricht!« Sie nahm einen weißen Karton aus einer Tüte und legte den Inhalt – vier verführerisch aussehende Stück Kuchen – auf einen Teller. Jedes Stück war aufwendig glasiert, so wie die, die in schicken Hotels zum Nachmittagstee serviert wurden. »Weil ich wusste, dass ich es nicht mehr schaffen würde, einkaufen zu gehen, hab ich die hier von der Arbeit mitgenommen«, erklärte Ailish. »Das Hotel schuldet mir eh was. Ich musste heute drei zusätzliche Zimmer putzen, und zwei davon sahen aus, als wäre ein Rudel Wölfe darin Amok gelaufen.«

Katie wusste, dass Ailish als Zimmermädchen arbeitete, verheiratet war und vier Kinder hatte. Aber das war auch schon alles. Im Gegensatz zu Gary hatte Ailish Dwan keine Spuren im World Wide Web hinterlassen.

Für eine Weile saßen die beiden Frauen beisammen, tranken Tee und tauschten erste Informationen aus. Ailish erzählte, dass sie in der Vergangenheit bereits mehrfach vergeblich versucht habe, ihre leibliche Mutter aufzuspüren, auch wenn Keith dagegen gewesen sei. Diesmal habe sie ihm nichts davon gesagt. Zum Glück würde er erst in ein paar Stunden von der Arbeit heimkommen. Drei ihrer Kinder waren schon in den Zwanzigern und wohnten nicht mehr zu Hause. Ihr Jüngster, Stevie, war gerade bei einem Freund. Nicht, so fügte Ailish hinzu, dass er mit ihrer Suche nach ihrer Mutter ein Problem haben würde.

»Aber natürlich könnte er aus Versehen seinem Vater davon erzählen«, sagte sie. »Und dann?«

»Ist das alles nicht ziemlich kompliziert, wenn Ihr Mann nichts davon erfahren soll?«, fragte Katie.

Ailish sah sie traurig aus ihren großen grauen Augen an. »Ich habe jahrelang versucht, nicht daran zu denken. Immer wieder habe ich mir gesagt, dass ich nichts mehr tun kann und meine leibliche Mutter mich wahrscheinlich sowieso nicht treffen will. Aber das Kopfkino hat nicht aufgehört. Wenn ich von anderen Leuten höre, die versucht haben, mehr herauszufinden – selbst wenn sie gescheitert sind –, dann denke ich unwillkürlich, dass sie zumindest ihr Bestes getan haben. Ich verfolge, was in den Zeitungen über solche Sachen geschrieben wird und was im Internet steht, in den entsprechenden Foren und so. Und ich war mir noch nie einer Sache so sicher. Ich *muss* das jetzt einfach tun.«

»Und was, wenn Keith es herausfindet?«

»Wir sind seit siebenundzwanzig Jahren verheiratet, und ich will nicht, dass unsere Beziehung daran zerbricht. Also hab ich beschlossen, so viel wie möglich ohne sein Wissen zu unternehmen. Aber am Ende wird er meine Entscheidung akzeptieren müssen.« Ailishs Stimme war brüchig geworden.

Katie spürte, wie schwer das alles für sie sein musste. »Leben Ihre Adoptiveltern noch?«, fragte sie.

»Nein.«

Sie schwieg erwartungsvoll, während Ailish den Zuckerguss von einem der kleinen Kuchen abkratzte.

»Meine Eltern waren ›gute‹ Menschen.« Ailish malte keine Gänsefüßchen in die Luft; die Betonung war eindeutig. »Ich war ihr einziges Kind, und ich glaube, die Nonnen haben sie eher wegen ihrer Hingabe zu Gott und der Kirche ausgewählt als wegen ihrer großen Kinderliebe. Was ich auch anstellte – ich konnte es ihnen nie recht machen. Ich war nicht klug, nicht höflich und nicht hübsch genug. Hab nie ihren Erwartungen entsprochen. Sie hatten gehofft, ein artiges Mädchen zu bekommen, eins, das sie formen könnten. Stattdessen wurde ich mit den Jahren immer widerspenstiger.«

»Tut mir leid, dass Sie das erleben mussten.«

Ailish naschte von ihrem Kuchen, bevor sie fortfuhr. »Die beiden haben ihr Bestes getan. So wie ich auch. Nachdem ich ausgezogen war, haben wir Kontakt gehalten, aber nahe standen wir uns nie.«

Sie verstummte, und ihr Schweigen sagte mehr als alle Worte.

»Nun, dann werden Sie sich wohl hierüber freuen.« Katie reichte ihr einen wattierten braunen Umschlag. »Er enthält ein paar Informationen, und ich werde Ihre Fragen beantworten, so gut ich kann.«

Ailish öffnete das Kuvert, nahm das Papierarmband heraus, legte es in die andere Hand und wieder zurück. »Wie winzig es ist«, sagte sie. Dann las sie die Details, dieselben Details, die Beth ein paar Tage zuvor zu Tränen gerührt hatten. »Ich war Jacqueline. Jacqueline Culligan.« Sie holte tief Luft. Einmal, zweimal. Als sie das nächste Mal etwas sagte, war ihre Stimme schmerzerfüllt. »Meine Mutter hat einen schönen Namen für mich ausgesucht. War Hanora ihr richtiger Name?«

»Nein. Eigentlich hieß sie Chrissie.«

»Wissen Sie noch, woher sie stammte?«

»Sie kam aus Clare, aber ich kann mich leider nicht mehr daran erinnern, woher genau.«

Auch wenn sie noch immer bewegt klang, lächelte Ailish zumindest wieder. »Dann war sie von hier. Ist das nicht unglaublich? Vielleicht wohnt sie nur ein paar Häuser die Straße runter. Haben Sie noch mehr Informationen über sie?«

Katie war sich nicht sicher, wie viel sie erzählen sollte. Sie hatte zuvor mit Beth darüber gesprochen, und sie waren sich einig gewesen, dass der eine Fakt so oder so herauskommen würde. Der Rest war Chrissies Entscheidung.

107

»Ja, es gibt etwas, das Sie erfahren sollten«, erwiderte sie. »Ihre Mutter war jung.«

»Ich verstehe. So um die siebzehn oder achtzehn? Ich war auch erst zwanzig, als meine Älteste geboren wurde, und, ob Sie es glauben oder nicht, sie wurde im gleichen Alter schwanger. Ich war so wütend auf sie. Jodie ist nicht wie ich, sie ist wirklich intelligent. Ich weiß noch, wie ich sie angeschrien habe: ›Was hättest du nicht alles aus deinem Leben machen können! Aber jetzt bist du an das Kind gebunden!‹«

»Wo ist sie jetzt?«

»Sie wohnt nur dreihundert Meter von hier entfernt, in einem der neuen Häuser neben der Kirche. Aber wissen Sie was? Ich habe mich geirrt. Ihr Partner ist ein toller Kerl, und die beiden meistern ihr Leben prima. Sie haben zwei Kinder, und Jodie studiert derzeit am College BWL. Keine Ahnung, von wem sie ihren Verstand hat.«

»Das freut mich zu hören.« Katie schluckte. Während sie sich innerlich darauf vorbereitete, weiter von Chrissie zu erzählen, legte Ailish das Armband wieder in den Umschlag und steckte ihn in eine Tasche.

»Ich will nicht, dass ihm etwas passiert«, sagte sie. »Nicht, nachdem Sie es all die Jahre so gut für mich aufgehoben haben.«

»Die Sache ist die ...« Katie zögerte kurz. »Als ich sagte, Chrissie sei jung gewesen, meinte ich, sehr jung. Sie war vierzehn.«

Die Worte hingen zwischen ihnen in der Luft.

Ailishs Hand fuhr zum Mund. Sie wirkte älter als ihr

Gesicht, wie die Hand von jemandem, der jahrzehntelang geputzt hat. »O Gott, die Arme. Unvorstellbar! Sie wurde in das Heim geschickt, um ein Kind zu bekommen, als sie selbst noch ein Kind war! Sie muss schreckliche Angst gehabt haben. Ging es ihr gut? Waren die Leute nett zu ihr?«

»Soweit ich mich erinnern kann, ja. Zumindest den Umständen entsprechend. Als ich Carrigbrack verließ, war sie noch da. Sie wissen vermutlich, wie das damals ablief: Die jungen Frauen und Mädchen mussten noch eine Weile in der Küche oder der Wäscherei helfen, um die Kosten für ihren Aufenthalt abzuarbeiten.«

»Davon hab ich gelesen. Ganz schön daneben, wenn Sie meine Wortwahl entschuldigen.«

»Schon in Ordnung. Es war wirklich schrecklich, wie das gehandhabt wurde.«

»Wissen Sie, wie es passiert ist? Hatte sie einen Freund?«

»Nein, keine Ahnung«, sagte Katie und hoffte, dass Ailish ihr die Lüge nicht ansah.

Deren Augen füllten sich mit Tränen. »Bitte entschuldigen Sie. Ich hatte mir geschworen, nicht emotional zu werden, aber das ist gar nicht so leicht. Erinnern Sie sich noch, wie sie aussah?«

»Zierlich. Rote Haare. Große Augen. Sie ähneln ihr.«

Ailishs Mund verzog sich, und sie begann zu schluchzen. Ihr dünner Körper bebte, ihre Schultern hoben und senkten sich. »Die Arme. All die Jahre dachte ich, sie hätte mich weggegeben, weil ich nicht gut genug war. Sie finden vielleicht, dass das dumm ist, aber so hab ich mich nun mal gefühlt. Dabei war sie noch ein Kind. Wahrscheinlich

109

hat niemand sie jemals gefragt, was sie selbst eigentlich will.«

Katie streichelte Ailishs Hand. »Sie wäre nicht in der Lage gewesen, für Sie zu sorgen. Das verstehen Sie doch, oder?«

»Und ihre Familie? *Die* hätte sich doch um uns kümmern können.«

»Das wissen Sie nicht. Sie kennen ihre Lebensumstände nicht.«

»Aber ich nehme es stark an.«

»Vielleicht hatte auch ihre Familie keine andere Wahl.« Katie zog ein Päckchen Taschentücher aus ihrer Tasche und reichte es ihr. »Sie haben sicher schon davon gehört, wie es damals war: dieses Getuschel und Getratschte, die bösen Blicke und all die Alleswisser im Ort, die so lange Ärger machten, bis schließlich der Pfarrer an die Tür klopfte. Viele Familien hatten überhaupt kein Mitspracherecht, wenn es um das Schicksal ihrer Töchter ging.«

Ailish schnäuzte sich ins Taschentuch und tupfte ihr Gesicht ab. »Sie haben recht. Zu meiner Zeit war es nicht viel besser. Einigen Nachbarn hat es unverkennbar Spaß gemacht, auf uns herabzuschauen. Für mich steht die Sache jedenfalls damit fest. Ich muss sie finden.«

Vorhin in Carrigbrack waren Katie erneut Zweifel gekommen. Sie hatte sich gefragt, ob sie wirklich stark genug für das war, was sie da gerade tat. Engagiert genug. Doch die Bedenken hatten sich in den letzten Stunden in Luft aufgelöst. Sie hatte Gary geholfen, und sie würde auch Ailish helfen.

Plötzlich kam ihr etwas anderes in den Sinn. »Ich werde jetzt besser gehen«, sagte sie. »Aber vorher rufe ich noch Gary und Beth an. Ich könnte mir vorstellen, dass Gary Sie gerne kennenlernen würde. Sie haben viel gemeinsam.«

Panik machte sich auf Ailishs Gesicht breit. »O nein. Ich meine, nicht hier. Wie es hier aussieht! Und wie *ich* aussehe! In meinen Arbeitsklamotten, mit meinem fleckigen Gesicht und total verheult.«

»Machen Sie sich darüber mal keine Sorgen. Sie sehen großartig aus. Und Gary wird verstehen, dass dies ein emotionaler Tag für Sie ist.«

»Bitte, Katie. Ich weiß, Sie meinen es gut, aber ich bin mir sicher, Gary Winters würde mich nicht treffen wollen.«

»Nun, wenn Sie sich dessen so sicher sind ...«

»Das bin ich.«

Sie hörten, wie sich die Haustür öffnete, um sich dann mit einem scharfen Klick wieder zu schließen.

»Mist«, flüsterte Ailish. »So früh hab ich ihn nicht erwartet. Wie sollen wir erklären, das ...?«

»Ailish!«, brüllte eine Männerstimme. »Wem gehört der Mantel an der Garderobe?«

Ein Mann betrat die Küche. Er war stämmig, hatte wild wuchernde Augenbrauen und ein graues Gesicht. Keith war so groß wie seine Frau klein. »Was ist hier los?«, fragte er.

»Ich ...«, begann Ailish.

Katie stand auf und streckte ihm die Hand entgegen. »Mr Dwan, wie schön, Sie kennenzulernen. Ich bin Katie Carroll. Meine Nichte und ich haben ein paar Nächte in Rathtuskert Manor verbracht. Ailish hat sich so gut um uns gekümmert, dass wir uns zum Abschied persönlich bei ihr bedanken wollten. Tja, und dann haben wir erfahren, dass sie schon Feierabend hat. Zum Glück war die Managerin so freundlich, uns ihre Nummer weiterzugeben, und ich habe mich selbst auf eine Tasse Tee eingeladen.« Sie lächelte ihr, wie sie hoffte, süßestes Lächeln. »Meine Nichte schaut sich noch ein bisschen das Dorf an. Ich wollte gerade gehen.«

Widerwillig schüttelte er ihr die Hand. »Sie wissen doch, dass es Gesetze gibt, die so was untersagen. Ein Arbeitnehmer hat das Recht auf seine Privatsphäre.«

»Mrs Carroll war sehr nett zu mir«, sagte Ailish in einem Tonfall, der darauf schließen ließ, dass Bargeld den Besitzer gewechselt hatte.

Das reichte, um Keith zu besänftigen. »Das ist wirklich sehr freundlich von Ihnen. In dem Hotel steigen viele wohlhabende Leute ab, einige von ihnen ersticken geradezu an ihrem Reichtum, und trotzdem geben sie Ailish nicht mehr als zwei Euro Trinkgeld.«

»Das ist wirklich eine Frechheit«, meinte Katie. »Tja, Manieren sind heutzutage auch nicht mehr das, was sie mal waren.«

»Wie recht Sie haben«, erwiderte er. »Allerdings ist es nicht nur deren Schuld. Wie oft habe ich Ailish schon gesagt, dass sie einfach zu zurückhaltend ist!«

Katie ahnte, dass das längst nicht alles war, was er seiner Frau schon oft gesagt hatte. Auf sie wirkte Keith wie ein Mann, der sehr viel auf seine eigene Meinung gab. Kein Wunder, dass Ailish so nervös war.

Sie nahm ihre Tasche. »Aber jetzt sollte ich wirklich gehen. Es war mir ein Vergnügen, Sie kennenzulernen, Mr Dwan. Ihre Frau ist ein wunderbarer Mensch. Und Ailish, versprechen Sie mir, dass wir in Kontakt bleiben?«

»Natürlich«, erwiderte Ailish. »Ich melde mich bei Ihnen.«

Kapitel 9

Damals – Patricia

Es begann mit einer Ratte.

Sie pflückten gerade im ummauerten Garten Erdbeeren, als eine Ratte über Jacintas Fuß lief.

Jacinta war ein großes Mädchen, das manchmal ziemlich schroff war und normalerweise in der Ennis Road in Limerick wohnte. Patricia wusste das, weil Jacinta es schon oft erwähnt hatte. Zwar sagte die Ennis Road den meisten von ihnen nichts, aber sie vermuteten, dass es eine wohlhabende Gegend war und Jacinta ihnen auf diese Weise zu verstehen geben wollte, dass sie kein billiges Flittchen war. Genauso häufig stöhnte sie darüber, dass sie immer fetter wurde.

»Ich frage mich, ob sie überhaupt schon bemerkt hat, dass sie allein und im neunten Monat schwanger ist und in einem Gefängnis voller Frauen lebt«, sagte Winnie. »Sie hat wirklich schwerwiegendere Probleme als ein paar Pfund zu viel.«

Die Ratte huschte über Jacintas Fuß und verschwand dann nach links in den schwarzen Johannisbeersträuchern. Die meisten Mädchen wären zusammengezuckt, ein paar wenige hätten es locker genommen, Jacinta jedoch schrie auf. Und dann … brüllte sie wie am Spieß.

Schwester Sabina, die nicht weit entfernt stand, rief, sie solle damit aufhören. Als das keine Reaktion zeigte, versuchte sie es erneut.

»Beruhige dich, hörst du!«, sagte sie gereizt. »Das war doch nur eine Maus.«

»Es war eine Ratte«, erwiderte Jacinta. »Eine dreckige, widerliche Ratte. Sie hätte mich beißen können. Mein Baby hätte sterben können.«

»Was immer es war, es ist längst weg. Also hör auf mit deiner Jammerei und geh wieder an die Arbeit.«

Doch Jacinta machte weiter.

Es war ein warmer Junitag, und die Sonne brannte herunter. Wenn es nach Patricia gegangen wäre, hätte Jacinta keine Erdbeeren mehr geerntet, sondern drinnen mit hochgelegten Beinen auf ihren großen Tag gewartet. Ihr Baby war bereits in wenigen Wochen fällig. Patricia schwitzte, ihr war heiß, und sie fühlte sich unwohl in ihrer Haut. Dabei sollte ihr Baby erst in zwei Monaten kommen.

Mittlerweile weinte Jacinta zum Steinerweichen. Sie zitterte am ganzen Leib, und ihr Gesicht war verzerrt. Schließlich ging Sabina zu ihr und verpasste ihr eine Ohrfeige. Jacinta verstummte kurz, nur um dann noch lauter als zuvor weiterzumachen. Sabina schlug erneut zu – mit demselben Ergebnis. Jacinta hatte sich bereits zu sehr in ihre Aufregung hineingesteigert.

Patricia war entsetzt. Die ganze Zeit wurden sie wie ungezogene Schulmädchen behandelt, obwohl die meisten von ihnen, Jacinta eingeschlossen, längst erwachsen waren. Doch das ging bei aller Strenge zu weit – körperliche Züchtigung war den Nonnen nicht erlaubt.

Winnie stand auf. »Jetzt sehen Sie sie sich doch nur an, Schwester«, sagte Winnie. »Jeden Moment können die Wehen einsetzen. Es geht ihr wirklich schlecht!«

»Was nicht deine Sache ist, Winnie.« Sabina warf ihr einen scharfen Blick zu. »Und jetzt geh wieder an die Arbeit. Die Erdbeeren pflücken sich nicht von selbst.«

»Aber sie hat recht.« Auch Patricia rappelte sich auf. »Was, wenn Jacinta sich so aufregt, dass ihr oder dem Baby etwas passiert? Haben ihre Eltern nicht gute Beziehungen?«

Jacinta schniefte zustimmend.

Patricia hob eine Augenbraue und sah Sabina an, als wollte sie sagen: »Ich habe dich durchschaut.« Der Brief ihrer Eltern, in dem sie ihr im Wesentlichen mitgeteilt hatten, dass Mikes Glück und sein Wohlergehen ihnen wichtiger seien als sie, hatte etwas in ihr ausgelöst. Sie war nicht mehr so demütig. Zeigte weniger Respekt. Außerdem versuchte sie damit klarzukommen, was sie über Mikes Frau erfahren hatte. Patricia hatte nicht gewusst, dass Vera schwanger war. Jetzt fühlte sie sich dadurch irgendwie beschmutzt.

Winnie sah sie an und nickte. »Ich glaube, Jacintas Familie ist ziemlich reich, Schwester.«

Sooft den Carrigbrack-Frauen auch gesagt wurde, in ihrer Situation seien sie alle gleich, so wussten sie doch, dass dem nicht so war. Einige von ihnen waren gleicher als andere.

Mindestens eine Minute lang standen sie einfach nur da und starrten sich gegenseitig an. Die sechs Mädchen, die in der Nähe gearbeitet hatten, erhoben sich ebenfalls. Eine von ihnen, ein winziges Ding, das von sich behauptete, vierzehn zu sein, aber auch noch jünger sein könnte, wirkte ziemlich verängstigt.

»Dieses fürchterliche Benehmen lenkt uns nur von unserer eigentlichen Aufgabe ab«, sagte Sabina schließlich seufzend. »Jacinta, du gehst jetzt besser eine Weile ins Haus, bis du wieder zu dir gekommen bist. Und der Rest wendet sich wieder der Erdbeerernte zu. Ich werde nur kurz weg sein. Sollte ich irgendein Geschwätz hören, wird das Konsequenzen haben, das verspreche ich euch.« Sie warf Jacinta noch einen Blick zu. »Wie ich immer zu sagen pflege: Ein leerer Topf klappert am lautesten.«

In Sabinas Abwesenheit arbeiteten sie wesentlich gemächlicher. »Eine Erdbeere für den Eimer, eine für den Mund«, meinte Winnie, und Patricia und die anderen folgten ihrem Beispiel. Schließlich würden sie sonst kaum in den Genuss ihrer Ernte kommen. Die meisten Beeren wurden entweder verkauft oder zu Marmelade verarbeitet. Für die Mädchen gab es nur selten Marmelade, und an einem so heißen Tag schmeckten die Erdbeeren besonders köstlich.

Das Essen in Carrigbrack war nicht besonders reichhaltig und auch nicht besonders gut. Es gab Porridge, Suppe, Brot und fetten Speck. Alles war entweder zu wässrig oder zu klumpig, zu kalt oder so heiß, dass man sich den Mund daran verbrannte. Die jungen Frauen vermuteten, dass die

Nonne, die die Küche leitete, bewusst dafür sorgte, dass die Mahlzeiten nahezu ungenießbar waren. Vielleicht fürchtete sie, dass ihnen das Essen sonst noch Freude bereiten könnte, wo Freude und Genuss doch verboten waren. In Carrigbrack wurde gegessen, weil man Hunger hatte und die heranwachsenden Babys versorgt werden mussten.

»Jetzt bräuchten wir nur noch etwas Sahne dazu«, meinte Patricia und wischte sich den Erdbeersaft vom Kinn.

Winnie grinste. »Ansprüche hast du – Sahne!«

»Mein Vater sagt immer: ›Ich weiß nicht, wer dir diese Flausen in den Kopf gesetzt hat.‹«

»Dann muss er mit meinem verwandt sein. Der sagt genau dasselbe.«

Wenn sie nicht gerade kaute oder mit Patricia herumalberte, sang Winnie vor sich hin. Selbst als Sabina wieder zurück war, sang sie weiter. Das tat sie zwar nicht besonders melodiös, aber Patricia meinte, den Song »Mountains of Mourne« zu erkennen.

»Wie oft muss man dir noch sagen, dass du in Stille arbeiten sollst?«, schimpfte die Nonne.

»Es ist uns nur verboten zu reden. Niemand hat gesagt, dass wir nicht singen dürfen.«

»Dann sage ich es dir jetzt.«

»Okay«, erwiderte Winnie und begann zu summen.

Sabina machte einen Schritt auf sie zu. »Du willst um jeden Preis Ärger, stimmt's?«

»Eigentlich nicht.«

»Wir hatten hier schon so manches Luder, aber du

gehörst zur allerschlimmsten Sorte. Ich habe immer gedacht, dass einige Mädchen vom rechten Weg abgekommen sind und andere, Gott helfe ihnen, missbraucht wurden. Aber solche wie du? Die sind durch und durch schlecht. Wenn es nach mir ginge, würde man dich auf unbestimmte Zeit hierbehalten.«

Patricia fragte sich, ob Sabina das wirklich glaubte. Aber wenn dem so war – was hatte dazu geführt, dass sie ein so negatives Menschenbild hatte und nicht mal den Hauch von Empathie empfand? Ja, Winnie konnte ganz schön vorlaut sein. Aber gleichzeitig war sie der freundlichste Mensch auf Erden. Sie hatte sich als Erste für Jacinta eingesetzt, obwohl sie sie noch nicht einmal besonders mochte.

Winnie stand auf. »Moment ...«

Doch Sabina war nicht mehr zu bremsen. »Du bist eine Schande für deine Familie. Kein Wunder, dass sie dich rausgeworfen hat. Allerdings sollten deine Eltern sich mal fragen, was ihr Anteil an dem ganzen Schlamassel ist. Hätten sie versucht, dir beizubringen, was richtig und was falsch ist, wärst du immer noch in Sligo und würdest zur Schule gehen. Also, gehorch endlich!«

Wieder sah Winnie aus, als wollte sie etwas sagen. Doch stattdessen hielt sie inne, streckte ihr Kinn vor und begann wieder zu singen.

»*I believe that when writing, a wish you expressed ...*«

Sie hielt inne, und für einen quälend langen Moment herrschte Schweigen.

Patricia sah ihre Freundin an. Winnie hatte Tränen in

den Augen – trotz aller Tapferkeit war sie erst sechzehn Jahre alt. »*As to how the fine ladies in London are dressed*«, beendete Patricia die Zeile.

Ein drittes Mädchen, das etwas weiter entfernt im Garten stand, schloss sich ihnen an: »*Well, if you'll believe me, when asked to a ball ...*«

Und dann ein viertes: »*They don't wear no tops to their dresses at all.*«

Die letzte Zeile sangen alle acht Mädchen.

»Das reicht!« Sabina klatschte energisch in die Hände. »Das ist sogar mehr als genug. Ihr geht jetzt alle wieder an die Arbeit. Alle außer dir, Winnie – du kommst mit mir rein.«

Patricia kannte nicht viele Lieder, und die meisten davon waren religiös. Aber das warme Wetter und die hässlichen Worte von Sabina waren eine explosive Mischung, die ihre Sturheit und Widerspenstigkeit weckten. Jetzt war nicht der Zeitpunkt, um aufzugeben. Sie räusperte sich und begann erneut:

»*When boyhood's fire was in my blood*
I read of ancient freemen,
For Greece and Rome who bravely stood,
Three hundred men and three men.«

Wieder stimmten Winnie und die anderen ein. Dass nur ein paar von ihnen kräftige Stimmen hatten, spielte keine Rolle. Als Chor klangen sie beeindruckend.

Sabina hatte mit dem wiederholten Ungehorsam nicht gerechnet. »Hört mit diesem grässlichen Lärm auf«, befahl sie. »Und zwar sofort. Habt ihr mich verstanden?«

Ermutigt sangen sie weiter. Ihr Repertoire war klein, aber durchaus vielfältig. Nach »A Nation Once Again« versuchten sie sich an »Daydream Believer«. Dies führte zu »Hey Jude«, was irgendwie »An Poc Ar Buile« nach sich zog. Sie sangen isoliert vom Rest der Welt, ohne Publikum, aber ihre Stimmen erhoben sich und breiteten sich aus. Sie sangen voller Inbrunst und Leidenschaft, und gelegentlich trafen sie sogar die Töne. Wenn ihnen der Text nicht einfiel, sangen sie einfach »*la-la-la-la*«, und wenn ein Mädchen eine kleine Atempause einlegen musste, übernahm ein anderes, das gerade verschnauft hatte. Einmal spürte Patricia, wie das Baby in ihrem Bauch sie heftig trat, und dennoch sang sie einfach weiter.

Sie waren verschieden, doch bei jeder von ihnen drückte ein dicker Bauch gegen ihr hässliches blaues Kleid, ihre Haare waren zum Dutt zusammengedreht, ihre Gesichter von Hitze und Anstrengung gerötet. Sie waren missbraucht, weggesperrt und verlassen worden. Gebrandmarkt, beleidigt und bestraft. Man nannte sie Schlampen, Flittchen und Huren, gefallene Frauen. Ihre Babys würden ihnen weggenommen werden, ohne ihre Zustimmung.

Und trotzdem sangen sie.

Sabina versuchte es mit Brüllen. Als dies keine Wirkung zeigte, hob sie zu einer Schimpftirade an, ließ sich über die Mädchen und ihren schändlichen Zustand und über ihre Familien aus. Schließlich gab sie nur noch einsilbige Laute von sich, grunzte und schnaufte, und irgendwann bemühte sie sogar den Teufel. Als auch das nichts half, ging sie Verstärkung holen. Vermutlich in der Hoffnung, dass die Mädchen in ihrer Abwesenheit mit dem Gesang aufhören würden.

Für einen Moment hielten sie tatsächlich inne. Die Sonne brannte auf ihre bloßen Köpfe, Schweiß rann an ihren Körpern hinab. Sie mussten sich kurz ausruhen. Als Schwester Agnes erschien, fassten sie jedoch neuen Mut. Denn da war noch etwas. Etwas Bemerkenswertes. Die Pause war lang genug gewesen, um zu hören, dass aus dem Haupthaus schwach, aber unverkennbar »Black Velvet Band« erklang. Ihr Protest hatte sich ausgebreitet.

Agnes war weiß vor Wut. Zwei tiefe Falten gruben sich von der Nase zu ihren Mundwinkeln. Sie versuchte gar nicht erst, die Frauen zum Schweigen zu bringen, sondern wies sie an, die Eimer mit den Erdbeeren stehen zu lassen und zum Haus zurückzukehren.

Also hakten sie sich wie die Flüchtlinge im Musical *Arche Noah* in Zweiergrüppchen unter und verließen mit »The West's Awake« auf den Lippen den Garten.

Im Inneren des Gebäudes wurden sie von weiterem Gesang empfangen. Aus der Küche drang »All You Need Is Love«. Die Mädchen in der Wäscherei sangen »The Raggle Taggle Gypsy«, und in der Kinderkrippe intonierte eine einsame Stimme »Oklahoma«. Mehrere Babys gaben ihr Bestes, um sie zu begleiten.

Schwester Agnes und einige der anderen Nonnen führten die jungen Frauen ins Refektorium und verschlossen hinter ihnen die Türen. Dort würden sie so lange eingesperrt bleiben, bis der Durst, die Erschöpfung oder das

Bedürfnis, auf die Toilette zu gehen, sie zwingen würde, mit dem Singen aufzuhören.

Patricia sah Schwester Eunice an, die neben einer Kommode stand. Schnell lächelte ihr die Nonne zu, bevor sie sich abwandte.

Die Frauen sangen mehr als eine Stunde lang weiter. Sie hielten nur kurz inne, um Bernadette zu lauschen, einem schüchternen Mädchen aus Tipperary. Es war schon ungewöhnlich, wenn sie etwas sagte; dass sie sang, hatte niemand von ihr erwartet. Mit geschlossenen Augen stand sie am Ende des Raums und sang »We Shall Overcome«. Ihre Stimme war kraftvoll und klar. Keine von ihnen hatte ihr ein solches Talent zugetraut.

Auch wenn Bernadettes Stimme das Refektorium ausfüllte und Patricia mitsummte, so wusste sie doch, dass sie eben *nicht* alles überwinden würden, wie es in dem Lied hieß. Und sie wusste auch, dass ihre harmlose Revolte bestraft werden würde. Doch in diesem Moment waren sie alle vereint im Kampf gegen einen gemeinsamen Feind: nicht nur gegen die Nonnen, sondern gegen alles, was sie in Carrigbrack gefangen hielt.

An jenem Tag empfand Patricia so viel Freude wie schon seit langer Zeit nicht mehr.

Kapitel 10

Gary

Es war merkwürdig, dass eine solche Erfahrung so viel Energie freisetzen konnte, aber nach seinem Besuch von Carrigbrack fühlte sich Gary doppelt motiviert, seine leibliche Mutter zu finden. Am Anfang war er verwundert gewesen, als Katie ihm von dem geplanten Umweg erzählte. Er wollte nicht in irgendeinem Dorf halten, damit sie einer Frau, die das Glück hatte, dass Katie die Identität ihrer biologischen Mutter kannte, ein Armband aus Papier geben konnten. Inzwischen bedauerte er es sogar, Ailish nicht Hallo gesagt zu haben. Nicht, weil sie ein Fan von Black Iris war, sondern wegen etwas, das Beth bemerkt hatte, während sie im Café warteten.

»Ihr Leben hätte auch so verlaufen können«, hatte sie über das Geräusch des Regens hinweg gesagt, der gegen das Fenster prasselte. »Sie hätten in Kilmitten aufwachsen können. Vielleicht wären Sie dann immer noch hier, würden von neun bis fünf arbeiten und sich auf ein Feierabendbier in einem Pub freuen.«

Sie sagte es so sachlich, dass es ihm schwerfiel, etwas zu erwidern. Aber er wollte es zumindest versuchen.

»Ja, ich hätte hier aufwachsen können. Aber wer sagt, dass ich nicht so oder so in einer Band gelandet wäre? Vielleicht hätte ich ja die gleiche Erfahrung gemacht, nur mit anderen Leuten.«

Beth blies auf den Schaum ihres Cappuccino. »Vielleicht. Ich wollte damit auch nicht sagen, dass Sie nicht das Talent gehabt hätten. Sondern nur, dass sich Ihnen in dem Fall womöglich mehr Hindernisse in den Weg gestellt hätten.«

»Also sollte ich dem Schicksal dafür danken, dass ich zwei Monate vor Ailish geboren wurde und meine Eltern bekommen habe und nicht ihre?«

»So ungefähr. Schon unglaublich, dass Sie beide zur selben Zeit in Carrigbrack waren. Sie verbindet etwas, wenn Sie verstehen, was ich meine.«

Ja, er verstand, was sie ihm sagen wollte, aber irgendwie war es dennoch kaum zu glauben.

Sie war eine attraktive Frau, diese Beth. Gary gefiel ihre lebendige Art. Und auch ihre Figur. Außerdem hatte er schon immer Frauen mit feinen Gesichtszügen bevorzugt. Am liebsten hätte er im Café mit ihr geflirtet, aber sein Bauchgefühl hatte ihm zu verstehen gegeben, dass er nicht ihr Typ war.

Am nächsten Morgen saß er an seinem Schreibtisch, schrieb Listen, notierte sich, wie er vorgehen könnte, strich einiges davon wieder durch und ergänzte wiederum anderes. Laut Katie war seine leibliche Mutter vermutlich eine der bekannten vier Frauen. Zwei stammten aus Clare, eine aus Galway und eine aus Kerry. Von diesen vier kam ihm

Olivia Farnham am vielversprechendsten ein. Zugegeben, begründen konnte er sein Gefühl nicht. Vielleicht war es, weil ihm die Tatsache gefiel, dass sie versucht hatte wegzulaufen. Er mochte die Vorstellung, seine leibliche Mutter könnte so mutig gewesen sein. Vor seinem geistigen Auge tauchte eine dunkelhaarige, schlaksige Frau auf, die so entschlossen war, Carrigbrack zu verlassen, dass weder die Nonnen noch alle anderen, die ihr in die Quere kamen, sie hatten aufhalten können.

Er hatte bereits herausgefunden, dass er von Behördenseite keine große Hilfe erwarten konnte. Offiziell existierte der im Sommer 1971 in Carrigbrack geborene Junge, der Bassist, Vater und mehrmalige Ehemann, gar nicht. Olivia Farnham hatte keinen Sohn geboren; Lillian Winters hingegen schon. Das war das Einzige, was die Behörden bestätigen konnten.

Dennoch musste es Unterlagen zu Olivia geben. Laut Katies Notizen war sie im August 1971 zwanzig Jahre alt gewesen, also 1951 oder Ende 1950 geboren. Und sie stammte aus Clare. Das County war zwar groß, aber dünn besiedelt, und der Name Farnham dürfte dort nicht allzu oft vorkommen.

»Ich werde dich finden«, sagte er laut.

Das war das Problem, wenn man allein in einem großen Haus auf dem Land wohnte. Am Ende sprach man mit Leuten, die gar nicht da waren: mit Geistern und ehemaligen Freunden und mit Frauen, die die eigene Mutter sein könnten.

Nachdem er L.A. verlassen hatte, hatte Gary sich ein

paar Monate in der Wohnung verkrochen, die er in Dalkey besaß. Seine Besuche zu Hause waren in den letzten fünfundzwanzig Jahren meist nur kurz gewesen – immer mit einem Anlass verbunden wie etwa mit einem Konzert oder einer großen Familienfeier. Jetzt in Dublin zu leben fühlte sich irgendwie seltsam an. Er hatte die Stadt 1990 verlassen, als sie ihm erdrückend klein vorgekommen war. Jeder, den er traf, war mit jemandem zur Schule gegangen, den er kannte, oder hatte mit einer seiner Cousinen geschlafen oder mit einem seiner Nachbarn auf einem Konzert gespielt. In Dublin wimmelte es nur so von Bands, die alle den gleichen Traum teilten: Alle wollten die nächsten U2 werden – auch wenn sie das vehement abstritten. Musikagenten durchkämmten die Stadt nach Jugendlichen, die so klangen und aussahen, als könnten sie berühmt sein. Sie alle hatten sich darin überboten, die Wildesten und Heißesten zu sein, und Black Iris hatten gewonnen.

1990 freuten sich Kinder noch wie verrückt über einen Ausflug zu McDonald's, und die Eröffnung eines Klamottengeschäfts einer britischen Marke war ein nationales Ereignis. Mädchen verdienten sich ihren Lebensunterhalt mit Fotoshootings in der Grafton Street, bei denen sie nur Bikinis trugen, die Arbeitslosenunterstützung betrug weniger als fünfzig Pfund pro Woche, und die Stadt war farblos und kaputt. Dublin war provinziell, bot keine Abwechslung, war mehr Kaff als Großstadt. Und als Gary Jahrzehnte später zurückkehrte, waren viele seiner Bezugspunkte verschwunden. Ihm unbekannte Menschen lebten in ihm unbekannten Vororten. Junge Mädchen sprachen, als wären sie aus Calabasas, Kalifornien, und kleideten sich wie die Doppelgänger der Kardashians. Es gab weniger Bands, aber dafür hatte jeder einen YouTube-Kanal, einen Blog oder einen Podcast. Die Stadt war bunter. Die Frauen trugen Sweatshirts mit irgendwelchen Aussagen drauf, und einige Männer hielten in der Öffentlichkeit Händchen.

Natürlich gab es auch Probleme. Probleme, von denen Gary aber nicht direkt betroffen war. Die Nachrichten berichteten von der wachsenden Obdachlosigkeit. In den Zeitungen war zu lesen, dass Menschen mit guten Jobs zu viert in einem Zimmer wohnten und Familien mit Kindern monatelang in winzigen Hotelzimmern hausten.

Trotzdem war dieses Dublin in beinahe jeder Hinsicht besser als das, was er hinter sich gelassen hatte. Die Stadt war ohne ihn aufgeblüht. Nur fühlte sie sich nicht mehr wie sein Zuhause an. Andererseits hatte er auch keine Ahnung, ob es ihm anderswo besser ergehen würde.

Und das war noch nicht alles. Gary hatte fünfundzwanzig Jahre geschützt in einer anderen Welt gelebt. Das Leben in Irland war rauer. Wen Erfolg offensichtlich verändert hatte, der musste mit Spott rechnen. Anfangs hatte sich seine Familie gefreut, ihn häufiger zu sehen. Doch nach einer Weile wurden seine Eltern misstrauisch. Warum war er von sich aus zurückgekehrt? War er krank oder in Schwierigkeiten? Was würde er mit seinem Haus in Amerika machen? Wo waren die anderen der Band?

Er wich ihren Fragen so lange aus, indem er das Thema wechselte, bis sie schließlich aufgaben.

Es dauerte nicht lange, und er wurde der Wohnung

überdrüssig. Wenn man Hunderte Quadratmeter gewöhnt war, musste einem eine Zweizimmerwohnung irgendwann vorkommen wie eine Abstellkammer. Schließlich fand er ein modernes Haus mit fünf Schlafzimmern an einer kleinen Straße im Norden von Wicklow. Das Anwesen mit dem Namen Rowanbrook – der nicht gerade nach Garys Geschmack war – war das Traumhaus eines Geschäftsmannes gewesen, der beim letzten Finanzcrash pleitegegangen war und in Dubai neu anfangen wollte. Alle Räume waren hell und geräumig, es gab eine Fußbodenheizung und einen Innenpool. In der Küche war mehr Marmor verbaut worden als auf einem durchschnittlichen Friedhof, und die Aussicht war atemberaubend. Sogar an den trübsten Tagen hatte Gary den Eindruck, das gesamte County würde ihm vor den Fenstern zu Füßen liegen.

Er war kein Einsiedler. Er traf sich mit alten Freunden, er besuchte seine Familie, und er hatte ein paar kurzlebige Affären (allerdings musste er zugeben, dass davon mal abgesehen sein Sexleben ungewöhnlich brachlag). Wenn er einsam war, dann, weil er sich die Einsamkeit selbst auferlegte. Er würde zwar nicht gerade behaupten, glücklich zu sein, aber er hatte weggewollt von dem Lärm und dem Chaos und, wenn er ehrlich war, auch dem Leben, das er in den letzten Jahren in Amerika geführt hatte. Und von Anton Toland, seinem Kollegen und besten Freund.

Naiverweise war Gary davon ausgegangen, Olivia online finden zu können. Auf den ersten Blick gab es tatsächlich eine Menge Olivia Farnhams – nur waren sie entweder zu jung oder lebten zu weit weg. Und auch in der Annahme, die Geburtseinträge für 1950 und 1951 seien digitalisiert worden und leicht auffindbar, hatte er sich geirrt. Er schickte eine Mail an Katie, die ihm in ihrer Antwort riet, zum Standesamt zu gehen, wo er die Registerbücher für die entsprechenden Jahre einsehen konnte.

Langsam wurde er doch nervös. Seine Herkunft musste aus einem ihm noch unbekannten Grund verschleiert worden sein. Vielleicht hatte seine leibliche Mutter ja sicherstellen wollen, dass sie nie gefunden wurde. Nach ein paar Minuten verwarf er diesen Gedanken wieder. Die Frauen in Carrigbrack hatten weder auf ihr eigenes Schicksal noch auf das ihrer Kinder Einfluss gehabt. Sie hatten keine Stimme gehabt. Buchstäblich. Was Katie über das erzwungene Schweigen im Heim gesagt hatte, wollte ihm nicht mehr aus dem Kopf gehen. Für jemanden wie ihn, der die meiste Zeit seines Lebens damit verbracht hatte, sich durch seine Musik Gehör zu verschaffen, kam das einer besonders perversen Strafe gleich.

Auch das Standesamt war eine Überraschung für ihn. Gary hatte sich vorgestellt, dass die Aufzeichnungen – die Geburten, Todesfälle und Eheschließungen der letzten Jahrzehnte – stilvoll aufbewahrt wurden. Stattdessen war das Standesamt ein hässliches graues Gebäude, umgeben von hohen Mauern und Toren. Es ähnelte einem Gefängnis. Die Akten selbst schienen bereits durch Hunderte von Händen gegangen zu sein. Er konnte gar nicht anders, als sich all die Menschen vorzustellen, die vor ihm schon voller Angst Seite für Seite akribisch studiert hatten. Zwei, drei Stunden lang arbeitete Gary sich Zeile um Zeile vorwärts. Die geschwungene Schrift war teilweise kaum zu entziffern. Sein Rücken schmerzte, seine Augen brannten. Und dann ... Da war sie: Olivia Mary Farnham, geboren in Coolerra, County Clare, am 27. Februar 1951. Ihr Vater war Timothy Farnham, ein Kaufmann, ihre Mutter Geraldine Farnham, geborene Clancy.

Überrascht bemerkte Gary, dass seine Hände zitterten. Ihm war schwindlig vor Freude und Erleichterung. Er hatte noch einen weiten Weg vor sich, aber nachdem er auf Olivias Daten gestoßen war, war er zuversichtlich, dass er noch mehr finden würde. Vielleicht eine Heiratsurkunde, dann hätte er es fast geschafft.

Er beschloss, Olivias vollständige Geburtsurkunde anzufordern. Doch zunächst brauchte er dringend etwas frische Luft und einen Kaffee. Draußen schaltete er sein Handy ein und hörte die in der Zwischenzeit eingegangenen Sprachnachrichten ab. Eine war von Katie. »Gary, bitte melden Sie sich bei mir«, sagte sie und sprach noch präziser als sonst. »Ich habe Neuigkeiten.«

Überzeugt davon, dass es sich um gute Nachrichten handeln musste, rief er sofort zurück. Nach einer Minute Small Talk rückte Katie damit heraus, dass Olivia Farnham – *die* Olivia Farnham – über vier Ecken von ihrem Post im Adoptionsforum gehört und sich bei ihr gemeldet hatte.

»Und?«, drängte Gary.

»Nun, ich weiß, Sie gehen davon aus, dass sie Ihre leibliche Mutter sein könnte ...«

Jetzt mach schon, dachte Gary, seine freie Hand zur Faust geballt. Sag es endlich.

»... aber sie hat ihren Sohn bereits vor einer Weile wiedergetroffen. In den späten Neunzigern, glaube ich. Und dann ... ach, es ist unglaublich ... dann ist er bei einem Autounfall ums Leben gekommen.«

»Hmh.«

»Weil sie mir in ihrer E-Mail ihre Telefonnummer geschrieben hat, habe ich sie angerufen und mich ausführlicher mit ihr unterhalten. Sie tut mir furchtbar leid. Stellen Sie sich nur vor, das eigene Kind zu finden, nur um es dann wieder zu verlieren.«

»Hmh.«

»Sie bat mich, ihr das Armband ihres Sohnes zu schicken. Als Andenken. Sie scheint mir eine reizende Frau zu sein.«

»Das ist gut.«

»Ich habe den Eindruck, dass Sie enttäuscht sind, Gary. Aber das sollten Sie nicht sein.«

»Ich hatte wirklich gedacht, sie wäre die Richtige.«

»Das verstehe ich. Aber bitte sehen Sie die Neuigkeit als das, was sie ist: eine positive Entwicklung. Auch für Sie. Gestern um diese Zeit haben Sie noch nach vier Frauen gesucht. Heute sind es nur noch drei, und damit sind Sie wieder einen Schritt näher dran, Ihre leibliche Mutter zu finden. Das sehen Sie doch auch so, oder?«

Gary bedankte sich bei ihr und ging zu seinem Auto zurück. Irgendwie war ihm gar nicht bewusst, dass er einen Rückschlag erlitten hatte. Etwas anderes war wichtiger. Er dachte an Olivia und an die Verluste, die sie in ihrem Leben erlitten hatte. Man hatte ihr ihren Sohn genommen. Zweimal. Er hingegen durfte noch darauf hoffen, dass seine leibliche Mutter da draußen war. Er hatte Glück gehabt. Daran musste er fest glauben.

Allegra plauderte gut gelaunt über die Schule, ihre Freunde und über den Wettkampf, den sie mit ihrem Leichtathletik-Team gewonnen hatte. Zehn war ein perfektes Alter: alt genug, um viel zu erzählen zu haben, und noch jung genug, um es auch zu tun. Trotz der sechstausend Meilen, die sie trennten, genoss Gary es, seine Tochter beim Erzählen zu beobachten. Er liebte die Art und Weise, wie sie kurz überlegte, bevor sie eine Frage beantwortete, wie sie in einem Moment nachdenklich war und im nächsten wieder übersprudelte vor Energie. Sie hatte Posys riesige grüne Augen und ihre glatten braunen Haare, war aber groß und schmal wie er. Er fragte sich, ob er ihre Skype-Gespräche umso mehr mochte, weil ihre Kindheit schon fast vorbei war. Bald würde sie zurückhaltender sein, würde sich nicht mehr so plötzlich für etwas begeistern oder ihm haarsträubende erfundene Geschichten erzählen. Dann wäre er in ihren Augen nicht mehr klug und witzig, sondern nur noch der alte Idiot, der früher was mit ihrer Mutter gehabt hatte.

In Los Angeles war gerade später Nachmittag, in Wicklow dagegen schon früher Morgen. Gary hatte sich noch immer nicht recht daran gewöhnt, seine Tochter vor einem Hintergrund im Sonnenlicht zu sehen, während es bei ihm draußen schon dunkel war.

»Kommst du uns bald besuchen?«, fragte sie.

»Ich hoffe. Aber erinnerst du dich noch, wie ich dir von der Suche nach meiner leiblichen Mutter erzählt habe?«

»Hmh.«

»Damit bin ich gerade beschäftigt, und das nicht zu knapp. Aber auf jeden Fall sehen wir uns noch vor Weihnachten.«

»Okay.« Allegra runzelte die Stirn – vermutlich war das nicht die Antwort gewesen, die sie sich gewünscht hatte. »Mum will noch mit dir reden.«

Garys Gespräche mit seiner ehemaligen Partnerin beschränkten sich immer auf wenige Sätze. Sie unterhielten sich über ihre Tochter, gelegentlich auch über gemeinsame Freunde. Auch wenn sie nicht übermäßig berühmt war, verdiente Posy doch ganz ordentlich als Schauspielerin. Sie hatte den Rollenwechsel von der schrulligen Freundin in abgeschnittenen Jeans zur ängstlichen Ehefrau im Flanellhemd mit ungewöhnlicher Leichtigkeit hinbekommen. Trotzdem: Auch wenn Gary nicht gläubig war, betete er doch zu Gott, er möge Allegra vom Showgeschäft fernhalten. Er wusste, dass hübsche Mädchen daran zerbrechen konnten.

Für eine talentierte Schauspielerin war Posy ziemlich leicht zu durchschauen. Gary wusste sofort, dass etwas nicht stimmte. Seine unmittelbare Befürchtung war, dass Allegra wieder krank war. Dann vermutete er, dass es etwas mit Posy selbst zu tun hatte. Vielleicht traf sie sich mit einem Typen und war schwanger, oder sie wollten heiraten.

Doch er sollte wohl schon wieder unrecht haben.

»Ich habe gestern Abend Anton getroffen«, sagte sie. »Auf einer Party.«

»Und?«

»Er hat nach dir gefragt. Ich habe ihm erzählt, dass du herausgefunden hast, dass du adoptiert worden bist, und jetzt nach deiner leiblichen Mutter suchst. Ich soll dir von ihm alles Gute wünschen.«

»Musstest du das rumposaunen?«

»Ach, Gary. Er war echt nett! Und er schien es ernst zu meinen. Ihr beide könnt euch doch nicht euer restliches Leben lang gegenseitig bestrafen. Irgendwann müsst ihr wieder miteinander sprechen. Entweder das, oder du machst öffentlich, dass du die Band verlassen hast.«

»Jetzt ist nicht der richtige Zeitpunkt.«

»Es wird nie den richtigen Zeitpunkt geben, stimmt's?«

»Das weiß ich nicht.«

»Vermisst du die Musik denn nicht? Du solltest die Zeit nutzen, Gary, anstatt mit den verdammten Bäumen zu reden oder wie auch immer du deine Tage verbringst.«

»Ich mache durchaus etwas.«

»Ja, du schlägst die Zeit tot. Aber das ist nicht dasselbe.«

Gary wollte sich schon mit seiner Arbeit als Produzent und Soundtrackschreiber herausreden, aber Posy brachte ihn mit einer ungeduldigen Handbewegung zum Schweigen.

»Okay, also Folgendes«, fuhr sie fort.

Er seufzte. Er hätte wissen müssen, dass da noch was kam.

»Anton hat erwähnt, dass es nächstes Jahr fünfundzwanzig Jahre her ist, dass *Overboard* rausgekommen ist.«

»Dessen bin ich mir durchaus bewusst.« *Overboard* war

das erfolgreichste Album der Band, die Platte, die sie auf ein anderes Level gehoben hatte. Von Hallen zu Stadien. Von Reisebussen zu Privatjets. Von vier Dubliner Jungs, die zum Spaß Musik machten, zur Band auf dem Cover der *Time*.

»Jedenfalls«, fuhr Posy fort, »will eure Plattenfirma das Album zum Jubiläum noch mal neu auflegen.«

»Dann mal viel Glück. Niemand kauft mehr CDs.«

»Dein Publikum schon.«

»Du meinst, die Gruftis?«

Sie lachte. »Das hast du gesagt. Aber im Ernst, wenn ich das richtig verstanden habe, wollen sie das Album auf Vinyl rausbringen und Downloads dazu anbieten. Außerdem planen sie, Outtakes und altes Filmmaterial zu veröffentlichen, und hoffen, dass die Band ein paar neue Songs aufnehmen wird. Und, na ja … sie wollen, dass ihr auf Tour geht, um den Verkauf anzukurbeln. Nichts Riesiges, nur ein paar Auftritte hier in den Staaten und in Europa. Oh, und natürlich würdet ihr das volle Rock-'n'-Roll-Hall-of-Fame-Programm bekommen.«

»Davon hat mir niemand was erzählt.«

»Ich erzähle es dir doch gerade, und vermutlich wird sich Frank im Laufe der Woche bei dir melden.«

Frank O'Toole war der Manager der Band. Er hatte sie entdeckt, als sie noch im McGonagles lausige Coverversionen spielten. Damals hatte er zu ihnen gesagt, ihre eigenen Songs könnten nicht viel schlimmer sein. Frank war ein Ex-Priesteranwärter mit den Moralvorstellungen eines Gefängnisspitzels. Und außerdem der Beste in der Branche.

»Ich will aber nicht zum kulturellen Erbe gehören«, sagte Gary.

»Ja, klar«, erwiderte Josy. Im günstigsten Fall neigte Skype dazu, die Stimmen hohl und schrill klingen zu lassen. So wie jetzt. »Du bleibst da drüben auf der Insel und suhlst dich in deinem Elend. Glaubst du etwa, Anton bedauert den Vorfall nicht?«

»Das tut er ganz sicher. Ansonsten wäre er ein Monster.«

»Er ist kurz davor, sich selbst ans Kreuz zu nageln, was willst du denn noch? Schließlich bist du auch nicht völlig unschuldig. Außerdem ist er, wie ich gehört habe, seitdem clean.«

»So sehr kann er sich nicht verändert haben, wenn er dich mit seinem Charme dermaßen um den Finger gewickelt hat.«

Kaum hatte er das gesagt, bereute er es auch schon. So war es immer mit Posy. Sie begannen sich zu streiten, und irgendwann zielten sie unter die Gürtellinie. Wie zwei Kinder auf dem Schulhof. Oder zwei Betrunkene bei Pubschluss.

»Fick dich«, sagte sie.

»Jetzt reiß dich mal zusammen«, erwiderte er. »Oder willst du, dass Allegra das hört?«

Aber sie hatte die Verbindung bereits getrennt.

Gary überlegte, ob er zurückrufen sollte, aber es hatte keinen Sinn. Posy würde ihre Meinung nicht ändern, und dann würden sie wieder streiten. Er goss sich großzügig vom Canadian Club ein und trat mit dem Drink hinaus auf die Terrasse. Der schwarze Himmel war mit Sternen übersät, die Felder in silbriges Licht getaucht. Er saß auf seinem Stuhl und genoss das langsame Brennen, als der Whisky seine Kehle hinunterrann.

»Was für ein Chaos, oder?«, sagte er zum Himmel, halb in der Erwartung, dass der ihm antworten würde.

Er hatte sein Leben verpfuscht und sich irgendwie eingeredet, dass die Suche nach seiner leiblichen Mutter ihm die Chance geben würde, noch einmal neu anzufangen. Hereinspaziert, hereinspaziert: Seht her, der neue, bessere Gary Winters! Doch egal, wie weit er auch rannte, das Gefühl des Bedauerns und der Schuld holte ihn stets ein. Er wollte die Löschtaste drücken und von vorne anfangen, aber in seinem Kopf drehte sich alles im Kreis und war noch genauso real wie an dem Tag, an dem es passiert war.

Kapitel 11

Ailish

Ailish versteckte das Armband ganz hinten in ihrer Schublade für Unterwäsche. Hier bewahrte sie auch die wenigen Euro auf, die sie sparte. Stevie, ihr jüngstes und klügstes Kind, war in seinem letzten Schuljahr, und sie wollte, dass er sich sein College aussuchen konnte, auch wenn seine Wahl auf Dublin fallen würde. Jeder wusste, dass Dublin teuer war, also versuchte sie, alle vierzehn Tage ein paar Scheine zur Seite zu legen. Ailish bedauerte ihren eigenen Mangel an Bildung. Aber nicht unbedingt, weil sie gerne mehr Geld verdient hätte, sondern weil sie sich oft über ihre Unwissenheit ärgerte. Wenn andere Leute irgendwelche Orte oder Bücher oder historische Ereignisse erwähnten, konnte sie nur nicken, so als wüsste sie, wovon sie sprachen. Ach, wie sehr sie sich wünschte, auch manchmal etwas zur Unterhaltung beitragen zu können!

Neben dem Geld und dem Armband verwahrte sie noch eine Handvoll anderer Erinnerungsstücke in der Schublade. Eine Haarlocke von jedem ihrer Kinder und eine dünne Silberkette, die Keith ihr zu Beginn ihrer Beziehung geschenkt hatte. Sie wusste, wie sentimental das war, aber es gefiel ihr, sich auf diese Weise an die Zeit erinnern zu können, in der sich alles noch so einfach angefühlt hatte.

Dieser Tage führten all ihre Gedanken zurück zu Chrissie. War ihre leibliche Mutter noch einmal zur Schule gegangen, nachdem sie bereits mit vierzehn Jahren ein Kind bekommen hatte? Wahrscheinlich nicht. Sie vermutete, dass die Culligans nicht viel Geld gehabt hatten. Und es waren harte Zeiten gewesen. Hatte sich Chrissie mit den Jahren von dem Stigma, eine unverheiratete Mutter zu sein, erholen können? Oder war sie zu einer jener traurigen und einsamen Frauen geworden, die ihr Leben lang von einer Einrichtung zur anderen drifteten, mit verfilzten Haaren und leerem Blick?

Falls Chrissie in Clare geblieben war, bestand die Möglichkeit, dass sie sich bereits einmal begegnet waren. Vielleicht hatten sie nebeneinander im Supermarkt an der Kasse angestanden oder waren zur gleichen Zeit im Pub gewesen. Vielleicht waren sie den gleichen Weg gegangen, im gleichen Bus gefahren, hatten die gleiche Luft geatmet.

Ailish musste aufpassen, dass das Armband für sie nicht zu einer Obsession wurde. Ständig hatte sie den Drang, es herauszunehmen und die winzige Schrift anzustarren. Der schmale Klebestreifen, der das Papierstück zusammengehalten hatte, klebte nicht mehr, aber ansonsten musste das Armband genauso aussehen wie fast fünf Jahrzehnte zuvor. Ailish konnte es kaum glauben, dass Katie es so lange aufgehoben hatte.

In ihr wuchs die Zuversicht. Sie war dazu bestimmt, Chrissie zu finden.

Dann begann sie, im Internet zu recherchieren, und erlitt beinahe einen Schock. Der erste Eintrag auf der Seite mit den Suchergebnissen zum Namen ihrer Mutter war eine Todesanzeige jüngeren Datums. Ailish stieß einen erschreckten Laut aus, bevor ihr klar wurde, dass es sich um eine andere Frau handeln musste. Die Verstorbene hatte erst nach ihrer Heirat Christine Culligan geheißen. Als Nächstes rief sie mehrere Facebook-Seiten auf. Katie hatte gesagt, sie würde ihrer Mutter sehr ähnlich sehen, also hoffte Ailish, dass sie nur einen Mausklick davon entfernt war, ihr eigenes Spiegelbild zu sehen. Leider schien keine der Christines oder Chrissies die richtige zu sein. Die meisten Frauen kamen ihr zu jung vor, eine andere sah an die zwanzig Jahre zu alt aus. Da eine beträchtliche Anzahl von ihnen in den Vereinigten Staaten lebte, beschloss Ailish, auch einige amerikanische Seiten zu durchforsten. Ihre Suche förderte vierzehn Christine Culligans in New York, New Jersey, Kalifornien, Florida, Texas und Wisconsin zutage. Auch wenn es möglich war, dass eine davon ihre leibliche Mutter war, so würde die Kontaktaufnahme mit ihnen ziemlich kompliziert werden. Außerdem bestand die Möglichkeit, dass Chrissie geheiratet und ihren Namen geändert hatte. Sie könnte jetzt auch Chrissie Aaron, Chrissie Zysman oder sonst wie heißen. Ich suche nach der Nadel im Heuhaufen, dachte Ailish.

Sie überlegte, einen DNA-Test zu machen. Dann musste sie hoffen, dass es mit irgendwem dort draußen eine Übereinstimmung gab, aber das wäre ein Schuss ins Blaue, und außerdem würde der Test vermutlich mehr kosten, als sie

aufbringen konnte. Also blieb ihr nur diese eine offensichtliche Möglichkeit. Obwohl sich der Rest der Familie gern
über sie lustig machte, weil sie sich stets an Vorschriften
hielt, beschloss Ailish, auch diesmal den offiziellen Weg zu
gehen. Erst wenn die Behörden ihr nicht weiterhelfen
konnten, würde sie erneut überlegen. Nicht dass sie sich
gefreut hätte, die nächsten Schritte in Angriff zu nehmen.
Dieses bürokratische Zeug machte sie immer nervös. Selbst
wenn sie um etwas bat, was ihr rechtmäßig zustand, wurden ihr die Hände klamm, und ihre Kehle schnürte sich zu.

Bald entdeckte sie, dass die Akten immer weitergeschickt
worden waren. Die Informationen, die sich einst im Besitz
der Nonnen und der St. Saviour's Adoption Agency befun-
den hatten, waren an das alte Gesundheitsamt weitergelei-
tet worden, aus dem dann die neue Gesundheitsbehörde
HSE geworden war, die ihre Akten wiederum an die noch
neuere Familienkasse weitergereicht hatte. Ailish stellte
sich vor, wie Papierstapel in Aktenschränke gestopft und
diese dann von einem Büro ins andere gerollt worden waren. Man hatte Tausende von Leben immer wieder verschoben, von einem Ort zum nächsten. Kein Wunder, dass
so viele Unterlagen fehlten.

Ailish schrieb sowohl an die zuständige Dienststelle als
auch an die Adoptionsbehörde. Als Absenderadresse gab sie
das Hotel an. Als alle Formulare ausgefüllt waren, wusste
sie, dass sie jetzt nur noch warten konnte. Und es eine
Weile dauern würde. Sie überlegte, ob sie mit ihren Töchtern über ihre Suche sprechen sollte. Mit Sicherheit würden
sie sie dabei unterstützen. Auf der anderen Seite könnten sie

Keith etwas verraten, und dieses Risiko wollte sie nicht eingehen. Ehrlich gesagt reichte es ihr, an Chrissie und daran zu denken, was sie bisher über sie erfahren hatte.

Niemand anderem würde das je so viel bedeuten wie ihr.

Die Wochen vergingen – und noch immer kein Wort von den Behörden. Obwohl Ailish sich immer wieder ermahnte, sich keinen Illusionen bezüglich des Ergebnisses hinzugeben, tat sie doch genau das. Sie stellte sich vor, wie sie einen Brief mit der Information erhielt, dass Chrissie bereits nach ihr gesucht hatte und gerne Kontakt aufnehmen wollte. Ihre alten Tagträume wurden durch neue ersetzt, in denen sie und Chrissie gute Freundinnen wurden. Jede einzelne Zelle ihres Körpers wünschte sich, ihre leibliche Mutter zu finden. Dass sie vielleicht nicht exakt dem Bild entsprach, das Chrissie von ihrer Tochter hatte, spielte jetzt keine Rolle mehr.

Wenn sie sich Fantasien von einem anderen Leben hingab, nahm sie Keiths schlechte Laune gar nicht mehr wahr. Die Fabrik, in der er als Gabelstaplerfahrer arbeitete, war verkauft worden, und die neuen Manager waren ganz und gar nicht nach seinem Geschmack. Sie wollten die Dienstpläne und auch die Arbeitsabläufe ändern. Er fluchte und beschimpfte sie als »kleine Hosenscheißer, die glauben, alles besser zu wissen«. Ailish tat so, als hörte sie ihm zu, während Stevie sich mal wieder laut Gedanken über seine Studienwahl machte. Manchmal dachte Ailish, dass er mit seiner Unentschiedenheit einzig und allein Keith ärgern wollte. Wenn ja, dann gelang ihm das prächtig.

Eines Morgens, nachdem sie ihre ersten drei Zimmer geputzt hatte, setzte sie sich auf das Bett in Nummer 24, zog ihr Handy hervor und wählte eine Nummer.

»Schön, von Ihnen zu hören«, sagte Katie. »Ich habe oft an Sie gedacht. Wie geht es Ihnen?«

Ailish erzählte Katie von ihrem Dilemma. »Ich habe Sie nicht schon früher angerufen, weil ich mich Ihnen nicht aufdrängen wollte. Ich versuche wirklich, alles richtig zu machen … aber ich weiß nicht, ob ich dafür genügend Geduld habe.«

»Lustig, dass Sie das sagen. Beth und ich lernen gerade viel darüber, wie man das normale Prozedere der Bürokratie umgehen kann. Leider hat meine Nichte nicht mehr so viel Zeit, weil sie jetzt wieder arbeiten geht. Habe ich Ihnen erzählt, dass sie Datenanalystin bei Google ist?«

»Das klingt beeindruckend.«

»Nicht wahr? Um die Wahrheit zu sagen, ich habe keine Ahnung, was sie tut.«

Ailish lachte. »Das erinnert mich an Stevie und seine Pläne für das College. Ständig fragt er mich: ›Was denkst du?‹ Und ich kann ihm nur antworten: ›Stevie, ich habe keine Ahnung, was diese Kursbezeichnung bedeutet, und erst recht nicht, was da unterrichtet wird.‹«

»Dann lassen Sie uns mal gemeinsam über Ihre Suche nachdenken«, sagte Katie. »Als Erstes müssen Sie Ihre Geburtsurkunde finden – was ziemlich einfach sein sollte. Dann benötigen Sie Chrissies Geburtsurkunde. Oh, und wenn Sie dann noch die Heiratsurkunde von ihr finden, sind Sie auf einem guten Weg.«

144

»Das klingt logisch, nur ...«

»Nur dass die Unterlagen in Dublin und Sie in Kilmitten sind?«

»Volltreffer. Ich müsste irgendwie für einen Tag weg, ohne dass Keith etwas davon mitbekommt.«

»Und wenn ich für Sie nachschaue?«

»Im Ernst?« Insgeheim hatte Ailish sich genau diese Reaktion erhofft, hätte aber nie gefragt. »Ich wäre Ihnen sehr dankbar. Ich meine, ich bezahle Sie für Ihre Zeit oder ...«

»Auf keinen Fall«, erwiderte Katie. »Ich freue mich doch, wenn ich ein bisschen für Sie herumschnüffeln kann. Ich würde nur zu gerne herausfinden, was aus Chrissie geworden ist.«

Ailish war verblüfft, dass Katie sich für Menschen einsetzte, die sie kaum kannte.

Zwei Tage später – sie schrubbte gerade das Bad in Zimmer 11 – klingelte ihr Handy. Sie hatte es so eilig ranzugehen, dass sie auf dem Weg dorthin über einen Wäschehaufen stolperte und gegen den Schminktisch stieß.

»Hallo?«

»Ich bin's«, sagte Katie. »Also, Jacqueline Ann Culligan ist die Tochter von Christine Marie Culligan aus Hackett's Cross.«

»Sie haben unsere Unterlagen gefunden!«

»Habe ich Ihnen das nicht versprochen?«

Ailish erwiderte nichts. Sie musste die Neuigkeiten erst einmal sacken lassen. Vor ihren Augen verschwamm alles.

145

Katie redete indes weiter. »Ihr leiblicher Vater wird nicht erwähnt. So was kam damals allerdings öfter vor, weshalb ich nicht zu viel hineininterpretieren würde. Wo ich schon mal am Recherchieren war, habe ich mir auch gleich die Heiratsregister vorgenommen. Leider bin ich auf nichts gestoßen. Tja, aber wir wussten ja, dass dies eine besonders schwere Aufgabe ist. Ich werde Beth bitten, mir dabei zu helfen. Sie hat einen Blick für so was. Wobei, mit achtundzwanzig hatte ich den auch noch.«

Ailish war plötzlich ganz schwindlig, als ob der Raum zur Seite gekippt wäre und nichts mehr da war, wo es hingehörte. Sie setzte sich auf die Bettkante. »Ich glaube, ich kenne Hackett's Cross. Ist das nicht im Westen von Clare, nahe der Küste?«

»Das stimmt, nicht weit weg von Kilkee. Chrissie muss am Meer aufgewachsen sein.«

»Wenn ich mich recht erinnere, ist der Ort ziemlich klein.«

»So klein, dass er kaum als Ort durchgeht.«

Ailish konnte das Lächeln in Katies Stimme hören. Sie versuchte, ihre Gedanken zu ordnen, die wie wild hin und her flitzten. »Was wiederum bedeutet, dass die Culligans leicht zu finden sein sollten.«

»Das stimmt. Deshalb möchte ich Sie bitten, sich genau zu überlegen, welchen Schritt Sie als nächsten machen wollen. Ich weiß, Sie sind ungeduldig, aber es gibt einen Grund, warum bei einem solchen Wiedersehen häufig ein Sozialarbeiter dabei ist. Das ist eine sensible Angelegenheit.«

»Ich kann Ihnen gar nicht genug danken! Bitte entschuldigen Sie, wenn mir gerade die richtigen Worte fehlen. Das ist fantastisch. Einfach nur fantastisch. Wie komme ich an Kopien der Urkunden?«

»Sie sind bereits in der Post.«

Ailish sog überrascht – und panisch – Luft ein.

Bevor sie etwas sagen konnte, fuhr Katie bereits fort: »Keine Sorge. Ich habe sie an die Hoteladresse geschickt. Mit etwas Glück halten Sie sie morgen früh in den Händen. Aber ...« Sie zögerte.

»Was?«

»Ich wünschte, Sie würden auf diese Heimlichtuerei verzichten. Wenn Sie wirklich weitere Schritte unternehmen wollen, müssen Sie irgendwann mit Ihrem Mann darüber reden, Ailish.«

Das wurde auch ihr langsam klar. Doch sie wusste, Keith würde nicht nur ablehnend auf diese Neuigkeit reagieren, er würde vermutlich sogar versuchen, sie an der weiteren Suche nach Chrissie zu hindern. »Ich werde es ihm sagen«, erwiderte sie. »Versprochen. Aber jetzt noch nicht.«

»Okay«, sagte Katie. »Und glauben Sie mir, ich kenne das Gefühl, einer Herausforderung nicht gewachsen zu sein.«

Die kopierten Unterlagen trafen pünktlich am folgenden Morgen ein. Glücklicherweise war Ailishs erstes Zimmer völlig unkompliziert: Das Gästepaar hatte erst zwei von fünf Nächten dort verbracht; kein Bedarf, die Laken zu wechseln, keine übermäßige Unordnung. Sie setzte sich auf das Bett und öffnete den großen braunen Umschlag. Die erste Urkunde bestätigte, was sie bereits wusste. Die zweite besagte, dass Christine Marie Culligan am zwölften Juni 1957 geboren worden war. Ailish konnte nicht anders, als nachzurechnen. Chrissie war erst dreizehn Jahre alt gewesen, als sie schwanger wurde. Viel, viel zu jung, um in irgendetwas eingewilligt zu haben. Ihre Eltern hießen Patrick und Bridget Culligan. Der Vater war Arbeiter gewesen.

Einen Moment lang saß Ailish einfach nur da und rekapitulierte, was sie bisher erfahren hatte. Dann arbeitete sie weiter – auch wenn ihr von den Neuigkeiten der Kopf schwirrte.

Da Stevie gesimst hatte, dass er einen Freund besuchen würde, beschloss Ailish, als sie nach Hause kam, erst einmal eine Runde spazieren zu gehen. Sie brauchte Ruhe, um über alles nachzudenken. Sie zog ihren roten Anorak an und machte sich auf den Weg Richtung Toomey's Hill. Kilmitten war wie viele der Nachbardörfer klein und heruntergekommen. Trotz aller Bemühungen vom Tidy Towns Committee. Im Supermarkt war immer irgendetwas ausverkauft, und die beliebteste Bar sah noch immer aus wie in den Achtzigerjahren. Außenstehenden war es vermutlich unverständlich, wie jemand einen solchen Ort lieben konnte, aber Ailish tat es. Kurz fragte sie sich, wie Gary Winters ihn wohl gefunden hatte. Der Gedanke brachte sie zum Lächeln.

Welche Makel das Dorf auch hatte, die Umgebung war

wunderschön. Nach einem heftigen Oktoberregen war der Himmel klar, und als sie den Hügel hinaufstieg, konnte Ailish meilenweit sehen. Auf den Wegen lagen braune Blätter, und ab und zu blitzte auch etwas Gelb oder Rot auf. Zwar dominierte Chrissie ihre Gedanken, doch Ailish erinnerte sich auch an ihre Adoptiveltern Deirdre und Jarlath. Wie oft war sie gemeinsam mit ihrer Mutter über diese Felder gegangen? Zu dieser Jahreszeit hatten sie meist Brombeeren gesammelt. Im Dezember hatten sie nach Stechpalmen gesucht und im Frühling nach Schlüsselblumen und Primeln und in den nahen Wäldern nach Glockenblumen. In Ailishs Kindheit war das mit die schönste Zeit gewesen.

Oft hatte Deirdre auf dem Heimweg an der Kirche angehalten, um ein Gebet zu sprechen. Sie war fromm gewesen, hatte die Novenen und die Gottesdienste am ersten Freitag des Monats besucht. Freitags wurde in der Familie Fisch gegessen, abends der Rosenkranz gebetet. Wenn sie Kilmitten mal verließen, dann, um Ausflüge nach Knock oder Croagh Patrick zu machen. Als Seniorin war Deirdre einmal nach Lourdes gepilgert. Für sie war das wie für andere eine Weltreise auf einem Kreuzfahrtschiff gewesen, ein einmaliges Geschenk an sich selbst, keine auferlegte Pflicht. Fünf Tage lang hatte sie gebetet und sich um diejenigen gekümmert, die ihre Hilfe benötigten, weil sie körperlich nicht so fit waren wie sie. Ailish hatte ihre Eltern nie über ihr eintöniges Leben klagen hören. Vermutlich hätte sie selbst ein Lottogewinn nicht verändert. Das Märtyrertum hatte viele Gesichter.

Für Ailish war die Religion ein großes Rätsel mit zu vielen traurigen und zu wenigen freudigen Mysterien. Sie dachte an das, was Chrissie angetan worden war: von zu Hause an einen Ort geschickt, der nicht besser war als ein Gefängnis, nur um dann gewaltsam von ihrem Kind getrennt zu werden. Mit Sicherheit war sie noch dazu als Sünderin gebrandmarkt worden und hatte sich endlose Predigten über Hölle und Schande anhören müssen. Die Kirche hatte sie wie eine Kriminelle behandelt, obwohl sie in Wirklichkeit ein Opfer gewesen war. Und Ailish – Ailish war von ihren Eltern aus katholischem Pflichtgefühl adoptiert worden, nicht aus Kinderliebe. Nein, sie würde sich nicht als religiös bezeichnen. Und doch gelang es ihr nicht, alle Verbindungen zur Kirche abzubrechen. Ein- oder zweimal im Monat ging sie zur Messe. Dann saß sie für gewöhnlich in einer der hinteren Reihen, ganz für sich, und ließ die Gebete über sich ergehen. Für sie war das wie eine kleine Auszeit.

Als sie sich auf den Rückweg zum Dorf machte, dämmerte es bereits. Jemand verbrannte Torf; der unverwechselbare Geruch hing in der kühlen Luft. Auf der Main Street ging sie in den Laden, um ein paar Lebensmittel zu kaufen. An der Kasse stand June Mangan, eine Frau mit so tiefen Falten um die Augen, dass es aussah, als wäre ihr Eyeliner verwischt.

»Was sind wir doch gesegnet mit diesem schönen Abend, nicht wahr, Ailish?«, sagte sie.

»In der Tat«, stimmte diese ihr zu.

Sobald sie das Haus betrat, spürte sie, dass etwas nicht stimmte. Keith war bereits da und empfing sie mit einem merkwürdigen Gesichtsausdruck.

»Ich bin spazieren gegangen und hab dabei wohl die Zeit vergessen«, sagte sie, während sie ihren Anorak auszog und ihn über das Treppengeländer warf. »Ich fange gleich mit dem Kochen an. Ich habe bei den Mangans noch Würstchen gekauft.«

»Wo ist Stevie?«, fragte Keith.

»Bei Declan. Er isst dort zu Abend.«

»Na fein. Sollte er nicht besser lernen?«

»Tut er doch. Sie machen zusammen Hausaufgaben.«

»Wer's glaubt! Vermutlich rauchen sie hinter der Kirche. Oder hängen mit anderen Jugendlichen ab. Du bist viel zu nachsichtig mit ihm. Ich bin es wirklich leid, dir das immer wieder zu sagen.«

Ailish bemerkte, wie Keiths linke Wange zuckte. Wahrscheinlich hatte es wieder Ärger auf der Arbeit gegeben. Sie bückte sich, um ihre Handtasche aufzuheben. Die Geburtsurkunden waren darin, sie musste sie rasch verstecken.

»Ich gehe nur kurz nach oben«, sagte sie. »Bin gleich wieder da.«

Im Schlafzimmer öffnete sie die Schublade und suchte instinktiv nach dem Umschlag mit ihrem Babyarmband. Er war verschoben worden. Sie sah hinein. Das Armband war weg.

Bevor sie darüber nachdenken konnte, hörte sie Keiths Schritte auf der Treppe, langsam und schwer. Rasch schloss

151

sie die Schublade und schob die Kopien der Urkunden unter ein Kissen. Dann stellte sie sich vor den Schminktisch.

Keith kam mehrere Schritte in den Raum, öffnete den Mund, zögerte aber. »Wird Zeit, dass wir uns mal wieder was Neues anschaffen«, sagte er dann und ließ seine Stiefelspitze über den rosa-grünen Teppich schrammen. »Du würdest doch auch etwas Moderneres bevorzugen, oder? Was haben sie zurzeit im Hotel?«

»Eine Art Taubenblau. Sieht schön aus.« Sie blickte ihm in die moosgrünen Augen, die sie einst so unwiderstehlich gefunden hatte.

»Meinst du, wir könnten einen Teppichrest bekommen?« Er trieb seine Spielchen mit ihr.

»Ich kann mal fragen.«

Er machte noch einen Schritt auf sie zu. Die Luft war zum Schneiden. »Warum nur hab ich das Gefühl, dass du was suchst?«

Wenn er ihr etwas vorspielte, konnte sie das andersrum genauso. »Keine Ahnung. Wie gesagt, ich gehe jetzt runter und mache uns was zu essen.« Sie versuchte ein unverfängliches Lächeln, aber ihre Lippen waren zu steif.

»Du hast Geld vor mir versteckt.«

Sie trat so weit zurück, wie es ging. »Ich hab gar nichts vor dir versteckt. Ich hab nur versucht, etwas für Stevies College-Gebühren zurückzulegen, das ist alles.« Ihre Stimme überschlug sich fast. Bleib ruhig, ermahnte sie sich. Er hat sich genommen, was dir gehört, und du musst es dir zurückholen.

»Was Stevie für ein Glück hat! Ich hoffe, er weiß das zu

schätzen. Wie auch immer, eigentlich wollte ich mich ja fertig machen, um noch wegzugehen ... Ich bin nachher mit den Jungs auf ein schnelles Bier im Pilkington's verabredet ... als ich merkte, dass ich ein paar Euro brauche. Keine Sorge, sagte ich mir, borge ich mir eben was von Ailish. Wo ich doch gesehen hab, wie sie Geld in die Schublade gelegt hat.«

Schweigend verfluchte sie ihre eigene Dummheit. Sie hätte vorsichtiger sein müssen. »Wenn du mich gefragt hättest, hätte ich dir was gegeben«, erwiderte sie.

»Du warst aber nicht da.« Sein Ton wurde härter. »Ich verberge nichts vor dir. Jeder Cent, den ich verdiene, fließt in den Familienunterhalt.«

Das stimmte nicht, aber Ailish traute sich nicht, ihm zu widersprechen. »Jetzt bin ich aber hier.«

Sie hatte Angst, dass er ihr wehtun würde. Dass er ihr den Arm hinter den Rücken drehen oder sie an den Haaren ziehen oder ihr in den Bauch boxen würde. Er war immer so vorsichtig, ihr nicht ins Gesicht zu schlagen, und sie war geschickt darin, ihre blauen Flecken zu verstecken.

Stattdessen griff er in seine Jeans und zog das Armband heraus. Es war schon zerknickt. Eingerissen. »Was ist das?«, fragte er und wedelte damit vor ihrem Gesicht herum.

Der Magen drehte sich ihr um. »Du weißt, was das ist.«

»Warum hast du Geheimnisse vor mir?«

»Hab ich nicht. Das ist nur ein Fetzen Papier. Ich dachte, es würde dich nicht interessieren, also hab ich es nicht erwähnt. Kann ich das Armband bitte zurückhaben? Mir bedeutet es viel.«

»Woher hast du das?«

»Spielt das eine Rolle?«

»Natürlich spielt das eine Rolle, wenn meine Frau mich anlügt.«

»Du kannst so viel Geld nehmen, wie du willst, aber gib mir das Armband zurück. Bitte.«

Keiths Gesicht war mit roten Flecken übersät. »Es ist von dieser alten Frau, nicht wahr? Die, die vor ein paar Wochen hier war, die bei dir in der Küche saß. Wo hat sie es her?« Er nahm das Armband in die andere Hand. »War das deine richtige Mutter?«

»Nein. Sie ... Sie hat in dem Heim gearbeitet, in dem ich geboren wurde.«

Er lachte ein sprödes Lachen. »Sie ist eine verdammt gute Lügnerin, das muss ich ihr lassen. Und ganz schön gerissen. Ich hab nicht ganz geglaubt, was sie mir da aufgetischt hat, aber *das* wäre mir im Traum nicht in den Sinn gekommen.« Er hielt das Armband wieder hoch. »Und wenn ich's recht bedenke: Was für eine traurige alte Schachtel bewahrt so was auf?«

»Wenn du es mir jetzt einfach zurückgibst, fange ich gleich an zu kochen. Du willst doch sicher noch etwas essen, bevor du gehst.«

Die Flecken wurden noch röter. »Vergiss das verdammte Essen, okay? Was ich will, ist die Wahrheit. Warum hast du mich angelogen? Als du mit diesem Adoptionsblödsinn angefangen hast, hab ich mich echt zurückgehalten – und du hast ja auch rein gar nichts erreicht. Weißt du eigentlich, warum? Weil deine Mutter nicht gefunden werden will. Sie wollte dich damals nicht, und sie will dich auch heute nicht.« Er beugte sich vor und schlug mit der freien Hand leicht gegen Ailishs Kopf. »Warum geht das nicht in deinen kleinen Schädel?«

Ailish zuckte zusammen, ihre Augen wurden glasig. »Das weißt du doch gar nicht. Du weißt *nichts* über sie.«

»Und du auch nicht. Aber eins ist sicher: Dieser ganze versponnene Quatsch, den du im Kopf hast, ist reiner Mist. Ich würde alles Geld der Welt darauf verwetten, dass sie nichts Besonderes ist. Wahrscheinlich war sie wie all die anderen: eine dummes junges Mädchen, das sich schwängern hat lassen, weil sie einfach zu blöd war.«

»Sag das nicht.«

»Hör mir zu, Ailish. Du hast dich da in was verrannt. Wahrscheinlich denkst du, ich wäre gemein zu dir, obwohl ich dir in Wahrheit einen riesigen Gefallen tue, indem ich dir die Wahrheit sage. Du steigerst dich da in was rein, und am Ende wirst du nur verletzt werden. Wieder einmal. Das letzte Mal konnte man ja nicht mal mehr mit dir reden. Tagelang bist du mit einem langen Gesicht rumgelaufen und hast damit alle im Haus so unglücklich gemacht wie dich selbst. Es wird wirklich Zeit, dass du erkennst, wie egoistisch du dich aufführst. Und jetzt hör endlich auf zu jammern. Du weißt, wie dünn die Wände sind. Wenn du nicht leiser bist, werden wir noch zum Dorfgespräch.«

Keith schaute sie mit diesem bodenlosen Ekel an, der inzwischen typisch für ihn war, mit diesem Blick, der ihr das Gefühl gab, sie wäre nichts weiter als die Essensreste im Spülbecken, nachdem das Wasser abgeflossen ist. Es war

155

nicht immer so gewesen. War auch jetzt nicht immer so. Im Juni waren sie eine Woche in Spanien gewesen, ihre ersten richtigen Ferien seit Jahren. Zusammen mit Stevie hatten sie die Tage damit verbracht, herumzualbern und im Pool zu planschen und sich mit Creme mit Sonnenschutzfaktor 30 einzuschmieren. Sie hatten sich trotzdem verbrannt, aber es war fantastisch gewesen. Ein richtiger Familienurlaub.

Doch dies war kein Moment, um nostalgisch zu werden. Jetzt war das Armband wichtig. Sie überlegte, ob sie einfach danach greifen sollte, entschied sich dann aber dagegen. Keith war viel stärker, und das dünne Papier könnte dabei ganz zerreißen. Mit dem Bündchen ihrer Strickjacke wischte sie sich über die Augen.

»Okay«, sagte sie. »Ich verstehe dich, und es tut mir leid, dass ich dir nichts von dem Babyarmband erzählt habe. Das war falsch von mir. Aber ich würde es gerne behalten ... als Erinnerung daran, wo ich herkomme. Ich werde nicht weiter nach meiner leiblichen Mutter suchen, wenn es das ist, was dich so aufregt. Ich schwöre, ich werde es nicht tun.«

»Das sagst du jetzt.« Er ging auf seine Seite des Bettes. »Aber ich glaube dir nicht. Weißt du, was dein Problem ist, Ailish? Du bist nichts weiter als eine Lügnerin.«

»Ich sage dir die Wahrheit, Keith. Das Armband ... es hat einen sentimentalen Wert für mich, mehr nicht.«

Er legte den Papierstreifen neben das Wasserglas auf seinem Nachttisch und zog ein violettes Feuerzeug aus seiner Hosentasche. Ein Klick, und eine lange orangefarbene

Flamme züngelte empor. Mit der anderen Hand hob er das Armband hoch und hielt es an die Flamme. Bevor Ailish reagieren konnte, hatte die Papierkante bereits Feuer gefangen. Der Streifen kringelte sich zu ihm hin, glühte zunächst nur leicht. Dann brannte das Papier richtig.

Einen Moment lang war sie wie gelähmt. Dann stürzte sie sich auf Keith und schrie: »Hör auf! Hör auf damit!« Doch es war zu spät. Er ließ die Überreste in das Glas fallen und das Feuerzeug wieder in seine Tasche gleiten. Der Geruch von Rauch hing zwischen ihnen. Katie hatte das Armband fast siebenundvierzig Jahre lang aufbewahrt. Ailish hatte es weniger als zwei Monate geschafft. Sie versuchte, etwas zu sagen, aber sie brachte kein Wort heraus. Stattdessen fiel sie aufs Bett, vergrub ihr Gesicht im Kissen und ballte ihre Hände zu Fäusten.

Eine stickige Stille legte sich über sie.

Nach ein oder zwei Minuten verließ Keith das Zimmer. Kurze Zeit später hörte sie das Klacken der sich schließenden Haustür und das Geräusch seiner Schritte auf dem Gehsteig.

Kapitel 12

Katie

Für Katie und Beth war es zu einem Ritual geworden: Am Samstagmorgen saßen sie gemeinsam an Katies Küchentisch und besprachen, was in der vergangenen Woche passiert war. Seit sie vor zwei Monaten den Post im Adoptionsforum veröffentlicht hatten, hatten sie sechzehn Armbänder an ihre ursprünglichen Träger zurückgegeben. Katie hatte sich ein zweites Notizbuch kaufen müssen, um sich alles aufzuschreiben. Zusätzlich druckte sie ihre gesamte E-Mail-Korrespondenz aus und heftete sie in einem blauen und nur für diesen Zweck angeschafften Ordner ab. Beth machte sich darüber lustig, aber es war praktisch, alle Details griffbereit zu haben. Den Schuhkarton mit den Armbändern bewahrte sie weiterhin in ihrem Kleiderschrank auf und holte ihn nur dann heraus, wenn sie sich sicher war, dass eines von ihnen den Besitzer wechseln sollte.

Mit den meisten ehemaligen Kindern aus Carrigbrack hatte sie persönlich gesprochen. Die Geschichten über ihr Leben waren faszinierend gewesen. Und obwohl sie sich unterschiedlich ausdrückten und auch unterschiedlich zu fühlen schienen, wollten sie doch alle Kontakt zu der Frau aufnehmen, die sie auf die Welt gebracht hatte. Sie hatten nicht vor, sich in das Leben ihrer biologischen Mutter einzumischen; sie wollten nur wissen, ob es ihr gut ging. Dieser Wunsch, so sagten die meisten, sei mit zunehmendem Alter stärker geworden. Larry, ein netter Kerl aus Tipperary, erzählte Katie, würde es jedes Mal förmlich zerreißen, wenn er in den Nachrichten etwas über Mutter-Kind-Heime hörte. »Ich hatte ja vorher keine Ahnung, wie schlecht die Frauen dort behandelt wurden«, sagte er. »Das war mir zu meiner Schande nie bewusst.«

Noch bevor ihre Zehen morgens den Fußboden berührten, dachte Katie an die Armbänder und ihre ursprünglichen Träger. Es gab Tage, an denen ihr die Aufgabe, die sie sich selbst auferlegt hatte, fast unerträglich schwerfiel; Tage, an denen Angst an ihr zerrte und sie das Gefühl hatte, an einen Ort und in eine Zeit zurückgekehrt zu sein, die sie eigentlich längst vergessen haben wollte. Aber sie stand diese Tage durch und hoffte, dass niemand, besonders nicht Beth, ihren inneren Kampf bemerkte.

In dieser Woche hatte sie Johnnys Abwesenheit wieder einmal so intensiv gespürt, als hätte er sie gerade erst verlassen. Jedes Lied im Radio, jedes Foto an der Wand, jeder Beitrag in den Nachrichten hatte ihre Trauer neu angefacht. Am Abend zuvor hatte sie durch das Fernsehprogramm gezappt, auf der Suche nach etwas anderem als Kochsendungen und Seifenopern, und war dabei auf den Kanal gestoßen, auf dem fast nur Quizsendungen liefen. Johnny war früher süchtig nach *The Chase* gewesen. Sie hatte zu hören gemeint, wie er Antworten rief: »Angst vor Schmetterlingen!«, »Die Bee Gees!«, »Saturn!«. Eine Woge der Zärtlichkeit war über sie zusammengeschlagen, und sie hatte den Fernseher ausschalten müssen. Obwohl es erst sieben Uhr abends gewesen war, hatte sie zwei Schlaftabletten geschluckt und war ins Bett gekrochen.

Die Treffen mit Beth am Samstagmorgen machten die Wochenenden etwas weniger einsam. Früher waren Katie und Johnny samstags meist spazieren gegangen. Manchmal waren sie auch nach Wicklow gefahren oder hatten ein paar Tage in Mayo oder Galway verbracht; ihr Lieblingsziel war jedoch die Halbinsel Cooley in Louth gewesen. Sie hatte die sanften Hügel so geliebt, den Kokosnussduft der Stechginsterbüsche und den Blick über Carlingford Lough! Natürlich könnte sie den Ausflug auch alleine machen. Aber sie wusste, dass sie es nie tun würde.

Während Beth etwas auf ihrem Laptop tippte, ging Katie noch einmal ihre To-do-Liste durch. Einige ihrer Kontakte, Larry etwa, begnügten sich damit, den offiziellen Weg einzuschlagen. Er vertraute darauf, auf diese Weise irgendwann seine leibliche Mutter zu finden. Andere waren weniger zuversichtlich, und Katie hatte sich dabei ertappt, wie sie ihnen Ratschläge gab – sie zum Beispiel davor warnte, zu sehr voranzupreschen. Sie erinnerte sich daran, wie sie Gary vorgeschlagen hatte, einen Privatdetektiv anzuheuern; inzwischen kam sie sich schon selbst wie eine Detektivin vor. An diesem Morgen dachte sie an Gary und an Ailish. Vor allem ihr wollte sie helfen. Grund dafür waren einerseits die traurigen Umstände ihrer Geburt, aber da war noch etwas anderes. Katie war schon so vielen Ailishs begegnet:

Menschen, die ihr Leben damit verbrachten, es anderen schön zu machen oder ihnen zu helfen, und die dafür nur wenig zurückbekamen. Sie kannte genügend Krankenschwestern, die alles für ihre Patienten gegeben hatten, nur um irgendwann ausgebrannt und allein dazustehen.

Nachdem sie Chrissies Geburtsurkunde gefunden hatte, hatte sie mehrere erfolglose Versuche unternommen, auch ihre Heiratsurkunde ausfindig zu machen. Doch Ailishs leibliche Mutter schien verschwunden zu sein, und in ihren besonders düsteren Momenten vermutete Katie, dass Chrissie bereits tot war.

»Ich habe schon lange nichts mehr von Ailish gehört«, sagte sie zu Beth, die gerade eine E-Mail von einem Mann aus Carlow las. Er glaubte, in Carrigbrack geboren zu sein, konnte aber keine Details nennen, sodass sie sich nicht sicher waren, was sie mit seinem Fall machen sollten.

»Hast du sie angerufen?«

»Ich will mich nicht aufdrängen. Vielleicht mache ich das nächste Woche mal. Ich muss vorsichtig sein, falls ihr Mann in der Nähe ist.«

»So, wie du ihn beschrieben hast, klingt es, als müsste er sich einfach nur einen Ruck geben.«

»O nein. Du machst dir ein zu nettes Bild von ihm. Er ist ein brutales Großmaul, wie man in Danganstown sagen würde.«

Beth schaute vom Laptop auf und zwinkerte ihr zu. »Ich glaube, in deiner Jugend hatte man mit dir echt Spaß.«

»Und ich dachte, den hat man immer noch«, erwiderte Katie, und beide lachten.

Wenn Katie ehrlich war, dachte sie nicht, dass es mit ihr als Teenager besonders lustig gewesen war. Nicht, weil sie besonders ernst oder langweilig gewesen wäre. Eher bedürftig. Hungrig, dachte sie, ja, so nannte man das heute. Sie hatte sich im Dorf herumgetrieben und war dankbar für jedes bisschen Aufmerksamkeit gewesen, das ihr entgegengebracht wurde. Wenn diese Aufmerksamkeit männlich war, umso besser. Natürlich wäre es ein Leichtes, ihre Unsicherheit auf Margo zu schieben, doch ihre Schwester war damals noch ein kleines Kind gewesen. Außerdem war der Mangel an Zuneigung zu Hause vielleicht nicht gerade zuträglich gewesen, aber auch kaum ungewöhnlich. Die Zeiten damals waren andere, Liebkosungen verpönt, und ein Klaps gehörte zur Erziehung eines Kindes dazu. Die letzte Ohrfeige bekam sie von ihrem Vater mit fünfzehn. Damals hatte sie die Messe zugunsten einer Zigarette mit Billy Tuite geschwänzt, einem Charmeur mit Hasenzähnen. Leider wurden sie von einer der örtlichen Klatschbasen dabei entdeckt. Wo Billy jetzt wohl steckte? Mit Hasenzähnen schien es sich heute wie mit aufgetragener Kleidung, Corned-Beef-Sandwiches und Masern zu verhalten: Sie waren nicht ausgestorben, aber auch nicht mehr alltäglich.

War sie jemals so freimütig gewesen wie Beth? Vermutlich nicht. Vielleicht temperamentvoll, aber temperamentvolle Mädchen wurden damals mit Misstrauen betrachtet. Zeit und Erfahrung hatten ihre scharfen Kanten abgeschliffen. Heutzutage, so schien es Katie, durften junge Frauen durchaus Aufsehen erregen, doch die ältere Generation sollte weiterhin unauffällig bleiben.

Beth holte tief Luft. »Ich hoffe, es stört dich nicht, dass ich das frage, aber gibt es einen Grund, warum du den alten Schuhkarton nicht schon entstaubt und nach den damaligen Babys gesucht hast, als Johnny noch am Leben war?«

»Du willst wissen, ob er etwas dagegen gehabt hätte?«

»Wenn du es so formulieren willst, ja.«

»Die Antwort ist nicht einfach. Er war ganz sicher nicht einverstanden mit dem, was in Carrigbrack passiert ist. Hätte ich die Armbänder unbedingt an ihre ursprünglichen Besitzer zurückgeben wollen, hätte er mich unterstützt. Aber gleichzeitig war er skeptisch. Er hat immer gesagt: ›Wenn du einen Holzscheit umdrehst, kommt darunter mit Sicherheit etwas hervorgekrabbelt, was dir nicht gefällt.‹«

»Verstehe«, sagte Beth, und es war ihr anzuhören, dass sie diese Antwort alles andere als zufriedenstellte.

»Außerdem hättest du mir nicht geholfen, hätte ich es früher gemacht.«

»Du hättest es auch ohne mich ganz gut hingekriegt. Oh, weißt du, was ich dir noch erzählen wollte? Heute Morgen habe ich im Internet einen Artikel über Black Iris gelesen. Eines ihrer alten Alben wird neu rausgebracht. Gerüchten zufolge geht die Band auch wieder auf Tour – allerdings ohne Gary.«

»Seltsam.« Katie runzelte die Stirn. »Warum sollte er sich das entgehen lassen?«

»Keine Ahnung. Hast du in letzter Zeit etwas von ihm gehört?«

»Wir haben erst neulich miteinander gesprochen. Es

scheint mir, als hätte er ganz schön zu kämpfen. Er glaubt, eine weitere Anwärterin gefunden zu haben, wenn wir sie denn so nennen wollen. Gráinne Holland. Er hat ihr geschrieben, aber noch nichts zurückgehört. Auch mit seinen anderen potentiellen Müttern ist er bisher nicht weitergekommen.«

»Ein merkwürdiger Typ.«

Katie schob ihre Lesebrille hoch. »Er spricht sehr nett von dir.«

»Ja, klar.«

»Nein, ernsthaft. Du scheinst ihn beeindruckt zu haben. Er sagt, du seist sehr schlau.«

»Und wenn schon. Bei Gary bin ich mir nicht sicher, ob das wirklich positiv gemeint war. Er müsste mich schon ›geile Tussi‹ oder ›heißes Höschen‹ nennen, damit es als eindeutiges Kompliment durchgeht.«

»Nun, Beth Linnane, selbst ich weiß, dass diese Ausdrücke in der heutigen Welt nichts mehr zu suchen haben. Ich bezweifle, dass Gary sich so ausdrückt.«

»Na gut, dann eben ein ›totaler Schatz‹ oder eine ›süße Maus‹ oder was auch immer man gerade sagt.«

»Ich glaube, eigentlich beschäftigt ihn etwas ganz anderes. Ich habe schon versucht, es herauszubekommen, natürlich ganz subtil, aber er ist nicht darauf eingegangen. Der Mann steckt voller Rätsel.« Katie schob ihre Brille wieder auf die Nase. »Wobei sein Leben auch ziemlich kompliziert zu sein scheint.«

»Was die Untertreibung des Jahrhunderts ist«, sagte Beth, bevor sie sich wieder ihrem Laptop zuwandte.

Katie klappte ihr Notizbuch zu und erhob sich, um Wasser aufzusetzen. Der Baum im Garten hinter dem Haus begann, sich in seine dürre Winterausgabe zu verwandeln. Der Himmel war hellgrau wattiert. Sie sah den Kater von nebenan vorbeiflitzen. Grover war immer in Eile.

»Zeit für eine Pause«, sagte sie und löffelte Instantkaffee in zwei gestreifte Becher.

Beth lehnte sich in ihrem Stuhl zurück. »Prima! Gibt es Kuchen dazu?«

»Unmengen. Ich war diese Woche irgendwie so unruhig, dass ich mich mit Backen abgelenkt habe.«

Während Katie ihnen riesige Stücke Apfelkuchen auftat, erzählte Beth von ihrer neuen Arbeit und ihren erfolglosen Versuchen, eine Wohnung zu finden.

»Könntest du dir nicht vorstellen«, sagte Katie und hielt kurz inne. »Und ich verspreche, ich werde nicht beleidigt sein, wenn du nicht willst, und du kannst dir auch so viel Zeit wie nötig nehmen, um darüber nachzudenken ... Also, könntest du dir nicht vorstellen, bei mir einzuziehen?«

Für einen Moment war es in der Küche so still, dass man ein Staubkorn hätte fallen hören können. Nicht dass das sehr wahrscheinlich gewesen wäre. Katie hatte nicht nur wie verrückt gebacken, sondern auch geputzt. Die Woche war für sie wirklich keine einfache gewesen.

Auf Beths Gesicht breitete sich ein Lächeln aus. »Und ich dachte schon, du würdest nie fragen.«

»Ehrlich?«

»Ich würde mich freuen, deine Mieterin zu sein.«

»Du liebe Güte, du wärst doch keine *Mieterin*! Du

gehörst zur Familie, nie und nimmer könnte ich Geld von dir annehmen.«

»Ich zahle Miete und damit basta, Katie.«

»Aber nur eine winzig kleine. Deine Mutter würde mir sonst nie verzeihen.«

»Vergiss Mam, ich komme für meinen Lebensunterhalt schon selbst auf.«

»Na schön. Weißt du, ich hätte auch schon früher gefragt, nur wollte ich nicht, dass du denkst, ich würde mich einmischen oder, schlimmer noch, jemanden suchen, der sich um mich kümmert. Du warst doch schon immer eher unabhängig.«

Beth schaute über den Rand ihres Kaffeebechers. »Jetzt setz dich wieder und hör auf mit diesem Quatsch. Du bist der letzte Mensch, um den man sich kümmern muss.«

Katie kam zu ihr an den Tisch. »Also ist das beschlossen. Hast du noch Fragen? Du kennst das Haus so gut wie ich. Du kannst eines der beiden Gästezimmer haben.«

»Ich habe drei Wünsche«, sagte Beth und zog einen Teller mit einem Kuchenstück zu sich heran.

»Oh?«

»Als Erstes müssen wir uns Netflix anschaffen ... und eine Kaffeemaschine. Keine Sorge, ich kümmere mich um beides.«

»Na gut. Auch wenn ich nicht weiß, was an Instantkaffee falsch sein soll. Ihr jungen Leute und eure ausgefallenen Ideen. Und dein dritter Wunsch?«

»Dass du weiterhin Apfelkuchen backst.«

»Abgemacht. Apfelkuchen war auch Johnnys Lieblingskuchen.« Katie gab sich einen leichten Klaps auf die Wange. »Jetzt werde ich schon wieder ganz nostalgisch. Und keine Panik, ich werde nicht die ganze Zeit über Johnny reden, ganz bestimmt nicht.«

»Schon gut«, sagte Beth. »Von mir aus kannst du über ihn reden, so viel du willst.«

»Eins wollte ich noch sagen. Du kannst jederzeit Freundinnen – oder auch deinen Freund – mit nach Hause bringen. Ich verspreche dir, mich da rauszuhalten.«

Wieder war es still, diesmal länger. Katie spürte, dass sie etwas Unpassendes gesagt hatte, wusste aber beim besten Willen nicht, was.

Schließlich brach Beth das Schweigen. »Das ist jetzt vielleicht peinlich, aber ich will, dass du es weißt. Um ehrlich zu sein, werde ich sehr wahrscheinlich selten Männer mit nach Hause bringen, weil die mich nicht im Mindesten interessieren. Zugegeben, als Teenager war ich mal mit ein paar Jungs zusammen; niemand will mit sechzehn anders sein, zumindest ich wollte das nicht. Aber seitdem habe ich nur noch mit Frauen Beziehungen. Derzeit treffe ich mich mit niemandem. Aber sollte ich jemals jemanden mit heimbringen, dann eine Frau.« Sie sah zu Boden. »Bitte sag mir, dass du damit kein Problem hast.«

Katie kam es vor, als würden sich alle bisher fehlenden Puzzleteile an ihren Platz schieben. Sie wählte ihre Worte mit Bedacht. »Oh, Beth, Liebes, natürlich habe ich das nicht. Ich bin nur ... na ja, ich habe nie an so etwas gedacht. Jetzt komme ich mir vor wie eine Idiotin.«

»Es gibt keinen Grund, dich dumm zu fühlen, Katie!

Auf meiner Stirn steht schließlich nicht: Warnung – Lesbe im Anmarsch. Obwohl, wenn es nach meiner Mutter ginge, sollte ich das vielleicht ändern.«

»Ah, verstehe. Dann weiß sie es schon lange?«

»Erst seit letztem Jahr, was lächerlich spät ist. Lange dachte ich, je weniger Mam und Dad über mein Leben wüssten, desto besser. Aber mit der Zeit ist es ziemlich anstrengend, ständig vorzugeben, jemand zu sein, der man nicht ist.«

»Heißt das, sie haben nicht so gut reagiert?«

»Dad war toll.«

»Das überrascht mich nicht. Er ist ein verständnisvoller Mensch. Wobei ich natürlich nicht behaupten will, meine Schwester sei das nicht. Es ist nur ... Wie soll ich mich ausdrücken? ... Sie ist sehr starr in ihren Ansichten.«

»Das kannst du laut sagen.«

Katie hatte sich schon immer gefragt, wie es Margo gelungen war, sich Con Linnane zu angeln. Für sie war Con die personifizierte Fairness. Seine Frau hingegen hatte die Gabe, die Unzulänglichkeiten anderer besonders hervorzuheben. Egal, wie beschwingt und glücklich man sich zu Beginn eines Gesprächs mit Margo fühlte, am Ende kam man sich platt wie eine Flunder vor. Katie glaubte nicht, dass ihre Schwester sie wirklich verletzen wollte. Sie war nur so von ihrem Wunsch beherrscht, alles möge ihrer Vorstellung von Perfektion entsprechen, dass sie gar nicht bemerkte, welchen Schaden sie damit anrichtete.

Beth legte die Hände um ihre Tasse. »Dad hat lange Zeit geglaubt, was ihm in der Schule eingetrichtert wurde. Den üblichen Mist über Sünde und so weiter. Aber irgendwann wurde ihm klar, dass man das Leben anderer Menschen nicht für sie leben kann; und dass im Grunde nichts Falsches daran ist, nett zu Leuten zu sein und sie mit ihrer Andersartigkeit zu akzeptieren. Er will, dass ich glücklich bin, und basta. Bei Mam sieht es anders aus. Wobei sie ja eigentlich gar nicht so extrem religiös ist. Und sich sogar gut mit Paddy McElligott versteht, dem Zeitschriftenhändler aus Danganstown, der meistens so behängt ist und funkelt wie ein Weihnachtsbaum. Beim Referendum über die gleichgeschlechtliche Ehe hat sie sogar mit Ja gestimmt, und trotzdem benimmt sie sich, als hätte ich sie enttäuscht. Als wäre ich nicht das, was sie bestellt hat.«

»Es tut mir leid, das zu hören.«

»Das Problem mit Mam ist, dass alle ihrer Version eines perfekten Lebens entsprechen sollen. Ihrer Meinung nach sollten wir alle in einem hübschen Einfamilienhaus wohnen, mit einem Lexus in der Einfahrt, einem Friseur auf Kurzwahl und einem Haufen fotogener Kinder im Garten. Wer das nicht will, der ist in ihren Augen irgendwie nicht richtig.«

»Ich fürchte, ich versage in allen Punkten.«

»Und damit bist du nicht allein. Am meisten ärgert sie sich darüber, dass ich ihr keine Enkelkinder schenken werde. Oder besser gesagt, nicht die richtige Art von Enkelkindern.«

»Aber sind nicht vier deiner Brüder schon Väter?«

»Sie hat neun Enkelkinder ... und ein weiteres ist unterwegs.«

»Reicht das nicht?«

»Anscheinend nicht.«

»Korrigiere mich bitte, wenn ich mich da irre«, sagte Katie, »aber kannst du nicht trotzdem Kinder haben? Wenn du das denn möchtest, meine ich.«

»Das könnte ich, und vielleicht werde ich das auch. Wer weiß schon, was die Zukunft bringt? Nur wäre auch das in Mams Augen nicht richtig.« Beth seufzte. »Im Idealfall wäre ich erst gar nicht aufs College gegangen, sondern im Zehn-Kilometer-Radius von zu Hause geblieben, hätte irgendeinen Dorftrottel geheiratet und mit Anfang zwanzig mit der Fortpflanzung begonnen. Oder, noch besser, ich wäre ... wie heißt das aus dem Biologieunterricht noch mal? Das Ding, das sich immer wieder in zwei Hälften teilt?«

»Eine Amöbe?«

»Das ist es. Wäre ich eine Amöbe, wäre sie vermutlich außer sich vor Glück.«

Katie versuchte vergeblich, ein Lächeln zurückzuhalten. »Was für ein Bild.«

»Du hast ja keine Ahnung, wie verrückt sie ist! Das letzte Mal, als ich mit ihr gesprochen habe, fing sie an, von dieser jungen Nachbarin – Sophie Fitzgerald – zu erzählen, die schwanger ist. Ich musste mir anhören, wie fabelhaft Sophie aussieht und wie schön es doch ist, wenn junge Leute sich in der Nähe von ihrem Elternhaus niederlassen. Dass Sophie nicht nur unverheiratet ist, sondern auch nur etwa fünf Minuten mit dem Vater des Babys zusammen war, erwähnt sie natürlich nicht. Außerdem ist der Typ nicht gerade hell im Kopf.«

»Schon erstaunlich, wie sich die Welt verändert hat, nicht wahr?« Katie zeigte mit dem Kopf in Richtung ihrer Notizbücher. »Diese Frauen wurden alle wegen etwas Ähnlichem nach Carrigbrack gebracht.«

Die Ketzerei der einen Generation wird zur Orthodoxie der nächsten – das hatte Katie mal irgendwo gelesen. Wie wahr, wie wahr. Sie dachte kurz nach. Nicht für einen Moment zweifelte sie daran, dass Margo Beth liebte. Auch war sie davon überzeugt, dass Margos Liebe nicht davon abhing, was für eine Art Mensch Beth war. Und doch konnte sie sich sehr gut vorstellen, wie negativ Margo, die immer versuchte, jedes Detail im Leben zu planen, darauf reagierte, wenn diese Pläne einmal schiefgingen. Taktgefühl war nie ihre Stärke gewesen. Katie hatte eigentlich keine Lust, den Kontakt zu ihrer Schwester zu suchen, doch vielleicht sollte sie mal mit ihr reden, um den Riss zu kitten. Außerdem würde sie ihr erzählen müssen, dass Beth bei ihr einzog.

»Soll ich mich mal in Ruhe mit deiner Mutter unterhalten?«

»O Gott, nein«, erwiderte Beth. »Sie wäre nur beleidigt. Mehr als beleidigt.«

»Und wenn ich subtil vorgehe?«

»Danke für dein Angebot, aber es wäre mir wirklich lieber, wenn du die Sache auf sich beruhen lässt. Mam kann sehr sensibel werden, wenn es um ihr ›Familienunternehmen‹ geht, und du könntest die Situation unabsichtlich noch schlimmer machen.«

»Also gut. Aber ich hoffe, ihr könnt das miteinander

klären. Glaub mir, wenn so etwas zu lange vor sich hin gärt, wird es immer schwerer, es aus der Welt zu schaffen.«

Wenig später beschloss Katie, sich kurz hinzulegen. Sie hatte es sich gerade erst gemütlich gemacht, da kam Beth ins Schlafzimmer gestürmt, die Wangen so rot, dass sie zu ihrem korallenfarbenen Pullover passten.

»Ich hatte mich schon gefragt, wann es passieren würde«, sagte sie und schwenkte ihr Handy wie eine Flagge.

»Tut mir leid, Liebes«, sagte Katie und setzte sich auf. »Aber ich weiß leider nicht, wovon du redest.«

Beth ließ sich in den mit Brokat bezogenen Sessel neben dem Bett sinken. »Eine E-Mail von einer Frau namens Robyn Bennett. Sie schreibt im Auftrag ihres Mannes Brandon. Er wurde im August 1972 in Carrigbrack geboren.«

»Wann genau im August, hat sie das erwähnt?«

»Warte mal. Am vierzehnten, ist das wichtig?«

»Natürlich«, erwiderte Katie. »Aber erzähl weiter.«

»Das Spannende daran ist: Brandon lebt in Boston. Ist dort auch aufgewachsen. Er ist Amerikaner.« Beth sagte »Amerikaner«, als würde sich hinter der Bezeichnung ein besonders seltenes und schönes Tier verstecken. »Ich wusste ja, dass viele Babys in die Staaten vermittelt oder, seien wir mal ehrlich, *verkauft* wurden. Aber wovon ich keine Ahnung hatte, war, dass auch Carrigbrack das gemacht hat. Du hast das nie erwähnt.«

Katie kratzte sich erstaunt am Hals. »Davon wusste ich auch nichts. Uns hat niemand gesagt, wo die Kinder hinkamen. Schreibt Robyn etwas darüber, ob Brandon weiß, dass sie zu uns Kontakt aufgenommen hat?«

»Nein. Könntest du dir die Mail kurz durchlesen? Ich bin gespannt, was du von ihr hältst.«

»Reich mir doch mein Handy, ja? Oh, und meine Brille bitte auch, wenn es dir nichts ausmacht. Sie liegt auf der Kommode.«

»Kein Problem.« Beth tanzte geradezu durch das Schlafzimmer.

Das Fenster stand auf Kipp. Draußen krächzten und schrien die Krähen und Elstern.

Rasch überflog Katie die E-Mail, bevor sie sie noch einmal langsamer las. An jede Geburt in Carrigbrack hatte sie Erinnerungen. Einige waren verschwommen, andere klar wie Quellwasser. An dem Tag, an dem Brandon geboren wurde, hatte sie keinen Dienst gehabt, aber sie wusste, was passiert war. Und sie wusste auch, dass ein entscheidendes Detail in Robyns Bericht fehlte. Egal, wie sie die Sache auch angingen – es würde nicht einfach werden.

»Und?«, fragte Beth, die wieder im Sessel saß, die Arme um die Knie geschlungen.

»Ich glaube nicht, dass Robyn die ganze Geschichte kennt«, sagte Katie. »Und Brandon genauso wenig.«

Kapitel 13

Brandon

Sie gingen gerade die Summit Avenue entlang, und die kalte Novemberluft, die ihnen ins Gesicht wehte, war spitz wie Nadelstiche, als Robyn Brandon von der E-Mail erzählte. Auch wenn er sich längst daran gewöhnt hatte, wie sie war – das hier war etwas anderes.

»Kannst du das noch mal sagen?«, bat er und ging jetzt ein wenig schneller. So wichtig es auch war, ihr tägliches Pensum an Bewegung zu absolvieren, Brandon würde es vorziehen, dabei nicht zu erfrieren.

»Ich habe einer Frau in Irland eine E-Mail geschrieben. Sie hat Anfang der Siebzigerjahre als Krankenschwester in Carrigbrack gearbeitet. Anscheinend hat sie die Armbänder der Babys aufbewahrt, die sie bei ihrer Geburt bekamen. Darauf stehen alle ihre Daten. Heute Morgen hat sie mir geantwortet und ihre Hilfe angeboten. Sie hat nach unserer Adresse gefragt, damit sie uns alle Informationen, die sie hat, zuschicken kann.«

»Aber unsere Bankverbindung wollte sie nicht wissen? Oder eine Kreditkartennummer?«

Robyn drückte seinen Arm. »Jetzt sei nicht so.«

»Ich wette, das Ganze ist ein Betrug.«

»Und ich wette, das ist es nicht. Sie heißt Katie Carroll und klingt wirklich nett und ehrlich.«

»So nett, dass sie in einer Babyfabrik gearbeitet hat, in der am laufenden Band nette weiße katholische Kinder für den Exportmarkt produziert wurden.«

»Ach, Brandon, bitte nicht«, erwiderte Robyn. Ihr Atem bildete Wölkchen in der Luft, und ihre Wangen glühten vor Bewegung, Enthusiasmus und jugendlicher Gesundheit.

»Ich mache doch bloß Spaß. Aber ich verstehe nicht, warum diese Katie-Lady die Armbänder behalten hat. Ist doch merkwürdig, oder nicht?«

Robyn ging nicht darauf ein. »Ich habe das Gefühl, das könnte endlich der Durchbruch sein«, sagte sie stattdessen.

Eine Böe wirbelte einige trockene Blätter auf und im Kreis herum. Brandon erschauderte. Er verzichtete, sie darauf hinzuweisen, dass er eigentlich nach gar nichts suche und deshalb auch keinen Durchbruch brauche.

Vor nicht allzu langer Zeit hatte ihn ein Typ auf der Arbeit als »Status-quo-Helden« bezeichnet – und war verblüfft gewesen, weil Brandon das als Kompliment nahm. Aber warum sollte er auch Veränderungen wollen? Er lebte in Brookline, einem der schönsten Viertel in einer der schönsten Städte Amerikas. Er hatte einen gut dotierten Job bei einer angesehenen Investmentfirma und eine unglaublich attraktive – wenn auch leicht exzentrische – Frau. Von Zeit zu Zeit verglich er sein Leben mit dem von Freunden und Bekannten. Normalerweise schnitt er am

175

besten ab. Natürlich klang das oberflächlich, und deshalb würde er es nie laut aussprechen. Aber er hatte schon oft darüber nachgedacht, hatte sich selbstkritisch von allen Seiten betrachtet und zufrieden festgestellt, dass es ihm an nichts fehlte. Nun, jedenfalls an nichts, was nicht zu gegebener Zeit und mit Gottes Gnade in seinem Leben auftauchen könnte. Er hatte keine nagenden Fragen. Spürte keine klaffende Leere. Und selbst wenn es eine Lücke geben würde, würde sie nicht dadurch gefüllt werden, dass er den Namen der Frau erfuhr, die ihn zur Adoption freigegeben hatte.

Brandon hatte so einige Opfer gebracht, um seinen Platz in der Welt zu finden. Wenn andere feierten, hatte er gearbeitet. Während andere sesshaft wurden und Kinder bekamen, hatte er immer weitergearbeitet. Aber das war okay. Er war zufrieden mit den Entscheidungen, die er getroffen hatte. Er hegte keinen Groll gegen seine leiblichen Eltern und hoffte, dass seine Mutter später, zu einem besseren Zeitpunkt und unter besseren Umständen, noch weitere Kinder bekommen hatte. In dem unwahrscheinlichen Fall, dass sie ihn jemals suchen würde, würde er sich freuen, sie zu treffen, aber er konnte sich nicht vorstellen, dass sie viel gemeinsam hätten.

Und, um es ganz offen zu sagen: Bestand nicht auch die Gefahr, dass mit ihr gleich eine ganze Reihe an Komplikationen Einzug in sein Leben halten würde? Was, wenn sie sich in seins einmischen wollte? Was, wenn sie weitere Kinder hätte und seine Halbbrüder und -schwestern beschlössen, ihn zu besuchen? In seiner Fantasie fiel bereits ein Konvoi lärmender Iren in sein Haus ein.

Das Problem war: Robyn sah die Dinge völlig anders. Sie war *fasziniert* von Brandons Vorgeschichte. »Wie kannst du es *nicht* wissen wollen???«, würde sie sagen, sollte er ihr seine Bedenken schildern. »Wie kannst du *nicht* neugierig sein???« Wenn Robyn sich aufregte, neigte sie dazu, in Kursivbuchstaben und mit vielen Satzzeichen zu sprechen. Zu viele Episoden von der Genealogie-Serie *Who Do You Think You Are?*, kombiniert mit unzähligen Internetartikeln über Familienstammbäume, hatten ihr Interesse an Ahnenforschung für Laien geweckt. Leider war ihr eigener Hintergrund diesbezüglich so fade wie Haferflocken. Über Generationen hinweg hatten die Archers ein ereignisloses, bürgerliches Leben geführt. Im Gegensatz dazu war Brandons Herkunft ebenso faszinierend wie mysteriös.

Ständig drängte sie ihn, sich auf einer der großen Genealogie-Websites zu registrieren. Bislang war er standhaft geblieben.

In den letzten Monaten war Robyn zu einer Expertin für Adoptionen in Irland und irische Mutter-Kind-Heime geworden und hatte jeden Artikel, der ihr in die Finger kam, auf interessante Informationen geprüft. Doch da über ausländische Adoptionen nicht viel geschrieben wurde, waren die meisten ihrer Erkenntnisse eher allgemeiner Natur. Die Statistiken machten Robyn wütend, während sie die persönlichen Geschichten eher traurig stimmten. Anfangs war Brandon gerührt über ihr Interesse an dem Thema gewesen.

Und er hatte ihre Hartnäckigkeit unterschätzt.

Brandons Freunde äußerten sich nur mit Bedacht dazu;

die meisten waren skeptisch gegenüber ihrer Ehe gewesen. Am Tag ihrer Hochzeit war er bereits vierundvierzig gewesen und hatte bis dahin kein Interesse an einer festen Beziehung gezeigt, geschweige denn daran zu heiraten. Robyn war zu diesem Zeitpunkt erst neunundzwanzig. Doch die anderen begingen den Fehler, sie nach ihrem Äußeren zu beurteilen, oder, genauer gesagt, nach ihren Lululemon-Leggins. Mit ihren honigfarbenen und zum Pferdeschwanz gebundenen Haaren, ihren großen braunen Augen und ihrem durchtrainierten Körper sah Robyn aus wie die perfekte Personal Trainerin – was sie auch war. Allerdings wussten die meisten Leute nicht, dass sie auch einen Abschluss in Kommunikationswissenschaften an der Northeastern in der Tasche hatte. Sie genoss es, sich in Ruhe herablassende Kommentare anzuhören, um ihre Kritiker dann mit einer scharfsinnigen Beobachtung oder einer zurechtgelegten abschätzigen Bemerkung niederzustrecken. Brandon fand ihren Berufswechsel gut. Während die Branche der traditionellen Medien dahinsiechte, boomte der Wellness-Sektor.

Nach der E-Mail aus Irland war Robyn von Carrigbrack und Brandons Papierarmband wie besessen. Wenn sie nicht gerade darüber redete, war sie in Internetforen oder auf irischen Nachrichtenseiten unterwegs. Brandon tat sein Bestes, um das Gespräch mit Anekdoten von seinem Job oder über gemeinsame Freunde aufzulockern, aber über kurz oder lang brachte Robyn das Gespräch immer wieder auf Katie Carroll zurück.

Jeden Morgen wartete sie auf die Post, wie ein Kind, das den Weihnachtsmann herbeisehnt.

»Ein Brief aus Irland braucht mindestens eine Woche«, sagte er. »Warum hat sie dir die Infos nicht gemailt?«

»O Mann. Weil sie uns dein Armband schicken will, deshalb! Ich frage mich die ganze Zeit, ob sie sich noch an dich und deine leibliche Mutter erinnern kann oder ob sie sich einfach auf das Datum verlässt, das ich ihr geschrieben habe.«

Brandon hatte immer gewusst, dass er adoptiert worden war. Seine Eltern, Art und Ellen Bennett, hatten es ihm erzählt, als er sechs oder sieben Jahre alt gewesen war. Er sei in einer Einrichtung namens Carrigbrack geboren worden, sagten sie, und fast ein Jahr später zu ihnen nach Boston gekommen. »Man hat bewusst uns ausgewählt«, fügte seine Mutter hinzu. »Damit du ein wunderbares Leben in Amerika haben konntest.« Und so abstrus das auch klang – das hatten sie ihm ermöglicht. Obwohl seine Eltern beide aus Irland stammten, schienen sie sich nicht übermäßig mit dem Land verbunden zu fühlen.

Einmal fragte seine Mutter, ob er mehr über sein Geburtsland erfahren wolle. Er antwortete ihr ehrlich, dass er bereits genug gehört habe. In der sechsten Klasse hatte sein Freund Davy McGann zwei Wochen bei Verwandten im County Mayo verbracht. Seine Erzählungen nach seiner Rückkehr waren erschreckend genug gewesen. »Im Ernst«, hatte er gesagt, »da drüben beginnt die Dritte Welt. Weißt du, wie viele Fernsehkanäle es gibt? Zwei. Und das Essen? Eklig. Es ist, als würdest du nur noch bei deiner Oma essen.«

Adoptiert zu sein war nicht immer einfach gewesen. In der Schule machte ein Junge namens Scott Miller ihm das Leben schwer. Egal, wie und womit ihn Miller auch ärgerte, es ging immer um das Gleiche: Brandon war in Amerika, weil ihn in Irland niemand gewollt hatte. Er war zu hässlich oder zu langsam gewesen, oder seine Mutter hatte schon zu viele Kinder gehabt. Manchmal ging Miller sogar so weit, dass nicht nur Brandon persönlich unzulänglich, sondern sein gesamtes Geburtsland eine rückständige Müllhalde war, auf der sich die Menschen gegenseitig umbrachten. Dass niemand sonst sich so verhielt wie Miller, spielte keine Rolle; jede einzelne Hänselei hinterließ bei Brandon Spuren. Er beschwerte sich nie bei irgendwem – wer wollte schon als Petze gelten? –, und nach einer Weile suchte Miller sich eine andere Zielscheibe. Aber Brandon vergaß diese Erfahrung nie. Sie hatte ihn gelehrt, dass es für andere, mutigere Seelen vielleicht wichtig war, sich von der Masse abzuheben, er selbst aber einfach nur dazugehören wollte.

Damals hieß er noch Brendan, erst mit achtzehn Jahren hatte er mit der Zustimmung seiner Eltern seinen Namen ändern lassen. Er wolle amerikanischer klingen, erklärte er. In Wahrheit war er einfach nur ehrgeizig gewesen – und was konnte einer schon groß erreichen, dessen Name nach einem Barkeeper aus Southie – dem Bostoner Stadtteil, der für seine vielen irischen Immigranten bekannt war – mit roten Haaren, cornflakesgroßen Sommersprossen und einem Akzent, dick wie Suppe, klang. Damals mochte er Iren auch nicht besonders, und mehreren seiner Freunde, sogar solche irischer Abstammung, ging es ebenso. Ihre Landsmänner seien entweder ungehobelt und derb oder übertrieben sentimental gegenüber dem Land, das sie nicht gewollt hatte. Oh, und potthässlich! Im Wettbewerb um das unattraktivste Volk der Welt gehörten die Iren – mit ihren kleinen Mündern, großen Nasen und ihrer durchscheinenden weißen Haut – zu den Finalisten. Natürlich würde Brandon niemals so beleidigend über einen anderen Menschenschlag urteilen, aber über seine eigenen Landsleute konnte er doch denken, was immer er wollte. Sein eigenes Gesicht kam ihm vor wie ein Phantombild: Die einzelnen Teile schienen irgendwie nicht richtig zusammenzupassen.

Religion spielte in seinem Leben keine große Rolle. Seine Firmung hatte in St. Mary of the Assumption stattgefunden, aber abgesehen von gelegentlichen Anlässen wie einer Hochzeit oder Taufe war er kein großer Kirchgänger.

In jüngerer Zeit war seine Haltung gegenüber Irland und den Iren etwas milder geworden. Er wusste, dass sich das Land verändert hatte. Welches Land hatte das nicht getan. Aber obwohl er nicht mehr sonderlich ablehnend gegenüber seinem Herkunftsland war, empfand er auch keine große Begeisterung dafür.

Das Päckchen traf zwei Tage vor Thanksgiving ein.

Brandon kam an dem Abend spät vom Büro nach Hause. Er arbeitete für einen besonders lukrativen Kunden und musste Überstunden machen. Robyn schnitt gerade in der Küche Gemüse. An ihrem besorgten Gesicht und der

Tatsache, dass sie genügend Paprika für eine Speisung von fünftausend verarbeitet hatte, erkannte er, dass sie auf Autopilot war.

»Es ist gekommen«, sagte sie.

»Und?«

»Ich wollte auf dich warten.« Sie legte das Messer weg und zuckte mit den Schultern. »Ich bin irgendwie nervös.«

»Ach, echt?«, sagte er und nickte in Richtung Gemüseberg.

Draußen zog ein Sturm auf. Der Wind wurde stärker, flaute wieder ab.

In Katies Päckchen lagen zwei kleinere Umschläge. Einer, so vermutete Brandon, enthielt das Armband. Der andere einen Brief.

Sie lasen den Brief zuerst.

Liebe Robyn, lieber Brandon,
bitte entschuldigen Sie, dass ich ein paar Tage länger als erwartet gebraucht habe. Es ist eine ungewöhnliche Situation, und ich war mir nicht sicher, wie ich es Ihnen am besten schreiben sollte. Seien Sie versichert, ich habe viel darüber nachgedacht und auch alles mit meiner Nichte Beth besprochen, die mir eine große Hilfe ist. Wenn Sie den beiliegenden Umschlag öffnen – falls Sie dies nicht bereits getan haben –, finden Sie darin zwei Armbänder von in Carrigbrack geborenen Babys. Eins von Edward Markham, das andere von Brendan Markham, beide geboren am 14. August 1972. Brandon, nach allem, was Robyn mir in ihren E-Mails

erzählt hat, habe ich den Eindruck, dass Sie ohne das
Wissen um Ihren Zwillingsbruder aufgewachsen sind.
Ich glaube, dass Sie ursprünglich Brendan hießen und der
Bruder von Edward sind – oder Eddie, wie er im Heim
genannt wurde.

Obwohl ich als Krankenschwester in Carrigbrack gearbeitet habe, weiß ich nicht, was mit den Babys geschehen ist,
nachdem sie weggebracht wurden. Ich kann es nicht mit
Sicherheit sagen, aber in Anbetracht dessen, wie streng alle
Informationen damals unter Verschluss gehalten wurden,
vermute ich, dass selbst Ihre Eltern in den Vereinigten
Staaten nicht wissen, dass Sie einen Bruder haben.

Ihre leibliche Mutter heißt Linda und kommt aus dem
County Galway. Ich erinnere mich noch gut an sie. Sie
war eine wunderschöne junge Frau mit langen hellbraunen Haaren und blauen Augen. Sie war zwanzig Jahre
alt, als Sie geboren wurden. Ich weiß, dass sie Sie sehr
geliebt hat, aber damals durften nur sehr wenige unverheiratete Frauen ihre Kinder behalten.

Ich habe gehört, dass Ihre Eltern in Boston wunderbare
Menschen sind. Robyn sprach in ihren E-Mails in den
höchsten Tönen von ihnen. Und erlauben Sie mir noch
eines zu sagen: Sie haben außerdem eine wirklich
liebevolle und fürsorgliche Frau! Natürlich kann ich mich
irren, Brandon, aber ich habe den Eindruck, dass diese
Suche von Robyn initiiert wurde.

Vermutlich sind die Informationen in meinem Brief
schwer zu verdauen. In der Hoffnung, dass Sie eines Tages,
wenn Sie es wünschen, Ihren Zwillingsbruder treffen und

*ihm das Armband geben werden, habe ich Ihnen beide
Armbänder geschickt.*

*Wie auch immer Sie sich entscheiden, ich bitte Sie inständig, mich anzurufen, damit wir uns unterhalten können.
Sie haben sicherlich einige Fragen, und ich werde mein
Bestes tun, um sie zu beantworten. Meine Nummer steht
unten.*

*Mit herzlichen Grüßen aus Dublin,
Katie Carroll*

Robyn und Brandon tauschten einen Blick, und er hatte
den Eindruck, dass sie genauso verwirrt war wie er.

»O mein Gott«, sagte sie schließlich. »O – mein – Gott.«

Brandons Hände zitterten so stark, dass er Schwierigkeiten hatte, den zweiten Umschlag zu öffnen. Wie Katie geschrieben hatte, enthielt er zwei schmale Papierarmbänder,
eins von Brendan und eins von Edward Markham. Brendan war der Schwerere der beiden gewesen, mit einem
Gewicht von etwas unter fünf Pfund.

Das kann jetzt nicht wahr sein, dachte er. Passiert das
gerade wirklich?

»Alles okay?«, sagte Robyn. »Ich glaube, wir sollten uns
besser setzen.«

Stumm folgte er ihr ins Wohnzimmer, und sie ließen
sich nebeneinander aufs Sofa sinken. Robyn griff nach seiner Hand. »Ich hatte keine Ahnung«, sagte sie. »Nicht die
geringste. Wie auch?«

»Warum ist sie sich so sicher, dass ich Brendan bin?«,
brachte er hervor.

»Ich schätze, das ist nur Spekulation. Ich habe ihr gesagt, dass du als Kind so geheißen hast. Die meisten Adoptiveltern ändern den Vornamen ihres Kindes, aber einige tun es nicht. Das habe ich gelesen.«

»Das ist echt krass«, sagte er. »Ich bin davon ausgegangen, dass ich vielleicht Halbbrüder oder Halbschwestern habe. Das erschien mir relativ wahrscheinlich. Aber das hier? Darauf wäre ich nie gekommen. Niemals in einer Million Jahren hätte ich das für möglich gehalten.«

»Nach dem, was ich gelesen habe, war in diesen Heimen alles möglich.«

»Vermutlich. Ist dir aufgefallen, dass sie nicht geschrieben hat, ob wir eineiige Zwillinge sind?«

»Nein, aber vielleicht bedeutet das, dass ihr es nicht seid, und ...« Robyn stockte. »Was ist mit deinen Eltern?«

»Sie haben es ganz sicher nicht gewusst. Sie hätten mich niemals angelogen.«

Oder doch? Brandon musste nachdenken, aber sein Verstand war wie eingefroren. Alles um ihn herum schien sich plötzlich verändert zu haben. Die weißen Wände und die jeansblauen Stühle, der Couchtisch aus den Fünfzigerjahren und die alten Teppiche – alle ausgewählt, um eine angenehme Atmosphäre zu schaffen – verschwammen zu einem undeutlichen Durcheinander.

»Ich mache uns einen Drink«, sagte Robyn. »Was möchtest du?«

»Ich bin mir nicht sicher, ob es etwas so Hochprozentiges gibt, das meinen Gefühlen angemessen ist. Aber ich nehme einen Whiskey. Mit Eis.«

Als sie zurückkam, stellte Robyn die offensichtliche Frage, die er zu stellen vermieden hatte.

»Willst du dich auf die Suche nach ihm machen?«

»Hättest du mich vor einer Stunde gefragt, hätte ich Nein gesagt. Aber der Typ ist schließlich mein Zwilling. Wir sind zwei Hälften. Also ... keine Ahnung.«

Eine erste Internetrecherche lieferte ihnen keinen Eddie oder Edward Markham, der infrage kam. Brandon hatte nichts anderes erwartet. Wahrscheinlich hieß sein Bruder inzwischen anders. Es konnte durchaus sein, dass er in Irland lebte, ohne überhaupt zu wissen, dass er einen Zwillingsbruder hatte. Andererseits könnte er wie er nach Amerika vermittelt worden sein. Er könnte in L.A. oder in New York oder in Boise, Idaho, wohnen. Oder irgendwo in Boston.

»Rufst du Katie an?«, fragte Robyn. »Anscheinend liegt ihr viel daran, mit dir zu sprechen.«

»Tut mir leid, dass ich mich ständig wiederhole, aber ich weiß es nicht. Vermutlich schon – wenn auch nur, um die komplette Geschichte zu erfahren.«

Brandon stellte sein Glas ab und zog Robyn an sich, vergrub sein Gesicht in ihrem Haar. Bis vor einer Stunde war sein Leben noch wunderbar geordnet gewesen. Wie bei der Auswahl der Möbel hatte er sich auch ansonsten bemüht, seine Umgebung harmonisch zu gestalten. Jetzt war er mit einem Mal ins Universum des Unerwarteten gestoßen worden, in eine Welt mit scharfen Kanten und gefährlichen Kurven, an einen Ort, wo er nie hatte sein wollen.

Um 3:13 Uhr wachte er auf. Sein Verstand lief auf Hochtouren. Neben ihm schlief Robyn, ihr Atem ging flach und gleichmäßig. Der Wind draußen war stärker geworden. Irgendwo knarrte etwas.

Warum nur war ihr gut nie gut genug?, dachte er gereizt. Warum musste sie sich immer einmischen? Es hatte überhaupt keinen Grund dafür gegeben, in seiner Vergangenheit herumzustochern. Er musste an seinen Feind aus Kindertagen denken, Scott Miller. Wie Miller das gefallen hätte! *Da hast du's, Bennett*, hätte er gesagt. *Bestimmt hat deine Mutter den besseren Zwilling behalten und dich weggegeben.*

Hör auf, dachte er. Sei nicht dumm.

Wenn er wütend war – und das war er in diesem Moment –, dann sollte seine Wut nicht ausgerechnet Robyn gelten. Er war in einem Land geboren worden, in dem man Kinder verkauft hatte, zu einer Zeit, in der es anscheinend vollkommen okay gewesen war, unerwähnt zu lassen, dass ein Kind noch einen Zwilling hatte. Der Gedanke nahm solche Ausmaße an, dass er das Gefühl hatte, an ihm zu ersticken.

Er fragte sich, ob ein Teil von ihm es schon immer gewusst hatte und ob dies erklärte, warum er sich so dagegen gesträubt hatte, mehr über seine Herkunft zu erfahren. Hatte sein Instinkt ihm gesagt, dass dadurch alles sehr viel komplizierter werden könnte? Oder waren das nur die verblendeten Gedanken von jemandem, der noch unter Schock stand?

In der einen Minute beschloss er, Katie anzurufen. Verdammt, dachte er dann, am besten mache ich es jetzt gleich; in Irland ist es schon nach acht Uhr morgens. Aber in der nächsten wollte er den Brief am liebsten in den Müll werfen und versuchen, alles zu vergessen. Er drehte das Kissen um, die kühlere Seite nach oben, und schloss die Augen. Erst wälzte er sich in die eine, dann in die andere Richtung. Doch der Schlaf kam nicht.

Kapitel 14

Damals – Patricia

»Denkst du, ich bin schlecht?«, fragte Winnie und betrachtete ihr kurz geschorenes Haar im Badspiegel. »Ich meine, besteht die Möglichkeit, dass Sabina recht hat und ich den Rest meines Lebens immer wieder Probleme haben werde?«

»Hör auf damit«, sagte Patricia, die hinter ihr stand. »Du bist doch viel zu klug, um etwas darauf zu geben, was diese alte Hexe sagt. Natürlich bist du nicht schlecht. Wenn es jemanden gibt, der sich an die eigene Nase fassen sollte, dann Sabina selbst. Vergiss den Unsinn!«

»Leichter gesagt als getan«, sagte Winnie überraschend fröhlich. »Du hast noch deine langen Haare.« Sie fuhr sich mit der Hand durch die Reste ihrer Locken. »So, wie ich jetzt aussehe, besteht eh keine Gefahr, dass sich in nächster Zeit irgendjemand nach mir umdreht. Und da ich hier vermutlich noch mit fünfundzwanzig arbeiten werde, werde ich auch nie wieder jemanden kennenlernen.«

»Glaubst du nicht, dass deine Familie für deine Entlassung zahlen wird?«

»Weißt du, was das kostet? Hundert Pfund! Dafür müssten sie schon im Lotto gewinnen. Was ist mit dir?«

»Ich glaube, meine Familie hat das Geld auch nicht.«

Winnie seufzte. »Vielleicht laufe ich am Ende doch noch weg.«

An ihrem ersten Tag in Carrigbrack hatte Patricia ein Gespräch zwischen Agnes und einer der anderen Nonnen belauscht. Dabei hatte sie erfahren, dass die Regierung sich an den Heimkosten beteiligte. Patricia vermutete daher, dass es in Wirklichkeit keine finanziellen Gründe waren, warum die Frauen nach der Adoption ihrer Babys im Heim bleiben mussten.

Drei Tage nach dem Gesangsprotest waren die Nachwirkungen noch immer spürbar. Clever, wie sie war, hatte Schwester Agnes gewartet, bis die Mädchen völlig erschöpft und durstig waren. Nach und nach waren sie in sich zusammengesackt, und ihre Stimmen waren schwächer geworden, wie auch ihre Solidarität. Einigen war schlecht geworden, andere mussten ihre Babys stillen. Um neun Uhr abends gaben sie schließlich auf.

Der Protest hatte kein bestimmtes Ziel verfolgt; vielmehr hatte er ihnen für kurze Zeit das Gefühl gegeben, wieder Kontrolle über ihr Leben zu haben. Sie hatten gesungen, weil es sich gut anfühlte.

Die Konsequenzen hatten am nächsten Morgen mit einem seltenen Auftritt von Mutter Majella ihren Anfang genommen, die eine lange Predigt über die Sünde der Selbstgefälligkeit hielt. Die Standpauke war so heftig, dass Patricia sich in ihre Schulzeit zurückversetzt fühlte. Fast erwartete sie einen Schlag mit einer Stricknadel Größe 15 oder mit der Metallkante eines Lineals; beides waren bevorzugte Methoden der Bestrafung in der St. Joseph's National School gewesen. Stattdessen wurde sie zusammen mit Winnie in die Wäscherei versetzt. Die Arbeit dort war hart, die Hitze unerträglich. Patricias Baby bewegte sich immer heftiger, weshalb sie regelmäßig eine Pause einlegen und warten musste, bis er oder sie sich wieder beruhigt hatte. Das Gute an der Versetzung war allerdings, dass sie Schwester Sabina nicht mehr ertragen musste.

Winnie wurde in das Büro von Schwester Agnes bestellt, die ihr die Haare raspelkurz schnitt. Agnes gab sich bewusst keine Mühe, und am Ende sah Winnie leider nicht aus wie Twiggy oder Mia Farrow, sondern eher wie ein Junge, der mit seinem kurzsichtigen Friseur gestritten hatte. Oder wie ein Sträfling. Patricia wappnete sich, ähnlich bestraft zu werden. Als nichts geschah, fühlte sie sich schuldig. Hatte sie nicht dasselbe Schicksal wie ihre Mitverschwörerin verdient? Aber Winnie sagte ihr, sie solle nicht albern sein.

»Verhalt dich in den nächsten Tagen möglichst unauffällig«, riet sie ihr. »Es ist schon schlimm genug, wenn eine von uns aussieht wie aus dem Gruselkabinett.«

Anfangs reagierte Winnie mit Stoizismus. Sie sagte nichts, während sie ihr schönes Haar auffegte und in den Mülleimer warf. Danach machte sie klaglos ihre Arbeit. Doch nach ein paar Tagen begann die Strafe, ihr sichtbar zuzusetzen.

Das Badezimmer neben ihrem Schlafsaal hatte einen rissigen schwarzen Linoleumboden, die Wände waren in der Farbe von Kochfett gestrichen, und es stank nach Des-

191

infektionsmittel. Doch es war einer der wenigen Orte, an denen die Mädchen ungestört miteinander reden konnten, ohne dem Zorn von Agnes oder Sabina ausgesetzt zu sein.

Nachdem Winnie ihre neue Frisur im fleckigen Spiegel betrachtet hatte, setzten sich die beiden Mädchen auf den Boden, um ihre geschwollenen Füße zu entlasten.

»Warum musste sie mir das antun? Ich meine, ich bin doch eh schon fett wie ein Walross. Und jetzt bin ich auch noch schweinehässlich«, jammerte Winnie. Dann fügte sie hinzu: »Du meine Güte, ich hör mich schon an wie Jacinta.« Sie legte ihre Hände aufeinander und sah zur Decke. »Bitte, lieber Gott, lass mich nicht wie Jacinta werden.«

Patricia grinste. »Ich glaube, darüber musst du dir keine Sorgen machen.«

Winnie streichelte ihren Bauch. »Die Bemerkung gerade, dass ich fett bin, tut mir übrigens leid, du da drinnen. Ich wollte nicht gemein zu dir sein. Ich hoffe, es wird alles gut.«

»Apropos Jacinta, ich habe gehört, sie hat es ganz schön schwer gehabt.«

Jacintas Baby war am Vortag gekommen, ein Riese von einem Jungen. Die Geburt war lang und qualvoll gewesen. Es hieß, Jacinta habe einen schlimmen Riss erlitten. Die Krankenschwester hatte gesagt, sie müsse genäht werden, doch Schwester Agnes hatte nichts davon hören wollen. »Sie wird schon in ihrem eigenen Tempo wieder heilen«, hatte sie gesagt.

Winnie zog eine Grimasse. »Das kann einem ganz schön Angst machen.«

»Wie auch immer«, sagte Patricia, »wegen deiner Locken zerbrich dir mal nicht den Kopf. Sobald sie nachgewachsen sind, werden sie wieder wunderschön sein.« Sie fuhr sich durch ihr hellbraunes Haar, das während ihrer Zeit in Carrigbrack immer zotteliger geworden war. »Während einige von uns für immer und ewig mit Nullachtfünfzehn-Haar geschlagen sind.«

»Willst du es dir irgendwann blond färben?«

»Mein Vater würde einen Tobsuchtsanfall kriegen. Er findet gefärbtes Haar billig.«

»Tut mir leid, dir das so direkt sagen zu müssen, aber wenn er die Nachricht überlebt hat, dass seine Tochter ein Baby erwartet und der Kindsvater bereits verheiratet ist, dann wird er wahrscheinlich *alles* überleben.«

»Na dann, also werde ich später blond«, erwiderte Patricia.

»Verflucht. Hast du auch gerade Schritte gehört?«

»Wir können ja so tun, als würden wir beten?«

Winnie kicherte.

»Scht«, machte Patricia, musste aber auch lachen.

»Hallo?«, vernahmen sie eine junge Stimme. »Was ist hier los?« Es war Schwester Eunice. »Was macht ihr denn auf dem Boden?«

»Wir mussten uns unbedingt kurz ausruhen, Schwester«, sagte Winnie. »Wir sind in der Wäscherei beinahe geschmolzen. Sie sagen es doch keinem, oder?«

»Nein, ich glaube, ihr hattet diese Woche schon mehr als genug Ärger.« Schwester Eunice hob ihren Rock und ließ sich langsam zu Boden sinken. »Rutscht mal ein Stück, wenn es euch nichts ausmacht. Ich kann selbst eine Pause gebrauchen.«

Obwohl Eunice die freundlichste der Nonnen war, war Patricia erstaunt, dass sie sich zu ihnen auf den Boden setzte – vor allem angesichts ihres Rufs als Unruhestifterinnen.

Falls Winnie ebenfalls überrascht war, ließ sie es sich nicht anmerken. »Sie müssen darin ja *schmoren*«, sagte sie und nickte in Richtung des schweren schwarzen Kleids und der bandagendicken Strumpfhose der Nonne.

»Ich bin es gewohnt, aber ja, im Moment wäre etwas Leichteres schön.« Eunice zog ihre klobigen grauen Schuhe aus. »Das mit deinen Haaren tut mir leid, Winnie, aber sie werden rasch wieder nachwachsen.«

»Danke.«

»Verratet nur niemandem, dass ich das gesagt habe. Aber das versteht sich wohl von selbst, oder?«

»Sie sind wirklich nett. Darf ich fragen, wie alt Sie sind?«

»Dreiundzwanzig.«

Patricia war noch immer misstrauisch. Sicher würde Eunice ihnen gleich einen Vortrag bezüglich ihres widerspenstigen Verhaltens halten, wie freundlich auch immer sie ihn formulieren mochte. Trotzdem war es besser, höflich zu ihr zu sein. »Dann sind Sie nur drei Jahre älter als ich«, sagte sie.

»Wollten Sie schon immer Nonne werden?«, fragte Winnie.

Eunice lächelte. »Was für eine Frage! Nicht immer, nein. Aber ich habe die Herausforderung gerne angenommen. Zum Glück ist mein Glaube sehr stark.«

Kurz war Patricia versucht zu fragen, was sie eigentlich davon hielt, Frauen einzusperren, die kein Verbrechen begangen hatten. Aber sie wollte Eunice in keine unangenehme Situation bringen. »Vermissen Sie nicht manchmal die normale Welt da draußen?«, fragte sie stattdessen.

»Sie meint, ob es Ihnen nicht fehlt, mit Männern auszugehen«, sagte Winnie. »Sie hat eine schrecklich schmutzige Fantasie.«

»Hab ich gar nicht.«

Eunice kicherte nervös. »Ich habe mir dieses Leben freiwillig ausgesucht, also mache ich das Beste draus.«

»Wenn ich für ein paar Stunden draußen wäre, wisst ihr, was ich dann machen würde?«, sagte Winnie. »Ich hab so einen Heißhunger auf Pommes von der Frittenbude. Ich würde mir eine Portion holen, dampfend heiß, mit viel Salz und Essig. Was ist mit dir, Patricia? Was würdest du tun?«

»Ich glaube, ich würde in meinem eigenen Bett so richtig ausschlafen.«

»Ach, hör schon auf! Dir fällt bestimmt etwas Besseres ein.«

»Also schön. Dann würde ich eben ins Kino gehen.«

»Und was würdest du dir ansehen?«

»Keine Ahnung. Einen Film mit Paul Newman ... oder mit Omar Sharif?«

»Na, du bist vielleicht drauf. Haben Sie das gehört, Eunice? Sie denken doch, wir wären verdorbene Flittchen, dabei wollen wir nur Fish 'n' Chips essen und uns kitschige Filme ansehen. Uff.« Winnie legte sich eine Hand auf den

Bauch. »Wer auch immer da drin ist, heute wird ganz schön wild getanzt. Als würde sie oder er den Hucklebuck lernen.«

»Du bist bald so weit«, sagte Eunice.

»In drei Wochen oder so, glaube ich.«

Die Nonne wackelte mit den Zehen. »Wenn ich mir etwas aussuchen dürfte, würde ich hübschere Schuhe wählen. Und gelegentlich Lippenstift tragen. In einem schönen blassen Rosa vielleicht.« Sie wurde rot. »Das hätte ich wahrscheinlich jetzt nicht sagen sollen.«

»Bei uns ist Ihr Geheimnis in guten Händen«, sagte Patricia.

»Und falls alles andere sich nicht verwirklichen lässt«, sagte Winnie, »wäre ich schon glücklich über einen Tag ohne dieses ständige Gerede von Sünde, Elend.«

»Das kannst du laut sagen!«

Eunice schloss die Augen. »Keine Sorge«, sagte sie. »Ich verspreche euch, es wird irgendwann ein Ende haben.«

Die Hitze hielt bis in den Juli hinein an, und die Wäscherei glich immer mehr einer Hölle. Jeden Tag wuschen sie Laken, Handtücher, Babykleidung, Windeln, Schwesterntrachten und Ordenskleider. Die Mangel für die Laken war riesig. Ihre Walze war glühend heiß, und viele der Mädchen verbrannten sich daran. Alle hatten aufgerissene, blasige Hände. Einige litten unter einem Ausschlag bis zu den Ellenbogen, aber wer sich so lange kratzte, bis er blutete, bekam erst recht Ärger. Zusätzlich zu der dampfigen Hitze und der staubigen Luft waren sie ständigem Lärm ausgesetzt: dem Dröhnen des Kessels und dem Heulen der Maschinen.

Was die Wäscherei erträglich machte, war die Kameradschaft unter den Arbeiterinnen. Da sie angewiesen waren zu schweigen, munterten sie sich durch ein Lächeln oder ein Achselzucken auf. Patricia bewunderte ihre Fähigkeit, sich wortlos zu verständigen.

Eines Tages, als Schwester Faustina, die verantwortliche Nonne, den Raum verließ, hatten sie Gelegenheit, sich kurz zu unterhalten.

Winnie stellte eine ihrer typischen Fragen. »Mal angenommen«, sagte sie, »ihr könntet alles haben, was ihr wollt, was wäre das?«

Ohne zu zögern, antwortete eine von ihnen: »Creme gegen meinen Ausschlag!« Sie hielt ihre Hände hoch, die nur noch aus Blasen, Pusteln, Striemen und Wunden zu bestehen schienen.

Die anderen stimmten ihr zu.

Am nächsten Tag verkündete Winnie ihnen, auf der Toilette neben dem Refektorium warte eine Überraschung auf sie. »Aber geht nicht alle auf einmal hin«, fügte sie hinzu. »Nicht dass Faustina oder eine der anderen Wind davon bekommt. Ich hab schließlich keine Haare mehr zu verschenken.«

Irgendwie hatte sie es geschafft, eine Dose Wund- und Heilsalbe von der Kinderstation zu stehlen und im Spülkasten zu verstecken. Eine nach der anderen gingen die Frauen auf die Toilette und cremten ihre wunden Hände ein. Sie mussten warten, bis sie eingezogen war, damit

Faustina nichts bemerkte. Zum Glück passte sie an diesem Tag nicht besonders gut auf. Als der Diebstahl schließlich entdeckt wurde, gab es zwar eine Untersuchung, aber alle hielten dicht, und schon bald hatte sich die Aufregung wieder gelegt.

Je näher ihr Termin rückte, desto nervöser wurde Winnie. Wenn sie sich unterhalten konnten, malte sie sich aus, wie die Geburt verlaufen würde. »Es ist sicher anstrengend, egal, wo man ein Kind zur Welt bringt«, meinte sie. »Nur dass die Nonnen hier *wollen*, dass du leidest.«

Patricia versuchte dann jedes Mal vergeblich, das Gesprächsthema zu wechseln. In gewisser Weise beneidete sie Winnie um ihre Fähigkeit, über das zu sprechen, was ihr Angst machte. Sie selbst konnte sich ihre Ängste kaum eingestehen, geschweige denn sie artikulieren.

Sie waren in der Wäscherei, als Winnie anfing, über Schmerzen zu klagen. Ohne von ihrem Gebetbuch aufzuschauen, sagte Schwester Faustina, sie solle sie noch ein Weilchen aushalten. Doch bald wurde immer deutlicher, dass es Winnies Baby eilig hatte. Zumindest sah es für Patricia so aus, und eine der anderen, die bereits entbunden hatte, stimmte ihr zu.

»Das geht dich nichts an, Patricia«, sagte Faustina. »Bekanntermaßen dauert die erste Geburt immer sehr lange. Nur weil die Wehen eingesetzt haben, heißt das nicht, dass das Kind auch auf die Welt will. Einige der Büßerinnen vor euch haben mehrere Tage gebraucht, um ihr Baby zu gebären.«

Winnie, die so weiß war wie eins der Laken, die sie mangeln sollte, schrie entsetzt auf. »Das ertrage ich nicht noch zwei Tage!«

»Niemand sagt, dass du so lange hierbleiben musst. Aber warte halt noch ein bisschen und sei leise, ja? Du lenkst die anderen von ihrer Arbeit ab.«

»Bitte, Schwester«, sagte Patricia, »ich glaube, sie muss wirklich in den Kreißsaal.«

Die anderen stimmten murmelnd zu.

»Aaaargh«, stöhnte Winnie auf und klammerte sich am Rand des Sortiertisches fest.

»Du weißt aber schon«, sagte Faustina, »dass Schwester Agnes es nicht leiden kann, wenn ihr während der Wehen laut werdet. Man erwartet von euch, dass ihr für die armen Seelen im Fegefeuer tapfer euren Schmerz ertragt.«

»Scheiß auf die Seelen im Fegefeuer!«

Faustina bekreuzigte sich kopfschüttelnd. »Das sind schreckliche Worte, Winnie. Durch und durch schrecklich. Eines Tages wird dich dein loses Mundwerk noch in ernsthafte Schwierigkeiten bringen.«

»Sie *ist* gerade in Schwierigkeiten, Schwester«, sagte Patricia und wischte sich den Schweiß aus dem Nacken.

»Ich habe dir doch schon gesagt, du sollst dich raushalten! Winnie, beschreibe mir mal den Schmerz.«

Für einen Moment sagte Winnie nichts. Beziehungsweise gab sie nichts Verständliches von sich. Schließlich entspannten sich ihre Gesichtszüge wieder ein wenig. »Alle haben mir gesagt, dass es sich wie richtig schlimme Regelschmerzen anfühlt. Aber so ist es überhaupt nicht. Es ist unglaublich heftig … als ob … als ob sich alles in meinem Rücken dreht. Es fühlt sich an, als würden gleich alle meine Innereien rauskommen – nur nicht das Baby. Bitte, Schwester, ich kann nicht mehr!«

»Setz dich da drüben hin. Wir warten bis zur nächsten Wehe, und dann sehen wir weiter.«

Normalerweise zählte Schwester Faustina nicht zur schlimmsten Sorte Nonnen. Sie war groß und dünn wie eine Schnur, und ihr Gesicht schien aus Kalkstein gemeißelt. Patricia vermutete, dass ihr das religiöse Leben aufgedrängt worden war. Sie hatte schon ähnliche Frauen kennengelernt. Oft waren sie das jüngste Mädchen in einer großen Familie und hatten ihr Gelübde abgelegt, weil es von ihnen erwartet wurde oder es der einzige Weg war, eine Ausbildung zu erhalten. In der Regel erwähnte Faustina Gott und den Teufel nicht so oft wie Sabina. Sie hielt auch nicht wie Agnes mit Vorliebe Reden über die Verderbtheit der modernen Gesellschaft. Stattdessen trieb sie die Frauen mit harmlosen Ermahnungen an, ihre sogenannte Pflicht zu tun. Meistens sprach sie in einem leisen, monotonen Singsang. Wenn Patricia etwas für sie empfand, dann Mitleid. Doch jetzt war sie überzeugt, dass die Nonne einen Fehler beging.

Es dauerte nicht lange, bis Winnie die nächste Wehe überrollte. Schweißüberströmt stöhnte und brüllte sie. Patricia ging zu ihr und hielt ihre Hand. Winnie versuchte zu lächeln, doch es gelang ihr nicht.

Endlich erlaubte ihr Faustina, in den Kreißsaal zu gehen.

»Darf ich sie begleiten, Schwester?«, fragte Patricia.

Faustina neigte den Kopf. »Und warum?«

»Sie braucht eine Freundin.«

»Nein, braucht sie nicht. Wenn jemals ein Mädchen auf sich selbst aufpassen konnte, dann Winnie.«

»Aber sie ist erst sechzehn und hat Angst.«

Winnie zitterte am ganzen Leib und sah die Nonne flehend an.

»Nein«, sagte Faustina und winkte schwach mit der Hand ab. »Und das ist mein letztes Wort zu diesem Thema. Der Rest von euch geht jetzt bitte wieder an die Arbeit. Du auch, Patricia. Wir hatten genug Unterbrechungen für einen Tag, und wenn die Wäsche nicht bis Schichtende fertig ist, müsst ihr alle heute Abend eine Extraschicht einlegen.«

»Viel Glück, Winnie!«, riefen einige der Frauen, aber sie schien zu benommen, um es zu hören.

Die Zeit verrann nur langsam, und Patricias Kopf fühlte sich an wie mit Watte gefüllt. Unfähig, sich zu konzentrieren, verbrannte sie sich die Hand an der Walze.

Schwester Faustina wies sie an, sie unter kaltes Wasser zu halten. »Wenn sich die Wunde infiziert, nützt du niemandem mehr etwas«, sagte sie.

Bei der Gelegenheit erkundigte sich Patricia bei ihr nach Winnie. »Vielleicht könnte ich kurz nach ihr sehen? Das Baby könnte schon da sein.«

»Wie oft muss ich es dir noch sagen«, antwortete Faustina mit gerunzelter Stirn. »Winnies Kind geht dich nichts an.«

»Ach, kommen Sie schon, Schwester«, sagte eines der Mädchen. »Wir wollen es doch einfach nur wissen!«

201

Der Rest schloss sich an, bis es der Nonne zu viel wurde. »Na schön, dann gehe ich und finde es heraus. Aber in der Zwischenzeit arbeitet ihr *still* weiter.« Sie schlug auf den Tisch, um ihre Worte zu unterstreichen. »Noch mehr Unfug, und ich informiere Schwester Agnes.«

Patricia konnte sich kaum von der Stelle rühren. Winnies Baby war für sie genauso wichtig geworden wie ihr eigenes. Dass das Kind dazu bestimmt war, von jemand anderem aufgezogen zu werden, war in diesem Moment irrelevant. Sie war so gespannt! Sie hatten bereits beschlossen, dass Winnie ein lebhaftes Mädchen und Patricia einen Wonneproppen von einem Jungen entbinden würde.

Nicht zum ersten Mal fragte sie sich, warum die Babys und ihre Mütter hier nicht mit mehr Respekt behandelt wurden. Vielleicht sogar mit etwas Freundlichkeit. Jemand wie Schwester Eunice würde das doch verstehen, oder? Sie erinnerte sich an eine Diskussion im Radio. Eine Frau hatte vorgeschlagen, unverheirateten Müttern zu erlauben, statt in einem Heim bei ausgewählten Familien unterzukommen. So würden ihre Eltern vor der Schande bewahrt, sagte sie, aber die Frauen wären nicht einer so heftigen Verurteilung durch die Schwestern ausgesetzt. Sie könnten im Haushalt oder auf dem Hof helfen, als Gegenleistung für ihre Unterbringung, und nach der Geburt würden die Babys zur Adoption freigegeben werden. In speziellen Fällen dürfte eine Mutter ihr Kind auch selbst großziehen. Die Vorstellung hatte Patricia gefallen.

Sie legte eine Hand auf ihren Bauch. »Heute ist ein großer Tag«, flüsterte sie.

Als Schwester Faustina zurückkehrte, verkündete sie lapidar: »Winnie hat ein Mädchen bekommen«, und lächelte angespannt.

»Wie groß ist die Kleine, Schwester?«

»Wie geht es ihr?«

»Wie geht's Winnie?«

»Hat Winnies Geschrei Schwester Agnes in den Wahnsinn getrieben?«

Die Mädchen bestürmten Faustina so lange mit Fragen, bis die Nonne eine Hand hob. »Nichts davon geht euch etwas an. Beruhigt euch und kehrt an eure Plätze zurück.«

Patricia überlief ein kalter Schauer. »Geht es Winnie gut?«

»Ich habe dir gesagt, du sollst weiterarbeiten.«

»Bitte sagen Sie, dass es ihr gut geht.«

Faustina verschränkte die Arme vor der Brust. »Ich wiederhole mich nicht noch einmal, Patricia. Die Regeln gelten für jede hier, und es ist noch genügend Arbeit zu erledigen.«

Ein Raunen ging durch die Wäscherei. Patricia war nicht die Einzige, die das Verhalten der Nonne beunruhigte. »Ich habe Sie etwas gefragt, Schwester.«

»Und ich habe dir gesagt, du sollst dich an die Regeln halten und an die Arbeit gehen.«

Die anderen waren verstummt.

»Die Regeln sind mir gerade völlig egal«, sagte Patricia. »Ich möchte wissen, wie es Winnie und ihrer kleinen Tochter geht.«

»Dann soll ich Schwester Agnes also von deinem Verhalten erzählen? Du wurdest hierherversetzt, weil man dir schon bei der Arbeit im Garten nicht trauen konnte, und so langsam begreife ich, warum.«

Hätte man sie gefragt, hätte Patricia gesagt, dass sie im achten Monat schwanger und gar nicht in der Lage sei zu fliehen. Sie hätte gesagt, dass sie auf keinen Fall gegen die Regeln verstoßen und weitere Strafen riskieren wolle. Doch bevor sie überhaupt wusste, was sie tat, war sie auch schon aus der Wäscherei gestürmt und den Flur in Richtung Kreißsaal gerannt. Sie wich zwei Mädchen aus, die volle Wassereimer trugen, und eilte an einer Nonne vorbei, die ihr hinterherrief, sie solle zurückkommen. Aber sie lief weiter.

Ihre Lunge brannte, und ihre Beine schmerzten, als sie schließlich den Kreißsaal erreichte. Schwester Eunice stand mit verräterischen Flecken auf den Wangen im Flur.

Patricia, die sich an den letzten Funken Hoffnung klammerte, dass alles in Ordnung wäre, stemmte die Tür auf. Winnie saß im Bett, ihre Augen rot gerändert und mit einem wilden Ausdruck im Gesicht.

»Sie haben mir meine Tochter weggenommen«, sagte sie. »Warum lassen sie mich nicht zu ihr?«

Kapitel 15

Ailish

In mehr als zwanzig Jahren hatte Ailish nicht einen Tag krankgefeiert. Der heutige war eine Premiere. Sie verließ ihr Haus zur üblichen Zeit, aber anstatt zu Rathtuskert Manor zu fahren, bog sie links ab, Richtung Küste.

Nachdem Keith das Armband verbrannt hatte, fühlte sie sich so elend wie noch nie. Auf ihrer Oberlippe hatte sich ein Fieberbläschen gebildet, und das Weiße in ihren Augen war himbeerrot. Keith hatte so getan, als wäre nichts passiert, war mit schlechter Laune durchs Haus gestiefelt und hatte über die Arbeit, das Wetter und allen möglichen anderen Kram gemeckert. Ja, sie hätte ihn zur Rede stellen sollen, aber sie wollte die Situation nicht noch schlimmer machen. Stevie, der Ärger auf zehn Meter Entfernung riechen konnte, verbrachte die meisten Abende mit Freunden oder bei Jodie. Mehrfach hatte er sie gefragt, ob etwas nicht stimme, und jedes Mal hatte sie ihn mit irgendeiner Lüge abgespeist. Sie hatte Angst, zu emotional zu werden. Und ihr Sohn musste sich auf seine Prüfungen konzentrieren, in seinem Leben hatte ein sinnloser Streit wegen eines alten Papierstreifens nichts zu suchen.

Sie fühlte sich unwohl, wie gelähmt. Als sie beim Abendessen saßen, konnte sie sich nicht mehr erinnern, wie und wann sie es gekocht hatte. Auch ihre Arbeit verrichtete sie nur noch mechanisch. Das Problem mit Keith war, dass er gegen alles einen Groll hegte, was ihr gehörte, nur ihr allein. Sie wünschte, sie könnte ihn davon überzeugen, dass es für sie beide gut wäre, wenn sie ihre leibliche Mutter fand.

Sie hatte überlegt, ihn zu verlassen, und sie wusste, viele würden ihr mit Sicherheit zu einem solchen Schritt raten. Aber wo sollte sie hingehen? Wohin Stevie? Sein Leben durfte nicht aus der Bahn geraten. Nicht ausgerechnet jetzt.

Aber nicht nur konnte Ailish mit ihrem Mann kein klärendes Gespräch führen, sie fürchtete sich auch davor, mit Katie zu reden. Sie hatte sie enttäuscht. Und das, nachdem Katie das Armband jahrzehntelang aufbewahrt hatte. Ailish hingegen ... sie hatte sich in eine Fantasiewelt geflüchtet, in der es nur noch ihr Wiedersehen mit Chrissie gab. Sie war unvorsichtig gewesen und hatte dafür bezahlt.

Ohne Kontakt zu Katie hatte sie auch nichts mehr von Gary Winters' Suche gehört. Sie hatte Stevie von Garys Besuch in Kilmitten erzählt, und obwohl Stevie Bands wie Black Iris nicht besonders mochte (für ihn waren das nur »alte weiße Männer mit Gitarren«), war er sichtbar beeindruckt gewesen.

Seit mehr als einem Monat versuchte Ailish, genügend Kraft zu sammeln, um weiterzumachen. Inzwischen hatte sie von der Adoptionsbehörde eine Bestätigung erhalten. Ihr Antrag sei eingetroffen, und ihr Fall werde zu gegebener Zeit geprüft. Es sei jedoch mit einer langen Wartezeit zu rechnen. Ailish hatte beschlossen, dass sie lange genug gewartet hatte. Wenn sie Chrissie finden wollte, musste sie selbst aktiv werden.

Hackett's Cross lag an der Küste, jedoch nicht direkt am Meer. Anfang Dezember war der Atlantik grüngrau; weiß gekrönte Wellen tosten gegen die felsige Küste. Wind und Salzwasser hatten an den wenigen Gebäuden ihre Spuren hinterlassen, und die Bäume waren krumm und gebeugt. Ailish rechnete nicht damit, dass Chrissie noch in ihrem Heimatdorf lebte, hoffte aber, dass jemand sich an sie erinnern konnte.

In einem Laden saß eine Frau in stahlblauem Kittel hinter der Theke und schaute auf einem kleinen grauen Fernseher *Judge Judy*. Sie musterte Ailish von Kopf bis Fuß. Wahrscheinlich war es ungewöhnlich, dass sich zu dieser Jahreszeit eine Fremde hierherverirrte. Ailish erklärte, sie suche Christine Culligan und ihre Familie.

»Meine Eltern waren vor Jahren mit ihnen befreundet«, log sie. »Dann haben sie leider den Kontakt verloren. Aber da ich gerade in der Gegend bin, dachte ich, ich schaue mal, ob ich sie wiederfinde.«

»Christine Culligan?«, sagte die Frau, deren künstliche Wimpern mehr an eine Kuh erinnerten, als dass sie glamourös wirkten. »Der Name sagt mir nichts, aber ich bin auch erst seit 2005 hier. Am besten fragen Sie mal in der Cross Tavern nach. Vielleicht kann Ihnen einer der Stammgäste weiterhelfen.«

Ailish blickte auf ihre Uhr. »Hat der Pub denn um diese Zeit schon auf?«

Ein Lächeln glitt über das teigige Gesicht der Ladenbesitzerin. »Was sollen die Leute denn sonst an so einem Tag tun? Ein oder zwei Gäste sind ganz sicher da, das verspreche ich Ihnen.«

Ailish nickte. Hackett's Cross war so ruhig, verglichen damit war Kilmitten Peking.

Die Cross Tavern befand sich zwei Türen weiter. Das Rauchen in Kneipen war zwar seit fünfzehn Jahren verboten, trotzdem roch es im Gastraum nach Zigaretten und abgestandenem Bier. Der violettfarbene Teppich hatte eine schwammartige Konsistenz, und die Putzfrau in Ailish schreckte instinktiv zurück. Über den aufgereihten Spirituosenflaschen hing ein glanzloser Streifen Silberflitter, das einzige Zugeständnis an Weihnachten, das immer näher rückte.

Wie vorhergesagt war eine Handvoll Gäste im Pub. In einer etwas abseits gelegenen Ecke tranken ein Mann und eine Frau Tee und stritten sich leise. An der Bar saß ein Mann vor einem Pint Stout, drei weitere Typen hockten in der Nähe eines alten Fernsehers, in dem stumm eine Kochshow lief. Ailish bemerkte erfreut, dass alle Gäste über siebzig sein dürften. Je älter sie waren, desto besser standen die Chancen, dass sie sich an Chrissie erinnern konnten.

Der Barmann, ein Kerl mit Adlernase und strohigem rötlichem Haar, reagierte so verhalten auf ihre Frage, dass es schon an Feindseligkeit grenzte.

»Warum wollen Sie das wissen?«, erwiderte er.

Ailish wiederholte, dass die Culligans alte Freunde der Familie seien.

»Patsy und Biddy Culligan?«, mischte sich der Mann an der Bar ein. »Beide ziemlich klein? Und still?«

Ein Schauer lief ihr über den Rücken. Auf Chrissies Geburtsurkunde waren Patrick und Bridget als ihre Eltern vermerkt. »Ja, genau.«

»Ich fürchte, die sind schon lange tot, Süße. Der gute Patsy muss schon dreißig Jahre oder länger unter der Erde sein. Und Biddy hat es nicht lange ohne ihn ausgehalten.«

»Hatten sie …?«

»Ja, einen Sohn, Collie. Auch schon tot.«

»Oh. Aber hatten sie nicht auch eine Tochter? Meine Eltern kannten sie. Sie müsste jetzt um die sechzig sein. Christine … oder Chrissie, vielleicht?«

»Eine Tochter? Nein, ich glaube nicht. Ich erinnere mich nur an Collie. Ein ganz normaler Bursche. Wobei …« Der Mann deutete mit dem Kopf auf sein Pint. »Hat sich ein bisschen zu sehr mit diesem Zeug angefreundet, wenn Sie verstehen, was ich meine.« Sein Gesichtsausdruck glich einer Maske, es war unmöglich zu wissen, ob er die Wahrheit sagte.

Zum Glück beschloss der Barmann, der mit einem fleckigen Geschirrtuch ein Pintglas polierte, sich doch noch nützlich zu machen. »Jungs«, rief er den drei Männern vor dem Fernseher zu, »erinnert sich einer von euch an die Culligans? Patsy und Biddy? Hatten die einen Sohn namens Collie? Und vielleicht eine Tochter namens Christine?«

»Die finden Sie oben auf dem Friedhof«, antwortete der

209

Älteste der drei, ein gedrungener Mann in einer grellen Trainingsjacke. »Gott hat sie schon früh zu sich geholt.«

Seine Freunde stimmten ihm murmelnd zu.

Im Pub wurde es still, und Ailish spürte, dass ihre Anwesenheit nicht länger erwünscht war.

»Tut mir leid, dass ich Ihnen nicht weiterhelfen kann«, sagte der Barmann. »Möchten Sie was trinken?«

»Nein danke«, antwortete sie. Sie war enttäuscht, aber zumindest konnte sie das Familiengrab besuchen. Die Kirche und den Friedhof hatte sie auf ihrem Weg ins Dorf gesehen. »Und danke für Ihre Hilfe.« Sie lächelte den Mann mit dem Pint vor sich an und zog einen Fünfer aus einer Tasche ihrer Jeans.

»Kein Problem, Schätzchen.« Er nahm das Geld entgegen, ohne zu zögern. »Oh, und wenn Sie ihr Haus sehen wollen, das ist die Gasse da hoch«, er zeigte zur Rückseite der Bar, »und dann noch ein Stück weiter. Ist allerdings nicht mehr viel von übrig.«

Ailish folgte seinen vagen Anweisungen. Während sie die schmale Straße hinaufging, kam frischer Wind auf. Sie vergrub ihre Hände tief in den Taschen ihres marineblauen Wintermantels. Und plötzlich überkam sie eine Kindheitserinnerung. Ihre Mutter, Deirdre, hatte immer einen langen Wollfaden an jedem ihrer beiden Handschuhe befestigt und ihn durch die Ärmel ihres Anoraks gezogen. »Du hast ein Gedächtnis wie ein Sieb«, pflegte sie zu sagen. »Sonst verlierst du die Handschuhe noch.« In der Schule hatten sie über Ailish gelacht, aber sie war immer mit ihren beiden Handschuhen nach Hause gekommen.

Nach etwa fünfhundert Metern stand sie vor einem kleinen verlassenen Haus, das ziemlich heruntergekommen war. Braune und graue Flecken überzogen die einst weiße Fassade, und von der grünen Haustür blätterte die Farbe ab. Die Fenster waren mit Brettern vernagelt, und die Schieferplatten sahen aus, als könnten sie jederzeit vom Dach rutschen. Das Gras wuchs bis auf Hüfthöhe, Efeu und Brombeeren rankten sich um alles, was sich ihnen in den Weg stellte. Im Gestrüpp raschelte es, dann huschte etwas davon. Die Natur hatte das Haus zurückerobert, in dem ihre leibliche Mutter aufgewachsen war.

Frustriert stampfte Ailish mit dem Fuß auf. Wieder einmal hatte sie gedacht, wenn sie etwas nur genügend wollte, würde sie es auch bekommen. Und wieder einmal hatte sie sich geirrt. Es kam ihr vor, als würde sie versuchen, eine Walnuss mit den Zähnen zu knacken. Obwohl technisch möglich, war es doch eine langwierige und schmerzhafte Angelegenheit. Entmutigt stand sie da und ließ den Anblick auf sich wirken. Tränen brannten in ihren Augen.

Die Männer im Pub hatten behauptet, sich nicht an Chrissie zu erinnern, aber Ailish glaubte ihnen nicht. In einem kleinen Dorf wie diesem hielten sich Gerüchte und Andeutungen überdurchschnittlich lange. Wie plausibel war es, dass die Männer sich an drei Mitglieder der Familie Culligan erinnern konnten, aber nicht an dieses eine, über das vermutlich am meisten getuschelt worden war? Wie absurd war es, wie seltsam, dass diese Männer ein halbes Jahrhundert später noch immer einem Schweigekodex unterlagen? Mochte sich auch vieles geändert haben, Hackett's

211

Cross war ein Dorf mit blinden und tauben Bewohnern geblieben.

Sie zog ein Taschentuch aus ihrer Manteltasche und trocknete sich die Tränen, bevor sie mehrere Fotos von dem verfallenen Haus machte. Schließlich bückte sie sich und hob einen kleinen schwarzen Stein auf. Sie wollte ein Andenken von dem Ort mitnehmen, an dem Chrissie ihre Kindheit verbracht hatte. Ein Stein war zwar kein adäquater Ersatz für das Armband, aber wenigstens etwas.

Als sie den Friedhof erreichte, fiel sanfter Regen vom mörtelgrauen Himmel. Zwei riesige Möwen flogen über sie hinweg und setzten sich auf eine Mauer. Eine dritte stand krächzend in der Luft. Die Fassade von St. Aidan war mit Flechten und Moos gesprenkelt, aber die Kirchentür wirkte frisch lackiert. Das Haus der Culligans hatte so ärmlich ausgesehen, dass Ailish sich fragte, ob die Familie überhaupt einen Grabstein besaß. Zu ihrer Erleichterung stellte sich ihre Befürchtung als unbegründet heraus. Noch dazu war der Stein sauber und in gutem Zustand. Obwohl es keine Blumen gab, war das Gras drum herum gemäht worden.

Auf dem Stein stand, dass Patrick Culligan im November 1984 gestorben war. Seine Frau Bridget war ihm im März 1985 gefolgt, ihr Sohn Colm zehn Jahre später. Ihr Großvater, ihre Großmutter, ihr Onkel, alle waren bei ihrem Tod so schrecklich jung gewesen. Ailish sprach ein schnelles Gebet, nur ein paar Zeilen. Vielleicht, wenn es einen Himmel gäbe, waren sie ja dort. Und wieder machte sich ein wenig Hoffnung in ihr breit. Bestimmt war Chrissie zu den Beerdigungen ihrer Eltern zurückgekehrt. Hatte sie vielleicht auch für den Grabstein bezahlt? Wieder holte Ailish ihr Handy heraus, ging in die Hocke und machte ein paar Fotos.

Dabei bemerkte sie einen Mann, der auf sie zukam. Seine Schritte knirschten auf dem Weg. Er hatte sich einen schlammfarbenen Filzhut tief ins Gesicht gezogen, und sie brauchte einen Moment, um ihn als einen der drei Männer zu erkennen, die vor dem Fernseher im Pub gesessen hatten.

»Schneidender Wind heute«, sagte er mit leiser Stimme.

»Stimmt.«

Er trat von einem Fuß auf den anderen. »Ich hatte gehofft, Sie noch hier zu treffen.«

»Ach ja?«

»Wenn ich Ihnen einen Rat geben darf: Das Mädchen der Culligans, die ist nach England gegangen. Soweit ich weiß, lebt sie in London.«

»Sie haben nicht zufällig ihre Adresse?«

»Leider nein.« Er sah zu Boden. »Ich erinnere mich, dass sie geheiratet hat, also wird sie nicht mehr Culligan heißen.«

»Tausend Dank«, sagte Ailish. »Ob wohl einer der anderen hier im Dorf ihren Ehenamen kennt?«

»Ich glaube nicht, dass Sie jemanden finden werden, der Ihnen mehr sagen kann als ich.«

»Verstehe. Ich weiß Ihre Hilfe wirklich sehr zu schätzen.«

Der Mann schaute auf. Er war älter, als sie gedacht hatte. Ein Netz aus tiefen Linien durchzog seine Wangen, und seine blauen Augen waren so blass, dass sie farblos wirkten.

Sein Gesicht war vom Regen feucht. »Ich wünsche Ihnen viel Glück«, sagte er. »Sie war ein reizendes junges Mädchen, aber wurde so schlecht behandelt.« Er zögerte. »Sie sehen ihr zum Verwechseln ähnlich.«

Mehr sagte er nicht. Und das musste er auch nicht.

»Danke«, sagte sie noch einmal, aber er hatte sich schon umgedreht.

Im Auto versuchte sie, ihre Gedanken zu ordnen. London. Das war nicht viel, aber doch mehr, als sie heute Morgen gewusst hatte. Der Heuhaufen mit der Nadel darin wurde etwas kleiner. Sie sah sich die Bilder von dem Haus der Culligans und ihrem Grabstein auf ihrem Handy genauer an. Dann wählte sie eine Nummer.

»Hallo«, antwortete eine freundliche Stimme.

»Katie?«, sagte Ailish. »Ich muss Ihnen etwas sagen.«

Kapitel 16

Katie

Katie war entsetzt über Keiths Verhalten. Selbst als Ailish ihr erzählte, was sie in Hackett's Cross herausgefunden hatte, konnte Katie einzig und allein an das verbrannte Armband denken. Natürlich, es war nur ein Stück Papier gewesen, mehr nicht. Aber was sie beunruhigte, waren Keiths Boshaftigkeit und die Tatsache, dass Ailish sich immer wieder entschuldigte. Katie wollte keine Reue. Sie wollte Wut. Doch Ailish hatte eine Ausrede nach der anderen für ihren Mann parat. »Er hat Stress auf der Arbeit«, sagte sie, »und ehrlich gesagt hätte ich das Ganze bestimmt auch etwas geschickter angehen können.«

Katie gab ein paar »Mhms« und »Ts-ts« von sich, aber ansonsten gelang es ihr, ruhig zu bleiben. Deutlich erfreulicher waren die Neuigkeiten bezüglich Chrissie. Okay, sie waren noch nicht am Ziel, aber dass Ailishs leibliche Mutter in London lebte, klang durchaus plausibel. Viele der jungen Mütter hatten das Land verlassen. Als im Radio ein paar Frauen über ihre Erfahrungen in irischen Mutter-Kind-Heimen gesprochen hatten, hatte Katie deutlich Liverpooler und New Yorker Dialekt herausgehört.

215

Sie war davon ausgegangen, dass Ailish in der Vorweih-
nachtszeit beruflich etwas weniger zu tun haben würde.
Doch da hatte sie sich offensichtlich getäuscht. In Rathtus-
kert Manor folgte ein Tanzabend mit Dinner und eine
Weihnachtfeier der nächsten Veranstaltung, und viele der
Partygäste übernachteten auch dort.

»Die bleiben immer nur für eine Nacht«, sagte Ailish,
»was superanstrengend ist. Aber jetzt, wo ich Chrissie endlich auf der Spur bin, werde ich so viel herumtelefonieren,
wie ich kann.«

Katie überzeugte sie davon, ein paar der Anrufe für sie
zu übernehmen. »Ich habe viel Zeit«, sagte sie, »und noch
dazu eine engagierte Assistentin.«

Ailish erkundigte sich, ob es bei Garys Suche Fortschritte
gab.

Katie sagte die Wahrheit: Nein, keine. Außerdem habe
sie in letzter Zeit nicht viel Kontakt zu ihm gehabt. Beide,
Katie wie Ailish, hatten in der Zeitung gelesen, dass Black
Iris im kommenden Jahr auf Tournee gehen sollten. Noch
immer hielt sich das Gerücht, Gary würde nicht dabei
sein. Katie hätte zu gerne gewusst, warum, traute sich aber
nicht, ihn danach zu fragen. Sie wollte nicht aufdringlich
erscheinen. Inzwischen hatte sie sich mehrere Videos der
Band auf YouTube und auch eine Doku über einen ihrer
erfolgreichsten Songs, »Overboard«, angesehen. Die Musik
war melodischer, als sie erwartet hatte, fröhlich und traurig
zugleich. War es nicht schrecklich, dass Garys biologische
Eltern nicht wussten, was ihr Sohn erreicht hatte?

Als Katie den Priester von Hackett's Cross kontaktierte,

wirkte er erstaunt über ihre Anfrage zu längst verstorbenen Gemeindemitgliedern. Obwohl er wahrscheinlich ahnte, warum sie nach ihnen fragte, ließ er das nicht durchblicken. Zögernd erklärte er, dass er neu in der Gemeinde sei und daher keine Ahnung habe, was in den Achtziger- oder Neunzigerjahren in der Gegend geschehen sei. Katie fragte, ob sein Vorgänger vielleicht mehr wissen könne.

»Oh«, kam die Antwort, »das dürfte schwierig werden. Seine Gesundheit ist nicht die beste; er schweift immer ein wenig ab.«

Was wohl die westirische Umschreibung war für »Kommt nicht infrage, er leidet an fortgeschrittener Demenz«. Also wandte Katie sich dem nächsten Ansprechpartner zu.

Doch der Bestattungsunternehmer reagierte ziemlich schroff. Sein Vater habe sicher gewusst, wer die Beerdigungen der Culligans arrangiert habe, sagte er, aber der alte Mann sei vor zehn Jahren gestorben. Die Geschäftsbücher der Zeit seien längst entsorgt, und er kenne niemanden, der ihr in der Frage weiterhelfen könne.

Katie begriff, dass sie einen anderen Weg einschlagen musste. In der Zwischenzeit würde sie ein paar andere Dinge erledigen. Ihr Projekt »Carrigbrack« hatte Fahrt aufgenommen, immer mehr Menschen erfuhren durch Mundpropaganda von ihrem Post und kontaktierten sie. Doch in den meisten Fällen konnte sie ihnen nicht helfen. Entweder besaß der- oder diejenige nicht genügend Informationen, oder es lag ein Irrtum vor, oder das Geburtsdatum stimmte nicht mit Katies Zeit in Carrigbrack überein.

Trotzdem war sie mittlerweile bei den Postangestellten in Drumcondra bekannt, die sich bei jedem Besuch der älteren Frau mit den gepolsterten Umschlägen amüsierten.

Bislang hatten zweiundzwanzig Armbänder den Weg zu ihren ursprünglichen Besitzern gefunden, und Katie steckte gerade Nummer dreiundzwanzig in einen Umschlag. Es gehörte einer Frau namens Maeve, an die Katie sich noch erinnerte, weil sie so ein kränkliches Baby gewesen war. Unglaublich, dass sie heute eine marathonlaufende Orthopädin war! Und noch unglaublicher: Ihre leiblichen Eltern hatten wieder zueinandergefunden! Maeve hatte zwei Schwestern und einen Bruder sowie zwei Brüder aus ihrer Adoptivfamilie. Ihre Geschichte war einer dieser seltenen Glücksfälle – die es tatsächlich gab –, in denen alle miteinander im Reinen waren, ganz ohne Geheimniskrämerei. Katie hatte sich sehr darüber gefreut.

Andere Geschichten nagten hingegen an ihr. Täglich dachte sie an Brandon. Robyn hatte ihr geschrieben, dass ihr Mann die Nachricht nur sehr schwer verarbeiten könne, und versprach, in Kontakt zu bleiben, aber drei Wochen später glaubte Katie nicht mehr recht daran. Sie befürchtete, dass es ein Fehler gewesen war, ihnen beide Armbänder zu schicken.

Beth regte sich eher darüber auf. »Der Kerl hat keine Manieren« und »Welcher Idiot würde seinen *Zwilling* nicht kennenlernen wollen?« waren noch ihre freundlichsten Kommentare.

Katie hütete sich hingegen davor, Brandon vorschnell zu verurteilen. Seine Welt war aus den Fugen geraten. Natürlich brauchte er Zeit, um sich an die neue Situation zu gewöhnen.

Je länger ihr Projekt andauerte, desto mehr gab ihr der Kontakt zu den einstigen Carrigbrack-Kindern. Sie war fasziniert davon, wie deren ungewöhnlicher Start ins Leben sie geprägt hatte. Seit Robyns erster Mail war in Katies elektronischem Postfach eine weitere Anfrage aus den Vereinigten Staaten eingegangen. Leider hatte diese Adoption fünf Jahre vor Katies Zeit im Heim stattgefunden, sodass sie dem Mann, einem Klempner aus Philadelphia, nicht weiterhelfen konnte. Sie schrieb ihm das und gab ihm noch ein paar Tipps, wie er bei seiner Suche am besten vorgehen sollte.

»Mensch, Katie!«, sagte Beth, die in der Küche auf und ab ging und mit ihren Händen herumfuchtelte. Ihre Fingernägel waren frisch lackiert, weil sie noch auf eine Party wollte. »Könntest du nicht wenigstens mal einen Abend Pause machen?«

»Es ist gut für einen älteren Menschen, sich mit etwas zu beschäftigen. Dazu raten sie einem doch immer in diesen Zeitschriften, oder nicht?«

Beth lächelte. »Ich glaube, damit ist eher Golf oder Yoga oder so was gemeint.«

»Kannst du dir mich etwa beim Golfspielen vorstellen? Wie auch immer, ich muss mich um meine Schäfchen kümmern, wie man so schön sagt.«

Katies To-do-Liste enthielt einen Punkt, vor dem sie sich besonders fürchtete. Zum ersten Mal in ihrem Erwachsenenleben würde auf ihren Weihnachtskarten nur ein Name als Unterschrift stehen. Sie erinnerte sich wieder daran, wie Johnny sich immer gewundert hatte, wem sie alles eine Karte schickten. »Warum verschwenden wir eine Briefmarke an diesen alten Griesgram, Kateser?«, hatte er gesagt. Oder: »Bist du sicher, dass die überhaupt noch lebt?« Aber das war nur seine Art von Scherzen gewesen; er liebte es, Weihnachtskarten zu verschicken und zu bekommen. Die jüngere Generation war dagegen nicht mehr ganz so mit dem Herzen dabei. Beth hatte Katie versichert, dass niemand es ihr zum Vorwurf machen würde, sollte sie dieses Jahr keine Karten verschicken. Sie verstand nicht, was an diesem Ritual so wichtig war.

»Also«, sagte sie jetzt, »kommst du Weihnachten mit zu meinen Eltern?«

»Ich bin mir nicht sicher, ob das so eine gute Idee ist.«

»Okay. Mein Fehler, dass ich es wie eine Frage formuliert habe. Es war eigentlich ein Befehl. Mam hat gesagt, dass ihre Schwester Weihnachten auf keinen Fall allein verbringen darf.«

»Du willst mich wirklich leiden sehen, oder?«

Margo wusste noch immer nichts von der Sache mit den Armbändern. Wenn sie miteinander telefonierten, ratterte Katie immer eine Liste von Scheinaktivitäten herunter, von denen sie behauptete, sie würden sie in Anspruch nehmen. »Gott, ich habe wahninnig viel zu tun!«, sagte sie dann immer.

Beth lachte und setzte sich zu ihr an den Küchentisch. Sie trug ein kornblumenblaues Kleid mit Leopardenmuster. An den meisten Frauen hätte es billig gewirkt, aber

Beth war so hübsch, dass sie es tragen konnte. »Du würdest mir einen riesigen Gefallen tun. Die Stimmung zwischen uns ist immer noch etwas angespannt, und es wäre toll, eine weitere Verbündete im Haus zu haben. Außerdem käme ich mir wirklich mies vor, wenn ich dich hier allein lassen würde.«

So oder so würde es für Katie ein schwieriges Weihnachten werden. Sie und Johnny hatten über Jahrzehnte hinweg ihre eigene Tradition gehabt – Mitternachtsmesse, Huhn statt Truthahn, ein Spaziergang in Howth am zweiten Weihnachtsfeiertag –, und die war ihr durch seinen Tod genommen worden. Sie hatte keine Chance gehabt, sich darauf vorzubereiten. Vor zwölf Monaten hatte sie noch nicht einmal gewusst, dass Johnny krank war. Sie wollte nicht nach Danganstown fahren, sich ein Partyhütchen aufsetzen und an einem überkandidelten Abendessen teilnehmen. Und tief in ihrem Herzen wollte Margo sie wahrscheinlich auch gar nicht dabeihaben. Sie tat nur das, was sie als ihre Pflicht ansah, und Katie hatte keine Lust, die Pflicht von irgendjemandem zu sein. Lieber würde sie in Dublin bleiben und den Tag allein verbringen. Doch leider hatte sie keine Wahl.

»Na schön«, sagte sie zu Beth. »Aber ich bleibe nicht länger als bis zum Siebenundzwanzigsten. Ich bin eine vielbeschäftigte Frau.«

Drei Tage später traf die E-Mail ein. Brandon war bereit, sich zu unterhalten.

Beth hatte ihr gezeigt, wie man Videoanrufe machte.

Auch wenn das vielleicht altmodisch klang – Katie würde sich nie daran gewöhnen, ihren Gesprächspartner auf dem Bildschirm zu sehen. Das erinnerte sie zu sehr an Science-Fiction-Filme. In diesem Fall hatte jedoch Brandon den Vorschlag gemacht, und sie wollte ihm den Gefallen unbedingt tun. Einen Moment lang dachte sie darüber nach, wie seltsam das alles war. Da saß sie in ihrem Haus in der Griffin Road in Dublin und sprach mit einem Mann in Boston, Massachusetts; einem Mann, den sie als Baby gesehen hatte, aber von dem sie nie und nimmer gedacht hätte, ihn jemals wieder zu Gesicht zu bekommen.

Sie wusste bereits aus dem Internet, wie er aussah. Das erste Bild hatte sie auf der Website einer Firma namens Longwalk Investments gefunden, wo er als Senior Fondsmanager arbeitete. Mit seinem gepflegten Haar, seinem marineblauen Blazer und seinem zurückhaltendem Lächeln schien er einem Katalog entsprungen zu sein. Robyns Bilder auf Instagram waren wesentlich interessanter. Da gab es Fotos von ihm beim Barbecue, am Strand, in einer Bar. Er hatte etwas Hölzernes an sich. Obwohl sie sich für dieses Vorurteil auf Basis einer Handvoll Fotos schalt, vermutete Katie doch, dass Brandon zu jener Art Menschen gehörte, deren Blick auf Partys ständig durch den Raum wanderte. Aber nicht, weil er eine andere Frau abschleppen wollte (da müsste er schon ziemlich bescheuert sein), sondern weil er immerzu nach jemand Wichtigem oder Erfolgreichem Ausschau hielt.

Robyn hingegen war wie für die Kamera gemacht. Wie viele junge Leute wusste sie, wie man posierte, ohne dumm oder betrunken oder sonst wie unschön zu wirken. Wenn sie in die Kamera schaute, war sie zu hundert Prozent da. Oh, und sie war wirklich hübsch, mit dem glänzenden Haar und der taufrischen Haut der Reichen und Seligen.

Als Brandon anrief, wirkte er weniger gepflegt und etwas erschöpfter als auf den Fotos. Seine Schultern waren vor Anspannung nach oben gezogen, und sein Haar musste mal wieder geschnitten werden. In den ersten Minuten machten sie nur nervösen Small Talk. Katie hatte einen starken Akzent erwartet, aber ihre Vermutung bestätigte sich nicht. Brandon klang kaum amerikanischer als Gary. Er erzählte ihr, er sei zwar schon mal in London und Paris gewesen, aber nie nach Irland zurückgekehrt.

Es kribbelte fürchterlich in ihrem Bauch. Als Krankenschwester war sie häufig mit schwierigen Fragen konfrontiert gewesen, und sie befürchtete, dass sie in vielen Fällen die falsche Antwort gegeben hatte. Mal hatte sie den Patienten zu viel, mal zu wenig gesagt. Trotzdem war ihre Schwesterntracht immer so etwas wie ein Schutzschild gewesen. Sie hatte ihr das Gefühl vermittelt, alles unter Kontrolle zu haben. Das war jetzt anders.

»Also dann«, sagte sie, nachdem sie wie auf Zehenspitzen umeinander herumgeschlichen waren. »Sie wollen sicher wissen, was ich über Ihre Geburt, Ihren Bruder und auch über Ihre Mutter weiß.«

»Ja. Auch wenn ich deswegen ein bisschen nervös bin.«

Da haben wir was gemeinsam, dachte Katie. »Vielleicht sollte ich als Erstes sagen, dass ich bei Ihrer Geburt nicht dabei war. Alles, was ich weiß, stammt also aus zweiter

Hand. Aber ich will versuchen, Ihre Fragen, so gut es geht, zu beantworten.«

»Okay.«

»Wie ich in dem Brief geschrieben habe, hieß Ihre leibliche Mutter mit richtigem Namen Linda. Sie war eine wunderbare und kluge junge Frau. Obwohl ihr Bauch etwas größer wurde als normal, ist niemand, auch Linda selbst nicht, auf die Idee gekommen, dass der Grund dafür Zwillinge sein könnten. Im Nachhinein sagten viele, das hätte doch zu sehen oder zu spüren sein müssen. Sie wunderten sich, warum Linda es nicht selbst vermutet hatte. Aber es war ihre erste Schwangerschaft. Zwar hatte sie von Tritten und Hieben berichtet, aber das war nur als gutes Zeichen abgetan worden. ›Ein gesundes Baby‹, hieß es.«

Brandon blinzelte. »Das hört sich merkwürdig an. Hätten Sie oder eine Ihrer Kolleginnen als Krankenschwestern nicht Verdacht schöpfen müssen?«

»Bitte bedenken Sie, dass das Ganze beinahe fünfzig Jahre her ist. Und wir reden hier von einer ziemlich isolierten Gegend im Westen Irlands. Wir hatten keine Tests, keinen Ultraschall, nichts dergleichen. Was nicht heißen soll, dass wir die Möglichkeit von Zwillingen nicht hätten in Betracht ziehen müssen.«

»Okay.«

»Wie so oft bei Zwillingen setzten die Wehen bei Linda früh ein. Immerhin vermutete die Hebamme noch bevor das erste Baby geboren worden war, dass es zwei sein könnten. Sie hatten sich ineinander verschlungen, weshalb es eine ziemlich schwierige Geburt war. Ihre Mutter hat sehr gelitten, und danach ging es ihr nicht gut. Die meisten Nonnen empfanden damals nicht viel Mitleid mit den jungen Müttern. Es wurde erwartet, dass diese etwa eine Woche nach der Geburt wieder auf den Beinen waren und arbeiteten. In Lindas Fall hingegen dauerte es drei Wochen, bis sie wieder in der Wäscherei anfangen konnte.«

»*Drei* Wochen?« sagte Brandon. »Ich bin kein Experte, aber hätte sie nicht etwas mehr Zeit gebraucht, um sich zu erholen?«

Katie konnte sich gerade noch davon abhalten, ihm zu sagen, dass eine dreiwöchige Pause für Carrigbrack-Verhältnisse eine halbe Ewigkeit gewesen war. »Ihre Mutter wurde im Heim eindeutig schlecht behandelt, Brandon, das möchte ich gar nicht abstreiten. Natürlich hätte man ihr mehr Zeit geben sollen.«

»Und was war mit uns? Mit meinem Bruder und mir? Sind wir eineiig?«

»Ja, das sind Sie. Sie waren beide sehr klein und zart, aber so weit gesund. Es gab keine unmittelbaren Anzeichen für irgendein Problem. Bald schon standen die anderen jungen Mütter Schlange, um Sie zu bewundern.« Katie erinnerte sich noch daran, wie sich alle gurrend über Lindas Zwillinge gebeugt hatten. Sie erinnerte sich auch daran, dass Sabina sie weggescheucht hatte, als ob es eine Sünde wäre, ein Baby auf den Arm nehmen zu wollen.

Brandon sah zur Seite. Es dauerte einen Moment, bis er wieder etwas sagte. »Keine unmittelbaren Anzeichen? Das hört sich so an, als hätte es doch noch ein Problem gegeben.«

Katie schluckte. »So war es auch. Sie haben sich bestimmt gefragt, warum ich mir so sicher bin, dass Sie Brendan sind. Es war nicht nur Ihr Name, der mich darauf gebracht hat. Ein paar Monate nach der Geburt wurde offensichtlich, dass mit Edward – oder Eddie, wie wir ihn nannten – etwas nicht stimmte. Manchmal verkrampfte er sich. Dann wiederum hatte er kaum Körperspannung. Ihre Entwicklung verlief hingegen normal. Sie waren von Anfang an ein fröhliches, interessiertes Kind.«

Brandon schien langsam zu begreifen, schwieg aber.

»Aufgrund ihres schwachen Zustands nach der Geburt fiel es Linda schwer, Sie beide zu stillen, und eine der Nonnen – Schwester Sabina – beschuldigte sie, sich nicht richtig um Sie zu kümmern. Ich erinnere mich, dass sie sagte: ›Wenn mit Eddie etwas nicht stimmt, dann ist bestimmt seine Mutter daran schuld.‹«

»Was für ein Schwachsinn«, warf Brandon ein. »Unglaublich, was die Nonnen sich erlaubt haben!«

»Sie durften das leider. Nun, natürlich war Linda nicht schuld an dem, was mit Eddie nicht stimmte. Aber ich weiß noch, wie verzweifelt sie war. Sie regte sich so schrecklich auf, dass die Nonnen ihr mit der Psychiatrie drohten.« Katie hielt inne, um sich zu sammeln. Dieses Gespräch erwies sich als weitaus schwieriger als erwartet. »Es war so etwas wie eine Standarddrohung. In Wirklichkeit wurden nur wenige Mädchen dorthin geschickt.«

»Aber einige schon?«

»Ja, leider.«

»Ich fasse mal zusammen, und korrigieren Sie mich bitte,

wenn ich etwas falsch verstanden habe: Eine schwangere junge Frau wurde vom Vater ihres Kindes beziehungsweise ihrer Kinder verlassen. Dann wurde sie von zu Hause in eine Anstalt gesteckt, wo Brutalität an der Tagesordnung war. Nachdem sie eine schreckliche Geburt überstanden hatte, erkannte sie, dass es einem ihrer Babys nicht gut ging. Mit den Nerven am Ende fiel es ihr begreiflicherweise schwer, mit der Situation umzugehen. Und trotzdem bekam sie keine Hilfe. Schlimmer noch, sie wurde zu schwerer körperlicher Arbeit gezwungen. Oh, und außerdem wurde ihr gesagt, dass das alles ihre eigene verfluchte Schuld sei. Und als sie das aufregte, wurde ihr mit einer noch schrecklicheren Anstalt gedroht, in der sie für den Rest ihres Lebens eingesperrt bleiben würde.«

»So war es. Ich kann Ihnen in keinem Punkt widersprechen.«

Brandon regte sich sichtbar immer mehr auf. Katie wusste zwar nicht viel über ihn, aber erkannte, dass er jemand war, der nicht damit umgehen konnte, wenn etwas gänzlich Unerwartetes geschah. Sie musste an Johnny denken. Er war gut darin gewesen, wütende Menschen zu besänftigen. Nicht so sehr, indem er die richtigen Worte fand, sondern indem er beruhigend klang. Hör auf damit, dachte sie. Jetzt ist nicht der richtige Zeitpunkt, um an ihn zu denken.

Ihr war klar, dass Brandon sie genauso sehen konnte wie sie ihn, was ihre Unbeholfenheit noch verstärkte. Wirkte ihre Mimik zu starr? Zu gefühllos? Ach, warum hatten sie nicht einfach auf altmodische Art und Weise miteinander telefonieren können!

»Erlauben Sie mir, ganz offen zu sein«, sagte er jetzt. »Wie konnten Sie es bloß aushalten, an einem Ort wie diesem zu arbeiten? Wie konnten Sie Tag für Tag aufstehen und zusehen, was geschah?«

Beth, die das Gespräch mitverfolgte, wollte sich einschalten, aber Katie winkte ab. Sie wiederholte ihre gut einstudierten Zeilen: Sie habe keine Wahl gehabt und versucht, ihr Bestes zu tun. Doch Brandon verzog keine Miene. Wie viele andere wollte er ihre Erklärung nicht akzeptieren.

»Ich habe Carrigbrack im Dezember 1972 verlassen«, fügte sie hinzu. »Da waren Sie vier Monate alt. Sie und Ihr Bruder waren beide noch da, genauso wie Ihre Mutter. Nach meiner Abreise wollte ich alle Verbindungen zu diesem Ort abbrechen. Von Zeit zu Zeit habe ich dennoch mit einer der anderen Krankenschwestern gesprochen und mich dabei immer auch nach Eddie erkundigt. Ich will mich nicht anbiedern, aber er war ein sehr liebenswertes Baby. Mit acht oder neun Monaten stellte sich heraus, dass er eine Behinderung hatte. Er konnte seine Hände nicht richtig bewegen und sich nicht aufsetzen. Schließlich fand man heraus, dass er unter einer Zerebralparese litt, einer zerebralen Kinderlähmung.«

»Lag das daran, dass bei unserer Geburt etwas schiefgegangen ist?«

»Das weiß ich nicht. Ich will ganz sicher nicht verteidigen, was in Carrigbrack passiert ist, aber nach all meinen Informationen kann es genauso gut sein, dass er an Blutarmut litt oder bereits im Mutterleib einen Schlaganfall gehabt hat. Falls Sie sich näher damit beschäftigen sollten, werden Sie lesen, dass Zwillinge ein höheres Risiko haben, mit zerebraler Lähmung geboren zu werden. Es ist zwar nicht an der Tagesordnung, aber auch keine Seltenheit.«

Brandon runzelte die Stirn. »Wollen Sie damit sagen, dass es meine Schuld war? Dass ich ihm Blut und Sauerstoff entzogen habe?«

Und wieder war sie es falsch angegangen. »Nein, natürlich nicht. So etwas wäre mir nie in den Sinn gekommen. Es tut mir leid. Bitte glauben Sie mir, dass ich nicht …« Sie zwang sich zur Ruhe. Sie musste es ihm so verständlich wie möglich erklären. Während sie tief durchatmete, sah sie, dass Robyn auf dem Bildschirm aufgetaucht war und Brandons Oberarme rieb. »Wie gesagt, es kommt vor. Damals wusste man noch nicht besonders viel über Zerebralparese, ganz anders als heute.«

Das Gespräch geriet ins Stocken. Nach einem Augenblick, der ewig zu währen schien, aber vermutlich nur fünf Sekunden dauerte, redete Brandon weiter. »Was ist mit Lindas Eltern? Kamen die angesichts des Traumas, das ihre Tochter erlitten haben musste, nicht nach Carrigbrack, um sie nach Hause zu holen? Haben sie sich eingeschaltet?«

»Nein. So hat man … so hat man das damals nicht gemacht.«

»Was für ein beschissenes Verhalten! Die beiden sollten sich schämen. Sogar ich schäme mich, mit ihnen verwandt zu sein.«

Katie hätte Brandons Reaktion vorhersehen müssen. Es war ein Fehler gewesen, sich auf ein Terrain zu wagen, auf dem sie kein Fachwissen besaß. Auch wenn Technologien sich weiterentwickelten und veränderten; Gefühle blieben. Bis heute war es kaum vorstellbar, was mit Linda und vielen, vielen anderen Frauen geschehen war.

Aus Angst, die Kontrolle über das Gespräch zu verlieren, begann sie von Neuem. »In all den Jahren habe ich viel darüber nachgedacht, und mir fällt kein besseres Wort dafür ein, was geschehen ist, als ›niederträchtig‹. In Carrigbrack herrschten eine solche Niedertracht und ein unglaublicher Mangel an Freundlichkeit. Ja, wir dachten damals gerne von uns, dass wir gute Menschen wären. Wir sammelten Kollekten und fasteten gegen Spenden, und wir redeten gern darüber, wie viel wir den Missionen gaben, aber ...«

»Aber diese Gutherzigkeit galt irgendwelchen Kindern in der Ferne, nicht denen in unmittelbarer Umgebung«, vollendete Brandon den Satz.

Den Kindern in der Ferne, dachte sie, und den Toten. Normalerweise wurden die Toten gut behandelt. Aber selbst das traf für Carrigbrack nicht zu.

»Was ist mit Eddie passiert, als ich nach Amerika geschickt wurde?«, fragte er.

»Es tut mir leid, aber das weiß ich nicht.«

»Und mit unserer Mutter?«

»Nochmals, ich fürchte, ich weiß es nicht.«

»Hätten Sie das nicht vor Ihrer Kontaktaufnahme mit mir herausfinden sollen?«

»O Brandon, ich wünschte, es wäre so einfach! Robyn hat mich gebeten, die Informationen, die ich habe, weiterzugeben, und das tue ich hiermit. Nehmen Sie die Tatsache, dass Sie erst jetzt von Eddie erfahren, als Indiz dafür, wie geheim alles gehalten wurde. Wenn Sie mehr wissen wollen, müssen Sie sich auf die Suche danach machen. Vielleicht entdecken Sie dabei ja, dass Linda und Eddie Sie bereits finden wollten.«

»Verzeihen Sie, Mrs Carroll ...«

»Katie, bitte.«

»Verzeihen Sie, aber ich fühle mich von Ihnen manipuliert. *Deshalb* haben Sie mir beide Armbänder geschickt! Weil Eddie vermutlich nicht in der Lage ist, nach seiner Herkunft zu recherchieren.«

»Ich weiß, das alles ist nicht einfach für Sie«, sagte Katie, »aber ich verspreche Ihnen, dass ich Ihnen weder etwas vorenthalte noch irgendwelche Spielchen mit Ihnen spiele. Ich habe nur einfach nicht mehr Informationen. Wie gesagt, es ist schwer, an Fakten zu kommen.«

Katie hörte Robyn ihr beipflichten: »Das stimmt.«

Wieder herrschte für einen Moment Schweigen. Brandon fuhr sich mit der Hand durchs Haar. »Sie müssen verstehen«, sagte er dann, »dass ich all das nicht wollte. Ihr Brief hat mich völlig aus der Bahn geworfen, also habe ich eine Weile darüber nachgedacht und mir am Ende gesagt: ›Ich habe einen Zwillingsbruder, okay. Ich werde ihn treffen, mit ihm zusammen ein paar Bier trinken und ein bisschen übers Leben quatschen.‹ Und dann dachte ich: ›Vielleicht wäre es ja gut, auch meine leibliche Mutter zu finden.‹ Aber nach allem, was Sie mir gerade erzählt haben, ist sie durch mindestens zehn Arten von Höllen gegangen. Es würde schon an ein Wunder grenzen, wenn sie noch bei

Verstand wäre. Oh, und der Bruder, auf den ich mich so gefreut habe? Er würde vielleicht nicht einmal verstehen, wer ich bin.« Er schüttelte den Kopf. »Tut mir leid, aber das ist gerade einfach zu viel für mich.«

»Ich bin mir nicht sicher, dass Sie Eddies Situation richtig einschätzen«, sagte Katie, und es gelang ihr nicht ganz, ihre Verärgerung zu unterdrücken. »Er hat eine leichte Behinderung, mehr nicht.«

Sofort ärgerte sie sich erneut, weil sie das gesagt hatte. Was, wenn Eddies Behinderung schwerer war, als sie sie in Erinnerung hatte? Auch ohne eine Expertin für diese Krankheit zu sein, wusste sie, dass eine Zerebralparese schwere Folgen haben konnte. Es war falsch, Brandon beschwichtigen zu wollen.

»Natürlich besitze ich nicht sonderlich viele Informationen über Ihren Bruder«, ruderte sie zurück. »Aber es ist doch genauso gut möglich, dass er ein glückliches Leben führt!«

»Aber Sie wissen es nicht.«

»Und Sie nicht, ob das Gegenteil der Fall ist. So oder so, sollten wir ihn finden, wird er sich bestimmt freuen, Sie kennenzulernen. Bitte lassen Sie sich nicht von der Tatsache abhalten, dass er behindert ist.«

Brandon kniff leicht die Augen zusammen.

Erneut bedauerte Katie ihre Worte sofort. »Tut mir leid«, sagte sie. »Entschuldigung. Ich wollte damit nichts implizieren. Wie gesagt, ich bin mir bewusst, dass das alles für Sie schwer zu verkraften ist. Ich hätte so etwas nicht sagen sollen. Bitte verzeihen Sie mir.«

»Nein, tut mir leid«, sagte Brandon. »Wir verschwenden hier nur unsere Zeit. Das ist eine heftige Geschichte, und es nimmt mich wirklich mit, was Linda zugestoßen ist, aber es gibt nichts, was wir beide tun könnten, um das Geschehene zu ändern.«

»Was meinen Sie damit?«

»Dass mein Bauchgefühl richtig war. Wir sollten die Vergangenheit dort lassen, wo sie hingehört.«

Katie glaubte noch zu sehen, wie Robyn etwas zu sagen versuchte, dann war die Leitung tot.

Kapitel 17

Damals – Patricia

Winnie gab ihrer Tochter den Namen Diane. Sie wurde auf der Rückseite des Hauptgebäudes begraben, auf dem gleichen kleinen Areal wie die anderen gestorbenen Kinder vor ihr. Das Grab war von zwei jungen Frauen ausgehoben worden, die ihre Babys bereits bekommen hatten. Danach füllten sie das Loch wieder mit trockener, steiniger Erde auf und traten sie fest. Bis auf einen Nagel, der in die angrenzende Mauer geschlagen wurde, würde Dianes Grab unmarkiert bleiben. Niemand würde wissen, dass dort ein kleines Mädchen begraben lag. Es sei besser so, sagte Schwester Agnes.

Vier Personen nahmen an der Zeremonie teil: Winnie, Patricia, Agnes und Eunice. Da Diane gestorben war, bevor sie getauft werden konnte, gab es weder Priester noch Trauermesse. Stattdessen sprachen sie gemeinsam am Grab zwei Dekaden des Rosenkranzes.

Laut Agnes war das Baby im Himmel. »Diane verließ die Welt in derselben Stunde, in der sie sie betrat«, hatte sie gesagt. »Von ihr ging kein Übel aus.«

Schwester Sabina widersprach lautstark. Sie bestand darauf, dass das Kind zwar keine eigenen Sünden begangen habe, aber von der Erbsünde befleckt und deshalb in der Vorhölle gefangen sei.

Winnie hatte ihre Tochter kein einziges Mal im Arm halten dürfen. Als sie sie zum ersten Mal sah, war sie bereits für ihre eigene Beerdigung in ein weißes Tuch gewickelt worden.

Der Himmel war strahlend blau, und es ging eine leichte Brise, wie warmer Atem. Patricia kam es vor, als würde die Schönheit des Tages sie alle verspotten. Sie stellte sich vor, wie die Szene aus der Vogelperspektive aussehen musste. Da standen sie nun, dicht nebeneinander, inmitten von grauen Felsen und hellen Grasflecken. Hundert Meter entfernt gingen die Frauen ihrer Arbeit nach: Sie pflanzten und ernteten, schnitten und kochten, wuschen und bügelten. Babys glucksten vor sich hin und weinten.

Trotz der Hitze überzog Gänsehaut Patricias Arme.

Während der Beerdigung hatte sich Winnie untypisch still verhalten. Ihr Kleid, das schon immer zu groß gewesen war, wirkte jetzt geradezu grotesk an ihr, ebenso ihre kurz geschnittenen Haare. Mit gefalteten Händen stand sie da und hielt den Blick starr auf den winzigen Körper gerichtet. Sie weinte nicht.

Patricia begriff nicht, wie ihre Freundin so ruhig bleiben konnte. Wie konnte sie nur so stark sein? Vergeblich versuchte sie, ihre eigenen Tränen zurückzuzwingen. Einmal entwich ihr ein unbeabsichtigter Laut, und sofort starrte Agnes sie böse an. Sie spürte Hitze in sich aufsteigen. Wenn Winnie, die ihr Baby verloren hatte, die Fassung bewahren konnte, dann sollte sie selbst doch wohl auch dazu in der Lage sein!

In den Stunden vor Dianes Beerdigung hatte Winnie kaum gesprochen. Doch das Wenige, was sie gesagt hatte, würde Patricia nie vergessen, dessen war sie sich sicher.

»Nur weil ich sie nicht behalten konnte, heißt das nicht, dass ich nicht das Beste für sie wollte. Ich wollte, dass sie etwas ganz Besonderes ist. Sie hatte es verdient, etwas Besonderes zu sein.«

Patricia wusste nicht, was sie erwidern sollte. Jeder Satz, der ihr in den Sinn kam, klang wie eine Plattitüde, wie etwas, das man beim Tod einer alten Tante sagen würde. Also drückte sie einfach nur Winnies kalte Hand.

Die Nachricht von der Tragödie hatte sich wie ein Lauffeuer im ganzen Haus verbreitet. Bereits im Vormonat war ein Baby gestorben, doch das war schon mehrere Wochen alt und bereits getauft gewesen. Die meisten hatten Mitleid mit Winnie, aber es war ihnen auch etwas unbehaglich zumute. Diejenigen, denen die Geburt noch bevorstand, machten sich zunehmend Sorgen. Die anderen wollten so viel Zeit wie möglich bei ihren Babys auf der Kinderstation verbringen, was Schwester Agnes jedoch missbilligte.

Patricia hatte nicht damit gerechnet, an der Beerdigung teilnehmen zu dürfen. Agnes hatte sie in ihr Büro gerufen und sie gescholten, weil sie aus der Wäscherei gerannt war und Fragen zu Dianes Tod gestellt hatte.

»Es mag für uns schwer zu verstehen sein«, hatte die Nonne gesagt, »aber die Wege des Herrn sind oft unergründlich. Du musst um die Gnade beten, das akzeptieren zu können.«

Doch Patricia wollte sich damit nicht zufriedengeben. »Aber was, wenn Winnie schon in den Kreißsaal hätte gehen können, als sie zum ersten Mal über Schmerzen geklagt hat? Und wenn ...«

Sie verstummte. Was sie eigentlich sagen wollte, war: »Und wenn sich die zuständige Krankenschwester mehr Mühe gegeben hätte. Wenn sie mit ihren Gedanken bei der Arbeit und nicht beim Tanzen gewesen wäre oder im Kino oder womit auch immer sie ihre Zeit verbringt, wenn sie nicht in Carrigbrack ist.« Doch Patricia erkannte trotz aller Erregung, dass sie mit dieser Anschuldigung zu weit gegangen wäre.

Agnes' Antwort fiel eisig aus. »Ich will nie wieder eine unfreundliche Bemerkung über Schwester Faustina hören. Sie hätte mit ihrem Leben auch etwas anderes anfangen können, aber stattdessen ist sie ihrer Berufung gefolgt und widmet sich dem Dienst an Büßerinnen wie dir. Sie hat deine Dankbarkeit verdient. Verstanden?«

»Ja, Schwester, nur ...«

»Nein, Patricia. Du hast schon genug gesagt.« Agnes nahm ihre Brille ab. »Du hast darum gebeten, Winnie zur Beerdigung begleiten zu dürfen. Mein erster Impuls war, deine Bitte abzulehnen. Aber Schwester Eunice hat mir erzählt, dass du Winnie in letzter Zeit eine gute Freundin gewesen bist. Deshalb habe ich angesichts ihres jungen Alters beschlossen, für dieses eine Mal die Vorschriften Vorschriften sein zu lassen. Aber ich warne dich, jeder weitere Ungehorsam wird bestraft. Und das nicht zu knapp.«

In Patricias verbrannter Hand pochte der Schmerz. »Danke, Schwester. Wurden Winnies Eltern schon informiert?«

»Ich weiß wirklich nicht, warum du so viele Fragen stellen musst. Das ist kein besonders ansprechender Charakterzug. Kannst du nicht einfach akzeptieren, dass wir uns schon um alles kümmern?«

»Ich war nur ...«

»Ihr Pfarrer ist kontaktiert worden. Zu gegebener Zeit wird er ihre Eltern informieren. Jetzt hör mir mal zu, Patricia. Du bist kein dummes junges Ding mehr, aber du verhältst dich immer noch wie eines. Ich wünschte, du würdest endlich einsehen, dass das, was wir hier tun, nur zum Wohle aller geschieht. Wenn es Carrigbrack und andere Institutionen wie diese nicht gäbe, würde das Land im Chaos versinken. Wir tun unser Bestes, um Menschen wie dir zu helfen und Irland zu beschützen. Nur ein Egoist würde anders denken.«

Wahrscheinlich war es nicht der richtige Zeitpunkt für ihre nächste Frage, doch sie musste sie einfach stellen. »Schwester, gestatten Sie manchen Frauen auch, ihre Babys zu behalten? Zum Beispiel, wenn Sie wissen, dass eine Mutter sich gut um ihr Kind kümmern wird? Dass sie es liebt und auf es aufpasst und auch ihren Lebensunterhalt selbst verdienen kann? Wäre das dann möglich?«

»Das ist ein gefährlicher Gedanke«, sagte Agnes, und der aufkeimende Zorn war ihr deutlich anzuhören. »Einer, den du besser schnell wieder vergessen solltest. Wir können nicht zulassen, dass dumme junge Frauen unschuldige Kinder verderben. Was den Lebensunterhalt betrifft: Welcher seriöse Arbeitgeber würde schon die Mutter eines unehelichen Kindes einstellen? Und was ist mit den guten katholischen Paaren, die selbst keine Kinder bekommen können? Hast du mal an sie gedacht? Soll man sie leiden lassen?« Sie schüttelte energisch ihren runden Kopf. »Sag mir, wo hat ein Mädchen aus einer anständigen Familie bloß so eine lächerliche Idee aufgeschnappt?«

»Ich habe sie nirgendwo aufgeschnappt, sondern selbst darüber nachgedacht. Ich meine, die Welt hat sich verändert, und …« Sie stockte. Es hatte keinen Sinn, jetzt darüber zu diskutieren. Sie würde es zu einem angemesseneren Zeitpunkt noch einmal versuchen müssen.

Nachdem Diane beerdigt worden war, wurde Winnie gesagt, sie solle den Rest des Tages in stillem Gebet und Kontemplation verbringen. Patricia ging in die Wäscherei zurück. Die Stimmung war gedrückt. Die anderen schauten sie kurz an, dann rasch wieder weg. Sie fühlte sich, als wäre die Verbindung zwischen ihrem Gehirn und ihren Händen unterbrochen worden. Sie wusste, was zu tun war, konnte es aber einfach nicht tun. Schwester Faustina wies sie an, sich in die Ecke zu setzen.

»Genau genommen«, sagte sie, »sollte ich dich zwingen, deine Pflichten zu erfüllen. Aber im Moment wärst du mehr ein Hindernis als eine Hilfe.«

»Es tut mir leid.«

»Eine Entschuldigung nutzt niemandem etwas. In Anbetracht der Umstände kannst du den Nachmittag über hier rumsitzen, aber morgen musst du wieder bei Kräften sein. Wenn eine sich vor der Arbeit drücken darf, ist das den anderen gegenüber nicht fair. Verstehen wir uns?«

»Ja, Schwester.«

In ihrem Herzen würde Patricia Faustina immer die Schuld für das geben, was geschehen war. Und sich selbst. Sie hätte hartnäckiger sein müssen. Sie hätte Winnies Arm nehmen und mit ihr aus der Wäscherei in den Kreißsaal marschieren sollen. Eine richtige Freundin hätte das getan. Sie dachte an das, was Schwester Agnes ihr bei ihrer ersten Begegnung gesagt hatte: »Jedes Handeln hat Konsequenzen.« Wie also konnte man den Tod eines Babys schönfärben und als Gottes Wille bezeichnen? Aber vielleicht wäre Diane ja so oder so gestorben. Vielleicht waren Patricias Gedanken ungerecht. Fest stand jedoch, dass immer nur die Schwächsten die Konsequenzen zu spüren bekamen.

Nachdem schon die Beerdigung ohne großes Interesse an Winnies Zustand abgehalten worden war, behandelte man sie danach erst recht gefühllos. Drei Tage nach dem Tod ihrer kleinen Tochter musste sie wieder an die Arbeit gehen. Das einzige Zugeständnis war, dass man sie in die Küche versetzte; allerdings waren die Aufgaben dort nicht weniger anstrengend als in der Wäscherei. Patricia vermutete, dass die Nonnen diese Entscheidung eher mit Blick auf Faustinas Schuldgefühle als aus Rücksicht auf Winnies Trauer getroffen hatten.

Winnie ging es körperlich schlecht. Sie war wund, und ihre Brüste produzierten weiterhin Milch. Doch vor allem sorgte Patricia sich um die seelische Verfassung ihrer Freundin. Sie sprach nur das Allernötigste, und dann in einem monotonen, abgehackten Tonfall, und ihr Blick war leer. Früher hatte Winnie mit ihren Gefühlen nie hinterm Berg gehalten, sie waren einfach so aus ihr herausgesprudelt. Doch diese Winnie gab es nicht mehr, zurückgeblieben war eine leere Hülle, die nicht mitzubekommen schien, was um sie herum geschah.

In der folgenden Woche erhielt sie einen Brief von zu Hause. Sie zeigte ihn Patricia, die schockiert war, als sie las, was in hellblauer Tinte auf dem dünnen Blatt Papier stand. Es war, als hätte Schwester Agnes den Text diktiert.

Der Tod deiner kleinen Tochter ist traurig, schrieb Winnies Mutter, *aber du hättest sowieso keine Zeit mit ihr verbringen können. Du bist jung und wirst deine Chance sicher noch bekommen. Hoffentlich findest du beim nächsten Mal zuerst einen Ehemann.*

»Daddy hat bestimmt mehr Mitgefühl«, sagte Winnie, »aber Schreiben ist nicht seine Stärke.«

Durch den Brief erfuhr Winnie auch, dass ihre älteste Schwester, der sie nahestand, nach London gezogen war.

Patricia tat alles, was in ihrer Macht stand, damit Winnie sich besser fühlte. Sie machte sich über die Nonnen und die anderen Mädchen lustig und malte sich laut aus, was sie beide mit dem Rest ihres Lebens anfangen könnten. Sie könnten ebenfalls nach London gehen, dort gute Jobs und eine Wohnung finden. Sie könnten Männer kennenlernen, die sich ernsthaft für sie interessierten, Männer mit englischem Akzent, die Sportwagen fuhren und mit berühmten Musikern befreundet waren. Wenn sie sich in diesen Vorstellungen verstieg, schenkte Winnie ihr zwar ein schwaches Lächeln, aber es war offensichtlich, dass sie mit ihren Gedanken woanders war.

Irgendwann brach es schließlich aus ihr heraus. Zwei Wochen nach Dianes Beerdigung ging Winnie zu Schwester Agnes, um zu fragen, wann sie nach Hause könne. »Ich habe kein Baby mehr«, erklärte sie. »Ich habe hier nichts mehr zu schaffen. Darf ich nach Hause gehen?«

Agnes erwiderte, dass das in Carrigbrack nicht so gehandhabt wurde. Winnie müsse schließlich für die Kosten ihres Aufenthalts aufkommen. »Du musst noch sechs Monate hier arbeiten«, sagte sie, »möglicherweise auch länger.«

Winnie verließ das Büro, doch anstatt in die Küche zurückzukehren, schlug sie die entgegengesetzte Richtung ein und ging zur Kinderstation. Patricia, die zu diesem Zeitpunkt in der Wäscherei arbeitete, war bei dem, was als Nächstes passierte, selbst nicht dabei und musste sich auf das verlassen, was andere ihr später erzählten. Was sie jedoch wusste, war Folgendes:

Nach Dianes Tod waren viele der Frauen in Carrigbrack nett zu Winnie gewesen. Zum Beispiel hatte ein Mädchen, mit dem sie früher auf den Feldern zusammengearbeitet hatte, unter großem Risiko mehrere Erdbeeren gestohlen, sie in ein Taschentuch gewickelt und Winnie gegeben. »Die magst du doch«, hatte sie mit einem nervösen Lächeln gesagt.

Andere jedoch waren weniger freundlich und unterstützend, manche mieden sie sogar regelrecht. In ihrem Aberglauben fürchteten sie, Winnie könne Unglück über sie bringen. Es hätte nicht viel gefehlt, und sie hätten bei ihrem Anblick eine Glocke geläutet und laut gerufen: »Unrein, unrein!«

Auf der Kinderstation fragte Winnie zwei der frischgebackenen Mütter, ob sie ihre Babys im Arm halten könne. Beide wandten sich rasch von ihr ab. Stattdessen trat Jacinta zu ihr, die gerade ihren Sohn Lorcan gestillt hatte, einen ruhigen Jungen mit ernsten grauen Augen und dunkelbraunem Haar.

»Hier«, sagte sie. »Er will dem Mädchen Hallo sagen, das sich für seine Mutter eingesetzt hat.«

Winnie nahm Lorcan auf den Arm, und die Tränen liefen ihr über die Wangen. »Entschuldige bitte«, sagte sie. »Tut mir leid, dass ich mich so peinlich aufführe.«

Jacinta versicherte ihr, dass alles okay sei und sie es verstünde. »Er fängt schon nicht an zu weinen«, sagte sie. »Er ist sehr brav.«

»Du riechst so gut«, sagte Winnie zu Lorcan. »Ich hatte eine kleine Tochter. Sie war so schön wie du, aber sie haben sie umgebracht.«

»Scht, Winnie, sei still«, sagte Jacinta. »Reg dich bitte nicht auf.«

»Sie haben mich nicht zu ihr gelassen. Erst als sie wie eine Mumie eingewickelt bereit für ihr Grab war. Sie wollten nicht, dass ich sehe, wie schön sie ist.«

Lorcan blieb ganz still.

»Sie töten Babys. Aus purer Bosheit.«

Entsetzt sah Jacinta zur sie beaufsichtigenden Nonne

hinüber, die nun Schwester Agnes suchen ging. Fünf Minuten später traf diese ein und schäumte bereits vor Wut. Währenddessen hatte sich schon in ganz Carrigbrack verbreitet, was auf der Kinderstation passiert war.

Als eines der Mädchen in der Wäscherei sagte: »Ich hab gehört, Winnie soll übergeschnappt sein«, ließ Patricia alles stehen und liegen und rannte hinaus. Vergeblich rief Faustina ihr hinterher.

Sie erreichte die Kinderstation und sah Winnie mit Lorcan im Arm am Fenster sitzen. Schwester Agnes befahl ihr gerade, den Jungen seiner Mutter zurückzugeben.

»Du bist nicht die Erste, die ein Baby verloren hat, und du wirst auch nicht die Letzte sein«, sagte sie. »Ich will keine Lügen mehr hören, dass jemand deine Tochter getötet hat. Und jetzt gib das Kind seiner Mutter zurück und geh in deinen Schlafsaal.«

Patricia sah zu, wie Winnie den kleinen Jungen seiner Mutter in den Arm legte. Jacinta küsste Lorcan sanft auf den Kopf. Doch anstatt zum Schlafsaal zu gehen, machte Winnie ein paar Schritte in eine Ecke des Zimmers, stellte sich mit dem Gesicht zur Wand und sackte zu Boden. Schluchzend und stöhnend schaukelte sie hin und her. Ihr Kummer erfüllte den Raum. Schwester Eunice, die ebenfalls von dem Tumult auf der Kinderstation gehört hatte, versuchte, sie zu trösten, ebenso wie eine der jungen Krankenschwestern, und auch Patricia schloss sich ihnen an. Agnes runzelte finster die Stirn, griff aber nicht ein. Winnie schaukelte immer noch hin und her, untröstlich in ihrem Leid. Was sie sagte, war kaum zu verstehen.

»Wollte sie nur sehen. Sie küssen und riechen. Ihr sagen, dass ich sie liebe.«

Nach zehn Minuten guten Zuredens brachten sie sie dazu, die Station zu verlassen. Patricia wollte ihre Freundin in den Schlafsaal begleiten, doch Agnes schaltete sich ein und befahl ihr, an ihren Arbeitsplatz zurückzukehren.

»Ist schon okay«, flüsterte Eunice. »Bring dich nicht in Schwierigkeiten. Ich kümmere mich um Winnie.«

Als Patricia sich auf den Weg in die Wäscherei machen wollte, entdeckte sie Schwester Sabina. Ihre alte Widersacherin stand neben der Tür und saugte begierig alles auf, was passierte, als wäre es eine Szene aus einem Stück von John B. Keane.

Bleib ruhig, sagte sich Patricia. Sie ist es nicht wert.

»Scheint, als wäre Winnie plötzlich nicht mehr ganz so naseweis und frech«, bemerkte Sabina.

Bleib ruhig.

»Ach, und du bist also anscheinend auch stumm geworden. War ja auch längst an der Zeit, euch beiden mal eine Lektion zu erteilen.«

Jetzt konnte Patricia sich nicht mehr zurückhalten. »Sie sind ja bloß so, weil Sie gemein zu ihr waren und sie den Mut hatte, für sich selbst einzustehen. Weil ein sechzehnjähriges Mädchen es geschafft hat, Ihren Stolz zu verletzen!«

»Nun, und anscheinend hat sie für ihren Ungehorsam bezahlt.« Sabina zeigte mit ihrem dünnen Finger auf Patricia. »Du hingegen bist ungerechterweise davongekommen. Schwester Agnes ist nicht so streng mit dir, weil du gebil-

245

deter bist als die meisten anderen. Aber meiner Meinung nach macht das deine Sünde nur noch größer.«

Heiße Wut stieg in Patricia auf. Am liebsten hätte sie sich auf die Nonne gestürzt. Doch das ging nicht. Sie war im achten Monat schwanger, fast so breit wie groß, und ihre rechte Hand schmerzte heftig von der Brandverletzung. »Warum empfinden Sie nur keinerlei Nächstenliebe?«, sagte sie. »Winnie ist wegen ihres Verlusts am Boden zerstört, und Sie? Sie stehen einfach nur grinsend da und machen gehässige Bemerkungen. Was für eine Christin sind Sie eigentlich? Andererseits könnte ich das die meisten anderen Nonnen hier genauso fragen. In den letzten zwei Wochen haben Sie zugesehen, wie die arme Winnie immer stärker gelitten hat, und Sie haben nichts getan, um ihr zu helfen.«

»Ach ja? Wenn du mich fragst, dann trifft niemanden eine Schuld außer sie selbst. Ich habe doch gehört, dass sie sich geweigert hat, für die gequälten Seelen im Fegefeuer zu beten. Sie hat nur bekommen, was sie verdient.«

Carrigbrack war ein gefühlloser Ort, doch so etwas Hartherziges hatte Patricia bisher noch nicht gehört. »Wenn Sie wirklich glauben, was Sie da sagen, dann tun Sie mir leid. Ich bin mir sicher, wenn es einen Gott gibt, dann sieht er, dass Winnie zehnmal so viel wert ist wie Sie. Nein, hundertmal. Ein boshaftes Miststück, das sind Sie!«

Sabina grinste wieder. Patricia wusste, sie musste jetzt gehen. Als sie sich umdrehte, sah sie Schwester Agnes. Sie stand hinter ihr und hatte jedes Wort gehört.

»Sag nicht, ich hätte dich nicht gewarnt«, sagte Agnes, als sich die Schere Patricias Kopfhaut näherte. »Du hast eine Chance nach der anderen bekommen. Ich habe dir sogar erlaubt, an der Beerdigung teilzunehmen, und wie hast du es mir gedankt? Mit einem unflätigen Angriff auf Schwester Sabina.«

»Ich konnte nicht ertragen, wie gemein sie zu Winnie war«, sagte Patricia, während eine Strähne ihrer hellbraunen Haare zu Boden fiel. »Sie ist zu weit gegangen, Schwester.«

»Es ist nicht an dir, einer Frau wie Schwester Sabina, die Carrigbrack seit vielen Jahren dient, vorzuschreiben, was sie sagen kann und was nicht. Du hast sie als *boshaft* bezeichnet! Dabei hat alles, was sie tut, den Anspruch, Mädchen und jungen Frauen wie dir zu helfen. Die durch ihre eigenen Fehler in Schwierigkeiten geraten sind. Du bist bereits so weit in deiner Schwangerschaft, dass ich zögere, dich über den Haarschnitt hinaus zu disziplinieren. Aber wenn du dich noch einmal so aufführst wie gerade eben, werde ich es tun. Also sei jetzt still und akzeptiere deine Strafe.«

Agnes schnitt Strähne um Strähne ab, bis der Boden mit Haaren bedeckt war. Schließlich erklärte sie ihre Arbeit für beendet. »Nimm einen Kehrbesen und feg alles auf«, sagte sie.

Patricia fuhr sich mit der Hand über den Schädel. Von ihrem Haar waren nur noch wenige Zentimeter übrig geblieben.

Sie fand Winnie in ihrem alten Versteck: dem Badezimmer neben dem Schlafsaal. Die Reaktion ihrer Freundin war ebenso unerwartet wie wunderbar. Sie hob eine Hand an den Mund und sagte: »Mann, du siehst ja schauderhaft aus.« Dann kicherte sie.

»Ehrlich gesagt«, erwiderte Patricia, während sie sich im fleckigen Spiegel betrachtete, »habe ich meine Haare eh nie besonders gemocht. Mit ein bisschen Glück wachsen sie jetzt etwas dicker nach.«

»Oder blond.«

»Selbst Agnes kann keine Wunder vollbringen.«

Erneut lachte Winnie. Es war ein kehliges Lachen. »Die heilige Agnes von Carrigbrack, Schutzpatronin der Friseure.«

»Habe ich dir eigentlich mal erzählt, dass ich eine Perücke tragen musste, als der Pater mich herfuhr?«, sagte Patricia. »Weil meine Eltern schreckliche Angst hatten, dass die Nachbarn uns sehen könnten. Vielleicht ist jetzt der Moment gekommen, sie zu entstauben und aufzusetzen.«

»Eine Perücke?« Winnie prustete erneut los.

»Hmm. Ein grauenhaftes Ding, so wie von einer Schaufensterpuppe.«

»So etwas habe ich ja noch nie gehört!«

Es war so wunderbar, Winnies Lachen zu hören und zu sehen, wie das Geisterhafte aus ihrem Blick verschwand, dass Patricia geradezu dankbar für ihren neuen Haarschnitt war.

»Vermutlich ist das eine dumme Frage«, sagte sie und ließ sich behutsam auf dem Boden nieder, »aber wie geht es dir? Ich habe mir vorhin wirklich Sorgen um dich gemacht. So wie alle anderen auch.«

248

Winnie rutschte neben sie. »Ganz ehrlich? Ich weiß nicht, ob ich stark genug für Carrigbrack bin. Ich bin hier von schwangeren Frauen und von Babys umgeben und wusste, dass ich nur eine Aufgabe hatte: ein gesundes Kind zur Welt zu bringen. Aber nicht einmal das habe ich geschafft.«

»So darfst du nicht denken.«

»Ich frage mich wieder und wieder: Hab ich etwas falsch gemacht? Hab ich Diane getötet?«

»Nein, das hast du nicht, Winnie. Und das sind auch keine guten Gedanken. Du musst sie aus deinem Kopf verdrängen.«

Winnie spielte mit dem ausgefransten Saum ihres Rocks. »Auf der Kinderstation hab ich den Nonnen die Schuld gegeben, aber eigentlich wollte ich nur meine Wut an jemandem auslassen. Ich wollte mit dem Finger auf jemand anderen zeigen. In mir drin ist so viel Zorn und Bitterkeit, dass ich daran fast kaputtgehe, und solange ich hier bin, wird sich das nicht ändern.«

Patricia wusste nicht, wie sie mit Winnies Verletzlichkeit umgehen sollte. In Carrigbrack war alles darauf ausgelegt, den jungen Frauen zu vermitteln, dass sie versagt hatten. Als sich in diesem Moment das Baby in ihrem Bauch bewegte, erwähnte Patricia es lieber nicht.

Nach dem allabendlichen Rosenkranz ging sie zu Eunice.

»Ich habe von deinem Haarschnitt gehört«, sagte die Schwester. »Die Bestrafung hast du nicht verdient. Normalerweise versuche ich ja, Sabina zu verteidigen, aber diesmal ist sie wirklich zu weit gegangen. Ich wünschte, ich wüsste, warum sie so hart ist. Vielleicht wird man so, wenn man so lange wie sie in einer Anstalt wie Carrigbrack lebt.«

»Ach, nicht so schlimm«, sagte Patricia. »Wer schaut mich schon an? Allerdings mache ich mir große Sorgen um Winnie. Auch wenn ich sie vermissen werde – sie sollte nach Hause gehen dürfen! Wenn man sie zum Bleiben zwingt, wird sie sich nie von diesem Verlust erholen. Es ist nur eine Frage der Zeit, bis sie wieder auf die Kinderstation geht, und die nächste Mutter wird vielleicht nicht so nett und besonnen reagieren wie Jacinta.«

»Ich weiß auch nicht, was ich tun soll. Ich habe Schwester Agnes bereits gefragt, ob nicht ein Dispens eine Möglichkeit für Winnie wäre, aber sie hat das abgelehnt. Sie meint, es könnte eine falsche Botschaft vermitteln, wenn die Regeln für eine von ihnen aufgehoben werden.«

»Und Winnies Eltern werden für ihre Entlassung wirklich nicht bezahlen?«

»Soweit ich weiß, sind sie sehr arm. Winnie ist das drittälteste von zehn Kindern, ihr Haus hat weder fließend Wasser noch eine Innentoilette. Ob hundert oder eine Million Pfund, das macht für sie keinen Unterschied. Ich glaube, sie könnten noch nicht einmal das Geld für Winnies Busticket nach Hause aufbringen.«

Patricia betrachtete die Nonnen meist nicht als Individuen, sondern als Vollstreckerinnen eines Regimes, die Regeln predigten und vor sündigem Verhalten warnten. Eunice war eine Ausnahme. Unter anderen Umständen hätten sie vielleicht sogar Freundinnen sein können. Patricia hätte gern gewusst, warum Eunice sich für ein Leben als Nonne entschieden hatte. Oder hatte sie keine andere Wahl gehabt? Zwar gewährte sie gelegentlich Einblicke in ihr Leben, verriet dabei aber nicht viel. Patricia hatte erfahren, dass sie eine Schwester hatte und gerne las, aber das war auch schon alles.

Sie wünschte Eunice eine gute Nacht und machte sich auf den Weg zum Schlafsaal. Erneut stieg blanke Wut in ihr auf. Am liebsten hätte sie laut gebrüllt. Was für ein abscheuliches System behandelte ein verzweifeltes Mädchen wie Winnie bloß auf so schäbige Weise? Wie ungerecht musste diese Religion sein, wenn jemand wie Sabina derartiges Gift versprühen konnte, ohne Konsequenzen befürchten zu müssen? Das einzig Positive an ihrer derzeitigen Situation war für Patricia, dass die Ungerechtigkeiten von Carrigbrack sie so sehr beschäftigten, dass sie seit über einer Woche kaum noch einen Gedanken an Mike oder ihre Eltern verschwendet hatte.

Patricia war in der Wäscherei gerade damit beschäftigt, Laken durch die Mangel laufen zu lassen, und verfluchte dabei ihre brandblasenübersäte Hand, als Schwester Agnes keuchend die Tür aufstieß.

»Habt ihr Winnie gesehen?«, fragte sie.

Die Antwort war Nein. Ein Raunen ging durch den Raum.

»Was ist mit dir, Patricia? Wann hast du sie zuletzt gesehen?«

»Heute Morgen beim Frühstück, Schwester. Ist sie nicht in der Küche?«

Agnes sah sie an, als wäre sie dement. »Wenn sie in der Küche wäre, würde ich sie wohl nicht hier suchen, oder?«

»Vermutlich nicht, nein.«

»Haben Sie schon am Grab ihres Babys nachgesehen, Schwester?«, fragte eine der anderen. »Vielleicht brauchte sie einen Moment mit ihrer Kleinen.«

»Da waren wir schon«, antwortete Agnes und sah Patricia durch ihre beschlagene Brille an. »Du kommst mit mir. Der Rest von euch arbeitet weiter.« Sie nickte Faustina zu und ging mit Patricia in den Flur.

»Solltest du irgendeine Ahnung haben, wo Winnie hin ist, dann sag es mir jetzt sofort. Es wäre ein Fehler, sie zu decken. Ein schwerer Fehler. Wenn sie das Gelände verlassen hat, werden wir sie finden und zurückbringen. Verstanden?« Sie war so wütend, dass sie beim Sprechen spuckte.

Patricia wagte es nicht, sich das Gesicht abzuwischen. »Ich versichere Ihnen, Schwester, ich habe sie heute Morgen zum letzten Mal gesehen. Und ich weiß wirklich nicht, wo sie ist! Ehrlich gesagt mache ich mir große Sorgen um sie. Ich glaube, Sie haben keine Ahnung, wie verletzlich sie ist.«

Die Möglichkeit, dass Winnie sich etwas angetan haben könnte, war Agnes offensichtlich noch gar nicht in den Sinn gekommen. Sie schürzte die Lippen. »Was willst du damit sagen?«

»Ich ... bin mir nicht sicher. Ich weiß nur, dass sie in letzter Zeit nicht mehr sie selbst war. Wie auch?«

»Ich verstehe«, erwiderte Agnes, die ganz blass geworden war.

»Kann ich Ihnen helfen, sie zu suchen?«

»Das wäre nicht ratsam.«

Ein düsteres Gefühl machte sich in Patricia breit. »Wenn Winnie sich irgendwo versteckt hält, könnte ich sie vielleicht dazu bringen, wieder zurückzukommen. Sie vertraut mir.« Sie kratzte ihre Hand. »Bitte?«

»Na gut, aber du darfst nirgendwo alleine hingehen. Und bevor du etwas tust, solltest du dir deine Hand verbinden lassen. Das hättest du schon früher tun müssen, damit sie heilt.«

Zwei Stunden lang suchten sie überall. Dann begannen sie wieder von vorne. Sie durchkämmten Felder und Nebengebäude. Sahen hinter jede Hecke, in jedes Dickicht. Sie schauten in alle Räume und Schränke, in jeden Winkel, jede Spalte. Sie durchsuchten die Kirche und den Dachboden. Selbst im nahe gelegenen Dorf erkundigte sich Schwester Agnes nach Winnie.

In Patricia wuchs die Panik. Winnie war nicht in der geistigen Verfassung, um erfolgreich zu fliehen. Selbst wenn sie nicht vorhatte, sich zu verletzen, allein zurechtkommen würde sie auch nicht. Sie war noch immer ein Kind, das den Verlust eines Kindes betrauerte. Oh, und sie trug diese schreckliche Kleidung. Jeder vernünftige Mensch würde sich wundern, woher sie kam. Außerdem hatte sie kein Geld. Sie konnte sich weder ein Busticket kaufen noch eine Nacht in einer Pension leisten. Das Wetter mochte zwar gerade stabil sein, doch das würde nicht lange so bleiben, und in ihrem Zustand sollte sie nicht draußen auf einem Feld oder in einer Scheune schlafen.

Patricia merkte, dass sie zitterte. O Winnie, dachte sie, wo bist du?

Um zehn Uhr abends, als es beinahe schon finster war, gaben sie auf.

»Sie kann doch nicht einfach so vom Erdboden verschwunden sein«, sagten alle. Aber es schien, als wäre genau das der Fall.

Schwester Agnes rief die Polizei an. Der Polizist sagte, seine Leute würden zwar nach Winnie Ausschau halten, aber es habe in der Nähe von Kilfenora einen schlimmen Autounfall und in Ennistymon einen Raubüberfall gegeben. Sie hätten bis über beide Ohren voll zu tun, erklärte er, und ein junges Mädchen, das kein Verbrechen begangen habe, sei nicht ihre oberste Priorität. »Mädchen verschwinden«, sagte er. »Das passiert schon mal.«

Schwester Agnes bekam einen Tobsuchtsanfall. Sie blaffte ihn an, dass Carrigbrack-Ausreißerinnen bisher immer Vorrang vor kleineren Zwischenfällen gehabt hätten und er seinen Mangel an Respekt noch bedauern werde. Aber der Beamte ließ sich davon nicht beeinflussen. Zumindest klang es so, als Schwester Eunice ihnen davon erzählte. Trotz allem musste Patricia grinsen.

In dieser Nacht lag sie in ihrem schmalen Bett und ging die verschiedenen Möglichkeiten durch, wo Winnie sein könnte. Fast alle beunruhigten sie. Jeder Zentimeter ihres Körpers schmerzte. Nach etwa einer Stunde drehte sie das dünne Kissen um. Darunter lag ein Umschlag. Er konnte nur von einem einzigen Menschen sein.

Während es den Frauen normalerweise verboten war,

254

nachts auf die Toilette zu gehen, wurde bei den Hochschwangeren diesbezüglich ein Auge zugedrückt. Also steckte Patricia den Umschlag in den Bund ihres Schlüpfers und schlich dann auf Zehenspitzen ins Badezimmer. Ihr Verstand spielte verrückt. Der Brief war tagsüber noch nicht da gewesen, dessen war sie sich sicher.

Sie öffnete den Umschlag erst, als sie in der Kabine in Sicherheit war. Der Brief war kurz.

Liebste Patricia,
wenn du das liest, bin ich hoffentlich schon weit weg. Es
tut mir leid, dass ich mich nicht von dir verabschiedet
habe, aber ich denke, dass es so am besten war. Hätte ich
bleiben können, wäre ich geblieben. Aber die letzten
Wochen haben mich entzweigerissen, ich habe es einfach
nicht mehr ausgehalten.
Bitte mach dir keine Sorgen um mich. Pass nur gut auf
dich und dein Baby auf. Oh, und wünsch mir alles Gute.
Bitte wünsch mir alles Gute.
Ich bin froh, dass wir Freundinnen geworden sind.
Danke! Ich hoffe, wir sehen uns eines Tages wieder. Und
selbst wenn nicht, verspreche ich dir, dass ich dich nie
vergessen werde.
Liebe Grüße
Winnie

Patricia saß so lange auf der Toilette, wie sie sich traute. Teils war sie erleichtert, teils erschrocken, teils begeistert von den Neuigkeiten. Und wenn sie ehrlich war, war sie auch enttäuscht. Sosehr ihr klar war, dass Winnie hatte fliehen müssen, konnte sie sich doch nicht vorstellen, wie sie ohne sie die Tage in Carrigbrack überstehen sollte. Außerdem hatte sie so viele Fragen! Wie war Winnie mitten am Tag entkommen, ohne entdeckt zu werden? Durch das Loch in der Hecke konnte sie nicht gekrochen sein. Jede, die versucht hätte, auf diesem Weg zu entkommen, wäre innerhalb von zehn Minuten geschnappt worden. Und wie war sie an das Briefpapier und den Umschlag gekommen?

»Gute Reise, meine tapfere, tapfere Freundin«, flüsterte Patricia, dann entriegelte sie die Tür und kehrte in ihren Schlafsaal zurück.

Kapitel 18

Gary

Frank stand vor ihm, in der Ecke der Bar, das Handy mit der Schulter ans Ohr geklemmt, und streckte sich ausgiebig. Gary hatte das Palace gewählt, weil es ein neutraler Ort war, wo Dubliner nachmittags in Ruhe ein Pint tranken und Touristen Erinnerungsfotos voneinander machten. An einem öffentlichen Ort waren sie gezwungen, gesittet miteinander umzugehen.

Die Suche nach seiner leiblichen Mutter war zum Stillstand gekommen. Aus Angst, dass eine zu direkte Annäherung sie erschrecken könnte, hatte er Gráinne Holland einen geschickt formulierten Brief geschrieben. Darin bezeichnete er sich selbst als einen »alten Freund« aus dem Jahr 1971. *Wir haben uns zuletzt im Norden von Clare gesehen*, schrieb er und erkundigte sich, wie ihr Leben verlaufen sei. Zudem schrieb er, er würde sich freuen, wieder Kontakt zu ihr aufzunehmen. Wenn sie seine Mutter war, und davon ging er aus, würde sie die versteckte Botschaft verstehen. Und wenn nicht, hatte er zumindest niemandem geschadet. Bisher hatte sie ihm noch nicht geantwortet.

Die anderen Frauen von Katies Liste waren noch schwerer aufzuspüren. Ihr ursprünglicher Beitrag im Online-forum war zu einem langen Thread geworden, in dem Forumsmitglieder sich über Carrigbrack unterhielten und Tipps austauschten. Einige der Nachrichten bezogen sich auf 1971 und 1972, andere auf frühere oder spätere Jahre. Gary brachte sich jeden Tag auf den neusten Stand. Außer-dem hatte er an zwei Genealogie-Websites DNA-Proben geschickt. Als er in die Röhrchen spuckte, musste er daran denken, wie eine Frau aus Ohio einmal behauptet hatte, er sei der Vater ihres vierjährigen Sohnes. Gary war sich – fast – sicher gewesen, dass er die Frau noch nie zuvor ge-sehen hatte. Damals war er froh gewesen, dass der Test negativ ausgefallen war. Diesmal wünschte er sich, dass seine DNA zu der eines anderen Menschen passte, versuch-te aber, sich keine größeren Hoffnungen zu machen.

Je mehr er über Carrigbrack und das Leid erfuhr, das sich hinter diesen Mauern abgespielt hatte, desto mehr dachte er über seine leibliche Mutter nach. Hatte sie ihr Los widerspruchslos akzeptiert, oder war sie für sich selbst eingetreten? War sie erleichtert gewesen, ihr Baby los zu sein, oder hatte sie darum gekämpft, es zu behalten? War sie musikalisch? Hatte *sie* ihm sein Talent vererbt?

Und was machte sie jetzt? War ihr Leben durch das, was damals passiert war, zerstört worden? Oder war es ihr ge-lungen, Carrigbrack hinter sich zu lassen?

Frank gab ihm ein Pint aus und erzählte ein paar Anek-doten. Eine, die von einem Rennpferd, einem berühmten Gitarristen und einem Billigflug nach Thailand handelte, war besonders unterhaltsam. Geschichten waren schon im-

258

mer Franks Stärke gewesen. Damals, als er angefangen hatte, Black Iris zu managen, als sie noch vier dünne Jungs ohne einen einzigen Penny in der Tasche gewesen waren, hatte er sie damit immer so zum Lachen gebracht, dass sie fast vom Stuhl fielen. Und noch viel wichtiger: Er hatte sie dazu gebracht, an sich selbst zu glauben.

Frank machte nur einen kurzen Stopp in Dublin. Vor zwei Tagen war er noch in Los Angeles gewesen, und am nächsten Morgen würde er schon wieder nach New York fliegen, wo er die meiste Zeit verbrachte. Er war noch immer auf der Suche nach Bands, schloss Deals ab und vermehrte so ständig sein Vermögen. Gary musterte ihn verstohlen. Frank sah besser aus als sonst – hatte er etwas an seinen Augen machen lassen? –, und wie Gary trug er eine vorgebleichte Jeans und eine teure Anzugjacke. Als wäre das ihre Uniform. Beide wirkten sie hier fehl am Platz.

Draußen herrschte der übliche vorweihnachtliche Wahnsinn, die Straßen waren vollgestopft mit Leuten, die shoppten oder auf dem Weg zu einem Drink mit Freunden waren. Frauen trugen bereits um zwei Uhr nachmittags Cocktailkleider, während junge Typen mit einem Plastikgeweih auf dem Kopf und in zwölf verschiedenen Bars so taten, als würden sie nur ein Bier trinken. Die Geschäfte platzten vor Geschenkpapier und Lametta, Conor-McGregor-Postern und billigem Make-up aus allen Nähten. Ganz offensichtlich hatten die Leute mehr Geld als früher. Sie wirkten gepflegter und kamen mehr in der Welt herum. Trotzdem war Dublin zur Weihnachtszeit in vielerlei Hinsicht noch immer die Stadt aus Garys Kindertagen. Glit-

zernd und geschmacklos, schön und dunkel. Dafür hatte
er sie geliebt.

Frank hatte das Treffen arrangiert, um ihn umzustimmen. Das war okay für Gary, damit kam er klar. Er würde
sich zu nichts zwingen oder überreden lassen, was er nicht
wollte. Bereits mehrfach hatten sie wegen der Sache telefoniert. Ray und Liamo hatten ihn ebenfalls kontaktiert,
Anton kommunizierte weiterhin nur über Mittelspersonen mit ihm. Die Pläne für das Wiedersehen machten
Fortschritte. Die Jungs wollten unbedingt wieder ins Studio gehen, sie hatten an neuen Songs gearbeitet, hatten
Ideen.

»Also«, sagte Frank. »Was meinst du? Bist du dabei?«

Gary strich mit dem Finger über sein Glas. »Der Zeitpunkt ist nicht der richtige für mich.«

»Das sagst du immer wieder. Und noch immer verstehe
ich nicht so ganz, warum.«

»Es ist, wie ich dir schon am Telefon erklärt habe. Ich
bin beschäftigt.«

»Bist du nicht. Du verplemperst nur deine Zeit.«

»Das stimmt so ganz und gar nicht, Frank. Falls du vorhin nicht zugehört hast: Ich bin dabei, meine leibliche
Mutter zu finden. Ich hab schon viel Energie in die Sache
gesteckt, sodass meine Liste auf drei Frauen zusammengeschrumpft ist.«

Frank nahm einen großen Schluck von seinem Guinness. »Habe ich dir je erzählt, wo meine Ma aufgewachsen
ist? Bis zu ihrem zehnten Lebensjahr wohnte sie in einem
Mietshaus in der nördlichen Innenstadt. Was für eine run-

tergekommene Bude. Vier Schwestern in einem Bett und eine Toilette für sechs Familien. Ungeziefer ohne Ende.«

»Tut mir leid, das zu hören, aber ich wüsste nicht, was das mit mir zu tun hat.«

»Doch, das weißt du.«

Gary hob eine Schulter, als wollte er sagen: *Und zwar?*

»Was ich damit sagen will, Gar, ist, dass das Leben damals verdammt hart und unfair war. *Alle* hatten es schwer. Und kaum waren wir die Briten los, haben wir das Zepter an den Vatikan übergeben. Aber du darfst dich davon nicht beherrschen lassen! Deine Fixierung auf diese Sache ist nicht … gesund.« Er zeigte in Richtung Tür. »Sieh dir die Stadt da draußen an! Überall wird gebaut. An jeder Ecke stehen Kräne, als hätte es den Finanzcrash nie gegeben. Tausende von Touristen ziehen durch Temple Bar, um Dollars, Pfund, Yen und die Währung, die ihr selbst jetzt hier habt, auszugeben. Jetzt ist nicht der richtige Moment, um sich zu verkriechen und zum Einsiedler zu werden.«

»Aber ich will sie finden, Frank. Unbedingt. Ich will mit ihr reden.«

»Und was dann?«

Gary starrte in sein Bier. »Was meinst du?«

»Was machst du, wenn du sie gefunden hast? *Falls* du sie denn findest. Darfst du dein Leben dann von vorn beginnen? Ich meine, Mann, du hast doch schon eine Familie! Das sind gute Menschen, Gar. Im Vergleich zu vielen anderen hattest du eine tolle Kindheit. Hast du ihnen von deiner fixen Idee erzählt?«

Gary hatte die Suche seinen Eltern gegenüber zwar erwähnt, aber war dabei vage geblieben. Sie wussten nichts von Katie oder Beth oder den Armbändern. Sie wussten auch nicht, dass er Carrigbrack besucht hatte. Er war unsicher, was er Frank erwidern sollte. Ja, Gary hatte eine privilegierte Erziehung genossen. Er war auf eine Privatschule gegangen, weil sein Vater dort unterrichtete und deshalb weniger Gebühren zahlen musste, und hatte als einziger von seinen Freunden die Ferien im Ausland verbracht. Er hatte nie Jeans von einer Billigmarke tragen müssen und rechtzeitig eine Zahnspange bekommen, um seine schief stehenden Zähne zu korrigieren.

»Jep«, sagte er. »Wir reden schließlich miteinander.«

»Schau, was ich nicht kapiere, ist Folgendes: Vor ein paar Jahren wusstest du noch nicht, dass du adoptiert worden bist, und dein Leben war deshalb keinen Deut schlechter. Shay und Lillian haben dich aufgezogen, sie sind deine Eltern! Was also kann dir eine Fremde geben, das du nicht schon hast?«

»Trotzdem kann ich nicht mehr vergessen, was ich erfahren habe, Mann. So einfach ist das.«

Frank schlug sich auf die Knie. »Ich glaube, wir brauchen noch zwei Pints.«

Gary trank sein Glas aus. Neben ihm unterhielten sich zwei Männer mittleren Alters über ihren erhöhten Cholesterinspiegel. Drei Engländerinnen mit Tüten voller Weihnachtseinkäufe zu ihren Füßen planten den weiteren Nachmittag. Plötzlich erschnupperte er den Hauch eines Parfüms. Es erinnerte ihn an jemanden, aber er kam nicht drauf, an wen.

Ein Einsiedler. Das war er für die anderen? Vor einem Monat hatte er probehalber mal wieder einen Zeh in den Dating-Pool getaucht und ein paar Nächte mit einem Model verbracht, das er durch den Freund eines Freundes kennengelernt hatte. Sie war ganz okay gewesen, wenn auch ein wenig Instagram-besessen. Wollten ihre Follower wirklich wissen, was sie trug, wenn sie ins Kino ging und »off duty« war? Als sie sich schrecklich darüber aufregte, dass er sich weigerte, für ihre Seite zu posieren, war ihm klar geworden, dass sie nur eine aufgewärmte Version seiner zweiten Frau, Carly McCall, war. Carly war heiß gewesen, heiß, heiß, heiß. Aber auch total durchgeknallt.

Frank, der inzwischen mit dem Bier zurückgekehrt war, versuchte es mit einer altbewährten Taktik: Er tat, als hätte es die letzten zwanzig Minuten nicht gegeben, und nahm das Gespräch wieder auf.

»Ich habe mich mit Anton getroffen«, sagte er.

»Wie schön«, antwortete Gary so tonlos wie möglich.

»Es geht ihm gut. Ich weiß nicht, wie der Kerl das macht, aber er sieht aus wie 1992. Hast du gehört, dass er völlig clean ist und keinen Tropfen mehr trinkt? Hat das ganze Zwölf-Schritte-Programm hinter sich. Er kann es kaum erwarten, wieder loszulegen.«

Gary sah zur Decke. »Hält ihn niemand auf.«

»Das ist nicht wahr.«

»Tja, so sehe ich das zumindest.«

»Hast du nicht gesagt, du fliegst über die Feiertage nach L.A.? Vielleicht lauft ihr euch ja zufällig über den Weg?«

»Wir reden von Los Angeles, Frank, nicht von Stepaside.

Ich glaube kaum, dass wir bei der Mitternachtsmesse plötzlich nebeneinandersitzen.«

»Wir wollen die Neuauflage von *Overboard* mit Stil rausbringen, mit Klasse.«

»Und ich habe bereits gesagt, dass es mir gerade nicht gut passt.«

Frank legte Gary eine Hand auf den Arm. »Ich behaupte ja nicht, dass ich nicht wüsste, was dein Problem ist ... denn ich weiß es. Aber ich glaube, es ist an der Zeit, es zu klären. Natürlich können wir die Wiedervereinigung der Band auch ohne dich groß vermarkten – und glaub mir, wenn wir müssen, werden wir das tun –, aber viel lieber würden wir dich dabeihaben.«

Overboard war Garys größter Erfolg. Er war stolz darauf. Die Bassline für den Titelsong war sein »Under Pressure«, sein »Dancing in the Moonlight«, sein »Lust for Life«. Allein die Vorstellung, dass irgendein anderer gehypter Typ sie auf einer Bühne spielte, verursachte ihm körperliche Schmerzen.

Und doch ...

»Hör mir zu, Gar«, sagte Frank. »Musik ist dein Leben. Ja, ich weiß, das klingt kitschig, aber es ist nun mal so. Du und Anton, ihr seid das Herz der Band. Du kannst dich nicht ewig verkriechen.«

Den ersten Teil dieser Aussage konnte Gary nicht abstreiten. Musik war schon immer sein Leben gewesen. Seitdem er »Twinkle, Twinkle, Little Star« auf der Tin Whistle gelernt hatte, wusste er, dass er Musiker war. Ja, er hatte sich reichlich anstrengen müssen, aber er war auch zehnfach dafür belohnt worden. Er dachte an das alles: das berauschende Glücksgefühl, wenn sich ein Stück zusammenfügte, jeder Takt und jede Note; die Aufregung auf der Bühne; das Donnern der Gitarren; der Jubel des Publikums, wenn sie die ersten Töne eines bekannten Songs spielten. Black Iris war alles, was er sich je gewünscht hatte. Was hatte er einmal jemanden über einen anderen Musiker sagen hören? Das, was ihn von allen anderen unterschied, hat ihn nie glücklich gemacht. Gary war überzeugt, dass das auf ihn nicht zutraf.

Und doch ...

Die Männer mit dem Cholesterinproblem hatten ihr Gespräch beendet und belauschten stattdessen ihres. Es war ihm egal. Er entzog Frank seinen Arm.

»Erinnerst du dich?«, sagte er. »Damals, als wir noch ganz am Anfang standen und ständig irgendwelcher Scheiß schieflief? Als der Van kaputt ging, ein Verstärker explodierte oder eine Plattenfirma mal wieder freundlich ablehnte? Du hast immer gleich reagiert. ›Niemand ist gestorben, Jungs‹, hast du gesagt. ›Niemand ist gestorben.‹«

»Ich weiß«, sagte Frank langsam.

»Ich kann es nicht beiseiteschieben und so tun, als wäre es nicht passiert.«

»Ist ja nicht so, als wäre es den anderen egal, was damals geschehen ist.«

»Manchmal frage ich mich, ob es nicht doch so ist.«

»Das ist nicht fair.« Frank beugte sich vor. »Und vergiss nicht, dass du mitschuldig bist, ob du dir das nun eingestehen willst oder nicht.«

»Ich habe nie gesagt, dass ich es nicht bin«, erwiderte Gary, bevor er einen großen Schluck von seinem Stout nahm. »Sie hatte übrigens einen Namen, falls du es vergessen haben solltest. Sie hieß Shanna Ellis.«

Es war lange her, seit er den Namen das letzte Mal laut ausgesprochen hatte. Er hinterließ einen metallischen Geschmack in seinem Mund.

»Ich habe sie nicht vergessen«, sagte Frank. »Keiner von uns wird sie jemals vergessen.«

»Wirklich? Wenn du mich fragst, wolltet ihr alle einfach so weitermachen, als wäre nichts passiert.«

Was auch immer Frank sagte, wie auch immer er protestierte, der Tod von Shanna konnte ihn einfach nicht auf gleiche Weise getroffen haben. Frank war schließlich nur einer von denen gewesen, die zuschauten und hinterher den Dreck wegmachten. Gary hingegen, er war Teil der Sache gewesen. Und jetzt trug er die Schuld wie einen Sack voller Steine mit sich rum.

»Weißt du, was du mal wieder brauchst?«, sagte Frank. »Eine Therapie. Du sitzt hier und redest über deine Mutter und über Dinge, die vor fünfzig Jahren passiert sind. Und darüber, dass jeder mutig sein und sich dem stellen muss, was geschehen ist. Aber wenn es um dein eigenes Leben geht, willst du einfach nur weglaufen und dich verstecken.«

»Wow. Willst du etwa behaupten, ich wäre unfair?«

»Ich bin nur ehrlich zu dir, das ist alles. Du musst endlich weitermachen.«

Gary stand abrupt auf, woraufhin die Cholesterin-Männer und die Shopping-Ladys ihn besorgt ansahen.

»Danke fürs Bier«, sagte er, »aber ich brauche so eine Psychoscheiße nicht. Oh, und auch danke dafür, dass du mir bei der Entscheidungsfindung geholfen hast. Ihr könnt euch einen neuen Bassisten suchen.«

Eine halbe Stunde später, und er hätte ihn verpasst. Gary packte gerade seinen Koffer für seine Reise nach L.A., als der Brief eintraf. Er vermutete, dass er von Gráinne war. Kurz zögerte er, ihn zu öffnen, und sagte sich, dass alles schon in Ordnung sein würde, was sie schrieb, so oder so. Wenn sie nicht seine leibliche Mutter war, würde er seine Bemühungen bezüglich der verbleibenden Frauen auf Katies Liste verdoppeln. Er würde einfach weitermachen, bis er sie gefunden hatte. Alles wäre gut.

Er lachte kurz auf. Wem wollte er eigentlich etwas vormachen?

Er hatte hundert Gründe dafür, warum er sich wünschte, dass ihre Nachricht positiv war, wenn auch nicht alle unschuldiger Natur waren. In den kommenden Tagen würde er viel Zeit mit seinen vier Kindern, seiner Ex-Partnerin und seiner ersten Ex-Frau verbringen. Er würde ihnen sagen müssen, dass er Black Iris verließ. »Ihr wisst schon, die Band, wegen der wir uns diesen schicken Lebensstil leisten können«, würde er sagen. »Tja, das ist ab jetzt Vergangenheit. Oder besser gesagt: Die Band wird es weiterhin geben, aber ohne mich.« Sicher wäre diese Nachricht viel leichter zu überbringen, wenn er noch etwas anderes verkünden könnte, eine Art außergewöhnliches Weihnachtsgeschenk. Er stellte sich diesen Tadaaa-Moment vor, in dem er ihnen alles über seine leibliche Mutter und sein neues Leben erzählte.

Vier Tage waren seit seinem Streit mit Frank vergangen. Bisher hatte er nichts von Ray oder Liamo oder sonst jemandem gehört, der etwas mit der Band zu tun hatte. Die Tatsache, dass auch nichts in der Presse oder im Internet erschienen war, ließ ihn vermuten, dass der Manager bisher für sich behalten hatte, dass für ihn, Gary, jetzt Schluss war.

Behutsam öffnete er den Umschlag und entfaltete zwei Blätter liniertes Papier. Gráinne schrieb in kleinen, runden Buchstaben.

Bitte entschuldigen Sie die verspätete Antwort. Hätte ich früher geschrieben, hätte ich das vielleicht im Zorn getan, und das wäre nicht fair gewesen. Trotz des kryptischen Wortlauts habe ich die Bedeutung Ihres Briefes verstanden. Ich weiß nicht, wie Sie mich gefunden haben, aber Sie haben offensichtlich Grund zur Annahme, dass ich Ihre leibliche Mutter bin. Ich hätte mir gewünscht, Sie hätten ein wenig mehr über die möglichen Auswirkungen Ihres Schreibens nachgedacht.
Um die Frage zu beantworten, die Sie anscheinend stellen wollen: Ja, ich habe im August 1971 in Carrigbrack einen Jungen zur Welt gebracht. Ich war jung und hatte noch keine Lebenserfahrung, und der Vater meines Kindes weigerte sich, seine Verantwortung zu übernehmen. Ich hatte keine andere Wahl, als meinen Sohn zur Adoption freizugeben. Obwohl es nicht einfach war, bin ich doch

*zufrieden damit, wie ich gehandelt habe. Damals war es
das Beste, was ich tun konnte. Ich hatte weder das Geld
noch die Unterstützung, um ein Kind großzuziehen.
Mit der Zeit ließ ich das Geschehene hinter mir. Ich traf
einen besseren Mann, wir heirateten und bekamen drei
Kinder. Keiner von ihnen weiß von meinem vierten Kind,
und das soll auch so bleiben.*

Gary hielt inne und verfluchte seine Naivität. Warum hatte er nicht ausgiebiger über die Möglichkeit nachgedacht, dass sie gar keinen Kontakt zu ihm wollte?

*Meine Kinder sind inzwischen Ende dreißig und Anfang
vierzig. Es sind gute Menschen, aber ich weiß nicht, wie
sie reagieren würden, sollten sie die Wahrheit erfahren.
Eines ist jedoch sicher: Meine Ehe wäre vorbei. Stellen Sie
sich nur mal vor: Wie würden Sie sich fühlen, wenn Ihre
Frau Ihnen sagte, dass sie Sie mehr als vierzig Jahre lang
belogen hat?*

Gary fühlte einen Stich in seiner Brust. So hatte es nicht laufen sollen, ganz und gar nicht. In seinem Drehbuch hatte ein emotionales und doch freudiges Wiedersehen gestanden. Mit Tränen, alten Fotos und bedingungsloser Liebe. Trotzdem las er weiter.

*Um jeden noch bestehenden Zweifel auszuräumen, möchte
ich Ihnen hiermit noch einmal klar und deutlich schreiben: Sie sind nicht mein Sohn. Ich kann dies mit Sicher-*

heit sagen, weil mein richtiger Sohn mich vor einigen Jah-
ren über die Adoptionsbehörde gefunden hat. Wir haben
uns ein Mal getroffen, ich habe ihm meine Situation klar-
gemacht, und er willigte ein, mich nicht mehr zu kontak-
tieren. Das hört sich vielleicht hart an, aber ich glaube
nicht, dass ich deshalb schlecht bin. Vielmehr bin ich eine
Frau, die so gut wie möglich mit dem umgehen muss, was
das Leben für sie vorgesehen hat. Ich habe meine Entschei-
dung getroffen und bin damit, wie gesagt, zufrieden. Ich
habe großen Respekt vor meinem ersten Kind, aber meine
Liebe zu ihm könnte niemals mit der zu meinen anderen
Kindern mithalten. Sind die Bindungen einmal gelöst,
können sie nicht unbedingt wieder entstehen.
Es gibt viele von uns, deren Leben in einem sehr labilen
Gleichgewicht ist und die befürchten, dass ein falsches
Wort alles zum Einsturz bringen könnte. Nicht jeder
kann die Vergangenheit wiederaufleben lassen.

Gary legte den Brief beiseite. Der Schmerz in seiner Brust
hatte nachgelassen und einer dumpfen Traurigkeit Platz
gemacht. Gráinne schrieb, sie sei damit, was passiert war,
zufrieden! Aber ihr Leben war auf Lügen errichtet. Glaubte
sie wirklich, ihre Familie würde sie verlassen, wenn sie die
Wahrheit erführe? In seinem Kopf herrschte das reinste
Chaos. Eigentlich sollte er das Ganze positiv sehen: Ihre
Antwort hatte ihn der Lösung des Rätsels noch ein Stückchen näher gebracht. Auf seiner Liste standen jetzt nur
noch zwei Namen. Aber warum fühlte er sich dann so niedergeschlagen? Vielleicht, weil der Brief ihn darauf gesto-

ßen hatte, dass es noch eine andere Möglichkeit gab. Was, wenn Gráinne doch seine Mutter war, ihm aber auf diese Weise eine Abfuhr erteilte?

Auf den Feldern draußen lag eine dünne Schneeschicht. Der Himmel war grau marmoriert. Er sollte langsam aufbrechen. Ein sonnigerer Ort wartete auf ihn. Aber zuvor musste er noch mit jemandem reden.

Katie klang zwar nicht gerade niedergeschlagen, aber auch anders als sonst. Ihre Fragen und Antworten waren nicht so präzise formuliert.

»Schade«, sagte sie, »dann wird dieses Armband vermutlich im Karton bleiben. Es tut mir leid, dass es nicht so gelaufen ist, wie Sie es sich erhofft hatten, aber ...«

»... jetzt sind nur noch zwei Frauen übrig. Ja, ich weiß. Ich wünschte nur, ich würde mich entsprechend optimistisch fühlen.«

»Hoffentlich verurteilen Sie Gráinne nicht für ihre Entscheidung.«

»Ich habe nicht gesagt ...«

»Wissen Sie, wir waren damals deutlich zurückhaltender in unserer Art, Gary. Heutzutage wird von jedem erwartet, dass er in allen Details von seinem Leben erzählt. Wenn er es nicht tut, wird er als geheimniskrämerisch oder verstockt abgestempelt. Beth hat neulich so über jemanden geredet. ›Damit liegst du falsch, mein Schatz‹, habe ich erwidert. ›Unsere Generation ist einfach zurückhaltender. Und ob es Ihnen gefällt oder nicht, aber das ist unser Recht. Als wir jung waren, wurde uns gesagt, wir hätten den Mund zu halten. Niemanden kümmerte es, was wir dachten. So eine Angewohnheit ist schwer abzulegen.‹«

»Die stille Generation«, sagte Gary.

»Ja, genau.«

»Und wie hat Beth reagiert?«

»Sie hat sich ein bisschen aufgeregt, aber sie ist ein kluger Kopf. Ach, ich habe Mitleid mit Gráinne. Es ist ihr sicher nicht leichtgefallen, den Brief zu schreiben.«

»Wenn ich meine leibliche Mutter finde, hat sie hoffentlich eine andere Einstellung zu dem Thema.«

»Und wenn nicht«, sagte Katie, »dann müssen Sie das trotzdem akzeptieren.«

»Vermutlich.« Er hatte eine verständnisvollere Reaktion erwartet. Und ja, er war wütend auf Gráinne. Der Tonfall ihres Briefes gefiel ihm ganz und gar nicht.

»Geht es Ihnen ansonsten gut?«, fragte Katie.

»Warum fragen Sie?«

»Sie klingen, als wären Sie ein bisschen deprimiert. Aber das müssen Sie nicht sein. Sie waren doch schon einmal in einer ähnlichen Situation. Und Sie machen Fortschritte.«

»Ich weiß. Ich weiß.«

»Da ist noch etwas anderes, nicht wahr?«

Gary vermutete, dass Katie und Beth die Spekulationen in der Presse über Black Iris mitbekommen hatten.

»Na ja«, sagte er, »es gibt ein paar Probleme mit der Band. Aber das wird schon wieder.« Was nicht der Wahrheit entsprach, doch heute war nicht der Tag für große Enthüllungen. »Eine lange Geschichte. Vielleicht erzähle ich sie Ihnen irgendwann.«

»Gern. Ich würde mal von mir behaupten, dass ich ganz gut zuhören kann. Auch wenn ich vor ein paar Tagen ein schreckliches Schlamassel angerichtet habe. Das reinste Chaos.«

»Hatte es mit den Armbändern zu tun?«

»Ja. Ich fürchte, ich war jemandem gegenüber nicht feinfühlig genug. Ich hätte wissen müssen, dass er mehr Zeit braucht.«

Vermutlich klang sie deshalb so fertig. Gary überlegte, was er Aufmunterndes sagen könnte, aber ihm fiel nichts ein.

»Sie werden im neuen Jahr die Frau finden, die Sie suchen«, fuhr Katie fort. »Ich bin mir sicher.«

»Ich hoffe, Sie haben recht. Aber erst mal muss ich Weihnachten überstehen.«

»Da sind wir schon zu zweit«, sagte sie.

Kapitel 19

Katie

Heiligabend fuhren sie Richtung Westen. Beth bestand auf die längere Route.

»Jetzt setz mal eine andere Miene auf«, sagte Katie. »Ein bisschen müssen wir uns beide schon Mühe geben. Du freust dich doch sicher darauf, alle wiederzusehen?«

»Das Problem ist«, antwortete Beth, »dass Weihnachten sich endlos hinzieht. Warum können wir es nicht wie die Amerikaner machen? Ein Tag Familie und Völlerei, und dann geht jeder wieder seiner Wege.«

»So war es früher auch. Na ja, allerdings ohne Völlerei ... dafür mit ziemlich vielen Kirchgängen.«

»Du klingst wie Mam, wenn sie uns mal wieder einen Vortrag darüber hält, dass Kinder früher zu Weihnachten mit einer Apfelsine und einem neuen Paar Socken zufrieden waren.« Beth imitierte Margos strengen Tonfall. »Wer mehr wollte, bekam eine ordentliche Tracht Prügel.«

»Glaub das ja nicht. Mam und Dad haben uns noch nicht mal mit Schlägen gedroht, wenn wir andere Wünsche hatten. Wobei ich mir nicht sicher bin, wie sie das heutige Weihnachten fänden.«

Katie versuchte, ihr mulmiges Gefühl zu verdrängen. Sie sagte sich, dass sie Glück hatte, weil ihre Familie überhaupt mit ihr Weihnachten feiern wollte. Es gab so viele Menschen, die nur allzu gerne ein paar Tage in einem großen schicken Haus verbracht hätten. Sie bemühte sich, mit Zuneigung an ihre Schwester zu denken. Es war zu einfach, Margo als jemanden abzutun, der sich hochgeheiratet hatte. Ihr Bedürfnis, im Leben unentwegt Erfolg zu haben, war zwar anstrengend zu ertragen, ebenso wie ihre Manie, ständig das Leben anderer zu organisieren. Aber fairerweise musste man hinzufügen, dass sie tatsächlich viel erreicht hatte. Ihre sechs Kinder waren gebildete, produktive Mitglieder der Gesellschaft. Sie hatte sie liebevoll großgezogen. Ihr Haus war makellos, ihr Garten gepflegt. Sie war stets ansprechend gekleidet, und wer auch immer ihr Gesicht aufhübschte, verstand sein Handwerk. Sie war elegant, unterhaltsam und zäh wie Sattelleder.

Margo lebte in einer Welt des Überflusses, in der Weihnachtsbäume in einer bestimmten Farbe geschmückt wurden, Spa-Wochenenden ein Muss waren und Hochzeiten sich über drei Tage hinzogen. Aber sie hatte das Geld, und es waren ihre Entscheidungen. Sie war in einem sparsamen Haushalt aufgewachsen, in dem Kuchen aus der Bäckerei Luxus und der Kauf eines neuen Handtuchs ein großes Ereignis war. Welches Recht hatte Katie da, sie zu verurteilen?

Sie hätten einander nahestehen sollen. In einer Zeit, in der Familien mit vier oder mehr Kindern die Norm waren, waren sie nur zu zweit gewesen. Doch Margo war ihr ein

Rätsel geblieben. Die Schwestern stritten sich zwar kaum, empfanden aber auch nur wenig Zuneigung füreinander. Sie waren wie parallel zueinander verlaufende Linien, die sich nie berührten.

Weihnachten bei den Linnanes war eine bis ins Detail geplante Angelegenheit. Die Räume des Landhauses waren in Rot, Grün und Silber dekoriert, und an den Bäumen im Garten funkelten weiße Lämpchen. Im Wohnzimmer stand ein echter Weihnachtsbaum, dessen Kiefernduft Nostalgie verströmte. Die Küchenschränke waren gefüllt, die Getränke flossen in Strömen, und die Heizung wurde auf tropisches Niveau hochgedreht. Sogar Ranzo – teils Collie, teils Wer-weiß-was – trug für den Anlass ein spezielles Halsband aus Samt.

Am ersten Weihnachtstag wahrten sie alle eine entschlossene Freundlichkeit. Sie gingen zur Zehn-Uhr-Messe, der einzigen des Jahres, bei der die Kirche voll war. Jeder trug seinen neuen Weihnachtsschal und sang nuschelnd »Stille Nacht« mit. Es gab eine kurze Diskussion darüber, ob man den Familiennamen auf den Umschlag mit der Kollekte schreiben sollte. Margo behauptete, es zu tun wäre vulgär. Außerdem regte sie sich über die Männer auf, die sofort nach dem Abendmahl verschwanden, und über die Mädchen, die neben dem Altar standen und unter ihrem Chorhemd Jeans und Turnschuhe trugen. Was auch immer sich sonst in Danganstown geändert hatte, das richtige Verhalten und das korrekte Auftreten bei der Messe waren anscheinend immer noch eine heikle Angelegenheit. Als alles vorbei war, winkte der Priester seiner Herde einmal kurz zu, gesellte sich aber nicht zu ihr.

»Wir müssen ihn mit Clonbreen und Lacken's Mills teilen«, erklärte Margo dessen Eile. »Der Mann hat kaum Zeit, sich selbst zu segnen.«

Im Laufe des Nachmittags kamen und gingen diverse Brüder, Ehefrauen und Kinder, bis Katie den Überblick verlor, wer wer war. Massenhaft Geschenke wurden verteilt. Sie war gerührt davon, was Beth für sie ausgesucht hatte: ein Gutschein über eine Maniküre (ihre Nichte war geschockt gewesen, als sie ihr vor Kurzem erzählt hatte, dass sie noch nie eine gehabt hatte) und eine scharlachrote Aufbewahrungsbox.

»Der alte Schuhkarton fällt bald auseinander«, sagte sie, woraufhin ihre Mutter sie fragend ansah.

Katie schenkte Beth ein antikes Armband aus Silber und Emaille.

»Wie hübsch!«, rief Beth.

Anschließend saßen sie zu elft beim Abendessen: Margo, Con, Beth und Katie sowie zwei von Beths Brüdern, Barra und Eoin, zusammen mit ihren Frauen und Kindern. Erwartungsgemäß hatte Margo darauf bestanden, fast alles selbst zu machen. Obwohl Katie nie ein Fan von Truthahn (»ein schrecklich zäher, alter Vogel«, laut Johnny) und Rosenkohl (»grüne Kugeln, die nach Pilzbefall riechen«) gewesen war, musste sie zugeben, dass das Essen fantastisch schmeckte. Es grenzte an ein Wunder, dass der Tisch nicht unter dem Gewicht der Speisen zusammenbrach. Zu dem Truthahn servierte Margo außer Rosenkohl Limerick-

Schinken, Möhren, Erbsen, Pastinaken, drei Arten von Kartoffeln, die Reste der Füllung, Bratensaft und Preiselbeersoße. Als Nachtisch standen Plumpudding und Trifle zur Auswahl. Das Trifle-Rezept hatte Margo aus dem neuesten Buch eines beliebten TV-Kochs. Con machte den Fehler zu sagen, dass der Trifle seiner Mutter auch immer köstlich geschmeckt habe. Während der nächsten fünf Minuten warf ihm Margo vernichtende Blicke zu. Schließlich fügte er hinzu, dass seiner Mutter der Plumpudding allerdings nie besonders gut gelungen und der Bratensaft immer zu flüssig geraten sei. Schon war die Harmonie wiederhergestellt.

Nur einem aufmerksamen Zuhörer wäre das Ungleichgewicht in der Unterhaltung am Esstisch aufgefallen. Während der Alltag der Brüder in allen Einzelheiten diskutiert wurde, blieb Beths Privatleben außen vor. Anscheinend war es ihr erlaubt, über ihren Job und über Politik sprechen, aber alles andere war tabu. Zudem wirkte sie weder so geistreich noch so freimütig wie sonst, so als wäre alle Energie aus ihr gewichen. Katie ärgerte sich zunehmend darüber, sagte aber nichts. Überhaupt schwieg sie die meiste Zeit. Abgesehen von den Geräuschen, wenn im Nebenzimmer ein Paar Sex hatte, gab es wohl nichts Einsameres als Weihnachten in einem Haus voller Menschen, wenn derjenige, nach dem man sich am meisten sehnte, nicht mehr da war. Sechs Monate nach Johnnys Tod gierte Katie geradezu nach Intimität. Nicht unbedingt nach Sex – obwohl sie auch an Sex nichts auszusetzen gehabt hätte –, sondern nach den bedeutsamen Blicken, dem verschwörerischen Lächeln und den gemeinsamen Erinnerungen, die eine Beziehung ausmachten; nach den unzähligen subtilen Zeichen, die man nur verstand, wenn man ein Paar war. Sie konnte nur daran denken, dass es all das nicht mehr gab.

Würde Johnny noch leben, wäre sie nicht hier. Nicht dass er Margo nicht gemocht hatte; sie waren sehr unterschiedlich gewesen, und es war ihnen schwergefallen, eine gemeinsame Ebene zu finden. Ihr Mann hatte sich immer bemüht, mit anderen Menschen auszukommen, doch ausgerechnet bei Katies Schwester hatte er es nicht sonderlich versucht. »Genau das ist es, Kateser«, hatte er gesagt. »Sie gehört zur Familie. Deshalb kann ich mich in ihrer Anwesenheit nicht die ganze Zeit anstrengen, mich so gut wie möglich zu benehmen! Unser Beisammensein sollte sich nicht wie Arbeit anfühlen.«

Ein paar Tage zuvor hatte Katie Blumen auf sein Grab gelegt. Obwohl die Leute noch immer Mitgefühl mit ihr hatten und sie fragten, wie es ihr ging, vermutete sie, dass sie im Grunde keine ehrliche Antwort erwarteten. Die Trauer anderer Leute nervte einen mit der Zeit.

Mehr als einmal hatte sie sich gefragt, ob sie ihre Erinnerungen an Johnny zu rosa färbte. Schließlich hatten sie sich durchaus gestritten. Es hatte Zeiten gegeben, in denen sie sich durch seinen übermäßigen Beschützerinstinkt erstickt fühlte. »Pass auf dich auf, wenn du in die Stadt gehst«, hatte er gern gesagt, »es gibt Leute, die klauen dir noch das letzte Hemd.« Oder: »Nicht zu fassen, dass du allein nach Hause gegangen bist! Das ist doch viel zu gefährlich!« Und dann seine Art, dass er ständig darauf bestanden hatte, sich mit flüchtigen Bekannten zu unterhalten, ob die das nun wollten oder nicht. Besonders stark hatte sich diese Eigenart im Urlaub gezeigt, dann war es Katie oft so vorgekommen, als hätte er tatsächlich jedes andere Paar im Hotel gefragt, woher sie kamen und wie ihr Sommer bisher gewesen war. Oh, und dann seine Manie, mit dem Radio zu sprechen! »Was weißt du schon, Kleiner?«, hatte er häufig einem Moderator erwidert. Oder zu einem Politiker gesagt: »Das ist eine glatte Lüge.«

Aber all das war im Endeffekt belanglos gewesen. Johnny und Katie hätten sich fünfzigmal am Tag übereinander ärgern können, und es hätte keine Rolle gespielt. Was zählte, war die Liebe, die sie geteilt hatten.

Außerdem musste Katie unentwegt an die Armbänder denken. Sie war noch immer sauer auf sich selbst, weil sie sich mit Brandon gestritten hatte. Sie hatte bereits überlegt, ihn zu kontaktieren, sich dann aber entschieden, damit zu warten. Wie eine fiktive Amerikanerin irischer Abstammung einmal gesagt hatte: Morgen war auch noch ein Tag.

Am nächsten Morgen brachen alle Dämme. Sie saßen am Küchentisch und frühstückten. Im Hintergrund spielte der lokale Radiosender Countrymusic.

»Gleich kommen die Nachrichten«, sagte Con und drehte den Transistor lauter, der mit seinen gut zwei Jahrzehnten der älteste Gegenstand im Raum war.

Katie lächelte. Sie sagte das auch immer, und für gewöhnlich zog Beth sie dann auf und erwiderte, dass die Welt sich weiterentwickelt habe. »Du kannst die Nachrichten jederzeit auf deinem Handy abrufen«, sagte ihre Nichte, »vierundzwanzig Stunden am Tag, so häufig oder so selten, wie du willst.« Katie wiederum versuchte jedes Mal, ihr zu erklären, dass sie durchaus wusste, was alles möglich war, sich eine fünfzigjährige Gewohnheit jedoch nur schwer ändern ließ.

Die schlammigen Stiefel neben der Tür verrieten, dass Con bereits gearbeitet hatte. Er bewirtschaftete fast sechzig Hektar Land, und selbst zu Weihnachten musste einiges erledigt werden. Wie der seiner Frau war sein Tag vollgestopft mit Aufgaben.

Der Aufmacher der Lokalnachrichten war eine Massenkarambolage kurz vor Kilmitten. Ein Mann war ums Leben gekommen, zwei Frauen lagen im Krankenhaus, ihr Zustand war kritisch.

Beth legte den Löffel weg. »Hoffentlich war weder Ailish noch ihre Familie darin verwickelt.«

»Wer ist Ailish?«, fragte Margo.

Sie hätten sie ignorieren können. Sie hätten lügen können. Aber Katie wollte nicht. Sie hatte genug davon, sich ständig zu verstellen. Vielleicht war in diesem Moment keine vollkommene Offenheit angesagt, aber sie wollte auch nicht mehr alles vor Margo verbergen. Außerdem: Wenn sie schon über ihr Projekt redete, dann am besten in Gegenwart von Beth und Con.

»Ailish ist eine Frau, die nach ihrer leiblichen Mutter sucht«, sagte sie.

»Was?«

»Sie wurde in Carrigbrack geboren«, erklärte Beth. »Als Katie dort gearbeitet hat«, fügte sie noch hinzu.

Dann erzählten sie gemeinsam Con und Margo von dem Schuhkarton mit den Papierarmbändern und davon, was sie bisher alles versucht hatten, um die leiblichen Mütter und ihre Kinder wieder zusammenzuführen. Beide bemühten sich, alles so diplomatisch wie möglich zu erklären, jetzt, wo das Thema zur Sprache gekommen war.

»Wir haben es dir bisher nicht erzählt«, sagte Beth, »weil wir nicht wollten, dass du uns für verrückt hältst.« Sie sah Katie an. »Denn ehrlich gesagt ist das schon eine ziemlich verrückte Sache. Aber auch eine tolle. Du würdest nicht glauben, wen wir dabei alles schon kennengelernt haben ... Gary Winters zum Beispiel.«

Margo presste die Lippen zu einer dünnen Linie zusammen. »Sollte mir der Name etwas sagen?«

»Er ist in dieser Band«, mischte sich Con beeindruckt ein. »Black Iris. Ein Hüne von einem Mann. Ist Gitarrist, oder?«

»Bassist«, sagte Beth.

Margo fummelte an den Ärmeln ihrer grünen Kaschmirjacke herum. Wie immer war ihr Outfit makellos. Ihr cremefarbenes Seiden-T-Shirt und ihre schwarzen Jeans waren schlicht, aber teuer. Ihr aschblondes Haar hatte sie zu einer leicht zerzausten Perfektion geföhnt. Katie spürte, wie ihre Schwester nach Bedenken suchte, die sie vorbringen könnte.

»Ihr seid beide erwachsen«, sagte sie schließlich, »und es

steht mir nicht zu, euch zu sagen, was ihr zu tun oder zu lassen habt. Aber das, was ihr da macht, klingt tatsächlich nicht besonders vernünftig. Sollte so ein Wiedersehen mal schiefgehen, ist doch naheliegend, wem dafür die Schuld gegeben wird.«

»Weißt du, Mam«, erwiderte Beth, »darum kümmern wir uns, wenn es so weit ist.«

»Was ist mit dir, Katie? Glaubst du nicht, du könntest etwas Sinnvolleres mit deiner Zeit anstellen?«

Katie, die sich gerade eine Scheibe Sodabrot gebuttert hatte, dachte kurz daran, wie viel sie bereits erreicht hatten: die E-Mails, die sie erhalten hatten, die Gespräche, die sie geführt hatten, ihre Ratschläge, die zurückgegebenen Armbänder. Die Sache war zu einem unerwartet großen Teil ihres Lebens geworden. Manchmal drohte das Aufeinanderprallen von Vergangenheit und Gegenwart sie zu überwältigen. Dann wiederum fühlte es sich an, als würde sie versuchen, ein Loch in eine Wand aus Granit zu hauen. Stück für Stück. Aber was war die Alternative? Zu Hause zu sitzen, an Johnnys alten Hemden zu riechen und ihre Einsamkeit vor sich hin eitern zu lassen? So hatte sie zumindest die Möglichkeit, die unterschiedlichsten Menschen zu treffen und das Leben aus verschiedenen Blickwinkeln zu betrachten. Sie dachte an die Männer und Frauen, die sie bisher kontaktiert hatten. Sie alle waren Teil eines großen Mosaiks: Erst wenn man ihre ganzen Geschichten kannte, zeigte sich einem das vollständige Bild.

»Nein, das glaube ich nicht«, sagte sie.

Später, als Con draußen war und Beth im Obergeschoss, wurde Margo deutlicher.

»Herrje«, sagte sie, »ich kapiere es einfach nicht! Ich meine, ich kann verstehen, warum Beth das für ein interessantes historisches Projekt hält. Aber du? Dich hätte ich wirklich für klüger gehalten.«

Katie sah sich in der Küche um. Das Glas, der Stahl, der Stein und das Holz schüchterten sie ein. Obwohl Margos Zuhause nur fünf Meilen von dem Haus entfernt lag, in dem sie aufgewachsen waren, fühlte es sich an wie eine andere Welt. Eine von Margo erschaffene Welt, in der sie die Herrscherin war. Katie drehte den goldenen Ehering, den sie immer noch trug. Ihre Schwester war neun Jahre jünger als sie. Sie war die Ältere.

»Bitte sprich nicht so mit mir«, erwiderte sie. »Wie ich dir schon gesagt habe: Ich bin froh, das Richtige zu tun.«

»Und ich glaube nicht, dass du ausreichend darüber nachgedacht hast. Ist diese Sache mit den Armbändern ... ist das eine Art verzögerte Reaktion auf Johnnys Tod? Fühlst du dich jetzt vielleicht ... frei genug, um über diese Zeiten zu reden?«

»Ich verstehe deine Bedenken, Margo. Natürlich tue ich das. Aber hier geht es nicht um dich. Wir haben bereits viel erreicht, und ja, wir sind wild entschlossen weiterzumachen. Beth ist einfach fantastisch! Sie unterstützt mich und ist sehr verständnisvoll.«

Sie sahen einander in die Augen. Margo hob an, etwas zu sagen, ließ es dann aber bleiben. Sie hatte noch nie gerne über die Vergangenheit gesprochen. Und obwohl sie in der Nähe von ihrem Zuhause geblieben war, redete sie nur selten über ihre Eltern. Wenn, dann auf scherzhafte Art, wie Beth mehrmals erwähnt hatte. In solchen Momenten sagte sie, dass die Armut ihrer Kindheit sie an das Buch *Die Asche meiner Mutter* erinnerte, und schalt ihre Söhne und ihre Tochter, sie wüssten ihr Glück nicht zu schätzen.

Dachte Margo tatsächlich so über ihre Kindheit und Jugend? Erschien sie ihr im Rückblick wirklich ausschließlich trostlos, oder hatte sie auch glückliche Erinnerungen? Das Gedächtnis, dachte Katie, war offenbar besonders unzuverlässig, wenn es um die eigene Geschichte ging. Selbst in Johnnys zufriedener Familie war es immer wieder zu Meinungsverschiedenheiten gekommen. Es schien, als erzählte ein Mitglied eine Geschichte aus seiner Kindheit, nur damit ein anderes sagen konnte: »Aber so war das doch überhaupt nicht.«

»Du brauchst dir keine Sorgen zu machen«, sagte sie jetzt und hoffte, überzeugend zu klingen. »Vertrau mir.«

Margo wickelte sich eine Haarsträhne um den Finger. »Versuch nicht, meine Bedenken kleinzureden. Bist du dir sicher, dass Johnnys Tod nicht dein Urteilsvermögen getrübt hat?«

»Das ist nicht fair.«

»Es ist eine legitime Frage.«

»Ich tue das, was ich tue«, sagte Katie, »weil ich glaube, dass wir damit Menschen helfen können.«

»Und wenn ich nicht einverstanden bin?«

Katie zwang sich, ruhig zu bleiben. Es gab zwar nie einen guten Zeitpunkt für einen ernsten Streit mit Margo, aber dieser war definitiv der schlechteste. Wenn sie noch lauter reden würden, würde Beth sie hören. Die Atmosphäre beim Abendessen am Vortag noch allzu gut in Erinnerung beschloss Katie, das Thema zu wechseln.

»Ich meine es ernst, was ich über Beth gesagt habe. Sie ist wirklich unglaublich. Ohne sie hätte ich gar nichts hinbekommen. Ich weiß, sie hat ihren eigenen Kopf, aber du kannst stolz auf sie sein.«

»In der Tat: Sie hat ihren eigenen Kopf«, erwiderte Margo bedeutungsschwer.

»Ach, Margo.«

»Sag nicht ›Ach, Margo‹ zu mir. Du weißt nichts über unsere Beziehung.«

»Ich weiß, dass sie nicht glücklich darüber ist, wie du sie behandelst.«

Margo hob die Hand, als wollte sie Katie einfach aus dem Weg schlagen. »Ich habe ja keine Ahnung, was Beth dir erzählt hat, aber sicher hat sie sich die Wahrheit schön zurechtgebogen.«

»Das ist nicht fair. Ich habe dir gesagt, wie ich die Situation empfinde.«

»Hör zu, ich bin nicht so übertrieben fromm, wie du denkst. Hättest du eine eigene Tochter, würdest du mich verstehen.«

Die Worte trafen Katie wie ein Schlag mit einem nassen Handtuch. »Lass uns nicht streiten«, erwiderte sie. »Ich wollte dir nur sagen, dass du dich glücklich schätzen kannst, eine solch tolle Tochter zu haben.«

Margo überlegte wohl gerade, was sie darauf erwidern

sollte, als die Küchentür aufschwang und Beth hereinkam. Katie fürchtete, ihre Nichte könnte alles gehört haben, doch zum Glück deutete ihr flotter Gang darauf hin, dass dem nicht so war.

»Hat sich jemand Neues wegen Carrigbrack gemeldet?«, fragte Katie.

»Nein. Aber Robyn hat eine Mail geschrieben, in der sie dir kleinlaut ein frohes Fest wünscht. Brandon erwähnt sie merkwürdigerweise nicht.«

»Wahrscheinlich haben sie unterschiedliche Ansichten, was Eddie betrifft.«

»Armer Brandon.«

»Du hast deine Meinung über ihn geändert? Ich hätte nicht gedacht, dass du irgendwann Mitleid mit ihm hast.«

Beth setzte sich an den Tisch. »So weit würde ich auch nicht gehen, aber er strahlt schon etwas Trauriges aus. Und er ist so unglaublich verkrampft. Als du ihm von Eddie erzählt hast, hat er sich so angespannt, als würde er sich zum Einbalsamieren bereit machen. Aber das wollte ich eigentlich gar nicht erzählen. Ich habe gute Neuigkeiten.«

Die Auseinandersetzung mit Margo schmerzte immer noch, aber Katie befahl sich, sich auf Beth zu konzentrieren. »Schieß los.«

»Ich habe Ailish vorhin eine Nachricht geschickt. Es ist alles gut. Niemand aus ihrer Familie war bei dem Unfall dabei. Und da ich gerade an sie dachte, beschloss ich, noch einmal ein bisschen über Chrissie zu recherchieren. Der alte Mann aus Hackett's Cross hat doch gesagt, sie sei nach London gegangen. Also dachte ich, ich schaue mal nach, ob sie vielleicht in irgendwelchen britischen Archiven erwähnt wird. Ich bin davon ausgegangen, dass die Recherche in England genauso schwer sein würde wie hier, und in gewisser Weise scheint es auch so zu sein. Es gibt eine offizielle Stelle, an die man sich per E-Mail wenden kann, und noch ein paar Websites, bei denen man sich aber erst anmelden muss. Dann habe ich jedoch eine Seite gefunden, auf der Leute Bilder von Geburts-, Todes- und Heiratsdokumenten posten. Immer nur jeweils eine oder zwei Zeilen daraus ... nichts, was man nicht veröffentlichen dürfte.«

»Und?« Katie sah zu Margo hinüber. Ungeachtet dessen, was sie gerade noch gesagt hatte, hörte ihre Schwester Beth gespannt zu. Kein Wunder – wen interessierten die Familiengeheimnisse anderer Leute nicht?

»Ich hab also Chrissies Namen eingegeben und bin darauf gestoßen, dass eine Christine M. Culligan 1978 in West-London geheiratet hat.«

»Unsere Chrissie muss damals zwanzig oder einundzwanzig gewesen«, dachte Katie laut nach. »Also ja, das würde durchaus passen. Und die mittlere Initiale stimmt auch. Stand da auch der Name ihres Mannes?«

Beth kam näher. »Jein. Nur ein Nachname, Mulcahy. Ich war schrecklich aufgeregt, aber dann dachte ich, dass es nicht so einfach sein kann. Vermutlich würde meine Recherche bald in einer Sackgasse feststecken oder sich herausstellen, dass sie doch nicht die Frau ist, nach der wir suchen. Also habe ich Chrissie Mulcahy bei Google eingegeben, und es kam tatsächlich ein Ergebnis für diesen Namen.«

»Und, ist es die richtige Chrissie?«, fragte Katie, die die Antwort bereits kannte. Das zufriedene Strahlen auf Beths Gesicht war eindeutig.

»Mhm. Warte nur, bis du sie siehst.« Beth wischte über den Bildschirm ihres Handys und hielt es dann Katie hin. »Das ist hundertpro die richtige Chrissie. Unglaublich, oder?«

Kapitel 20

Ailish

Als die Nachricht eintraf, säbelte Ailish gerade den letzten Rest Truthahnfleisch vom Knochen. Aus einer Zeitschrift, die sie im Hotel gefunden hatte, hatte sie ein Rezept herausgerissen und wollte einen Auflauf machen. Keith war im Wohnzimmer und schaute fern, Stevie war mit Freunden unterwegs. Obwohl es noch nicht vier Uhr war, wurde es bereits dunkel. Vor ein paar Stunden hatte sie den Kamin angezündet, und es herrschte eine träge Nachweihnachtsstimmung. Erschöpft von den Feierlichkeiten des Vortages freute Ailish sich darauf, gleich etwas ausruhen zu können.

Da Beth sie bereits wegen des Autounfalls angerufen hatte, wunderte sie sich, als eine SMS von Katie einging.

Können Sie reden?

Eher nicht. Ailish hatte den Signalton ihres Handys bereits leiser gestellt, damit Keith das *Dingdong* nicht hörte. Er würde sonst nur Fragen stellen.

Beth schickt Ihnen gleich eine E-Mail. Es ist sehr wichtig!!
Ich hoffe, es sind gute Neuigkeiten?
Ja!!

Katie hatte ihr gegenüber noch nie ein Ausrufezeichen benutzt, und jetzt waren es gleich vier.

Es folgte eine letzte SMS: *Wenn Sie den Artikel gelesen haben, rufen Sie mich an (wenn Sie können).*

Artikel? Wollten Katie und Beth ihr einen Zeitungsausschnitt über Carrigbrack schicken? In dem Chrissie vielleicht erwähnt wurde? Vom Wohnzimmer aus hörte Ailish das vertraute Schnarchen. Keith war eingeschlafen.

Mache ich, tippte sie.

Sie zog ihren Mantel an und schlüpfte in ihre Stiefel. Ihr Herz klopfte so laut, dass sie befürchtete, ihr Mann könnte es hören. Verstohlen öffnete sie die Haustür und schloss sie hinter sich. Sie schlich die Straße entlang, als wäre sie auf der Flucht, und bog an der nächsten Ecke noch auf den Kennedy Crescent ab, bevor sie einen Blick in ihren E-Mail-Account riskierte.

Der Artikel stammte aus einer Londoner Zeitung namens *The Irish Herald* und war etwa fünf Jahre alt. Er trug die Überschrift »Die Frau, die zuhört«.

Ailish vergrößerte das Foto. Die Unterschrift musste sie nicht mehr lesen, sie wusste es auch so. Mit dem Finger zeichnete sie den Umriss von Chrissies Gesicht nach. Die ernsten Augen, die dünnen Lippen, sogar die Lücke zwischen ihren Vorderzähnen: Ailish kannte das alles. Es starrte sie jeden Tag aus dem Spiegel an.

»Du bist es«, sagte sie.

Sie musste sich setzen. Dass der Fußweg nass war, spielte keine Rolle. Sie hätte in der Mitte eines reißenden Flusses sitzen können und es nicht bemerkt. Der Artikel war viel länger als erwartet. Und er handelte einzig und allein von Chrissie.

Als Chrissie Mulcahy im Alter von sechzehn Jahren nach London kam, hatte sie bereits mehr durchgemacht als viele Menschen in ihrem gesamten Leben. Chrissie, die ursprünglich aus Clare stammt, war erst dreizehn, als sie von einem älteren Nachbarn vergewaltigt wurde.
»Es war«, sagt sie, »eine andere Welt. Damals benutzten wir das Wort ›Vergewaltigung‹ nicht. Wir kannten auch keine Ausdrücke wie ›pädophil‹ oder ›Missbrauch‹. ›Belästigung‹ – so hätten es die Leute höchstens genannt.«
Man machte der jungen Chrissie klar, dass sie eine Schande sei, nicht nur für ihre Familie, sondern für das gesamte Dorf.
»Ich glaube, meine Eltern haben nicht wirklich verstanden, was mir angetan worden war«, sagt sie. »Ich wurde in ein Mutter-Kind-Heim namens Carrigbrack gesteckt und hatte schreckliche Angst. Die meisten der Mädchen dort waren älter als ich, und in diesem Alter können sich nur ein oder zwei Jahre Altersunterschied wie eine ganze Generation anfühlen. In den ersten Wochen habe ich ständig geweint und gebetet, Gott möge mich während des Schlafs zu sich nehmen.«
Wie sie in ihrer gemütlichen Küche in Shepherd's Bush sitzt, ist es schwer, die selbstbewusste, kompetente Frau, die Chrissie heute ist, mit dem verängstigten Mädchen in Einklang zu bringen, das nur noch sterben wollte. Die meisten ihrer Erinnerungen an Carrigbrack sind düster.

»Es wäre falsch, alle Nonnen als grausam zu bezeichnen«, sagt sie. »Eine war sogar sehr nett zu mir. Bis heute glaube ich jedoch, dass eine oder zwei von ihnen tatsächlich abgrundtief böse waren. Noch dazu ließ das System damals schlechten Menschen freie Hand. Dieses System war giftig. Böse.«

Mit vierzehn Jahren brachte Chrissie eine Tochter zur Welt. Als das kleine Mädchen sechs Monate alt war, wurde Chrissie angewiesen, es zu waschen und für ein Foto anzuziehen. Das Foto wurde nie gemacht. Stattdessen wurde das Baby ohne ihr Wissen an einen unbekannten Ort gebracht und von Fremden adoptiert. Das war das letzte Mal, dass sie ihre Tochter gesehen hat.

Die nächsten zwei Jahre arbeitete sie auf den Feldern von Carrigbrack. »Es war ein Knochenjob«, erzählt sie mit traurigem Lächeln. »Trotzdem fiel es mir schwer zu gehen. Ich wollte nicht nach Hause. Ich fürchtete mich vor dem, was mich in der Außenwelt erwartete.«

Schließlich willigte Chrissie ein, eine andere junge Mutter nach London zu begleiten. Das war Anfang 1974. Für ein Mädchen, das vorher noch nicht einmal in Dublin gewesen war, war London ein Schock.

»Ich bin in einer Gemeinde von knapp dreihundert Menschen aufgewachsen«, sagt sie lachend. »Sie können sich also vorstellen, wie ich auf mein neues Zuhause reagiert habe. Ich weiß noch, wie ich aus dem Bus an der Victoria Coach Station stieg und dachte, ich würde in dieser Stadt keine Woche überleben. An diesem ersten Morgen habe ich mehr Menschen gesehen als in meinem ganzen vorherigen Leben.«

Chrissie arbeitete als Putzfrau. Sie besuchte Abendkurse in Stenografie, lernte Schreibmaschineschreiben und fand einen Job in einem Versicherungsbüro. Dort begegnete sie Iggy Mulcahy. Sie heirateten 1978 und bekamen drei Kinder: Donna, Kirsty und Diarmuid. Heute ist die Küche der Mulcahys voller Fotos ihrer Enkelkinder.

Damals war es nicht ungewöhnlich, dass Frauen die Tatsache verheimlichten, dass sie bereits ein Kind zur Welt gebracht hatten. Doch Chrissie entschied sich, die Wahrheit zu sagen. »Es war eine Überwindung. Aber ich hoffte, Iggy würde es verstehen. Wenn nicht, wäre er nicht der richtige Mann für mich gewesen.«

Er verstand nicht nur, er versprach Chrissie auch, ihr zu helfen, sollte sie sich jemals dazu entschließen, nach ihrer Tochter zu suchen. In den Neunzigerjahren versuchte sie endlich, sie zu finden, aber an welche Stellen sie sich auch wandte, überall stieß sie auf Hindernisse.

»Mir wurde gesagt, dass keine Aufzeichnungen über uns vorhanden sind. Es war, als hätte es uns nie gegeben«, sagt sie. »Einmal wurde ich gefragt, ob ich mir die Geburt nicht nur eingebildet hätte.«

Bei der Erinnerung füllen sich ihre großen grauen Augen mit Tränen. »Ich kann nur darauf vertrauen, dass meine Tochter ein liebevolles Zuhause gefunden hat und das Leben gut zu ihr war«, sagt sie.

Nachdem es ihr nicht gelungen war, ihre Tochter zu finden, gründete Chrissie eine Selbsthilfegruppe für irische Frauen, die in Mutter-Kind-Heimen oder Magdalenenhäusern ihre Babys zur Welt gebracht hatten.

»Die jüngere Generation kann selbst entscheiden, wie sie leben will«, sagt sie. »Die Frauen in dieser Gruppe hatten hingegen keine Wahl. Sie wurden absolut unwürdig behandelt. Und auch ihren Partnern wurde kein Mitspracherecht darüber eingeräumt, was mit ihren Babys geschah.«

Chrissie erinnert sich, einmal eine Statistik gelesen zu haben: 1967 wurden 97% der in Irland außerehelich geborenen Kinder zur Adoption freigegeben. Anfangs konnte sie das nicht glauben. Es klang zu extrem. Aber es stellte sich heraus, dass die Zahlen stimmen.

Als sie über die Frauen spricht, die Schreckliches durchgemacht haben, wird Chrissie lebhafter, und ihre West-Clare-Herkunft macht sich in ihrem Akzent bemerkbar. »Nicht nur jede Stadt kennt so eine Geschichte«, sagt sie, »auch jedes Dorf. Jede Straße. Es war die Cousine, die verschwunden ist; die Nachbarin, die mit einem Mal bei der Tante lebte, vorgeblich, um sie zu unterstützen; die Freundin, die plötzlich nach Dublin gezogen ist. Sie alle wurden verbannt, ihrer aller Leben hat sich für immer verändert.

Als ich jünger war, hätte ich über nichts davon sprechen können. Jahrelang habe ich meine Wut unterdrückt. Doch dann brach sie schließlich hervor. Ich musste etwas tun, und so entstand die Selbsthilfegruppe.«

Seit fast zwanzig Jahren ist Chrissie Mulcahy nun ein bekanntes Gesicht unter den in London lebenden Iren. Sie setzt sich für die Frauen ein, die die Zeit in den Heimen überstanden haben, und berät sie.

»Ich hatte sehr viel Glück«, sagt sie mit der für sie typischen Bescheidenheit. »Viele andere haben nach allem, was sie erlebt haben, ein sehr viel schwierigeres, kaputtes Leben geführt. Einige hatten das Gefühl, in Stille leiden zu müssen. Vierzig oder fünfzig Jahre später versuchen sie noch immer, mit einem Stigma fertigzuwerden, das sie nie verdient haben.«

Sie erzählt von einer Frau, deren Baby im Heim starb und die dafür nie eine Erklärung erhalten hat. »Wir leben heute in einer Zeit, in der das Muttersein zelebriert wird. Erst neulich war diese Frau in einem Geschäft. Sie nahm eine Zeitschrift in die Hand, auf deren Titelseite eine Promi-Mutter abgebildet war, die sagte, seit sie ein Baby habe, leuchte die Welt für sie in einem anderen Licht. Die arme Frau rannte weinend aus dem Laden. Auch nach all den Jahren ist der Schmerz nicht verschwunden.«

Durch die Selbsthilfegruppe sind viele der Frauen zu Freundinnen geworden. Chrissie sagt, sie können untereinander offener und ehrlicher reden als mit anderen Menschen. »Wir fühlen uns miteinander verbunden«, sagt sie. »Es ist, als hätten wir zusammen einen Krieg überstanden.«

Dieses Wochenende wird Chrissie Mulcahy im Londoner Irish Centre der Lifetime Achievement Award verliehen. Als Anerkennung für ihre Lobbyarbeit und ihre Kampagnen. Vor allem aber für ihre Bereitschaft, den Geschichten anderer zu lauschen.

»Als ich ein junges Mädchen war, wollte mir niemand zuhören«, sagt sie. »Ich weiß, wie viel Schaden so angerichtet wird.«

Was ihre eigene Geschichte betrifft, so hofft Chrissie, dass sie eines Tages wieder mit der Tochter vereint sein wird, die ihr genommen wurde. In der Zwischenzeit lässt sie im Fenster eine Kerze brennen für das Mädchen, das sie nie kennengelernt hat.

Als sie den Artikel zu Ende gelesen hatte, setzte Ailish sich auf die Bordsteinkante. Sie spürte, wie ihr die Tränen übers Gesicht liefen. Ihre Zähne klapperten, nicht vor Kälte, sondern vor Schock und Freude und vor hundert anderen Empfindungen, die sie sich nicht erklären konnte. Aus irgendeinem Grund hatte sie bisher immer geglaubt, ihre leibliche Mutter sei eine schwache, von dem Missbrauch gebrochene Frau. Stattdessen war sie eine Heldin.

Nach ein paar Minuten rief sie Katie an. Ihre Finger fühlten sich dick und unbeholfen an, als ob sie jemand anderem gehörten.

»Und?«, sagte Katie.

»Danke«, antwortete Ailish. Das war alles, was sie sagen konnte. »Danke.«

»Das geht auf Beths Konto. Die ganze Zeit war Chrissie in der Öffentlichkeit – eigentlich zum Greifen nahe. Und sie hat sogar nach Ihnen gesucht.«

»Ich kann kaum glauben, dass ich nie auf diesen Artikel gestoßen bin. Als ich das Bild sah, wusste ich sofort, dass sie die Richtige ist.«

»Sie sind Ihr wie aus dem Gesicht geschnitten, das stimmt. Fairerweise muss man sagen, dass Sie erst kürzlich

auf die Londoner Fährte gestoßen sind und ihren Ehenamen nicht kannten. Wie geht es Ihnen jetzt?«

»Ich bin … vollkommen überwältigt. Sie ist … einfach
unglaublich.«

»Ja, das ist sie. Was für eine Kraft sie ausstrahlt! Und
dann ist sie auch noch wortgewandt. Sie hat mir aus der
Seele gesprochen. Ein fantastischer Mensch!«

»Ich weiß«, sagte Ailish halb lachend, halb weinend.
»Und wieder fühle ich mich völlig klein und unzureichend.«

»Jetzt kommen Sie mir nicht so, Ailish Dwan! Verstanden?«

»Entschuldigen Sie. Ich bin mir nicht sicher, ob es bei
mir schon richtig klick gemacht hat. Außerdem … ich
habe ja schon geahnt, dass sie missbraucht wurde, aber es
schwarz auf weiß zu lesen, ist noch mal etwas anderes.«

»Ja, eine schockierende Geschichte. Kein Wunder, dass
die Leute in Hackett's Cross nicht darüber reden wollten.«

Ailish war erstaunt, wie emotional Katie klang. »Das
Einzige, was mir Sorgen bereitet, ist …«

»Die Tatsache, dass der Artikel bereits fünf Jahre alt ist?
Machen Sie sich keine Gedanken. Beth hat noch ein bisschen weitergeforscht und eine Facebook-Seite der irischen
Gemeinde in London gefunden. Anfang des Jahres wurde
ein Foto mit Chrissie gepostet. Sie ist ja erst einundsech-
zig.«

»Bitte sagen Sie Beth Danke von mir.«

»Das werde ich. Sie ist auch vollkommen außer sich vor
Freude. Oh, und sie ist auch noch auf ein paar andere
Artikel gestoßen, in denen Chrissie erwähnt wird. Ich bin

während der Feiertage bei meiner Schwester, aber auch hier können wir alles ausdrucken. Wir schicken es Ihnen ins Hotel, okay? Wann gehen Sie wieder arbeiten?«

»Schon morgen.«

»Ah, verstehe. Wäre es möglich, dort bei Ihnen vorbeizuschauen, was meinen Sie?«

»Ich wüsste nicht, was dagegenspräche.«

Nachdem sie aufgelegt hatten, blieb Ailish noch einen Moment sitzen und versuchte zu verdauen, was sie über Chrissie erfahren hatte. Inzwischen war es dunkel, und zum Halbmond hatten sich ein paar Sterne gesellt.

Ein Nachbar und seine Tochter rissen sie aus den Gedanken. Das junge Mädchen saß auf einem rosa Fahrrad.

»Wie geht's, Ailish?«, rief ihr Nachbar. »Alles in Ordnung da unten auf dem Bordstein?«

»Alles ganz wunderbar, Lar«, erwiderte Ailish. »Hallo, Saoirse. Wie ich sehe, hat der Weihnachtsmann dir ein tolles neues Fahrrad gebracht.«

»Ja«, sagte Saoirse im wichtigen Ton einer Siebenjährigen. »Es war ein sehr gutes Weihnachten.« Sie schenkte Ailish ein Lächeln, das so breit wie eine Klaviertastatur war, wenn auch eine mit ein paar fehlenden Tasten.

»Das war es in der Tat«, erwiderte Ailish und rappelte sich auf.

Sie spürte, wie das Glücksgefühl zunehmend von ihr Besitz ergriff. Morgen würde sie versuchen, Chrissies Telefonnummer herauszufinden. In der Zwischenzeit musste sie nach Hause gehen, Truthahnauflauf machen, ihre Arbeitsklamotten bügeln und so tun, als wäre alles normal.

Die drei saßen in Beths Auto. Da gerade kein Hotelzimmer frei war, war das der einzige Ort, an dem sie sich ungestört unterhalten konnten. In der Nähe tschilpte ein Vogel.

»Wir haben noch mehr Neuigkeiten«, sagte Katie. »Besser gesagt, Beth hat sie.«

»Das Zentrum, in dem sich Chrissies Selbsthilfegruppe trifft, hat eine Website. Auf der habe ich eine Kontaktnummer gefunden – und ich bin mir ziemlich sicher, dass es Chrissies Nummer ist.«

Ailish klatschte in die Hände. »Das ist ja unglaublich!«

»Normalerweise«, fügte Katie hinzu, »würde ich niemandem empfehlen, aus heiterem Himmel seine biologische Mutter anzurufen. Aber durch den Artikel wissen wir ja, dass Chrissie Sie finden will.«

»Ich habe die Ausschnitte hier hineingelegt«, sagte Beth und gab Ailish einen großen braunen Umschlag, auf dessen Rückseite die Telefonnummer stand. »Sie können ihr auch erst eine E-Mail schreiben, wenn Ihnen das lieber ist.« Sie lächelte. »Ich hätte nie gedacht, dass ich mal braune Umschläge auf Hotelparkplätzen übergeben würde. Tja, aber das passiert, wenn man mit Katie Carroll zusammenarbeitet.«

Ailish lachte und starrte das Kuvert an. »Ich bin vollkommen überwältigt. Ich werde Ihnen nie genug danken können.«

»In gewisser Weise«, sagte Katie, »haben Sie uns schon genug gedankt.«

»Wie meinen Sie das?«

»Das, was hier gerade geschieht, beweist mir, dass es sich lohnt, die Armbänder zurück- und mein Wissen weiterzugeben.«

»Bitte zweifeln Sie nie daran«, sagte Ailish.

Sie unterhielten sich noch eine Weile über Weihnachten und boten einander das Du an. Ailish erzählte von ihren Enkelkindern und zeigte ihnen Fotos auf ihrem Handy, Katie erwähnte ihre Schwester, Beths Mutter, die während der Feiertage von der Sache mit den Armbändern erfahren hatte. Ailish wunderte sich, dass es so klang, als würde sie Katies Engagement nicht gutheißen. Andererseits, welches Recht hatte sie, über schwierige Familien zu urteilen? Bisher hatte sie Keith nicht gesagt, dass sie ihre leibliche Mutter gefunden hatte.

»Wir müssen jetzt los«, sagte Beth schließlich. »Wenn du mit Chrissie gesprochen hast, melde dich bitte.«

»Das werde ich«, versprach Ailish. »Ihr erfahrt als Erste, wie es gelaufen ist.«

Sie ging direkt ins Zimmer 215, die Dolmen-Suite. Ein so wichtiger Anruf hatte das beste Zimmer im Hotel verdient. Ailish hatte die meiste Zeit ihres Lebens damit verbracht, sich auf diesen Moment vorzubereiten. Sie hatte ihn sich mindestens zehntausendmal vorgestellt, aber das machte es nicht leichter. Sie saß in einem der riesigen rotweißen Sessel, zählte bis zehn, dann wählte sie die Nummer.

Nach dreimaligem Klingeln meldete sich ein Mann. »Hallo?«

»Hallo, ist da Mr Mulcahy?«

»Ja, Iggy Mulcahy. Wie kann ich Ihnen helfen?« Er hatte einen englisch-irischen Akzent.

»Hi, ähm ... Mein ... Entschuldigung, ich fange noch mal von vorne an. Also, mein Name ist Ailish Dwan, aber mein Geburtsname war Jacqueline Culligan.«

Der Mann am anderen Ende schwieg kurz. »Ich verstehe ... Oh ... Wirklich?«

»Ich versuche seit einer Weile, meine leibliche Mutter zu finden, und ... nun, Sie wissen vermutlich, wer ich bin. Tut mir leid, dass ich Sie, glaube ich, zu Hause anrufe, aber ich habe diese Nummer bekommen und wollte ...«

»Sie müssen sich nicht entschuldigen. Es ist nur eine unglaubliche Überraschung, von Ihnen ... von dir zu hören, das ist alles. Wo wohnst du, Ailish?«

»In Clare. In Kilmitten. Bin nicht weit gekommen.«

»Das macht doch nichts«, sagte Iggy freundlich. »Puh, ich habe eine Million Fragen – und ich kenne eine Frau, die wahrscheinlich noch eine Million mehr hat. Sie wird das erst mal verarbeiten müssen.«

»Wenn mein Anruf ein zu großer Schock ist, kann ich Ihnen ... dir meine Nummer geben, und sie kann sich bei mir melden. Oh, und ich kann ein Foto schicken, damit ihr wisst, dass ich keine Betrügerin bin oder so. Wir sehen uns wirklich ähnlich.«

»Keine Sorge. Darüber kannst du mit Chrissie reden.«

Die Hintergrundgeräusche ließen vermuten, dass Iggy eine Treppe hinaufging. Dann wurde der Ton gedämpfter, als hätte er eine Hand auf den Hörer gelegt. Schließlich sagte er: »Ich gebe dir meine Frau.«

Einen Moment später hörte sie eine zögerliche Stimme. »Hallo? Ist da Ailish?«

Ailishs ganzer Körper kribbelte. »Hallo, Chrissie«, antwortete sie.

Einen Moment lang herrschte Stille, als müsste Chrissie sich sammeln. Dann sagte sie: »Ich habe fast fünfzig Jahre darauf gewartet, mit dir zu sprechen, und trotzdem weiß ich jetzt nicht, was ich sagen soll. Könntest du vielleicht etwas erzählen, damit ich dir zuhören kann? Das würde ich wirklich gern.«

Chrissies Stimme war melodisch. Obwohl nur noch ein Hauch ihres Clare-Dialekts zu hören war, klang sie doch unverkennbar irisch.

»Mir geht's genauso«, sagte Ailish. »Seit ich mich erinnern kann, habe ich mich auf diesen Moment vorbereitet, und jetzt ist mein Kopf vollkommen leer.«

»Erzähl mir von dir, Liebes. Darüber, wo du bist und was du tust. Hast du Familie? Wo bist du aufgewachsen? Und wie hast du mich gefunden? Ich hatte die Hoffnung auf ein Wiedersehen schon fast aufgegeben.«

Ailish überraschte sich selbst, indem sie erzählte und erzählte. Rathtuskert Manor hätte sich um sie herum in Staub auflösen können, sie hätte es nicht bemerkt. Sie sprach über ihre Kinder und Enkelkinder, über Keith und ihre Adoptiveltern, über Kilmitten und ihre Arbeit. Aber auch wenn nichts von dem, was sie sagte, gelogen war, war es auch nicht ganz die Wahrheit. Sie hoffte, dass es andere Gespräche geben würde, in denen sie offener sein könnte. Auch ihr war bewusst, dass dies ein besonderer Augenblick war. Ein ein bisschen seltsamer, ein ein bisschen unangenehmer.

Und ein ganz wunderbarer.

Die Chrissie, mit der sie telefonierte, war nicht so gesprächig wie die Frau in dem Artikel. Ihre Worte kamen nur stoßweise. Gelegentlich verfiel sie in Schweigen, dann wieder sprachen sie beide gleichzeitig. Irgendetwas an ihrer Stimme ließ Ailish vermuten, dass sie im Liegen telefonierte. Allerdings war es mitten am Tag, weshalb das keinen Sinn machen würde.

Ailish erzählte Chrissie, wie sie sie gefunden hatte. Dass eine Mischung aus Zufall und Entschlossenheit sie in die richtige Richtung geführt hatte.

»Wenn Katie und Beth nicht gewesen wären«, sagte sie, »würde ich immer noch nach dir suchen.«

Sie erzählte von Katies Notizbuch und dem Schuhkarton mit den Armbändern. Was sie verschwieg, war, dass ihr eigenes Armband in einem Glas auf dem Nachttisch in Asche verwandelt worden war. Chrissie konnte sich nur vage an Katie erinnern, was verständlich war. Die beiden hatten sich vor beinahe fünfzig Jahren das letzte Mal gesehen. Damals war Katie bereits eine berufstätige Frau gewesen, Chrissie hingegen ein schüchterner Teenager.

Während sie sprachen, begann es draußen zu dämmern. Das Telefon im Hotelzimmer klingelte zweimal. Bestimmt würde ihre Vorgesetzte vom Housekeeping bald nach ihr suchen. Ausnahmsweise war Ailish das egal. Niemand, nicht einmal Keith, könnte ihr diesen Tag verderben.

Chrissie sprach über ihre anderen Kinder und deren

Kinder. Als sie von Ailish erfuhr, dass sie bereits Urenkel hatte, musste sie lachen. »Das ist ja furchtbar!«, sagte sie glucksend. »Ich bin doch noch viel zu jung, um schon Urgroßmutter zu sein.«

»Ich habe so viele Fotos von ihnen«, sagte Ailish. »Du würdest nicht glauben, wie viele!«

»Doch, das glaube ich dir. Ist die Welt nicht verrückt geworden, dass alle ständig alles fotografieren müssen? Meine Enkelkinder denken, ich lüge, wenn ich sage, dass es nur ein einziges Foto von mir gibt, das in der Zeit entstanden ist, bevor ich nach London kam.« Sie hielt inne. »Von dir habe ich gar keins.«

»Wenn du mir deine Handynummer gibst, schicke ich dir nachher welche.«

»Könntest du mir auch welche von deinen wunderbaren Kindern schicken? Ich will sie unbedingt sehen.«

Erst jetzt bemerkte Ailish, dass Chrissie weinte. »Ich wollte dich nicht aufregen«, sagte sie.

»Oh, Liebes, wie könnte ich *nicht* weinen? Heute ist einer der besten Tage meines Lebens!«

»Das finde ich auch. Würdest du mir dann auch ein paar Bilder schicken? Ich kann es kaum erwarten, meine Familie zu sehen.«

»Natürlich. Warte nur, bis sie hören, dass du aufgetaucht bist. Sie werden schrecklich aufgeregt sein.« Wieder eine Pause, diesmal eine längere. »Könntest du mich bald besuchen, was meinst du?«

Ailish hatte gehofft, diese Frage zu hören, und sich gleichzeitig davor gefürchtet. Chrissies Ehemann schien sie

305

in jeder Hinsicht zu unterstützen, während sie selbst auf sich allein gestellt war. Früher hatte sie sich vorgemacht, Keith würde schon noch zur Besinnung kommen, wenn sie erst ihre leibliche Mutter gefunden hätte. Eine Zusammenführung würde ihn milde stimmen, hatte sie gedacht. Doch in den letzten Monaten war ihr klar geworden, dass dem vermutlich nicht so war.

Sie sehnte sich danach, Chrissie zu sehen. Sie wollte sie umarmen, sie küssen, ihre Hand halten und ihr sagen, wie stolz sie war, eine so außergewöhnliche Frau zur leiblichen Mutter zu haben. Allerdings würden sie sich heimlich treffen müssen, und dafür müsste Chrissie zu ihr nach Irland kommen.

»Ich hatte gehofft«, sagte sie, »dass du vielleicht herkommen könntest.

»Wenn es am Geld scheitert …?«

»Nein«, antwortete Ailish ein wenig zu schnell. »Nein, überhaupt nicht.« Notfalls könnte sie ja Stevies College-Rücklage dafür verwenden.

Chrissie seufzte, und ihre Stimme zitterte, als sie sagte: »Ich habe das nicht erwähnt, weil ich einen so fantastischen Tag nicht ruinieren wollte. Es ist nur so … mir ging es in letzter Zeit nicht besonders gut.«

Ailish schloss die Augen. Sie hätte es wissen müssen. Die Hinweise waren da gewesen.

»Aber das ist kein Grund zur Sorge«, fuhr Chrissie fort. »Es steckt noch viel Kampfgeist in mir. Anfang des Jahres wurde bei mir Brustkrebs festgestellt. Ich hatte eine Mastektomie, und dann brauchte ich eine Chemo. Zum Glück war die vor Weihnachten zu Ende. Jetzt werde ich noch bestrahlt, kann also nicht aus London weg.«

»Das tut mir leid«, sagte Ailish. »Ich hatte ja keine Ahnung.«

»Natürlich nicht. Trotzdem ... wie gesagt, im Moment kann ich nicht reisen. Um ehrlich zu sein, war meine Stimmung auch ziemlich am Boden. Aber so ist das während einer Chemo, nicht wahr? Jetzt jedoch, dein Anruf ... das ist, als wäre ich für die letzten Monate entschädigt worden. Oh, und falls du dir Sorgen machst, mein Krebs ist nicht erblich. Danach habe ich mich erkundigt.«

Hektisch dachte Ailish nach. Sie würde nach London reisen müssen, aber selbst wenn es ihr gelänge, an einem Tag hin- und zurückzufliegen – Keith würde es trotzdem herausfinden. Er müsste schön dumm sein, wenn nicht, und was auch immer zu seinen Schwächen zählte, Dummheit nicht. Bei dem Gedanken, es ihm zu sagen, zuzugeben, dass sie entgegen allen Versprechen weiter nach ihrer Mutter gesucht hatte, hatte sie einen sauren Geschmack im Mund. Sie fürchtete sich vor den Folgen. Seit dem Tag, an dem er ihr Armband vernichtet hatte, bereitete sie sich innerlich auf seinen nächsten Wutanfall vor.

Ihr wurde klar, dass Chrissie immer noch auf eine Antwort wartete. »Ich würde dich gerne besuchen kommen«, sagte sie schließlich. »Wann passt es dir am besten?«

Kapitel 21

Damals – Patricia

Über eine Woche lang glaubten sie alle daran, dass Winnie noch gefunden würde. Unmöglich konnte sie verschwunden sein. Schließlich konnte man aus Carrigbrack nicht fliehen, wie Schwester Agnes gerne sagte, und in den seltenen Fällen, in denen es einem Mädchen doch gelungen war, war es bald darauf wieder zurückgebracht und bestraft worden.

Jeden Tag erwartete Patricia, ihre Freundin wiederzusehen. Mehr als einmal glaubte sie, sie entdeckt zu haben, in der Messe oder im Refektorium. War das nicht ihr geschorener Kopf? Ihr schreitender Gang? Aber immer war es jemand anders.

Jede hatte so ihre Theorie, was mit Winnie geschehen war. Einige davon wirkten plausibel, andere höchst merkwürdig. Eine Frau behauptete, Winnie sei durch das Loch in der Hecke geschlüpft und habe sich einer Gruppe von Zigeunern angeschlossen. Eine andere meinte, sie sei noch immer in Carrigbrack und verstecke sich auf dem Dachboden. Eine dritte war überzeugt davon, dass sie nicht mehr am Leben war. Schwester Sabina habe sie getötet und

308

auf dem Kartoffelacker begraben. Dass einige der Mädchen dieser Theorie glaubten, sagte viel über Sabinas Ruf aus.

Mutter Majella hielt eine Rede über Beihilfe zu sündigem Verhalten, und Schwester Agnes bestellte alle Frauen und Mädchen, die mit Winnie befreundet waren, einzeln in ihr Büro. Doch jede von ihnen beteuerte, nichts über ihr Verbleiben zu wissen.

Patricia verschwieg den Brief, den sie noch am selben Abend, als sie ihn fand, im Futter ihres Koffers versteckt hatte. Dabei hatte sie überrascht festgestellt, dass die Perücke fehlte. Vermutlich hatte Winnie sie mitgenommen. Patricia war froh, dass sie das verfluchte Ding nie wieder tragen konnte.

Nach und nach setzte sich eine Erklärung durch, die durchaus realistisch war. Eine der Krankenschwestern, Rita Farragher aus Galway, besaß ein Auto. Am Tag von Winnies Verschwinden war sie nach Ennis gefahren, um sich neue Sandalen zu kaufen. Niemand, nicht einmal Agnes oder Sabina, glaubte, dass Rita Winnie bewusst geholfen hatte – Rita liebte Regeln. Wahrscheinlicher war, dass Winnie sich irgendwie im Kofferraum des alten Ford Anglia versteckt hatte. Wie sie aus dem Kofferraum wieder rausgekommen und wohin sie anschließend gegangen war, wusste niemand.

Als die Tage zu Wochen wurden und der Juli in den August überging, zeichnete sich ab, dass Winnie nicht mehr zurückkommen würde. Patricia war sich nicht sicher, ob sie an Gott glaubte, fragte sich aber, was er – falls es ihn denn gab – wohl von den Grausamkeiten hielt, die in seinem Namen in Carrigbrack begangen wurden. Und da sie sowieso schon gezwungen wurde, viel Zeit auf den Knien zu verbringen, konnte sie genauso gut beten. Sie betete dafür, dass Winnie in Sicherheit war und dass ihr eigenes Baby gesund zur Welt kommen und Schwester Sabina irgendeine schmerzhafte Krankheit heimsuchen würde. Es fiel ihr schwer, den Menschen gegenüber, auf die sie so wütend war, nicht ausfallend zu werden – Faustina und Sabina, aber auch gegenüber der Krankenschwester, die dabei gewesen war, als Winnies Baby starb.

Dann kam der Wetterumschwung. Zwar hielt die Hitze an, aber am einst so blauen Himmel zogen schwere Wolken auf, die Richtung Erde gedrückt wurden. Die Nacht war erfüllt von gleißend hellen Blitzen und Donnerdröhnen.

Mehr und mehr dachte Patricia über ihr Baby nach; wie es wohl aussehen, ob es ein Junge oder Mädchen sein würde. Sollte es ein Mädchen sein, würde sie es nach ihrer Freundin nennen. Nicht Winnie, sondern Gretta. Ihr richtiger Name.

Sie dachte auch an Mike und fragte sich, ob sein anderes Kind wohl schon auf der Welt war. Was für eine bizarre Situation, dass ihr Junge oder ihr Mädchen ein fast gleichaltriges Geschwisterkind haben sollte. Obwohl sie nicht mehr mit Mike zusammen sein wollte, verübelte sie ihm seine Entscheidung, bei Vera zu bleiben. Es wäre einfacher, wenn Patricia schlecht über seine Frau denken könnte, wenn sie sie als habgierig oder hässlich oder dumm abtun könnte. Aber bisher hatte sie nie etwas Unsympathisches über sie gehört.

Ihre Mutter schickte weiterhin langweilige Briefe, in denen die einzigen erwähnten Personen krank oder tot waren. Sie waren voller Details über Beerdigungen, die große Besuchermengen angezogen hatten. Bei dem Tempo, in dem die Leute zu sterben schienen, würde wohl bald niemand mehr im Dorf wohnen, dachte Patricia. Sie fühlte sich schlecht, weil sie ihre Eltern enttäuscht hatte, aber nicht so schlecht, dass sie wieder mit ihnen unter einem Dach leben wollte. Wenn sie Carrigbrack verlassen würde, müsste sie sich ein eigenes Leben aufbauen. Dann würde sie gerne in einer Stadt leben, in der niemand wusste, wer sie war. Sie wollte nicht von Gerüchten verfolgt werden. Der Gedanke, dass ihr Verhalten überwacht werden würde, sei es von ihren Eltern oder von den örtlichen Klatschweibern, war ihr unerträglich.

An diesen Abenden fiel es ihr schwer einzuschlafen, und als es ihr dann doch endlich gelang, hatte sie heftige Albträume, in denen es von fremden Menschen wimmelte. Immer rannte sie oder fiel sie hin, und manchmal schrie sie panisch laut auf. Meist zischte das Mädchen im Bett nebenan dann ein genervtes »Psst!«, und Patricia schreckte aus dem Schlaf hoch. Manchmal hatte sie das Gefühl, ihr Verstand und ihre Nerven würden in Flammen stehen, dann wieder vergaß sie vollends, wo sie war. Für einen Moment war sie wieder zu Hause und betrachtete ihr altes Ich wie aus weiter Ferne. Sie hatte nicht viele Freiheiten gehabt, sicher nicht so viele wie die Frauen in Büchern und

Filmen, aber zumindest ein paar. Sie befürchtete, nie wieder frei zu sein.

Was würde Mike von ihr halten, würde er sie so sehen? Ohne Lippenstift und Parfüm. Ohne langes Haar. Sie hätte nichts zu einem Gespräch beizutragen. Nichts Gehaltvolles, nichts Amüsantes. Es war hart, derartig ausrangiert zu werden. Jeden Tag nagte das Gefühl an ihr, nicht mehr dazuzugehören. Mike war der einzige Mann, mit dem sie bisher geschlafen hatte. Was wäre, wenn er auch der letzte sein würde? Was, wenn ihre Eltern recht hätten und niemand mehr an ihr interessiert wäre?

Eines Morgens setzte sie sich von der Gruppe Frauen ab, die auf dem Weg in die Wäscherei waren, und besuchte Dianes Grab. Kurz blitzte der Gedanke auf, welches Risiko sie damit einging. Aber ihr Baby war in den nächsten Wochen fällig und somit die Bandbreite der möglichen Strafen begrenzt. Außerdem: Es war unwahrscheinlich, dass Winnie jemals zur Ruhestätte ihrer Tochter zurückkehren würde. Und noch unwahrscheinlicher war es, dass jemand anders sie besuchen würde. Bald würde Gras über die Stelle wachsen, und niemand würde wissen, dass dort ein kleines Mädchen lag.

Kaum hatte sie das Grab erreicht, setzte Regen ein. Große Tropfen fielen, erst langsam, dann immer schneller, bis sie in Bächen über Patricias Gesicht liefen und das, was von ihrem Haar noch übrig war, an ihrer Kopfhaut klebte. In der Luft lag der herrlich erdige Geruch von Regen, der auf trockenen Boden fällt. Als sie auf den Gedanken kam, im Inneren Schutz zu suchen, war es bereits zu spät. Sie war durch und durch nass, und ihre Kleidung klebte an ihrem Körper.

Es war Agnes, die sie schließlich fand. »Ich verzweifle noch an dir«, sagte sie.

»Ich tue doch nichts Böses, Schwester.«

»Das lass mal besser mich beurteilen«, erwiderte die Nonne, bevor sie sie wieder nach drinnen beorderte.

Noch am selben Abend verkündete Agnes nach dem Rosenkranz, alle weiteren Gespräche über Winnie seien ab sofort untersagt.

Am nächsten Tag wurde Jacintas Baby zur Adoption freigegeben. Lorcan war erst sechs Wochen alt und ein sogenanntes Premium-Kind: geboren von einer gesunden jungen Frau aus einer guten Familie. Was erklärte, warum sich die Leute geradezu um ihn rissen, während die Kinder ärmerer Frauen kaum beachtet wurden. Einige waren bereits zwei oder drei Jahre alt, wenn sie endlich in eine Adoptionsfamilie kamen. Schon merkwürdig, dachte Patricia, wie mit ihren Babys umgegangen wurde. Einerseits waren sie nicht so wichtig wie die Söhne und Töchter von verheirateten Frauen. Hatten keine Liebe oder Zuneigung verdient. Andererseits waren sie wertvolle Güter. Als man Lorcan fortbrachte, wimmerte Jacinta wie ein Welpe. Eines der anderen Mädchen versuchte, sie zu trösten, wurde dafür aber sofort von Agnes gescholten. Zwei Tage später verließ auch Jacinta Carrigbrack. Ihre Eltern besaßen genügend Geld, um ihre Entlassung beziehungsweise ihren Aufenthalt zu bezahlen. Ein paar junge Frauen versammelten sich, um ihr Lebewohl zu sagen, wurden aber von Sabina zur Arbeit zurückbeordert.

In dieser Woche wurde ein weiteres Mädchen adoptiert. Ihre Mutter, siebzehn und spindeldürr, war froh darüber.

»Ihr Vater ist ein Vollidiot«, sagte sie. »Jetzt bin ich zum Glück nicht mehr an ihn gebunden. Ich hoffe, ihre neue Familie ist stinkreich und schenkt ihr all die Dinge, die ich nie hatte.«

Jeden Morgen fragte sich Patricia, ob nun endlich der Tag gekommen war, an dem ihr eigenes Kind das Licht der Welt erblicken sollte. Die Arbeit in der Wäscherei wurde immer unerträglicher. Patricia war viel zu rund, um bei einer solch hohen Temperatur zu arbeiten. Und ihre verbrannte Hand heilte nur langsam. Wenn sie erst einmal ein eigenes Leben führte, beschloss sie, würde sie sich die beste Waschmaschine zulegen, die man für Geld kaufen konnte. Lieber würde sie verhungern, als sich noch mal so zu schinden.

Im Großen und Ganzen hielten sich alle an Agnes' Anweisung, kein Wort mehr über Winnie zu verlieren. Es war, als hätte sie nie existiert. Und genau das sagte Patricia eines Abends auch zu Eunice, die sie auf dem Korridor traf.

»So ist es vermutlich am besten«, erwiderte die Schwester. »Die Spekulationen sind völlig außer Kontrolle geraten.«

»Sie meinen also, Schwester Sabina hat sie nicht getötet und im Kartoffelacker verscharrt?«

Eunice verkniff sich rasch ein Lachen. »Das müsste schon eine Verzweiflungstat gewesen sein.« Sie zwinkerte ihr zu. »Schließlich würde Sabina auf keinen Fall die Kartoffelernte gefährden wollen. Ich würde sagen, wenn, dann hat sie sich fürs Kohlfeld entschieden.«

Patricia seufzte. »Da lachen wir und machen Witze über Winnie, während sie vielleicht irgendwo im Straßengraben schläft – oder an einem noch schlimmeren Ort.«

»Machst du dir Sorgen um sie?«

»Ja.«

Eunice sah sich kurz um. »Das brauchst du nicht«, sagte sie, und ihre Stimme war kaum lauter als ein Flüstern.

»Was meinen Sie damit?«

»Das ist alles, was ich sagen kann, aber glaub mir, du musst dir keine Sorgen um sie machen.«

Eunice lächelte und setzte ihren Weg durch den Flur in Richtung Kinderstation fort.

Kapitel 22

Brandon

An den Weihnachtstagen herrschte eine frostige Stimmung. Wenn sie nicht gerade miteinander stritten, erholten sie sich vom letzten Streit oder sammelten Kraft für den nächsten. Langes Schweigen wurde durch säuerliche Bemerkungen unterbrochen. Brandon hatte gehofft, dass Robyn mit der Zeit seine Entscheidung akzeptieren würde. Stattdessen versteifte sie sich auf ihre Ansichten und ließ keine Gelegenheit aus, ihn wissen zu lassen, dass er das Gespräch mit Katie Carroll vollkommen falsch angegangen war.

Er räumte sogar ein, dass ein Teil der Schuld bei ihm lag. Er war zu schnell zu gereizt gewesen. Aber er war schließlich in einen Hinterhalt gelockt worden! Wer würde vor Eddies Geschichte nicht zurückschrecken? Und warum hatten Robyn und Katie ihm immer wieder gesagt, wie er zu reagieren habe? Es war, als gäbe es so etwas wie ein Spektrum angemessener Reaktionen und er hätte mit seiner danebengelegen.

Das Carrigbrack, das Katie beschrieben hatte, war noch schlimmer als erwartet. Wer brauchte schon dystopische

Romane und Filme, wenn es Heime dieser Art noch in der jüngsten Vergangenheit gegeben hatte? Er verstand nur nicht, warum Katie dort geblieben war. Eines war sicher: Er hatte Glück gehabt, Irland entkommen zu sein. Einem Land, in dem unmenschliches Verhalten anscheinend die Norm gewesen war. Wie viele Menschen sich wohl jahrelang einer Therapie unterziehen hatten müssen, weil man ihnen dort etwas Schreckliches angetan hatte? Die psychiatrischen Kliniken in Irland mussten sich immer noch eine goldene Nase verdienen.

Wieder und wieder sagte er sich, dass seine Bindung zu seinen Adoptiveltern wesentlich und dauerhaft war. Art und Ellen hatten ihn ausgewählt, aufgezogen und sich um ihn gekümmert. Und er selbst hatte alles gegeben, um sein Leben selbst zu gestalten. Was ihn betraf, so war das das Wichtigste. Wie hieß es so schön? Das war seine Identität.

Unmittelbar nach dem Gespräch mit Katie war er erneut versucht gewesen, die beiden Armbänder wegzuwerfen. Ihre Existenz zog ihn herunter. Allein die Angst vor Robyns Reaktion hatte ihn davon abgehalten.

Normalerweise vermied Brandon Streit. Es kam ihm nutzlos vor, ja zerstörerisch. Er war gut darin, in einer heiklen Situation die richtigen besänftigenden Worte zu finden, Kompromisse zu machen. Niemand konnte ein Thema eleganter wechseln oder ein Gespräch ruhiger beenden. Bisher hatte er gedacht, dass auch Robyn nicht viel von Auseinandersetzungen hielt. Wie hatte er sich doch geirrt! Wie ein Tiger im Käfig lief sie durchs Haus und zählte alle Gründe auf, warum er nach Eddie und Linda suchen sollte.

»Du gehst davon aus, dass das so einfach ist«, erwiderte er. »Wenn Katie mir eines klargemacht hat, dann, dass es äußerst schwierig ist, einen bestimmten anderen Menschen zu finden.«

»Schwierig, aber nicht unmöglich.«

»Ich verstehe wirklich nicht, warum dir das so wichtig ist.«

»Und *ich* verstehe nicht«, antwortete sie, »warum es *dir* nicht wichtiger ist.«

»Das ist unfair. Ich sage ja nicht, dass ich nie nach ihnen suchen werde. Ich sage nur: nicht jetzt.«

Sie drehten sich im Kreis, brachten immer wieder dieselben Argumente vor, bis einer von ihnen – normalerweise er – einen Weg fand, die Argumentation des anderen zu entkräften. Es kam ihm vor, als würde er Sprengstoff über Kopfsteinpflaster tragen. Ein falscher Schritt, und – *bumm!* – alles, was ihm wichtig war, würde mit einem Knall in die Luft fliegen. Seine Gewissheiten schienen nicht mehr gewiss zu sein. Sie bekamen Risse.

Anfang Januar, an einem Tag, an dem Boston von den Ausläufern eines Sturms gebeutelt wurde, kam er von der Arbeit nach Hause und fand Robyn im Schlafzimmer. Ihr schwarzer Koffer thronte in der Mitte des Bettes, umgeben von sauber gefalteten T-Shirts. Er hatte ihre Fähigkeit, systematisch zu packen, schon immer bewundert.

»Ich fahre zu Zinzi«, sagte sie. »Ich brauche eine Auszeit.«

Zinzi war eine alte College-Freundin, die als TV-Nachrichtensprecherin in Miami arbeitete.

»Warum hast du mir nichts davon gesagt? Wolltest du etwa einfach so gehen?« Die unausgesprochene Frage hing im Raum: Verlässt du mich für immer?

Sie legte ein fuchsiafarbenes Top in den Koffer. »Ich habe mich erst heute Morgen entschieden. Auf der Arbeit haben sie sich bereiterklärt, ein paar Termine zu verschieben. Und natürlich wäre ich nicht gegangen, ohne mich von dir zu verabschieden.«

Brandon fragte sich, was sie bei der Arbeit gesagt hatte. Der Januar war die geschäftigste Zeit des Jahres für Personal Trainer. Mit »Neues Jahr, neues Ich«-Kunden konnte man ein Vermögen verdienen. Er vermutete, dass Robyn nicht die Wahrheit gesagt hatte.

»Wenn du mir Bescheid gegeben hättest, hätte ich mitkommen können«, sagte er. »Ich habe noch Urlaub vom letzten Jahr übrig, und auch wenn es nicht einfach geworden wäre, hätte ich wahrscheinlich ...«

»Das wäre keine gute Idee gewesen. Ich fahre nach Florida, um Spaß zu haben, nicht, um mich zu streiten.«

»Ich will mich ja gar nicht streiten! Du bist doch diejenige, die immer wieder damit anfängt. Ich will nur ein ruhiges Leben. Ich meine, komm schon, Robyn, wir sind *verheiratet*. Du kannst nicht einfach so allein in den Urlaub fahren.« Brandon hörte sich an wie ein Kind, das unbedingt mit den älteren Jungs und Mädchen spielen will.

Sie faltete ein blaues Kleid aus Gingham-Stoff, sein Lieblingskleid, zusammen und legte es in den Koffer. Es folgten eine weiße Hose, ein roter Pullover und ein rosafarbener Schal. Sie nahm eine Menge Klamotten mit. Wie

319

lange wollte sie in Florida bleiben? Nicht zum ersten Mal beschlich ihn das Gefühl, dass Robyn woanders hingehörte, zu jemandem, der ihr ähnlicher war.

Selbst zwei Jahre nach ihrer Heirat fiel es ihm manchmal noch schwer zu glauben, dass sie seine Frau war. Alles andere Gute in seinem Leben war mit Anstrengungen verbunden gewesen. Er hatte immer hart arbeiten und Opfer bringen müssen. Robyn auf der Party eines Klienten zu treffen war dagegen reiner Zufall gewesen. Ein Wunder, dass sie sich in ihn verliebt hatte. Natürlich hatte es vor ihr andere Frauen gegeben, aber keine dauerhaften Beziehungen, keine, die sein geordnetes Leben durcheinandergebracht hatte.

»Vielleicht«, sagte sie, »hast du gerade den Finger in die Wunde gelegt. Ich will kein ruhiges Leben.«

»Ich bin älter als du. Meine Prioritäten sind andere. Ich dachte, das wäre für dich okay.«

Sie drapierte noch zwei Paar Sandalen auf ihre Kleidung und schloss dann den Koffer. »Das hat nichts mit dem Altersunterschied zu tun, also vergiss diese Ausrede. Ich habe versucht, alles aus deiner Sicht zu sehen. Glaub mir, das habe ich wirklich. Aber ich komme einfach nicht damit klar, dass du einen Zwillingsbruder da draußen hast, ganz zu schweigen von einer leiblichen Mutter, die eine schreckliche Zeit durchgemacht hat, und du sie nicht finden willst. Das ist einfach nicht ...«

»Was?«

»Ach, vergiss es.«

»Nein. Was wolltest du sagen?«

»Ich wollte sagen, das ist einfach nicht menschlich.«

Ihm drehte sich der Magen um. »Puh, das ist ganz schön hart.«

»Es tut mir leid, Brandon. Aber so empfinde ich nun mal. Ich habe alles getan, was ich tun konnte, um zu verstehen, warum du so bist, wie du bist, aber es gelingt mir einfach nicht. Dein Mangel an Neugierde stört mich zutiefst.«

»Willst du damit sagen, dass du mich nicht mehr liebst?«

Robyn rieb sich über den Nasenrücken. Ihre perfekte Nase in ihrem perfekten Gesicht. »Nein. Ich ... Damit will ich sagen, dass ich dich vielleicht bisher falsch eingeschätzt habe. Ich dachte, ich hätte einen großherzigen Mann geheiratet, dem Familie, sein Job, Loyalität und all diese Werte wichtig sind. Verglichen mit anderen Typen wirktest du so solide, so großzügig. So nett. Aber jetzt, wo es schwierig wird, hast du dich dafür entschieden, wegzulaufen und deiner Familie den Rücken zuzukehren. Menschen, die dich vielleicht brauchen.«

Brandon hatte immer gesagt, dass er für Robyn barfuß nach New York gehen würde. Und das würde er. Allerdings wäre das auch etwas anderes. Das wäre seine Entscheidung. Aber in einem fremden Land nach Menschen zu suchen, die vielleicht gar nicht mehr lebten, dafür hatte er sich nicht entschieden. Wenn er jetzt nachgeben würde ... Nun, dann würde er nachgeben. Er würde sich in einem Chaos wiederfinden, das er sich nicht ausgesucht hatte. Er musste ihr klarmachen, dass er das Richtige tat.

»Sie sind nicht meine Familie. Das sind Mum und Dad. Und du. Oder zumindest dachte ich, du wärst es.«

»Lass Art und Ellen da raus. Sie haben kein Problem damit, dass du nach Linda und Eddie suchst. Das haben sie während der Feiertage gesagt. Wenn du mich fragst, *will* Ellen sogar, dass du versuchst, sie zu finden.«

Damit hatte sie mehr als nur ein bisschen recht. Verblüfft darüber, dass Brandon ein Zwilling war, hatten seine Eltern ihn gedrängt, weiter nach Eddie und Linda zu suchen. Und erneut hatte er das Gefühl gehabt, einfach überrollt zu werden. Vier Tage lang hatte er nicht mit ihnen gesprochen, was für die Bennetts einer halben Ewigkeit gleichkam.

Robyn schickte sich an, ihren Koffer vom Bett zu heben. Als Brandon versuchte, ihr zu helfen, schlug sie ihn weg.

»Eine Frage habe ich bisher vermieden zu stellen«, sagte sie. »Hast du ein Problem mit Eddies Behinderung?«

»Echt, Robyn. Für wen hältst du mich?«

Tatsächlich hatte er versucht, mehr über Zerebralparese herauszufinden, und dabei erfahren, dass vieles von dem, was er zu wissen glaubte, gar nicht stimmte. Katie hatte recht gehabt: Normalerweise lagen die Ursachen dafür eher in der Schwangerschaft der Frau und hatten nur selten etwas mit der Geburt zu tun. Einige Menschen mit der Krankheit lebten ein normales Erwachsenenleben. Andere hatten nicht nur Probleme, sich zu bewegen, sondern auch zu sprechen, zu essen und zu schlafen. Sie litten unter Schmerzen und Depressionen. Eine Sache nagte ganz besonders an ihm: Eine frühzeitige Therapie schien unerlässlich zu sein. Ohne sie drohten die Kinder passiv und verschlossen zu werden, und ihre Lebensqualität wurde weit stärker als notwendig gemindert. Brandon konnte sich kaum vorstellen, dass Eddie in Carrigbrack eine solche Behandlung erhalten hatte.

Robyns Stimme drang durch seine Gedanken zu ihm durch. »Dann lass es mich eben anders formulieren«, sagte sie. »Spielt Eddies Grad der Behinderung für dich eine Rolle? Wenn du zum Beispiel herausfinden würdest, dass er nur leicht behindert ist und du mit ihm ein Bier in einer Kneipe trinken könntest, würde das deine Meinung ändern?«

»Ich kann dir nicht folgen.«

»Würdest du dich mit ihm treffen, wenn du dir sicher wärst, dass er dein Leben in irgendeiner Form bereichert? Dasselbe gilt für Linda. Du machst dir solche Sorgen, dass sie sich nie davon erholt hat, was ihr angetan wurde.«

»Jetzt mach mal halblang«, sagte er, »so kannst du das nicht sehen. So kannst du *mich* nicht sehen.« Brandon ärgerte sich darüber, wie belegt seine Stimme klang. Es brachte rein gar nichts, jetzt emotional zu werden. Er berührte Robyns Handgelenk. Sogar ihre Handgelenke waren perfekt.

Sie entzog sich ihm. »Ich muss los. Mein Flieger geht um acht.«

»Ich bringe dich zum Flughafen.«

»Ich habe ein Taxi bestellt. Es wird gleich hier sein.«

»Mein Gott, Robyn«, sagte er. »So kannst du doch nicht gehen.«

»Es tut mir leid.« Sie sah an ihm vorbei, überallhin, nur nicht ihn an. »Aber ich muss das tun.«

Nachdem sie fort war, lehnte Brandon sich gegen die Schlafzimmerwand und rutschte daran hinunter, bis er auf dem Boden saß. Sie hatte nicht gesagt, wann sie zurückkommen wollte – falls überhaupt. Sie war jung. Sie konnte überall einen Job finden. Wenn sie nicht mehr mit ihm zusammen sein wollte, gab es nichts, was sie in Boston hielt. Alles, wofür er gearbeitet hatte, schien auseinanderzufallen. Ihm ging das Glück aus.

Früher war er sich selbst genug gewesen. Er hatte mal gelesen, dass die meisten Bienen entgegen der landläufigen Meinung nicht im Bienenstock lebten. Viele waren Einzelgänger. Darin hatte er Trost gefunden. Aber diese Tage lagen hinter ihm, und er hatte sich eine Zukunft mit Robyn ausgemalt: ein Kind, idealerweise zwei; ein größeres Haus, vielleicht sogar in Küstennähe. In seinem Leben gab es keinen Platz für eine dunkle Vergangenheit oder Familienmitglieder mit Problemen.

Sosehr er es auch hasste, es zuzugeben: Einige der Vorwürfe seiner Frau trafen durchaus ins Schwarze. Er wandte sich von Menschen ab, die ihn vielleicht brauchten. Aber es war mehr als das. Er war der Mann, der den Flugzeugabsturz überlebt hatte, der Mann, der aus dem brennenden Gebäude gesprungen war. Natürlich nur metaphorisch. Sein Leben, einst eine Quelle des Trostes, machte ihm nun Schuldgefühle. Warum konnte Robyn das nicht sehen? Für ihn war das sonnenklar.

Kapitel 23

Ailish

»Ob ich mit dir nach London kommen will?«, erwiderte Katie voller Vorfreude. »Natürlich will ich das! Ich würde sogar durch die Irische See schwimmen, wenn ich müsste.«

Beth war genauso begeistert. »Wir werden dir auch nicht zur Last fallen. Wir tun einfach so, als wären wir gar nicht da. Es sei denn, du brauchst uns … Was du nicht tun wirst.« Sie lachte. »Tut mir leid, Ailish, dass ich Mist erzähle. Aber das ist alles *so* aufregend!«

Ailish entgegnete, das sei völlig in Ordnung. Sie selbst sei mit den Gedanken bei fünfzig Sachen gleichzeitig. Am Tag zuvor habe sie versucht, einen Spiegel mit Zahnpasta zu polieren und ein Bad mit Bleichmittel zu putzen.

Die drei würden in aller Frühe von Dublin aus losfliegen und am späten Abend wieder zurück sein. Ailish würde die Nacht davor in Drumcondra verbringen. Nachdem das beschlossene Sache war, reichte sie zwei Tage Urlaub ein und bestätigte Chrissie die Termine. Auch wenn ihre leibliche Mutter krank war, versicherte sie ihr, sich zu freuen wie schon seit Jahren nicht mehr Alles schien großartig.

Nur, dass es das nicht war.

325

Mittlerweile hatte sie mehrfach mit Chrissie telefoniert. Sie hatte mehr über ihre Halbschwestern und ihren Halbbruder erfahren und über das Leben ihrer leiblichen Mutter, nachdem sie Carrigbrack verlassen hatte. Im Gegenzug hatte sie von ihren eigenen Kindern und Enkelkindern erzählt. Sie hatte darauf geachtet, freundlich über ihre Adoptiveltern zu sprechen. Kritik wäre nicht fair gewesen, weder ihnen noch Chrissie gegenüber. Aber das eigentliche Problem war Keith. Das, was Ailish über ihn gesagt hatte, war schlichtweg eine Lüge. Er habe sich für sie gefreut, hatte sie gesagt. Er könne nicht nach London mitkommen, weil er so viel arbeiten müsse. Wenn das Gespräch auf ihn kam, wechselte sie immer rasch das Thema.

In Wahrheit hatte sie Keith noch immer nichts von Chrissie oder von London gesagt. Sie wusste, dass sie es tun musste. Sie konnte nicht einfach so abhauen und zwei Tage später wieder auftauchen. Doch bereits bei dem Gedanken daran legte sich etwas schwer auf ihre Brust, und ihre Hände begannen zu zittern. Schon mehrfach hatte sie sich verschiedene Varianten ausgedacht, aber noch immer suchte sie nach den richtigen Worten. Bei dem Gedanken an Chrissie und die couragierte Art, wie sie mit ihrer Vergewaltigung und der Zeit in Carrigbrack umgegangen war, fühlte sie sich noch schlechter. Sie hatte das Gefühl, ihre leibliche Mutter mit ihrem Verhalten zu enttäuschen.

Anfangs sagte sie auch den Kindern nichts. Sie hatte Angst, dass eins von ihnen unwillentlich etwas verraten würde. Schließlich traf sie sich mit Jodie auf einen Kaffee und rief dann auch Lee in Kerry und Lorraine in Limerick an.

Ihre Kinder bombardierten sie mit Fragen. »Was meint Dad dazu?«, fragten sie alle.

»Ich wollte es zuerst euch sagen«, antwortete sie. »Schließlich ist Chrissie eure Großmutter. Bitte tut mir den Gefallen und behaltet es erst einmal für euch. Bis ich eine Gelegenheit gefunden habe, es ihm zu erzählen.«

Obwohl sicher alle drei skeptisch waren, äußerten sie keine Zweifel. Jodie, die meist sagte, was sie dachte, kam dem noch am nächsten. »Heilige Scheiße, Mam«, sagte sie. »Ich an deiner Stelle könnte gar nicht mehr aufhören, darüber zu reden. Nicht zu fassen, dass du es bisher für dich behalten hast.«

»Ich sage es ihm heute Abend«, versprach Ailish.

Und das meinte sie auch so. Irgendwie jedenfalls. Sie hoffte, Keith in gute Stimmung versetzen und ihn dann davon überzeugen zu können, dass Katie bereits den Großteil der Recherche erledigt hatte. »Sie hatte schon alles organisiert, bevor ich auch nur wusste, worum es geht«, würde sie behaupten. Keith war immer überzeugt gewesen, dass sie Chrissie unmöglich finden konnte. Jetzt, da sich das als falsch herausgestellt hatte, würden seine Bedenken doch sicherlich verfliegen. Oder etwa nicht?

Sei nicht dumm, schalt sie sich. Keith würde ganz sicher nicht damit einverstanden sein, dass sie Chrissie traf. Es führte kein Weg daran vorbei: Sie würde mit seiner Ablehnung zurechtkommen müssen.

Zuerst würde sie mit Stevie sprechen. Obwohl er für sie immer noch ihr Baby war, war Ailish fast dreißig Zentimeter kleiner als er. Manchmal hatte sie sich schon gefragt, ob dieser breitschultrige Riese mit den Locken tatsächlich ihr Sohn war. Anders als bei ihren anderen drei war bei Stevie die Verwandlung von einem rotbäckigen Kind zu einem Erwachsenen sehr plötzlich vonstattengegangen. Jetzt, mit siebzehn, hatte er eine Freundin mit pinken Haaren, liebte Musik, die Grime hieß, und rauchte am offenen Fenster seines Zimmers Marlboros.

Ailish würde es nie zugeben, aber er war immer ihr Liebling gewesen, schon seit seiner Geburt. Man musste ihn einfach lieben. Nicht nur weil er so gescheit war, auch wegen seines besonders sonnigen Gemüts. Sie war sich bewusst, dass sie nicht bei all ihren Kindern mit dem gleichen Maß maß. Dinge, die sie bei den anderen kritisiert hatte – mit dreckigen Schuhen durchs Haus laufen, Milch aus der Tüte trinken, den halben Samstag im Bett verbringen –, störten sie bei Stevie nicht mehr groß. Sie war froh, dass er sich endlich für ein Fach am College entschieden hatte. Er wollte Data Science studieren. Sie hatte so getan, als wüsste sie, was sich hinter dem Namen verbarg.

Als Stevie von der Schule zurückkam, schälte Ailish gerade Kartoffeln. In ihrer Küche stapelten sich Dinge aus beinahe drei Jahrzehnten Familienleben: Töpfe, Schüsseln, veraltetes Werkzeug, Rezeptbücher und darunter wiederum Rechnungen, Briefe und andere Schreiben, die sie nie sauber in Ordner abgeheftet hatte. Die Küche war ihr Platz, und es gefiel ihr dort. Besonders an den Tagen, an denen ihr Sohn noch zu ihr kam, bevor er sich an die Hausaufgaben setzte.

»Es gibt da etwas, das ich dir sagen wollte«, sagte sie.

Er reagierte mit Begeisterung auf das, was sie ihm mitteilte, umarmte sie so heftig, dass er ihr dabei fast die Knochen brach, und wollte dann alle Fotos sehen, die Chrissie geschickt hatte.

»Unglaublich, diese Ähnlichkeit«, sagte er, während er die Bilder auf Ailishs Handy betrachtete. »Ihr gleicht einander wie ein Ei dem anderen.«

»Toll, nicht wahr? Hier, schau mal, ihre anderen Kinder kommen alle nach dem Vater.«

Als Nächstes las Stevie den Zeitungsartikel über Chrissie.

»Abgefahren«, sagte er immer wieder. »Ich vermute, der alte Sack, der sie vergewaltigt hat, ist einfach so davongekommen?«

»Bestimmt.«

»Weiß Dad davon?«

»Ich will es ihm heute Abend sagen.«

Stevie gab ihr das Handy zurück. »Aber vermutlich wirst du es nicht tun.«

»Wie meinst du das?«

»Nimm's mir nicht übel, aber wir wissen doch beide, wie es laufen wird. Er wird schlecht gelaunt nach Hause kommen, und du wirst dir denken, dass du es heute Abend nicht riskieren kannst. Dass du ihn besser in Ruhe lässt.«

Wie gut du uns kennst, dachte Ailish. »Ich muss es ihm sagen. Ich fliege am Montag nach London.«

»In vier Tagen?«

»Ja.«

»Ich verstehe sowieso nicht, was für ein Problem er da-

mit hat, dass du deine leibliche Mutter gefunden hast.«
Stevie hob abwehrend die Hand. »Und sag nicht, das wäre
nicht so. Ich habe gehört, wie ihr gestritten habt. Darum
ging es doch vor Weihnachten?«

»Ja. Es tut mir leid.«

»Ach, Mam. Es gibt nichts, wofür du dich entschuldigen müsstest.«

»Okay, okay. Aber jetzt geh und mach deine Hausaufgaben. Ich rufe dich, wenn das Essen fertig ist.«

Ailish hatte nicht erwartet, dass Stevie so offen zu ihr
sein würde, und als die drei sich später zum Abendessen
hinsetzten, war sie angespannter denn je. Sie kaute langsam. Ohne einen großen Schluck Wasser gelang es ihr
nicht, das Essen runterzubringen. Selbst mit dem Kartof-
felpüree hatte sie Schwierigkeiten. Ihr Griff um Messer
und Gabel war unsicher, und sie fürchtete, beides fallen zu
lassen. Stevie erging es nicht besser. Er sezierte sein Fisch-
filet, als hätte er noch nie zuvor Essen gesehen und wüsste
nicht, was es damit anfangen sollte.

Keith beschwerte sich mal wieder über die Arbeit. Stevie
erzählte von einem exzentrischen Lehrer, Ailish von einem
bekannten Paar, das im Hotel übernachtet und dessen
Zimmer danach ausgesehen hatte, als wäre ein Tornado
hindurchgefegt. Als das Gespräch ins Stocken geriet, wusste sie, dass der Zeitpunkt gekommen war. Trotzdem zögerte sie. Stevie starrte sie fragend an, was Keith bemerkte.

»Was ist los?«, sagte er.

Keiner von beiden reagierte.

Er wandte sich an Stevie. »Was hast du angestellt?«

»Nichts.«

»Kann mal jemand den Mund aufmachen? Ailish?«

Vielleicht, so entschied sie, war es ja noch nicht zu spät, um den London-Besuch abzublasen. Sie würde sich eine Ausrede einfallen lassen und ein anderes Mal fahren, nachdem sie die Kraft gefunden hätte, mit Keith zu reden. Katie wäre vermutlich verärgert, aber sie hatte ihr das mit dem Armband verziehen, also würde sie ihr auch diesmal verzeihen.

»Ailish?«, wiederholte er.

»Wenn du es ihm nicht sagst«, sagte Stevie, »dann tue ich es.«

»Ich ...« Jetzt gab es kein Zurück mehr.

Keith legte sein Besteck ab, sodass es klirrte. »Himmelherrgott, redet bald mal einer von euch mit mir?«

Ailish hatte diesen Moment gefürchtet, aber nun, da er da war, gab es kein Zurück mehr. »Es geht um meine biologische Mutter«, sagte sie. »Ich habe sie gefunden.«

»Stopp! Ich dachte, wir hätten uns darauf geeinigt, dass du die Sache ruhen lässt?«

Sie versuchte, ihm zu erklären, was Katie und Beth für sie getan hatten.

»Diese Wichtigtuer, die sich in alles einmischen! Hast du mit dieser Frau schon gesprochen?«

»Ja. Ihr Name ist Chrissie. Sie ist wirklich reizend. Und sie will sich mit mir treffen.«

»Und wo lebt sie, diese Chrissie?«

Ailish konnte ihren Mann nicht ansehen. Stattdessen konzentrierte sie sich auf einen Fleck an der Wand, der

Jahre zuvor entstanden war, als Lorraine und Stevie sich gegenseitig mit milchdurchtränkten Cornflakes beworfen hatten. »In London.«

»Verstehe. Wo in London?«

»Shepherd's Bush.«

»Ein gutes Viertel, nicht wahr?«

»Ich denke schon.«

»Sie muss schrecklich enttäuscht von dir sein. Lebst in einem schäbigen Haus in Kilmitten und verbringst deine Tage damit, den Dreck anderer Leute wegzumachen.«

Stevie lehnte sich vor. »Sprich nicht so mit ihr.«

»Ich kann mich nicht erinnern, dich etwas gefragt zu haben«, sagte Keith. »Iss dein Abendessen oder geh nach oben und mach deine Hausaufgaben. Wenn du alt genug bist, um eine Meinung zu haben, höre ich sie mir vielleicht an.«

Ailish begann, Chrissies Geschichte zu erzählen. Wenn Keith erst wüsste, was für eine Heldin sie war, würde er seine Einstellung vielleicht ändern. Sie nahm ihr Handy aus ihrer Tasche und zeigte ihm die Fotos. Er hielt das Telefon vor sich und wischte sich so schnell durch die Bilder, dass anzunehmen war, dass sie ihn nicht besonders beeindruckten.

»Warum hast du mir das nicht früher gesagt?«, fragte er.

»Ich hab mich nicht getraut. Wir waren in der Sache nicht immer einer Meinung, und ich wusste nicht, wie du reagieren würdest.«

Keith legte den Kopf schief. »Zumindest gibst du zu, dass es nicht gut war, wie du dich verhalten hast. Was ist das für eine Ehe, in der man verspricht, etwas nicht zu tun, und es dann trotzdem tut, hm?«

Stevie, der zusammengesunken vor seinem Teller hockte, setzte sich gerade auf. »Warum kannst du dich nicht einfach für sie freuen?«

»Scher dich um deinen eigenen Kram, hab ich dir gesagt. Das ist eine Sache zwischen mir und deiner Mutter. Geh nach oben, okay? Siehst du, Ailish, das passiert, wenn du Kinder verwöhnst. Sie werden frech.«

»Ich gehe nirgendwohin.«

»Du tust, was man dir sagt. Als ich in deinem Alter war, hab ich schon meinen Lebensunterhalt verdient, anstatt in einem Klassenzimmer vor mich hin zu pennen und Shakespeare und Französisch und irgendwelchen anderen Mist zu lernen, den eh niemand braucht. Hätte ich mit meinem Vater gesprochen wie du gerade mit mir, hätte es Schläge gesetzt.«

»Ich bleibe hier, während du dir anhörst, was Mam zu sagen hat.«

»Ah, da ist also noch mehr, ja?«

Ailish faltete ihre Hände. Ihr Mund war so trocken, als hätte sie mit Essig gegurgelt. »Ich fliege nach London, um sie zu sehen.«

Kaum hatte sie das gesagt, bellte Keith auch schon: »Einen Scheiß wirst du!«

»Es geht ihr nicht besonders gut. Sie hat Brustkrebs und eine Chemotherapie hinter sich, und ich werde sie besuchen.«

»Und woher hast du das Geld dafür?«

»Du weißt, ich hab ein wenig beiseitegelegt.«

Keith lachte. »Da siehst du es, Stevie, mein Junge. Die ganze Zeit quatscht sie vom Geld für dein College, und dann gibt sie es mir nichts, dir nichts für sich selbst aus.«

»Das ist okay«, sagte Stevie leise. »Ich will, dass Mam nach London fliegt.«

»Was? Sprich gefälligst lauter.«

»Ich sagte, ich will, dass Mam nach London fliegt. Was für ein Mensch würde nicht wollen, dass sie ihre Mutter kennenlernt?«

Keith nahm das Telefon in die andere Hand, dann wieder in die ursprüngliche. Abgesehen vom Ticken der Küchenuhr war es absolut still. »Sie hat mich angelogen. Wieder und wieder hat sie gelogen. Deshalb wird sie nicht fahren. Und solange ich in diesem Haus die Rechnungen zahle, gilt mein Wort mehr als deins. Stimmt's, Ailish?«

Sie antwortete nicht.

»Ich sagte: Stimmt's, Ailish?«

Die kalte Wut in seinen Worten war unüberhörbar. Sie sollte nachgeben. Damit kannte sie sich aus; sie wusste, wie sie am besten einen Rückzieher machte. Aber sie hatte auch genügend Zeit damit verbracht, ihre Nase von innen gegen das Fenster zu pressen und einfach nur zuzusehen, wie alle anderen draußen ihr Leben lebten und taten, was sie wollten. Sie schaute von ihrem Mann zu ihrem Sohn und wieder zurück. Sie hatten die gleichen Augen, aber Stevies Blick war wacher und schärfer. Während seiner wie mit einem spitzen Bleistift gezeichnet wirkte, wirkte Keiths eher wie mit einem Kohlestift hingeschmiert.

»Ich fliege nach London«, sagte sie. »Meiner Mutter geht es nicht gut, und du wirst mich nicht davon abhalten, sie zu sehen.«

»Wie bitte?«

»Du hast mich verstanden. Ich fliege nach London.«

Keith schleuderte das Handy mit voller Wucht gegen die Wand. Es fiel in Einzelteilen zu Boden. »Und ich sagte, das wirst du nicht.«

Obwohl Ailishs linkes Augenlid zuckte, war in ihrem Kopf alles klar. Doch bevor sie antworten konnte, schaltete sich Stevie ein.

»Was ist bloß los mit dir?«, sagte er zu Keith. »Warum bist du nur so?«

»Zum letzten Mal: Geh in dein Zimmer und vergrab dich in deinen verdammten Büchern!«

Ailish konnte hören, wie Stevie zitternd atmete.

»Nein«, sagte er. »Du hast uns alle lange genug herumgeschubst. Hast du dich jemals gefragt, warum deine anderen drei Kinder so schnell ausgezogen sind? Warum sie geradezu aus dem Haus geflüchtet sind? Wegen dir und deinem Rumgebrülle, weil du alle terrorisierst. Lee sagt, er würde lieber auf der Straße schlafen, als nach Hause zurückzukehren. Wusstest du das?«

Ailish keuchte leise auf. Sie hoffte, dass die beiden es nicht gehört hatten. Zwischen Lee und seinem Vater war es früher oft zu Streit gekommen. Aber sie hatte nicht gewusst, dass ihn die Situation derart mitgenommen hatte. Sie hätte ihn besser beschützen müssen. Und die Mädchen, ihre süßen, lustigen Mädchen. Hatten auch sie eine schreckliche Kindheit gehabt? Nie hatten sie ihr gegenüber das erwähnt. Oh, sie wusste, dass das Leben mit Keith alles andere als perfekt war, aber sie hatte immer alles getan, um ihre Kinder vor ihm zu beschützen. Wenn er schlecht gelaunt war, scheuchte sie sie aus dem Haus. Sie hatten sie noch nie weinen sehen. Sie hatte immer versucht, sich zusammenzureißen und gute Stimmung zu verbreiten. Warum hatten sie ihr nicht gesagt, wie es ihnen wirklich ging?

Keith stand von seinem Stuhl auf und packte Stevie an seinem Kapuzenpullover. »Du kleiner Scheißer. Geh. Nach. Oben.«

Stevie erhob sich, schüttelte die Hand seines Vaters aber ab. »Nein. Wir haben in diesem Haus immer alle so getan, als ob alles in Ordnung wäre. Als ob wir normal wären. Ich habe keinen Bock mehr darauf.«

»Bitte, Liebes ...«, begann Ailish.

Stevie sah sie an. »Und du bist noch schlimmer, Mom. Du tust so, als würde er dich nicht schlagen. Dabei wissen wir alle, dass er das tut.«

Es folgte ein langer Augenblick des Schweigens. Ailish spürte, wie etwas in ihrem Inneren zusammenfiel. Sie hatte immer darauf geachtet, ihre Verletzungen zu verbergen. Und einiges von dem, was Keith ihr angetan hatte, hatte kaum Spuren hinterlassen. Das Kneifen, die Schläge, das Haareziehen: Wieso wusste Stevie davon?

Keiths Augen wurden schmal. »Ich habe deine Mutter nie angefasst.«

»Du hast ihr vielleicht kein offensichtliches Veilchen oder eine geschwollene Lippe verpasst, aber dafür alles andere. Ich hab sie wimmern hören. Ich hab die blauen Flecken auf ihren Armen gesehen.«

»Ailish, sag ihm, dass es nicht so war.«

Stevie sah sie an. »Lüg nicht für ihn.«

Ailish blieb ruhig. Zum ersten Mal bemerkte sie, dass Stevie der Größere der beiden war. Keith versuchte, seinen Sohn zu schubsen. »Es reicht mir mit deinem losen Mundwerk. Du hältst dich für was Besseres, ja? Mit deiner lauten Musik und deiner Schlampe von Freundin und deinen verrückten Ideen von wegen College. Wenn du jetzt nicht sofort deinen Hintern von hier wegbewegst, wird es dir noch sehr, sehr leidtun.«

Stevie stand still wie ein Stein.

»Bitte«, sagte Ailish wieder. »Können wir uns nicht alle wieder beruhigen? Das muss doch nicht sein.« Alles fühlte sich mit einem Mal so bedrohlich an. Als wäre überall Stacheldraht gespannt, als gäbe es für sie keinen Fluchtweg mehr.

»Ich lasse mich nicht herumkommandieren«, sagte Keith. »Nicht von dir und ganz bestimmt nicht von ihm.«

Stevies Gesicht war aschgrau geworden. Er zuckte mit den Achseln. »Ich bleibe genau hier stehen.«

Keiths Schultern sackten leicht nach unten, fast so, als würde er nachgeben. Ailish wusste es besser. Er bereitete sich nur vor. Noch bevor sie ihren Sohn warnen konnte, noch bevor sie ihren Mund auch nur öffnen konnte, hörte sie bereits das Knirschen, als seine Faust Stevies Kiefer traf. Ihr Sohn stolperte rückwärts, wobei sein Kopf gegen den Türpfosten schlug, und ging zu Boden.

»Ich hab dich gewarnt«, sagte Keith. »Und jetzt steh auf.«

Stevie rührte sich nicht.

Ailish brauchte eine Sekunde, um zu realisieren, dass das durchdringende Geräusch ihr eigener Schrei war.

Kapitel 24

Katie

Der Januar brachte eine Flut von weiteren Anfragen. Katies Postfach war voll von Mails von Leuten, die sich vorgenommen hatten, in diesem Jahr endlich ihre leiblichen Eltern zu finden. In den ersten zehn Tagen im Januar verschickte sie drei Armbänder. Sie wartete noch auf weitere Informationen, dann würde sie die nächsten drei zur Post bringen. Es war nicht einfach, jenen zu antworten, denen sie nicht helfen konnte. Deren E-Mails begannen meist mit einer Entschuldigung, weil jemand nach einer Geburt außerhalb von Katies angegebenem Zeitrahmen fragte — immer höflich, manchmal auch sehr emotional. Die Geschichten berührten Katie jedes Mal, doch sie ermahnte sich, in diesen Fällen nichts zu unternehmen. Sie musste sich auf diejenigen Frauen und Männer konzentrieren, die während ihrer Zeit im Heim zur Welt gekommen waren.

Am Samstag sahen sie und Beth wie üblich die Korrespondenz der Woche durch. Sonnenlicht fiel durch das Küchenfenster. Es war einer dieser frischen Januartage, die einen mit ihrer Schönheit überraschen.

Beth stützte sich auf die Ellbogen und beugte sich vor.

»Wir sind wirklich gut in dem, was wir tun«, sagte sie. »Und wir lernen immer mehr dazu. Ailishs Fall ist der beste Beweis dafür.«

Katie legte ihren Stift weg und nahm die Brille ab. »Weißt du, dass sie wieder verschwunden ist? Ich habe versucht, sie anzurufen, aber ihr Handy ist ausgeschaltet. Wie kann sie nur einfach so verschwinden!«

»Mach dir keine Sorgen! Ihre Situation ist natürlich alles andere als ideal, aber bisher hat sie sich immer irgendwie durchgekämpft. Was ich eigentlich sagen wollte: Überleg nur mal, welche Flut an E-Mails wir bekommen und wie viele Beiträge es im Forum mittlerweile gibt – es ist kaum zu fassen! Ich bin immer wieder erstaunt, wie viele Leute inzwischen über Carrigbrack reden.«

»Du weißt aber, dass es noch schlimmere Orte gab?«

»Das genau ist der Punkt. Was wir machen – nein, was *du* machst –, ist, dass du die Diskussion über eines dieser Heime in Gang bringst. Andere werden bestimmt folgen.«

Drei Wochen waren vergangen, seit Katie das letzte Mal auf die Seite des Forums gegangen war und die Beiträge gelesen hatte. Sie konnte es einfach nicht mehr. Die Debatte hatte sich in zu viele Richtungen entwickelt, außerdem war das Leid in einigen Fällen einfach zu groß. Die Leute waren unglaublich ehrlich, und das machte ihr Angst. Sie wollte nicht noch mehr in die Sache verwickelt werden. Sosehr sie Chrissie und ihre Mitstreiterinnen auch bewunderte, war das kein Weg für sie. Sie hatte auf ihre Weise begonnen, ihre ganz eigene Aufgabe zu erfüllen, und Tag für Tag kam sie ihrem Ziel näher.

»Was willst du damit sagen?«, fragte sie.

»Ich überlege, ob wir nicht mehr tun können, um auch denjenigen zu helfen, die vor oder nach deiner Zeit in Carrigbrack geboren wurden. Es muss doch noch mehr wie dich geben. Frauen, die ebenfalls in einem der Heime gearbeitet und Informationen haben, die für andere wichtig sein könnten.«

Katie hatte keine Lust, ihre Vorbehalte zu erörtern, deshalb sagte sie: »Ich verstehe dich, Liebes, aber ich will mich auf diese Menschen hier konzentrieren.« Sie tätschelte den Deckel ihrer neuen roten Schachtel. »Das ist genug Arbeit für mich.«

»Du wärst nicht allein.«

»Du tust doch bereits so viel. Außerdem hast du noch einen Job ... und ein Leben zu leben.«

»Die Arbeit ist schon okay – aber das hier macht mir mehr Spaß. Im Forum bin ich auf ein paar herzzerreißende Geschichten gestoßen, die meisten von ihnen stammen aus der Zeit vor deiner. Zum Beispiel von diesem Typen, der überzeugt davon ist, dass seine leibliche Mutter aus Limerick stammt. Es geht ihm gesundheitlich ziemlich schlecht, und es klingt, als würde er sie gerne finden, bevor er stirbt. Wäre es nicht toll, wenn wir ihm seinen Wunsch erfüllen könnten?«

»Aber das können wir nicht. Wir wissen nichts über ihn und seine leibliche Mutter.«

»Gibt es wirklich keine Möglichkeit, etwas herauszufinden?«

Katie berührte Beths Arm. »Du bist ein guter Mensch,

wirklich. Und ich sage nicht, dass wir uns diese anderen Fälle niemals ansehen werden. Aber warum konzentrieren wir uns für den Moment nicht auf die Menschen, von denen wir wissen, dass wir ihnen helfen können?«

»Na schön«, sagte Beth in einem Tonfall, dem anzuhören war, dass das Thema für sie noch nicht gestorben war. »Ich meinte das, was ich über Ailish gesagt habe, übrigens ernst. Du solltest dir keine Sorgen machen. Bestimmt hat sie Keith inzwischen gesagt, dass sie Chrissie gefunden hat.«

»Genau das bereitet mir Sorgen.«

»Aber wenn es ein ernsthaftes Problem gäbe, hätte sie sich doch längst bei uns gemeldet. In zwei Tagen fliegen wir nach London. Es würde keinen Sinn machen, jetzt einfach zu verschwinden.«

»Ich hoffe, du hast recht.«

Sollte es tatsächlich irgendwelchen Ärger geben, dann steckte Keith dahinter, davon war Katie überzeugt. Der Mann war nicht dumm – und noch dazu gefährlich. Die einzige andere Möglichkeit war, dass Chrissies Gesundheitszustand schlechter war, als Ailish ihnen erzählt hatte. Als Krankenschwester wusste Katie, dass man heutzutage Brustkrebs meist therapieren konnte, aber es war erst sechs Monate her, dass Johnny an Magenkrebs gestorben war, und allein das Wort »Krebs« löste schreckliche Gefühle in ihr aus.

»Ach, ich hab ganz vergessen, es dir auszurichten«, sagte Beth. »Mam lässt dich grüßen.«

»Wirklich?«

Beth grinste. »Wir haben uns wirklich nett unterhalten. Man hätte meinen können, wir wären die besten Freundinnen. Sie hat sich nach Ailish erkundigt, und ich habe ihr gesagt, dass wir mit ihr nach London fliegen. Ihre Zweifel sind immer noch da, was unser Projekt angeht, aber wenigstens war sie nicht mehr so feindselig.«

Seit ihrer Auseinandersetzung an Weihnachten hatte Katie nicht mehr mit ihrer Schwester gesprochen. Sie bereute zwar nichts von dem, was sie über Beth oder die Sache mit den Armbändern gesagt hatte, aber sie hatte auch keine Lust darauf, dass sich die Sache zu einem langwierigen Streit entwickelte. Es schien, als wollte Margo über Beth den Kontakt zu ihr halten.

Am Morgen hatte sie eine E-Mail von Gary bekommen, der aus Los Angeles zurückgekehrt war. Er hatte ein paar Fotos angehängt. Auf einem waren seine drei Söhne zu sehen, jeder so dunkel und schlaksig wie sein Vater. Auf einem anderen lächelten ihr Allegra und ihre Mutter entgegen. Wie hübsch sie alle waren! Und wie schade, dass er sie nicht öfter sah. Gary schrieb, dass er glaubte, Noreen Nestor gefunden zu haben, eine der beiden Frauen, deren Namen noch auf seiner Liste standen. Da sie geheiratet hatte, hieß sie nun O'Callaghan und lebte in Galway.

Zu Katies Überraschung hatte ihr auch Brandon eine E-Mail geschickt. In ihr stand allerdings nichts von Bedeutung. Er wünschte ihr ein frohes neues Jahr und dankte ihr für ihre Hilfe. Für sein Verhalten während ihres ersten und einzigen Telefonats entschuldigte er sich nicht. Auch Robyn erwähnte er mit keiner Silbe. Immer wieder kehrten Katies

Gedanken zu Brandon, Linda und Eddie zurück. Sie vermutete, dass Eddie leichter zu finden wäre als einige der anderen Carrigbrack-Kinder. Trotzdem zögerte sie. Wäre es richtig, wenn sie versuchte, ihn auch ohne Brandons Zustimmung aufzuspüren? Oder würde sie damit eine Grenze überschreiten? Und das war nicht alles, was ihr Sorgen bereitete. Schließlich würde sie bei ihrer Suche nach Eddie zu Leuten Kontakt aufnehmen müssen, die ebenfalls im Heim gearbeitet hatten, und sie war sich nicht sicher, ob sie das wirklich wollte. Wenigstens besaß Brandon eine aufmerksame, ihn unterstützende Partnerin. Nicht jeder hatte so viel Glück.

Trotz allem, was Beth gesagt hatte, machte Katie sich Sorgen um Ailish und konnte deswegen kaum noch einen klaren Gedanken fassen. Schließlich, um acht Uhr abends, traf eine SMS ein.

Tut mir leid, dass ich mich nicht gemeldet habe. Stevie ging es nicht gut, und mein Handy war kaputt. Jetzt habe ich ein neues. Ich freue mich, euch morgen Abend zu sehen und am Montag nach London zu fliegen. xxx

Ja, Handys gingen kaputt, und Jugendliche wurden krank. Ja, Ailish hatte einen Vollzeitjob und einen schwierigen Ehemann. Dennoch beunruhigte Katie etwas an der Nachricht. Rasch schrieb sie zurück.

Beth und ich freuen uns auch schon auf die Reise. Hoffentlich kommst du früh genug nach Dublin, dass wir

*noch einen Happen zusammen essen können. Geht es
Stevie gut? Und dir?*

Mehrere Minuten vergingen, bevor ein weiteres »Ping!«
ertönte.

*Alles okay. Manchmal ist alles einfach nur ein bisschen
komplizierter als sonst. Mach dir keine Sorgen um mich.
Und vielen, vielen Dank für alles, was ihr für mich getan
habt. Ich hatte großes Glück.*

Doch Katie war immer noch nicht beruhigt. Am liebsten
hätte sie Beth um ihre Meinung gefragt, doch ihre Nichte
war unterwegs.

Ihre Gedanken kehrten zu Chrissie in Carrigbrack zurück. Wie deutlich sie sich noch an ihr eingefallenes Gesicht erinnerte und wie verwirrt sie immer gewirkt hatte.
Sie war beeindruckt davon, was Chrissie seitdem alles auf
die Beine gestellt hatte, aber es machte sie auch ein wenig
nervös, sie nach so langer Zeit wiederzutreffen. Sie dachte
auch an andere Mädchen, besonders an Linda. Diese auf-
geweckten, temperamentvollen jungen Frauen hatten so
viel durchstehen müssen! Schwester Agnes hatte sich als
Hüterin der alten Traditionen gesehen, und jedes Mädchen, das sich dagegen auflehnte, war barsch wieder in seine Schranken gewiesen worden. Linda hatte gewusst, dass
sie schlecht behandelt wurde, sich aber nicht dagegen wehren können.

Katies Augen begannen zu brennen, Wut tobte in ihrer

345

Brust. Wenn Linda noch da draußen war, verdiente sie es zu wissen, dass einer ihrer Zwillinge in Amerika adoptiert worden war und etwas aus seinem Leben gemacht hatte.

Sie ging nach oben und fand nach einigem Stöbern ein altes schwarzes Adressbuch. Erst vor wenigen Wochen hatte Beth ihr gesagt, dass heutzutage keiner mehr ein Adressbuch besaß. Alles liege »in der Cloud«. Obwohl Katie schnell fand, wonach sie suchte, machte sie sich keine großen Hoffnungen. Festnetzanschlüsse waren ebenso vom Aussterben bedroht wie Adressbücher. Und tatsächlich – nachdem sie die Nummer gewählt hatte, hörte sie nur ein schnelles Piepen. Dann begriff sie: Ihr fehlte eine Ziffer. Die heutigen Nummern hatten alle eine Ziffer mehr! Aber welche, und an welcher Stelle war sie eingefügt worden?

Eine Internetrecherche ergab, dass sie eine 3 vor der alten Telefonnummer wählen musste. Sie versuchte es erneut und war sofort verbunden. Es klingelte fünf-, sechs-, siebenmal. Sie wollte gerade auflegen, dann sagte eine Frauenstimme: »Hallo?«

»Äh, hallo. Ich bin mir nicht sicher, ob ich bei Ihnen richtig bin. Hier ist Katie Carroll. Sie kennen mich vielleicht noch aus Carrigbrack. Damals hieß ich Katie O'Dea.«

Sie hörte, wie schnell geatmet wurde.

»O ja«, sagte die Frau dann. »Natürlich erinnere ich mich an dich.«

Kapitel 25

Damals – Patricia

Sie hätte es nie zugegeben, aber Schwester Faustina war durch den Tod von Winnies Baby eine Lehre erteilt worden. Seitdem gestand sie den jungen Frauen, die sich bei der Arbeit verbrannt hatten, mehr Zeit zu, um ihre Hände in kaltes Wasser zu tauchen, und nahm Schmerzen generell ernster.

Bei den anderen Nonnen waren hingegen keine Anzeichen dafür zu bemerken, dass sie sich geändert hätten. Wenn überhaupt, waren sie noch autoritärer als zuvor. Was Schwester Agnes betraf, so bedeutete Winnies Flucht ihrer Meinung nach nur, dass sie alle einen Auffrischungskurs in Sachen Hölle brauchten. Mehrmals predigte sie über das sechste und neunte Gebot, wobei es im Wesentlichen immer darum ging, dass es eine Todsünde war, gegen eines der beiden Gebote zu verstoßen. Schwester Sabina erzählte einem einfachen jungen Mädchen aus dem County Galway, dass sie für immer beschmutzt sei und Glück hätte, sollte sie später ihr Geld mit Toilettenputzen verdienen dürfen. Als ein älteres Mädchen aufmuckte, wurden ihm daraufhin die Haare abgeschnitten. Schwester Eunice ver-

347

lor kein Wort mehr über Winnie. Wenn Patricia sie nach ihr fragte, lächelte sie nur wie eine rotbäckige Mona Lisa.

Als ihr Baby begann, sich in die Welt zu drängen, war Patricia wie immer in der Wäscherei und bügelte gerade einen Berg Kissenbezüge. Es war eine der weniger anstrengenden Arbeiten, trotzdem fiel sie ihr schwer. Sie war zu rund, zu unbeholfen. Sie erinnerte sich noch daran, wie Winnie darüber gescherzt hatte, dass sie womöglich Zwillinge bekommen würde, und verspürte einen Anflug von Panik. Eine Zeit lang ließ sie sich nichts anmerken. Doch als sie schließlich nicht mehr weitermachen konnte, ging sie zu Faustina und bat um Entschuldigung. Ihr ruhiges Auftreten täuschte. Sie hatte schreckliche Angst. Vor Schmerzen, Infektionen, ihrer eigenen Unzulänglichkeit. Vor allem aber hatte sie Angst, dass das, was mit Diane passiert war, auch mit ihrem Baby passieren könnte. Winnie hatte immer gesagt, Frauen sollten besser dumm sein, weil sie dann nicht wüssten, was alles schiefgehen könnte. Jetzt verstand Patricia, wie weise ihre Worte gewesen waren.

In den folgenden Stunden verzerrte sich ihr Zeitempfinden. Mal dehnten sich die Minuten zu einer Ewigkeit, und sie glaubte, der Schmerz würde sie besiegen. Dann wieder gab es eine Atempause, und sie redete sich gut zu, dass sie es schaffen würde. Doch sobald sie begann, daran zu glauben, begannen die Qualen erneut. Sie hatte sich geschworen, nicht zu schreien – nicht wegen der Regeln, sondern weil sie stark sein und nicht die Kontrolle verlieren wollte. Doch das war unmöglich, absolut unmöglich. Sie kreischte und brüllte, bis die Krankenschwester ihr mit Strafen drohte, sollte sie sich nicht beruhigen. Sie war froh, dass Rita Farragher im Kreißsaal Dienst hatte. Die Hebamme war zwar distanziert, aber Patricia glaubte immer noch, dass die andere Krankenschwester mehr hätte tun können, um Winnies Tochter zu retten.

Zweiundzwanzig Stunden später, als Patricia meinte, keine weitere Minute der Folter ertragen zu können, kam ihr Sohn zur Welt. Er hatte weiches dunkles Haar und eine so kleine Nase, dass sie praktisch kaum zu sehen war. Er war rot und laut – und riesig.

Ich habe ein Baby, dachte sie, ein wunderbares, lebendes, atmendes kleines Menschenkind.

»Fast dreieinhalb Kilo«, sagte die Krankenschwester in einem Tonfall, als würde sie Kartoffeln wiegen.

Niemand gratulierte Patricia zur Geburt ihres Sohnes. Niemand lächelte, niemand brachte ihr Blumen ans Bett. Die Krankenschwester notierte die Daten und fragte dann, wie sie ihn nennen wolle.

»Graham«, antwortete sie.

»Ich glaube nicht, dass der Name erlaubt ist. Er klingt sehr protestantisch. Gibt es einen St. Graham?«

Schwester Sabina kam herbei. »Das ist unmöglich. Such einen anderen Namen aus. Paul oder Johannes.«

»Ich finde, Graham ist ein schöner Name«, beharrte Patricia, »und so werde ich ihn auch nennen.«

»Schreiben Sie Paul«, sagte Sabina zur Krankenschwester. »Seine Eltern geben ihm wahrscheinlich sowieso einen anderen Namen.«

349

Rita notierte also »Paul«, bevor sie alle Informationen zusätzlich auf einen dünnen Papierstreifen schrieb. »Den muss er als Armband am Handgelenk tragen«, sagte sie.

»Darf ich ihn kurz halten?«, fragte Patricia.

Sabina schüttelte den Kopf. »Ganz sicher nicht. Man wird dir zeigen, wie man ihn stillt und wäscht, und das muss reichen. Wenn du ein Baby gewollt hättest, hättest du zuerst heiraten sollen.«

»Was ist falsch daran, ihn in den Armen zu halten? Verdient er es nicht wie jedes andere Baby auch, in der Welt willkommen geheißen zu werden?«

»Dafür ist noch Zeit, wenn er bei Leuten ist, die in der Lage sind, sich um ihn zu kümmern.«

Patricia beschloss, nicht weiter zu streiten. Sie fühlte sich wund und schwach. Paul war gesund, und das allein zählte. Sollte Sabina sagen, was sie wollte – er war ihr Kind, und er hatte das Recht zu wissen, dass sie ihn liebte.

Nach den ersten hektischen Tagen nahm das Leben eine neue Struktur an. Patricia musste wieder in der Wäscherei arbeiten, was sie als anstrengend und frustrierend empfand. Wie Sabina schon angekündigt hatte, beschränkte sich ihr Kontakt zu Paul auf das Stillen, Baden und das gelegentliche Windelwechseln. An manchen Tagen machte er sich steif wie ein Brett, dann wieder zappelte er und schlug um sich. Dabei war er kein quengeliges Baby, ganz im Gegenteil. Er wirkte von Anfang an zufrieden mit dem Leben und neugierig auf mehr. Wenn niemand hinsah, küsste Patricia sein zartes Haar und sagte ihm, wie schön er sei.

Nachts schlich sie sich öfter aus dem Schlafsaal und ging zu ihm. Egal, wie erschöpft sie von der Arbeit war – zehn Minuten mit Paul in der Kinderstation trösteten sie.

Die Babys schliefen in Eisenbettchen, die in militärisch geraden Reihen standen. Nachts kümmerten sich zwei junge Mütter um sie. Die eine, Imelda, war eine regelrechte Quasselstrippe. Ihr eigenes Baby, ein Mädchen, war bereits adoptiert worden, und die Arbeit musste sie belasten. Dennoch erledigte sie sie freundlich und beschwingt.

»In ein paar Monaten bin ich endlich wieder frei«, flüsterte sie Patricia zu. »Das wird toll! Aber wenn ich ehrlich bin, werde ich die Kleinen vermissen. Ich dachte immer, dass alle Babys gleich sind, aber selbst die winzigen Zwerge hier haben bereits ihre eigene Persönlichkeit.«

»Du gehst sehr gut mit ihnen um. Hast du je daran gedacht, Krankenschwester zu werden?«

»Ich glaube kaum, dass mir irgendjemand die Chance dazu geben wird. Schwester Sabina sagt, ich sei befleckt und dass man mich nur ansehen müsse, um das zu wissen.«

»Was für ein Quatsch!«, erwiderte Patricia. »Ich bin mir sicher, jedes Krankenhaus wäre froh, dich zu haben.« Selbst im schwachen Licht konnte sie sehen, wie Imelda errötete.

Zwei Wochen nach Pauls Geburt erhielt Patricia einen Brief von zu Hause. Ihre Eltern schrieben, dass ein Nachbarsmädchen einen guten Schulabschluss gemacht habe, dass es auf einem Bauernhof einen Unfall gegeben habe und eine von Pater Cusacks Schwestern gestorben sei. Über die Geburt ihres Enkels verloren sie kein Wort. Überhaupt wurde ihre Schwangerschaft komplett unerwähnt gelassen. Patricias Eltern waren an sich keine schlechten Menschen. Als sie ein Kind war, hatte ihre Mutter für sie die Sahne von der Milch abgeschöpft und ihr sanft die Knoten aus den Haaren gebürstet. Ihr Vater hatte ihre Hand gehalten, wenn sie die Straße überquerten, und ihr beigebracht, wie man sich die Schnürsenkel band. Darüber hinaus hatte ihre Mam Babys immer geliebt, selbst die anderer Frauen hatte sie am Kinn gekitzelt und ihre winzigen Fingernägel bewundert und die Mütter gefragt, nach wem sie kamen. Wieso waren sie jetzt bloß so kalt zu ihr? Sie mussten doch wissen, dass Paul auf der Welt war. Wie konnten sie kein Interesse an ihm haben?

Je vertrauter sie mit den Vorgängen auf der Kinderstation wurde, desto häufiger bekam Patricia mit, dass sich einige Mädchen nicht mit ihren Babys verbunden fühlten. Der traurigste Fall war Nancy, eine Frau Mitte zwanzig. Nancys Arme und Beine waren kaum mehr als knochendick, und ihr Haar war so dünn, dass ihre Kopfhaut durchschimmerte. Sie hielt ihren Sohn auf eine unbeholfene, distanzierte Art, als würde er sie abstoßen. Wenn er an ihrer Brust lag, weinte sie – nicht vor körperlichen Schmerzen, sondern vor Traurigkeit. Auch das Baby wirkte dünn und unterernährt. Ähnlich wie damals Winnie behandelten einige der anderen Mädchen Nancy, als hätte sie eine ansteckende Krankheit. Sie wichen ihr aus, drehten ihr den Rücken zu. Patricia verstand nicht, was los war, aber jedes Mal, wenn sie versuchte, eines der Mädchen danach zu fragen, eilte eine Nonne herbei und befahl ihr, still zu sein.

Schließlich klärte Imelda sie auf. Gerüchten zufolge war

Nancys Vater auch der Vater ihres Babys. »Ich hätte nie gedacht, dass so etwas möglich ist«, fügte sie hinzu. »Allerdings gibt es so einiges, was ich nicht wusste, bevor ich hierherkam.«

»Damit sind wir schon zu zweit«, sagte Patricia. In Carrigbrack hatte sie einen wahren Katalog des Schreckens kennengelernt – von schwangeren Kindern bis hin zum unerklärlichen Tod von Neugeborenen.

Am nächsten Morgen fragte sie Eunice, ob sie etwas tun könne, um Nancy zu helfen.

»Das Problem ist«, sagte Eunice, »dass es ihr hier besser geht als zu Hause. Sobald sie zurückkehrt, wird ihr Vater sich wieder an ihr vergehen. Ihre Mutter tut anscheinend so, als wäre nichts passiert. Und du siehst ja, in was für einer Verfassung Nancy ist: Allein würde sie in der normalen Welt nicht überleben.«

So bitter das auch klang, so wahr war es wohl. Danach bemühte Patricia sich, besonders nett zu Nancy zu sein. Sie setzte sich neben sie, ermunterte sie zum Essen. Sie versuchte, sie in ein Gespräch über die Gewohnheiten von Babys und über ältere Nonnen zu verwickeln. Aber alles war vergebens. Nancy nahm ihre Umgebung kaum wahr. Und eine richtige Unterhaltung konnte man erst recht nicht mit ihr führen.

Die Wochen vergingen wie im Flug. Neue Mädchen kamen. Andere konnten Carrigbrack verlassen. Babys wurden geboren. Andere verschwanden. Regeln dafür schien es nicht zu geben. Einige Mütter durften sich von ihren Kindern verabschieden, während andere erst informiert wurden, wenn ihr Sohn oder ihre Tochter längst fort war.

Je mehr Zeit sie mit Paul verbrachte, desto stärker wurde der Wunsch in Patricia, ihn zu behalten. Sie glaubte zwar nicht, dass das einfach sein würde, aber auch nicht, dass es unmöglich wäre. Wieder kam ihr in den Sinn, was Agnes über dumme junge Frauen gesagt hatte, die nicht in der Lage wären, sich um Kinder zu kümmern, und sie versuchte, der Nonne zu beweisen, wie erwachsen sie war. Sie erhöhte ihr Arbeitspensum in der Wäscherei, bat nicht mehr beim Essen um einen Nachschlag und stöhnte auch nicht, wenn sie frühmorgens zur Messe aufstehen musste. Obwohl ihre Haare ungleichmäßig und mit Wirbeln nachwuchsen und ihre verbrannte Hand noch immer pochte, beklagte sie sich nie. Sie war eine vorbildliche Büßerin. Wann immer sie Zeit zum Nachdenken hatte, fühlte sie sich unwohl, auf diese Weise das Carrigbrack-Regime zu unterstützen. Eigentlich wollte sie nicht so tun, als wäre alles normal. Aber sie war verzweifelt, und wenn sie Agnes' Spiel spielen musste, um Paul zu behalten, dann war das eben der Preis, den sie zu zahlen hatte.

Trotz allem gab es Tage, an denen ihr Kopf summte vor Glück. Soweit es ihr möglich war, so eingesperrt glücklich zu sein, war sie es.

Ihr neu entdeckter Gehorsam hielt sie jedoch nicht davon ab, sich heimlich zu Paul zu schleichen. Allerdings besuchte sie ihn nicht mehr ganz so häufig wie am Anfang – und hoffte inständig, dass sich ihr Opfer auf lange Sicht lohnen würde.

In einer späten Oktobernacht, als der Vollmond blass-
gelbes Licht in den Schlafsaal warf, schlich sie sich ein
weiteres Mal auf die Kinderstation. Als Erstes entschuldigte sie sich bei Imelda, die alleine Dienst hatte, weil sie ihren schlafenden Sohn wecken wollte. Das Wunderbare an
Paul war, dass er ruhig blieb. Er schmiegte sich an sie und
umschloss mit seiner dicken kleinen Faust ihren Zeigefin-
ger. Dann gurgelte er, als wollte er sagen: *Ah, du bist es.* Als
Nächstes wimmerte er leise, was sie übersetzte mit: *Wenn
es was zu essen gäbe, würde ich nicht Nein sagen.* Zum
Glück war er ein hungriges Kind. Und zudem Patricias
engster Vertrauter. Seit Winnie fort war, hatte sie in Carrigbrack keine richtige Freundin mehr, und auch wenn
Paul nicht viel zum Gespräch beitragen konnte, war er
doch ein guter Zuhörer. Er schaute sie mit seinen hellen
Augen an, und sie war überzeugt, dass er jedes ihrer Worte verstand.

Kaum hatte sie sich hingesetzt, um ihn zu stillen, hörte
sie ein merkwürdiges Schnaufen, das aus einem der anderen Babybettchen zu kommen schien. Es folgte eine Art
Röcheln, dann wieder ein Schnaufen. Patricia legte Paul in
sein Bett zurück.

»Bin gleich wieder da«, sagte sie.

Er begann zu weinen, und ein anderes Baby stimmte mit
ein. Sie ignorierte es.

Das Röcheln kam von Nancys Sohn.

»Geht es ihm schon länger so schlecht?«, fragte sie
Imelda.

Weil Nancy nie etwas sagte, konnte sich Patricia nicht

an den Namen ihres Babys erinnern. Irgendetwas mit J, dachte sie. John vielleicht? Oder Jerry?

Imelda nickte. »Vorhin hatte er Fieber. Mir ist aufgefallen, dass er heiß ist, aber Schwester Agnes, die gerade ihren Rundgang machte, schimpfte, ich solle nicht so ein Gewese um nichts machen. Er ziehe nur die Nase hoch, sagte sie. Meinst du, es stimmt etwas nicht mit ihm?«

Nancys Baby keuchte wieder. Diesmal war das Geräusch noch verstörender, als würde der Kleine nach Luft ringen.

Patricia bückte sich und hob ihn hoch. Selbst im Halbdunkeln konnte sie sehen, dass seine Lippen und Hände bläulich waren. Sein Gesicht fühlte sich klamm an. Erneut versuchte er zu atmen, aber die Luft schien nicht in seine Lungen zu gelangen.

»Ist alles okay mit ihm?«, fragte Imelda.

Statt ihr zu antworten, konzentrierte sich Patricia auf das Baby. »Komm schon, kleiner Mann, atme«, sagte sie. »Komm schon!«

Die Muskeln in seinem Nacken schienen sich zusammenzuziehen, und seine Brust senkte sich. Er schnappte nach Luft. Im angrenzenden Bett fing das Baby an zu lallen: »Ba, ba, ba«, als wäre alles ein Riesenspaß. Ein anderes fiel ein.

Patricia wandte sich an Imelda. »Du solltest eine der Krankenschwestern holen.«

»Aber wenn sie dich hier finden, werden sie ...«

»Los. Bitte, geh!«

Ein Baby kreischte beim schrillen Klang ihrer Stimme los, aber Imelda rührte sich immer noch nicht von der

Stelle. Währenddessen rang das Baby in Patricias Armen weiter um Luft.

»Wenn du nicht gehst«, sagte Patricia, »gehe ich, und dann stecken wir beide in ernsthaften Schwierigkeiten. Wenn er nicht bald wieder atmet, stirbt er! Bitte, Imelda, ich denke mir das nicht aus.«

Imelda zögerte noch eine Sekunde, und dann, endlich, sprintete sie los wie ein junger Hase auf der Flucht.

Schwester Agnes schaute über den Rand ihrer Brille. »Soso«, sagte sie. »Hast du mal wieder etwas angestellt.«

Patricia, die auf der anderen Seite des Mahagoni-Schreibtisches stand, zupfte am Ärmel ihres Kleids. »Ich wollte nur das Beste für das Baby, Schwester.«

»Das bestreitet auch niemand. Und ich hoffe, jeder gute Christ hätte ebenso gehandelt. Tatsache aber bleibt: Du hättest überhaupt nicht auf der Station sein dürfen. Glaubst du vielleicht, dein Baby ist wichtiger als die anderen, ist es das?«

»Nein, Schwester.«

In diesem Moment empfand Patricia eine heftige Abneigung gegen Agnes. Aber sie würde sich davon nicht unterkriegen lassen. Sie musste versuchen, die Situation zu ihrem Vorteil zu nutzen. »Wie geht es Nancys Baby heute Morgen?«

»Dem kleinen James geht es gut. Laut Schwester Farragher leidet er nicht mehr unter Atemnot, und das Fieber ist auch wieder gesunken.«

»Das ist gut. Ich war sehr besorgt. Er ist so ein zarter

Junge, und seine Mutter ... na ja, seine Mutter ist auch nicht so robust wie der Rest von uns.«

Sie hatte nachts darüber nachgedacht, ob es richtig gewesen war, sich einzumischen. Schließlich deutete nichts darauf hin, dass Nancy ihren Sohn liebte. Er war ein kränkliches, apathisches Kind. Und nicht nur das: Patricia hatte gehört, dass Kinder von Inzesttopfern oft kognitive Schwierigkeiten hatten. Die Gefahr bestand, dass kein Paar je James adoptieren wollte. Vielleicht hätte sie seine Notlage einfach ignorieren sollen. Vielleicht hätte sie so tun sollen, als wüsste sie nicht, was gerade geschah. Sofort schalt sie sich. Natürlich hatte sie das Baby nicht sterben lassen können. Trotzdem fragte sie sich unwillkürlich: Was wäre gewesen, wenn sie bereits mehrere Jahre in Carrigbrack verbracht gehabt hätte und durch das ständige Leid abgestumpft und hart geworden wäre? Hätte sie dann anders gehandelt? Stundenlang hatte sie wach gelegen und sich darüber geärgert, dass sich ihr Denken durch das Elend um sie herum bereits so verändert hatte.

Schwester Agnes war verstummt, und Patricia fürchtete, dass sie gerade über ihre Strafe nachdachte. Als sie wieder sprach, war ihr Tonfall schroff. »Abgesehen von ihrem Bericht über den Zustand des Babys hat Schwester Farragher auch gesagt, dass James ohne dein Eingreifen vielleicht nicht überlebt hätte. Aber auch das entschuldigt dein schlechtes Benehmen nicht. Sollte sich das wiederholen, musst du mit ernsten Konsequenzen rechnen. Dennoch scheint es, als wäre dein verantwortungsvolles Verhalten gestern Abend von Bedeutung gewesen.«

Patricia verkniff sich ein Lächeln. Sie mochte den Klang des Wortes »verantwortungsvoll«.

»Danke, Schwester«, sagte sie.

Kapitel 26

Ailish

Ailish versuchte sich zu entspannen. Weiter unten wichen Dublins Häuser und Fabriken einem Flickenteppich aus Feldern. Sie war auf dem Weg zu der Frau, an die sie die meiste Zeit ihres Lebens gedacht hatte. Konzentrier dich einzig und allein auf diesen Tag, sagte sie sich. Sei im Jetzt. Genieße jede Sekunde.

Wenn es nur so einfach gewesen wäre.

Auf der Flughafentoilette hatte sie versucht, nicht in den Spiegel zu sehen. Obwohl sie ihre blaue Lieblingsjacke und eine dicke Schicht Make-up trug, sah sie aus wie durch die Mangel gedreht. Ihre Wangen waren eingefallen, ihre Haut gelbgrau.

Bisher hatte sie es geschafft, ein ernsthaftes Gespräch mit Beth und Katie zu vermeiden. Nicht dass es leicht gewesen wäre, sie zu täuschen. Beth war klug und konnte schnell Schlüsse ziehen, und Katie besaß genügend Lebenserfahrung und Gespür, um nicht auf billige Tricks reinzufallen. Sie hatten ihr Löcher in den Bauch gefragt, was Keith von ihrer Reise nach London hielt, und sie war ein ums andere Mal einer ehrlichen Antwort ausgewichen.

Jetzt war sie dankbar dafür, dass Katie in Gedanken schien. Ja, sie wirkte regelrecht nervös. Was kein Wunder war, schließlich wurde auch sie mit einem schwierigen Teil ihres Lebens konfrontiert.

Während der Taxifahrt war etwas geschehen, das sie alle für einen Moment aufgeheitert hatte. Im Radio lief ein Rocksender, und als sie die Abfahrt zum Flughafen erreichten, spielten sie »Overboard«.

»Hey, gerade verdient Gary fünf Cent«, sagte Beth.

Ailish lachte. »Wie läuft es mit seiner Suche?«

»Es geht voran«, erwiderte Katie. »Jeden Tag ein bisschen.«

Ailish freute sich darüber. Wenn nicht für ihn, dann doch für seine leibliche Mutter. Sie verdiente es zu erfahren, was ihr Sohn alles erreicht hatte.

»Overboard« war ihr Lieblingssong von Black Iris. Er war nicht besonders poetisch oder tiefgründig, aber der Text und die Melodie vermochten sie immer wieder zu begeistern.

I thought I was safe, I stayed close to shore,
But the dangers were there,
Unheeded, ignored.
You ripped up the sail and burnt both our oars,
I'm a long way from safety,
I'm lost overboard.

Ich dachte, ich wär sicher, ich blieb in Ufernähe,
Aber die Gefahren waren da,

Unbemerkt, ignoriert.
Du hast die Segel zerrissen, unsere Ruder verbrannt,
Ich bin weit weg vom sicheren Ufer,
Ich geh verloren, über Bord.

Als sie über das Petrolblau der Irischen See glitten, bestellte Ailish sich einen Kaffee und blätterte durch das Bordmagazin. Sie schaute sich Fotos von Toulouse und Connemara, Rugbyspielern und bekannten Köchen an; auf die Artikel konnte sie sich nicht konzentrieren. Immer wieder wanderten ihre Gedanken zurück nach Kilmitten. Zum zehntausendsten Mal fragte sie sich, ob es richtig gewesen war wegzufahren. Sollte sie nicht vielmehr zu Hause sein und Stevie beschützen? Am Tag nach dem Streit hatte sie beschlossen, die Reise abzusagen. Von wegen Streit, dachte sie. Körperverletzung. Ihr Mann hatte ihren Sohn angegriffen, und sie hatte nichts getan, um ihn daran zu hindern. Aber Stevie bestand darauf, dass sie an ihren Plänen festhielt. »Wenn du nicht fährst«, sagte er, »bekommt er nur seinen Willen. Du *musst* in diesen Flieger steigen und Chrissie treffen. Uns allen zuliebe.«

Sie hatte Kilmitten am Abend zuvor verlassen, ohne noch ein Wort mit Keith zu wechseln. Er hatte nicht versucht, sie aufzuhalten. Aber ihr auch keine gute Reise gewünscht.

Sie würde den Donnerstagabend nie vergessen. Zwei ewig während Minuten lang hatte sie geglaubt, ihr Sohn sei tot. Sie hatte geschrien, und dann, als Keith sich gebückt und ihn berührt hatte, noch einmal geschrien. Sie hatte von ähnlichen Vorfällen gehört. Immer mal wieder kam so was in den Nachrichten. Die Leute dachten, ein einziger Schlag könne keinen Menschen umbringen, aber wenn der Getroffene unglücklich fiel, dann schon.

Stevie kam langsam wieder zu sich. Er wirkte benommen und blutete aus einer Kopfwunde. Sie wollte einen Krankenwagen rufen oder ihn in das Krankenhaus nach Limerick fahren. Er musste untersucht werden. Vielleicht war er ja ernsthaft verletzt. Sie überlegte laut, die Polizei anzurufen und Keith aus dem Haus zu werfen. Ihre Stimme bebte vor Gefühlen.

Sie wusste nicht, was sie mehr aufregte: dass Keith seinen eigenen Sohn geschlagen hatte oder die Art, wie er versuchte, die Verantwortung für das, was passiert war, abzustreiten. Nach dem ersten Schock schien es, als würde er bereuen, was er getan hatte, doch dann wies er jegliche Schuld weit von sich. »Ich stehe bei der Arbeit unter einem unglaublichen Druck«, sagte er. »Außerdem hat er mich provoziert.«

Doch egal, wie sehr sie sich über seine Ausreden auch ärgerte, sie musste sich jetzt auf Stevie konzentrieren – auch wenn der versicherte, es gehe ihm gut. Irgendwann wurde er sogar wütend, weil sie ein solches Gewese um ihn machte. Er werde jetzt ins Bett gehen, sagte er. Am nächsten Morgen sei noch genügend Zeit, um über alles nachzudenken.

Keith verließ das Haus nicht, und Ailish rief auch nicht die Polizei. Stattdessen verbrachte sie die Nacht im alten

Zimmer der Mädchen und starrte zitternd auf die an den Rändern eingerissenen Poster von Katy Perry und den Kings of Leon an der Wand.

Am nächsten Morgen brach Keith schon früh zur Arbeit auf. Stevie behauptete zwar weiterhin, mit seinem Kopf sei alles in Ordnung, aber sein Aussehen strafte ihn Lügen. Schließlich gab er nach und ging zum Arzt, der die Wunde säuberte, eine Reihe von Fragen stellte und Ailish empfahl, ihn zum Durchchecken doch noch ins Krankenhaus zu bringen. Außerdem bat er sie um ein kurzes Gespräch unter vier Augen.

»Es gibt Menschen, die immer ein offenes Ohr für Sie haben«, sagte er. »Die können Ihnen weiterhelfen.«

»Wirklich«, erwiderte sie, »es war ein Unfall. Sie wissen doch, wie ungeschickt Teenager sind.«

Im Krankenhaus mussten sie sechs Stunden warten, bis Stevie untersucht wurde. Schließlich kam der Arzt zu der Diagnose, dass seine Verletzungen nicht schwerwiegend waren. Nachdem das feststand, sagte Stevie zu Ailish, dass er nicht mit nach Hause kommen werde. Er habe mit Jodie gesprochen und wolle vorerst bei ihr bleiben.

»Du kannst nicht erwarten, dass ich länger unter demselben Dach schlafe wie dieser Mann«, sagte er. »Ich verstehe es einfach nicht, dass du ihn nicht rauswirfst.«

Das traf sie wie ein Hieb. Sie machte Anstalten, ihn zu umarmen, doch er wandte sich ab – nicht, weil es ihm peinlich war, sondern weil sie ihn verraten hatte. Sie hatte alle vier Kinder verraten. Sie war nicht gemein zu ihnen gewesen oder hatte sie vernachlässigt, aber sie hatte mutwillig so getan, als wäre sie blind, und das kam auf dasselbe raus. Das größte Geschenk, das man jemandem machen konnte, war eine glückliche Kindheit. Sie hatte die Chance gehabt – und versagt.

Im Sinkflug durch zarte Schleierwolken, als sie schließlich in Heathrow landeten, während sie ihre Zugfahrkarten kauften und den Weg zum Bahnsteig suchten, war ihr Versagen alles, woran sie denken konnte.

Die Nummer 32 der Annaville Street war ein Reihenhaus aus rotem Backstein mit einer türkisfarbenen Tür und einer sattgrünen Kletterpflanze daneben. Katie und Beth hatten angeboten, in einem nahe gelegenen Café zu warten, aber Ailish bat sie nervös, sie zu begleiten.

»Sagt doch bitte kurz Hallo«, sagte sie. »Ja? Ich glaube, es ist für mich einfacher, wenn ihr dabei seid.«

»Wir sind jetzt schon eine ganze Weile Amateurdetektive«, sagte Beth mit einem aufmunternden Lächeln, »da können wir uns ruhig auch mal als Amateur-Sozialarbeiter betätigen.«

Ailish hatte nicht gewusst, was sie erwartete, und sich Sorgen gemacht, dass Chrissie zu schwach für mehr als ein kurzes Gespräch sein würde. Aber ihre Ängste waren unbegründet gewesen. Die Frau, die sie begrüßte, war zwar dünn und ihr Haar spärlich, aber sie umarmte sie mit einer solchen Kraft, dass Ailish befürchtete, sie würden sich gegenseitig zu Tode quetschen. Nur gut, dass Beth die Blumen, die sie mitgebracht hatte, für sie in der Hand hielt.

365

»Meine hübsche Tochter«, sagte Chrissie. »Meine wunderhübsche Tochter.«

Sooft Ailish sich diesen Moment auch vorgestellt hatte, sie war auf ihn nicht vorbereitet gewesen. Die Frau, die sie umarmte, war eine real gewordene Fantasie aus Fleisch und Blut. Sie wusste nicht, was sie erwidern sollte. Alles, was sie hervorbrachte, war ein »Danke«.

Sie wollte diesen Moment für immer in sich aufbewahren, wollte sichergehen, dass sie sich auch später noch an jede Sekunde und jedes Detail erinnern könnte. Auch wenn sie sich nie wiedersehen würden, war dieser Augenblick doch perfekt.

Chrissie trug ein marineblaues Kleid, ein karmesinrotes Halstuch und silberne Ohrringe in Form von Sternen. Trotz ihrer körperlichen Gebrechlichkeit leuchtete und strahlte sie vor Glück. Ihr Parfüm roch nach frisch geschnittenem Gras.

Als sie sich wieder aus der Umarmung gelöst hatten, trat Iggy zu ihnen. Er war ein gepflegter Mann mit einem intelligenten Gesicht und gewellten grauen Haaren. Auch er umarmte Ailish und führte sie dann alle ins Haus. Trotz mehr als vierzig Jahren in London hatte er noch immer den Gang eines Mannes, der auf dem Land aufgewachsen ist.

Sie betraten einen Raum, der in Blassgrün, Cremeweiß und Braun gehalten war. Der Kamin glänzte schwarz, die Wände waren mit Drucken vollgehängt, einige davon altmodisch, andere eher zeitgenössisch. Ailish hatte während ihrer Jahre in Rathtuskert Manor so einiges gelernt, daher erkannte sie, dass Chrissies Möbel von hoher Qualität waren. Es freute sie, dass ihre leibliche Mutter von schönen Dingen umgeben war – obwohl sie auch auf umgedrehten Obstkisten hätten sitzen können, mit alten Kartoffelsäcken als Vorhängen, und es hätte keine Rolle gespielt. Oben auf dem Bücherregal entdeckte sie die Familienfotos, von denen sie einige noch nicht kannte. Darauf waren die Tanten, Onkel und Cousins ihrer eigenen Kinder. Ihre Familie.

Wieder dachte sie an Stevie. Jodie war eine tolle Frau, aber sie war Studentin, hatte noch dazu einen Mann und zwei kleine Kinder. Eigentlich gab es in ihrem Leben keinen Platz für einen Siebzehnjährigen. Und was wäre mit Stevies Prüfungen? Wie sollte er in einem Haus voller Kindergeschrei lernen?

Sie kehrte wieder ins Jetzt zurück. Für einen Moment saßen die fünf einfach nur schweigend da und grinsten sich an. Seltsamerweise hatte Ailish nicht das Gefühl, etwas sagen zu müssen. Sie hatte tausend Fragen, aber wenn sie ungefragt bleiben sollten, wäre das auch okay. Obwohl sie bereits viele Fotos von Chrissie gesehen hatte, war es etwas ganz anderes, ihr jetzt gegenüberzusitzen. Sie entdeckte immer mehr Ähnlichkeiten: das spitze Kinn, ihre unerwartet breiten Handgelenke, ihre kleinen Füße.

»Ihr habt ein schönes Haus«, sagte sie.

»Danke«, erwiderte Chrissie. »Wir hatten Glück. In den frühen Achtzigerjahren konnten gewöhnliche Leute wie wir sich in solch einer Straße noch etwas kaufen. Heute ist das unmöglich.«

»In Dublin ist es genauso«, sagte Katie. »Ich weiß nicht, wie Beths Generation überhaupt leben soll.«

»Wir hoffen auf freundliche Tanten«, erwiderte Beth.

Chrissie erzählte ihnen, dass ihre Behandlung gut verlaufe und sie auf eine positive Prognose hoffe.

»Wenigstens sind meine Haare noch rot«, fügte sie hinzu. »Ich hatte schon Sorge, sie könnten grau nachwachsen. Aber rote Haare scheinen besonders widerstandsfähig zu sein. Von deinen Kindern ist keines rothaarig, oder, Ailish?«

»Nein, sie kommen alle nach Keith.« Kaum hatte sie die Worte ausgesprochen, hoffte sie, dass dem nicht so war. Sie wollte sich nicht vorstellen, dass ihre Kinder auch nur irgendetwas von ihrem Vater geerbt hatten.

Chrissie berührte ihre Kopfhaut. »Ich war immer glücklich mit meiner Haarfarbe.«

Iggy, der die Bewirtung der Gäste übernahm, fragte alle, ob sie Kaffee oder Tee wünschten, und ging in die Küche. Langsam verlagerte sich das Gespräch auf persönlichere Themen. Katie und Beth boten an zu gehen, aber Chrissie bestand darauf, dass sie blieben.

»Es ist komisch«, sagte sie, »wie selbst wohlmeinende Menschen in meinem Umfeld immer von mir erwartet haben, meine Tochter zu vergessen – und Carrigbrack. Ich kann euch nicht sagen, wie oft ich Dinge gehört habe wie: ›Du warst doch selbst noch ein Kind, immerhin konntest du danach noch dein Leben leben.‹ In gewisser Weise habe ich das natürlich getan. Aber ich hätte meine Tochter genauso wenig vergessen können wie einen Arm oder ein

Bein.« Sie neigte ihren Kopf in Ailishs Richtung. »Ich wünschte, ich hätte irgendwie erfahren, wie es dir geht. Schon kurze Nachrichten hätten geholfen. Ich habe jeden Tag an dich gedacht.«

»Mir ging es genauso. Nur dass ich dich erfinden musste, weil ich keine Erinnerungen an dich hatte. Ich habe dich ›meine andere Mommy‹ genannt. Manchmal bin ich die Straße entlanggegangen und habe gedacht, diese Frau da könnte meine andere Mommy sein … oder vielleicht auch die da drüben. Irgendwann habe ich mir dann in den Kopf gesetzt, dass du in Dublin bist und ich dich dort finden würde.«

»Warum Dublin?«

»Weil es der exotischste Ort war, den ich mir vorstellen konnte.«

»Mein lieber Schatz. Für mich war der zehnte November immer der schlimmste Tag des Jahres.«

Ailish lächelte, und eine Träne rann ihr über die Wange. »Mein Geburtstag.«

»An dem Tag konnte ich nur an dich denken. Ich fragte mich, wo du wohl gerade bist und was du machst und ob du eine Geburtstagsparty feierst.« Sie sah Katie und Beth an. »Ich bin Ihnen so unglaublich dankbar. Mehr, als Sie es sich vorstellen können.«

Auch Katies Augen waren feucht. »Ich hätte das schon vor Jahren tun sollen. Und ich bedaure, es nicht getan zu haben. Für Sie ist es noch nicht zu spät, aber ich fürchte, für andere könnte es das sein.«

»Wichtig ist, dass Sie es *jetzt* tun.«

Katie zog ein Taschentuch hervor. »Bitte entschuldigen Sie. Ich komme mir vor wie eine Idiotin.«

»Das sollten Sie nicht«, sagte Chrissie mit fester Stimme. »Ich habe auch oft geweint, wenn andere Mütter und Kinder wieder zueinandergefunden haben. Nur hätte ich nie gedacht, dass ich noch das Gleiche erleben darf. Ich erinnere mich jetzt übrigens deutlicher an Sie. Haben Sie Carrigbrack nicht verlassen, während ich dort war?«

»Ja, Ende 1972. Damals arbeiteten noch zwei andere Krankenschwestern dort.«

»Stimmt. Eine ältere Frau und eine, die mir ebenfalls alt vorkam. Rückblickend kann sie höchstens fünfundzwanzig oder sechsundzwanzig gewesen sein. Rita, nicht wahr? Sie war noch da, als ich ging.«

»Ja, Rita Farragher. Ich habe erst neulich mit ihr gesprochen. Ich glaubte, sie könnte wissen, was mit einem der Babys passiert ist. Erinnern Sie sich noch an die Zwillinge?«

»Natürlich«, sagte Chrissie. »Zwei Prachtjungen. Einer von ihnen war … damals sagten wir ›behindert‹, aber ich bin mir sicher, dass es ein besseres Wort dafür gibt.«

»Eddie litt unter zerebraler Lähmung …«

Iggy kam mit einem Tablett klirrender Becher herein. Der Geruch von Kaffee breitete sich im Raum aus. »Was ist denn hier los?«, sagte er. »Da gehe ich nur fünf Minuten in die Küche, und schon sind alle in Tränen aufgelöst.«

Chrissie reichte die Tassen herum. »Ich muss mich für meinen Mann entschuldigen«, sagte sie. »Immer muss er seine Witze machen.«

370

»Ja, aber ich bringe euch auch den Kuchen. Bin gleich zurück.«

Beth beugte sich vor. »Darf ich Sie etwas fragen, Chrissie? Haben Sie schon andere Carrigbrack-Frauen getroffen? Durch die Selbsthilfegruppe, meine ich?«

»Ich kenne tatsächlich ein paar, die früher als ich da waren, und drei oder vier aus der Zeit nach meiner. Nur eine war mit mir zusammen da. Tina Dennison. Mal überlegen, sie hieß damals ... Tina McNulty.«

Katie und Beth tauschten einen Blick aus.

»Kam sie ursprünglich aus Kerry?«, fragte Beth.

»Ja. An die Kerry-Frauen kann ich mich erinnern, weil Iggy von dort stammt.«

»Und hatte sie einen Sohn?«, fragte Katie.

»Ja. Er hat sie sogar gefunden – nur ist das Wiedersehen nicht besonders gut verlaufen. Tina ist ein bisschen ... drücken wir es mal so aus ... zerstreut. Die Frau ihres Sohnes ist nicht mit ihr klargekommen. Schrecklich, wenn so etwas passiert.«

Ailish dachte an ihre eigenen Familiensorgen und schloss die Augen.

»Warum interessieren Sie sich für Tina?«, fragte Chrissie.

»Wir versuchen, einem Mann zu helfen, Gary«, erwiderte Katie. »Der Fall ist ein bisschen kompliziert, weil er sein korrektes Geburtsdatum nicht kennt. Allerdings konnte er die Anzahl der möglichen Mütter bereits auf zwei eingrenzen.«

»Und Tina McNulty ist eine von ihnen«, fuhr Beth fort.

»Wenn ihr Sohn Tina also schon gefunden hat, dann bleibt nur noch – Noreen übrig, oder?«

Katie nickte. »Noreen muss die Richtige sein.«

»Sind das nicht fantastische Neuigkeiten?«, sagte Chrissie mit breitem Lächeln. »So viele fantastische Neuigkeiten!«

Als Iggy mit einem Teller voller Sandwiches und dem angekündigten Kuchen zurückkam, brachte sie ihn auf den neuesten Stand.

»Klingt toll«, sagte er. »Also, haut rein, Ladys! Nach eurem frühen Flug müsst ihr hungrig sein.«

Ailish bemerkte, dass sein irischer Akzent mit der Zeit immer stärker wurde. Vermutlich würde er nachher, wenn sie gingen, irischer klingen als ihre eigenen Kinder. Unentwegt musste sie an die vier denken – besonders an Stevie. Sie hätte heute nicht herkommen sollen. Was, wenn Keith sich noch einmal an ihm vergriff, weil er wusste, dass sie weit weg war?

Während sie aßen, brachte Chrissie das Thema wieder auf Carrigbrack.

»Man kann von Schwester Sabina halten, was man will«, sagte sie, »aber sie war wenigstens ehrlich. Bei Agnes konntest du dir nie ganz sicher sein. Manchmal schien sie sich ernsthafte Sorgen um einen zu machen, dann wieder hielt sie diese Predigten, die einer Gehirnwäsche gleichkamen, nur damit wir uns nutzloser als nutzlos vorkamen. ›Ich nehme an‹, sagte sie häufig, ›einige von euch glauben, ihr Kind selbst aufziehen zu können. Nun, lasst mich eins klarstellen: Ihr könnt es nicht.‹ Bei ihr klang es, als hätten wir vor, unsere Kinder in Pubs und Tanzlokale mitzunehmen, wo wir unser weiteres Leben verbringen würden.«

»Durften denn manche Frauen ihre Babys behalten?«, fragte Ailish.

»Von einer oder zweien habe ich gehört«, sagte Chrissie, »aber nicht von mehr.« Sie nippte an ihrem Kaffee. »Ich erinnere mich noch an den Tag, an dem ich Carrigbrack verließ. Ich war damals sechzehn und hatte endlich die Kosten für meinen Aufenthalt abgearbeitet. Sie konnten mich nicht mehr zum Bleiben zwingen. Agnes rief mich in ihr Büro, und wisst ihr, was sie die Dreistigkeit hatte zu sagen? ›Du hast in der Zeit, in der du hier warst, große Fortschritte gemacht, Hanora.‹ Sie bestand darauf, immer noch meinen falschen Namen zu benutzen. ›Ich vertraue darauf, dass du diesen Weg weitergehst.‹«

»Blöde Kuh«, sagte Beth.

Chrissie sah an die Decke. »Unglaublich, oder? Als hätte ich wirklich für Sünden büßen müssen.«

»Konnten die Nonnen denn eigentlich nicht eigenständig denken? Sie können das doch nicht alles wirklich geglaubt haben!«

»Agnes dachte zweifellos, sie würde nur ihre Pflicht erfüllen«, sagte Katie. »Ihren Job gut machen.«

»Aber am Ende hab ich's ihr gezeigt«, sagte Chrissie. »Sie setzte mich in den Bus, aber anstatt in Hackett's Cross auszusteigen, bin ich bis nach Limerick durchgefahren. Dort habe ich einen Bus nach Dublin und dann die Fähre nach Holyhead genommen.«

»Aber später bist du doch noch mal zurückgekehrt«,

sagte Ailish. »Nicht wahr? Ich hab den Grabstein gesehen. Und ich ... ich nehme an, den hast du bezahlt?«

Iggy berührte die Hand seiner Frau.

»Ja, ich bin für Mams Beerdigung und die meines Bruders zurückgekehrt. Vielleicht hätte ich sie noch einmal sehen sollen, bevor sie starben, aber die Vorstellung, sie zu besuchen, war unerträglich für mich. Viele Leute im Dorf kannten die wahre Geschichte, hätten das aber nie zugegeben. Auf den Beerdigungen verhielten sich einige mir gegenüber sehr kühl. Ich habe es mir nicht anmerken lassen, aber die Stunden haben mich ziemlich viel Energie gekostet.« Mit ihrer freien Hand betupfte Chrissie sich die Augen.

»Du musst nicht darüber reden. Ich will nicht, dass du dich aufregst.«

»Nein, Liebes. Du verdienst es zu wissen. Es ist wichtig, dass über diese Dinge gesprochen wird. Wenn ich etwas gelernt habe, dann das.« Sie hielt inne. »Mam starb im Frühjahr 1985, und ich hatte mir in den Kopf gesetzt, zur Beerdigung zu fahren. Ich weiß nicht, warum – wo ich doch nach Daddys Tod nicht heimgekehrt war. Vermutlich wollte ich keinem von ihnen noch einmal gegenüberstehen, solange sie lebten. Sie waren nicht für mich da gewesen. Hatten mir kein Verständnis entgegengebracht. Aber inzwischen ist mir klar, dass sie keine bösen Menschen waren. Nur Produkte ihrer Zeit. So einfach ist das.«

»Als Ihre Eltern erfuhren, dass Sie schwanger waren«, sagte Beth, »haben sie da nicht daran gedacht, die Polizei zu benachrichtigen?«

»Falls ja, haben sie es mir gegenüber zumindest nie erwähnt. Allerdings hat eh niemand groß mit mir geredet. Und außerdem – was, wenn sie die Polizei informiert hätten? Der Mann, der mich missbraucht hat, hätte ganz bestimmt alles abgestritten. Entweder das oder behauptet, ich hätte ihn verführt.«

»Du warst *dreizehn*.«

»Ich weiß. Aber was denkst du, wem die Beamten geglaubt hätten? Dem Mädchen einer armen Familie mit Löchern in der Schürze oder einem Großgrundbesitzer? Außerdem, und das mag verrückt klingen, war ich mir nicht mal sicher, *was* er mir angetan hatte. Unwissend, wie ich war, habe ich mich gefragt, ob das wirklich die Art Sex gewesen war, über die die Leute sprachen – oder etwas völlig anderes. Er hat mich vier- oder fünfmal vergewaltigt, bevor ich den Mut fand, vor ihm wegzulaufen.«

»Das macht mich jetzt noch wütend.«

»Danke, Beth. Heutzutage würde ein Kind zumindest ernst genommen werden. Hoffe ich jedenfalls. Also, wo war ich stehen geblieben?«

»Bei der Beerdigung«, sagte Ailish.

»Ach ja. Iggy begleitete mich natürlich. Wir waren damals schon mehrere Jahre verheiratet, hatten die beiden Mädchen, und Diarmuid war unterwegs. Da standen wir also in der Kirche, und wer tauchte auf? Er.« Chrissie atmete schwer aus. »Ich bezeichne ihn nicht gerne als deinen Vater, Ailish, aber biologisch gesehen war er genau das. Sein Name war Manus Sheedy. Wie ich schon sagte, war er Großgrundbesitzer. Er hatte nicht nur eine große Farm mit

375

Land, sondern auch eine Frau und einen ganzen Haufen Kinder. Inzwischen ist er tot, aber soweit ich weiß, leben einige seiner Angehörigen noch dort.

Er stand vor mir und hielt mir seine Hand hin. Ich war so schockiert, dass ich sie fast genommen hätte. Zum Glück konnte ich mich gerade noch zusammenreißen und habe sie ausgeschlagen. ›Mein aufrichtiges Beileid, Ma'am‹, sagte er, als hätte er mich noch nie gesehen.

›Dafür ist es fünfzehn Jahre zu spät‹, erwiderte ich, ›und wenn du nicht sofort verschwindest, erzähle ich allen hier und jetzt, wie du mich als Kind vergewaltigt hast.‹ Ihr hättet mal sehen sollen, wie schnell der Kerl aus der Kirche gestürmt ist. Man hätte meinen können, sie stünde in Flammen.«

»Alle Achtung!«, sagte Ailish. »Du warst noch so jung und hast die Situation grandios gemeistert. Noch dazu auf der Beerdigung deiner Mutter.«

»Nach allem, was passiert war, war ich mit fünfzehn Jahren schon erwachsen. Ich hatte keine Wahl.«

»Mein verstorbener Ehemann Johnny sagte immer, dass man, wenn man erst einmal erwachsen ist, nicht mehr jünger wird«, sagte Katie. »Das scheint übrigens auf alle Mädchen und jungen Frauen zuzutreffen, die nach Carrigbrack kamen.«

Der Stolz, mit dem Katie über Johnny sprach, und die Liebe zwischen Iggy und Chrissie erfüllten Ailish mit einer immensen Traurigkeit. Doch das Gefühl kam ihr unangemessen vor, also versuchte sie, es zu verdrängen. »Es ist mir etwas unangenehm, das zu fragen«, sagte sie, »aber erinnere ich dich nicht ständig an das, was Sheedy dir angetan hat?«

»O Ailish, Liebes, wie kannst du nur so etwas sagen!«

»Ich schwöre«, sagte Iggy, »solange ich Chrissie kenne, will sie dich finden. Du hast keine Schuld an dem, was dieser Mann ihr angetan hat.«

»Weißt du«, sagte Chrissie, »ich denke oft an Hackett's Cross, und das nicht gerade auf melancholische Art. Es ist wunderschön dort, besonders im Sommer. Ich wünschte nur, ich hätte eine richtige Kindheit gehabt, um das genießen zu können.«

Katie schaute auf die Uhr. »Komm, meine Liebe«, sagte sie zu Beth, »wir sollten ihnen jetzt mal ein bisschen Zweisamkeit gönnen.«

»Und Gary anrufen, um ihm die Neuigkeiten mitzuteilen.«

Bevor sie sich verabschiedeten, machte Beth noch ein paar Fotos. Ailish versuchte, ihr Gesicht mit der Hand zu verdecken, so wie Angeklagte vor Gericht. Warum musste sie sich ausgerechnet heute so schrecklich fühlen? Als Nächstes verschwand Iggy. Er müsse noch ein paar Anrufe erledigen, sagte er.

Chrissie erhob sich von ihrem Sessel und setzte sich auf das Sofa neben Ailish. »Ich würde dir gerne das Haus zeigen, und ich habe eine Million Bilder, die wir uns gemeinsam ansehen könnten. Aber davor ...«

Ailish nahm ihre Hand. »Ist alles in Ordnung?«

»Bei mir ist alles bestens. Ich bin auf dem Weg der Besserung, und meine lang vermisste Tochter ist hier.« Sie zögerte. »Ich will dir nicht zu nahe treten, aber im Laufe der Jahre habe ich ein Gespür für Traurigkeit entwickelt. Iggy sagt, das sei mein größtes Talent. Irgendetwas macht dir Sorgen, oder?«

Kapitel 27

Gary

»Kommen Sie, kommen Sie herein«, sagte Katie. »Wir sind gerade erst selbst zurückgekommen. Schön, dass Sie vorbeischauen konnten.«

Gary trat in den warmen Flur und schlüpfte aus seinem Mantel. Es war eine typische Januarnacht, windig mit Regenschauern.

Katie hatte ihn aus London angerufen. »Gary, Sie werden es nicht glauben«, sagte sie, bevor sie die Neuigkeiten, die sie erfahren hatte, für ihn zusammenfasste. Und mit einem Mal war er so gut wie am Ende seiner Suche. »Ich glaube, ich kann Ihnen das Armband von Noreens Baby geben«, fügte sie hinzu. »Sie waren Paul.«

In einem Moment schwindelerregender Erleichterung willigte er ein, es bei Katie abzuholen. Sie erwähnte, dass Ailish ebenfalls dort sein werde, und er war einverstanden damit. Die Vorstellung, jemanden zu treffen, der die ersten Monate seines Lebens am selben Ort wie er verbracht hatte, war durchaus reizvoll. Und er war schrecklich aufgeregt. Obwohl sie seinen Brief nicht beantwortet hatte, war er sich fast sicher, die richtige Noreen gefunden zu haben.

Um ehrlich zu sein, gab es noch einen weiteren Grund, Katies Einladung anzunehmen. So peinlich es auch klang, er konnte durchaus etwas Zeit in normaler Gesellschaft gebrauchen. Ein nettes Beisammensein. Er hatte Franks Rat angenommen und wieder eine Therapie begonnen. Sein Therapeut war ein junger Mann, der viel über psychologische Techniken und Werkzeuge und angemessene Reaktionen sprach. Gary empfand die Sitzungen bei ihm als ziemlich hilfreich, aber wenn man die einzige Person, mit der man in den letzten drei Tagen gesprochen hatte, dafür bezahlen musste, dann war das doch irgendwie seltsam.

Dass Gary nicht mehr Zeit mit seiner Familie in Dublin verbrachte, war nicht seinen Eltern anzulasten. Er ging ihnen aus dem Weg, weil er sich nicht sicher war, wie viel er ihnen erzählen sollte. Er hatte Angst, sie könnten ihn für illoyal halten. Aber er schwor sich, es ihnen als Erstes zu erzählen, sobald er Noreen getroffen hatte. Nun, als Zweites. Zuerst müsste er Katie und Beth anrufen. In der Zwischenzeit machte es keinen Sinn, unnötige Diskussionen zu riskieren. Davon und von Ärger hatte es in seinem Leben bereits mehr als genug gegeben.

Wenn er eines durch Black Iris gelernt hatte, dann dies: Früher Ruhm bedeutete, dass man den Rest seiner Tage damit verbringen musste, hinter sich zu schauen. Ständig hatte man Angst, von der nächsten Generation überholt oder verdrängt zu werden. Man fürchtete sich, von jüngeren, heißeren, wichtigeren Typen abgelöst zu werden. Schließlich kam der Tag, an dem man erkannte, dass die Ängste absolut kindisch gewesen waren, meist dann, wenn man sie bereits überwunden hatte. Gary Winters, ein Mann, der einst geglaubt hatte, jede Nacht einen nackten weiblichen Körper und Alkohol zu brauchen, freute sich jetzt auf eine Tasse Tee mit drei Frauen: eine Ende sechzig, eine Großmutter in seinem Alter und eine Lesbe. Hurra! Hurra! Rock 'n' Roll!

Die drei tranken bereits Wein.

»Lieber nicht«, sagte er, als ihm Katie ein Glas anbot. »Schließlich gibt's Gesetze.«

Sie warf ihm einen fragenden Blick zu.

»Er meint die wegen Alkohol am Steuer«, erklärte Beth.

»Sie sind in *Irland*, Gary«, sagte Katie in einem Tonfall, der ihm das Gefühl gab, wieder zehn zu sein und gerade das Küchenfenster mit einem Fußball kaputt gemacht zu haben. »Aber gut. Möchten Sie dann eine Tasse Tee?«

Ihr Haus erinnerte ihn an das seiner Eltern: Es war altmodisch, aber schlicht. Es gab eine dreiteilige altrosafarbene Couchgarnitur, einen Kaffeetisch aus Pinienholz, einen alten Fernseher, einen CD-Spieler, eine Stehlampe mit einer Niedrig-Watt-Glühbirne und Pflanzen in Hülle und Fülle. Oh, und mehrere Fotos von ihrem verstorbenen Mann, darunter ein Hochzeitsfoto aus den frühen Siebzigern, auf denen alle abgelichteten Personen blass und überrascht aussahen. Ihm war zwar bewusst, dass man Menschen nicht nach ihrem Äußeren bewerten sollte, aber Johnny Carroll hatte sich diesbezüglich nicht beklagen können.

Katie eilte hin und her, um Snacks und Getränke zu servieren und sich sporadisch am Gespräch zu beteiligen. Beth plauderte angeregt, mal über lustige Dinge, dann wieder über ernste. Ailish hingegen war auffallend still. Da er wusste, dass sie ein Fan von Black Iris war, nahm Gary zunächst an, seine Anwesenheit habe ihr die Sprache verschlagen. Doch dann wurde ihm klar, dass er sich irrte. Sie hatte einen außergewöhnlichen Tag hinter sich. Sie war mit den Gedanken völlig woanders.

»Mir hat Ihr Beitrag im Onlineforum gefallen«, sagte er zu ihr.

»Wie haben Sie ...«, setzte sie an, schlug sich dann aber leicht gegen die Schläfe. »Natürlich haben Sie vermutet, dass er von mir stammt. Danke.«

»Es ist wichtig, den Menschen Hoffnung zu machen.«

»Worüber redet ihr?«, fragte Katie, als sie sich dazusetzte und eine rote Schachtel neben sich auf den Boden stellte.

»Gestern Abend«, sagte Ailish, »habe ich ein paar Zeilen in dem Forum geschrieben. Dass ich heute meine leibliche Mutter treffen werde und es ohne eure Hilfe nie dazu gekommen wäre. Ich habe meinen richtigen Namen nicht genannt, aber ...«

»Ich wusste sofort, dass Sie es waren«, sagte Gary. »Und als Katie aus London anrief, wurde meine Vermutung bestätigt.«

»Wie schön«, sagte Katie. »Danke, Ailish. In letzter Zeit bin ich nicht mehr dazu gekommen, online etwas zu lesen oder zu posten.«

»Ich dachte, ich lasse die Community daran teilhaben. Denn manchmal fühlt es sich so an, als würde keiner von uns je mit seinem Anliegen weiterkommen.« Ein Lächeln huschte über Ailishs Gesicht. »Und das stimmt nicht.«

»Apropos«, sagte Katie und hob die rote Schachtel hoch. »Hier drin ist das Armband von Baby Paul.« Sie hielt inne und schwieg einen Moment. Dann nahm sie den Deckel ab. »Chrissie konnte sich noch viel deutlicher an Noreen und Paul erinnern als ich. Ihre Erinnerungen haben meinem Gedächtnis auf die Sprünge geholfen.«

»Wirklich?«, sagte Gary.

»Ja. Ich kann sie jetzt auch wieder vor mir sehen. Sie war nicht besonders groß und hatte auch kein dunkles Haar oder einen dunklen Teint, also müssen Sie Ihr Aussehen von Ihrem biologischen Vater haben. Sie war an ein paar Auseinandersetzungen in Carrigbrack beteiligt, aber das waren einige der Mädchen.« Katie nahm ihr Notizbuch aus der Kiste.

Gary stellte erfreut fest, dass sie den Einband benutzte, den er ihr im letzten Jahr geschenkt hatte. Dann zog sie ein dünnes Stück Papier hervor und schaute es an, als sähe sie es zum ersten Mal.

»Sie bewacht diese Schachtel wie einen Schatz«, sagte Beth. »Als würde sie Atomwaffen-Codes darin aufbewahren.«

»Hier ist es«, sagte Katie. »Demzufolge wurden Sie am siebten August 1971 geboren.« Sie reichte ihm das Armband.

Obwohl Gary nichts getan hatte, kam es ihm vor, als hätte er etwas geschafft. Jetzt gehörte er zum inneren Kreis, war einer der Menschen, die entweder ihre leibliche Mutter gefunden hatten oder kurz davor standen. Er konnte sich nicht erinnern, dass seine eigenen Kinder jemals klein

383

genug gewesen wären, um ein so winziges Armband zu tragen, aber wahrscheinlich hatte er nur nicht darauf geachtet. Als Clark und Sam geboren wurden, war er wieder mal auf Tour gewesen. Und Angus' Mutter hatte ihn nicht dabeihaben wollen. »Du bist doch nur der Samenspender«, hatte sie gesagt. Und obwohl er bei Allegras Geburt physisch anwesend gewesen war, hatte er währenddessen doch nur daran gedacht, dass der Rest der Band gerade im Studio arbeitete.

Seine Tochter wurde so schnell groß, dass Gary versucht gewesen war, seinen Aufenthalt in Los Angeles zu verlängern. Am Tag vor seiner Abreise hatte Allegra gesagt: »Es macht mehr Spaß, wenn du hier bist.« Er hatte vor Freude fast ein Rad geschlagen. Doch dann war ihm klar geworden: Das war eine Kritik, kein Kompliment. Er musste unbedingt mehr Zeit mit ihr verbringen.

Während seiner drei Wochen in L.A. hatte er sich nur vage über die Band und den Grund für seinen langen Aufenthalt in Irland geäußert. Es war ihm gelungen, Anton aus dem Weg zu gehen, mit Ray hatte er sich letztlich getroffen. Er vermisste Ray und Liamo.

»Wir sind noch am Planen«, hatte sein alter Kumpel gesagt. »Du kannst es dir immer noch anders überlegen.« Sie hatten über Shanna gesprochen und über Anton, aber ... Plötzlich bemerkte er, dass Katie ihm eine Frage gestellt hatte. Auch Beth hatte etwas gesagt. Beide sahen ihn an.

»Tut mir leid«, sagte er. »Ich habe gerade nicht zugehört.«

»Wir wollen wissen, was Sie jetzt machen werden«, sagte Beth.

»Mich noch mehr in Sachen Noreen anstrengen, nehme ich an.«

Die Unterhaltung verebbte. Katie schien mit ihren Gedanken jetzt genauso weit weg zu sein wie er, und auch Beth war nicht so gesprächig wie sonst. Er vermutete, dass sie müde waren.

Schließlich ergriff Ailish das Wort. »Heute Morgen, als wir im Taxi saßen, lief ›Overboard‹ im Radio. Das war lustig. Na ja, nicht gerade lustig, aber Sie wissen schon ...«

»Ja, verstehe.« Gary hielt das Armband noch in der Hand. Er musste einen sicheren Aufbewahrungsort dafür finden. »Aber wie wär's, wenn wir uns duzen? Wir alle?« Er blickte sich fragend um und sah die anderen zustimmend nicken.

Ermutigt wandte Ailish sich erneut an Gary. »Vielleicht sollte ich das nicht fragen, aber stimmt es, dass du nicht mit der Band auf Tour gehen wirst? Ich meine, so stand es in der Zeitung, nur ... es wäre nicht dasselbe ohne dich.«

»So sieht's momentan aus, ja.«

»Aber sonst ist alles in Ordnung?«, fragte Katie. »Beth und ich hatten das Gefühl, dass dich etwas bedrückt.«

»Wir wollen natürlich nicht neugierig sind«, fügte Beth hinzu, »aber wir haben von der Tournee gelesen und dachten, es wäre schade, wenn du nicht dabei wärst.«

»Aber wie Beth schon sagte, wir wollen wirklich nicht neugierig sein.«

Er könnte einfach schweigen. Oder die Geschichte nur tröpfchenweise erzählen, in homöopathischen Dosen. Oder aber vorpreschen und die ganze Wahrheit sagen. Da-

385

rüber zu reden wäre sicherlich nicht der einfachste Weg. Vermutlich auch nicht der klügste. Aber wenn er es ihnen vorenthielt, würden sie sich noch länger Gedanken machen. Und ihn wieder und wieder fragen. Sie sahen ihn alle so erwartungsvoll an. Noch dazu hatte ihn die Sache mit Noreen nachdenklich gemacht. Und er schuldete Katie mehr als das billige Stück Leder ihres Notizbucheinbands.

Aber eins nach dem anderen. »Habt ihr vielleicht irgendetwas, in das ich das hier hineintun könnte?«, fragte er und deutete auf das Armband. »Oh, und ich habe meine Meinung geändert. Ich würde doch gern ein Glas Wein mit euch trinken.«

Zwei Minuten später, mit dem Armband in einer Plastiktüte und einem Glas Weißwein in der Hand, begann Gary zu erzählen. Er hatte die Geschichte bisher kaum jemandem anvertraut. Es fiel ihm nicht leicht, und er würde einiges etwas ändern müssen, aber egal.

»Das Ganze ist jetzt vier Jahre her«, sagte er. »Wir tourten durch die USA, nachdem wir ein mittelmäßiges Album herausgebracht hatten.«

»*Sands of Time*«, sagte Katie.

Gott, sie war unglaublich. Sie musste sich die gesamte Backlist gemerkt haben. Wahrscheinlich wusste sie auch, wie das Album bewertet worden war: drei Sterne vom *Rolling Stone* und vom *NME* und erbärmliche 4,2 von möglichen zehn Punkten von *Pitchfork*. Nicht dass er sich darüber beschweren durfte. Zu dem Zeitpunkt verkauften sie schon seit einigen Jahren mittelmäßige Songs als Klangjuwelen. Nur, dass man sie mit dem Album dabei erwischt hatte.

»Stimmt«, sagte er, »sogar der Titel war Mist. Wie der eines Metal-Albums von 1985. Auch die Tournee lief nicht besonders gut. Zu viel Ego, zu wenig Energie. Und die meiste Zeit war Anton vollkommen high. Bis dahin hatte er, ob dicht oder nicht, bei den Shows immer funktioniert. So wie es von einem Frontmann erwartet wird: Selbst wenn wir in der trostlosesten Stadt Amerikas spielten, ließ er das Publikum glauben, dass wir eine supergeniale Zeit hatten. Niemand hing sich so rein wie Anton. Aber auf dieser Tournee hatte er seine besonderen Fähigkeiten verloren. Manchmal vergaß er sogar die Hälfte des Textes.«

»Was hat er genommen?«, fragte Beth.

»Heroin.«

»Scheiße.«

»Du sagst es. Wie ihr euch vorstellen könnt, hat das zu einer Menge Spannungen geführt. Ich habe in meinem Leben zwar auch ziemlich viel Mist gebaut, aber zumindest war ich schlau genug, einen großen Bogen um Heroin zu machen. Wenn man aus Dublin kommt, weiß man, dass das Zeug dich fertigmachen kann. Auch Anton wusste das. Er war überzeugt, niemals diesen Fehler zu machen – und dann hat er ihn doch gemacht.«

»Was war mit den anderen?«, fragte Katie.

»Liamo hat seine eigenen Kämpfe mit dem Alkohol ausgefochten. Zum Tourzeitpunkt war er allerdings nüchtern. Und Ray hat schon immer ein Leben ohne jede Eskapade gelebt. Er hatte eine schwere Kindheit hinter sich und weiß von uns vieren vermutlich am meisten zu schätzen, was wir erreicht haben. Vergesst nicht, dass wir damals von Menschen umgeben waren, die uns *alles* ermöglicht haben. Wenn man einen bestimmten Grad an Erfolg erreicht, gibt es genügend Leute, die einem ständig sagen, dass man recht hat – und dass man haben kann, was man will. Das ist so eine Machtsache. Und, ja, auch eine des Geldes.«

Gary hielt inne und trank einen Schluck Wein. Auch wenn seine Geschichte in gewisser Weise von Reichtum und Ruhm handelte, ging es doch letztlich um sehr einfache Dinge. Auch das hatte er gelernt: wie einfach die meisten Menschen gestrickt waren. Und wie bereits eine Handvoll Entscheidungen ein Leben prägen konnte.

»Jedenfalls«, sagte er, »hielt sich irgendwann immer häufiger eine Frau in unserer Nähe auf. Shanna. Shanna Ellis. Sie war eine Freundin von einem der Crewmitglieder. Und sie war einfach … da. Das hört sich vermutlich an, als wäre sie ein Groupie gewesen. Ihr wisst schon, ein Mädchen, das …«

»Ich weiß, was ein Groupie ist«, unterbrach ihn Katie. »Ich bin mir sogar ziemlich sicher, dass Groupies von meiner Generation erfunden wurden.«

Beth und Ailish lächelten.

»Richtig«, sagte er. »Nun, Shanna war anders. Ihr ging es vor allem um das Abenteuer. Sie kam aus einer wohlhabenden Familie in L.A. Ihr Vater war Drehbuchautor – das ist er immer noch – und ihre Mutter eine dieser magersüchtigen Frauen, die sich immer viel zu schick anziehen. Und natürlich war Shanna hübsch. Das typische blonde, blauäugige kalifornische Girl. So weit, so gut. Aber sie war auch etwas Besonderes. Wir hatten uns daran gewöhnt, dass alle die ganze Zeit irgendwie abgestumpft und blasiert waren. Shanna war das genaue Gegenteil. Sie war total enthusiastisch.«

»Hat sie irgendwas gemacht?«, mischte Beth sich ein. »Ich meine, einen Job oder so?«

»Nein, eigentlich nicht. Sie ist durchs Land gefahren.«

Bevor Beth etwas erwidern konnte, warf Katie ihr einen sanften Blick zu, als wollte sie sagen: Unterbrich ihn nicht, ja?

Gary trank noch einen Schluck und fuhr fort: »Ich hatte mich gerade von Posy, Allegras Mutter, getrennt und war wieder single. Und, na ja, es dauerte nicht lange, bis Shanna und ich was miteinander anfingen. Ich wäre gerne richtig mit ihr zusammen gewesen, aber sie hat die Sache entspannter gesehen. In manchen Nächten verschwand sie einfach, was sie für mich natürlich nur umso begehrenswerter machte.«

Er hielt inne und trank den letzten Rest seines Weins. Irgendwie redete er um den heißen Brei herum. So wie immer, wenn es um Shanna ging.

»Wie alt war sie?«, fragte Beth.

»Dreiundzwanzig«, antwortete er und wünschte, es würde sich weniger schmierig anhören. »Also, ja, sie war etwas jünger als ich.« Einundzwanzig Jahre, um genau zu sein, nur wenig älter als sein Sohn. Als Shanna geboren wurde, hatte Gary mit Black Iris bereits den Schritt nach Amerika gewagt. Er war schon erwachsen gewesen. »Es war toll, die

389

Welt mit den Augen von jemandem zu sehen, der noch nicht alles kannte. Die Tournee war lang, eine Stadt reihte sich an die andere: Tulsa, Glendale, Newark. Orte, wo ich schon fünfzigmal gewesen war, die ich aber trotzdem nicht wiedererkannt hätte. Shanna hingegen sah alles aus einer völlig anderen Perspektive. Sie erinnerte mich daran, wie sehr ich es einst geliebt hatte, Teil der Band zu sein. Dass jeder Tag ein Erlebnis gewesen war. Nachdem ich die Affäre mit ihr begonnen hatte, wurde die Tour für mich erträglich. Und so dumm es auch klingt: Ich liebte sie dafür.«

»Warte kurz«, sagte Katie. »Ich glaube, wir brauchen Weinnachschub.«

»Ich kümmere mich darum«, sagte Beth.

Eine Minute später kam sie mit einer vollen Flasche Sauvignon Blanc und einer weiteren Frage zurück. »Du hast gesagt, Shanna sei manchmal verschwunden. Wohin?«

Gary stellte sein Glas ab und massierte mit den Fingern seine Schläfen. »Ein Teil ihrer Anziehungskraft beruhte darauf, dass sie so jung und provokant war. Sie erzählte uns Sachen aus ihrem Leben, zum Beispiel, dass sie an der Uni zur Hardcore-Szene gehört und viele Drogen konsumiert habe. Es klang immer ziemlich amüsant, aber ich habe diesen Geschichten nicht besonders viel Bedeutung geschenkt. Natürlich hätte ich kapieren müssen, was da abging, aber das habe ich einfach nicht.«

»Du hast nicht ...«

»Sie war auch mit Anton zusammen«, sagte er. »Ich war ihr nicht genug. Nur war Anton überhaupt nicht in der

Lage, eine richtige Beziehung zu führen. Außerdem erwartete seine Frau, die in L.A. geblieben war, zu der Zeit ihr gemeinsames Kind.«

Beth verdrehte die Augen. »Die Arme.«

»Wie hast du es herausgefunden?«, fragte Katie.

»Ganz klassisch. Ich habe sie überrascht. Nachdem ich den ersten Schock überwunden hatte, beschimpfte ich sie mit allen Namen, die mir einfielen, und das waren ziemlich viele. Wir waren gerade in Orlando – Mickey-Mouse-Country –, und an diesem Abend war die Atmosphäre auf der Bühne ziemlich toxisch. Nein, toxisch ist noch untertrieben. Am liebsten hätte ich Anton umgebracht. Und ja, ich weiß, das sagt jeder mal, aber ich meine es wirklich so.«

»War sie … nahm Shanna mit Anton zusammen Drogen?«

»Davon bin ich erst mal ausgegangen. Später hat sich jedoch herausgestellt, dass ich mich geirrt hatte. Vielleicht wäre es sogar besser gewesen, wenn sie sich einen Schuss gesetzt hätte.«

Sowohl Katie als auch Ailish runzelten die Stirn.

»Ein bisschen Geduld noch, ihr werdet es gleich verstehen. In jener Nacht konnte ich sie nicht finden, aber am nächsten Morgen kam sie zu mir. Ich bin mir nicht sicher, was ich erwartet habe. Vielleicht eine Art Entschuldigung. Ich wollte sie noch immer, sagte ihr aber, sie solle besser nicht mit einem verheirateten Heroinabhängigen rummachen. Sie ist total durchgedreht und hat rumgeschrien, wir beide hätten unseren Spaß gehabt, und sie sei noch jung und habe keinen Bock, sich an irgendjemanden zu ketten. Im Nachhinein weiß ich, was für ein Idiot ich gewesen bin. Ich wollte mit ihr meine Jugend zurückholen, dabei sehnte sich eine Zwanzigjährige nach einem komplett anderen Leben. Shanna wollte in erster Linie die Euphorie, die Angst und den Wahnsinn erleben. Ich hatte das alles bereits kennengelernt und konnte die Uhr nicht mehr zurückdrehen. Was ich wollte, war eine bereinigte Version davon.«

Gary hielt inne und nahm noch einen Schluck vom Wein. Er konnte Shanna noch immer vor sich sehen. Sie hatte ein leuchtend grünes Kleid mit Blumenmuster getragen, einen winzigen Fetzen Stoff, der ihr kaum über den Hintern reichte. Ihr Haar hatte sie locker zu einem Zopf geflochten, wie eine Milchmagd. Es war ein sonniger Morgen, und es wirkte, als würde Shanna im Licht schimmern.

Er sah auch Anton vor sich. Anton in seiner besten Zeit, mit hellbraunen Haaren, die ihm immer in die blauen Augen fielen. Anton mit seiner Verachtung für das Mittelmaß, mit seinem Talent, den Alltag in ein Abenteuer zu verwandeln. Anton mit dieser Stimme, die jedes Konzert dominierte, und seinem Gehabe, mit dem er seine vorstädtischen Unsicherheiten überspielte.

»Ich werde mein Leben lang bereuen, was dann passiert ist«, sagte Gary. »Mein Leben lang. Aber ich kam mir vor wie ein Idiot, obwohl doch in Wirklichkeit sie diejenige war, die verarscht wurde. Ich fragte sie, ob sie wisse, dass Anton verheiratet sei. ›Ja‹, sagte sie. ›Aber ich will ja auch nicht seine Frau werden, sondern mich nur amüsieren. Außerdem führen die beiden eine offene Beziehung.‹ Ich konnte nicht glauben, dass sie auf den typischsten Spruch im Rock 'n' Roll reingefallen war. Also habe ich es ihr gesagt. ›Das dürfte Aimee neu sein‹, sagte ich. ›Vor allem, da bei ihr jederzeit die Wehen einsetzen können.‹ Ich sah, dass Shanna überrascht war, aber sie tat so, als würde ihr das nichts ausmachen. ›Ach, und dann sind da noch die Zwillinge‹, fuhr ich fort, »die Kleinen sind erst zwei Jahre alt. Was sie wohl für eine Kindheit haben, hm? Nicht nur, dass ihr Vater total durchgeknallt ist, nein, er hat auch noch die letzten sechs Monate damit verbracht, alles zu vögeln, was nicht bei drei auf den Bäumen war.‹ Sie fragte mich, was ich damit meine, und ich sagte, dass es schon mindestens drei oder vier andere wie sie auf der Tournee gegeben habe.«

»Stimmte das?«, fragte Beth.

»Nicht dass ich wüsste. Aber ich liebte sie, und sie … sie würde mich niemals lieben. Ich hatte das überwältigende Bedürfnis, sie dafür zu bestrafen. Eigentlich wusste ich, dass sie an dem, was ich über Anton gesagt hatte, bereits ganz schön zu knabbern hatte, also hätte ich es dabei belassen können. Aber ich war so unglaublich wütend, fühlte mich so gedemütigt, dass ich das Messer einfach noch ein Stückchen weiter drehte.«

Er wollte noch einen Schluck trinken, bemerkte aber, dass sein Glas leer war. Katie schenkte ihm nach.

»Danke«, sagte er. »Also machte ich Shanna klar, dass sie auf der Tour nicht länger erwünscht sei. Sie erwiderte, ich könne sie nicht zum Gehen zwingen, wenn Anton sie gerne um sich hätte. Daraufhin sagte ich, dass Anton bedeutend mehr Gründe habe, mir treu zu sein als ihr, und dass ich nur mit den Fingern schnalzen müsste, und sie wäre weg. Zu diesem Zeitpunkt war sie bereits ziemlich fertig, aber ich konnte einfach nicht aufhören. Ich sagte, wenn sie auch nur ein bisschen Menschlichkeit in sich hätte, würde sie auf der Stelle zurück zu Mummy und Daddy in Beverly Hills laufen.«

Je länger Gary sprach, desto klarer wurden seine Erinnerungen. Er sah Shanna wieder vor sich: das kurze grüne Kleid, das zerzauste blonde Haar, die Tränen, die Spuren auf ihr Gesicht malten. Er hatte gewollt, dass sie sich genauso mies fühlte wie er. Nur, dass er bereits zweimal verheiratet und Vater von vier Kindern gewesen war und schon mehrere Jahrzehnte auf dem Buckel gehabt hatte. Sie hingegen war nichts weiter als ein naives Mädchen gewesen. Ein wunderschönes, lustiges Mädchen, das ein tolles Leben hätte führen sollen. Das noch viele Fehler hätte machen dürfen.

»Danach«, sagte er, »bin ich gegangen. Ich musste den Tourbus erwischen. Der nächste Stopp war Tampa. Das war das letzte Mal, dass ich sie gesehen habe. Obwohl, nein, das stimmt nicht ganz.« Er hielt inne. »Entschuldigt, ich brauche einen Moment.«

»Du musst nicht weitererzählen«, meinte Katie.

»Doch, ihr sollt auch den Rest erfahren.« Garys Knie begann zu zucken. Er versuchte, das Zittern zu kontrollieren, aber das Knie hatte seinen eigenen Willen. »Wir spielten ein paar weitere Konzerte. Anton und ich sprachen kein Wort miteinander. Von Shanna keine Spur. Ich hatte ein schlechtes Gewissen wegen ihr, also rief ich sie an. Sie ging nicht ran, also wählte ich wieder und wieder und wieder ihre Nummer. Fragt mich nicht, warum, aber irgendwie wusste ich es.«

Jetzt zitterte auch Garys rechte Hand. Es war so schwer.

»Bei meinem letzten Versuch hob ein Polizist ab. Man hatte ihre Leiche in einem Motel gefunden, einem der dreckigsten in Orlando. Sie war an einer Überdosis gestorben. Spritze und Löffel und alles lagen neben ihr. Sie war in der Vergangenheit schon mal abhängig, aber in letzter Zeit anscheinend clean gewesen, und dann hatte sie eine zu hohe Dosis genommen. Wenn dein Körper nicht mehr an die Droge gewöhnt ist, dann passiert das relativ einfach: Du gehst drauf.«

Er wollte noch hinzufügen: *Und trotzdem hat nicht das Heroin sie getötet, sondern ich.*

Selbst jetzt konnte er noch die Gluthitze des Florida-Morgens spüren, die Bougainvilleen riechen, das Rauschen des Stadtverkehrs hören. Er erinnerte sich daran, wie sich die anfängliche Panik in ein bodenloses Gefühl der Angst verwandelt hatte. Beinahe noch im selben Augenblick erkannte er, dass das diesmal nichts war, das Frank oder einer seiner Lakaien wegzaubern konnte. Es gab keinen sicheren Hafen mehr. Aus dem Land der Toten konnte Shanna niemand mehr zurückholen.

»Mein Gott, wie schrecklich«, sagte Beth. »Und was passierte dann?«

»Weil ich sie anscheinend angerufen hatte, noch bevor die Beamten die Familie erreichen konnten, haben sie mich gefragt, ob ich ihre Leiche identifizieren könne. Ich habe Ja gesagt. Irgendwie haben wir das alles durchgestanden, ohne dass die Medien etwas davon mitbekamen. Es gab ein paar Posts mit Anspielungen im Netz, ein paar Mutmaßungen und Gerüchte, aber nichts Konkretes. Shannas Eltern waren am Boden zerstört. Zum Glück wussten sie nicht, was ich ihrer Tochter an den Kopf geworfen hatte. Ich hatte vor, zur Beerdigung zu gehen, aber sie wollten mich nicht dabeihaben. Sie hatten Angst vor einem möglichen Medienrummel.

Irgendwie haben wir die Tournee zu Ende gespielt. Erst danach hat es mich so richtig getroffen. Und dann kam der Gedanke: Ich bin raus. Ich kann das nicht mehr. Ich habe meine Entscheidung nie offiziell gemacht. Aber das musste ich auch nicht. Wir wussten ja alle, dass wir eine Pause brauchten. Tja. Ich habe mich schon gefragt, ob ich Anton mit der Zeit vergeben könnte – nicht nur dafür, dass er mit Shanna geschlafen hatte, sondern auch dafür, dass er durch das Chaos in seinem Leben alles zerstört hatte. Ich habe mich auch gefragt, ob ich mir selbst irgendwann verzeihen könnte. Die Antwort scheint Nein zu lauten. Seit über drei Jahren habe ich nicht mehr mit ihm gesprochen. Wenn überhaupt, dann ist es eher schwieriger als leichter geworden, Frieden zu schließen. Und so blöd es auch klingt, ich sehe Allegra an und habe Angst, irgendwelche Jungs könnten sie genauso behandeln.«

Katie schlug die Beine übereinander. »Wie geht es Anton jetzt?«

»Gut, soweit ich weiß. Er hat ein paar Jahre dafür gebraucht, aber alle sagen, er sei jetzt clean und wolle wieder loslegen.«

»Und du willst das nicht?«

»Es fühlt sich nicht richtig an. Ich kann nicht so tun, als hätte Shanna nie existiert. Ich habe diese Frau geliebt und sie getötet.«

Ailish war die meiste Zeit über stumm geblieben. Zunächst vermutete Gary, dass sie mit ihren Gedanken weit weg war und gar nicht zuhörte. Doch dann bemerkte er, dass das nicht stimmte. Sie lauschte jedem Wort, hatte aber anscheinend beschlossen, ihn nicht zu unterbrechen. Es war eine seltene Gabe, den Mund zu halten, wenn man nichts zu sagen hatte.

Jetzt beugte sie sich vor. »Du hast es nicht getan.«

»Entschuldige?«, antwortete er.

»Du hast sie nicht getötet. Und Anton auch nicht. Nur, weil du sie schlecht behandelt hast, bist du nicht für ihren Tod verantwortlich. Ich meine, ihr habt beide euren Status missbraucht, und das sollte euch zu Recht leidtun. Aber Shanna hat selbst auch ein paar falsche Entscheidungen getroffen. Ihr habt die Spritze nicht aufgezogen und sie ihr in den Arm gerammt.«

»So fühlt es sich aber an.«

»Tja, das ist, wenn ich das sagen darf, ziemlich selbstgefällig von dir.« Ailish schob sich eine Haarsträhne aus dem Gesicht. Sie hatte ein kleines Gesicht und große Augen. Obwohl auch sie Wein getrunken hatte, sah sie ihn hoch konzentriert und nüchtern an. »Entschuldige, das war vielleicht ein wenig hart. Aber es kommt mir so vor, als hättest du dir eine falsche Denkweise angewöhnt. Das tun wir alle. Ich nehme mich selbst davon nicht aus.«

»Ich weiß nicht ...«, begann Gary. Er war verärgert und zugleich von ihr fasziniert.

»Beantworte mir folgende Frage: Hasst du Anton?«

»Nein. Ich könnte ihn niemals hassen. Ich hatte mit dem Kerl die beste Zeit meines Lebens. Wir waren noch Kinder, als wir uns kennenlernten, und egal, was später auch passiert ist, ich werde immer froh sein, dass wir einmal Freunde waren.«

»Dann musst du deinen Frieden mit ihm machen. Ich weiß, es ist leicht, über das Leben anderer zu urteilen. Ich meine, du denkst vermutlich, ich hätte keine Ahnung, wovon ich rede. Dass ich nur ein Niemand bin, der nicht verstehen kann, was du fühlst. Aber das tue ich. Glaub mir, ich weiß alles über diese bescheuerten Sachen, die wir uns gegenseitig – und uns selbst – antun. Du hast so großes Talent und vielen Menschen damit Freude gemacht. Es kann nicht sein, dass du wegen einer falschen Entscheidung für immer von der Bildfläche verschwindest.«

Vielleicht war es der Alkohol, vielleicht das befreiende Gefühl, endlich alles erzählt zu haben, jedenfalls war Gary von Ailishs Worten zutiefst berührt. »Okay«, sagte er.

Sie nickte. »Wollt ihr wissen, was neulich bei mir zu Hause passiert ist? Katie und Beth, bitte verzeiht, dass ich es euch nicht schon früher gesagt habe, aber ich habe mich so geschämt. Mein Mann hat meinen Sohn dermaßen heftig geschlagen, dass Stevie mehrere Minuten lang bewusstlos war.«

»O Ailish, Liebes«, sagte Katie. »Du musst dich dafür doch nicht schämen.«

»Aber das tue ich. Der heutige Tag sollte etwas ganz Besonderes werden. Es hätte einzig und allein um Chrissie gehen sollen, um diese erstaunliche Frau, die so viel durchgemacht und es geschafft hat, über all das hinauszuwachsen. Stattdessen habe ich eine Stunde damit verbracht, an ihrer Schulter zu schluchzen und ihr zu beichten, was für ein schreckliches Chaos bei mir zu Hause herrscht. Danach ist mir etwas klar geworden: Ich hasse Keith. Ich glaube nicht, dass ich jemals aufhören werde, ihn zu hassen. Aber ich bin zu feige, um etwas gegen ihn zu unternehmen.«

Kapitel 28

Katie

Katie tigerte in der Küche auf und ab und hoffte, Beth würde endlich aufstehen. Sie freute sich, dass ihre Nichte beschlossen hatte, sich einen weiteren Tag freizunehmen. Sie hatten viel zu besprechen. Leider schlief Beth wie ein Murmeltier und lag noch immer im Bett, obwohl es bereits fast Mittag war. Ailish und Gary waren vor ein paar Stunden gegangen. Ailish hatte die Nacht im Gästezimmer verbracht, Gary auf dem Sofa. »Ich habe schon an viel unbequemeren Orten gepennt«, hatte er gesagt, und sie hatte daran nicht gezweifelt.

Was für eine Nacht.

Katie musste unentwegt daran denken, was die beiden gesagt hatten. Sie wusste nicht, was sie mehr schockiert hatte. Obwohl sie geahnt hatte, wozu Keith fähig war, überraschte es sie doch, dass er seinen Sohn besinnungslos geschlagen hatte und dennoch weitermachen wollte, als wäre nichts geschehen. Was für ein sturer Bock! Sie sorgte sich um Ailishs Sicherheit. Das hatte sie ihr auch gesagt, aber Ailish hatte ihre Bedenken abgetan. Auch wenn sie aufgehört hatte, sich für ihn zu entschuldigen – sie lebte noch immer mit ihm unter einem Dach, während Stevie ausgezogen war.

Am Ende hatte Katie sie direkt gefragt: »Schlägt Keith dich?«

»Ja«, hatte Ailish geantwortet. »Aber nie so heftig wie letztens Stevie. Er hat mir noch nie etwas gebrochen.«

O Ailish.

Dann war da noch Gary. Katie war aufgefallen, dass sie ihn nicht mehr als Rockstar, sondern als normalen Menschen wahrnahm. Damit sah sie sich gezwungen, ihn neu zu bewerten. In Wirklichkeit hatte er sehr wenig mit ihr oder sonst jemandem, den sie kannte, gemein. Und doch hatte Ailish mit ihm gesprochen, als wäre er ein Freund, der dringend einen guten Rat nötig hatte. Und er hatte zugehört.

Katie wartete noch immer auf Beth, aber das war kein Grund, die Hände in den Schoß zu legen. Sie konnte durchaus etwas tun. Nun, eine Sache im Besonderen. Sie griff nach ihrem Handy. In Boston war es jetzt früher Morgen. Vielleicht erwischte sie Brandon noch, bevor er zur Arbeit ging. Nein, dachte sie dann. Später würde auch noch reichen.

Allerdings sagte sie sich das jetzt schon seit einer Woche.

Sie schaltete das Radio ein. Die Leute beschwerten sich über schlechte Autofahrer, schlechten Internetzugang und die Fleischpreise. Sie schaltete es aus und drehte eine weitere Runde in der Küche.

Sie freute sich schon darauf zu hören, was Beth zu Gary und Ailish zu sagen hatte. Am Abend zuvor hatten sie keine Gelegenheit mehr gehabt, in Ruhe miteinander zu sprechen. Nicht nur, dass sie beide wie gelähmt vor Müdigkeit gewesen waren, sie hatten auch Angst gehabt, dass ihre Gäste sie hören könnten. Deshalb hatten sie nur kurz miteinander geflüstert, wie Schulmädchen, nachdem das Licht ausgeknipst wird.

Katie wollte mit Beth auch über Chrissie reden. Ihr Wiedersehen hatte weitere Erinnerungen an Carrigbrack geweckt. Sie erinnerte sich immer besser daran, wie das Heim all diesen jungen Frauen ihre Jugend geraubt hatte, sodass sie lange vor ihrer Zeit bereits grau und faltig wirkten. Und trotz allem, einschließlich ihrer Krankheit, schien Chrissie immer noch zu funkeln und zu glänzen. Wie hatte sie das nur geschafft? Katie konnte sich diese Frage ebenso wenig beantworten, wie sie sich erklären konnte, warum Ailish bei ihrem gewalttätigen Rindvieh von Ehemann blieb oder Gary entschlossen war, das aufzugeben, was er am meisten liebte. Aber wie sollte sie andere auch verstehen, wenn sie sich selbst so oft nicht verstand?

Und dann … was, wenn alles vorbei wäre, sobald sie so viele Armbänder wie möglich zurückgegeben hätten? Würde Beth dann bei ihr bleiben? Margos höhnische Bemerkung darüber, dass sie keine eigenen Kinder hatte, wollte ihr einfach nicht aus dem Kopf gehen. Tatsächlich war Beth im Laufe der letzten Monate zu so etwas wie ihrer Ziehtochter geworden. Katie hatte sich längst an ihr Chaos, an ihre Vorlieben und Abneigungen gewöhnt. An unbekannte Musik im Radio, Netflix statt Fernsehen und an einen Kühlschrank voller Säfte von exotischen Früchten. Katie hatte begonnen, sich mit thailändischem Essen, Horrorfilmen und starkem Kaffee anzufreunden. Sie vermisste Johnny zwar immer noch, aber ihre Trauer schmerzte nicht mehr ganz so stechend.

Sie ermahnte sich, sich immer vor Augen zu halten, dass das Arrangement mit Beth nur vorübergehender Natur war. Ihre Nichte würde irgendwann weiterziehen, darauf musste sie vorbereitet sein.

Und nicht nur das. Auch Gary, Ailish, Brandon und die anderen Carrigbrack-Kinder würden nicht für immer Teil ihres Lebens sein. Der Kontakt würde mit der Zeit immer mehr abnehmen. Ja, sie würde sie vermissen. Die Schachtel mit den Armbändern war bereits deutlich leerer. Kurzzeitig hatte sie erwogen, doch Beth nachzugeben und die Liste derer, denen sie halfen, auch um die Menschen zu erweitern, die außerhalb des anfangs im Onlineforum genannten Zeitraums in Carrigbrack geboren worden waren. Aber sie wusste, dass das ein Fehler wäre.

Obwohl sie längst auch mit ihren Freunden über das hätte sprechen sollen, womit sie momentan ihre Zeit verbrachte, hielt sie irgendetwas davon ab. Die einfachste Erklärung dafür lautete, dass sie zu beschäftigt gewesen war. Doch die Wahrheit war wie immer komplexer: Die Armbänder waren ihr Geheimnis, und sie hatte noch nie gerne Geheimnisse geteilt.

Als Beth endlich auftauchte, noch im marineblauen Morgenmantel und mit abstehenden Haaren, schälte Katie gerade Kartoffeln fürs Abendessen. Es schadete ja nicht, es frühzeitig vorzubereiten.

403

»Mein Gott, Katie!«, sagte Beth. »Warum schläfst du nicht mal aus?«

Katie ließ Wasser in einen Topf laufen und warf die Schalen in den braunen Eimer. »Ich musste unsere Gäste verabschieden, deshalb bin ich aufgestanden. Und ehrlich gesagt konnte ich eh nicht schlafen. Mir geht zu viel durch den Kopf.«

»Das kann ich gut verstehen. Komm, setz dich, ich mache uns einen Kaffee.«

»Also«, sagte Katie.

»Also …?«

»Also, womit willst du anfangen?«

»Keine Ahnung«, sagte Beth und steckte zwei Scheiben Brot in den Toaster. »Vielleicht mit Ailish. Was für ein verrückter Tag. Da trifft sie endlich Chrissie und muss die ganze Zeit daran denken, dass Keith zu Hause sitzt und ihr ihr Glück nicht gönnt. Stell dir vor, jemand schlägt seinen eigenen Sohn so, dass er bewusstlos wird! Ich hoffe, ihr passiert zu Hause nichts.«

»Ich auch. Was ist mit Gary?«

»Kein Wunder, dass er etwas seltsam ist. Was für eine schreckliche Geschichte.«

»Schon«, sagte Katie. »Aber wenn du mich fragst, hat Ailish recht. Er tut sich keinen Gefallen damit, wenn er hier rumhockt und sich den Kopf zermartert, was er und Anton hätten anders machen sollen.«

»War Ailishs Reaktion nicht unglaublich? Darauf war ich überhaupt nicht vorbereitet. Hut ab!«

Katie goss Milch in ihren Kaffee. »Vermutlich hätte sie

uns nicht von Keith erzählt, wenn Gary nicht zuerst gebeichtet hätte.«

»Ja, das muss für sie echt bizarr gewesen sein. Da trifft sie eins ihrer größten Idole, und praktisch das Erste, was Gary sagt, ist: ›Eigentlich habe ich eine Frau umgebracht.‹ Das ist ungefähr so, als würdest du – wen hast du als Kind vergöttert? Perry Como? Frank Sinatra? – treffen, und der würde so euer Gespräch beginnen.«

Katie schnaubte. »Beth Linnane! Für wie alt hältst du mich eigentlich?«

»Tut mir leid«, sagte Beth, nachdem sie ihren Toast mit Butter bestrichen hatte. »Offensichtlich habe ich mich mit den Jahrzehnten vertan. Aber du weißt, was ich meine.«

»Klar.«

»Außerdem weiß ich, wie alt du bist. Du wirst im März siebzig.«

»Wie kommst du denn jetzt …?«

»Mam überlegt, ob du dich über eine Party freuen würdest.«

»Um Gottes willen, nein.«

Beth lachte. »Schätze, das war Antwort genug. Pass nur auf, sonst kriegst du zum Geburtstag noch eine gigantische Torte und sie stellt dir ein Partyzelt in ihrem Garten auf.«

»Wie ist sie bloß auf die Idee gekommen?«, fragte Katie. Fühlte Margo sich vielleicht schuldig wegen dem, was sie an Weihnachten zu ihr gesagt hatte? Dann könnte das Angebot ein Versuch sein, ihr Gewissen zu beruhigen. Oder sie suchte nach einer Ausrede, um anderen ihr schönes Haus und ihre süßen Enkelkinder zu präsentieren. Oder

405

sie hatte tatsächlich den Wunsch, den Geburtstag ihrer Schwester zu feiern. Es war durchaus möglich, dass Letzteres zutraf. Möglich ja, aber unwahrscheinlich. Hör auf, dachte Katie. Das ist gemein. Warum kannst du es nicht einfach als ein freundliches Angebot betrachten?

»Ich habe keine Ahnung, warum sie so etwas Großes auf die Beine stellen will«, sagte Beth. »Aber mach dir keine Sorgen. Ich werde ihr ausrichten, dass du kein Aufheben willst.«

»Danke. Und falls du noch ein Argument brauchst, kannst du ihr ruhig sagen, dass so ein Fest vermutlich zu früh nach Johnnys Tod wäre.« Katie hatte noch nie viel für Partys übrig gehabt. Sie mochte es lieber ein wenig ruhiger. Das war einer der Gründe, warum sie nach Dublin gezogen war. Nach ihrer Zeit in Danganstown, wo jeder alles über jeden wusste und zu allem seine Meinung hatte, schätzte sie die Anonymität der Stadt.

Beth nippte an ihrem Kaffee. »Alles in Ordnung?«, fragte sie. »Du wirkst so nachdenklich.«

»Ach, es gibt so einiges, über das ich nachdenke.«

»Einschließlich Linda und Eddie?«

»Ja.«

»Warum rufst du Brandon nicht an?«

Katie schaute auf die Uhr. »Dafür ist es zu spät. Er wird bei der Arbeit sein.«

»Er ist doch kein Teenager, der in einem Aushilfsjob geknechtet wird! Ich bin mir sicher, er darf privat telefonieren, und wenn er kein Interesse an einem Gespräch mit dir hat, ist das sein Problem. Er hatte wirklich genügend Zeit, alles sacken zu lassen, und du hast dir schon so viel Mühe mit ihm gegeben.«

Obwohl Katie der Gedanke wehtat, dass Brandon seinen Zwilling vielleicht gar nicht treffen wollte, war es doch seine Entscheidung. Er hatte bereits eine Frau, die ihn liebte und unterstützte, und liebevolle Eltern. Vielleicht war ihm das genug. Trotzdem klang das, was Beth gesagt hatte, vernünftig. Er hatte ein Recht darauf zu erfahren, was sie herausgefunden hatte. Also zählte sie bis zehn und wählte dann seine Nummer. Er ging nach dem ersten Klingeln ran.

Befangen tauschten sie ein paar Floskeln aus, dann nahm Katie all ihren Mut zusammen und legte los. »Ich weiß, wir beide hatten nicht den besten Start, und ich gebe mir selbst die Schuld dafür. Aber ich habe noch etwas über Ihren Bruder herausgefunden, und wenn es auch letztlich Ihre Entscheidung ist ... denn natürlich ist es das ... denke ich jetzt, dass es durchaus möglich wäre, ihn zu finden.«

Es gab eine kleine Verzögerung, bevor Brandon antwortete. Keine transatlantische Verzögerung in der Übertragung, sondern eine, die darauf hindeutete, dass er seine Antwort gründlich abwog. Sie befürchtete schon, er würde wütend werden. Immerhin hatte sie Erkundigungen über seine Familie eingezogen, ohne das vorher mit ihm abgesprochen zu haben.

Zu ihrer Überraschung klang er versöhnlich, als er endlich antwortete. Versöhnlich und zögerlich. »Das ist schon in Ordnung«, sagte er. »Ich hätte mich nicht so aufregen sollen. Es ist nur, dass ... nun, es ist alles ein bisschen komplizierter geworden, als ich es wollte oder anfangs erwartet hatte. Aber ...«

Er brach ab.

»Wenn Sie erst mit Robyn darüber sprechen möchten«, sprang sie für ihn ein, »können Sie mich auch gerne zurückrufen. Oder sich ein paar Tage Zeit zum Nachdenken nehmen. Ich will Sie bestimmt nicht unter Druck setzen. Sie haben so viel Zeit, wie Sie wollen.«

»Nein. Sie haben sich die Mühe gemacht, mehr über Eddie und Linda herauszufinden. Das Mindeste, was ich tun kann, ist zuzuhören. Und Robyn ...« Wieder beendete er den Satz nicht.

Katie fragte sich, was er hatte sagen wollen. »Nun, wenn Sie sich sicher sind«, erwiderte sie endlich.

»Ich bin mir sicher.«

Erleichterung durchflutete sie. Sie hielt Beth, die neben ihr saß, einen erhobenen Daumen hin. »Es ist eine ziemlich lange Geschichte«, sagte sie. »Aber als ich noch in Carrigbrack arbeitete, gab es eine junge Nonne namens Schwester Eunice ...«

Kapitel 29

Damals – Patricia

Der fünf Monate alte Paul war ein gesunder kleiner Kerl und sichtlich fasziniert von der Welt um ihn herum. Obwohl die Nonnen darauf bestanden, dass »ma-ma-ma« sinnbefreites Gebrabbel sei, war Patricia davon überzeugt, dass er mit ihr sprach. Was wussten sie schon? Nicht dass sie ihnen offen widersprochen hätte. Schließlich wollte sie ihren Sohn bei sich behalten. Deshalb befolgte sie weiterhin alle Regeln und demonstrierte, wann immer möglich, was für eine verantwortungsbewusste Frau sie war. Sie hatte sogar einen Streit zwischen zwei Mädchen geschlichtet, die sich an den Haaren gezogen und gegenseitig getreten hatten, nachdem die eine behauptet hatte, das Baby der anderen habe einen platten Schädel. Winnie hätte sich köstlich darüber amüsiert, wie gefügig sie geworden war. Sechs Monate waren seit ihrem Verschwinden vergangen, und Patricia vermisste sie noch immer. Inzwischen war Gras über Dianes Grab gewachsen. Niemand kümmerte sich darum.

Patricia war nicht nur pflichtbewusster geworden, sie nutzte auch jede Gelegenheit, um zu betonen, wie viel besser Paul als die anderen Kinder war. Es musste doch ein Zeichen sein, wenn man das klügste und gesündeste Baby hatte, oder nicht? Und auch, wenn sie natürlich voreingenommen war, selbst Schwester Agnes hatte schon zugegeben, dass er ein besonders braves Kind war. Sabina äußerste sich weniger nett über ihn. Mehr als einmal hatte sie auf sein dunkles Haar gezeigt und angedeutet, sein Vater sei vielleicht »Ausländer«. Die Art, wie sie das Wort betonte, machte klar, was sie davon hielt.

Oftmals verfiel Patricia in Tagträume, in denen sie arbeiten ging, irgendwo weit weg von Carrigbrack, während Paul bei einer freundlichen – aber bezahlbaren – Tagesmutter blieb. Sie wohnten in einer schönen hellen Wohnung, und abends spielten sie und lasen Geschichten. Nach einer Weile lernte sie einen Mann kennen, der sich nicht davon abschrecken ließ, dass sie bereits Mutter war. Er liebte Paul genauso sehr wie sie, und sie wurden eine richtige Familie. Spätestens an diesem Punkt rief sie sich immer zur Ordnung. Sie musste vernünftig sein. Wenn sie ihren Jungen behalten wollte, brauchte sie mehr als eine romantische Fantasie. Sie brauchte einen umsetzbaren Plan.

An einem nasskalten Abend Ende Januar machte sie sich auf den Weg zur Kinderstation. Zu dieser Jahreszeit war die Wäscherei ein begehrter Arbeitsplatz. Im Gegensatz zu den meisten anderen Frauen von Carrigbrack kamen die, die dort beschäftigt waren, für einige Stunden in den Genuss von Wärme. Das Hauptgebäude war ein altes Haus, bei dem es durch jede Ritze zog. Nachts konnte man seinen Atem sehen und morgens vor Eisblumen kaum aus den Fenstern schauen.

Dass Paul nicht in seinem Bettchen lag, beunruhigte sie nicht weiter. Sie war spät dran. Eine der Frauen, die auf der Station arbeiteten, badete ihn vermutlich gerade. Patricia würde ihr Paul abnehmen. Ihn zu baden war ihre Lieblingsbeschäftigung am Tag.

Sie ging zur anderen Seite des Raumes, wo die Babys am Abend immer gebadet wurden. Jedes lag in einer Blechwanne. Eine der Frauen blickte auf und dann schnell wieder weg.

»Weißt du, wo Paul ist?«, fragte Patricia. »Ich kann ihn nicht finden.«

Die junge Frau antwortete nicht. Auch die anderen sagten kein Wort. Sie standen in einer Reihe, eine so stumm wie die andere. Ein Baby schrie. Ein anderes schlug vor Freude um sich, dass es nur so spritzte. Auch Paul planschte gerne.

»Hat jemand Paul gesehen?«, fragte sie erneut.

Es blieb still.

Plötzlich kam Schwester Eunice auf sie zu. Sie sah zu Boden, hatte die Hände wie zum Gebet gefaltet. Dann blickte sie auf. »Schwester Agnes wird gleich hier sein.«

»Was ist los?«, fragte Patricia, und mit einem Mal pumpte ihr Herz wie eine Dampfmaschine. »Ist etwas passiert?«

»Schwester Agnes wird es dir erklären.«

Ein fürchterlicher Gedanke beschlich sie. »Ist er weg?«

Eunice' Wangenmuskel zuckte in ihrem ansonsten ruhigen Gesicht. »Ja.«

411

»Aber das kann nicht sein. Das habe ich nicht erlaubt! Sie müssen ihn mir zurückbringen. Sie müssen demjenigen, der ihn mitgenommen hat, sagen, dass es ein Fehler war.«

»Ich fürchte …«

Patricia packte Eunice bei den Schultern. »Erzählen Sie mir nicht irgendeinen Schwachsinn von wegen Regeln! Paul ist mein Sohn, und ich habe nicht zugestimmt, dass ihr ihn weggeben dürft!« Inzwischen war ihre Stimme schrill und laut. Ein Baby begann zu weinen. »Wie konnten Sie das zulassen? Ich dachte, Sie wären auf meiner Seite.«

Die junge Nonne sagte nichts.

Patricia wollte gerade weitersprechen, als Agnes hereingestampft kam. Ihr Rock raschelte, und ihr Gesicht war puterrot.

»Was soll dieses Geschrei?«, sagte sie. »Patricia, lass sofort Schwester Eunice los!«

Patricia rührte sich nicht.

»Ich befehle dir, Schwester Eunice auf der Stelle loszulassen. Hast du mich verstanden?«

Sie nahm ihre Hände von Eunice' Schultern und machte einen Schritt auf Agnes zu. »Haben Sie mein Baby gestohlen?«

»Natürlich nicht. Wenn du mich jetzt in mein Büro begleitest, können wir unter vier Augen darüber reden.«

»Wenn Sie Paul nicht gestohlen haben, wo ist er dann?«

»Niemand hat ihn gestohlen. Das Kind hat ein dauerhaftes Zuhause gefunden.«

Patricia kam es vor, als würde der Boden unter ihr weggezogen werden. Sie stürzte hinab, tiefer und immer tiefer, durch den Boden, durch den Keller und weiter bis zum Mittelpunkt der Erde.

»Aber warum gerade mein Sohn?«, fragte sie. »Es gibt hier so viele Babys, deren Mütter sich freuen würden, wenn sie nicht mehr da wären. Und, um ehrlich zu sein, auch welche, denen man nicht mal eine Katze anvertrauen könnte, geschweige denn ein Kind. Warum haben Sie nicht deren Baby genommen?«

»Du lügst doch!«, rief eines der Mädchen.

»Nimm das zurück, du versnobte Kuh!«, ein anderes.

Patricia ignorierte sie. »Sie haben meine Frage nicht beantwortet, Schwester.«

Agnes packte sie am Arm und schob sie zur Tür. »Weil ich einen solchen Unsinn nicht dulde. Du kommst jetzt mit mir ins Büro. Dort können wir uns über die Adoption des Kindes unterhalten.«

»Nennen Sie ihn nicht ›Kind‹. Er hat einen Namen! Sein Name ist Paul.«

»Schön. Dann werden wir uns eben über Pauls Adoption unterhalten.«

Als sie die Kinderstation verließen, sah Patricia, dass Eunice weinte. Gut so. Trotz ihrer honigsüßen Worte war sie nicht besser als all die anderen. Sollte sie doch die nächsten sechs Monate weinen, Patricia wäre das egal. Es fiel ihr schwer, auch nur einen klaren Gedanken zu fassen. Sie hatte Agnes' Spiel mitgespielt. Sie hatte alle Regeln befolgt. So etwas durfte nicht passieren! Sie konnten ihr Paul doch nicht einfach so wegnehmen, oder?

Im Büro bat Agnes sie, sich zu setzen. Das war unge-

413

wöhnlich. Dann begann sie auch schon zu sprechen. Ihre Worte schienen mit Bedacht gewählt, aber kamen so flüssig, dass Patricia vermutete, dass sie sich zuvor genau überlegt hatte, was sie sagen wollte.

»Paul ist heute Nachmittag in sein neues Zuhause gebracht worden. Lass mich dir versichern, es ist ein sehr schönes Zuhause. Und seine Eltern, ein liebenswertes katholisches Ehepaar, sind nicht nur charakterstarke Menschen, sondern auch finanziell gut aufgestellt, sodass sie Paul den bestmöglichen Start ins Leben ermöglichen können. Sie haben bereits zwei Kinder, die sich darauf freuen, ihren neuen Bruder kennenzulernen.«

»Er ist nicht ihr Bruder. Er gehört zu mir.«

»Damit liegst du falsch. Er wurde unter unglücklichen Umständen gezeugt, und wir haben ihn gerettet. So wird er in den Genuss der gleichen Vorteile wie jedes andere legitime Kind kommen.«

Patricia versuchte, etwas zu sagen, aber ihre Kehle war wie ausgetrocknet. Sie brachte kein einziges Wort hervor.

»Wann wirst du endlich begreifen, dass es hier nicht um dich geht?«, fuhr Agnes fort. »Das Baby zählt. Es verdient etwas Besseres als eine Frau, die einen Mann zum Ehebruch verführt hat. Wenn deine Zeit gekommen ist, kannst du Carrigbrack verlassen und neu anfangen. Du bist erst zwanzig. Wenn es dir gelingt, deine Schande zu verschweigen, besteht durchaus die Chance, dass du noch einen Ehemann findest. Dann wirst du, so Gott will, weitere Kinder bekommen, und Paul wird nur noch eine entfernte Erinnerung sein.«

»Das wird er nicht.« Patricia hatte ihre Stimme wiedergefunden. »Ich will ihn zurück. Es hieß, ich müsse ein Formular unterschreiben, mit dem ich mein Einverständnis zu seiner Adoption gebe. Aber ich habe ein solches Formular nie gesehen und ganz sicher nicht unterschrieben.«

»Er ist dir zu sehr ans Herz gewachsen. Das ist nie gut. Deshalb habe ich deine Eltern konsultiert. Sie sagten, ich solle tun, was ich für das Beste halte.«

»Aber wir leben nicht mehr im finsteren Mittelalter. Ich habe Rechte. Ich habe einer Adoption nicht zugestimmt und will meinen Sohn zurück!«

»Komm mir nicht mit irgendwelchen falschen modernen Vorstellungen von Rechten. Was willst du denn tun? Willst du die Polizei rufen und den Beamten sagen, dass dein uneheliches Kind von einer liebenden Familie aufgenommen wurde?«

»Aber ...«

Agnes machte eine Handbewegung, die Patricia zum Schweigen brachte. »Aber nichts. Deine Mutter und dein Vater haben dich hergeschickt, weil du in Ungnade gefallen bist. Ich habe sie um Rat in Bezug auf Pauls Zukunft gebeten, und sie haben eine weise Entscheidung getroffen.«

Mit jeder Sekunde, die verging, wurde die Angst in Patricia größer. Genauso gut könnte sie gar keine Stimme haben. Was sie am meisten liebte, war ihr genommen worden, und sie war machtlos. Sie konnte nichts daran ändern. Niemand war auf ihrer Seite. »Bitte, Schwester Agnes, ich werde ihm alles geben, was er braucht! Ich verspreche Ihnen, dass niemand sonst ihn so lieben wird wie ich.«

415

»Was weiß ein Mädchen wie du schon über die Liebe?«
Agnes schüttelte den Kopf. »Nun, ich habe alles gesagt,
was ich sagen wollte. Steh jetzt auf und geh in den Schlafsaal. Allerdings kann ich mir nicht vorstellen, dass die anderen Büßerinnen, die du gerade so schwer beleidigt hast,
dich sonderlich herzlich willkommen heißen werden.«

»Das habe ich doch nicht so gemeint. Ich war nur
schrecklich verzweifelt, das ist alles.«

»Dann entschuldige dich besser bei ihnen. Stolz ist eine
schreckliche Sünde und zudem eine deiner größten Schwächen. Morgen bist du von deinen Pflichten in der Wäscherei befreit. Ich möchte, dass du den Tag in stillem Gebet
verbringst und dich in Besinnung übst. Du hast noch einiges über Demut zu lernen.«

»Warum haben Sie mir nicht erlaubt, mich zu verabschieden? Was wäre so schlimm daran gewesen, wenn ich
ihm noch einen Kuss gegeben hätte?«

Agnes erhob sich von ihrem Stuhl. »Du bist noch zu
unreif, um das zu verstehen, aber mit der Gnade Gottes
wirst du irgendwann zur Besinnung kommen. Glaube mir,
eines Tages wirst du für die Unterstützung, die du hier erfahren hast, dankbar sein.«

Im Laufe der nächsten Wochen würde alles noch schwerer.
Manchmal vermisste Patricia Paul so sehr, dass ihr das
Atmen schwerfiel. Sie machte sich Sorgen, dass er sie ge-
nauso vermisste. Sie machte sich Sorgen, dass die anderen
Leute nicht wissen könnten, was er mochte. Woher auch
sollten sie wissen, dass er gerne auf dem Bauch lag? Wo-

her, was ihn zum Kichern brachte und worüber er sich ärgerte?

Sie hätte es ihnen sagen können, wenn sie nur gefragt worden wäre.

Ständig dachte sie an ihn. Manchmal glaubte sie, sie käme mit der Situation zurecht, doch dann überfiel sie wie aus dem Nichts wieder die Sehnsucht nach ihm, nach seinem herrlichen Babygeruch und seinem kleinen, pummeligen Körper. Es war, als wäre ein Teil von ihr amputiert worden. Sie hatte bis zuletzt gestillt, sodass sich jetzt die Milch in ihren Brüsten staute. Es war ein undefinierbarer Schmerz, wie eine physische Manifestation ihrer Gefühlsqualen.

Bei der Arbeit machte sie Fehler. Sie brannte Löcher in die Laken, stopfte ein rotes Handtuch zur weißen Wäsche. Sie weigerte sich, die Kinderstation zu betreten. Allein der Gedanke an die anderen Babys verursachte ihr Schmerzen. Was kümmerte es sie, dass Schwester Faustina sie anschrie? Monatelang hatte sie sich an alle Regeln gehalten, und doch hatte es keinen Unterschied gemacht.

Das Essen schmeckte seltsam. Sie kaute und kaute, aber jeder Bissen blieb ihr im Halse stecken. Ihre Beine waren schwer wie Blei, ihr Kopf voller unzusammenhängender Gedankenfetzen. Sie wünschte, sie könnte in einen tiefen, traumlosen Schlaf fallen, aber der Schlaf wollte einfach nicht kommen. An den schlimmsten Tagen betete sie, ihr Herz möge einfach stehen bleiben.

Die anderen hatten ihr ihre Schimpftirade auf der Kinderstation nicht verziehen. Die einzige Person, die ihr gegenüber nicht kühl und distanziert war, war Nancy. Sie hielt ihr immer noch zugute, das Leben ihres Babys gerettet zu haben. Die Briefe ihrer Eltern warf Patricia ungelesen weg. Sie hatte kein Interesse an ihrer Aufzählung der Kranken und Gestorbenen und noch weniger daran, wie sie das Thema Paul nicht ansprachen.

Häufig dachte sie daran, aus Carrigbrack zu verschwinden. Eines Nachmittags stand sie an einem Fenster auf der Vorderseite des Gebäudes. Ein Flugzeug teilte den Himmel. Vermutlich war es auf dem Weg nach Amerika. Sie stellte sich vor, an Bord zu sein, und dann brach die Realität wieder über sie herein. Selbst wenn sie es schaffte, die Mauern von Carrigbrack zu überwinden, gäbe es doch keinen Ort, an den sie gehen konnte. Es gab niemanden, der sie unterstützte. Bestimmt hatten sich ihre Freundinnen über ihr Verschwinden gewundert, doch inzwischen war es schon beinahe ein Jahr her, dass sie sie zuletzt gesehen hatte. Sie bezweifelte, dass eine von ihnen in der Lage sein würde, ihr zu helfen.

Sie erschrak, als plötzlich Eunice hinter ihr stand. Seit dem Tag, an dem Paul ihr genommen worden war, hatten sie nicht mehr miteinander gesprochen. Sie gingen in das Badezimmer, in dem sie sich früher schon einmal zusammen mit Winnie versteckt hatten. Wie damals setzten sie sich auf den Boden.

»Ich will Ihre Entschuldigungen nicht hören«, sagte Patricia. »Sie hätten mich warnen können, dass sie ihn mitnehmen wollen, aber Sie haben sich dagegen entschieden.«

Eunice runzelte die Stirn. »Schwester Agnes hat mich

angewiesen, nichts zu sagen. Ich muss ihr gehorchen, verstehst du das?«

»Was ich verstehe, ist, dass Sie sich wie ein Mensch hätten verhalten können und es nicht getan haben.«

»Es tut mir schrecklich leid. Ich wünschte, ich hätte dir vorher etwas sagen können.«

»Nun, das nützt jetzt weder mir noch Paul etwas.« Patricia versuchte aufzustehen. Ihre Beine fühlten sich an, als steckten sie in Beton. »Es hat keinen Sinn, weiter darüber zu diskutieren. Was geschehen ist, ist geschehen.«

»Bitte bleib«, sagte Eunice. »Nur einen Moment. Ich mache mir Sorgen um dich. Du sprichst mit niemandem.«

»Was gibt es denn auch schon groß zu sagen?«

»Du könntest über Paul reden.«

»Es ist besser, wenn ich das nicht tue.«

»Warum?«

»Weil ich nur anfangen würde zu weinen. Sie verstehen es immer noch nicht, oder? Er hat mich geliebt, aber er wird sich nicht an mich erinnern. Er wird andere Menschen lieben und nie von mir erfahren. Er wird nie wissen, wie wichtig er mir war.«

»Das weißt du nicht.«

»Doch, das tue ich. Er wird einen neuen Namen und ein neues Leben haben. Vielleicht sagen ihm die Leute, bei denen er aufwächst, noch nicht einmal, dass er adoptiert wurde.«

»Das wäre falsch«, sagte Eunice mit leiser Stimme.

»Aber so läuft es nun mal.« Endlich kam Patricia auf die Beine. »Es tut mir leid. Wie gesagt, ich kann nicht darüber reden. Ich habe zu tun. Ich glaube, Sie sind ein guter Mensch, Eunice. Aber wenn Sie meinen Rat wollen: Verlassen Sie diesen Ort, bevor Sie hier noch weiter abstumpfen.«

Als sie aus dem Bad trat, traf Patricia die Wahrheit mit voller Wucht. Paul würde nicht zurückkommen. Vermutlich würde sie ihn niemals wiedersehen. Im Schlafsaal fiel sie auf die Knie, legte sich auf den Boden und heulte vor Schmerzen.

Kapitel 30

Gary

Gary zögerte kurz, bevor er aus dem Auto stieg. Es war drei Wochen her, dass Katie ihm das Armband gegeben hatte, mehr als einen Monat, seit er seinen Brief abgeschickt hatte, und noch immer hatte er nichts von Noreen gehört. Er hatte überlegt, ihr noch einmal zu schreiben, dann aber beschlossen, dass ein Besuch klüger wäre. Wenn er einfach auftauchte, müsste sie doch mit ihm reden, oder?

Also hockte er nun vor einem Haus in Galway in seinem Auto, den Kopf voller Fragen und die Brust unglaublich eng. Er hatte niemandem von seiner Reise erzählt. Katie hätte sie nicht gutgeheißen, das stand fest.

In den letzten Wochen hatte er regen Kontakt zu ihr gehabt. Auch zu Ailish. Zumindest schickten sie sich hin und wieder eine SMS. Anfangs war er verblüfft über die Art und Weise gewesen, wie sie ihn mit sich selbst konfrontiert hatte, aber je mehr Zeit verging, desto mehr bewunderte er sie für ihre Offenheit. Ihr Wiedersehen mit Chrissie machte ihm Hoffnung. Was er nicht verstehen konnte, war, warum sie bei einem Mann blieb, der sie tyrannisierte und verprügelte. Der Kerl hatte es verdient, dass man ihm zeigte, wo die Tür war. Doch wie Ailish selbst schon gesagt hatte: Es war immer leicht, über das Leben anderer zu urteilen.

Bereits am Morgen nach seiner Beichte hatte Gary bedauert, so offen gewesen zu sein. Auch wenn Katie erst einmal sehr mitfühlend reagiert hatte, war er überzeugt, dass sich das mit der Zeit ändern würde. Sie würde darüber nachdenken, warum dieses junge Leben zu Ende gegangen war, und das würde die Beziehung zu ihm deutlich abkühlen. Und doch hatte sie ihn dazu gedrängt, Anton anzurufen.

»Selbst wenn du nicht mehr Teil der Band bleiben willst, solltet ihr doch miteinander reden«, hatte sie gesagt. »Du kannst Shanna nicht wieder lebendig machen, aber du kannst deine Freundschaften nicht sterben lassen.« Sollte er mit Black Iris doch noch auf Tournee gehen, dann würde sie ein Konzert von ihnen besuchen, hatte sie versprochen. »Und jetzt sag nicht, ich wäre zu alt dafür. Ich habe recherchiert: Ich bin genauso alt wie Bruce Springsteen und sechs Jahre jünger als Mick Jagger. Und ich hoffe, du verzeihst, dass ich das sage, aber ich bin noch wesentlich besser in Schuss als Letzterer.«

Diese Frau machte ihn echt fertig.

Er hätte sich nie vorstellen können, dass ihm das Gespräch mit Katie, Beth und Ailish helfen würde, aber irgendwie hatte er dabei einen klaren Kopf bekommen. Er wusste jetzt, dass er sich nicht den Rest seines Lebens in Wicklow verstecken und lange Listen über seine begangenen Fehler führen konnte.

Er hatte erwogen, in einer anderen Band mitzuspielen,

aber dafür war er vermutlich zu alt. Was könnte er sonst tun? Komponieren? Produzent werden? Er hatte beides ausprobiert, aber wenn es um Musik ging, musste er mit anderen zusammenarbeiten. Es lag ihm nicht, allein vor sich hin zu werkeln oder gar derjenige zu sein, der sagte, wo es langgeht. Andere Fähigkeiten besaß er nicht, und das eine Jahr, das er mal Kunst studiert hatte, galt wohl kaum als Qualifikation.

Die Einfahrt vom Collins Drive Nummer 19 war hell gekiest. Der Garten wirkte reichlich kahl, und die Tür brauchte mal wieder einen Anstrich. Die Frau, die ihm öffnete, hatte schulterlanges braunes Haar, das von grauen Strähnen durchzogen war. Unter ihren Augen lagen dunkle Halbmonde, um ihre Mundwinkel hatten sich Falten eingegraben. Sie sah älter aus als siebenundsechzig.

Obwohl Gary vorbereitet hatte, was er sagen wollte, kamen die Worte jetzt nur stockend. Ihr Gesichtsausdruck blieb unbeteiligt, aber zumindest hörte sie ihm zu. Sie bestätigte, dass sie Noreen O'Callaghan, früher Nestor, war und seinen Brief erhalten hatte. Nichts an ihr wirkte so, als würde sie einen lang vermissten Sohn begrüßen oder sich seiner Berühmtheit bewusst zu sein.

Verwirrt unternahm er einen weiteren Versuch, das Gespräch in Gang zu bringen. »Also, vermutlich …«, sagte er schließlich, »nun, ich habe mich gefragt, ob Sie nicht meine leibliche Mutter sein könnten.«

»Kommen Sie besser rein«, erwiderte sie. Ihre Stimme klang so, als hätte sie schon eine Weile nicht mehr geredet.

»Ich will nicht stören. Ich kann zu einem anderen Zeitpunkt wiederkommen, wenn Ihnen das lieber ist.«

»Nein, nein, ganz und gar nicht. Wo Sie schon mal hier sind.«

Gary folgte ihr in den Flur. Das Armband hatte er in einer Papiertüte dabei.

Das Haus wirkte ordentlich, aber nicht mehr wirklich bewohnt. Es gab eine überschaubare Anzahl an persönlichen Gegenständen und kein einziges Foto. Gary wartete auf einem durchgesessenen braunen Sofa, während sie in den Schubladen einer Anrichte kramte. In den Achtzigerjahren hatten seine Eltern ein ähnliches Modell besessen. Wonach suchte sie? Nach einem alten Dokument, das bewies, dass sie zusammengehörten? Nach einem Schwarz-Weiß-Foto? Schließlich zog sie einen schmalen beigefarbenen Ordner hervor und setzte sich neben ihn.

»Ich hätte Ihnen antworten sollen«, sagte sie. »Aber Ihr Brief hat mich überrascht, und ich wusste nicht, wie ich reagieren sollte.« Sie nahm einen Zeitungsausschnitt aus der Mappe und reichte ihn Gary.

Er setzte seine Brille auf. Der Artikel war auf der Sportseite einer lokalen Anzeigenzeitung veröffentlicht worden. In ihm stand, dass ein gewisser Fergus Keating Captain eines Golfclubs geworden war. Das Bild eines strahlenden Mannes prangte daneben. Sein rosafarbener Pullover mit V-Ausschnitt passte zu seinem roten, rundlichen Gesicht, eine Blondine mit einer weißen Jacke und schwerem Goldschmuck stand steif an seiner Seite. Gary schaute zu Noreen hoch und wieder zurück zum Foto. Ihre blau geäderten Hände zitterten.

»Das ist mein Sohn«, sagte sie. »Ich habe ihn Paul genannt, aber jetzt heißt er Fergus. Er wohnt etwa zwanzig Meilen von hier entfernt.«

»Verstehe.« Gary gab ihr den Zeitungsausschnitt zurück.

»Er hat mich vor zehn Jahren kontaktiert. Seit sieben – nein, acht – Jahren habe ich ihn nicht mehr gesehen. Ich habe ihn ein paarmal angerufen, aber er ist nie rangegangen. Wenn er mich nicht wiedersehen will, ist das in Ordnung, aber ich würde gerne seine Kinder kennenlernen. Anscheinend hat er sein Leben lang davon geträumt, seine leibliche Mutter sei irgendwie wichtig oder glamourös. Wie Sie sehen, bin ich keines von beidem.« Sie blickte ihren grauen Rock, wahrscheinlich mit hohem Polyesteranteil, und ihre braunen Filzpantoffeln an. »Es tut mir leid, dass Sie umsonst hergefahren sind. Sie wirken wie ein netter Mann, und ich wünschte wirklich, ich wäre Ihre leibliche Mutter. Aber Sie haben die falsche Frau gefunden.«

Das war kein ausgeklügelter Versuch, ihn wieder loszuwerden. Noreen sagte die Wahrheit. Zu Garys Enttäuschung gesellte sich das Bedauern, ihren Kummer wieder angefacht zu haben.

»Nein, es tut mir leid, dass ich Sie mit meinem Anliegen belästigt habe«, sagte er. »Und es tut mir leid, dass es mit Ihrem Sohn so ausgegangen ist. Ich vermute, das ist leider häufiger der Fall. Manchmal wollen die Leute einfach nur eine Antwort auf ihre Fragen, und wenn sie die bekommen haben, verschwinden sie wieder.«

»Es ist ziemlich schwer zu verkraften, wenn man sich Hoffnungen gemacht hat, und das Kind sich dann entscheidet, dass man nicht genug ist.« Sie reichte ihm eine leicht verwackelte Aufnahme von einer jungen Frau mit großen Augen und einem scheuen Lächeln. »Das war ich, ein paar Jahre nach Carrigbrack.«

»Ein schönes Foto.« Er nahm das Papierarmband aus der Tasche und erzählte, wie er in dessen Besitz gekommen war. »Es gehört Ihnen, wenn Sie wollen.«

»Danke. Das ist nett. Ich habe nicht viele Erinnerungsstücke. Wenn meine Zeit irgendwann gekommen ist, wird nichts von mir zurückbleiben.« Sie berührte ihre Wangen. »Ach, was ist bloß los mit mir? Bitte nehmen Sie nicht ernst, was ich sage.« Sie legte das Armband auf einen kleinen Tisch neben sich. »Ich erinnere mich an Katie, die Krankenschwester, von der Sie gesprochen haben. Sie war ungefähr im selben Alter wie viele der Mütter, weshalb es besonders schwer für sie gewesen sein muss, das alles mitzuerleben. Sie wirkte immer ziemlich angespannt.«

»Und Ihr Mann?«, stellte Gary ihr die Frage, die ihn schon die ganze Zeit umtrieb. »Lebt er noch?«

»Ja, in England, soweit ich weiß. Wir haben uns seit über vierzig Jahren nicht mehr gesehen und sind nie geschieden worden. Damals war das nicht möglich.«

Die Couch quietschte, als er seine Sitzposition leicht veränderte. »Entschuldigen Sie bitte, Noreen. Ich stelle Fragen, die mir nicht zustehen. Ich sollte lernen, mich aus Dingen herauszuhalten, die mich nichts angehen.«

»Ach, das ist schon okay. Ich hatte ihm nie von Paul oder Carrigbrack erzählt, wissen Sie. Und dann, na ja... Es war nicht immer leicht, mit mir zusammenzuleben. Ich glaube, keine von uns jungen Frauen konnte das, was wir im Heim erlebt hatten, jemals vergessen. Früher habe ich ständig davon geträumt, dass ich es könnte. Am Ende beschloss ich, alles meinem Mann zu sagen, und … er nahm es nicht gut auf. Er sagte, er könne mir nie wieder vertrauen, ich sei eine Betrügerin, und er habe Anspruch auf eine Annullierung unserer Ehe. Danach ist er verschwunden. Heute mag das schwer zu verstehen sein, aber so war es. Vermutlich würden die meisten sagen, ich bin selber schuld, ich hätte es ihm vor unserer Heirat gestehen müssen. Zum Glück hatten wir keine gemeinsamen Kinder.«

Sie sprach ruhig und sachlich und verlieh damit ihren Worten noch mehr Gewicht. Erst kürzlich hatte Gary gelesen, dass die Geheimnisse der einen Generation zum Trauma der nächsten wurden. Die Wahrheit war, dass der Schmerz noch immer von den Frauen ertragen wurde, denen ihre Kinder weggenommen worden waren. Von den Frauen, die nicht sprechen durften. Als Jugendlicher hatte er Menschen wie Noreen verachtet. Sie waren so ruhig, so bescheiden, immer darauf bedacht, nicht zu viel Platz in der Welt zu beanspruchen. Sie bewegten sich unauffällig durchs Leben, trugen genauso unauffällige Kleidung und wurden vor ihrer Zeit alt. Es war, als würden sie sich für ihre bloße Existenz entschuldigen wollen. Bisher hatte er nie weiter darüber nachgedacht, warum diese Menschen so geworden waren.

Er fragte Noreen, was sie über die anderen jungen Mütter wisse. Vielleicht hatte sie ja Informationen, die ihm die richtige Richtung weisen könnten. Aber sie antwortete, sie habe nur noch verschwommene Erinnerungen und die anderen Frauen meist nur unter ihren Pseudonymen gekannt.

Sie nahm das Foto zurück und lächelte. Mit einem Mal leuchtete ihr Gesicht, und er erkannte in ihr die junge Frau auf dem Bild wieder.

»Bitte, bleiben Sie doch auf eine Tasse Tee«, sagte sie. »Ich habe keinen Kuchen oder so, aber ein paar Kekse.«

Gary willigte ein. Er vermutete, dass sie nicht oft Besuch bekam. Sie hatte etwas Sanftes, fast schon Außerweltliches an sich. Seine Mutter Lillian hätte sie als Dame bezeichnet.

Er begleitete sie in die Küche, die so aussah, als wäre in ihr seit den Siebzigerjahren nichts mehr verändert worden.

»Ich mag Ihre Tätowierungen«, bemerkte sie, während sie Milch in ein kleines Porzellankännchen goss. »Hat das wehgetan?«

»Ja, um ehrlich zu sein. Aber damals war ich auch noch jung. Ich bin mir nicht sicher, ob ich die Schmerzen heute noch ertragen könnte.«

»Sie kommen mir nicht vor wie ein Mann, der Golf spielt.«

Gary lächelte. »Sie haben recht. Das wäre nichts für mich.«

»Und liege ich auch richtig damit, dass Sie viel Zeit in Amerika verbracht haben?«

»Absolut.«

»Was machen Sie dann in Wicklow, wenn ich fragen darf?«

»Das«, sagte er, »ist eine gute Frage.«

Nachdem er sich verabschiedet hatte, parkte Gary in der Nähe des Hafens und ging am Flussufer entlang. Er musste das Gespräch erst mal verarbeiten. Neben ihm toste der Fluss. Er war überzeugt davon gewesen, dass Noreen seine leibliche Mutter war. Aber das war er auch bei Tina, Gráinne, Olivia und Edel gewesen. In jedem dieser Fälle hatte er sich geirrt. »Ich wünschte wirklich, ich wäre Ihre leibliche Mutter«, hatte sie gesagt. Und er wünschte sich, er wäre ihr Sohn. Das hätte er ihr sagen sollen.

Fahr zur Hölle, Fergus, dachte er. Ich hoffe, du brauchst bei der nächsten Runde auf dem Golfplatz fünfzig über Par.

Andererseits sollte er vielleicht erst mal vor der eigenen Haustür kehren. Wie oft hatten seine Eltern bisher Allegra gesehen? Neun- oder zehnmal, höchstens. Und was seine Söhne betraf, sah es nicht viel besser aus.

In Gedanken versunken blieb er stehen. Am gegenüberliegenden Ufer ließ sich ein stolzer schwarzer Vogel auf dem Dach eines Steinhauses nieder, vielleicht ein Kormoran. Neben ihm hingen ein gelber Rettungsring und daneben ein Schild mit der Nummer der Telefonseelsorge. Der Fluss rauschte mit solcher Kraft ... Gary verstand, warum verzweifelte Menschen ausgerechnet hierherkamen. Ein Schritt zu viel, und selbst der am besten trainierte Schwimmer wurde einfach vom Wasser weggetragen.

Er steckte in einer Sackgasse und hatte keine Ahnung, was er tun sollte. Natürlich, er könnte gemeinsam mit Katie überlegen, welche Frauen noch infrage kämen. Wenn er vielleicht doch nicht im Juli oder August 1971 geboren worden war, wann dann? Er erinnerte sich, dass sie gesagt hatte, im September habe es keine Geburten von Jungen gegeben. Vielleicht also im Oktober. Oder im Juni. Aber das waren verhältnismäßig große Zeiträume, und eigentlich hatte er keine Lust, ein weiteres Jahr lang Hunderte von Unterlagen zu durchforsten und ins Blaue hinein Briefe zu schreiben. Ein Teil von ihm klammerte sich an den Glauben, dass Gráinne vielleicht doch die richtige Frau war. Dass sie nur nichts davon wissen wollte und er gegen ihren Entschluss machtlos war.

Er musste irgendetwas übersehen haben – aber was? Die alten Fragen kehrten zurück: Warum war um seine Geburt ein derartiges Geheimnis gemacht worden? Warum hatten seine Eltern so lange gezögert, ihm die Wahrheit zu sagen?

Und wenn er nicht Paul war, wer war er dann?

Kapitel 31

Ailish

Als Gary anrief, war Ailish gerade dabei, die Dolmen-Suite zu putzen. Ihr neues Handy hatte einen neutralen Klingelton, und ohne Stevies Hilfe wusste sie nicht, wie sie ihn ändern konnte. Sie versuchte, sich nicht nervös anzuhören. Sie stellte sich das Gespräch später mit ihren Kollegen vor: »Es war ein ganz normaler Tag. Die Handtücher in Nummer 25 hatten Streifen von Bräunungscreme. Der Staubsauger war kaputt. Oh, und der Bassist von Black Iris hat angerufen, um mit mir zu plaudern.«

Gary erzählte ihr, dass Noreen anscheinend nicht seine leibliche Mutter war und er deshalb immer noch nicht seine Herkunft kannte.

»Aber eigentlich rufe ich deshalb gar nicht an«, sagte er. »Ich wollte dir erzählen, dass ich deinen Rat befolgt hab. Ich hab mit unserem Manager gesprochen, mit Frank. Er hat mir gesagt, dass sie zwar bereits mit einem anderen Bassisten gesprochen, ihn aber noch nicht unter Vertrag genommen haben.«

»Die Tür steht dir also noch offen?«

»Mhm.«

»Das heißt, du gehst doch auf Tournee, oder?«

»Wenn sie mich haben wollen, dann schon, denke ich.« In seiner Stimme war eine Leichtigkeit, die durchscheinen ließ, dass er von sich selbst überrascht war.

Ailish plumpste auf das frisch gemachte Bett. »Dann muss ich zu einem eurer Konzerte kommen.«

Er lachte. »Ich glaube, ich kann dir ein Ticket besorgen. Ach, und noch etwas: Mit Anton habe ich noch nicht gesprochen. Aber ich werde es tun.«

Er fügte nicht hinzu: *Wenn ich eine schwierige Entscheidung treffen kann, kannst du das auch.* Dafür war er viel zu clever. Aber das war es, was er ihr eigentlich mit diesem Anruf sagen wollte.

Selbst drei Wochen nach diesem seltsamen Abend bei Katie schauderte es Ailish noch bei dem Gedanken, wie offen sie gewesen war. Allein das Wissen, dass Gary sich noch weiter aus dem Fenster gelehnt hatte, linderte ihre Scham.

Sie erkundigte sich, was er bezüglich seiner leiblichen Mutter unternehmen wolle, und er erwiderte, dass er sich nicht sicher sei. Vielleicht müsse er die Suche auf Eis legen. Sie wünschte ihm trotzdem viel Glück, und er sagte ihr, sie solle gut auf sich aufpassen.

Das war, was alle sagten: »Pass auf dich auf.« Trotzdem wohnte Ailish noch mit Keith unter einem Dach, während Stevie bei seiner Schwester blieb. Falls sie zu Hause schon wenig sagte, bekam ihr Mann noch seltener den Mund auf. Abgesehen von den gelegentlichen geblafften Kommentaren über die Arbeit war er stumm. Sie schlief noch immer im Zimmer der Mädchen. Beide wussten, dass es nicht mehr lange so weitergehen konnte. Aber keiner von ihnen war bereit, den ersten Schritt zu tun.

Jeder Tag war ein Kampf. In Büchern und Filmen trafen Menschen ständig Entscheidungen und setzten diese dann auch um. Bei ihr war das nicht so. Auf einen Schritt vorwärts folgten sofort zwei zurück. Und das lag nicht nur daran, dass sie Angst vor Keith hatte. Ihre Ehe zu beenden würde sich anfühlen, als würde sie einen Großteil ihres Lebens über Bord werfen. Sie dachte an die Ratschläge, die sie anderen immer gegeben hatte. »Bleib am Ball«, hatte sie gesagt. »Spiel das Blatt, das dir ausgeteilt wurde.« Sollte sie nicht genau das jetzt auch tun? Ihre eigene Feigheit stieß sie ab.

Bald würde sie wieder nach London fliegen, um ihre Halbschwestern und ihren Halbbruder kennenzulernen. Entgegen all ihren Protesten hatten Chrissie und Iggy das Flugticket bezahlt. Sobald ihre Mutter sich stärker fühlte, wollte sie nach Irland kommen, um ihre Enkelkinder zu sehen. Sie hatte zwar nicht gesagt, dass sie hoffe, Keith sei bis dahin ausgezogen, aber Ailish wusste, dass sie sich das wünschte.

Oh, und sie wusste auch, was alle von ihr dachten. Sie gab zu schnell nach. War zu zaghaft. In Beths Augen war sie bestimmt ein hoffnungsloser Fall. Beth war mutig und stark. Wie die meisten jungen Frauen heutzutage.

Kaum hatte sie sich von Gary verabschiedet, klingelte ihr Handy erneut. Eine unbekannte Nummer mit der regionalen Vorwahl.

»Mrs Dwan?«, sagte jemand mit besorgter Stimme. »Hier ist Sorcha Hession, die Rektorin von St. Ursula. Hätten Sie einen Moment Zeit?«

Jeder Muskel in Ailishs Körper spannte sich an. Sie erhob sich vom Bett. »Ist alles in Ordnung? Geht es Stevie gut?«

»Die ehrliche Antwort ist Ja und Nein. Bitte regen Sie sich nicht auf, aber ein paar unserer Lehrer merken seit einigen Wochen, dass er nicht ganz bei der Sache ist. Und dann gab es heute Nachmittag einen Vorfall mit einem anderen Jungen. Sie haben sich gestritten und ... na ja, dann geprügelt ...«

O Gott. »Ist er verletzt?«

»Nein, er ist okay. Jemand ist dazwischengegangen.«

»Worum ging es denn?«

»Soweit ich weiß, hat der andere Junge irgendetwas Unschönes zu Stevie gesagt, weil er gerade nicht zu Hause wohnt.«

Verdammt. »Ich verstehe.«

»Ich habe die Gelegenheit genutzt, um mich in Ruhe mit Stevie zu unterhalten. Ich möchte nicht neugierig erscheinen, aber wenn es zu einer plötzlichen Verschlechterung der Leistung oder des Verhaltens eines Schülers kommt, müssen wir wissen, was dahintersteckt. Stevie hat mir von der, äh, Situation erzählt.«

Ailish sah Mrs – oder Ms? – Hession vor sich. Die Lehrerinnen von heute waren ganz anders als ihre früher. An die Stelle der grauen Konformität waren Perlen, Armreife und Motivationsreden getreten. »Was hat er Ihnen gesagt?«, fragte sie.

Die Schulleiterin berichtete, was Stevie ihr erzählt hatte. Es war fast alles, einschließlich der Tatsache, dass Keith ihn bewusstlos geschlagen hatte. Ailish hätte sich am liebsten unter dem Bett verkrochen, als sie der Frau zuhörte.

»Natürlich«, fuhr die Direktorin fort, »will ich eine bereits heikle Situation nicht verschlimmern, aber ich muss auch meiner Fürsorgepflicht gegenüber den Schülern nachkommen. Die Zeiten, in denen wir einfach weggeschaut haben, wenn junge Menschen offensichtlich leiden, sind vorbei.«

»Das freut mich.«

Die Schulleiterin schwieg einen Moment, bevor sie weitersprach. »Es ist mir wirklich unangenehm, Mrs Dwan, aber Sie müssen verstehen, dass es hier nicht einfach nur um eine veränderte innere Haltung des Lehrpersonals geht. Es gibt Kinderschutzgesetze, an die wir uns halten müssen. Wenn ich den Verdacht habe, dass es einem unserer Schüler nicht gut geht, muss ich handeln. Ihr Wohlergehen steht an oberster Stelle.«

Ailish, die durch die Suite gegangen war, blieb abrupt stehen. Deutete die Frau damit an, dass sie nicht in der Lage war, sich um Stevie zu kümmern? »Wollen Sie damit sagen, dass Sie sich an die Polizei wenden?«, fragte sie. »Ich hätte nie gedacht ... Bitte tun Sie das nicht. Ich verspreche, ich bringe alles wieder in Ordnung. Wirklich.«

»Ich weiß, dass Sie einen langen Arbeitstag haben. Aber ich habe überlegt, ob wir uns nicht einmal in Ruhe unterhalten können. Stevie ist einer unserer besten Schüler, und ich mache mir Sorgen, dass seine Noten nicht seine Fähig-

keiten widerspiegeln könnten, wenn sich seine Lebensumstände nicht wieder ändern. Sie wissen doch, dass dies
ein extrem wichtiges Jahr ist, und ich will nicht, dass ihm
seine Chancen verbaut werden.«

Ailish war sich nicht sicher, ob das Gesagte als Tadel
gedacht war, aber einen Moment lang hingen die Worte
wie eine Anklage in der Luft. »Ich bin keine schlechte
Mutter«, sagte sie.

»Das behaupte ich doch gar nicht. Ich mache Ihnen keinen Vorwurf. Offen gesagt bin ich auch um Ihr Wohlergehen besorgt.«

»Ich kann in einer halben Stunde bei Ihnen sein, wenn
das in Ordnung wäre.«

»Das wäre gut.«

»Und Stevie?«

»Er ist immer noch im Lehrerzimmer. Ich wollte ihn erst
mal nicht in den Unterricht zurückschicken.«

Ailish konnte keinen klaren Gedanken mehr fassen. Ihre
Arme und Beine bewegten sich automatisch. Mit der freien
Hand nahm sie den Lappen und die Politur und legte beides zurück in den Putzwagen. Jemand anders würde sich
um die Dolmen-Suite kümmern müssen.

Nachdem sie die Schulleiterin begrüßt hatte, die sie bat, sie
Sorcha zu nennen, und sie deren Angebot der professionel-
len Hilfe zurückgewiesen und versprochen hatte, von jetzt
an mit ihr in Kontakt zu bleiben, holte Ailish Stevie aus
dem Lehrerzimmer ab. Was auch immer sich sonst in der
Schule verändert hatte, der Geruch von St. Ursula war

immer noch der gleiche. Wie gut sie diese Mischung aus Socken, Schweiß und abgestandener Milch, aus Hormonen, Aknecreme und Angst kannte. Sie dachte an all die Elterngespräche, die sie mit den Lehrern geführt hatte. Bei Lorraine, Jodie und Lee war sie sich nie sicher gewesen, was sie zu hören bekommen würde. Mit Stevie hingegen war immer alles unkompliziert gewesen. Tatsächlich hatte sie in letzter Zeit oft selbstgefällig Mitleid für andere Eltern empfunden. Sie hatte ihre verzweifelten Gesichter gesehen und war dankbar für ihr jüngstes Kind gewesen.

»Es tut mir leid«, sagte sie, als sie wieder im Auto saßen.

Stevie zuckte mit den Achseln. »Ich hätte mich auf keinen Streit einlassen sollen. Mit Evan O'Gara, meine ich. Aber er hat einfach nicht aufgehört.«

»Es ist nicht deine Schuld. Was hat er zu dir gesagt?«

»Willst du das wirklich wissen?«

Ailish umklammerte das Lenkrad. »Ja.«

»Weil ich bei Jodie wohne, hat er behauptet, du hättest mich rausgeworfen. Dann fing er an, über das College und so zu reden. Er sagte, ohne ein Stipendium hätte ich keine Chance.«

»Was für ein Stipendium?«

»Für Schüler, deren Eltern kein Geld haben.«

»Hast du ...«

»Das ist totaler Bullshit, Mam. Natürlich habe ich nicht angefangen.« Er zog am Ärmel seiner Jacke. »Bist du sauer auf mich, weil ich alles erzählt habe?«

Plötzlich war er nicht mehr der gut aussehende, ein Meter achtzig große junge Mann. Nicht mehr der kluge,

437

begabte, lustige Stevie mit einer ellenlangen Liste an Collegebewerbungen für Studienfächer, die ihr nichts sagten. Nicht mehr der junge Erwachsene, der für sich selbst Verantwortung übernahm, weil seine Mutter nicht stark genug war, sich um ihn zu kümmern. Mit einem Mal war er ein Kind, das sich auf dem Beifahrersitz ihres Wagens zusammenkauerte. Das viel zu viele Probleme hatte. Sie durfte ihn nicht länger im Stich lassen. Er hatte etwas Besseres verdient. Wie sie alle.

»Du hast genau das Richtige getan«, sagte Ailish. »Kommst du jetzt wieder nach Hause?«

»Ich kann nicht.«

»Und wenn ich deinen Vater dazu bringe auszuziehen?«

»Du hattest schon so oft die Chance dazu und hast es trotzdem nie getan. Warum sollte es diesmal anders sein?«

Seine Skepsis riss sie innerlich beinahe entzwei und schmerzte sie nur umso mehr, weil sie berechtigt war. »Ich verspreche es«, sagte sie.

»Du kennst die Abmachung. Ich komme erst wieder, wenn er weg ist.«

Keith war vor ihr zu Hause. Mit einer Tasse Tee saß er am Küchentisch. Draußen brach ein frostiger Abend an.

»Da bist du ja endlich«, sagte er. »Du solltest dich mit dem Abendessen beeilen.«

Sie stellte ihre Tasche ab und lehnte sich gegen die Küchenzeile. Als Erstes musste sie diese innere Stimme zum Schweigen bringen, die ihr immer wieder einflüsterte, sie sei nicht gut genug. Und dann würde sie es aussprechen müssen, wieder und wieder, bis Keith akzeptierte, dass die Zeit für ihn abgelaufen war.

»Ich will, dass du gehst«, sagte sie.

Er machte sich nicht mal die Mühe aufzuschauen. »Weshalb?«

»Wegen einer Million Dinge einschließlich dem, was du mit Stevie gemacht hast.«

»Das war vor fast einem Monat. Warum regst du dich jetzt noch darüber auf?«

»Weil es seine Schulleistungen negativ beeinflusst hat und er nicht nach Hause kommt, solange du hier bist.«

»Also darf unser Sohn über mich entscheiden? Toll.«

Ailish grub ihre Nägel in den weichen Teil ihrer Handflächen. Keith wusste genau, was er tat. Er wollte sie mürbe machen, indem er alles, was sie sagte, als unvernünftig hinstellte. »Ich will, dass du gehst«, sagte sie. »Nicht nur wegen Stevie, sondern auch wegen mir. Was wir hier veranstalten, ist lächerlich. Wir sind beide unglücklich.«

Endlich sah er sie an. »Ich verstehe dich nicht ganz, also hilf mir bitte auf die Sprünge. Willst du die Scheidung, oder willst du, dass ich mich für ein paar Monate zurückhalte, damit der Wunderknabe in Ruhe seine Hausaufgaben machen kann?«

»Langfristig will ich die Scheidung. Kurzfristig möchte ich, dass du das Haus verlässt. Bis morgen bist du weg. Ich will, dass Stevie hierher zurückkehren kann, wo er hingehört, und ich will ein Leben in Frieden.«

Ailish sah, wie Keiths Gesicht hart wurde.

»Und wo soll ich hingehen?«, fragte er.

»Keine Ahnung. Zu deiner Mutter? Zu einer deiner Schwestern? Das ist nicht mein Problem.«

»*Das ist nicht mein Problem*«, imitierte er sie spöttisch. »Die setzen dir ganz schöne Flausen in den Kopf, deine neuen Freunde aus Dublin und London. Ich kann geradezu hören, wie sie dich bedrängen, mich endlich rauszuwerfen. Wetten, sie finden, ich bin nicht gut genug für dich?«

»Du warst nicht immer so«, sagte sie.

Was nicht ganz stimmte. Keiths Neigung zur Gewalt war durchaus nicht neu, sie hatte sie nur immer ignorieren wollen. Sie war die Meisterin des Wegschauens, die Königin der Selbsttäuschung.

»Nein, Ailish, damit liegst du falsch. Ich bin immer noch derselbe, dasselbe alte Ich. Du bist diejenige, die sich verändert hat.«

Und er hatte recht. Dass sie Chrissie gefunden hatte, hatte sie verändert – aber auf eine Weise, die er nie verstehen würde. Es wäre sinnlos, ihm ihre Wandlung erklären zu wollen. Sie begriff sie ja selbst erst jetzt, da sie sich ihm gegenüber behaupten musste.

»Du gehst«, sagte sie.

Keith stand auf. »Und was, wenn ich nicht will? Was machst du dann?«

»Du musst.«

»Wenn du so scharf darauf bist, dass wir uns trennen, warum gehst *du* dann nicht? Mir geht's gut hier.«

So ging es noch fünf Minuten. Ein Satz ergab den nächsten. Dann sagte er plötzlich etwas, womit sie nicht gerechnet hatte. Das war eins seiner Talente – etwas genau dann zu sagen, wenn es die größte Wirkung hatte.

»Wer ist Gary W.?«, fragte er.

»Ich verstehe nicht.«

»Lüg mich nicht an. Ihr schickt euch Nachrichten. Zumindest heißt er auf deinem Handy Gary W. Also, wer ist das?«

Einen Moment lang war sie wie gelähmt. Es war ihr nicht in den Sinn gekommen, dass Keith ihr Handy kontrollieren könnte. Sie versuchte, sich an die Nachrichten zu erinnern. »Warum schnüffelst du mir hinterher?«

»Weil ich vermutet habe, dass du wieder nach London verschwinden willst – und ich hatte recht damit. Aber egal, du hast immer noch nicht meine Frage beantwortet. Wer ist Gary W.?«

Sie erklärte, dass er ebenfalls in Carrigbrack geboren worden war und nach seinen biologischen Eltern suchte.

»Aber da ist doch noch mehr«, sagte Keith, stand auf und machte einen Schritt auf sie zu.

Es schien ihr, als würde die Luft aus dem Raum entweichen. »Nein, ich schwöre dir, mehr ist da nicht.«

»Tja, das Dumme ist nur, dass ich dir nicht glaube. Ihr wollt nur über Adoptionsunterlagen gequatscht haben? Und was ist mit dem anderen Zeug? Warum hat er dir geschrieben, du sollst ›tapfer sein‹ und ›das Richtige tun‹? Hast du mit ihm über uns geredet?«

»Nein«, sagte Ailish mit brüchiger Stimme.

»Läuft da was zwischen dir und diesem Gary W.?«

Die Versuchung war stark zu sagen: *Ja, in einem Paral-*

leluniversum. Es gelang ihr, ihr zu widerstehen. »Das hast du falsch verstanden. Da ist nichts.«

Er kam noch einen Schritt näher. »Ich habe es dir schon einmal gesagt, Ailish: Du bist eine Lügnerin, und eine lausige noch dazu. Nicht nur dein Freund Gary hat dir eine SMS geschickt, du schreibst dir auch mit Katie und Chrissie. Was für Lügen hast du denen über mich erzählt?«

Bluffen war zwecklos. Würde sie es nicht zugeben, würde das stundenlang so weitergehen. »Na schön«, sagte sie, »ich habe ihnen erzählt, was du mit Stevie gemacht hast. Und mit mir. Oh, und du hast recht, ich habe auch mit Gary darüber gesprochen. Sie alle haben sich Sorgen um mich gemacht. Das tun sie immer noch.«

Keith kam einen weiteren Schritt näher. Jetzt war er nur noch eine Armlänge von ihr entfernt. Sie konnte den Schwung seiner Lippen, die kleinen Äderchen in seinen Augen, die Poren auf seiner Nase sehen.

»Du Miststück.«

»Chrissie ist meine Mutter. Auch wenn du das aus einem mir unverständlichen Grund nicht akzeptieren willst. Aber sie ist es, und ich rede mit ihr, worüber ich will.«

Bevor sie noch etwas sagen konnte, flog Keiths rechte Faust durch die Luft. Sie hatte keine Zeit, ihr auszuweichen, und der Schlag traf sie direkt unter dem Auge. Schmerz explodierte in ihrem Gesicht, und für ein oder zwei Sekunden wurde die Welt um sie herum karmesinrot.

»Genug ist genug«, sagte er. »Keine normale Ehefrau würde sich so verhalten wie du. Stiehlst dich einfach davon und erzählst jedem, der dir zuhört, deine jämmerliche kleine Lügengeschichte. Du bist erbärmlich. Ich habe immer schon gesagt, du solltest zum Psychiater gehen.«

Ailish konnte nicht mehr sprechen. Das Atmen fiel ihr schwer. Ihre Haut brannte. Mit den Fingerspitzen strich sie über ihren Wangenknochen, und ein Schmerz durchzuckte sie. Ihr erster Impuls war wegzulaufen. Was, wenn er noch einmal zuschlug? Er hatte sie zuvor noch nie direkt ins Gesicht geschlagen – was, wenn er jetzt komplett die Kontrolle verlor?

Dann dachte sie an Stevie. Wenn sie wollte, dass er nach Hause zurückkehrte, musste sie durchhalten. Sorcha Hession hatte ihr zwar etwas zur Gesetzeslage gesagt, aber Ailish hatte nicht alles verstanden. Egal. Etwas von ihrem Gespräch hatte sie sich gemerkt: Was jetzt zählte, war, dass sie nicht zurückwich.

»Ich habe mich heute Nachmittag mit der Schulleiterin von St. Ursula getroffen. Wir haben darüber gesprochen, was du unserem Sohn angetan hast. Sie sagte, wenn Stevies Sicherheit hier nicht gewährleistet ist, muss sie das Sozialamt einschalten.«

»Verdammt noch mal, gibt es eigentlich irgendjemanden, dem du es noch nicht erzählt hast? Warum gehst du nicht noch zum Lokalradio oder schaltest eine Anzeige in der Zeitung?«

Keiths Worte waren abschätzig gemeint, aber zum ersten Mal spürte Ailish, wie Angst in ihm aufflackerte. »Nicht ich habe die Schulleiterin kontaktiert. Sie hat mich angerufen, weil sich die Lehrer Sorgen um Stevie machen.«

»Wenn einer von euch mir irgendwas vorwirft, werde ich es abstreiten.«

»Das wird nichts bringen. An dem Tag nachdem du ihn geschlagen hast, sind wir zum Arzt gegangen. Stevies Verletzungen sind dokumentiert.«

»Was bist du nur für ein hinterhältiges Biest!«

»Das bin ich nicht. Damals hatte ich lediglich Angst, Stevies Verletzungen könnten ernst sein.« Ihre Wange pochte heiß vor Schmerz, und ihr Auge tränte. Obwohl sie jedes Wort eine enorme Anstrengung kostete, musste sie weitermachen. Atme einfach, dachte sie. Atme ein und aus und rede. »Das mit uns ist zu Ende, Keith. Du weißt es auch, willst es aber nicht zugeben.«

»Ich weiß nur, dass du dir etwas vormachst, wenn du glaubst, dass ich mit dir verheiratet bleiben will.«

»Okay. Ich will, dass du gehst. *Jetzt.* Wenn du das nicht tust, rufe ich die Polizei. Dann sehen die Beamten, dass du mich geschlagen hast. Außerdem kannst du dir sicher sein, dass auch jeder hier im Ort davon erfahren wird.«

Einen quälenden Moment lang fürchtete Ailish, er würde noch einmal zuschlagen.

Stattdessen machte er einen Schritt zurück. »Wenn du denkst, ich werde es dir leicht machen, dann irrst du dich. Du interessierst mich schon seit Jahren nicht mehr. Ich hätte längst weiterziehen sollen. So wie die meisten Männer es getan hätten.«

Und dann, bevor Ailish überhaupt wusste, wie ihr geschah, war er weg.

Kapitel 32

Katie

Eigentlich hätte Katie ihre To-do-Liste abarbeiten sollen. Morgen war ein wichtiger Tag. Stattdessen saß sie auf ihrem Bett und sah den Inhalt der Schachtel durch. Immer seltener bekam sie E-Mails, eine wirklich interessante hatte sie zuletzt vor mehr als einer Woche erhalten. Ungewöhnlicherweise war sie von einer Frau, die in Carrigbrack ein Kind zur Welt gebracht hatte. Sie hatte sich bisher an die offiziellen Stellen gewandt, weil sie hoffte, auf diese Weise mit ihrer Tochter wiedervereint zu werden.

Nachdem sie das Onlineforum für mehrere Wochen gemieden hatte, riskierte Katie jetzt mal wieder einen Blick. Ihr Post über die Armbänder hatte Dutzende andere User dazu gebracht, sich über ihre Erfahrungen in Carrigbrack oder ihre Suche nach einer vor langer Zeit verlorenen Familie auszutauschen. In einigen Einträgen klang Wut durch. In anderen Enttäuschung und Sehnsucht. Wieder andere machten Hoffnung. *Bitte geben Sie nicht auf,* schrieb eine Frau. *Ich habe fünfzehn Jahre lang gesucht, aber am Ende meine biologische Mutter gefunden.*

Sie stieß auch auf Ailishs Beitrag über Chrissie sowie auf

Posts von anderen, die Armbänder von ihr erhalten hatten. Nach fünf Minuten legte Katie ihr Handy beiseite. Sie konnte nur eine begrenzte Anzahl an Beiträgen lesen, ohne übermäßig emotional zu werden, und jetzt war nicht die Zeit für Tränen. Später, wenn Beth nach Hause käme, könnten sie darüber reden, aber noch war ihre Nichte mit Iona, ihrer neuen Freundin, unterwegs.

Am Tag zuvor hatte Margo angerufen. »Bist du sicher, dass du deinen Geburtstag nicht feiern willst?«, erkundigte sie sich. »Mein Party-Angebot steht noch.«

»Das ist sehr nett von dir«, antwortete Katie, »aber ich bin mir hundertprozentig sicher. Siebzig ist keine große Sache für mich.«

Dann fragte ihre Schwester sie etwas zu den Armbändern, und bald stritten sie sich wieder darüber, ob es gut war, dass sie diese jetzt ihren ursprünglichen Trägern zurückgeben wollte. Katie beendete den Streit schließlich, indem sie so tat, als wäre Beth ins Zimmer gekommen.

Sie hatte gelogen, als sie behauptete, es sei für sie nicht von Bedeutung, siebzig zu werden. Sie erinnerte sich noch gut daran, dass diese Zahl für Johnny die Schallgrenze gewesen war. »Danach gehörst du endgültig zum alten Eisen, Kateser«, hatte er behauptet. Sie versuchte, sich einzureden, dass sich das inzwischen geändert hatte. Heutzutage war siebzig ein Klacks. Gut möglich, dass die junge Generation an die hundert werden würde.

Manchmal hatte sie schon das Gefühl, dass das Alter sie einholte. So wie erst an diesem Morgen, als sie für ein paar Besorgungen in die Stadt gegangen war. Zwar hatte sie erwartet, dass bei ihrem ersten Ziel, Penneys, einiges los sein würde, war aber nicht auf einen solchen Trubel eingestellt gewesen. Eine ganze Horde junger Frauen war an ihr vorbeigerauscht, den Arm voller Kleider und Kosmetika. Katie hatte den Fehler gemacht, einen Moment lang einfach nur still dazustehen, und sofort einen knochigen Ellbogen in der Seite gespürt. Andererseits hatte sie an allem etwas auszusetzen gehabt. Zum Beispiel an der Handtasche, die als vegan bezeichnet wurde. »Warum kann der Hersteller nicht ehrlich sein und schreiben, dass die Tasche aus Plastik ist?«, hatte sie zu der Verkäuferin gesagt, die emotionslos neben ihr stand. Das war eines der Probleme des Älterwerdens: Niemand nahm einen mehr ernst. Wenn man sich beschwerte, wurde man als schrullig oder verwirrt abgetan. Das Beste, worauf man hoffen konnte, war, als resolut bezeichnet zu werden. Wie Katie dieses Wort hasste!

Danach ging sie etwas essen. In einem Café bestellte sie ein Käsesandwich, nur um zu hören zu bekommen, so etwas hätten sie nicht. »Wie wär's mit einem mit Hummus, Pesto und Roter Beete?«, schlug ihr der junge Mann hinter der Theke strahlend vor. »Oder mit Speck, Koriander und Brie?« Schließlich entschied sie sich für einen Scone und eine Tasse starken Tee. Während sie ihren Tee trank, klingelte in der Nähe ein Handy. Johnny hatte den gleichen Klingelton benutzt, und für einen kurzen, intensiven Moment war sie überzeugt, dass es sich um sein Telefon handelte. Mit einem Mal konnte sie nicht anders, als daran zu denken, was gewesen war und nicht mehr sein würde.

Erschöpft und mit leeren Händen hatte sie den Bus zurück zur Griffin Road genommen.

Jetzt zählte sie die Armbänder. Noch zwölf waren übrig. Mindestens zwei – die der Söhne von Tina McNulty und Gráinne Holland – schienen dazu bestimmt zu sein, in der Schachtel zu bleiben. Für Gary tat es ihr leid. Er war wieder in L.A. und schrieb neue Songs. Die Beziehung zu Anton werde nie wieder ganz dieselbe sein, sagte er, aber sie hätten sich die Hände gereicht und versuchten nun, zusammen zu komponieren. Sie wusste, er war froh darüber, in das Leben zurückgekehrt zu sein, das er einst so geliebt hatte. Und obwohl er versprochen hatte, in Kontakt zu bleiben, glaubte sie nicht recht daran, dass sie weiterhin viel von ihm hören würde.

In letzter Zeit hatte sie viel über Vergebung nachgedacht. Merkwürdig, wie viel schwieriger es war, sich selbst zu vergeben, als anderen zu verzeihen. Zumindest für Gary war es ganz sicher so gewesen.

Ailish schickte ihr noch immer Nachrichten. Keith sei ausgezogen, aber sie mache sich weiterhin Sorgen. *Was soll ich tun, wenn Stevie aufs College geht?*, schrieb sie. *Ich habe Angst davor, alleine zu leben.* Ginge es nach Katie, sollte Ailish zur Polizei gehen und ein Kontaktverbot beantragen. Beth stimmte ihr darin zu, doch die Entscheidung lag nicht bei ihnen. Und Ailish stand schon unter genügend Druck – den mussten sie nicht noch erhöhen. Also versicherten sie ihr nur immer wieder, dass sie das Richtige getan hatte und ihr Leben mit der Zeit besser werden würde.

Katie blieb noch einen Moment sitzen und las erneut die Namen auf den Armbändern. Sie kannte jeden davon und jedes Geburtsdatum. Dann legte sie den Deckel wieder auf die Schachtel und stellte sie zurück in den Schrank. Es war Zeit, sich an die Arbeit zu machen. In weniger als vierundzwanzig Stunden sollte ihr amerikanischer Besuch landen.

Kapitel 33

Damals – Patricia

Patricia dachte, sie hätte sich an dem Tag, an dem sie auf dem Boden des Schlafsaals geweint hatte, von allem Schmerz befreit. Sie hatte sich geirrt. Es gab noch so viel mehr davon. Ihr Kummer verschwand nie vollends, er änderte nur seine Form. Manchmal dachte sie, sie käme ohne Paul zurecht, doch dann löste etwas vollkommen Banales wie das fröhliche Gebrabbel eines Babys oder der Geruch von frisch gewaschenem Leinen eine Erinnerung aus, und ihre Kehle schnürte sich zu. Sie wünschte sich, es gäbe einen Weg, mit ihrem Sohn zu kommunizieren. Sie wollte die Stimme in seinem Kopf sein. Manchmal stellte sie sich vor, sie wäre es.

Was machst du jetzt?
Krabbelst du schon?
Bist du glücklich?
Bekommst du von deinen neuen Eltern auch genug Liebe?
Selbst wenn sie die Antworten auf ihre Fragen nie erhalten würde – die Fragen waren trotzdem da.

Der Frühling kam früh, und Patricia malte sich aus, wie es wäre, mit Paul spazieren zu gehen. Er läge in einem schi-

cken Kinderwagen, dem besten, den sie sich leisten könnte, nicht so ein stinkendes gebrauchtes Ding. Unterwegs
würden fremde Frauen stehen bleiben, um ihn zu bewundern. »Was für ein goldiges Kerlchen!«, würden sie sagen.
»Nach wem kommt er?«

Ihre Mutter würde die Stricknadeln herausholen und
ihm ein Jäckchen machen. Vielleicht würde Patricia selbst
anfangen zu stricken.

Doch jedes Mal wurde sie unsanft aus ihren Tagträumen
in die Wirklichkeit zurückgeholt. Schwester Faustina
brüllte sie wegen eines kleinen Fehlers an (»Für eine gebildete junge Frau bist du schrecklich langsam!«), oder Sabina
schimpfte mit ihr, weil sie nichts aß (»Wenn die halbe Welt
hungert, ist es eine Sünde, nichts zu essen!«), oder eine der
anderen Mütter verlor die Geduld mit ihr (»Mach nicht so
ein Gesicht. Man könnte meinen, du wärst die Einzige, die
ihr Kind verloren hat.«).

Mittlerweile hasste Patricia Carrigbrack. Sie hasste die
Wände, die Heiligenstatuen auf den Gängen, die Geräusche und die Gerüche. Sie hasste einfach alles an diesem
Ort. Sie mochte die Krankenschwestern nicht, die sie subtil immer wieder an ihre Überlegenheit erinnerten, und
sie verabscheute die Nonnen, insbesondere Sabina. Mit
Eunice wechselte sie kein Wort mehr. Wozu auch? Eunice
hatte sie im Stich gelassen. Noch dazu war sie anscheinend
an Winnies Flucht beteiligt gewesen, weigerte sich aber, ihr
zu verraten, wo ihre Freundin sich jetzt befand und wie sie
zurechtkam.

Patricia versuchte, die Erinnerungen an ihre ersten

Monate im Heim auszublenden. Doch ungebeten und ungewollt kehrten sie immer wieder zurück. Sie erinnerte sich daran, als sie singend protestiert hatten, wie sie alle füreinander eingestanden waren. Und wie sie und Winnie sich ausgemalt hatten, was sie nach ihrer Entlassung tun würden. Damals war sie ein anderer Mensch gewesen. Ein besserer. Auch wenn in ihr immer etwas gelauert hatte, das sie daran hinderte, sich mit problematischen Situationen zu arrangieren. Sie war von Frauen umgeben, die mehr gelitten hatten als sie selbst, aber dennoch weiterkämpften und in ihrem reglementierten Alltag jeden noch so kleinen Moment der Freude genossen. Selbst die arme Nancy, die missbraucht worden war, war mit der Zeit offener geworden.

Patricia hingegen hatte das Gefühl, an ihrer Traurigkeit zu ersticken. Ohne einen Anlass sammelten sich Tränen in ihren Augen. Für gewöhnlich – wenn auch nicht immer – gelang es ihr, sie zurückzuhalten. Schwester Agnes hatte ihr gesagt, dass sie nichts über die Liebe wisse, aber sie liebte Paul. Sie konnte sich nicht vorstellen, dass sein Verlust jemals leichter zu ertragen sein würde.

Anfang April beschloss sie, dass sie nicht länger bleiben konnte. Als sie mit Schwester Agnes darüber sprach, rückte die ihr jedoch sofort den Kopf gerade.

»Du kennst die Regeln«, sagte sie. »Du musst so lange hierbleiben, bis du deine Schulden abgearbeitet hast.«

Patricia erinnerte sich an etwas, das ihre Mutter in der Nacht gesagt hatte, als Pater Cusack sie weggebracht hatte. »So Gott will, sehen wir dich später im Jahr wieder.« Was, wenn ihre Mutter nie gewollt hätte, dass sie so lange hierblieb? Was, wenn sie ihre Eltern davon überzeugen könnte, dem Heim die hundert Pfund zu zahlen, um entlassen zu werden? Eigentlich müsste der Betrag inzwischen sowieso schon deutlich geringer sein, da sie ja bereits mehrere Monate gearbeitet hatte. Da Patricia ihrer Familie nicht schreiben durfte, bat sie Schwester Agnes, sich für sie bei ihnen zu erkundigen.

Die Antwort traf bereits in der folgenden Woche ein. *Nein,* schrieb ihr Vater in seiner ordentlichen und engen Schrift, *so viel Geld haben wir nicht. Und selbst wenn wir es hätten, würden wir es dafür nicht ausgeben. Für deine Fehler musst du selbst bezahlen.*

Patricia konnte vor sich sehen, wie er den Brief schrieb, sein Gesicht verkniffen. Sie hätte seine Antwort vorhersehen müssen. Immerhin war einer seiner Lieblingssprüche der von Shakespeare: »Kein Borger sei und auch Verleiher nicht.« In Patricias Elternhaus galt Genügsamkeit als eine Tugend. Ihre Mutter sammelte Green-Shields-Rabattmarken, kochte Restesuppen und stopfte löchrige Socken, bis deren Zehenbereich nur noch aus Stichen bestand. Das Fortbewegungsmittel ihres Vaters war ein ramponiertes High-Nelly-Fahrrad, und er trug immer noch seinen Hochzeitsanzug auf. Nichts davon war ungewöhnlich. Patricia kannte an die fünfzig Familien, die ähnlich bescheiden lebten, dagegen nur wenige, die das Geld, das sie besaßen, mit vollen Händen ausgaben.

Die Wut, die sie einst gegenüber ihrem Vater und ihrer Mutter empfunden hatte, war verraucht. An ihre Stelle war

453

Scham getreten. Das Leben ihrer Eltern war nicht einfach. Beide kamen aus großen Familien, viele Kinder waren ausgewandert. Sie hatten das Stigma nicht verdient, das sie in ihr Haus gebracht hatte. Das Gefühl von Reue durchströmte ihren Körper wie Gift.

In diesem Monat war ihre Periode extrem schmerzhaft. Zu den üblichen Beschwerden kam ein Schmerz wie von hundert Messerstichen hinzu. Die Klingen bohrten sich ins Fleisch und drehten sich, bis sie dachte, in Ohnmacht zu fallen. Obwohl es nur wenig Schmerzmittel gab, bewahrten die Krankenschwestern ein paar Tabletten in ihrem Büro auf, und manchmal konnten sie überredet werden, eine oder zwei abzutreten. Unter dem Vorwand, dringend auf die Toilette zu müssen, schlich Patricia sich vom Abendessen weg. Zu diesem Zeitpunkt fühlte es sich bereits so an, als würden ihre inneren Organe den Aufstand proben.

Eine jüngere Krankenschwester – die, die dabei gewesen war, als Diane starb – kam an die Tür. Nachdem sie sich Patricias Bitte angehört hatte, schüttelte sie den Kopf.

»Ich darf dir nichts geben«, sagte sie. »Das ist gegen die Vorschrift.«

Patricia hörte an ihrem Akzent, dass sie aus der Gegend kam. Sie wirkte nervös und ängstlich. Vielleicht, dachte Patricia, würde es helfen, ihr ein wenig zu schmeicheln, sie zu umgarnen. Doch sie brachte es nicht über sich. Außerdem konnte sie vor Schmerzen kaum noch einen klaren Gedanken fassen.

»Ich flehe dich an, bitte hilf mir«, brach es aus ihr heraus, wobei sie die Schwester zum ersten Mal duzte. »So schlimm war es noch nie.«

Die Krankenschwester sah immer noch aus, als würde sie gleich ihr Vorschriften-Mantra wiederholen. Dann aber zögerte sie und presste die Lippen aufeinander. »Ich kann dir nichts geben«, sagte sie schließlich erneut. »Aber ich wollte gerade nach einem Baby sehen, und wenn anschließend zufällig eine Tablette von denen im obersten Fach fehlen sollte«, sie blickte sich zum Regal hinter ihr um, »könnte es sein, dass ich zu beschäftigt bin, um es zu bemerken.«

»Danke.«

»*Eine* Tablette«, wiederholte die Krankenschwester. »Sollten mehr fehlen, müsste ich Schwester Agnes informieren.«

»Okay.«

Nachdem die Krankenschwester gegangen war, füllte Patricia ein Glas Wasser unter dem Wasserhahn im Waschbecken in der Ecke. Dann nahm sie die braune Glasflasche aus dem Regal. Sie war voll. *Eine* Tablette würde bei den Schmerzen vermutlich kaum helfen, dachte sie. Rasch schüttelte sie drei heraus und schluckte sie hinunter. Auf dem Etikett wurde Müdigkeit als Nebenwirkung genannt. Genau das war, was sie wollte: Müdigkeit, gefolgt von einem tiefen, traumlosen Schlaf. Sie schluckte noch zwei weitere Tabletten. Dann eine Handvoll. Sie würde in Schwierigkeiten geraten, wenn ihr Diebstahl entdeckt würde, aber was machte das schon? Das Schlimmste war längst passiert; was konnten sie ihr jetzt noch antun? Die Tabletten zu schlucken war angenehm. Geradezu befreiend. Sie nahm noch vier – nein, fünf –, bevor sie die Flasche ins Regal zurückstellte.

Der Schlafsaal war leer. Alle waren im Refektorium oder auf der Kinderstation. Draußen dämmerte langsam blaugrau der Abend. Patricia hob ihre Matratze um etwa einen Zentimeter an und nahm ihre einzige materielle Verbindung zu Paul heraus, die ihr geblieben war: sein Papierarmband. Es war alles, was sie noch von ihm besaß. Sie legte sich auf den Rücken, hielt das Armband in der Hand und ließ die Tränen über ihre Wangen laufen. Innerhalb weniger Minuten begann der Schmerz zu verschwinden.

Nach und nach überkam sie Müdigkeit. Sie versuchte, sich zu konzentrieren, aber kaum wollte sie eine Idee fassen, galoppierte sie auch schon wieder davon. Ihre Gedanken waren wild, frei. Bildete sie es sich nur ein, oder wurde die Luft im Schlafsaal immer dünner? In ihrem Kopf war ein Chaos aus Erinnerungen: an Mike und ihre Eltern und an Paul; an das weiß getünchte Schulgebäude und an die Jungen und Mädchen in ihrer Klasse; an den Tag, an dem Diane begraben worden war, und an den Tag, an dem man Paul weggebracht hatte. Die Erinnerungen tanzten vor ihren geschlossenen Augen, verschmolzen miteinander und bildeten Muster, die wie die Bilder eines Kaleidoskops aussahen. Nach und nach fielen sie auseinander und verblassten, bis alles schwarz war.

Patricia wurde in den Schlaf gezogen, in einen langen, dunklen Schlaf ohne Erinnerungen, Probleme oder Traurigkeit. Sie hatte sich danach gesehnt, und sie war bereit.

Kapitel 34

Brandon

Von oben betrachtet wirkte Irland ziemlich unordentlich. Die aneinandergrenzenden Felder mit ihren unregelmäßigen Formen waren wie ein Puzzle aus verschiedenen Grüntönen. Als das Flugzeug sich im Landeanflug Dublin näherte, wurde die Natur durch Straßen, Fabriken und Häuser ersetzt. Sechsundvierzig Jahre nachdem man ihn nach Amerika gebracht hatte, war Brandon zurück. Er wusste nicht, wie er dieses Land nennen sollte. Es war nicht seine Heimat, aber hier hatte seine Mutter gelebt, hier lebte sein Zwillingsbruder.

Neben ihm wachte Robyn auf. Sie hatte den gesamten Flug über geschlafen. Brandon war während der Überquerung des Atlantiks unruhig gewesen. Er hatte drei Filme angefangen zu sehen, sich aber auf keinen davon konzentrieren können.

»Wir sind da«, flüsterte sie, als das Flugzeug hart auf der Landebahn aufsetzte. »In deiner anderen Heimat.«

Und er beschloss, dass er das Land so nennen würde: seine andere Heimat.

Immer noch rechnete er damit, dass etwas schiefgehen

würde. Etwa dass ihr Gepäck in Boston nicht in den Flieger geladen worden war. Doch ihre Taschen waren mit die ersten auf dem Band. Er machte sich Sorgen, dass Katie nicht da sein würde. Dann dachte er, dass es vielleicht sogar einfacher wäre, wenn er und Robyn sich erst einmal alleine zurechtfinden müssten. Aber er entdeckte Katie und Beth sofort. Die jüngere Frau war eine größere, definiertere Version ihrer Tante. Inzwischen hatte er mit beiden mehrmals gesprochen, und der Kontakt zu Katie war freundlicher geworden, sodass sie sich jetzt duzten. Dennoch spürte er, dass sie ihm gegenüber immer noch skeptisch war.

Als Robyn aus Miami zurückgekehrt war, hatte sie ihm ein Ultimatum gestellt, auch wenn sie es nicht so genannt hatte. »Lass mich dir meine Gedanken darlegen«, so drückte sie sich aus. In Anlehnung an einen von Donald Trumps Wahlslogans fragte sie wiederholt: »Was hast du zu verlieren?« Es hatte bei Trump funktioniert und auch bei Robyn. Irgendwie schon.

Katie hatte ihm noch weitere Details über Eddie geliefert. Was auch immer man über diese Frau sagen wollte, eins stand fest: Sie war eine hervorragende Detektivin. Ihre Recherchen hatten damit begonnen, dass sie mit einer anderen ehemaligen Krankenschwester aus Carrigbrack gesprochen hatte. Aus dem einen Kontakt hatte sich der nächste ergeben, und schließlich hatte sie die gesuchten Informationen beisammengehabt. In einem anscheinend etwas ungewöhnlichen Arrangement war Eddie von einer Frau namens Joyce aufgezogen und adoptiert worden. Beide lebten in einer Stadt namens Ballinlish im County

Longford. Laut Internet war Longford eine ländliche Region und etwa siebzig Meilen von Dublin entfernt.

Ursprünglich hatte er nicht so schnell nach Irland reisen wollen. »Auf der Arbeit ist gerade viel zu tun«, erklärte er Robyn. »Ich kann jetzt keinen Urlaub nehmen.«

»Du suchst nur nach Ausreden«, hatte sie erwidert. »Du denkst, wenn du die Reise lange genug hinausschiebst, wird sich die Angelegenheit irgendwann von selbst erledigt haben. Hab ich recht?«

Die Woche, die seine Frau in Florida verbracht hatte, hatte Brandon eines gelehrt: Er konnte nicht ohne Robyn sein. Dass dies erbärmlich klang, machte es nicht weniger wahr. Er hatte ihren Enthusiasmus und ihre Intelligenz vermisst. Ihre Berührungen, ihre Küsse, ihre körperliche Präsenz. Und er hatte an all die Jahre gedacht, die er damit vergeudet hatte zu glauben, dass es ihm allein besser ginge; die Jahre, in denen er sich so an die Einsamkeit gewöhnt hatte, dass er ihren frostigen Griff kaum mehr wahrgenommen hatte. Außerdem hatte er viel über Zwillinge gelesen. Ein Satz war überall aufgetaucht, wieder und wieder: *Wenn man einen Zwilling hat, ist man nie allein.* Und jedes Mal war er danach traurig geworden. Am Morgen nach Robyns Rückkehr hatte er Katie angerufen und zwei Flugtickets nach Dublin gebucht.

Brandon befürchtete, dass etwas in ihrer Ehe durch die monatelangen Meinungsverschiedenheiten kaputtgegangen sein könnte. Nur zögernd sprach er mit Robyn über seine Schuldgefühle. Er dachte, sie könne das unmöglich verstehen, bei ihrem Background.

Sie gab sich wirklich Mühle, klang aber dennoch verwirrt. »Du warst ein *Baby*«, sagte sie. »Es war nicht deine Schuld, dass die Würfel zu deinen Gunsten gefallen sind.«

Vermutlich verstand Beth am besten, wie er sich fühlte. »Nichts an diesem System war fair«, hatte sie gesagt. »Heutzutage fühlen sich viele verantwortlich für Probleme, die sie nicht verursacht haben, und versuchen, sie wiedergutzumachen. Aber das ändert nichts daran, dass Eddie und Joyce neugierig auf Sie sind. Ich bin mir sicher, Sie werden sich alle drei besser fühlen, nachdem Sie sich kennengelernt haben.«

Mit der Zeit kam ihm die Reise nach Irland weniger wie eine Verpflichtung vor, sondern eher wie eine freiwillig getroffene Entscheidung. Außerdem hatte er Glück, weil sein Bruder relativ leicht zu finden gewesen war. »Manche Menschen stehen ihr Leben lang am Anfang einer Sackgasse und starren auf ihr Ende«, hatte Robyn gesagt. Zwar konnte Brandon nicht gerade behaupten, sich schon mit Eddie verbunden zu fühlen, aber er war neugierig auf ihn, und das musste für den Moment reichen.

Doch es gab nicht nur gute Nachrichten: Es stellte sich heraus, dass ihre gemeinsame leibliche Mutter, Linda Markham, bereits verstorben war. In den frühen Achtzigerjahren war sie nach Australien ausgewandert. Joyce und Eddie hatten nach ihr gesucht, doch es war bereits zu spät gewesen. 1993 war sie ertrunken. Sie war verheiratet gewesen, hatte aber keine weiteren Kinder bekommen. Ihr Mann wusste, dass sie in Irland Zwillingsjungen auf die Welt gebracht hatte und sie ihr gegen ihren Willen weggenommen worden waren. Sie hatte ein Foto von ihnen aufbewahrt, wie sie nebeneinander in ihren Bettchen lagen. Über den leiblichen Vater ihrer Kinder hatte sie wenige Worte verloren und seine Identität letztlich mit ins Grab genommen. Brandon traf die Nachricht ihres frühen Todes hart. Nach allem, was sie durchgemacht hatte, hätte Linda ein langes, angenehmes Leben verdient gehabt! Aber wieder einmal hatte sich bewahrheitet, dass nicht jeder das bekam, was er verdiente.

Beth saß am Steuer, Katie neben ihr. Auf der Rückbank erzählten Robyn und Brandon von ihrem Flug und kommentierten die vorbeiziehende Landschaft. Vor allem Robyn redete, während Brandons Gedanken in alle Richtungen flitzten. In der einen Minute freute er sich auf das Wiedersehen. In der nächsten erstarrte er bei der Vorstellung vor Panik. Wir müssen nicht bleiben, dachte er. Wenn es zu unangenehm wird, können wir auch wieder gehen.

»Ich bin froh, dass du schon mit Eddie telefoniert hast«, sagte Katie. »Wenigstens wisst ihr so bereits ein wenig übereinander.«

»Ja, es war gut, mit ihm zu reden.«

»Stimmt es, dass er nicht ganz so war, wie du ihn dir vorgestellt hattest?«

»Ich weiß nicht, ob irgendetwas so war, wie ich es mir vorgestellt hatte.«

»Irgendwie scheint das den meisten Menschen, die wir in letzter Zeit kennengelernt haben, so zu gehen«, sagte Beth.

Ihr Telefongespräch war kurz gewesen. Eddie hatte

Brandon gesagt, dass er nicht nur von seiner Existenz gewusst, sondern sich sogar bemüht habe, ihn zu finden. »Aber in den Akten stand nichts darüber, wohin du gebracht wurdest«, erklärte er, »also habe ich nach ein paar Jahren wieder aufgegeben.« Während sie miteinander sprachen, erwähnte er zwar seine Behinderung, ging aber nicht ausführlicher darauf ein. Wie Brandon hatte er spät geheiratet. Seine Frau hieß Yvette, und sie hatten eine dreijährige Tochter, Zoe. Eddie arbeitete in der Gemeindeverwaltung, Yvette in einem Kindergarten.

Eddies freundliche Art und die Tatsache, dass er ein erfülltes Leben zu haben schien, hatte Brandon mit seinen Vorurteilen konfrontiert. War seine Erleichterung darüber, dass sein Bruder nur leicht behindert zu sein schien, falsch? Ja. Bedeutete das, dass er selbst hoffnungslos oberflächlich war? Wahrscheinlich. Hätten andere genauso reagiert? Robyn zumindest nicht. Schon komisch: Brandon erinnerte sich daran, wie er gedacht hatte, in Irland würden fast nur Menschen wohnen, die psychologische Hilfe nötig hatten. Bis jetzt hatte er sich selbst nicht dazugezählt.

Er richtete seine Aufmerksamkeit wieder auf die Gegenwart. Gerade fragte Robyn Katie, ob es für sie seltsam sei, nach all der Zeit wieder Kontakt zu den Menschen von damals zu haben.

Katie zögerte kurz, bevor sie antwortete. »Du hast ja keine Ahnung, wie viel es mir bedeutet, dass ihr diese Reise macht, Robyn«, sagte sie dann. »Als ich die beiden Armbänder nach Boston schickte, habe ich so sehr gehofft, dass es irgendwann zu einem Treffen von Brandon und Eddie kommt. Es ist immer schön, wenn so eine Geschichte gut ausgeht.«

»Das stimmt«, sagte Beth. »Also, Brandon, wie gefällt dir Irland bisher?«

»Es ist ... ähm ... sehr grün?«, antwortete er, woraufhin Beth laut auflachte und Katie und Robyn lächelten.

»Du fragst dich wahrscheinlich, wo die strohgedeckten Cottages abgeblieben sind, nicht wahr?«

»Ja, jetzt, wo du es erwähnst. Und wo sind die Esel? Ich habe Esel erwartet. Oh, und Kobolde. Ein Kobold wäre jetzt nicht schlecht, damit wir Glück haben.«

»Jetzt redet nicht solchen Quatsch«, sagte Katie amüsiert. »Als ich ein Kind war, gab es tatsächlich noch einige strohgedeckte Cottages. Meine eigene Großmutter – Beths Urgroßmutter – lebte in einem. Sie hatte keinen Strom, und das Wasser kam aus einem Brunnen. Wenn wir sie besucht hatten, roch unsere Wäsche noch eine Woche lang nach Rauch.«

»Ach, die guten alten Zeiten«, sagte Beth.

Brandon war erleichtert, als sie alle wieder schwiegen. Er musste sich auf das vorbereiten, was ihm bevorstand.

Er sah zum Fenster hinaus. Seine andere Heimat war enttäuschend: nur Straßen und Felder, immer wieder Grau und Grün, Grau und Grün. Doch dann veränderte sich die Landschaft langsam. Seen, Flüsse, Sumpf, Moor, Weide und Dörfer mit unaussprechlichen Namen. Grün, Blau, Marineblau, Braun, Rot, Gelb, dann wieder Grün.

»Es ist schön«, sagte er schließlich und dachte, wie unzulänglich dieses Wort war.

463

»Für ein kleines Land gibt es bei uns ziemlich viel Landschaft«, stimmte Katie ihm zu.

Brandon sah weiter nach draußen. Vielleicht käme er nie wieder hierher zurück. Für diesen Fall musste er sich alles gut einprägen.

Ballinlish war kein hübscher Ort. Im morgendlichen Frühlingslicht sah er runtergekommen aus. Leere Geschäfte in der Hauptstraße wirkten wie Zahnlücken im Gebiss. Auf ihrer Fahrt hatte Brandon mehrere Plakate vom Tidy Towns Committee bemerkt. In Ballinlish schien man dringend neue Freiwillige zu brauchen.

Das einstöckige Haus von Joyce lag zwei Meilen weiter, eine schmale Straße hinunter. Sie hatte dort bereits mit ihrem Mann Cathal gelebt, der vor fünf Jahren gestorben war. Eddie wohnte in einer neu gebauten Siedlung auf der anderen Seite der Stadt.

Joyce hatte weißes Haar und kleine dunkle Augen. Sie war, dachte Brandon, die Art von Frau, die jeden lieblosen Gedanken lesen konnte, der einem durch den Kopf ging. Sie trug einen roten Pullover, einen blassgrünen Schal und blaue Ohrringe. Kurz kam ihm die Frage in den Sinn, ob das knallige Outfit eine Reaktion auf die vergangenen Jahre war, in denen sie fast ausschließlich Schwarz hatte tragen müssen.

Katie umarmte sie, und eine Zeit lang standen die beiden einfach nur aneinandergeklammert da. Sie wirkten weniger wie ehemalige Kollegen denn wie Frauen, die Seite an Seite in den Gräben eines Krieges gekämpft hatten.

»Wie lange ist es her?«, fragte Joyce.

»Mehr als sechsundvierzig Jahre«, erwiderte Katie. »Und trotz allem hätte ich dich erkannt.«

»Auch ohne Schleier?«

»Auch ohne Schleier. Obwohl ich mich noch nicht an deinen richtigen Namen gewöhnt habe.«

»Wenn dir gelegentlich ein ›Eunice‹ rausrutscht, ist das nicht weiter schlimm. Aber nenn mich bloß nicht ›Schwester‹. Das wäre dann doch etwas seltsam.«

Katie wischte sich eine Träne fort, während Joyce den Besuch ins Wohnzimmer führte. Ein mittelgroßer Mann mit braunem Haar wartete dort auf sie. Sein Lächeln war vorsichtig, seine Augen blau, seine Nase einen Tick zu lang. Abgesehen von seinen dünnen Beinen und der Tatsache, dass er mithilfe eines Stocks aufstand, glich er Brandon aufs Haar.

Eddie ergriff als Erster das Wort. Wie die von Joyce war auch seine Stimme sanft. »Ich habe ja schon ein Foto von dir gesehen, aber ... Das ist echt verrückt. Ich hätte nie gedacht, dass wir uns so ähnlich sind. Es ist toll, dich wiederzusehen.«

Brandon fand nur langsam die Sprache wieder. »Wenn du ›wieder‹ sagst, heißt das etwa, du erinnerst dich an mich von früher?«

»Nein, aber weil ich immer von dir wusste, kam es mir so vor, als wärst du irgendwo in meiner Erinnerung. Da war immer dieses Bild von uns beiden, wie wir in Carrigbrack auf dem Fußboden herumkriechen und andere Babys terrorisieren.« Erneut schüttelte er den Kopf. »Wahrscheinlich ist das nie passiert.« Er streckte einen Arm aus. »Komm her. Mein Körper gehorcht mir nicht immer, aber ich verspreche dir, dass ich nicht auf dich fallen werde.«

»Das habe ich nie ...«

»Nett von dir. Aber ich bin es gewöhnt, dass andere so denken.«

Sie machten beide einen Schritt aufeinander zu und legten die Arme umeinander. Brandon konnte sich nicht erinnern, wann er das letzte Mal im nüchternen Zustand einen Mann umarmt hatte. Er war weder ein extrem emotionaler Mensch noch einer, dem Berührungen besonders wichtig waren. Als sie sich wieder voneinander lösten und sich setzten, sah er, dass Robyn weinte.

Wie ihr Outfit war auch das Wohnzimmer von Joyce ein Farbenmeer. Normalerweise wäre Brandon vor dem gemusterten Teppich, den zitronenfarbenen Wänden und den rosafarbenen Vorhängen zurückgeschreckt. Am liebsten hätte er einige der Bilder entfernt und die Notwendigkeit so vieler Fotos angezweifelt. Aber als er die schlimmste Tasse Kaffee seines Lebens trank, dachte er, dass die grellen Farben hier durchaus zueinanderpassten.

»Was mir immer noch nicht in den Kopf will«, sagte Eddie, »ist, dass du nie wusstest, dass du einen Zwilling hast. Du würdest nicht glauben, wie viel Zeit ich damit verbracht habe, mir Geschichten über dich auszudenken und mich zu fragen, wo du bist und wie du bist. Aber es wäre mir nie in den Sinn gekommen, dass man dich in die Staaten gebracht hat.«

Brandon erzählte, wie seine Eltern im Dunkeln darüber

466

gelassen worden waren, dass er ein Zwilling war. »Sie hatten sich für ein Baby beworben«, sagte er. »Hätten sie von dir gewusst, hätten sie dich sicher auch genommen.«

Eddie zuckte die Achseln, als wollte er sagen, dass er sich da nicht so sicher sei. Dann erzählten er und Joyce, wie sie Mutter und Sohn geworden waren.

»Ich habe den Konvent 1980 verlassen«, sagte Joyce. »Damals war das System von Carrigbrack nicht mehr ganz so streng. Die Mütter durften ihre eigenen Kleider tragen, Besuch empfangen und telefonieren. Und sie mussten sich ihre Entlassung auch nicht mehr verdienen.«

»Agnes hat das alles *erlaubt*?«, fragte Katie.

»Sie war nicht mehr da. Genauso wenig wie Sabina. Wusstest du eigentlich, dass Sabina noch lebt? In einem Heim im County Mayo, sie ist inzwischen ja Mitte neunzig. Stell dir vor: Als wir dachten, sie sei so alt wie die menschliche Zivilisation, war sie erst in ihren Vierzigern!«

»Nach den Geschichten, die wir über sie gehört haben«, sagte Beth, »genießt sie ein viel längeres Leben, als sie es verdient hat.«

Katie und Joyce tauschten einen Blick, aber keiner von beiden sagte etwas.

»Hast du den Konvent verlassen, um zu heiraten?«, fragte Robyn.

»Nein. Meinen lieben Cathal habe ich erst ein paar Jahre später getroffen.« Joyce seufzte. »Ich ging, weil ich mich nicht zur Nonne berufen fühlte. Um ehrlich zu sein, hatte ich schon jahrelang mit mir gerungen. Irgendwie hatte ich mich vorher selbst davon überzeugt, in Carrigbrack etwas

Gutes tun zu können.« Sie hob ihre Hände. »Ich weiß, ich weiß. Nach allem, was ihr über diesen Ort gehört habt, findet ihr das wahrscheinlich seltsam. Oder könnt es nicht verstehen. Aber ich dachte, wenn die Familien ihre Töchter sowieso dorthin schickten, wäre doch das Mindeste, was ich tun könnte, die Mädchen zu unterstützen. Ich hoffe, ich habe wenigstens das gelegentlich getan.« Sie blickte den bunten Teppich an. »Ich fürchte, es gab auch Situationen, in denen ich versagt habe – fürchterlich versagt habe.«

»Du warst immer freundlich«, sagte Katie. »Mach dir keine Vorwürfe.«

»Im Jahr 1980 war die Zahl der Heimbewohnerinnen deutlich geschrumpft, und andere Heime dieser Art hatten bereits ihre Tore geschlossen. Ich war zunehmend desillusioniert. Jeden Tag habe ich mich gefragt, ob ich das richtige Leben lebe. Oh, und es gab noch eine andere Überlegung. Damals waren meine beiden Eltern schon tot. Für sie war es so wichtig, dass ich Nonne war, dass ich nie den Mut hatte, ihnen zu sagen, dass ich nicht länger in Carrigbrack bleiben wollte. Schließlich hatte ich also das Gefühl, dass ich etwas ändern musste.«

»Was hast du danach gemacht?«, fragte Beth.

»Sozialarbeit studiert.« Joyce lachte auf. »In dem Studiengang gab es nicht sonderlich viele ehemalige Nonnen über dreißig, aber die anderen Studenten – meist junge Frauen – waren sehr freundlich.«

»Ich war am Boden zerstört«, sagte Eddie. »Lange Zeit konnte ich nicht glauben, dass sie mich verlassen hat.«

»Du weißt, ich habe nichts dergleichen getan. Es dauerte

einfach nur eine Weile, den ganzen Papierkram zu erledigen, das ist alles.«

»Das ist jetzt vierzig Jahre her, und es gelingt mir immer noch, sie damit auf die Palme zu bringen.« Eddie zwinkerte und sah Joyce liebevoll an.

»Ich hatte nicht die Absicht, ihn dort zu lassen. Wir waren damals schon gute Freunde. Er war wirklich ein liebes Kerlchen. Allerdings konnte er manchmal auch ein ziemlich launischer Teufel sein. Zu der Zeit durften Alleinstehende kein Kind adoptieren, allerdings waren sich gleichzeitig alle einig, dass Carrigbrack kein Ort für einen Achtjährigen war und ich am besten in der Lage sein würde, mich um ihn zu kümmern.«

Robyn legte den Kopf schief. »Warum hatte ihn niemand anders adoptiert?«

»Eine gute Frage«, sagte Eddie. »Soweit ich weiß, war Agnes davon überzeugt, dass mich niemand wollen würde.«

»Das ist ja fürchterlich! Ich bin mir sicher, dass sie damit falschlag.«

»Das würde ich gerne glauben. Jedenfalls habe ich eine Zeit lang ein ziemlich seltsames Leben geführt. Das nächstälteste Kind war drei Jahre jünger als ich und schwerstbehindert. Fairerweise muss ich sagen, dass die anderen Mütter alle sehr nett zu uns beiden waren.«

»Wie hast du Lesen und Schreiben gelernt?«, fragte Brandon.

»Joyce hat es mir beigebracht. Sobald ich die Grundlagen konnte, habe ich nur noch gelesen. Was sollte ich auch sonst tun. Es gab ja nicht mal einen Fernseher! Wenn

Freunde und Kollegen heute von den Fernsehsendungen ihrer Kindheit erzählen, kann ich mir darunter meistens nichts vorstellen.«

»Ich glaube, es gab nicht besonders viele Bücher in Carrigbrack, oder?«, sagte Katie. »Was hast du gelesen?«

Eddie lachte. »Du hast ein gutes Gedächtnis. Die Auswahl war wirklich überschaubar. Sagen wir einfach, ich weiß jetzt eine Menge über das Leben der Heiligen, besonders der weiblichen. Jedenfalls, um auf Robyns ursprüngliche Frage zurückzukommen: Letztlich hat es sich als ein Vorteil für mich herausgestellt, dass ich zurückgeblieben bin. Deshalb durfte ich schließlich mit Joyce zusammenleben.«

»1981 wurde ich Eddies Vormund«, erklärte Joyce. »Und bevor ihr fragt: Mir ist bewusst, wie lächerlich es ist, dass *ich* ihn großziehen durfte, nicht aber seine leibliche Mutter. Es ist schrecklich, wie Linda behandelt wurde.«

Brandon stellte seine Kaffeetasse ab. »Das ist vielleicht eine blöde Frage, und ich will ganz bestimmt niemanden damit beleidigen, aber … war das deine Form der Wiedergutmachung? Wegen all dem, was in dem Heim passiert ist, meine ich?«

Während Katie in ihrem Sessel hin- und herrutschte und Robyn wie gebannt ihre Hände anstarrte, wirkte Joyce unbeirrt. »Ich kann dir nicht sagen, wie oft ich das schon gefragt wurde, und ich werde dir die Antwort geben, die ich immer gebe. Diese Frage ist für mich nicht nachvollziehbar. Es impliziert, dass Eddie eine Art Last für mich war. Eine Buße, die ich tun musste. Aber wir hatten acht

Jahre zusammen in Carrigbrack verbracht, und wir waren Freunde. Ich wollte ihn bei mir haben, weil ich ihn liebte.«

Brandons Wangen brannten. »Ich wollte nicht …«

»Schon okay«, sagte Eddie. »Wir wissen, dass du es nicht böse gemeint hast. Und ehrlich gesagt hat Joyce wegen mir schon das eine oder andere graue Haar bekommen. Als ich noch klein war, sagte ein Arzt zu den Nonnen, ich würde nie richtig laufen und sprechen können. Dass ich wahrscheinlich den Rest meines Lebens in einem Heim oder einer ähnlichen Institution verbringen müsse. Wir waren beide entschlossen, ihm das Gegenteil zu beweisen. Wie sie sagt: Wir waren ein Team.«

»Ja, wir waren in den Achtzigerjahren durchaus ein ungewöhnliches Paar in Irland«, sagte Joyce. »Ich hatte einen Job mitten in Dublin, und Eddie ging auf eine gute Schule. Bald stellten wir fest, dass der von Agnes hinzugezogene Arzt viel zu pessimistisch gewesen war. Es gab durchaus eine Menge Therapien, die halfen. Und dann traf ich Cathal.«

»Oder Pater Cathal, wie ihn einige Leute nannten«, fügte Eddie hinzu.

Beth lehnte sich mit leuchtenden Augen vor. »Erzähl! Was für eine Geschichte.«

Das Gesicht von Joyce verzog sich zu einem einzigen Lächeln. »Ja, er war früher Priester. Aber er hatte sich wie ich einige Jahre zuvor vom religiösen Leben abgewandt. Inzwischen war er Lehrer. Grundschullehrer. Er bewarb sich um die Stelle des Direktors hier in Ballinlish … Zu dem Zeitpunkt haben wir geheiratet und Eddie adoptiert.«

»Und da war ich also«, sagte Eddie. »Ein behindertes Kind, das bei einer Ex-Nonne und einem ehemaligen Priester lebte. Ich schwöre, es gibt keinen Witz, den ich nicht gehört habe. Einige der Kinder waren alles andere als subtil, das Wort ›Krüppel‹ war durchaus normal. Aber hier bin ich.« Er warf Joyce einen Blick zu. »Hier sind wir beide.«

Die Aufmerksamkeit aller wandte sich jetzt Brandon zu. Im Vergleich zu Eddies Geschichte kam ihm seine langweilig und durchschnittlich vor. Er hatte erreicht, was man von jemandem mit seinem Bildungsniveau erwartete. Nicht mehr und nicht weniger. Auch wenn er versuchte, seinen Job etwas aufregender und seine Interessen weniger banal darzustellen, hatte er für jemanden, der auf die fünfzig zuging, doch nur wenige Anekdoten auf Lager. Er war erleichtert, als sein Bruder weiterredete.

Eddie erwähnte, dass der zweite Name seiner Tochter Zoe Linda sei, um an ihre Großmutter zu erinnern, die sie niemals kennenlernen würde. Dann erzählte er von seinem Job. Er arbeitete an einer Strategie zur Wiederbelebung der Stadt. Ballinlish sei von der Rezession stark getroffen worden und erhole sich nur sehr langsam.

»Macht Ballinlish wieder groß«, sagte Beth mit einem Nicken zu Brandon, und alle lachten.

Während der gesamten Unterhaltung musste Brandon immer wieder unwillkürlich seinen Zwilling ansehen. Ein Teil von ihm entspannte sich. Warum habe ich mich nur so dagegen gewehrt?, fragte er sich. Doch ein anderer Teil war vollkommen überfordert mit der Situation. Am liebsten wäre er abgehauen und hätte sich irgendwo versteckt, um in Ruhe nachzudenken. Um ihre Ähnlichkeiten und Unterschiede abzuwiegen. Deshalb wechselte er lieber rasch das Thema, als Joyce fragte, ob er und Robyn ein paar Tage bleiben würden. Er wusste nicht, ob er dazu bereit war. Bestimmt wäre es einfacher, erst einmal mit Katie und Beth nach Dublin zurückzufahren. Dort hätte er mehr Platz zum Atmen. Robyn warf ihm einen missbilligenden Blick zu.

Katie wirkte sehr still. Vielleicht hatte auch sie Mühe, alles zu verarbeiten. Sie hatte einmal Seite an Seite mit Joyce gearbeitet, aber das war fast ein halbes Jahrhundert her.

Beth war deutlich lebhafter und erzählte jetzt, was sie und Katie getan hatten, um die in Carrigbrack geborenen Kinder mit ihren leiblichen Familien zusammenzuführen.

Joyce zeigte sich begeistert und kommentierte mehrere Namen mit »Ah« oder »Oh«, so als wollte sie sagen: »Ich erinnere mich an ihn.« Oder: »Er war so süß.« Oder: »Unglaublich. Wirklich unglaublich. Man hätte sie nie so anlügen dürfen.«

»Wir haben ein paar außergewöhnliche Menschen kennengelernt«, sagte Beth abschließend. »Auch ein paar schwierige, aber die gibt es immer.«

»Was ist mit meinem Bruder hier?«, fragte Eddie neckend. »In welche Kategorie würdest du ihn stecken?«

»Hm. Am Anfang war es ein bisschen kompliziert mit ihm, und wir hatten durchaus unsere Differenzen. Aber ich denke, es gibt nichts an Brandon, was nicht durch einen kräftigen Tritt in den Hintern geheilt werden könnte.«

»Beth!«, sagte Katie, aber zu seinem eigenen Erstaunen musste Brandon lachen – wenn auch nervös.

»Und ich denke, man kann sagen, dass wir inzwischen miteinander warm geworden sind.«

»Das ist schön«, sagte Joyce erfreut. »Weißt du, Beth, du erinnerst mich an jemanden, den ich mal kannte, eine junge Frau, die ein paar Monate in Carrigbrack verbracht hat. Ich habe ihr sogar zur Flucht verholfen. Winnie war ihr Name. Sie war jünger als du, aber sie hatte eine ähnliche Art. War ziemlich direkt. Sie hat mich oft zum Lachen gebracht! Ich denke noch immer manchmal an sie.«

»Weißt du, was mit ihr passiert ist?«

»Leider haben wir den Kontakt in den späten Siebzigerjahren verloren. Ich hoffe, es geht ist gut.« Sie zögerte. »Viele haben Carrigbrack nicht verkraftet. Viel zu viele.«

Ihre Worte lösten in Katie offensichtlich etwas aus. Sie schloss die Augen und senkte den Kopf. Doch bevor jemand noch etwas sagen konnte, hörten sie ein Auto vorfahren. Kurz darauf stürmte ein kleines Mädchen ins Zimmer. Sie hatte große goldbraune Augen und blonde Locken und trug einen leuchtend gelben Regenmantel und kirschrote Gummistiefel. Offensichtlich waren starke Farbkontraste in Ballinlish beliebt. Ihre Mutter, eine adrette Frau mit ausgeprägten Wangenknochen, folgte ihr mit etwas Abstand.

»Wie geht's meiner Süßen?«, fragte Joyce.

»Mir geht's gut, danke, Nana«, antwortete Zoe. Dann sah sie sich im Raum um und rannte auf Eddie zu. »Daddy!« Als Nächstes schielte sie in Brandons Richtung. »Noch ein Daddy?«, fragte sie vorsichtig.

Eddie grinste und hob sie hoch. »Das ist Daddys amerikanischer Bruder. Onkel Brandon. Weißt du noch, dass ich dir erzählt habe, dass er uns besuchen kommt?«

»O ja.« Sie riskierte einen weiteren scheuen Blick in Brandons Richtung. »Bist du so nett wie mein Daddy?«

»Ich hoffe es«, erwiderte Brandon.

Eddie küsste seine Tochter auf den Scheitel. »Ganz bestimmt sogar. Wie könnte er nicht nett sein, wo er doch mit uns verwandt ist? Also, was sagst du zu unseren Gästen?«

Als Zoe lächelte, blitzten winzige weiße Zähne auf. »Schön, euch kennenzulernen. Und willkommen in Ballinlish!«

»Danke, Zoe«, sagte Brandon. »Wir freuen uns, hier zu sein. Es tut mir nur leid, dass es bis hierhin so lange gedauert hat.«

Yvette zog ihren Mantel aus und setzte sich. »Kein Wunder, dass das Kind verwirrt ist. Ihr zwei gleicht euch aufs Haar. Ihr könntet ein und dieselbe Person sein.« Sie hatte eine angenehme, leicht heisere Stimme.

»Das könnten wir«, sagte Eddie.

Sie war noch ganz frisch, diese Verbindung. Sie war komplex, aber gleichzeitig auch ganz unkompliziert. Erneut dachte Brandon über die vergeudeten Jahre nach. Über die Jahre, die sie ihnen gestohlen hatten – und die, auf die er selbst freiwillig verzichtet hatte.

Er griff in seinen Rucksack, holte einen Umschlag heraus, zog ein winziges Papierarmband hervor und reichte es Eddie.

475

»Das gehört dir«, sagte er. »Und ich hoffe, Robyn hat nichts dagegen, wenn ich deine freundliche Einladung annehme. Es wäre uns eine Ehre, die nächsten Tage mit euch in Ballinlish zu verbringen.«

Kapitel 35

Katie

»Bist du dir sicher?«, fragte Beth.

»Das bin ich.«

»Es muss nicht heute sein. Ich meine, wir müssen es überhaupt nicht machen.«

Katie zupfte einen Fussel vom Bettbezug. »Ich kann es nicht ewig aufschieben, Liebes. Johnny ist seit neun Monaten tot. Und es gibt sicher jemanden, der sich über seine Hosen und Hemden freut.«

»Wenn du meinst.« Beth faltete eine Anzugjacke zusammen und steckte sie in eine große Papiertüte.

»Nun, vielleicht behalte ich ein Hemd. Das wäre doch okay, oder? Ich glaube, das hellblaue. Das roch immer so gut.«

»O Katie!«

»Ich bin ein hoffnungsloser Fall, ich weiß.«

Katie setzte sich aufs Bett und schwang ihre Beine auf die Matratze. Sie hatte sich selbst das Versprechen gegeben, in dieser Woche Johnnys Kleidung auszusortieren, und Beth hatte ihre Hilfe angeboten. Katie war zu dem Schluss gekommen, dass es einfacher wäre, wenn ihre Nichte es unter ihrer Aufsicht erledigte. Sonst würde sie den Rest des Tages damit verbringen, an jedem Kleidungsstück zu riechen und in Erinnerungen zu schwelgen. Beim Gedanken an irgendein Ereignis, das niemandem sonst etwas bedeutete, würden ihr ganz sicher die Tränen kommen.

Am Morgen hatten sie sich wie immer am Samstag wegen der Armbänder zusammengesetzt. Es gab nicht mehr viel zu tun. Seit ihrem Besuch in Ballinlish vor drei Wochen hatten sie nur vier Anfragen bekommen. Zwei davon fielen nicht in den von ihr gesteckten Zeitrahmen. In der dritten Mail ließ sich ein Mann nur darüber aus, wie seine unverheiratete Mutter in den Sechzigerjahren behandelt worden war. Und die vierte war von einer Frau, die in Carrigbrack geboren worden war, aber noch nicht so weit war, als dass sie nach ihrer leiblichen Mutter suchen wollte. Dass einige Armbänder wahrscheinlich in der Schachtel bleiben würden, überraschte Katie nicht sonderlich. Sollte sie mit ihrem Anliegen nicht auch noch ins Fernsehen gehen, würden sie nie alle Besitzer erreichen. Und selbst dann gäbe es wahrscheinlich noch immer diejenigen, die keine Erinnerung an ihre ersten Tage haben wollten. Und das war völlig in Ordnung.

Katie machte sich Sorgen, dass Beth ihren Vorschlag, auch Adoptierten außerhalb ihres Zeitrahmens zu helfen, erneut ansprechen würde. Wobei es in vielerlei Hinsicht durchaus Sinn machen würde. Zudem konnte sie mittlerweile nachvollziehen, dass manche Menschen richtiggehend süchtig nach Erfolg waren. Aber Katie lag nichts daran. Wenn sie alles getan hatte, was in ihrer Macht stand, um den Männern und Frauen zu helfen, deren Armbänder sie aufbewahrt hatte, wäre ihre Aufgabe erledigt.

Brandon und Robyn hatten vier Tage im County Longford verbracht. Obwohl Katie nicht behaupten würde, dass Brandon danach ein vollkommen anderer war, machte er insgesamt doch einen entspannteren Eindruck. Allerdings blieb er ihr gegenüber immer etwas nervös. Was schade war, denn sie mochte ihn. Sie vermutete, dass ihre Zuneigung zu ihm besonders stark war, weil er solche Kämpfe mit sich ausgefochten hatte, seine Herkunft zu akzeptieren. Allerdings befürchtete sie, dass er Robyn zu stark verehrte. Sie ist deine Frau, wollte sie manchmal zu ihm sagen, nicht die Reinkarnation einer Heiligen.

Anfang der Woche hatte sie ihren siebzigsten Geburtstag gefeiert. Ohne eine große Party. Freunde hatten angerufen und Nachrichten geschickt, und von Margo und Con war ein riesiger Blumenstrauß gekommen. Beth hatte ihr einen himmelblauen Kaschmirpullover geschenkt, der garantiert ihr neues Lieblingskleidungsstück werden würde.

Der Frühling war da. Die ersten Blättchen und Knospen an den Bäumen sprossen, und die Narzissen machten Platz für Glockenblumen. Bald schon würde diese kurze Zeit im Jahr kommen, wenn die Iren sich nicht darüber beschwerten, auf einer feuchten, felsigen Insel im Nordatlantik leben zu müssen, sondern behaupteten, dass es keinen anderen Ort auf der Welt gäbe, an dem sie lieber wären. Blasse Haut würde sich flamingopink färben und der Geruch von verbrannten Steaks über den Vorstädten hängen.

479

»Ist das dein Handy?«, fragte Beth, als es klingelte, während sie ein weißes Hemd aus dem Schrank nahm.

Katie machte eine, wie sie hoffte, lässige Handbewegung. »Wer immer es ist, er kann eine Nachricht hinterlassen. Ich rufe später zurück.«

Sie konnte sich schon denken, wer da anrief. Seit ihrem Wiedersehen hatte Eunice – oder Joyce, wie sie sich noch angewöhnen musste, sie zu nennen – sich alle paar Tage gemeldet. Katie war nie ans Telefon gegangen und hatte auch auf keine ihrer Nachrichten reagiert. Sie würde bald mit ihr sprechen müssen. Fast fürchtete sie sich davor, was passieren würde, wenn sie es nicht täte. Aber nicht heute.

Später würde sie Johnnys Sachen zum nächsten Wohlfahrtsverband bringen, und dann könnte sie endlich ein Häkchen hinter diesen so schwierigen Punkt auf ihrer To-do-Liste setzen. Zu dumm nur, dass an seine Stelle dann dieses Gespräch treten würde, das sie nicht führen wollte.

Kapitel 36

Gary

Gary las weiterhin regelmäßig die neuen Einträge im Onlineforum. Nicht täglich, aber doch so häufig, dass er auf dem Laufenden blieb. Und oft genug, um mitzubekommen, sollte jemand etwas für ihn Wichtiges schreiben. Die Diskussion über Carrigbrack hatte an Intensität verloren, der Fokus sich auf andere Institutionen verlagert. St. Bridget's, Long Abbey, Rossallen House, Glenarra: Die Namen mochten sich ändern, aber die Geschichten blieben die gleichen.

Bei all dem, was er von Katie erfahren hatte, hätte seine Aufgabe eigentlich ganz einfach sein müssen. Stattdessen hatte er nach sechs Monaten der Suche immer noch das Gefühl, die Nadel im Heuhaufen finden zu wollen. Nachdem er auch Noreen von der Liste seiner potentiellen Mütter gestrichen hatte, beschloss er, sich an die irische Adoptionsbehörde zu wenden. Er bezweifelte zwar, dass sie Licht ins Dunkel seines Falls bringen könnte, aber er musste es zumindest versuchen. Sollte dieser Versuch scheitern, so hatte er beschlossen, würde er einen Privatdetektiv beauftragen.

Anfang April reiste er erneut für ein paar Tage nach Irland. Am ersten stieß er im Forum auf einen neuen Post. Weil die Anfrage ihn nicht zu betreffen schien, scrollte er erst einmal weiter. Doch dann hielt er inne, kehrte zu der Nachricht zurück und las sie ein zweites Mal. Und ein drittes. Der Text stammte von einem Mann namens Luke. Ob das ein Scherz war? Oder spielte Garys Verstand ihm einen Streich?

Eigentlich hätte er Katie darauf aufmerksam machen müssen, aber er beschloss, erst Ailish zu kontaktieren. Sie schrieb zurück, sie sei bei Chrissie in London und werde den Post später lesen. Als Nächstes rief er Beth an und hinterließ ihr eine Nachricht.

In L.A. entwickelten sich die Dinge schnell. Die Tournee, mit der die Neuauflage von *Overboard* promotet werden sollte, würde nur in wenigen Städten Station machen. Später würden eine längere Tour und ein neues Album folgen. Die Band hatte einige Zeit im Studio verbracht, und Gary und Anton hatten versucht, gemeinsam neue Songs zu schreiben. Was nicht gerade einfach gewesen war. Nach fast vier Jahren des Schweigens hatte sich ihre Beziehung verändert. An manchen Tagen bemühten sie sich schon fast zu sehr, das wiederherzustellen, was sie einmal gehabt hatten. An anderen wiederum wussten sie nicht, wie sie miteinander umgehen sollten, und reduzierten ihre Gespräche auf das Notwendigste, um einander nicht zu beleidigen. Und dann gab es noch die Tage, an denen es zwischen ihnen stimmte. An denen sie sich erinnerten, warum sie nichts anderes in ihrem Leben tun wollten als das.

Ein- oder zweimal sprachen sie auch über Shanna. Ganz vorsichtig nur, als könnte sich die Wunde wieder öffnen, wenn sie an der Narbe kratzten.

Wenn er freihatte, arbeitete Gary an ein paar eigenen Songs. Von einem war er besonders begeistert, einer Ballade namens »Big Sky«. Normalerweise schrieb er keine Balladen. Sie waren ihm zu schmalzig. Doch diese war anders. Ein bisschen musste er noch daran feilen, aber dann würde er sie Anton vorspielen.

In der Musikbranche hatte sich viel verändert, während Black Iris pausiert hatten. Es gab neue irische Bands, Typen, die sangen und Sachen von sich gaben, als wären sie niemandem etwas schuldig. Typen mit Talent und einer Haltung. Kurz gesagt, Typen wie Black Iris im Jahr 1990. Allerdings war die Branche auch noch zynischer und gewinnorientierter geworden. Es ging nur noch um Daten und Algorithmen. Wer sich darüber beschwerte, riskierte, als Dinosaurier abgestempelt zu werden. Also beschloss Gary, sich besser auf seine Musik und auf seine zwei Familien zu konzentrieren – die, die er bereits hatte, und die, die er noch finden würde.

Währenddessen erzählte Frank jedem und jeder, dass Black Iris größer werden würden denn je zuvor. »Authentizität bedeutet heutzutage wieder was«, sagte er immer wieder, »und meine Jungs sind so authentisch, wie's nur geht.« Gary, Anton, Ray und Liamo verdrehten dann die Augen und taten so, als wären sie genervt.

Im Großen und Ganzen ignorierte Frank die Tragödie, die die Band auseinandergerissen hatte. Eines Tages jedoch, als sie sich gerade einen Kaffee holten, wandte er sich an Gary und wollte wissen, warum er seine Meinung geändert hatte.

»Wegen drei Frauen«, antwortete er.

»Ah«, sagte sein Manager strahlend und grinste, »es gibt ihn also doch noch, den alten Gary Winters.«

Gary beschloss, ihn nicht zu korrigieren.

Das Ehepaar Winters lebte in einem bescheidenen Haus am südlichen Stadtrand von Dublin. Eine bürgerliche Gegend. Als Teenager hatte Gary ihre langweilige Anständigkeit genervt. Er war davon überzeugt gewesen, dass sein wahres Ich woanders hingehörte. Jetzt, in der Mitte seines Lebens, waren seine Gefühle gegenüber diesem Ort eher sentimentaler Natur. Er hatte seinen Eltern angeboten, ihnen ein größeres, luxuriöseres Haus zu kaufen, aber sie hatten dort wohnen bleiben wollen.

Mitte der Neunzigerjahre, zur Hochzeit des Wahnsinns um Black Iris, hatten eine Reihe durchgeknallter Fans den 44er- oder den 47er-Bus genommen und die Nachbarschaft nach den Elternhäusern der Bandmitglieder durchkämmt. Meistens hatten sie sich dabei auf Antons oder Rays Haus konzentriert, aber gelegentlich hatte auch jemand an der Tür der Winters geklingelt und nach Gary gefragt. Überrascht von diesem Ausmaß an Hingabe der Fans hatten seine Eltern bereitwillig für Fotos posiert. Mehr als einmal hatten sie den Fans Tee und Sandwiches angeboten und auch Fragen beantwortet. »Wir haben ihm zu seinem zwölften Geburtstag eine Akustikgitarre gekauft«, sagten sie dann. Und: »Nein, wir hätten uns nie vorstellen können, dass die Jungs so einen Erfolg haben würden.« Und manchmal auch: »Ja, wir kennen Anton schon seit der dritten Klasse. Er hat sich kein bisschen verändert.«

Als Gary jetzt sein Auto vor ihrem Haus parkte, dachte er noch immer an den Beitrag im Adoptions-Onlineforum. Er würde lange genug bleiben, um ein wenig zu plaudern und die obligatorische Tasse Tee zu trinken: ein schnelles »Gott segne alle Anwesenden«, wie sein Vater seinen Besuch bezeichnen würde. Dann würde er Beth noch einmal anrufen.

Auf dem Weg zur Haustür erinnerte er sich kurz an seine Jugend. Egal, was er erreicht hatte oder wie weit er gereist war, mit dem Besuch zu Hause wurde er immer wieder so alt wie damals, als er zuletzt hier gewohnt hatte. In der Lilac Road Nummer 10 war er für immer neunzehn Jahre alt.

Seine Eltern waren in der Küche: Seine Mutter bügelte Laken, sein Vater polierte Schuhe. Obwohl sie beide im Ruhestand waren, war es unmöglich, sie sich in Ruhe vorzustellen. Ständig waren sie in Bewegung – als ob eine Minute Müßiggang das Haus zum Einsturz bringen würde.

Auch wenn er die Beziehung zu ihnen als gut bezeichnen würde, war er doch nicht immer offen ihnen gegenüber. Nicht aus Angst, sie zu schockieren, sondern weil er jeglichen Ärger vermeiden wollte. »Nichts fragen, nichts sagen« war sein Motto. Andererseits hatten sie mehr als vierzig Jahre so getan, als wäre er ihr biologischer Sohn, also waren sie wohl quitt. Beide Seiten waren unehrlich zueinander gewesen. Er hatte ihnen zwar von seinen Diskrepanzen mit Anton erzählt, aber nie auch nur angedeutet, wie ernst sie waren – oder worum es dabei ging. Und er hatte ihnen auch nicht viel von seiner Suche nach seiner leiblichen Mutter erzählt. Er hatte geglaubt, ihnen genug gesagt zu haben. Erst als er ihnen jetzt von seiner Begegnung mit Noreen erzählte, wurde ihm klar, dass dem nicht so war. Sie hatten ganz offensichtlich keine Ahnung gehabt, wie umfangreich sich seine Suche gestaltet hatte.

»Nun«, sagte sein Vater zögernd, »dann warst du in den letzten Monaten also ziemlich beschäftigt? Wir haben uns schon gefragt, was du gerade treibst.«

»Na ja, nicht die ganze Zeit über. Aber ich habe schon so einige Stunden investiert. Trotzdem bin ich bisher nicht weitergekommen.«

»Warum hast du mit uns nicht über die Suche gesprochen?«

»Ich habe mich nicht getraut, schätze ich. Schließlich ist das kein einfaches Thema für euch.«

Seine Mutter stellte das Bügeleisen ab. »Hätten wir davon gewusst, hätten wir vielleicht …« Sie verstummte.

»Ich wollte euch erst mehr erzählen, wenn ich auch Informationen habe«, sagte Gary, dem wegen ihrer Reaktion zunehmend unbehaglicher wurde.

Sein Vater rieb sich mit seinem Handballen über die Stirn. »Weißt du, wir waren nicht …«

»… ganz ehrlich zu dir«, beendete seine Mutter den Satz.

Der Geruch von angesengtem Stoff kitzelte Garys Nase. »Du solltest besser das Bügeleisen ausstecken«, sagte er. »Und was meinst du mit ›nicht ganz ehrlich‹?«

»Ich denke, wir sollten uns hinsetzen und in Ruhe darüber reden«, sagte sein Vater.

Und so kam die Wahrheit ans Licht. Im Laufe der nächsten Stunde erzählten seine Eltern ihm die ganze Geschichte: wie er zu ihnen gekommen war, um bei ihnen aufzuwachsen. Es war eine ganz andere Geschichte als die, die sie ihm achtzehn Monate zuvor aufgetischt hatten.

»Zuallererst musst du wissen«, sagte sein Vater, »dass du gar nicht in Carrigbrack geboren wurdest.«

»Aber warum habt ihr mir das gesagt?«

»Als Allegra krank war, gerieten wir in Panik«, erklärte seine Mutter. »Wir hätten nie gedacht, dass wir irgendwann Fragen zu deiner Herkunft beantworten müssten, und wir wussten nicht, was wir sagen sollten. Wie du dich erinnerst, gab es zu dieser Zeit eine Menge Berichte in den Medien zu Mutter-Kind-Heimen. Die meisten waren Horrorgeschichten. Damals las ich einen Zeitungsartikel über eine Frau, die in Carrigbrack geboren wurde und ihre leiblichen Eltern nicht finden konnte. Und ...«

»... es kam uns damals wie die einfachste Erklärung vor«, fuhr sein Vater fort. »Jedenfalls einfacher als die Wahrheit.«

»Moment mal«, sagte Gary. »Ihr habt gesagt, eine Cousine von euch hätte alles arrangiert.«

»Wir haben die Geschichte vielleicht ein bisschen beschönigt. Aber, wie deine Mutter gerade sagte, wir waren in Panik und wussten nicht, wie wir uns verhalten sollten. Wir hatten Angst, Allegra könnte an der Krankheit sterben oder bleibende Schäden davontragen. Und dann hast du auch noch plötzlich Fragen gestellt, auf die wir keine adäquaten Antworten hatten.«

»Mal sehen, ob ich das richtig verstehe: Meine monatelange Suche nach Frauen, die in Carrigbrack entbunden haben, war vollkommen *sinnlos*?«

»Ja«, sagte seine Mutter mit Tränen in den Augen.

»Was ist denn so schrecklich an der Wahrheit?«

»Sie ist eigentlich gar nicht so schrecklich – wobei, auf gewisse Weise schon. Aber vor allem ist sie unglaublich und außergewöhnlich.«

»Und illegal«, sagte sein Vater kaum mehr hörbar.

»Das solltet ihr besser erklären«, sagte Gary.

Seine Mutter holte tief Luft. »Wir wollten eine normalgroße Familie haben. Nicht neun oder zehn Kinder, wie es damals nicht gerade selten vorkam, sondern drei oder vier. Leider ging es mir sehr schlecht, als ich mit deinen beiden Schwestern schwanger war. Davor hatte ich schon mehrere Fehlgeburten gehabt, und die Ärzte warnten mich davor, eine weitere Schwangerschaft zu riskieren.«

»Aber wir wünschten uns noch einen Jungen«, fuhr sein Vater fort. »Und wir waren zuversichtlich, dass wir einem weiteren Kind ein gutes Zuhause geben konnten. Ursprünglich wollten wir den offiziellen Weg gehen, aber das Schicksal – oder vielmehr ein Nachbar – kam dem zuvor. Er brachte uns mit einem Priester in Kontakt. Er wusste von einem jungen Mädchen, das kürzlich entbunden hatte.

Ihre Eltern wollten sie nicht in eines der großen Mutter-Kind-Heime schicken, also hatten sie sie zu einer Tante gebracht, und das Baby war in einem privaten Pflegeheim geboren worden. Man kann sagen, dass sie geradezu besessen davon waren, die Sache geheim zu halten. Und, um es ganz offen zu sagen, sie wollten das Baby loswerden, damit das Mädchen wieder zur Schule gehen konnte.«

»Wir waren die Lösung für ihr Problem«, sagte seine Mutter, »und sie die für unseres. Irgendwie gelang es uns, eine Geburtsurkunde mit unseren Namen und dem von uns für dich gewählten zu bekommen. Demnach wurdest du am zwölften August geboren, obwohl du tatsächlich schon ein paar Wochen zuvor auf die Welt gekommen bist.«

Gary hatte ziemliche Schwierigkeiten, das Gehörte nachzuvollziehen. Nachdem er die ursprüngliche Geschichte von ihnen über Carrigbrack akzeptiert hatte, war er sich nicht mehr sicher, was er jetzt glauben sollte. Natürlich war er wütend, weil sie ihn angelogen hatten, aber auch andere Gefühle stürmten auf ihn ein. Er fühlte sich leer. Mehrere Monate hatte er mit der Suche nach der falschen Frau vergeudet. Er hatte nicht nur seine eigene Zeit verschwendet, sondern auch die von Katie und Beth. Die Energie, die sie in seinen Fall gesteckt hatten, hätten sie besser für jemand anderen einsetzen können.

In seiner Manteltasche klingelte sein Handy. Wer auch immer es war, er musste sich gedulden.

»Okay«, sagte er. »Lasst uns noch mal einen Schritt zurückgehen. Wer war diese Familie?«

489

»Wir wissen es nicht«, sagte sein Vater.

»Ach, kommt schon! Ihr müsst doch eine Ahnung haben.«

»Wirklich, Gary, wir wissen nur, was wir dir gerade gesagt haben.«

»Aber warum haben sie euch einfach so ein Baby gegeben? Ihr hättet ja auch Kriminelle sein können. Oder Alkoholiker, Drogensüchtige. Warum haben sie sich nicht an die Behörden oder eine Adoptionsagentur gewandt? Die legen doch so viel Wert auf Diskretion oder besser: Geheimhaltung – sie haben sie praktisch erfunden.«

Garys Vater richtete sich kerzengerade auf. »Anscheinend wollte die Familie alles schnell erledigt haben, ohne Papierkram und Bürokratie. Man sagte uns, sie sei recht wohlhabend und wolle einen Skandal vermeiden. Und was unsere Eignung als Eltern betraf, so haben der Pfarrer und unsere alte Nachbarin – Ms Gallogly – für uns gebürgt.«

»Verstehe. Hat Ms Gallogly die Identität meiner leiblichen Mutter gekannt?«

Seine Mutter schniefte. »Ich weiß es nicht, aber leider ist Rena Gallogly schon vor langer Zeit gestorben.«

»Was du nicht sagst«, erwiderte Gary sarkastisch. »Und ich vermute, der Priester weilt auch schon in seinem versprochenen Himmelreich?«

»Ja. Er hieß Pater Gleeson. Finbar Gleeson. Vor etwa zehn Jahren bin ich in der Zeitung über seine Todesanzeige gestolpert.«

»War meine leibliche Mutter denn damit einverstanden, dass ihr Baby illegal adoptiert wurde?«

»Das wurde uns zumindest versichert«, sagte sein Vater. »Laut Pater Gleeson wollte sie zu diesem Zeitpunkt noch nicht Mutter werden.«

»Und ihr Freund, mein Vater? Hatte der auch irgendein Mitspracherecht?«

»Er wusste nichts von dir.«

»Sie hat es ihm nicht gesagt?«

»Nein.«

»Und warum nicht? War er nicht anständig genug? Nicht reich genug? Nicht katholisch genug?«

»Ich glaube, das Gegenteil war der Fall«, erwiderte seine Mutter, der jetzt immer mehr Tränen über das Gesicht liefen. »Die Eltern deiner leiblichen Mutter haben seinen Eltern von der Schwangerschaft erzählt, und die beschlossen, dass es besser wäre, wenn er nichts davon erfahren würde. Sie hatten keine ernsthafte Beziehung, und sie fürchteten, dass sein Studium darunter leiden könnte. Pater Gleeson sagte damals, der Junge sei sehr intelligent und habe eine glänzende Karriere vor sich.«

Gary stand abrupt auf. Er lief in der Küche hin und her, was in dem kleinen Raum gar nicht so einfach war. »Das ist doch tiefstes Mittelalter! Wollt ihr ernsthaft behaupten, dieser Mann hat nie von meiner Existenz erfahren, damit ich ihm nicht seine ›Karriere‹ versaue?«

»So, wie du es formulierst, klingt es sehr hart. Wir sagen ja nicht, dass damals alles richtig war. Wir sagen dir nur, was passiert ist.«

»Ein schrecklicher Kuhhandel, das ist passiert.«

»Auch heute ist nicht jede Kindheit rosig«, sagte sein

Vater, und sein Tonfall wurde zunehmend schärfer. »Du musst nur mal unter der Woche durch die Innenstadt gehen, dann siehst du überall vernachlässigte Jugendliche. Und was ist mit all den Jungen und Mädchen, die in billigen Hotelzimmern aufwachsen, weil ihre Eltern kein Zuhause haben? Ich will nicht behaupten, dass früher alles richtig war. Das war es nicht. Aber wenn wir ehrlich sind, müssen wir zugeben, dass wir heutzutage auch nicht auf alles eine Antwort haben.«

Seine Mutter räusperte sich und legte ihrem Mann eine Hand auf den Arm. Sie war schon immer die Versöhnlichere von ihnen beiden gewesen, hatte verhindert, dass Auseinandersetzungen außer Kontrolle gerieten oder in einem Morast gegenseitiger Beschuldigungen stecken blieben. »Wir hatten großes Glück, dich zu bekommen«, sagte sie. »Du hast uns so viel Freude bereitet. Und damit meine ich nicht deinen Erfolg. Wir waren von Anfang an froh, dich in unserer Familie zu haben.«

Garys Gedanken irrten wie verrückt umher. So gerne er seiner Mam und seinem Dad auch Dinge an den Kopf werfen wollte – sie waren fantastische Eltern gewesen, im Gegenteil zu ihm selbst. Darauf könnten sie ihn durchaus hinweisen, wenn sie denn wollten. Aber er wusste, sie würden es nicht tun. Dafür waren sie zu freundlich. Zu anständig. Plötzlich bemerkte er, wie seine Eltern einen Blick miteinander wechselten. Vielleicht einen nicht gerade heimlichen Blick, aber doch einen, der klarmachte, dass es noch mehr gab. Er setzte sich wieder zu ihnen. »Da ist noch etwas anderes, oder?«

»Ich will nicht, dass du denkst, wir hätten darum gebeten«, sagte sein Vater, »denn das haben wir nicht.«

»Das stimmt«, fügte seine Mutter hinzu. »Wir waren einfach glücklich darüber, dich zu bekommen.«

»Ich kann euch nicht ganz folgen«, sagte Gary.

»Als du als winziges Ding in einem Tragebettchen zu uns gebracht wurdest, entdeckten wir unter der Decke Geld.«

»Wie viel?«

»Zweitausend Pfund.«

»Selbst heutzutage wäre das noch eine ziemliche Summe«, sagte sein Vater. »Aber 1971 war es mehr Geld, als wir uns vorstellen konnten.«

»Korrigiert mich, wenn ich falschliege«, sagte Gary, »aber war es bei illegalen Adoptionen nicht normalerweise so, dass die *neue* Familie eine bestimmte Summe bezahlte?«

»Ja. Aber ... damals sahen wir das als weiteren Beweis dafür, dass deine Ursprungsfamilie nur das Beste für dich wollte. Und es passte auch zu dem, was Pater Gleeson gesagt hatte, nämlich, dass es sich bei der Familie deiner leiblichen Mutter um vermögende Leute handelte.«

»Was waren sie? Bankräuber?«

Seine Mutter lächelte zaghaft. »Wir fanden auch einen Brief, in dem stand, dass das Geld für deinen Unterhalt und für kleine Extras bestimmt sei, die du vielleicht einmal benötigen würdest.«

»Was habt ihr getan?«

»Was in dem Brief verlangt wurde. Wir haben das Geld für dich ausgegeben – und ein bisschen davon auch für deine Schwestern. Natürlich nicht alles auf einmal. Aber es war ein wunderbares Gefühl, dir immer das Beste bieten zu können.«

»Zum Beispiel?«

»Ach, so einiges«, sprang sein Vater ein. »Kleidung und Schuhe; richtige Ferien, meist im Ausland; ein tolles Fahrrad; Musikunterricht und eine gute Gitarre. Und als du dann lieber Bass spielen wolltest, war das auch kein Problem.«

Gary spürte oberhalb seiner Augen ein heftiges Stechen. »Und ich hatte immer angenommen, dass wir so gut über die Runden gekommen sind, weil ihr beide gearbeitet habt.«

»Glaub mir«, sagte seine Mutter, »von einem Teilzeitjob als Schulsekretärin kann man sich nicht viel kaufen. Wir waren froh über dieses unerwartete Extrageld, und ich hoffe doch sehr, dass wir es sinnvoll ausgegeben haben.«

»Ich bin ... Ich weiß nicht, was ich bin. Fassungslos, wahrscheinlich.«

»Natürlich hätten wir ehrlich zu dir sein sollen, als Allegra krank wurde. Aber es war ... na ja, das, was passiert war, fühlte sich zu ...«

»Unseriös an?«

»Ja.«

»Habt ihr euch jemals Gedanken über meine leibliche Mutter gemacht? Damals scheint ja alles sehr schnell gegangen zu sein. Wisst ihr, ob sie denn wirklich genügend Zeit hatte, um sich zu überlegen, was sie da tut? Sie hat ihr Baby ohne die Möglichkeit weggegeben, es jemals wiederfinden zu können.«

»Ich denke unentwegt an sie. Wenn sie damals aufs College gegangen ist, müsste sie jetzt Mitte sechzig sein.« Seine Mutter zögerte. »Es tut mir so leid, dass du es unter diesen Umständen erfahren hast. Wir haben wirklich versucht, das Richtige zu tun – aber es ist uns vielleicht nicht immer gelungen. Ich wünschte, wir hätten es dir schon viel früher erzählt.«

Gary fühlte, wie auch der letzte Rest an Energie aus seinem Körper wich. Er nahm einen Schluck von seinem Tee, aber er war längst kalt geworden. Mit einem Mal wirkten seine Eltern weitaus gebrechlicher als noch vor einer Stunde. Die Wangen seiner Mutter waren eingefallen, und die Glatze seines Vaters schien grau zu glänzen.

Sie fragten ihn, ob er zum Essen bleiben wolle, aber er lehnte ab. Er brauchte Zeit für sich allein. Dass sie gute Absichten gehabt hatten, spielte keine Rolle. Sie hatten ihn angelogen – und das gleich mehrfach.

Im Auto lehnte er den Kopf zurück und schloss die Augen. Wie gerne hätte er gesagt: *Hört endlich auf, mir Lügen aufzutischen. So etwas ist nie passiert.* Aber was hätte es gebracht? In den letzten Monaten hatte er gelernt, dass keine Geschichte zu bizarr sein konnte, um nicht wahr zu sein. Kein Geheimnis zu dunkel. Keine Vertuschung zu extrem. Die Identität von Kindern war aus allen Unterlagen entfernt worden, und das nicht nur in Institutionen wie Carrigbrack. Junge Frauen hatten in Pflegeheimen entbunden, und ihre Babys waren danach mit einem Mal fort – wie weggezaubert.

Ein weiterer Gedanke kam ihm: Er musste sich nicht

mehr an die Adoptionsbehörde wenden. Was sollte er ihnen auch sagen? *Eine wohlhabende Familie hat mich weggegeben. Sie hat ein Bestechungsgeld in mein Tragebettchen gesteckt und die Namen meiner Adoptiveltern und ein falsches Geburtsdatum in die Geburtsurkunde eingetragen. Ich weiß, das alles war illegal, aber hat meine richtige Familie nicht doch vielleicht irgendwelche offiziellen Formulare eingereicht?*

Es war unwahrscheinlich, dass er jemals seine leibliche Mutter finden würde. Er würde nie erfahren, von wem er sein musikalisches Talent hatte. Und ob Allegras Krankheit erblich war.

Sein Therapeut wäre vermutlich alles andere als zufrieden damit, wie er mit den Neuigkeiten umging. »Ist das die adäquate Reaktion darauf?«, würde er fragen. »Reagieren Sie nicht zu negativ?« Doch im Moment spielten diese Fragen für Gary keine Rolle, denn die jetzige war seine einzig mögliche Reaktion.

Er beschloss, Katie anzurufen. Sie hatte das Recht zu erfahren, dass ihre Suche immer vergeblich gewesen war.

Erst als er sein Handy in der Hand hielt, erinnerte er sich wieder an den Post im Adoptionsforum. Er warf einen Blick auf das Display. Acht verpasste Anrufe: einer von Frank, einer von Allegra – und sechs von Beth.

Kapitel 37

Ailish

In London traf sich Ailish an diesem Samstagnachmittag mit Chrissie und einer der Frauen aus der Selbsthilfegruppe zum Teetrinken. Später sollte sie dann den Rest ihrer Familie kennenlernen. Vor Vorfreude und Aufregung war ihr schon ganz schwindelig. Immer wieder sah sie sich die Fotos ihrer Halbschwestern und ihres Halbbruders an, ihrer Partner und Kinder, bis sie sicher war, alle voneinander unterscheiden zu können.

Sie hatte Stevie gebeten, zu Hause übers Wochenende zu lernen. »Ich komme am Sonntag zurück«, hatte sie gesagt.

»Prima«, hatte er geantwortet. »Dann habe ich ja genügend Zeit, um nach der Party aufzuräumen.«

Sie war sich nicht ganz sicher, ob das ein Scherz sein sollte, und versuchte, sich nicht auszumalen, wie die Polizei anrückte, das Haus nach Cannabis stank, betrunkene Jugendliche sich im Garten tummelten und das gesamte Dorf mit Rap beschallten.

Vor allem aber hatte sie Angst, dass Keith ihre Abwesenheit nutzen könnte, um sich Stevie zu nähern. Obwohl sie die Türschlösser ausgewechselt hatte, befürchtete sie, dass er sich ins Haus schleichen könnte. Auch wenn das ziemlich unwahrscheinlich war und Stevie viel besser als sie mit Keith umgehen konnte, ließ sich die Angst nicht vollkommen unterdrücken. Sie hatte bereits einen Anwalt kontaktiert, um eine offizielle Trennung einzuleiten, und war entschlossen, keinen Rückzieher zu machen.

Seitdem ihr Mann – wann, fragte sie sich, würde sie ihn als ihren Ex-Mann bezeichnen? – ausgezogen war, konnte sie wieder klarer denken. In der Rückschau begriff sie, dass Keith sich gar nicht körperlich an ihr hätte vergreifen müssen, um ihr Leben zu ruinieren – oder das ihrer Kinder. Ihr ins Gesicht zu schlagen war nur ein winziger Teil seiner groß angelegten Einschüchterungskampagne gewesen. Er hatte sie so lange kontrolliert und gedemütigt, bis sie gar nicht mehr erkannte, was er ihr fortwährend antat. Das komplette Haus hatte er mit seiner Bösartigkeit verpestet. Lange Zeit hatte Ailish Gespräche über Themen wie »Selbstwertgefühl« als etwas für ausschließlich junge, selbstsüchtige Menschen abgetan. Als etwas für privilegierte junge Frauen, die nicht wussten, womit sonst sie ihre Tage füllen sollten. »Ich muss das Essen auf den Tisch bringen«, hatte sie immer gesagt. »Für etwas anderes habe ich keine Zeit.« Wie hatte sie sich nur so irren können.

Sie verstand nun auch, dass Keith es genoss, sich zu streiten. Erst dann fühlte er sich so richtig lebendig. Es war unwahrscheinlich, dass sich das jemals ändern würde. Es hatte ihm Spaß gemacht, sie zu erniedrigen und sie daran zu hindern, sie selbst zu sein. Sie konnte sich nicht vorstellen, dass er einfach so verschwinden und ihr damit erlauben würde, endlich wieder selbst über ihr Leben zu bestimmen. Darüber hatte sie bereits mit Katie und Chrissie gesprochen. Die beiden redeten ihr gut zu und rieten ihr, sich nicht zu viele Gedanken über Dinge zu machen, die vielleicht nie passieren würden.

Trotzdem gab es Zeiten, in denen Ailish das Gefühl nicht loswurde, sie würde nur noch dahintreiben. So als wären all ihre Verankerungen mit dem Leben durchtrennt, ihre Bezugspunkte ausradiert worden.

Von Keiths Schlag war ein dunkler Bluterguss unter ihrem einen Auge zurückgeblieben. Sie hatte zwar versucht, ihn mit Make-up zu kaschieren, aber dadurch war er nur noch auffälliger geworden. Ihre Vorgesetzte hatte sie um ein Gespräch gebeten.

»Natürlich könnte ich mir irgendeine Geschichte ausdenken«, sagte Ailish, »aber wahrscheinlich würden Sie mich durchschauen. Die Wahrheit ist, dass mein Mann mich geschlagen hat. Er wohnt nicht mehr bei uns zu Hause, Sie brauchen also keine Angst zu haben, dass es noch einmal passiert.«

Ihre Chefin, eine übereifrige junge Frau namens Celia, gab ihr zu verstehen, dass sie zwar jedes vorstellbare Mitgefühl für ihre Angestellten habe, ein angesehenes Etablissement wie Rathtuskert Manor es aber nicht zulassen könne, dass die Gäste eine Reinigungskraft mit blauem Auge zu Gesicht bekämen.

»Das passt nicht zu dem Bild, das wir vermitteln wollen«, fügte sie hinzu.

»Aber ich habe es doch schon mit Make-up probiert, und ich kann die Zimmer schließlich nicht mit Sonnenbrille putzen.« Ailish kämpfte gegen den Drang an, Celia zu sagen, dass sie vielleicht noch ein bisschen an ihren empathischen Fähigkeiten arbeiten sollte.

»Das schlage ich ja auch gar nicht vor. Ich bitte Sie vielmehr, sich ein paar Tage freizunehmen.« Celia hielt kurz inne. »Wir werden Sie währenddessen natürlich weiterbezahlen.«

Ailish verließ das Büro mit dem Gefühl, etwas falsch gemacht zu haben.

Chrissie kam nach den Bestrahlungen langsam wieder zu Kräften. Sie engagierte sich bereits wieder in der Selbsthilfegruppe. »Erst wenn ich mich irgendwann nicht mehr für andere interessiere, habe ich ein richtiges Problem«, sagte sie.

Sie hatte eine der Frauen eingeladen, während Ailishs Besuch vorbeizukommen. »Ich will vor Gretta mit dir angeben«, sagte sie. »Das macht dir doch hoffentlich nichts aus?«

Der erste Gedanke von Ailish war, dass noch nie jemand so von ihr gesprochen hatte. »Wenn ich ehrlich bin«, antwortete sie, »könntest du jede Irin aus ganz London einladen, und ich würde mich freuen, sie kennenzulernen.«

In dem Moment, als Gretta eintraf, ging eine SMS von Gary auf Ailishs Handy ein. Es gebe einen merkwürdigen neuen Beitrag im Adoptionsforum, schrieb er, zu dem er gerne ihre Meinung hören würde. Ihr erster Impuls war, den Post sofort zu lesen und Gary zu antworten. Doch dann beschloss sie, damit noch etwas zu warten. Es wäre unhöflich, sich während Grettas Besuch davon ablenken zu lassen. Sie würde das später erledigen. Es überraschte sie immer noch – und kam ihr ein wenig seltsam vor –, dass er sich dafür interessierte, was sie zu sagen hatte.

In der Woche zuvor hatte sie einen Brief von der Adoptionsbehörde erhalten, in dem man ihr mitteilte, dass ihr Fall bearbeitet wurde. Das sei nicht mehr nötig, hatte sie ihnen geantwortet. Sie habe ihre Mutter bereits gefunden.

Gretta war ebenfalls in Carrigbrack gewesen, aber nicht zur gleichen Zeit wie Chrissie. Sie erzählte Ailish von ihrem Leben danach, das nicht einfach gewesen war. Mit fünfundzwanzig war sie bereits zum zweiten Mal geschieden worden. Nach dem Tod ihres dritten Manns, einem Alkoholiker, durch eine plötzliche Hirnblutung habe sie ihre sogenannte »sterile Phase« gehabt und sich von der Welt abgeschottet. Erst jetzt, mit Mitte sechzig, könne sie sich als glücklich bezeichnen. Sie habe Freunde wie Chrissie und sei in Alun verliebt, einen eher stillen Mann aus Wales.

»Ich rede genug für uns beide«, sagte sie, und das konnte sich Ailish durchaus vorstellen.

Vor Grettas Besuch hatte Chrissie ihrer Tochter noch ein wenig von ihr erzählt. »Ihr Baby ist kurz nach der Geburt gestorben«, hatte sie gesagt. »Von Zeit zu Zeit wird sie deshalb immer noch ein bisschen emotional. Sie durfte nicht trauern, und es hat lange gedauert, bis sie sich damit abgefunden hat. Sie hat zwei Söhne, aber die Tochter, die sie verloren hat, ist in ihren Gedanken ständig präsent.«

Ailish überlegte, ob Gretta wohl die Frau sein könnte,

von der Chrissie in dem Zeitungsinterview gesprochen hatte. Die Frau, die sich über eines dieser sinnlosen Promi-Interviews zum Thema Babys aufgeregt hatte. Besonders bemerkenswert an Gretta war, dass sie kurz nach dem Tod ihrer Tochter aus dem Mutter-Kind-Heim weggelaufen war. Nur sehr wenigen Frauen war das gelungen, sodass sie in Carrigbrack-Kreisen als Legende galt.

»Ich konnte nicht zu meinen Eltern zurückkehren«, sagte sie zu Ailish, während sie Tee tranken. »Sie hätten mich direkt wieder ins Heim geschickt. Zum Glück gab es eine Nonne, die sehr nett zu mir war. Sie schrieb an meine Schwester in London, und gemeinsam planten und arrangierten sie meine Flucht.«

Ailish hob ihre Teetasse an. »Das kann nicht einfach gewesen sein.«

»Eine der Krankenschwestern fuhr regelmäßig nach Ennis, also habe ich mich eines Tages im Kofferraum ihres Autos versteckt. Zum Glück bekam die Krankenschwester nichts davon mit. Wir hatten den Kofferraum nur notdürftig verschlossen, sodass ich rausklettern konnte, sobald das Auto zum Stehen kam. Aus Angst, jemand könnte mich erkennen, hatte ich mir die Sachen angezogen, die ich am Tag meiner Ankunft in Carrigbrack getragen hatte. Oh, und außerdem trug ich eine Perücke, die einem der anderen Mädchen gehört hatte. Ich kann das verdammte Ding immer noch riechen. Von Ennis aus nahm ich den Bus nach Dublin und dann die Fähre nach Holyhead. Die ganze Zeit war ich starr vor Angst. Immer wieder erwartete ich, eine Hand auf meiner Schulter zu spüren und Schwester Agnes' kalte Stimme zu hören, die sagen würde: ›Wo willst du hin?‹«

»Und dein Baby war erst kurz zuvor gestorben?«

»Ja.« Gretta stützte ihr Gesicht in die Hände und schaute Ailish an. »Ich habe nie richtig gelernt, damit zu leben. Aber ich komme so einigermaßen zurecht, und das ist genug. Ich weiß, was die Leute darüber denken. Sie denken, dass es nur ein kurzes Kapitel in meinem Leben gewesen ist. Dass ich einfach hätte weitermachen sollen. Als ob das so einfach wäre!«

»Leute, die so reden, haben keine Ahnung«, sagte Chrissie.

Gretta trank einen großen Schluck Tee. »Damals kam ein Umzug nach London einem Umzug auf den Mars gleich. War man erst mal hier, ging man davon aus, dass man sein Zuhause nie wiedersehen würde. Meine Einstellung damals war, dass ich die Wahl hatte: Ich konnte entweder das Stadtleben genießen oder in der Wohnung sitzen und Trübsal blasen. Also drehte ich so richtig auf. Ob du es glaubst oder nicht, ich war damals ein hübsches junges Ding.«

»Geh bloß nicht darauf ein«, sagte Chrissie und grinste. »Sie will nur, dass du ihr ein Kompliment machst.«

»Von wegen«, sagte Gretta mit dem kratzenden Lachen einer langjährigen Raucherin.

In Ailishs Augen war Gretta wunderschön, wenn auch auf eher ungewöhnliche Art. Die späte Nachmittagssonne warf einen sanften Schein auf ihr Gesicht, der ihre Sommersprossen und nicht ihre Falten betonte. Sie hatte schulterlanges silbriges Haar und trug jede Menge Armreifen.

Trotz des Traumas, das sie erlitten hatte, war sie temperamentvoll, unterhaltsam und klug. Sie erzählte weitere Geschichten aus ihrer Zeit in Carrigbrack, darunter auch eine Anekdote, die davon handelte, wie die Mütter an einem Tag nicht mehr aufgehört hatten zu singen. Ailish wurde nachdenklich. Obwohl sie es doch mittlerweile besser wissen sollte, neigte sie dazu, sich die jungen Frauen als eine traurige homogene Gruppe vorzustellen. Das war nicht gerecht. Manche von ihnen waren intelligent gewesen, manche dumm, manche urkomisch und manche gutherzig. Sie waren genauso wunderbar und großartig gewesen, genauso komplex und schwierig wie alle anderen jungen Leute.

Chrissie schenkte ihnen eine weitere Runde Tee ein. »Die Nonne, die Gretta geholfen hat, war die gleiche Frau, die auch zu mir so nett war. Schwester Eunice.«

»Wirklich?«, rief Ailish aus. »*Die* Schwester Eunice? Wusstest du, dass Katie und Beth sie erst vor ein paar Wochen getroffen haben?«

Sie erzählte ihnen, dass Eunice das Ordensleben hinter sich gelassen hatte. Und sie erzählte ihnen auch von Brandon, dem etwas steifen Amerikaner, dessen deutlich jüngere Frau ihn beinahe mit Gewalt dazu gebracht hatte, seinen Zwillingsbruder kennenzulernen.

»Was für eine irre Geschichte«, sagte Gretta.

Ailish zog ihr Handy hervor. »Ich hab ein Foto. Beth hat es mir geschickt. Willst du es sehen?«

»Gerne«, antwortete Gretta. »Wir haben den Kontakt leider schon vor Jahren verloren. Aber vergessen habe ich sie trotzdem nie.«

»Warte kurz, ich suche es dir raus.« Ailish scrollte durch ihre Fotogalerie, bevor sie Gretta das Handy reichte. »Das ist sie mit den Zwillingen Brandon und Eddie. Und das ist Katie.«

Gretta musterte die Bilder und runzelte die Stirn. »Kann ich das irgendwie vergrößern?«

»Hmh. Tipp einfach drauf und zieh deine Finger auseinander. Und? Hat Eunice – oder Joyce, wie sie eigentlich heißt – sich sehr verändert?«

Als sie wieder sprach, war Grettas Stimme ganz dünn. »Ich sehe gar nicht Eunice an.« Sie berührte den Bildschirm. »Die andere Frau? Du sagtest, ihr Name sei Katie?«

»Ja. Durch sie hab ich Chrissie gefunden. Nun, durch sie und ihre Nichte. Die beiden sind wirklich toll. Sie ist diejenige, die die Armbänder der Babys aufbewahrt hat. Warum fragst du?«

»Stammt sie ursprünglich aus Clare?«

»Ja, aus Danganstown«, erwiderte Ailish verwirrt. »Kennst du sie?«

»Ja, aus Carrigbrack. Sie ist auch jemand, den ich nie vergessen konnte.«

»Ich bin mir fast sicher, dass sie erst dort als Krankenschwester gearbeitet hat, als du schon weg warst«, sagte Chrissie.

Gretta starrte weiterhin das Foto an. »Du hast mich missverstanden«, sagte sie. »Sie war keine Krankenschwester. Nicht, als ich sie kannte. Sie war meine Freundin.«

Kapitel 38

Damals – Patricia

Patricia hatte aufgehört zu zählen, wie oft sie im Büro von Schwester Agnes gewesen war. Wahrscheinlich hielt sie damit eine Art Rekord unter den jungen Frauen. Inzwischen konnte sie den Titel jedes Buches in den Regalen aufsagen. Sie kannte den Geruch von der Möbelpolitur, die benutzt wurde, und hatte sich an das leichte Knarren der schweren Tür gewöhnt. Sie wusste auch, dass auf der anderen Seite der hohen Mauern von Carrigbrack jetzt die Blumen blühten, dass Enziane und Orchideen in Felsspalten auftauchten. Was gäbe sie nicht für einen kurzen Spaziergang durch den Burren, diese wunderbare Landschaft! Für eine halbe Stunde Vogelgezwitscher, für die duftende Brise, die sie umgäbe, die Sonne, die ihr Gesicht kitzeln würde. Eines Tages, das versprach sie sich, wenn sie frei wäre, würde sie dort spazieren gehen.

Dieses Gespräch mit Schwester Agnes, das spürte sie, würde anders verlaufen als all die anderen zuvor. Ihre Strafe würde nicht so milde ausfallen wie sonst. Vermutlich würde man sie in die Nervenheilanstalt stecken. Das geschah öfter mit den Mädchen, die die Schwestern als unzuverlässig oder unberechenbar einschätzten. Und wäre sie erst einmal eingewiesen, könnte es Jahre dauern, bis sie die normale Welt wieder zu Gesicht bekäme.

Mit einem Wink ihrer fleischigen Hand gebot Agnes ihr, sich zu setzen.

»Danke, Schwester.«

»Du bist sehr blass. Und dünn wie eine Vogelscheuche. Isst du nichts mehr? Der unglückliche Vorfall ist nun schon zwei Wochen her. Es gibt keine Entschuldigung dafür, das Essen zu verweigern.«

»Ich gebe mir wirklich Mühe, Schwester.«

In Wahrheit war ihr ständig leicht übel. Selbst das beste Filetsteak hätte wie Asche geschmeckt.

»Der unglückliche Vorfall« – so nannten sie in Carrigbrack die Nacht, in der sie fast gestorben wäre. Sie wusste es nicht mit Sicherheit, aber sie vermutete, dass es den anderen Mädchen verboten war, darüber zu sprechen. Wenn sie vor dieser Nacht bereits unbeliebt gewesen war, wurde sie danach geächtet. Aber das machte ihr nichts aus; andere Leute waren ihr eh zu viel. Wenn sie nie wieder mit jemandem sprechen müsste, würde sie das auch nicht stören.

»Offensichtlich musst du dich mehr anstrengen«, sagte Agnes. »Hast du um geistliche Führung gebetet?«

»Das habe ich, Schwester.«

»Und ist dir dadurch etwas klar geworden?«

»Ich denke schon.«

»Dann erzähl mal.«

Patricia hob ihr Kinn an. Die Luft um sie herum schien zu zittern wie am heißesten Tag des Sommers. »Der Junge, den ich geboren habe, wurde von einer guten, liebevollen Familie aufgenommen. Es ist richtig, dass er dort bleibt und mit allen Vorteilen eines ehelichen Kindes aufwächst. Ich bin weder geistig noch moralisch in der Lage, ihn zu erziehen. Als ich das Gegenteil behauptet habe, war ich egoistisch und unreif.«

Agnes nickte knapp. »Ich sehe, du machst Fortschritte.«

»Danke, Schwester.«

Wie viel von ihrer Rede Patricia wirklich ernst meinte, spielte keine Rolle. Sie hatte begriffen, dass die Leute hier nicht die Wahrheit hören wollten. Sie wollten einzig und allein, dass man ihnen sagte, dass sie recht hatten. Sich anzupassen war hilfreich. Noch besser war Respekt. Sie musste ihnen nur sagen, was sie hören wollten. Ob die Worte irgendeine Bedeutung für sie selbst hatten, war vollkommen egal. Außerdem würde selbst der kleinste Akt der Rebellion mehr Energie kosten, als sie momentan besaß.

Sie hatte Paul geliebt, aber es war nicht die richtige Art von Liebe gewesen. Ihre Liebe war zu intensiv gewesen. Zu destruktiv. Eine Zeile aus ihrer Abschlussklasse in Englisch kam ihr in den Sinn: »Sie hatte nicht klug, doch zu sehr geliebt.« Natürlich teilte sie diese Gedanken mit niemandem. Es hätte keinen Sinn gemacht, den anderen ihren Verdacht zu bestätigen, dass sie nicht ganz richtig im Kopf war.

Egal, wie oft sie sich sagte, dass die Sehnsucht nach ihrem Sohn falsch war, Paul drängte sich doch in ihre Träume. Jede Nacht wachte sie auf und flüsterte: »Bitte geh weg.« Sie wünschte, sie könnte sich von ihren Erinnerungen befreien.

Agnes öffnete eine ihrer Schreibtischschubladen und nahm ein Blatt Papier heraus. »Eine andere Sache: In der Vergangenheit hast du ziemlich illusorische Vorstellungen über ein Wiedersehen mit dem Baby geäußert. Ich nehme an, du akzeptierst inzwischen, dass es falsch wäre, würde es dazu kommen?«

»Das tue ich, Schwester.«

»Sehr gut. Ich habe hier ein Formular. Anscheinend ist es bei seiner Adoption übersehen worden. Ich wäre dir dankbar, wenn du es heute unterzeichnen würdest.«

Die Überschrift auf dem Formular lautete: Abtretungserklärung. Patricia überlegte kurz, ob sie die Unterschrift verweigern sollte. Aber das würde nur unnötigen Ärger verursachen. Ärger, für den sie nicht die Kraft hatte. Sie gab sich geschlagen.

»Danke«, sagte Schwester Agnes. »Nun, ich möchte wirklich nicht weiter auf die Ereignisse der letzten Zeit eingehen, aber doch noch sagen, dass sie alle hier in Carrigbrack erschüttert haben.«

»Es tut mir leid.«

»So, wie ich es verstanden habe, ist Folgendes passiert: Du bist zum Zimmer der Krankenschwestern gegangen und hast um etwas gegen die Schmerzen gebeten. Als die diensthabende Krankenschwester weggerufen wurde, hätte sie dafür sorgen müssen, dass du nicht mehr im Raum bist, und die Tür hinter sich abschließen sollen. Es ging dir in diesem Moment schlecht, und da du die Folgen deiner Handlungen nicht einschätzen konntest, hast du versehentlich mehr Tabletten geschluckt, als dein Körper verkraften konnte. Du hattest zu keinem Zeitpunkt die Absicht, dir selbst Schaden zuzufügen. Denn hättest du das gewollt, hättest du eine der schwersten möglichen Sünden begangen, und ich weigere mich zu glauben, dass auch nur eine unserer jungen Frauen hier dazu fähig wäre.« Sie hielt inne. »Ist diese Zusammenfassung korrekt?«

Patricia blickte auf den polierten Holzboden. Sie wunderte sich über die mentale Flexibilität, die es Agnes ermöglichte, diese Version der Ereignisse zu fabrizieren – und sie zu glauben. »Das ist sie, Schwester«, sagte sie.

Hatte sie vorgehabt, sich umzubringen? Auch hier war die Antwort nicht eindeutig. Obwohl sie nicht vorsätzlich die Tabletten genommen hatte, war sie tatsächlich bereit gewesen, für immer loszulassen. Sie hätte sich nicht gewehrt. Und sollte es noch einmal zu einer ähnlichen Situation kommen, würde sie es wahrscheinlich erneut tun.

Ihre Erinnerungen an den Abend waren verzerrt, nicht wirklich klar. Sie erinnerte sich, wie sie auf ihrem Bett gelegen hatte, mit Pauls Papierarmband in der Hand. Alles danach war nur noch ein Durcheinander von Farben und Klängen, von aufgeregten Stimmen und brennendem Schmerz. Am meisten stach unter den Stimmen die der Frau hervor, die sie gefunden hatte: Schwester Sabina.

Sabina, die immer pingelig auf Regelverstöße achtete, hatte Patricias Fehlen bemerkt. Sie suchte an mehreren Stellen vergeblich nach ihr, bevor sie im Schlafsaal nachsah. Als sie Patricia vollständig bekleidet und bewusstlos fand, schlug sie sofort Alarm. Die junge Krankenschwester, die das Büro unbeaufsichtigt verlassen hatte, geriet in

Panik, aber ihre ältere Kollegin wusste, was zu tun war. Irgendwie schaffte sie es, Patricia einen Schlauch durch die Nase in den Hals zu stecken. In den folgenden Stunden würgte und würgte Patricia so lange, bis nichts mehr in ihr war.

Selbst in ihrem desorientierten Zustand war sie sich der Diskussionen um sie herum bewusst gewesen. Sie hörte eine Tür zuschlagen. Dann ein Schluchzen. Die Krankenschwester, dachte sie.

Sie war wieder bei vollem Bewusstsein, da stand plötzlich Agnes vor ihr, mit einer Flut an Fragen. Als Patricia schwieg, wurde sie beschimpft. Sie sei undankbar, dumm, nicht mehr Herr ihrer Sinne, böse. Ob ihr eigentlich bewusst sei, dass Schwester Sabina – eine Frau, die sie beleidigt habe und anscheinend hasse – ihr das Leben gerettet habe? Sei ihr klar, wie viel Kummer sie anderen verursacht habe? Patricia, die immer noch das Gefühl hatte, zwischen Leben und Tod zu schweben, brachte ein »Entschuldigung« hervor. Nur dieses eine Wort, aber dafür immer wieder und wieder. Es tat ihr aufrichtig leid, dass sie so viele Umstände gemacht und die Krankenschwester in Schwierigkeiten gebracht hatte. Ansonsten fühlte sie nichts.

Später tat sie, was von ihr verlangt wurde, und bedankte sich bei Schwester Sabina, dass sie sie gefunden hatte.

»Ich habe nur meine Pflicht getan, nicht mehr und nicht weniger«, antwortete Sabina. »Hasse die Sünde, aber nicht den Sünder, das sage ich immer.«

Wie schade, dachte Patricia, dass man es sich nicht aussuchen konnte, wer einen vor dem Abgrund rettete.

In den folgenden Tagen weinte sie nur ein einziges Mal. Sie war im Gebetsraum, wohin sie geschickt worden war, um um Vergebung für ihre Taten zu bitten, als Nancy sie fand.

»Das hier habe ich für dich aufgehoben«, sagte sie.

Es war Pauls Armband.

Patricia krümmte sich, als wäre sie geschlagen worden, und weinte, bis keine Tränen mehr in ihr waren.

Zu ihrer Überraschung durften ihre Eltern sie besuchen. Wie zu erwarten, äußersten sich die beiden nicht dazu, was sie getan hatte oder wie es mit ihr hätte enden können. Ihr Vater sagte nur, es sei ein Zeichen des Erwachsenwerdens, wenn man lernte, Situationen auszuhalten. Und auch, wenn in dem, was er von sich gab, nichts Sanftes, Liebevolles durchklang, so schien er sie doch nicht zu verachten. Ihre Mutter, die noch nie besonders robust gewesen war, sah aus, als wäre aus ihr alle Luft gewichen. Sie schien derart entschlossen zu sein, den Grund für ihren Besuch nicht zu erwähnen, dass sie nur wenig sagte. Aber sie verbrachte mehr Zeit damit, sich über die Haare ihrer Tochter aufzuregen, die inzwischen wieder nachgewachsen waren, als über Paul zu sprechen. Tief in ihrem Herzen wusste Patricia, dass ihre Mutter nicht so oberflächlich oder gefühllos war, wie sie klang. Vielmehr hatte sie Angst vor der Wirkung, die ihre Worte haben könnten. Und auch Patricia biss sich buchstäblich auf die Zunge, um nichts Falsches zu sagen. Sie bohrte ihre obere Zahnreihe so hart hinein, dass sich ihr Mund mit Blut füllte. Der metallische Geschmack beruhigte sie.

Ihre Eltern gratulierten ihr verspätet zum Geburtstag, der in Carrigbrack natürlich nicht gefeiert worden war. Im letzten Monat war sie einundzwanzig geworden.

Seit ihrer Ankunft im Heim war fast ein Jahr vergangen. Es fühlte sich eher wie zehn Jahre an. Hundert Jahre. Es kam ihr vor, als würde alles an ihr verkümmern. Als würde sie dahinsiechen. Verschwinden.

Jetzt trommelte Agnes mit den Fingern auf den Schreibtisch. »Also, Patricia. Dein Fall ist eine ziemliche Herausforderung. Du lenkst die anderen Büßerinnen zu sehr ab, weshalb ich fürchte, dass du nicht länger hierbleiben kannst. Aber ich kann dir auch nicht erlauben, nach Hause zurückzukehren, denn dann würde ich so tun, als wäre nichts Ungewöhnliches geschehen. Du benötigst weiterhin christliche Führung und musst überwacht werden. Außerdem würde es eine falsche Botschaft an andere Mädchen aussenden, wenn ich dich ohne Konsequenzen gehen ließe.«

Patricia konnte sich schon denken, was jetzt käme. Sie würden sie in eine Nervenheilanstalt stecken. Früher hätte sie diese Aussicht noch erschreckt, aber heute empfand sie dabei nichts weiter als müde Resignation. Sollte sie nicht mehr als das fühlen?

Doch mit einem Mal bemerkte sie, dass sich der Monolog von Schwester Agnes in eine gänzlich andere Richtung entwickelte.

»Auch wenn das Leben in Carrigbrack bewusst nicht einfach ist«, sagte sie, »gibt es hier doch Raum für Mitgefühl. Nachdem ich deine Schwächen mit meinen Mitschwestern besprochen habe, sind wir gemeinsam zu dem Schluss gekommen, dass harte körperliche Arbeit deiner seelischen und geistlichen Gesundung helfen würde. Wie so viele junge Frauen verbringst du viel zu viel Zeit damit, dich mit deinen vermeintlichen Rechten und nicht genug mit deinen Pflichten zu beschäftigen. Zu diesem Zweck hat Schwester Eunice, eine sehr aufgeklärte Frau, einen Vorschlag gemacht. Vor deiner Verfehlung hast du eine Ausbildung zur Krankenschwester begonnen, ist das richtig?«

»Ja, Schwester, ich bin mir nur nicht sicher ...« Patricia hielt inne. Sie hatte keine Ahnung, worauf Schwester Agnes hinauswollte.

»Zum Glück kennt die Krankenhausleitung den wahren Grund für dein plötzliches Verschwinden im letzten Jahr nicht. Deine Eltern, beide äußerst gute Christen, haben mehrmals nachgefragt, und es scheint, als könntest du tatsächlich zurückkehren, um deine Ausbildung abzuschließen.«

Kurz kam Patricia der Gedanke, ob sie vielleicht doch noch in die Freiheit entlassen werden würde.

»Danach kommst du zurück nach Carrigbrack und wirst hier so lange als Krankenschwester arbeiten, wie ich es für richtig halte. Auf diese Weise wirst du deine Schulden gegenüber dem Heim begleichen.«

Patricias Verstand arbeitete nur langsam, und sie hätte gerne mehr Zeit gehabt, um über die Konsequenzen von dem nachzudenken, was Agnes gesagt hatte. Sie wollte etwas fühlen, doch da war nichts. »Wann soll ich gehen?«

»Heute Nachmittag schon.«

»Danke, Schwester. Aber eins noch: Wird es für die anderen Mütter nicht seltsam sein, wenn ich als Krankenschwester zurückkomme?«

»Das wird nicht vor dem nächsten Sommer passieren. Das Jahr 1970 scheint so schnell vorbeizurasen, dass ich mir sicher bin, der Sommer 1971 kommt schneller als gedacht. Bis dahin, so hoffe ich, haben unsere derzeitigen Büßerinnen das Heim wieder verlassen. Wenn keine von ihnen das Vertrauen, das wir in sie haben, enttäuscht, gibt es keinen Grund, warum eine der Mütter im nächsten Jahr deine Geschichte kennen sollte.«

»Ich verstehe.«

»Ich sollte noch erwähnen, dass du als Krankenschwester hier unter deinem ursprünglichen Namen arbeiten wirst. Kathleen, nicht wahr?«

Zum ersten Mal sah Patricia Schwester Agnes in die Augen. »Alle nennen mich Katie«, sagte sie.

Kapitel 39

Katie

Warum?

Immer wieder: Warum?

Warum hast du anderen Menschen geholfen, wenn du eigentlich nach deinem eigenen Sohn hättest suchen sollen? Warum war er nicht deine oberste Priorität? Warum hast du ein Leben im Verborgenen geführt? Und vor allem: Warum hast du uns nichts gesagt?

Katie hatte gewusst, dass irgendetwas nicht stimmte, als Beth das Haus verließ, ohne gesagt zu haben, wohin sie ging. Zwei Stunden später kehrte sie mit Gary zurück. Am Anfang stellten sie ihre Fragen, die sich auf einen Beitrag im Adoptionsforum bezogen, noch zurückhaltend. Doch dann bohrten sie immer heftiger nach. Beth verwendete Worte wie »getäuscht« und »am Boden zerstört«. Mal sprühte sie geradezu vor Wut, dann wieder wirkte sie vollkommen niedergeschlagen, kaum in der Lage, ihre Gedanken zu artikulieren. Ihre Reaktion war verständlich. Katie hatte sie enttäuscht.

»Merkwürdigerweise«, hörte Katie sich sagen, »ist es diese Woche genau fünfzig Jahre her, dass ich zum ersten Mal nach Carrigbrack kam. Im April 1969. Hättest du mir damals gesagt, dass das Heim so viele Jahre später noch Teil meines Leben wäre, hätte ich ...«

Sie verstummte. Mit zwanzig wäre es ihr egal gewesen, was in fünfzig Jahren sein würde. Siebzig war jenseits ihrer Vorstellungskraft gewesen. Das war der Segen und zugleich der Fluch des Jungseins: Man konnte nicht in die Zukunft sehen.

Sie saßen im Wohnzimmer, Beth und Gary auf dem Sofa, Katie im Sessel neben dem Kamin – schon seit über einer Stunde. Den Großteil des Gesprächs hatte Katie bestritten. Sie hätte die Unwissende spielen können, hätte sagen können: »Das geht mich nichts mehr an.« Aber sie wollte nicht weiterlügen. Außerdem hatte ein Blick auf den Post im Forum genügt, und sie hatte am ganzen Körper zu zittern begonnen. Sie wusste genau, was das bedeutete. Und Beth und Gary waren nicht dumm. Sie hockte in der Falle.

Langsam und methodisch hatte sie ihnen von ihrer Zeit in Carrigbrack erzählt. Von ihrem ersten Aufenthalt dort. Von ihrem zweiten wussten sie ja bereits. Sie erzählte ihnen von Paul, von seiner Geburt und von dem Tag seines Verschwindens. Aber sie beließ es nicht dabei. Vielleicht hätten sie nicht unbedingt von ihrem Job in der Wäscherei, von dem Tag, an dem ihr die Haare abgeschnitten wurden, oder von Dianes Beerdigung erfahren müssen. Vielleicht hätten sie auf die Geschichten von Sabina oder Winnie verzichten können. Oder auf die von Mike. Doch als Katie erst einmal angefangen hatte zu erzählen, konnte sie nicht mehr damit aufhören. Erinnerungen, von denen sie dachte, sie seien tief vergraben, drängten eine nach der anderen an die Oberfläche.

Jetzt wünschte sie sich, die beiden würden gehen. Sie wollte allein sein, um in Ruhe nachzudenken. Sie brauchte Raum, um sich ihre Antwort auf den Post im Adoptionsforum zu überlegen. Aber weder Beth noch Gary machten Anstalten zu gehen, und sie konnte es ihnen nicht verdenken. Sie selbst hätte an ihrer Stelle ebenfalls eine Million Fragen gehabt.

Beth drückte sich ein Kissen an die Brust. »Was ich nicht verstehe, ist, warum deine Eltern dich nach Carrigbrack zurückgeschickt haben, wenn du doch einen Zusammenbruch hattest. Du hast versucht, dich umzubringen, um Himmels willen! Warum haben sie nicht gesagt: ›Sie hat schon genug durchgemacht, lasst sie gehen.‹«

»Sie haben immer anderen gehorcht«, erwiderte Katie, obwohl sie wusste, dass das nicht nett klang. »Ich nehme an, sie haben keine andere Alternative gesehen. Ich kann mich noch daran erinnern, dass mein Vater sagte, wenn es schwierig für mich werde, solle ich daran denken, dass mein Leiden den Seelen im Fegefeuer helfen würde.«

Sie fügte nicht hinzu, dass ihr Elternhaus, als sie zurückkehrte, schnell zu ihrem persönlichen Fegefeuer geworden war. Sie hatte das Zimmer nicht verlassen dürfen, ohne dass einer von ihren Eltern fragte, wohin sie ging oder was sie zu tun gedachte. Im Gegensatz dazu war das Mutter-Kind-Heim fast das Paradies gewesen. Außerdem hing die ganze Zeit der Gedanke über ihr, nach dem Ende ihrer

Ausbildung nach Carrigbrack zurückkehren zu müssen, und warf einen dunklen Schatten auf ihre Tage.

»Warum hast du Agnes' miesen Kuhhandel nicht abgelehnt?«, fragte Beth. »Und warum bist du nicht einfach weggelaufen, wenn du schon nicht den Mut hattest, dich gegen deine Eltern zu wehren?«

Schon wieder dieses Warum. Warum? Warum?

»Beth, Liebes, es war alles andere als einfach. Zum einen hatte ich ihnen schon genug Schmerz zugefügt. Zum anderen war ich nach allem, was ich durchgemacht hatte, kräftemäßig am Ende. Selbst ein Jahr später hatte ich nicht viel mehr Energie als an dem Tag, an dem ich Carrigbrack verlassen hatte. Zum Glück änderte sich das nach und nach. Und als dann Johnny in mein Leben trat, war ich bereit, den nächsten Schritt zu machen.«

Gary fuhr sich über seinen Dreitagebart. Er sah so erschöpft aus, wie Katie sich fühlte. »Ich kenne weder Eunice noch Joyce, wie ich sie wohl nennen sollte, aber nach allem, was du erzählst hast, ist sie ein guter Mensch. Warum sollte sie sich damals den Plan ausgedacht haben, der beinhaltete, dass du in dieses schreckliche Heim zurückkehren musstest? Das wäre doch komplett unmenschlich.«

»Nicht, wenn du meine Alternative zu der Zeit in Betracht ziehst. Sie dachte, ich würde demnächst in die Psychiatrie eingeliefert werden, und wollte sichergehen, dass das nicht passierte. Sie war übrigens sichtbar erstaunt, als ich tatsächlich zurückkam. Sie hatte wohl gedacht, ich würde den Deal bei der erstbesten Gelegenheit platzen lassen.«

»Was ist mit meiner Mutter?«, fragte Beth. »Wie viel wusste sie von alldem?«

»Es steht mir nicht zu ...«

Beth schoss hoch. »Um Himmels willen, Katie! Wusste sie es oder nicht?«

»Ich bezweifle, dass sie zu diesem Zeitpunkt voll im Bilde war. Sie war schließlich noch ein Kind, ein Teenager. Aber später wusste sie, wo ich gewesen und warum ich dorthin geschickt worden bin.«

»Kein Wunder, dass sie so panisch reagiert hat, als wir ihr von den Armbändern erzählt haben.«

Katie antwortete nicht. Die Situation war schon ohne weitere Reibereien zwischen Beth und Margo schwierig genug.

Im Jahr 1969, als Katie ihren Eltern von ihrer Schwangerschaft erzählt hatte, war Margo gerade mal elf Jahre alt gewesen. Sie wurde von ihren Eltern zu einer Verwandten geschickt, damit ihre Eltern die Situation in der Zwischenzeit auf diskrete Art und Weise regeln konnten. Aber Margo musste Fragen gestellt haben. Fünf Jahre später sagte sie zu Katie, sie wisse zwar die Wahrheit, würde aber niemandem davon erzählen. »Der Skandal würde Mam und Dad ins Grab bringen«, hatte sie erklärt. Soweit Katie wusste, war Con die einzige Person, der ihre Schwester sich jemals anvertraut hatte. Doch sie alle hatten den Namen »Carrigbrack« so gut wie nie wieder ausgesprochen. Bis letztes Weihnachten.

Draußen war der Himmel hässlich zinngrau geworden. Es nieselte. Auf den Regen konnte man sich immer verlassen. Manche Leute fanden das schön. Katie gehörte nicht dazu. Sie hatte genug vom Regen.

Die Stille dehnte sich aus und wurde immer unangenehmer. »Wie passt Johnny da rein?«, brach Gary sie endlich. »Wusste er davon?«

»Alles, was ich euch über ihn erzählt habe, ist wahr. Wir trafen uns erstmals im Sommer 1972 in Lahinch. Als wir uns wiedersahen, hatte ich gerade ein paar schlimme Tage hinter mir. Agnes war besonders gemein zu mir gewesen, und ich hatte meinen Frust an den Müttern ausgelassen. Im Nachhinein tat mir das leid, und ich schüttete Johnny mein Herz aus. ›Warum gehst du nicht einfach?‹, fragte er. Ich wand mich eine Weile, erzählte ihm aber schließlich die ganze Geschichte. Ich weiß noch, dass ich damals fürchtete, er würde mich deshalb nicht mehr treffen wollen. Trotzdem war es eine riesige Erleichterung, mich endlich jemandem anzuvertrauen. Zu meiner großen Überraschung reagierte er voller Mitgefühl. Aber nicht nur – er wurde an meiner statt auch wütend. ›Wir müssen dich da rausholen, Kateser‹, sagte er. Diesen Satz werde ich nie vergessen. Als wir uns das dritte Mal trafen, machte er mir einen Antrag.«

»Und du bist zu Schwester Agnes gegangen und hast deine Kündigung eingereicht?«

»So einfach war das nicht. Als ich sie um Erlaubnis bat zu gehen, sagte sie mir, das könne sie nicht erlauben. Die Krankenschwester, die mich in der Nacht, in der ich die Überdosis nahm, allein zurückgelassen hatte, war weg, und die Hebamme stand kurz vor der Pensionierung. Ihr könnt euch sicher vorstellen, dass niemand darauf brannte, in Carrigbrack zu arbeiten. Jedenfalls ging Johnny daraufhin zu ihr. Er sagte ihr, dass wir verlobt seien und demnächst heiraten wollten, aber sie gab trotzdem nicht ihre Zustimmung. Sie behauptete, ich hätte meine Schulden noch nicht abgearbeitet. Aber Johnny hatte eine Ahnung, dass Agnes sicher nicht auf der falschen Seite des Gesetzes stehen wollte. Also rief er sie ein paar Wochen später an, verstellte seine Stimme und behauptete, Anwalt zu sein. Er erfand irgendwelchen juristischen Hokuspokus von wegen, dass meine Rückkehr nach Carrigbrack gesetzeswidrig gewesen sei. Nie hätte ich gedacht, dass Agnes darauf reinfällt, aber sie tat es. Kurz vor Weihnachten verließ ich das Heim, und wenig später heirateten wir.«

»Wie haben deine Eltern reagiert?«, fragte Gary.

»Mam relativ verständnisvoll. Wäre es nach ihr gegangen, wäre sie vermutlich zur Hochzeit gekommen. Aber Dad ließ sich auf keine Diskussion ein. Mit den Jahren mochte Mam Johnny immer mehr. Es war aber auch schwer, das nicht zu tun. Dad hingegen? Ich glaube, er hat nie akzeptiert, dass ich Carrigbrack auf diese Art und Weise verlassen habe. Und deshalb hat er auch Johnny nie akzeptiert.«

»Es liegt mir natürlich fern, mich auf die Seite deines Vaters zu schlagen«, sagte Beth, »aber war es nicht ein bisschen riskant, Johnny zu heiraten? Du kanntest ihn doch kaum.«

»Ich wusste genug von ihm. Ich wusste, dass er ein guter Mensch ist.«

»Und das ist Grund genug, jemanden zu heiraten?«

»Es gibt schlechtere Gründe.«

»Ich erinnere mich kaum noch an Großvater«, sagte Beth. »Ich war erst sechs, als er starb, und Mam redet nicht viel von ihm.«

»Er war ein Mann ... seiner Zeit.«

Zu sagen, dass Katies Eltern ein kleines Leben gelebt hatten, hätte nicht besonders nett geklungen. Aber es wäre die Wahrheit gewesen. Armut und blinde Ehrfurcht vor den Autoritäten hatten ihren Horizont beschränkt. Oh, Katie wusste, nicht alle Menschen hätten das so akzeptiert, aber die O'Deas hatten weder den Mut noch die Fantasie besessen, Schwester Agnes die Stirn zu bieten. Sie hatten schlichtweg darauf gewartet, was passieren würde, und es dann hingenommen.

Beth schlug sich gegen die Stirn, als wäre ihr gerade erst klar geworden, wie bizarr dieses Gespräch – und das Ausmaß von Katies doppeltem Spiel – war. »Das ist doch verrückt«, sagte sie. »Mehr als verrückt. Und wir wissen immer noch nicht, warum du beschlossen hast, Paul zu vergessen.«

Katie bemühte sich, ruhig zu bleiben. »Ich habe ihn nicht vergessen – niemals. Von mir aus kannst du vieles über mich sagen, aber das ist nicht fair.«

»Aber siehst du nicht, dass das alles keinen Sinn ergibt? Wir haben sechs Monate lang versucht, Mütter mit ihren Kindern zusammenzubringen. Und obwohl du immer wieder Gelegenheit dazu hattest, hast du Paul nie erwähnt. Du hast nie gesagt: ›Wegen ihm ist das für mich so wichtig.‹ Da ist es doch nur verständlich, dass ich dich nicht verstehe, oder?«

Bevor sie antworten konnte, mischte sich Gary ein. »Hört mal, ihr beiden«, sagte er. »Ich hatte einen anstrengenden Tag. Ich kann deine Gefühle nachvollziehen, Beth, aber können wir bitte den Familienstreit vertagen? Wir haben immer noch nicht die ganze Geschichte gehört. Katie, warum erzählst du uns nicht, was nach eurer Hochzeit passiert ist?«

Obwohl Beth das Gesicht verzog, blieb sie ruhig.

»Auch wenn Paul immer in meinen Gedanken war«, fuhr Katie fort, »war ich bereit zu akzeptieren, dass er nicht mehr mir gehörte.« Sie zögerte kurz. Sie bezweifelte, dass Beth oder Gary ihre Argumentation verstehen würde. »Johnnys Familie war in vielerlei Hinsicht kontaktfreudiger ... großzügiger ... als meine, aber sie war ebenfalls konservativ. Zu hören, dass ich bereits ein Kind hatte, hätte ihre Meinung von mir beeinflusst – und zwar auf keine gute Art und Weise. In Carrigbrack waren die Regeln immer eindeutig gewesen. Außerhalb des Heims waren sie vielleicht weniger klar formuliert, aber es gab sie trotzdem. Johnny und ich waren uns einig, dass wir nach vorne schauen und unsere eigene Familie gründen sollten. Und ich dachte: Ja, lassen wir die Vergangenheit hinter uns.«

»Du hast wirklich geglaubt, du könntest das?«, fragte Beth.

»Ich weiß es nicht. Vielleicht muss ich zu meiner Verteidigung hinzufügen, dass ich erst dreiundzwanzig war. Und ich wünschte es mir so sehr.«

Anfangs hatte Katie es gehasst, wenn sie gefragt wurde zu behaupten, dass sie keine Kinder hatte. Paul zu verleugnen fühlte sich falsch an. Aber nach einer Weile wurde es einfacher, und dann gab es Zeiten, in denen sie völlig vergaß, dass sie log. Sie tröstete sich mit dem Wissen, dass niemand sein wahres Selbst der Welt zeigte. Wer stellte seine Wunden schon freiwillig zur Schau? Selbst heute, wo Ehrlichkeit doch angeblich so geschätzt wurde, verbrachten viele Frauen noch immer einen großen Teil ihres Lebens damit, anderen eine idealisierte Version ihrer selbst zu präsentieren.

»Ich habe dir doch von Gráinne Holland erzählt«, sagte Gary matt, »und dass sie ihren Sohn aus ihrem Leben gestrichen hat. Damals habe ich gedacht, du hättest zu viel Verständnis für sie. Jetzt verstehe ich deine Reaktion.«

Katie wurde klar, dass sie für ihn nie mehr dieselbe sein würde. Flüchtig erinnerte sie sich an das letzte Mal, als er bei ihr im Wohnzimmer gesessen und ihr von Shannas Tod erzählt hatte. Sie wünschte, sie könnte die Zeit bis zu dieser Nacht zurückdrehen. Als sie noch die Möglichkeit gehabt hatte, ihre eigene Geschichte so zu erzählen, wie sie es sich gewünscht hätte.

»Ich habe meinen Sohn nicht aus meinem Leben gestrichen«, sagte sie. »Er wurde mir weggenommen. Damit musste ich klarkommen. Wie ich schon zu Beth sagte: Ich habe nie aufgehört, an ihn zu denken.«

Und genau das will ich jetzt tun, dachte sie. An ihn denken. Bitte geht, damit ich genügend Raum für meine Gedanken habe. Bitte.

Sie bückte sich und hob die rote Schachtel auf. Sie hatte sie gerade durchgesehen, als die beiden kamen. Nur noch neun Armbänder lagen darin. Besser gesagt, neun plus eins. Sie nahm das zusätzliche Band heraus und gab es Gary.

»Junge«, las er. »Paul. 18. August 1969. 3736 Gramm. Mutter: Patricia.« Er seufzte und reichte Beth das Armband.

»Mein Cousin«, sagte sie, während sie die kleinen Buchstaben betrachtete.

»So habe ich das noch nie gesehen«, sagte Katie.

»Es gibt vieles, woran du nicht gedacht hast. Jetzt kann ich auch verstehen, warum du den Karton so sorgfältig bewacht hast. Hätte ich den Inhalt gesehen, hätte ich dich genau nach diesem Armband fragen können. Gott, ich komme mir vor wie eine Idiotin.«

Katie nahm Pauls Papierband zurück und legte es wieder in die rote Schachtel. Sie wusste noch zu gut, wie es gewesen war, als alle so taten, als existierte ihr Baby nicht. Sie wusste, wie es gewesen war, eine Lüge aufrechtzuerhalten. Deshalb hatte sie die Armbänder der Kinder behalten. Weil sie die Wahrheit sagten.

Beth hatte noch eine Frage auf dem Herzen. »Bist du dir sicher, dass du nicht von Johnny dazu gezwungen wurdest? Wenn es nach dir gegangen wäre – und nur nach dir –, hättest du dann nach Paul gesucht?«

»Wir haben unsere Entscheidungen immer gemeinsam getroffen. Wenn überhaupt, war ich diejenige, die mehr darauf bedacht war, nach vorne zu schauen. Verstehst du, ich ... ich musste versuchen, mir ein Leben aufzubauen, als ob ich nie ein Kind bekommen hätte. Ich hatte das Gefühl, so oder so einen Fehler zu machen, egal, wie ich mich entschied. Noch heute beurteilen viele Leute Frauen hauptsächlich nach der Anzahl ihrer Kinder. Entweder sind es zu viele oder zu wenige. Und einige der schärfsten und selbstgefälligsten Kritikerinnen sind andere Frauen. Du weißt das besser als jede andere.« Sie schaute ihre Nichte in der Hoffnung an, eine Verbindung zu ihr herzustellen. Doch sie fürchtete, dafür war es zu spät.

Beth biss sich auf die Lippe. »Als ihr keine Kinder bekommen habt, hast du deine Entscheidung da nicht noch mal überdacht?«

Katie hatte mehrere Jahre gebraucht, um zu akzeptieren, dass das, was mit Mike versehentlich passiert war, nicht mit dem Mann passieren würde, den sie liebte. Die Ärzte waren damals mit dem Thema Unfruchtbarkeit weniger mitfühlend umgegangen. In einigen Fällen sogar alles andere als mitfühlend. Einmal saß ein Arzt vor Katie, pflückte sich einen Krümel aus seinem Schnurrbart und maßte sich an zu sagen, dass der Fehler wohl bei ihr liegen müsse. Daraufhin erwiderte sie, dass irgendwo da draußen ein siebenjähriger Sohn von ihr herumlaufe. Er sah sie an, als wäre sie der leibhaftige Teufel. »Nun«, sagte er, und sie konnte an seinem Dialekt hören, dass er aus dem Süden Dublins stammte, »dann wissen Sie ja alles über Adoptionen.«

Nach dieser Erfahrung hatten Katie und Johnny eine Weile gezögert, bevor sie sich wieder Hilfe suchten.

Schließlich gingen sie zu einem Spezialisten, der bei ihnen jedoch kein gesundheitliches Problem feststellen konnte. Sie hätten einfach nur Pech. »Das kommt vor«, sagte er. Heutzutage hätten sie es mit einer künstlichen Befruchtung versuchen können, aber in den frühen Achtzigern war so etwas in Irland noch nicht möglich. Im Laufe der Jahre probierten sie alles Mögliche aus, jeden Tipp, jedes Mittel, glaubten jedes Altweibermärchen. Sie versuchten, methodisch vorzugehen, dann wieder, ganz entspannt zu bleiben. Mit vierzig wurde Katie schließlich schwanger. Erfreut und besorgt zugleicht behielten sie die Nachricht für sich. Im fünften Monat hatte sie eine Fehlgeburt.

Ihr Baby wäre jetzt neunundzwanzig Jahre alt, so alt wie Beth. Sie erinnerte sich noch daran, wie sie zu Beths Taufe gegangen war und sich gezwungen hatte, so zu tun, als wäre alles bestens.

Damals hatte Katie gelernt, dass das Leben auf vielfältigste Art grausam sein konnte. Zweimal war ihr ein ersehntes Kind genommen worden. Später dann dachte sie, dass das Leben auch gütig zu ihr gewesen war, egal, wie es sie gestraft hatte. Es hatte ihr Johnny geschenkt. Und als sie eine Freundin brauchte, hatte es ihr Beth geschickt. Sie überlegte, ob sie ihr und Gary das alles erklären sollte, entschied sich aber dagegen. Einiges davon war einfach zu persönlich.

»Ob ich darüber nachgedacht habe, Paul doch noch zu suchen?«, nahm sie den Faden wieder auf. »Zu diesem Zeitpunkt kam es mir so vor, als wäre er schon zu weit weg. Ich hatte bereits zu viel verpasst. Seinen ersten Zahn und seine ersten Schritte. Ich war nicht dabei gewesen, als er in die Schule kam, Freunde fand und lesen lernte. Ich war nicht für ihn da gewesen, als er mich brauchte. Außerdem, und das muss ich euch beiden ja nicht erklären, zweifelte ich daran, dass es möglich wäre, ihn zu finden. Alle Akten waren immer noch im Besitz der Nonnen, und die würden mir ganz bestimmt keine Einzelheiten mitteilen. Als ich noch in Carrigbrack arbeitete, überlegte ich kurz, die Unterlagen über mich zu suchen. Aber ich hatte zu große Angst davor, was passieren würde, sollte Agnes mich erwischen.«

Beth warf ihr einen Blick zu, den Katie nur allzu gut kannte. Bisher hatte er denjenigen gegolten, die Mails an sie mit halb garen Theorien über die Frauen geschrieben hatten, die dort entbunden hatten – oder über die Nonnen, die dort das Sagen gehabt hatten. Aus dem Blick sprach Ungeduld, gemischt mit Verwirrung.

»Ich verstehe immer noch nicht, warum du uns nicht die Wahrheit gesagt hast«, meinte sie. »Im Ernst. Wer hätte denn sauer auf dich sein sollen – mal abgesehen von Mam –, wenn du deine Geschichte erzählt hättest? Du hast *sechs Monate* damit verbracht, anderen Leuten zuzuhören, wie sie über ihr Leben reden. Wie kann es sein, dass du nie über das reden wolltest, was dir passiert ist?«

Vier Tage vor seinem Tod hatte Johnny sie gefragt, ob sie es bedauere, nicht nach Paul gesucht zu haben. Er saß im Bett, von einem Kissenberg gestützt, mit unbeweglichem Blick und einer Gesichtsfarbe von langsam vor sich hin schrumpelnden Golden Delicious, freundlich und voller

Würde trotz seiner Krankheit. Sie sah ihn an und drückte seine Hand, deren Haut sich anfühlte wie dünnes Papier. »Nein«, log sie, und etwas in ihr hoffte, dass er sie drängen würde, ihren Sohn doch noch zu finden. Aber dann hatten sie über ein anderes Thema gesprochen.

»Nach Johnnys Tod fühlte ich mich erst recht nicht in der Lage, etwas zu sagen. Es hätte sich illoyal angefühlt. Schließlich hatten wir die Entscheidung gemeinsam getroffen. Hätte ich es mir anders überlegen wollen, hätte ich es tun sollen, solange er noch lebte. Und wie gesagt, er hätte keine Schwierigkeiten damit gehabt. Gleichzeitig habe ich mir immer wieder die Armbänder angesehen und gespürt, dass ich etwas tun muss. Dann kamst du an Bord, und das Ganze verlief völlig anders, als ich es erwartet hatte. Die Menschen, die wir kennenlernten, waren so interessant, und ich fühlte mich so nützlich.« Sie legte ihre Hände adrett übereinander. »Es tut mir leid, dass du noch keinen Erfolg hattest, Gary. Das wirst du bestimmt noch.«

»Nein, vermutlich nicht«, widersprach er. »Aber das ist eine andere Geschichte.«

Katie wollte fragen, wie er sich so sicher sein könne, aber jetzt war nicht der richtige Zeitpunkt dafür. Inzwischen war sie davon überzeugt, dass sein Armband eines von denen sein musste, die sie nicht in ihren Besitz hatte bringen können.

»Das alles erklärt für mich noch immer nicht, warum Paul nicht deine Priorität war«, sagte Beth. »Irgendwie kann ich es sogar verstehen, dass du früher nicht nach ihm suchen wolltest. Du warst traumatisiert, okay. Aber jetzt?

Nachdem du bei den Wiedersehen von Müttern und Kindern dabei gewesen bist? Wo du gesehen hast, wie sich Ailishs Leben zum Guten verändert hat? Warum hast du da nicht aufgehört, so ein Geheimnis daraus zu machen, und es wenigstens versucht?«

Und da war er, der Grund, der von allen am meisten schmerzte. Es gab keine logische Antwort, nichts, was sie sagen konnte, um ihre Nichte zufriedenzustellen. Wenn sie eine Erklärung abgeben müsste, dann noch am ehesten diese: Sie war nicht mutig genug gewesen. Sie hatte Angst gehabt, Paul könnte kein Interesse an ihr haben. Angst, sie könnte eine Enttäuschung für ihn sein. Angst, es könnte andersherum sein. Was, wenn der echte Paul keine Ähnlichkeit mit dem Mann in ihrer Vorstellung hatte? Was, wenn er unfreundlich war? Arrogant? Gemein? Was, wenn sie sich ein Mal getroffen und festgestellt hätten, dass sie einander nicht mochten? Was, wenn sie ihn nicht finden könnte? Wenn er tot wäre?

Und es gab noch etwas anderes, das sie nicht gerne zugab: eine tiefe Scham. Vom Verstand her wusste sie, dass das falsch war. Wie oft hatte sie anderen gesagt, dass sie sich für nichts schämen mussten? Und doch kam sie nicht gegen das Gefühl an, dass sie vor all den Jahren Mist gebaut und andere im Stich gelassen hatte. Sie war keine gute Mutter gewesen.

»Es fühlte sich so sicherer an«, war alles, was sie hervorbrachte.

»Und was war, als du Rita Farragher kontaktiert hast – und Joyce? Sie kannten dich sowohl als Patricia und als

Katie. Du musst doch befürchtet haben, dass die Wahrheit ans Licht kommt.«

»Ich habe Joyce gebeten, Paul nicht zu erwähnen. Robyn und Brandon wüssten nichts von ihm, sagte ich, und es wäre mir unangenehm, sollten sie auf diese Weise von ihm erfahren. Ich sagte ihr, dass ich versucht hätte, ihn zu finden. Als sie merkte, dass auch du, Beth, nichts von ihm wusstest, war sie ... nun, nicht gerade wütend, aber doch verwundert. Deshalb hat sie mich immer wieder angerufen.«

Katie hatte sich nie bei Joyce gemeldet. Auch das war eine Baustelle, um die sie sich noch kümmern musste.

»Ich habe nie verstanden«, sagte Beth, »warum dich das, was geschah, manchmal so fertiggemacht hat. Ich weiß noch, wie still du warst, als Brandon und Eddie sich begegneten. Ich dachte, du würdest dich schuldig fühlen, weil du in Carrigbrack gearbeitet hast. Oder es wäre, weil du nie eigene Kinder hattest. Oder sogar, weil du Johnny vermissen würdest. Wenn ich nur die Wahrheit gewusst hätte!«

Gary sah auf sein Handy, das den größten Teil des Abends immer wieder hartnäckig gebrummt hatte. War es überhaupt noch Abend? Im Zimmer war keine Uhr, und Katie hatte sich nicht getraut, auf ihre Armbanduhr zu schauen. Inzwischen war es draußen schwarz, der Regen prasselte gegen das Wohnzimmerfenster, und der Verkehr auf der Griffin Road rauschte. Es konnte alles zwischen acht Uhr abends und zwei Uhr morgens sein.

»Ailish versucht, mich zu erreichen«, sagte er. »Ich gehe

kurz raus in den Flur, um mit ihr zu reden. Ich habe sie gebeten, den Post im Adoptionsforum zu lesen. Sie soll wissen, was los ist.«

Katie war nicht klar gewesen, dass er in Kontakt mit Ailish geblieben war. »Hast du mit noch jemand anderem darüber gesprochen?«, fragte sie.

»Nein«, erwiderte er, und sein Tonfall machte deutlich, dass sie ihn mit der Frage beleidigt hatte.

Beth sagte, dass sie jetzt Alkohol brauche, und verschwand in die Küche.

Katie zog die Vorhänge zu, bevor sie die Gelegenheit nutzte, ihr Handy herauszuholen und sich den Beitrag noch einmal anzusehen. Nicht dass sie ihn noch einmal lesen müsste. Er war es. Bestimmt.

Hi. Mein Name ist Luke. Ich wurde im August 1969 in Carrigbrack geboren und über die Agentur St. Saviour's adoptiert. Ich bin in Dublin aufgewachsen und lebe immer noch hier. Meine Adoptivmutter und mein Adoptivvater sind großartig, und bis vor Kurzem hatte ich nicht das Bedürfnis, meine leiblichen Eltern ausfindig zu machen. Aber ihr wisst ja, wie das ist: Man wird älter, die eigenen Kinder fangen an, Fragen zu stellen, und man denkt, dass es an der Zeit ist, mehr zu erfahren. Wie viele von euch erfahren mussten, sind die Akten von Carrigbrack keine große Hilfe. Meine sind noch unverständlicher als die meisten. Mein ursprünglicher Name soll Paul gewesen sein, der Name meiner leiblichen Mutter wurde geschwärzt. Jedoch gibt es eine spätere Notiz, in der es

533

heißt, dass sie im Sommer 1971 nach Carrigbrack zu-
rückkehrte – um dort zu arbeiten. Zum Glück habe ich
meine Geburtsurkunde im Standesamt gefunden. Dem-
nach stammte meine Mutter aus einem Dorf im Osten
von Clare. Auch ihr voller Name steht dort. Natürlich
werde ich ihn hier nicht veröffentlichen, aber ihre Initia-
len sind KOD. Mein Problem ist nun Folgendes: Jemand
hat sich augenscheinlich die Mühe gemacht, ihre Identität
geheim zu halten. Soll ich sie also in Ruhe lassen? Oder
soll ich versuchen, sie zu kontaktieren?

Katie dachte über seinen Namen nach: Luke, in Anlehnung an einen der vier Evangelisten. Bedeutete das, dass
seine Adoptiveltern religiös waren? Oder hatte ihnen einfach der Name gefallen? Die Tatsache, dass er sie als großartig bezeichnete, tröstete sie. Die Vorstellung, er wäre in
einem gefühlskalten Zuhause aufgewachsen, hätte sie nicht
ertragen können. Fast fünfzig Jahre später lag sein Leben
ihr immer noch am Herzen.

Als sie erneut las, was er geschrieben hatte, erhärtete sich
der Verdacht, den sie bereits zuvor gehabt hatte. Luke
ahnte, dass sie die Initiatorin des Threads war. Er versuchte, mit ihr Kontakt aufzunehmen. Andererseits: Warum
sollte sie sich zu erkennen geben? Und war er verärgert
über das, was sie getan hatte? Beziehungsweise wunderte er
sich wie Beth und Gary darüber, dass er nicht ganz oben
auf ihrer eigenen Liste gestanden hatte?

Sie hörte, wie Beth wütend in der Küche herumhantier-
te. Wenn es möglich war, sich auf aggressive Weise Wein

einzuschenken, dann tat ihre Nichte gerade genau das. Katie dachte an all das, was sie zusammen geleistet hatten. All die E-Mails. All die Gespräche und Reisen. Sie konnte Beth ihre Reaktion nicht verübeln.

Sie versuchte, Garys Telefongespräch zu belauschen, schnappte aber nur gelegentlich ein Wort auf. Anscheinend redete Ailish die meiste Zeit.

Beth kam zurück und brachte ihr ein Glas Wein mit. Katie hoffte, dass dies ein positives Zeichen war, ein Hinweis darauf, dass sie noch einmal über alles reden konnten.

»Ich war mit Mike Langans Enkelin in der Schule«, sagte Beth. »Ihr Name ist Bronagh. Mam hat nie ein gutes Haar an der Familie gelassen. Sie behauptete, sie seien billig. Natürlich dachte ich, sie würde das nur sagen, weil sie ein Snob ist. Ich wusste ja nicht, was wirklich los war.«

Katie nahm einen Schluck von ihrem Wein. Er schmeckte wie Terpentin. »Ich habe ihn Weihnachten in der Kirche gesehen. Seltsam, inzwischen ist er fast achtzig. Vera ist schon lange tot. Ein Schlaganfall, glaube ich.«

»Hast du dich jemals wieder mit ihm unterhalten?«

»Nein. Was hätten wir einander auch zu sagen gehabt?«

»Ihr hättet über das reden können, was zwischen euch passiert ist. Über euren Sohn.«

»Dafür ist es längst zu spät. Ich habe ihn einmal getroffen, kurz nachdem ich aus dem Heim gekommen war. Er fragte, wie es mir ginge, als hätte ich Grippe gehabt. Ich ... ich konnte einfach nichts antworten. Jetzt, im Nachhinein, weiß ich, dass ich zu depressiv war, um mit der Situation umzugehen. Danach haben wir nie wieder miteinander gesprochen. Ich nehme an, er hatte noch andere Frauen.«

In jener Zeit hatte Katie versucht, sich auf ihre Ausbildung als Krankenschwester zu konzentrieren, in der Hoffnung, dass irgendetwas ihre Rückkehr nach Carrigbrack doch noch verhindern könnte. Jeder Tag war ein Kampf gewesen.

Beth strich mit dem Finger über den Rand ihres Weinglases. »Wusste es sonst noch jemand im Dorf?«

»Vielleicht haben einige wenige einen Verdacht gehabt, aber nur eine Person wusste es sicher: Esther. Mam hat sich einer ihrer Schwestern anvertraut, deiner Großtante. Du wirst dich nicht an mehr an sie erinnern. Sie war es, die mir die Perücke gegeben hat.«

»Verstehe.«

»Mike könnte es auch seiner Frau erzählt haben.«

»Vielleicht, aber das glaube ich nicht. Jetzt, wo ich darüber nachdenke, hat Mam mal irgendetwas davon gemurmelt, dass er ein Schürzenjäger sei.«

»Ich war nicht immer ganz fair zu Margo. Die ganze Sache muss auch für sie nicht leicht gewesen sein. Aber zumindest war sie die Tochter, auf die Mam und Dad stolz sein konnten.«

»War sie das wirklich?«, sagte Beth.

»Eine bessere Tochter, als deine Mutter es war, konnte man nicht sein. Sie war genau so, wie sich unsere Eltern ihre Kinder wünschten.«

»So sehe ich sie überhaupt nicht. Und je mehr du mir über meine Großeltern erzählst, desto mehr glaube ich, dass sie ihr heutiges Leben missbilligt hätten. Sie klingen wie einfache, genügsame Menschen, während Mam geradezu verrückt nach allem Materiellen ist. In gewisser Weise ist das ihre Art der Rebellion: Geld ausgeben.«

So hatte Katie es noch nie gesehen. Erst im Nachhinein wurde ihr klar, wie Carrigbrack auch Margos Leben beeinflusst hatte. Nicht zuletzt hatte sie dadurch eine übertriebene Angst vor dem Urteil anderer entwickelt. Katie wollte das gerade sagen, als Gary zurückkam. Er setzte sich hin, stützte die Ellenbogen auf die Knie und sein Gesicht in die Hände. Eine Minute lang, vielleicht auch länger, saß er stumm so da.

»Stimmt etwas nicht?«, fragte Beth, revidierte ihre Frage aber schnell. »Also, ganz offensichtlich stimmt gerade gar nichts, aber geht es Ailish gut?«

»Hmh. Sie hat fast den ganzen Tag mit einer anderen Frau verbracht, die ebenfalls in Carrigbrack war. Gretta.« Er sah Katie fragend an.

»Winnie?«, flüsterte sie ungläubig. An Winnies richtigen Namen konnte sie sich noch immer erinnern.

»Ja.«

»Wie geht es ihr?«

»Sie steht unter Schock, weil sie dich auf diese Weise wiedergefunden hat, aber es geht ihr gut.«

Gary erzählte ihnen, was er von Ailish erfahren hatte. Beth schwieg dazu. Während Gary redete, nippte Katie an ihrem Wein und starrte auf ihre Hände. Als sie den Schuhkarton geöffnet hatte, war sie sich bewusst gewesen, dass die Wahrheit eines Tages ans Licht kommen könnte. Und war es nicht, wenn sie in die verborgensten Winkel ihrer Selbst hineinhorchte, genau das, was sie gewollt hatte? Hatte sie nicht gehofft, dass die Armbänder sie auf die eine oder andere Weise zu ihrem Sohn zurückführen würden? Dass so lange niemand ihre Geschichte herausgefunden hatte, hatte sie überrascht. An manchen Tagen hatte es sich so angefühlt, als wären ihre Verletzungen sichtbar, als wäre ihre Haut mit Narben übersät. Was sie nicht vorhergesehen hatte, war, wie sehr ihr Beth ans Herz wachsen würde.

»Kann ich dich noch etwas anderes fragen?«, sagte Beth schließlich. »Dein Zögern, die Suche auszuweiten – war das, weil du Angst hattest, dass dich jemand von deiner ersten Zeit in Carrigbrack erkennen könnte?«

Katie hatte sich vor dieser Frage gefürchtet. »Ja.«

»Okay. Also hättest du einigen Leuten von denen, die im Forum gepostet haben, möglicherweise mit Informationen weiterhelfen können? Denen, die 1969 und 1970 geboren wurden?«

»Ja.«

»Kam dir eine der Geschichten bekannt vor?«

Sie nickte. »Die von dem Mann, der glaubte, seine leibliche Mutter sei aus Limerick. Ich habe da so ein Gefühl, dass sein ursprünglicher Name Lorcan war. Im Heim wurde seine Mutter Jacinta genannt. In Wirklichkeit hieß sie Marian Purcell, ihre Familie wohnte in der Ennis Road.«

Abgesehen vom Prasseln des Regens war es still. Als Beth schließlich wieder das Wort ergriff, war ihre Stimme hart.

»Der Mann war krank. Krank und verzweifelt. Und du hast ihm nicht geholfen.«

»Ich hätte es tun sollen.« Katie wäre am liebsten in Tränen ausgebrochen, wusste aber, dass sie kein Recht dazu hatte. »Ich werde mich morgen bei ihm melden.«

»Und was, wenn es schon zu spät ist?«

Gary, der sich zunehmend unwohl fühlte, machte Anstalten, etwas zu sagen.

Beth kam ihm zuvor. »Gab es noch andere außer ihm?«, fragte sie.

Katie nickte. »Eine Frau, die in Südafrika lebt. Aufgrund der Details in ihrem Post bin ich mir fast sicher, dass ihre Mutter in Carrigbrack Imelda hieß. Nachts hat sie auf die Babys aufgepasst. Sie war sehr freundlich.«

Katie schloss die Augen. Sie war entschlossen, nicht zu weinen. Als sie sie wieder öffnete, wippte ihre Nichte auf ihrem Stuhl hin und her, ihr Gesicht starr vor Trauer.

»Dir wurde großes Unrecht angetan, Katie«, sagte sie. »Du hättest Paul behalten dürfen. Du wärst eine wunderbare Mutter gewesen. Aber ...«

»Vielleicht sollten wir für heute Abend wirklich Schluss machen«, unterbrach Gary sie. »Morgen können wir weiterreden, wenn wir Zeit hatten, um über alles in Ruhe nachzudenken.«

»Nein«, sagte Beth, und ihre Stimme vibrierte. »Katie, du tust mir leid, das musst du mir glauben. Aber was damals geschah, entschuldigt nicht dein Verhalten in den letzten Monaten. Ich meine, ich dachte, du wärst eine Heldin! Du warst für mich eine Frau, die aus freien Stücken

Gutes tut. Ich habe dich dafür bewundert, wie du zu den Leuten eine Verbindung aufgebaut und dich um sie gekümmert hast. Aber du hast mich angelogen. Und auch sie. Und dann sind da noch die Menschen, die verzweifelt waren und denen du hättest helfen können. Aber du hast nichts unternommen. Es ist alles so ein schreckliches Durcheinander. Siehst du das denn nicht?«

Katie hatte das Gefühl, als würde sich zwischen ihnen ein tiefer Graben auftun. »Bitte, Liebes, verurteile mich nicht zu hart. Du kannst nicht ...«

Beth hob abwehrend die Hand. »Ich versuche, es nicht zu tun, aber ich kann nichts für meine Gefühle. Ich verstehe, wie es ist, wenn man Probleme mit seiner Familie hat. Ich verstehe, wie es ist, sich anders zu fühlen, als Außenseiter. Aber ich war ehrlich zu dir. Ich habe dir alles über mich erzählt. Du hättest auch ehrlich zu mir sein müssen. Du hast eine Chance nach der anderen gehabt, und doch musste ich die Wahrheit durch einen Post in einem Internetforum herausfinden.«

Katie schreckte bei ihren Worten zurück. »Bitte ...«, hob sie an.

Beth stand auf. »Ich brauche etwas Zeit, um nachzudenken. Alles Gute, was wir in letzter Zeit zusammen getan haben, fühlt sich jetzt so anders an.«

»Es tut mir schrecklich leid, Beth. Ich habe mich absolut falsch verhalten. Das gebe ich zu. Bitte bleib.«

»Natürlich ist das ein Schock«, mischte sich Gary wieder ein. »Aber geh jetzt nicht so einfach, Beth. Wenn du nicht hier übernachten willst, komm mit zu mir.«

Beth war bereits an der Tür. »Ich hole morgen früh meine Sachen und gebe dir deine Schlüssel zurück.«

Katie spürte, wenn sie ihre Nichte jetzt anflehte, würde sie sie erst recht verärgern. Stattdessen versuchte sie, sich auf das Praktische zu konzentrieren. »Es regnet in Strömen, und du hast getrunken. Du kannst nicht fahren, du ...«

Aber Beth war schon weg.

Kapitel 40

Katie

Sein voller Name war Luke Patrick Flannery. Er war etwa eins achtzig groß, hatte karamellbraune Augen und dunkles, schon leicht ergrautes Haar. Seine Frau Jen und er hatten zwei Töchter, Róisín und Sadie. Sie besaßen einen Hund namens Ben. Luke arbeitete als Bewährungshelfer, und wenn er sprach, neigte er dazu, sich vorzubeugen, als wollte er einem frisch entlassenen Gefangenen die Vorzüge eines Lebens ohne Verbrechen erklären. Er hatte Gaelic Football gespielt (aber nicht sehr gut) und würde gerne Krimis schreiben (»Glaub mir, ich habe eine Menge Geschichten auf Lager«).

Mit sieben Jahren hatten seine Adoptiveltern ihm von seiner leiblichen Mutter erzählt. Sie hätte ihn geliebt, sagten sie, aber ihn nicht behalten können.

»Wie Tatters?«, hatte er gefragt, und sie nickten.

Tatters war die schwarz-weiße Katze der Flannerys. Im letzten Frühjahr hatte sie fünf süße fiepende Kätzchen bekommen. Luke und seine Schwestern wollten sie nicht weggeben, aber eins nach dem anderen, die Augen noch blau und das Miauen kaum hörbar, fand ein neues Zuhause. Ein oder zwei Tage lang suchte Tatters überall nach ihren Kleinen. Sie maunzte Lukes Mutter herzzerreißend an, als wollte sie sagen: »Wo hast du sie versteckt?« Seine Mutter fuhr nach Quinnsworth, um eine Dose Whiskas mit Kaninchen (Tatters' Lieblingssorte) zu kaufen. Zwei Stunden später hatte die Katze ihre Jungen vergessen.

Lukes Amnesie war zwar nicht ganz so schwerwiegend wie die von Tatters, aber er hatte sich auch nicht ständig Gedanken über die Mutter gemacht, die ihn weggegeben hatte. Seine Eltern waren wunderbar, und abgesehen von einem Schüler aus der Sekundarstufe hatte ihm nie jemand das Leben schwer gemacht, weil er adoptiert war. Er hatte versucht, die meiste Zeit seines Lebens im Moment zu leben – Vergangenheit und Zukunft sollten sich um sich selbst kümmern. »Ich habe schon achtsam gelebt, bevor das populär oder profitabel wurde«, sagte er gern.

Dann wurde er älter.

Die Leute begannen, über Mutter-Kind-Heime zu reden. Seine Frau und seine Töchter stellten Fragen. Er las und hörte zu. Ihm wurde klar, dass die Vergangenheit nicht von der Gegenwart abgekoppelt war; ihre Auswirkungen waren noch immer überall zu spüren. Aber ganz so neu war das für ihn auch wieder nicht. Schließlich hatten viele Väter und Großväter von Gefangenen ebenfalls eingesessen. Was als leichte Neugier begann, wuchs sich zu einem brennenden Bedürfnis aus herauszufinden, woher er kam.

Er beschloss, seine leibliche Mutter zu suchen.

Es gab noch eine weitere Tatsache über Luke, eine Tatsache, die Katie nicht in den Kopf wollte: Er hatte den größten Teil seines Lebens ganz in der Nähe von der Griffin Road gelebt. Seit zehn Jahren wohnte er mit seiner Familie sogar nur wenige Straßen von ihr entfernt. Die Familie Flannery kaufte im selben Supermarkt ein wie Katie, ging auf dasselbe Postamt, nahm denselben Bus. Gut möglich, dass Luke und Katie schon hintereinander in einer Schlange gestanden hatten oder auf der Straße aneinander vorbeigegangen waren. Vielleicht hatten sie sogar schon Small Talk über das Wetter gemacht, oder sie hatte etwas Nettes über seinen Hund gesagt.

Hätte ich ihn erkennen sollen?, fragte sie sich. Aber sie hatte nicht nach ihm gesucht. Sie hatte gedacht, dass er im Westen von Irland oder in Amerika oder in Australien war, irgendwo außerhalb ihrer Reichweite. Sie wünschte, es hätte einen Peilsender gegeben, ein GPS des Herzens, etwas, das sie auf ihn aufmerksam gemacht hätte. Aber so etwas gab es nicht einmal in der Science-Fiction-Welt.

Am Tag nach der Auseinandersetzung mit Beth und Gary hatte Katie auf Lukes Nachricht geantwortet und ihn gebeten, sie über die in ihrem Post angegebene E-Mail zu kontaktieren. Ihre Vermutung war richtig gewesen: Er war ihr auf der Spur. Jemand, der im Forum aktiv war, hatte ihm erzählt, dass die Frau, die die Identitätsarmbänder verschickte, Katie hieß. Und dass die Zeitspanne, die sie in Carrigbrack gearbeitet hatte, mit den Informationen übereinstimmte, die er bereits über seine leibliche Mutter herausgefunden hatte.

»Ich habe einfach eins und eins zusammengezählt und mir gesagt, einen Versuch ist es wert«, meinte er.

»Du hättest mir direkt schreiben und mich fragen können, ob ich die richtige Katie O'Dea bin.«

»Daran habe ich auch gedacht. Aber was, wenn ich mich geirrt hätte? Es fühlte sich einfacher an, die Anfrage ins Forum zu schreiben. Ich wollte dich nicht unter Druck setzen. Du solltest selbst entscheiden können, ob du mich kontaktieren willst.«

Natürlich hatte ihn die Tatsache verwirrt, dass sie anderen geholfen, aber selbst nichts unternommen hatte, um ihren eigenen Sohn zu finden. Sie versuchte, es ihm zu erklären, sagte ihm fast dasselbe wie zuvor Beth und Gary, und doch fühlte es sich anders an. Vermutlich, weil es ein anderer Kontext war, dachte sie. Und auch, weil Luke beruflich schon seit vielen Jahren mit Menschen zu tun hatte, deren Verhalten für die Mehrheit der anderen wenig Sinn ergab. Wie auch immer – er akzeptierte ihre Erklärung.

Alles, was sie über Luke wusste, hatte sie aus zwei E-Mails und zwei langen Telefonaten. Obwohl sie nicht weit voneinander entfernt wohnten, stand ein Treffen noch aus. Katie wusste nicht, wie es ihm mit den Neuigkeiten ging, aber sie war nervös. Ein Teil von ihr sehnte sich danach, ihn zu sehen. Ein anderer Teil hatte Angst, sich ihm aufzudrängen. Am Ende des zweiten Telefonats verabredeten sie sich zum Tee im Gresham Hotel, wo sie auch Gary zum ersten Mal getroffen hatte. Dort hatte ihre Mission begonnen, und dort würde sie wahrscheinlich auch ihr Ende finden. Mehrere Wochen waren vergangen, seit die letzte ernst zu nehmende Anfrage in ihrem Mail-Account eingegangen war. Sollte Katie wider Erwarten eine weitere erhalten, würde sie natürlich helfen müssen, obwohl sie sich nicht sicher war, ob sie noch die Leidenschaft und den Antrieb dafür besaß. Es war ein Job für ein Team gewesen, und die andere Hälfte davon gab es nicht mehr.

Sie hatte Kontakt zu Rory aufgenommen, dem Mann, von dem sie glaubte, er sei Jacintas Sohn, und zu Lynette, der Frau, die wahrscheinlich Imeldas Tochter war. Zum Glück hatte sich der Gesundheitszustand von Rory ein wenig gebessert. Er und Imelda waren zwar dankbar für die Informationen gewesen, hatten jedoch ihre leibliche Mutter noch nicht gefunden.

Sie erkannte Luke, sobald er die Lobby betrat. Natürlich hatte er ihr Fotos geschickt, aber es war mehr als das. Die Art, wie er ging, der Leberfleck an seiner linken Schläfe — er war Mike Langans Sohn. Als er näher kam, erkannte sie auch Ähnlichkeiten mit sich selbst: die eher runden Augen und die dünne Nase. Für einen Moment kam es ihr so vor, als würden sämtliche Geräusche um sie herum lauter werden, als würde sie eine andere Luft atmen. Ihr Herz raste: rat-tat-tat-tat-tat-tat. Sie wollte jedes Haar auf seinem Kopf, jede Falte in seinem Gesicht berühren. Nichts davon hatte sich in ihrer Gegenwart entwickelt. Wie absurd es war, dass sie nie sein Kindergesicht, sein Teenagergesicht oder sein Gesicht am Tag seiner Heirat gesehen hatte! Sie wusste nicht, wie er sich in der Schule gemacht hatte, ob er häufig krank gewesen war, wie er seinen Kaffee mochte, welche Partei er wählte.

Zwei Arme umschlangen sie, die Umarmung enger als erwartet. Fester, vielleicht, als sie es verdient hatte.

»Mein Junge«, sagte sie, »mein Junge.«

Mit einem Mal flog jedes Versprechen, das sie sich selbst gegeben hatte, auf und davon. Sie hatte sich vorgenommen, nicht emotional zu werden, damit das Treffen für ihn nicht zu unangenehm werden würde. Aber sobald sie ihn spürte, löste sich dieses Versprechen in Luft auf. Er war da, und er war echt. Nicht mehr nur eine Erinnerung, nicht mehr nur ein Stück Papier in einer Schachtel.

Während sie ihren Tee tranken, tauschten sie persönliche Informationen aus. Katie ermahnte sich, jede Sekunde voll auszukosten. Vielleicht würde er den Kontakt nicht aufrechterhalten wollen. Es war durchaus möglich, dass es für sie keinen Platz in seinem Leben gab. Trotzdem musste sie immer wieder an den Moment denken, als sie ihn zum letzten Mal gesehen hatte. Damals war er völlig abhängig von ihr gewesen. Zumindest hatte sie das gedacht.

»Die Mädchen wollen dich unbedingt kennenlernen.«

»Wirklich?« Es war das erste Mal, dass er ein Treffen mit dem Rest der Familie erwähnte. Ein Gefühl der reinen, unverfälschten Freude durchströmte sie, bevor eine winzige Stimme in ihrem Hinterkopf ihren Enthusiasmus bremste. Nicht umsonst hatte sie anderen, die ihre Mütter suchten, geraten, es langsam angehen zu lassen – daran sollte auch sie sich halten.

»Ja«, sagte er. »Besonders Sadie. Sie ist vierzehn und erlebt gerade alles sehr intensiv.«

»Waren wir nicht alle so in diesem Alter?«

»Das stimmt. Nur sieht sie dich wegen dem, was dir passiert ist ... nun, für sie bist du eine Heldin.«

»Oje. Ich hoffe, ich enttäusche sie nicht. Ich glaube nicht, dass man mich als Heldin bezeichnen sollte.« Beth hatte dasselbe Wort benutzt, und Beth hatte sich geirrt.

O Beth.

»Sadie ist da anderer Meinung. Sie hat eine ganze Reihe an Fragen an dich. Aber lass dich davon nicht abschrecken. Jen will wissen, ob du uns nächstes Wochenende besuchen willst. Aber wenn das für dich zu schnell geht, ist das auch in Ordnung. Ich meine, du ...«

»Nein, nächstes Wochenende wäre wunderbar.«

Luke lächelte. Katie war froh, dass sein Lächeln weder ihres noch das von Mike Langan war. Es gehörte ihm ganz allein.

»Ich dachte, die würdest du vielleicht gerne sehen.« Er griff in seine Jacke und zog einen Umschlag mit Fotos heraus. »Ich weiß, ich habe dir schon ein paar Fotos gemailt, aber so kann man sie sich doch viel besser ansehen, oder?«

Katie betrachtete ein Bild nach dem anderen, schüttelte dabei immer wieder den Kopf und gab kurze Kommentare von sich. Da war er, mit einem unsicheren Lächeln am Tag seiner Kommunion; mit einem schrecklichen Haarschnitt als Teenager. Hier alberte er während eines Campingurlaubs in Wexford herum; lachte inmitten eines Schneesturms. Und dann war da noch der Rest der Familie: seine Eltern mit der für ihre Generation charakteristischen Zurückhaltung; seine Schwestern, deren Haar so blond war wie seins dunkel. Und da, seine Töchter, ihre Enkelinnen: hübsche kleine Mädchen mit langen Mähnen und dicken Augenbrauen, wie sie heutzutage angesagt waren.

»Ich weiß gar nicht, was ich sagen soll«, sagte sie. »Danke, dass du mir die Fotos gezeigt hast.«

Luke strich mit den Händen über seine Oberschenkel. »Ich wollte auch noch sagen, dass Beth nächstes Wochenende gerne mitkommen kann, wenn sie will. Ich weiß, dass sie dir bei der Sache mit den Armbändern geholfen hat, und ich würde sie gerne kennenlernen. Wir alle.«

»Oh. Ich weiß nicht, ob das möglich ist. Sie hat eine Weile bei mir gewohnt, ist aber wieder ausgezogen. Ich habe keine Ahnung, wo sie gerade ist. Aber ich könnte sie fragen …«

In Wahrheit konnte sie sie nicht fragen. Weil sie Beth nicht erreichte. Ihre Nichte war gegangen, ohne zu sagen, wohin. Sie rief Katie weder zurück noch antwortete auf ihre E-Mails. Katie hatte ihr geschrieben, um sich zu entschuldigen und sie wissen zu lassen, dass sie sie liebte und ihr die Beziehung zwischen ihnen wichtig war. *Von allen Fehlern, die ich gemacht habe, war der größte, nicht ehrlich zu dir gewesen zu sein*, schrieb sie. Sie schickte den Brief an Beths Büroadresse. In der folgenden Woche kam er ungeöffnet zurück.

Margos Reaktion war unerwartet zurückhaltend. Sogar ihr »Ich hab's dir doch gesagt« hatte nicht den üblichen Biss. »Ich habe dich gewarnt«, sagte sie seufzend, »aber du wolltest ja nicht auf mich hören. Es war doch damit zu rechnen, dass deine eigene Geschichte ans Licht kommt, sobald du dich mit denen von anderen beschäftigst. Trotzdem habe ich über all das nachgedacht – eigentlich spielt es jetzt doch gar keine Rolle mehr, oder? Die Welt hat sich verändert. Wenn ich es mal so unverblümt sagen darf: Niemand interessiert sich mehr für diese Dinge.«

Doch, es spielte immer noch eine Rolle. Es war Beth wichtig – und Katie. Sie ertrug die Stille nicht. Sie ertrug es nicht zu wissen, dass Beth da draußen war, dass sie sich verletzt fühlte und wütend war. Sie hatte nicht erwartet, dass das Gefühlshoch, das durch ihren wiedergefundenen Sohn ausgelöst worden war, durch das Tief, ihre Nichte und Verbündete zu verlieren, derart geschmälert werden würde. Auch Margos Laissez-faire-Haltung irritierte sie. *Niemand interessiert sich mehr für diese Dinge.* Was sollte Katie denn tun? Was sollten all die betroffenen Frauen tun? Mit den Achseln zucken und sagen: »Jetzt ist ja wieder alles in Ordnung, weil die Gesellschaft zu dem Schluss gekommen ist, dass wir doch keine Flittchen und Huren sind?«

»Es *ist* wichtig!«, hatte sie vor dem Spülbecken in der Küche plötzlich laut geschrien.

Wer würde es wagen, Gretta zu sagen, dass es keine Rolle spielte? Gretta, die drei Tage nach dem Tod ihres Babys zur Arbeit gezwungen worden war. Gretta, die im Alter von sechzehn Jahren nach London geflohen war, weil ihre eigene Familie sie sonst nach Carrigbrack zurückgebracht hätte.

»Ich schulde dir eine Perücke«, war das Erste, was sie gesagt hatte, als Katie sie anrief, und hatte damit sofort alle Befürchtungen zerstreut, dass sie Schwierigkeiten haben würden, wieder eine gemeinsame Basis zu finden. Vor fünfzig Jahren hatten sie nur drei Monate miteinander verbracht, aber ihre Freundschaft war unter so außergewöhnlichen Umständen entstanden, dass die Verbindung noch immer da war.

»Ich kann nicht glauben, dass wir uns wirklich wiedergefunden haben«, hatte Katie gesagt, während ihr die Tränen übers Gesicht liefen, »und dass du so viel durchgestanden hast.«

»Das habe ich«, hatte Gretta erwidert. »Ich bin voller Risse, aber nicht gebrochen.«

Und wer würde Gary sagen, dass es nicht wichtig war? Gary, den man wie einen unerwünschten Welpen weggegeben hatte, während seine leibliche Mutter weggesperrt worden war und sein leiblicher Vater nichts von Garys Existenz erfahren hatte. Es war unwahrscheinlich, dass er jemals herausfinden würde, wo er herkam. Natürlich könnte er es versuchen, sagte er, aber er fürchtete, sich nur in einem weiteren Labyrinth zu verlaufen. Trotzdem, oder vielleicht gerade deswegen, war er gegenüber Katie versöhnlich gestimmt.

Genau wie Ailish. »Das ist ganz schön harter Tobak«, hatte sie gesagt, »eine Menge zu verarbeiten. Wahrscheinlich musst du Beth einfach nur ein bisschen Zeit geben.«

Katie sah das anders. Sie befürchtete, dass sich Beths Feindseligkeit ihr gegenüber mit der Zeit nur verstärken und ihre Entfremdung dauerhaft werden würde.

Sie schalt sich, dass sie ausgerechnet jetzt darüber nachdachte. Sie durfte nicht zulassen, dass dieser besondere Tag von dem Streit mit Beth getrübt wurde.

Auch Johnny war in ihren Gedanken. Was für eine

Schande, dass er ihren Sohn nie kennenlernen würde! Sie hätten sich gut verstanden, dessen war sie sich sicher. Wenn sie nur früher so mutig gewesen wäre. Wenn sie nur, wenn sie nur ...

»Sag deinen Eltern bitte, ich bin dankbar dafür, dass sie sich so gut um dich gekümmert haben«, wandte sie sich wieder an Luke. »Ich habe mir oft Sorgen gemacht, dass man dich womöglich zu einem Paar gegeben hat, das dich nicht genügend liebt.«

»Ich soll dich von ihnen grüßen.« Er zögerte. »Möchtest du sie kennenlernen?«

»Ja, ich denke, das würde ich gerne.«

Er zupfte sich am Ohrläppchen. Die Ohren ihres Vaters, dachte sie. »Ich war sehr nervös, als ich heute hierhergekommen bin. Letzte Nacht konnte ich kaum schlafen.«

»Ging mir genauso«, sagte sie. »Aber warum?«

»Am Telefon hast du dich so nett angehört, trotzdem habe ich mir Sorgen gemacht, dass du im wirklichen Leben irgendwie seltsam sein könntest. Dass dich die Vergangenheit immer noch belastet. Und ich war mir nicht sicher, wie gut ich damit umgehen könnte. Jetzt weiß ich, was für ein Idiot ich war. Ich meine, du bist so ... so normal.« Er überdachte seine Worte sofort. »O Gott, das hört sich an wie eine Beleidigung! Aber du weißt, was ich meine, oder?«

Katie erinnerte sich an eine Zeile aus Chrissies Zeitungsinterview: *Nicht nur jede Stadt kennt so eine Geschichte, auch jedes Dorf. Jede Straße.*

Wir sind deine Nachbarin, dachte sie, deine Freundin, deine Tante, deine Mutter. Wir sind die Frauen, die gegangen sind, und die, die geblieben sind. Einige von uns können bereits darüber reden. Andere bekommen vielleicht noch ihre Chance.

Sie sagte nichts von alledem. Stattdessen lächelte sie und drückte Lukes Knie. »Ich weiß genau, was du meinst. Hast du noch Zeit für eine zweite Tasse Tee?«

Kapitel 41

Katie

Ailish hatte ihnen nervös von ihrer Idee erzählt.

»Wenn ihr sie nicht gut findet«, hatte sie hinzugefügt, »ist das vollkommen in Ordnung. Aber sie kam mir in den Sinn, und ich dachte, ich frage euch mal.«

Keine von ihnen hatte die Idee für einen schlechten Vorschlag gehalten, auch Gretta nicht. Und es war ihre Meinung, die am meisten zählte.

An einem strahlenden Septembermorgen waren sie also auf dem Weg nach Carrigbrack. Das Gras war noch sommerlich grün, und in den Weißdornhecken leuchteten rot die Beeren. Nicht weit entfernt huschte ein Fuchs vorbei. Ein Turmfalke schwebte über ihnen. Es war die Zeit des Jahres, in der sich jeder sonnige Tag kostbar anfühlte, weil man wusste, dass der Winter schon vor der Tür stand. Es war eine Zeit der Enden und Anfänge.

Für Gretta war es der erste Ausflug nach Carrigbrack, seit sie damals frühmorgens in den Kofferraum von Rita Farraghers Auto gestiegen war. Es war auch das erste Mal, dass Chrissie zurückkehrte. Chrissies Ehemann Iggy begleitete die Gruppe, ebenso wie Grettas Ehemann Alun.

Auch Ailishs Sohn Stevie war dabei. Trotz all der Aufregungen daheim hatte er ein hervorragendes Abschlusszeugnis nach Hause gebracht und sollte Ende des Monats mit dem College beginnen. Mit achtzehn Jahren überragte er seine Mutter und strahlte ein Selbstvertrauen aus, das Ailish selbst nie besessen hatte.

»Könnte ich mich nicht noch an den Tag erinnern, an dem ich ihn aus mir herausgepresst habe«, sagte sie, »ich würde nicht glauben, dass er mein Sohn ist.«

»Ach, Mam«, sagte Stevie, »ständig bringst du mich in Verlegenheit.« Aber sein Tonfall, ganz zu schweigen von seiner Anwesenheit, machte deutlich, dass es ihm mit seinem Vorwurf nicht allzu ernst war.

Ailish erwähnte Keith mit keinem Wort, und Katie folgte ihrem Beispiel. An manchen Tagen war es okay, über ihn zu reden, aber der heutige gehörte nicht dazu.

Gretta wollte einen Strauß roter Rosen auf die Stelle legen, an der Diane begraben worden war. Vermutlich nicht ganz auf die gleiche Stelle, die sie nicht mehr finden würden. Chrissie plante, eine kleine Rede zu halten, weil sie, darin waren sich alle einig, am besten mit Worten umgehen konnte.

Gretta sagte kaum etwas. Sie trug eine rostrote Jacke, einen cremefarbenen Rock und bronzefarbene Sandalen. Als Katie ihr ein Kompliment für ihr Outfit machte, erwiderte sie, sie habe sich für Diane Mühe gegeben. Um allen und allem, wer oder was auch immer da draußen war, zu zeigen, dass ihre Tochter Respekt verdiente. Katie musste an den Morgen denken, an dem das Baby in ein weißes

Tuch gewickelt in die Erde gelegt worden war. Sie erinnerte sich an das, was Gretta beziehungsweise Winnie damals gesagt hatte: *Nur, weil ich sie nicht behalten konnte, heißt das nicht, dass ich nicht das Beste für sie wollte. Ich wollte, dass sie etwas ganz Besonderes ist. Sie hatte es verdient, etwas Besonderes zu sein.*

Nach all den Jahren hatten sie sich im Sommer das erste Mal wiedergesehen, als Katie für ein langes Wochenende nach London gefahren war. Sie hatte bei Chrissie übernachtet, und die drei hatten bei Brathähnchen und Sauvignon Blanc gelacht und geweint.

»Wenn Agnes uns nur sehen könnte«, hatte Chrissie gesagt.

»Sie würde uns bestimmt die Haare abschneiden«, hatte Gretta geantwortet.

Katie wurde heute von Luke und ihrer Enkelin Sadie begleitet. Sie war sich nicht sicher gewesen, ob das eine kluge Idee war. Sadie war in einem Alter, in dem einem alles bedeutsam erschien und jede Ungerechtigkeit schier das Herzen zerriss. Bestand nicht die Gefahr, dass Carrigbrack sie zu sehr aufregte? Sie hatte Luke darauf angesprochen, der jedoch nur erwiderte, dass seine Tochter wahrscheinlich wie Gretta damals einfach abhauen und trotzdem hier auftauchen würde, sollte er sie zu Hause lassen. Obwohl sie beide lachten, war der Gedanke doch verstörend gewesen, dass Chrissie in Sadies Alter gewesen war, als man sie hier eingesperrt und ihr ihren Namen genommen hatte – als sich ihr Leben für immer verändert hatte.

Sie hatten bereits die Hälfte des Weges zurückgelegt und befanden sich fast schon an der Stelle, wo die Mauer begann, die das Grundstück von Carrigbrack markierte, als Katie ein Motorengeräusch hörte. Sie drehte sich um und sah zwei ... nein, drei Autos, deren Windschutzscheiben in der Sonne reflektierten. Als die Insassen ausgestiegen waren und näher kamen, erkannte sie Garys lockeren Gang. Die Frau neben ihm – um die siebzig Jahre alt, mit dem bleichen Teint eines Menschen, der nur selten in die Sonne geht – kannte sie nicht.

Als Nächstes tauchten Joyce, Eddie, Yvette und die kleine Zoe auf. Das Schlusslicht der Gruppe bildeten Brandon und Robyn.

»Ich hatte nicht erwartet, dass alle kommen würden«, sagte Ailish, und ihr Gesicht leuchtete vor Freude. »Aber als ich ihnen davon erzählte, was wir vorhaben, waren sie sofort begeistert.«

Gary stellte ihnen Noreen vor, eine der Frauen auf Katies Liste, die nicht seine leibliche Mutter gewesen war.

»Nach seinem Besuch sind wir in Kontakt geblieben«, erklärte sie. »Er hat mir erzählt, was ihr heute vorhabt, und gefragt, ob ich nicht mitkommen möchte. Ich hoffe, ich störe nicht.«

»Natürlich nicht«, sagte Chrissie. »Ich erinnere mich an dich. Die Nonnen nannten dich Gloria.«

»Das stimmt«, sagte Noreen mit feuchten Augen. »Und ich erinnere mich auch an dich. Du warst das kleine Mädchen, das hier Hanora hieß.« Sie lächelte. Es war ein wunderbares Lächeln.

557

Katie war zwar ein wenig über Brandons und Robyns Anwesenheit überrascht, aber mehr noch wunderte sie sich, Gary zu sehen. Die Tournee von Black Iris sollte in der kommenden Woche beginnen.

»Nächste Woche um diese Zeit stehen wir wieder auf der Bühne«, sagte er, »und wie es der Zufall will, ist das erste Konzert in Boston.«

»Das habe ich gar nicht mitgekriegt«, sagte Katie und sah zu Brandon und Robyn hinüber. Sie war keine gute Lügnerin. Sie kannte die meisten Tourdaten, auch die beiden Tage, an denen Black Iris in Dublin spielen würden (am siebzehnten und achtzehnten Dezember). Sie wusste, dass ihr nächstes Album *Catching Fire* heißen und es darauf einen Song von Gary über Frauen geben würde, denen ihre Kinder weggenommen worden waren. Sie hatte sich auf der Website von Black Iris für den Newsletter angemeldet, was, wenn sie es richtig verstand, im einundzwanzigsten Jahrhundert ungefähr das Gleiche war, wie früher einem Fanclub beizutreten.

»Wir werden hingehen«, sagte Robyn. »Ist das nicht toll? Wir haben uns vorhin schon zum Kaffee getroffen – Ailish hatte das arrangiert –, und Gary hat uns zum Konzert eingeladen. Ich freue mich so!« Sie schlang die Arme um Brandon, der verängstigt wirkte.

»Mam geht auch hin«, sagte Stevie.

Katie fühlte, wie ihr Mund sich zu einem Oh formte.

Ailish starrte auf ihre Füße, während der Rest der Gruppe weiterging.

Gary lachte. »Das soll eine Entschädigung sein für die

Nacht nach ihrem letzten Konzert von uns, als sie neun Stunden von Slane nach Hause gebraucht hat.« Er wandte sich an Katie. »Ich habe übrigens Neuigkeiten.« Er nickte in Richtung der anderen. »Aber wir sollten uns besser beeilen. Ich erzähle sie dir später.«

Gemeinsam gingen sie zum Haus. Insgesamt waren sie zu siebzehnt, eine Gruppe aus Müttern, Söhnen, Töchtern, Partnern und Enkelkindern.

Ein Mensch jedoch fehlte. Katie hatte ihr erneut geschrieben und den Brief dieses Mal an die Familienadresse in Danganstown geschickt. Er war ungeöffnet in einem großen braunen Umschlag zurückgekommen. In einem Begleitschreiben riet Margo ihr, Beth in Ruhe zu lassen. *Sie ist immer noch wütend. Sobald sich daran etwas ändert, lasse ich es dich wissen.* Bei aller Freude darüber, Luke wiedergefunden zu haben, schmerzte Katie die Kälte ihrer Nichte stärker, als sie es sich hätte vorstellen können. Wenn sie sich einst gefragt hatte, was Johnny wohl über dieses und jenes gesagt hätte, dachte sie jetzt dasselbe mit Beth an seiner Stelle. An Johnnys Tod trug sie wenigstens keine Schuld. Was jedoch die Nicht-Beziehung zu Beth anging, so hatte sie sie sich selbst zuzuschreiben.

Immer wieder sagte sie sich, dass sie das alles hinter sich lassen müsse, dass sie ihre Fehler nicht zu hoch hängen dürfe. Aber das Haus war zu still. Sie vermisste Beths Neckereien, ihre Insiderwitze und die gemeinsamen Rituale. Sie saß in Beths altem Zimmer und dachte darüber nach, wie sie es wiedergutmachen konnte.

Womit sie nicht gerechnet hatte, war, dass sie Margo

wieder näherkommen würde. Vielleicht würden sie nie sonderlich innig miteinander sein, doch zumindest Frieden hatten sie geschlossen. Kurz nach Katies erstem Treffen mit Luke führten die Schwestern ein langes Gespräch über Carrigbrack. Zum ersten Mal sprach Katie darüber, wie sehr sie die Art des Umgangs dort und der Verlust ihres Sohnes für den Rest ihres Lebens erschüttert hatten.

»Ich habe getan, was ich konnte, um mich davon wieder zu erholen«, sagte sie. »Trotzdem war ich hinterher nie mehr dieselbe. Wie sollte ich auch?« Sie sprach zu schnell, schleuderte die Worte geradezu hinaus – aber sie hatte so lange darauf gewartet, sie endlich auszusprechen.

Margo war für ihre Art ziemlich emotional geworden. »Ich wünschte, wir hätten schon früher darüber geredet. Ich wünschte, du wärst ehrlich zu mir gewesen.«

Immer häufiger dachte Katie darüber nach, wie sich ihr Leid auf ihre Schwester ausgewirkt hatte. In gewisser Weise war auch Margo gezwungen worden, in Carrigbracks langem Schatten zu leben. Katie hatte sich geirrt, als sie sagte, es sei zu spät, sie zu verstehen. Es war nie zu spät.

Als sie sich nun dem Tor näherten, drückte Joyce ihre Hand. »Hast du etwas von ihr gehört?«

»Leider nicht.«

Nachdem Katie ihr schließlich alles gestanden hatte, hatte Joyce sehr mitfühlend reagiert. Sie hatte sogar angeboten, ein gutes Wort für sie bei Beth einzulegen. Aber Katie hatte abgelehnt. Luke hatte das gleiche Angebot gemacht, nachdem sie ihm davon erzählt hatte, und erneut hatte sie nur den Kopf geschüttelt. So wie sie Beth kannte, würde jegliche Einmischung von außen sie nur noch weiter auseinandertreiben.

Carrigbrack wirkte noch baufälliger als bei Katies letztem Besuch vor einem Jahr. Die Zeit und das Wetter nagten kontinuierlich an den Gebäuden. Die Natur hatte die Herrschaft übernommen, grüne Ranken wickelten sich um Stein und Schiefer und ragte bereits aus den Dachüberresten.

Beim letzten Mal war ihr jeder Schritt schwergefallen, diesmal war sie vollkommen ruhig. Sie würde den Besuch nicht als Katharsis bezeichnen, das ginge zu weit, aber sie war fasziniert von den Reaktionen der anderen. Als sie den Friedhof mit seinem einzigen Grabstein – *In Gedenken an die kleinen Engel* – erreichten, schaute sie sich um. Alle waren da: Joyce, in Gedanken versunken. Brandon und Eddie, vertieft in ein Gespräch, und Zoe mit einem Plüschhasen in der Hand, die wie eine Ballerina um sie herumhüpfte. Dann noch Sadie, die zum Fotografieren in die Hocke ging. Und Gretta, äußerlich so unbewegt wie an dem Tag vor fünfzig Jahren, als ihre Tochter begraben worden war.

Am Wochenende zuvor hatten Ailish, Stevie und zwei seiner Freunde das Schlimmste von dem Brombeergestrüpp und dem Unkraut entfernt. Auch wenn das Gelände noch immer ziemlich ungepflegt war, gab es jetzt wenigstens eine Lichtung, auf der sie stehen und sich erinnern konnten.

Chrissie ergriff das Wort und sprach über Gretta und andere Carrigbrack-Frauen, die sie kannte. Gretta legte die Rosen vor die Mauer und drehte sich dann um.

»Ich wollte eigentlich nichts sagen«, begann sie, »und ich habe auch nichts vorbereitet. Ich möchte mich nur bedanken. Ich kenne die meisten von euch nicht, aber ich weiß, dass Carrigbrack auch Teil eurer Geschichte ist. Ich hoffe, der heutige Tag ist euch ebenso ein Trost wie mir.«

Danach standen sie in kleinen Grüppchen beieinander und tauschten Erinnerungen aus. Später wollten sie noch in einen nahe gelegenen Pub etwas essen gehen. Sie verhielten sich wie bei einer richtigen Beerdigung, dachte Katie, während sie sah, dass sich Noreen mit Joyce und Yvette unterhielt. Robyn und Brandon spielten mit Zoe. Ailish, wie immer im Arbeitsmodus, riss weiteres Unkraut aus, und Stevie und Sadie halfen ihr dabei.

Lukes Gegenwart war für Katie noch so neu, dass sie sich immer wieder davon abhalten musste, ihn anzustarren. Jedes Mal, wenn sie miteinander redeten, erfuhr sie etwas Neues über ihn. So wusste sie inzwischen, dass er einmal einen schlimmen Autounfall gehabt hatte, dass er ein Jahr lang durch Südamerika gereist war und früher mit einer Frau namens Heidi zusammengelebt hatte. Manchmal analysierte sie ihre Gespräche zu sehr, dann sorgte sie sich, dass sie zu viel von sich verraten hatte. Oder zu wenig. Vermutlich hatte sie einfach nur Angst, ihn wieder zu verlieren.

Gary berührte sie leicht am Arm, und Katie fuhr herum. Sie hatte Mitleid mit ihm, weil er der Einzige von ihnen war, der nicht in irgendeiner Form mit Carrigbrack verbunden war.

Er nahm seine Sonnenbrille ab. »Erinnerst du dich noch

daran, dass ich mich letztes Jahr bei ein paar dieser DNA-Datenbanken angemeldet habe?«

»Natürlich.« Katie war skeptisch gewesen. Zwar hatte sie gelesen, dass sich lange verloren geglaubte Verwandte durch das Wunder der Wissenschaft wiedergefunden hätten, aber diese Erfolgsgeschichten hatten sich immer weit weg abgespielt. In den USA, normalerweise.

»Ich habe eigentlich nicht gedacht, dass dabei etwas herauskommen würde. Und am Anfang passierte auch nichts. Um ehrlich zu sein, war ich mit so vielen anderen Sachen beschäftigt, dass ich die Datenbanken völlig vergessen hatte. Und dann wurde ich letzten Monat benachrichtigt, dass es eine Übereinstimmung gibt.«

»Erzähl!«

»Ich bin davon ausgegangen, dass man vielleicht auf einen Cousin sechsten Grades von mir gestoßen ist. Aber, und ich kann es immer noch nicht ganz glauben, es ist mein biologischer Vater.«

»Nein!«

»Der Typ, der nicht wusste, dass es dich gibt?«, mischte Luke sich ein.

»Genau der ... Er hat irgendwann herausgefunden, dass er ein Kind hat. Jemandem in der Familie war diesbezüglich etwas rausgerutscht, und er hat denjenigen dann so lange unter Druck gesetzt, bis er schließlich die Wahrheit erfuhr. Zu diesem Zeitpunkt hatte er den Kontakt zu meiner leiblichen Mutter längst verloren. Aber er spürte sie wieder auf, und sie hat alles bestätigt. Wenn mich nicht alles täuscht, verlief das Gespräch nicht sonderlich angenehm.«

»Und daraufhin hat er versucht, dich zu finden?«

»Wir reden hier von einem Zeitraum von über zwanzig Jahren. Wie ich hat er sich keine großen Hoffnungen gemacht. Und tatsächlich hat er kaum Informationen erhalten, jeder, den er fragte, hat sich nur vage dazu geäußert. Oh, und damals wohnte er Tausende von Meilen entfernt. Er war Arzt in der Mayo Clinic in Minnesota, Spezialist für das endokrine System oder so. Er heißt übrigens Peadar. Peadar Gilligan.«

»Anscheinend hat seine Karriere tatsächlich nicht durch deine Geburt gelitten«, sagte Katie.

Gary lächelte. »Ja, das war eines der ersten Dinge, die auch mir in den Sinn kamen. Jedenfalls hat er vor Kurzem beschlossen, es noch einmal zu versuchen. Er schickte seinen Speichel weg, ließ ihn analysieren und sich registrieren, und dann bin ich aufgetaucht.«

»Das ist wirklich unglaublich«, sagte sie. »Komm her, ich muss dich umarmen. Mir fehlen die Worte.« Die anderen hatten ihre Familien durch lange Recherche und ein bisschen Glück gefunden. Garys Geschichte war anders. Sie kam einem Wunder gleich.

»Danke, Katie«, sagte er, als sie sich wieder voneinander lösten. »Leider ist es etwas kompliziert. Das Leben meiner leiblichen Mutter war wohl nicht einfach, und ich bin nicht sicher, ob sie mich treffen will. Ich muss mich langsam rantasten. Aber zumindest ein Teil des Rätsels ist gelöst.«

»Dann wirst du nach Minnesota zu Peadar fahren?«, fragte Luke.

Gary lächelte. »Das muss ich nicht. Er ist seit einigen Jahren im Ruhestand und lebt wieder in Irland. Seine Frau stammt ursprünglich aus Galway, dort wohnen sie jetzt. Wie es der Zufall will, kommt auch Noreen dorther. Ich werde sie später nach Hause fahren und anschließend die Gilligans besuchen. Und morgen fliege ich zurück in die Staaten.«

»Du bist wirklich fix«, sagte Katie.

»Ja, ich weiß.« Er nickte. »Du würdest mir vermutlich raten, es langsamer anzugehen. Aber wenn ich sie heute nicht besuche, wird es wahrscheinlich ein paar Monate dauern, bis ich die nächste Chance bekomme.«

»Kümmere dich nicht darum, was ich sage. Schließlich habe ich euch immer geraten, ehrlich zu sein, aber habe meinen eigenen Ratschlag nicht befolgt. War Peadar überrascht, als er erfahren hat, wer du bist?«

»Absolut. Anscheinend habe ich eine Halbschwester und zwei Halbbrüder, und einer von ihnen ist ein großer Fan der Band.«

Um sie herum begannen sich die Grüppchen aufzulösen. Langsam schlenderten alle zur Straße zurück. »Ich bin so froh«, sagte Katie, die noch immer ganz von den guten Nachrichten erfüllt war. »Ich bin so froh. Weiß … weiß Beth es?«

»Ich habe ihr vor ein paar Tagen gemailt, aber bisher keine Antwort erhalten. Was mich ein bisschen wundert, weil sie doch großen Anteil an meiner Suche genommen hat.«

»Vielleicht ist sie verreist.«

»Vielleicht«, sagte Gary, doch sein Tonfall verriet, dass er das nicht wirklich glaubte. »Du darfst dir von Beths Abwesenheit nicht den Tag verderben lassen.«

»Das habe ich ihr auch schon gesagt«, meinte Luke.

Katie nahm ihr Handy aus ihrer Tasche. Sie hatte nicht geplant gehabt, noch einmal nach Carrigbrack zurückzukehren. Das Heim hatte ihr Leben schon genügend beeinflusst. Doch jetzt dachte sie, dass sie gerne ein Foto von dem Ort haben wollte. Nicht als Erinnerung, denn wie könnte sie Carrigbrack je vergessen? Vielmehr wollte sie damit das anerkennen und annehmen, was hier vor langer Zeit geschehen war. Sie wollte sich das Bild ansehen können und wissen und fühlen, dass dieser Ort keine Macht mehr über sie besaß.

Sie reichte Luke ihre Tasche. »Ich will noch rasch ein Foto machen, dann können wir los.«

»Prima. Soll ich eins mit dir vor dem Haus dort machen?«

»Ja. Warum nicht?«

Sie gab ihm das Handy und drehte sich zur Straße, als eine blonde Frau mit einer großen Sonnenbrille durch das Tor kam. Sie blieb kurz stehen, um Gary zu umarmen, dann ging sie Katie entgegen.

Sie sprach so, wie sie es immer getan hatte: als gäbe es sehr viel zu sagen, aber nicht genügend Zeit, um alles loszuwerden. »Tut mir leid, dass ich zu spät bin«, sagte sie. »Ich hab ewig gebraucht, um aus Dublin rauszukommen. Der Verkehr war grauenhaft! Sind Garys Neuigkeiten nicht fantastisch?«

Katie strich mit dem Finger über den Handrücken ihres Sohnes. »Luke«, sagte sie, »das ist deine Cousine Beth.«

Anmerkung der Autorin

Zum ersten Mal bekam Beth eine Ahnung davon, welche Auswirkungen die Sünden der Vergangenheit auf die Gegenwart hatten. Sie begriff, dass die Geschichte sich nicht auf Schwarz-Weiß-Filme und verblichene Polaroids reduzieren ließ. Diese Frauen, diese Mütter, sie waren keine Ausstellungsstücke im Museum.

Vor mehr als zwanzig Jahren interviewte ich als junge Journalistin mehrere Frauen, die in einem Mutter-Kind-Heim in Cork zur Welt gekommen waren und versuchten, ihre leiblichen Eltern zu finden. Allerdings ohne jeglichen Erfolg. Selbst grundlegende Fakten über ihre Herkunft wurden ihnen verwehrt. Auch wenn sie von liebevollen Eltern adoptiert worden waren, hatten sie doch das Gefühl, dass ihnen ein wichtiger Teil ihrer Identität fehlte. Ich habe diese Frauen nie vergessen, und das nicht nur wegen dem, was sie mir erzählten. Zum ersten Mal war ich gezwungen, über die schiere Anzahl von Menschen nachzudenken, die nichts über ihre ersten Lebenstage wussten und deren Versuche, mehr herauszufinden, keinen Erfolg gehabt hatten.

Währenddessen lebten Tausende von Frauen weiterhin schweigend mit einem bitteren Erbe. Diese Frauen waren wie Kriminelle behandelt worden, obwohl einige von ihnen doch Opfer von Verbrechen gewesen waren. Ihre Kinder hatte man ihnen weggenommen und sie gewarnt, dass jeder Versuch, ihren Sohn oder ihre Tochter zu finden, illegal sei.

Natürlich ist Irland nicht das einzige Land, in dem alleinstehende schwangere Frauen von der Gesellschaft verurteilt und gebrandmarkt wurden. Stigmatisierungen dieser Art gab es überall. Auch ist es nicht das einzige Land, in dem diese Frauen in Institutionen wie Carrigbrack gesteckt wurden. Nicht nur Katholiken verfolgten diese Praxis. Doch was Irland von anderen Ländern unterscheidet, ist das Ausmaß dieser Vorgehensweise. In dem Bericht der Gruppe »Clann Project« sind Erfahrungen von Frauen und Kindern nachzulesen, die einige Zeit in solchen Heimen verbrachten. Abgesehen von den geschilderten persönlichen Erlebnissen macht eine Statistik betroffen: Im Jahr 1967 waren 97 Prozent der Kinder unverheirateter Mütter in Irland Gegenstand von Adoptionsverfügungen. Die Zahl ist so unglaublich, dass ich beschloss, sie in Chrissies Zeitungsinterview aufzunehmen.

Aus dem Clann-Project-Bericht geht auch hervor, dass die meisten dieser Frauen tatsächlich wie Gefangene lebten. Sie hatten wenig oder gar keine Kontrolle darüber, was mit ihnen und ihren Kindern geschah. Diejenigen, die wegliefen, wurden größtenteils von der Nationalpolizei aufgegriffen und zurückgebracht. Viele Mütter gaben zu Protokoll, dass ihnen ihre Babys ohne Einwilligung weggenommen und sie davon abgehalten worden waren, mit ihren Familien in Kontakt zu bleiben.

Auch wenn Carrigbrack fiktiv ist, basiert dessen Beschreibung doch auf real existierenden Heimen. Frauen mussten ihren echten Namen ablegen (offiziell zum Schutz ihrer Identität); Schmerzmittel während der Wehen waren verpönt; Kinder verschwanden ohne Vorwarnung; Gräber wurden kaum gekennzeichnet. Es stimmt auch, dass noch hochschwangere Frauen zu harter körperlicher Arbeit gezwungen wurden. Es gibt relativ wenige Berichte über den Alltag in diesen Einrichtungen, eine Ausnahme ist ein Buch namens *The Light in the Window* von June Goulding. Darin beschreibt die Autorin ihre Zeit als Krankenschwester im Bessborough Home in Cork, in dem die Frauen, die ich in den Neunzigerjahren interviewt habe, geboren wurden. Sie sah mit an, wie die jungen Frauen Gras mit der Hand zupften und andere gezwungen wurden, eine Einfahrt zu teeren.

Bis heute ist es für die meisten betroffenen Frauen nicht leicht, über das System zu sprechen, das sie so unmenschlich behandelt hat. Kürzlich habe ich mit dem Leiter der Adoptionsbehörde ein Gespräch geführt, in dem er beklagte, dass ihr Kontaktregister die Namen von relativ wenigen leiblichen Müttern enthält. Zudem fiel es manchen Frauen schwerer als anderen, sich ein neues Leben aufzubauen. Eine beträchtliche Anzahl von ihnen verließ, wie Chrissie, das Land.

Die erfolgreiche Suche nach einem leiblichen Elternteil gestaltete sich normalerweise schwierig. Die meisten Beschreibungen dieser Art in *Das geheime Band* – von den fehlenden Akten, über die Beth gesprochen hat, über Garys gefälschte Geburtsurkunde bis hin zu der Art, wie Ailish bei den Behörden herumgereicht wurde – basieren auf Erlebnissen aus dem wirklichen Leben. Noch immer gibt es erhebliche Kontroversen über die Art und Weise, wie adoptierte Menschen in Irland vom Staat behandelt werden. Verglichen mit der Situation in anderen Ländern haben sie nur wenige Rechte, und die Regierung hat sich viel Zeit gelassen, entsprechende Gesetze zu ändern.

In den letzten Jahren wurde die Geschichte von Irlands Mutter-Kind-Heimen immer bekannter. Über das Tuam Mother And Baby Home, wo Recherchen der lokalen Historikerin Catherine Corless zufolge die Überreste von Hunderten von Kinderleichen entdeckt wurden, wurde sogar international berichtet. Zudem gab es weltweites Interesse an den Lebensgeschichten derjenigen, die wie Brandon als Baby in die Vereinigten Staaten zu ihren neuen Eltern kamen. In Zeiten wie heute, wo Respekt beziehungsweise Obrigkeitsgehorsam nicht mehr denselben Stellenwert hat wie früher, mag es für jüngere Menschen besonders schwer sein zu verstehen, warum die Familien der Betroffenen sich damals so verhalten haben und warum dieses System so lange funktionieren konnte.

Ich bin in den Achtzigerjahren aufgewachsen, als Frauen meist nur in den Nachrichten auftauchten, wenn ihnen etwas zugestoßen war. In dem Zusammenhang erinnere ich mich an die fünfzehnjährige Ann Lovett, die während der Geburt ihres Kindes auf freiem Feld starb; an Joanne Hayes, eine alleinerziehende Mutter, die fälschlicherweise beschuldigt wurde, ihr Baby getötet zu haben; an Eileen

Flynn, die ihren Job als Lehrerin verlor, weil sie mit einem noch nicht geschiedenen Mann zusammenlebte. Damals gab es nur noch wenige Mutter-Kind-Heime, eines davon war Bessborough. Ich bin mir bewusst, dass sich solche Geschehnisse für jüngere Leser wie Geschichten aus einer anderen Zeit anhören mögen. Aber ihre Folgen hallen noch immer nach, und die Frauen, denen ihre Kinder genommen wurden, vergessen nicht. Erst in den letzten Jahren haben einige, die Ann Lovett kannten, den Mut gefunden, über sie zu sprechen. Und nur zwei Jahre ist es her, dass sich der Staat bei Joanne Hayes entschuldigt hat.

Mein Hintergrund als Journalistin schleicht sich gerne in mein Schreiben ein, und ich lasse mich nur allzu leicht zu ausführlichen Recherchen verführen. Während ich *Das geheime Band* schrieb, las ich Geschichten, hörte Aufzeichnungen von alten Radiosendungen und stöberte in Internetforen. Des Öfteren fiel mir auf, dass ich mich wie eine Interviewerin verhielt, die übermäßig darauf bedacht ist, ihr Wissen zu präsentieren. Immer wieder musste ich mir in Erinnerung rufen, dass ich nicht über ein Thema schreibe, sondern über Charaktere. Ich musste mich fragen: Wie ist diese Erfahrung für diese oder jene Protagonistin wohl gewesen? Und wie fühlt es sich an, mit den Folgen zu leben?

Ich wollte die Mütter als auch die Frauen, die die Heime leiteten und dort arbeiteten, zum Leben erwecken. Dabei wäre es zu einfach gewesen, die Nonnen als Karikaturen des Bösen und die Mütter als farblose Persönlichkeiten darzustellen. Vermutlich war es vielmehr so, wie Ailish bewusst wird, als sie Gretta begegnet:

Obwohl sie es doch mittlerweile besser wissen sollte, neigte sie dazu, sich die jungen Frauen als eine traurige homogene Gruppe vorzustellen. Das war nicht gerecht. Manche von ihnen waren intelligent gewesen, manche dumm, manche urkomisch und manche gutherzig. Sie waren genauso wunderbar und großartig gewesen, genauso komplex und schwierig wie alle anderen jungen Leute.

Ich hoffe, ich habe ihnen Gerechtigkeit widerfahren lassen.

Unsere Leseempfehlung

416 Seiten
Auch als E-Book
erhältlich

Ihre Kamera ist ihr Schutzwall gegen die Welt – denn obwohl die schwedische Fotografin Elin Boals eine glänzende Karriere in New York absolviert, lebt sie privat sehr zurückgezogen. Sogar ihre eigene Familie hält Elin gekonnt auf Abstand. Doch dann erhält sie völlig unerwartet einen Brief aus ihrer Heimat Gotland, und längst verdrängte Erinnerungen brechen mit aller Macht über sie herein. Denn Elin hütet ein tragisches Geheimnis – eine tiefe Schuld, die sie damals dazu trieb, die Insel für immer zu verlassen. Und nun spürt sie, dass sie an den Ort ihrer Kindheit zurückkehren muss, wenn sie jemals wirklich glücklich werden will ...

www.goldmann-verlag.de
www.facebook.com/goldmannverlag

Um die ganze Welt des
 GOLDMANN Verlages
kennenzulernen, besuchen Sie uns doch
 im Internet unter:

www.goldmann-verlag.de

Dort können Sie
nach weiteren interessanten Büchern *stöbern*,
Näheres über unsere *Autoren* erfahren,
in *Leseproben* blättern, alle *Termine* zu Lesungen und
Events finden und den *Newsletter* mit interessanten
Neuigkeiten, Gewinnspielen etc. abonnieren.

Ein *Gesamtverzeichnis* aller Goldmann Bücher finden
Sie dort ebenfalls.

Sehen Sie sich auch unsere *Videos* auf YouTube an und
werden Sie ein *Facebook*-Fan des Goldmann Verlags!

www.goldmann-verlag.de
www.facebook.com/goldmannverlag